KB269759

한국 고전소설

수능 · 내신에 꼭 필요한 필독서

한국 고전 소설

처음 찍은날 ┃ 2006년 3월 14일
처음 펴낸날 ┃ 2006년 3월 20일

지은이 ┃ 이옥 외
꾸민이 ┃ 신영재 · 임성옥 · 채대일 · 최수정
펴낸이 ┃ 조 명 숙
펴낸곳 ┃ 도서출판 맑은창
등록번호 ┃ 제16-2083호
등록일자 ┃ 2000년 1월 17일

주소 ┃ 서울 · 금천구 가산동 235-53 우림빌딩 201호
전화 ┃ (02) 851-9511
팩스 ┃ (02) 852-9511
전자우편 ┃ hannae21@korea.com

ISBN 89-86607-47-6 43810

값 12,000원

• 잘못된 책은 바꾸어드립니다.

1994년~2006년 수능 언어 영역 출제 작품선
수능 · 내신에 꼭 필요한 필독서

한국 고전소설

편집 — 신영재 · 임성옥 · 채대일 · 최수정

도서출판 맑은창

편집자의 말

　《한국 현대 단편 소설 33》을 묶고 나서도 학생들이 읽어야 할 작품이 늘 부족하다는 생각이 들었다. 또한 시중에 쏟아져 나온 그 수많은 책들을 학생들이 다 읽기란 불가능하다는 생각도 들었다. 읽어야 할 책은 많은데… 읽은 시간은 없고… 분량에 쫓기고… 시간에 밀리고….

　누구나 책을 사면 그 책의 내용을 충분히 자기 지식으로 삼고자 한다. 그만큼 책을 고를 때의 각오는 각별하다. 하지만 자신이 필요에 의해 선택한 책이 아닌 경우엔 중도에 희색되는 게 독서하는 학생들의 마음이다. 자기에게 필요성이 절실하지 않기 때문에 더욱 그렇기도 하다. 독서는 지루하지 않아야 한다. 언제나 새롭게 느껴져야 적극성이 더해진다. 학생들에게 흥미를 느끼게 하기 위한 방법은 많겠지만, 자칫 소홀하게 지나쳤던 작품들도 많으리라 생각한다.

　《한국 고전 소설》은 학생들이 소홀하게 지나쳤던 고전 작품들 중 1994년 수능고사 1차부터 2006년 수능고사 시험에 출제된 작품들을 모아 수록했다. 이미 한 번쯤은 만화로 혹은 요약본으로 봐서 알고 있는 내용들이다. 하지만 줄거리만 알고 있을 뿐 구체적인 감동과 성격에 대해서는 생각해 보지 않았을 것이다. 대입, 수능이나 논술은 이 같은 허점을 이용한다. 잘 알고 있지만 깊이 생각하지 못했던 문제점을 되묻는 경우가 많다. 줄거리를 안다고 전체를 아는 것은 아니다. 특히 고전은 그 표현, 배경이 현대와 다르기 때문에 학생들이 전체를 읽으려고 하지 않는 경향이 있다. 하지만 아무리 좋은 작품이라도 하나의 문장에서부터 시작한다. 시간이 부족하더라도 황소의 되새김처럼 내용을 반추하는 습관을 가졌으면 한다. 특히 수능에서 이미 출제된 작품인 만큼 우리 고전의 대표라고 할 수 있기 때문에 수록된 작품만이라도 정독을 하기 바란다. 작품을 읽는다는 것은 줄거리만 안다는 게 절대 아니다.

　부디 '숲만 보고 나무를 보지 못한다'라는 우를 범하지 말기 바란다.

2006년 3월

일러두기

《한국 고전 소설》을 편집함에 있어 구성 기준은 세 가지이다.

첫째, 수능 기출문제를 연도별로 정리했다.

수많은 고전 작품 선정에 있어 대표성을 가리기 힘들기에 수능 기출 작품을 우선으로 했다. 또한 연도별로 정리했기 때문에 앞으로의 출제 가능성까지 짐작할 수 있도록 했다.

둘째, 전문(全文)·현대문 표기를 기준으로 했다.

줄거리 요약이 아닌 전문을 수록했다. 부득이 〈창선감의록〉〈사씨남정기〉〈유충렬전〉 등의 몇몇 작품들은 그 길이의 방대함으로 인해 중요하지 않은 부분은 삭제할 수밖에 없었다. 그리고 표기법은 고문보다 현대문으로 고쳤으며, 어려운 낱말은 각주로 처리했다. 때문에 중, 고등학생들이 쉽게 읽고 이해할 수 있게 했다.

셋째, 수능 기출 문제를 활용할 수 있게 했다.

작품을 읽고 그 작품에 대해 어떤 문제가 출제되었는가를 알 수 있도록 기출 문제와 해설을 함께 수록했다. 이는 작품을 읽고 문제로 활용할 수 있는 능력을 갖출 수 있어야 하기 때문에 반드시 연계 학습을 해야 할 부분이다.

차례

1

유충렬전(劉忠烈傳)

각설, 대명국 영종황제 즉위(卽位) 초(初)에 황실이 미약하고 법령(法令)이 불행(不幸)한 중에 남만(南蠻)[1] 북적(北狄)과 서역(西域)이 강성하여 모반할 뜻을 둠에, 이런 고로 천자 남경에 있을 뜻이 없어 다른 데로 도읍을 옮기고저 하시더니, 이때 마침 창해국(蒼海國) 사신이 왔음에 성은 임이요 명은 경천이라 하는 사람이거늘, 천자 반겨 인견(引見)하시고 접대한 후에 도읍 옮김을 의논하시니 임경천이 주왈,

"소신이 옥루(玉樓)에서 육대산천을 망기(望氣)[2]하오니 금황지지(今皇之地)[3]가 마땅하옵고 천하명산(天下名山)이 오악[4]지중(五嶽之中)에 남악(南嶽) 형산(衡山)이 가장 신령한 산이요, 일국(一國) 주룡(主龍)[5]이 되었고 창오산(蒼梧山)

1) 남만 - 남쪽 오랑캐.

2) 망기 - 엉기어 있는 기운을 보아서 조짐을 알아 냄.

3) 금황지지 - 지금의 황실이 있는 곳.

4) 오악 - 중국의 유명한산 다섯.

5) 주룡 - 한 나라의 중추를 이루는 산맥.

구리봉은 변화하야 외청룡(外靑龍) 되었고 소상강(瀟湘江) 동정호(洞定湖)는 수세(水勢))가 광활하야 내청룡(內靑龍) 되어 있어 내수구(內水口)[6]를 막았으니 제왕주가[7] 장구할 것이요, 또한 소신이 수년 전에 본국에서 망기(望氣)하온즉 북두칠성 정기가 남경에 하강하고 삼태성 채색이 황성(皇城)에 비쳤으며 자미원(紫薇垣)[8] 대장성이 남방에 떨어졌으니 미구(未久)에 신기한 영웅이 날 것이니 황상은 어찌 조그마한 일로 이러한 금성지지(金城之地)[9]를 놓으시며, 선황제 마마 구방지지(舊邦之地)[10]를 어찌 일조에 놓으시리까."

천자 이 말을 들으시고 마음이 쇄락(灑落)[11]하여 도읍 옮기심을 파하시고 국사를 다스리니 시절이 태평하고 인심이 조안(粗安)[12]하더라.

이때 조정에 한 신하 있으되 성은 유요 명은 심이니, 전일 선조황제 개국공신 유기(劉基)[13]의 십삼대 손이요 전 병부상서 유현의 손자라, 세대명가(世代名家) 후예로 공후 작록이 떠나지 아니하더니 유심의 벼슬이 정언주부에 있는지라. 위인이 정직하고 성정이 민첩하며 일심이 충정하야 국록이 중중(重重)하니 가산이 요부(饒富)하고 작법(作法)[14]이 화평하니 세상 공명은 일대에 제일이요, 인간 부귀는 만민이 청송하되 다만 슬하에 일점 혈육이 없이 매일로 한탄하여 일년일도(一年一度)에 선영(先塋)[15] 제사 당하면 홀로 앉아 우는 말이,

"슬프다! 나의 몸이 무슨 죄 있어 국록을 먹거니와 자식이 없으니 세상이 좋다 한들 좋은 줄 어찌 알며 부귀가 영화롭되 영화 된 줄 어찌 알리, 나 죽어 청산에

6) 내수구 - 풍수지리에 있어서 득(得)이 흘러간 곳.

7) 제왕주가 - '제왕주가(帝王住家)' 또는 '제왕조가(帝王朝家)'의 의미로 볼 수 있으며 왕업이란 뜻.

8) 자미원 - 천제(天帝)가 거처하는 곳이라고 하며 인간관계에 천자를 상징하는 성좌(星座).

9) 금성지지 - 쇠로 만든 굳은 성.

10) 구방지지 - 선황제가 이룩한 옛나라.

11) 쇄락 - 물을 뿌린 듯이 산뜻함.

12) 조안 - 별로 큰 탈이 없이 대체로 편안함.

13) 유기 - 주원장을 도와 명을 건국한 인물로서 정치가이며 학자.

14) 작법 - 법을 짓는 것. 일을 처리하는 것.

15) 선영 - 조상의 무덤이 있는 곳.

묻힌 백골 뉘라서 거두오며, 선영향화(先塋香火)[16]를 뉘라서 주장하리.”

하염없는 눈물이 옷깃을 적시는지라.

이렇듯이 설워하니 부인 장씨는 이부상서 장윤의 장녀라. 주부 곁에 앉았다가 일심이 비감하야 왈,

“상공의 무후(無後)[17]함은 소첩의 박복함이라 첩의 죄를 논지컨데 벌써 버릴 것이로대 상공의 음덕으로 지금까지 부지하오니 부끄러운 말씀을 어찌 다 하오리까. 듣사오니 천하에 절승한 산이 남악 형산이라 하오니 수고를 생각지 말고 산신께 발원하여 정성이나 드려보사이다.”

주부 이 말을 듣고 대왈,

“하늘이 점지하사 팔자에 없었으니, 빌어 자식을 낳을진대 세상에 무자(無子)한 사람이 있으리요.”

장부인이 여쭈오대,

“대체를 생각하면 그 말씀도 당연하되 만고 성현 공부자(孔夫子)도 이구산(尼丘山)[18]에 빌어 났고 정(鄭)나라 정자산[19]도 우성산에 빌었으니 우리도 빌어 보사이다.”

주부 이 말을 듣고 삼칠일 재계 정히 하고 소복을 정제하며 제물을 갖추고 축문을 별도로 지어 가지고 부인과 함께 남악산을 찾아가 상대에 올라서서 사방을 살펴보니, 옛날 하우(夏禹)[20]씨가 구년지수(九年之水) 다스리시고 층암절벽 파던 터가 어제 한 듯 완연하고 산천이 심히 엄숙한 곳에 천제당(天祭堂)을 높이 묻고 백마를 잡던 곳이 완연하였고, 추연(湫淵)을 돌아보니, 옛날 위 부인[21]이 선동(仙童) 오륙 인을 거느리고 도학(導學)하던 일층단이 무너졌다.

일층단 별로 모아 노구밥[22]을 정렬히 담아 놓고 부인은 단하에 궤좌[23]하고 주

16) 선영향화 - 조상에 제사를 지냄.

17) 무후 - 자녀가 없음.

18) 이구산 - 공자가 탄생한 곳.

19) 정자산 - 춘추시대 정나라 대부 공손교. 나라를 부강하게 하였음.

20) 하우 - 하를 개국한 임금. 구 년 간의 홍수를 다스린 공으로 순으로부터 임금을 물려 받음.

21) 위 부인 - 선녀의 하나.

부는 단상(壇上)에 궤좌하여 분향 후 축문을 내어 옥성으로 축수할 제 그 축문에 하였으되,

유세차(維歲次)[24] 갑자년 갑자월 갑자일에 대명국 동성문 내에 거하는 유심은 형산 신령전에 비나이다. 오호라 대명 태조 창국공신지손(創國功臣之孫)이라 선대의 공덕으로 부귀를 겸전하고 일신이 무양하나 연광이 반이 넘도록 일점 혈육이 없었으니 사후 백골인들 뉘라서 엄토하며 선영행화를 뉘라서 봉사하리오. 인간에 죄인이요 지하에 악귀로다. 이러한 일을 생각하니 원한이 만심(慢心)이라 이러한 고로 더러운 정성을 신령전에 발원하오니 황천은 감동하와 자식 하나 점지하옵소서.

빌기를 다 함에 지성이면 감천이라 황천인들 무심할까. 단상의 오색 구름이 사면에 옹위하고 산중에 백발 신령이 일체(一切)히 하강하여 정결케 지은 제물 모두다 흠향한다. 길조(吉兆)가 여차(如此)하니 귀자(貴子)가 없을쏘냐.

빌기를 다한 후에 만심 고대하던 차에 일일은 한 꿈을 얻으니, 천상으로서 오운(五雲)이 영롱하고, 일원(一員) 선관(仙官)이 청룡(青龍)을 타고 내려와 말하되,

"나는 청룡을 차지한 선관이더니 익성(翼星)[25]이 무도(無道)한 고로 상제께 아뢰되 익성을 치죄하야 다른 방으로 귀양을 보냈더니 익성이 이걸로 함심(含心)하야 백옥루 잔치시에 익성과 대전한 후로 상제전에 득죄하여 인간에 내치심에 갈 바를 모르더니 남악산 신령들이 부인 댁으로 지시하기로 왔사오니 부인은 애휼(愛恤)[26]하옵소서."

하고 타고 온 청룡을 오운간(五雲間)에 방송하며 왈,

"일후 풍진(風塵)[27]중에 너를 다시 찾으리라."

22) 노구밥 - 산천의 신령에게 제사하기 위하여 노구솥에 지은 밥.

23) 궤좌 - 꿇어 앉다.

24) 유세차 - 축문이나 제문 첫머리에 나오는 말로 '해의 차례' 라는 듯.

25) 익성 - 이십팔수 중의 한 명. 여기서는 천상의 성관.

26) 애휼 - 사랑하고 불쌍히 여김.

하고 부인 품에 달려들거늘 노래 깨달으니 일장춘몽 황홀하다.

정신을 진정하야 주부를 청입(請入)하야 몽사를 설화(說話)한대 주부 즐거운 마음 비할 데 없어 부인을 위로하야 춘정(春情)을 부쳐두고 생남(生男)하기를 만심 고대하더니 과연 그 달부터 태기 있어 십 삭이 찬 연후에 옥동자를 탄생할 제, 방 안에 향취 있고 문 밖에 서기(瑞氣)가 뻗질러 생광(生光)은 만지(滿地)하고 서채(瑞彩)[28]는 충천한 중에 일원(一員) 선녀 오운 중에 내려와 부인 앞에 궤좌하여 백옥상(白玉床)에 놓인 과실을 부인께 주며 하는 말이,

"소녀는 천상 선녀이옵더니 금일 상제 분부하시되 자미원(紫薇垣) 장성(將星)이 남경 유심의 집에 환생(還生)하였으니 네 바삐 내려가 산모를 구완하고 유아를 잘 거두라 하시기로 백옥병의 향탕수(香湯水)를 부어 동자를 씻기시면 백병(百病)이 소멸하고 유리대(琉璃岱)[29]에 있는 과실 산모가 잡수시면 명(明)이 장생불사(長生不死)하오리다."

부인이 그 말을 듣고 유리대에 있는 과실을 세 개를 모두 쥐니 선녀 여쭈오되,

"이 과실 세 개 중에 한 개는 부인이 잡수시고 또 하나는 공자를 먹일 것이요, 또 한 개는 일후에 주부가 잡수실 것이니 다 각기 임자를 옥황상제께옵서 점지하신 과실을 다 어찌 잡수시리까."

향탕수에 부어 한 개를 잡순 후에 옥동자를 채금(彩衾)[30]속에 뉘여 놓고 부인께 하직하고 오운 속에 싸이여 가니 반공에 어렸던 서기 떠나지 아니하더라.

부인이 선녀를 보낸 후에 일어 앉으니 정신이 상쾌하고 청수(淸秀)한 기운이 전일보다 배나 더하더라.

주부를 청입하야 아기를 보이며 선녀의 하던 말을 낱낱이 고하니 주부 공중을 향하야 옥황께 사례하고 아기를 살펴보니 웅장하고 기이하다. 북두칠성 맑은 별은 두 팔뚝에 박혀 있고 뚜렷한 대장성이 앞가슴에 박혔으며, 삼태성 정신별이 배상(背上)[31]에 떠 있는데, 주홍(朱紅)으로 새겼으되 '대명국 대사마 대원수'라

27) 풍진 - 전쟁.

28) 서채 - 상서로운 빛깔.

29) 유리대 - 유리로 만든 주머니.

30) 채금 - 채색이 있는 이불.

31) 배상 - 등 위.

은은히 박혔으니 웅장하고 기이함은 만고에 제일이요 천추(千秋)에 하나로다.

주부 기운이 쇄락하야 부인을 돌아보아 왈,

"이 아해 상(相)을 보니 천인적강(天人謫降)[32]이 적실하고 만고 영웅 분명하며 전일 황상께옵서 도읍을 옮기고저 하야 창해국사신 임경천더러 물으시니 임경천이 아뢰기를 북두정기(北斗精氣)는 남경에 하강하고 자미원 대장성이 황성에 떨어졌으니 미구(未久)에 신기한 영웅이 나리라 하더니 이 아해가 적실하니 어찌 아니 즐거우리까. 오래지 아니하야 대장 절월(節鉞)[33]을 요하(腰下)[34]에 횡대(橫帶)하고 상장군(上將軍) 인수(印綬)[35]를 금낭(錦囊)에 넌짓 넣고 부귀영화는 선영에 빛내고 맹기영풍(猛氣英風)[36]은 사해에 진동할 제 뉘 아니 칭찬하리요 산신(山神)의 깊은 은덕 사후(死後)에도 난망(難忘)이요 백골인들 잊을쏘냐."

이름은 충렬이라 하고 자는 성학이라 하다.

세월이 여류(如流)하야 칠 세에 당함에 골격은 청수하고 총명에 발췌(拔萃)[37]하야 필법(筆法)은 왕희지(王羲之)요, 문장은 이태백(李太白)이며 무예장략(武藝將略)은 손오(孫吳)[38]에 지내더라. 천문(天文)[39] 지리(地理)는 흉중(胸中)에 갈마두고[40] 국가 흥망은 장중(掌中)에 매였으니 말 달리기와 용검지술(用劍之術)은 천신도 당치 못할네라.

오호라 시운이 불행하고 조물이 시기한지. 유 주부 세대 부귀 지극하더니 사람이 흥진비래(興盡悲來)[41]가 미쳤으니 어찌 피할 가망이 있을쏘냐.

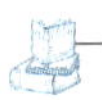

32) 천인적강 - 천상의 사람이 인간계에 귀양 옴.

33) 절월 - 관찰사, 병사, 수사, 대장 등이 왕에게 받아 차던 수기(手旗)와 도끼 모양의 것을 생살권(生殺權)을 상징함.

34) 요하 - 허리 아래.

35) 인수 - 옛날 관인(官印)의 꼭지에 단 끈.

36) 맹기영풍 - 용맹한 기운과 영웅스러운 풍모(風貌).

37) 발췌 - 여럿 속에서 훨씬 뛰어남.

38) 손오 - 중국 춘추시대 제나라의 병법가 손무(孫武)와 전국시대 위의 병법가 오기(吳起)를 함께 일컫는 말.

39) 천문 - 천체의 형상 및 운행.

40) 갈마두고 - 갈무리하다. 즉 모아 두다.

41) 흥진비래 - 흥이 다하고 슬픔이 옴.

유 주부는 조참적소(遭讒謫所)[42]하고 장 부인은 피화봉수적(避禍逢水賊)[43]하다

각설, 이때에 조정에 두 신하 있으되 하나는 도총대장(都總大將) 정한담이요, 또 하나는 병부상서(兵部尙書) 최일귀라. 본대 천상익성(天上翼星)으로 자미원 대장성과 백옥루 잔치에서 대전(對戰)한 죄로 상제께 득죄하야 인간에 적강하여 대명국 황제의 신하 되었는지라. 본시 천상지인으로 지략이 유여하고 술법이 신묘한 중에 금산사 옥관도사를 데려다가 별당에 거처하고 술법을 배웠으니 만부부당지용(萬夫不當之勇)[44]이 있고 백만군중(百萬軍中) 대장지재(大將之才)라, 벼슬이 일품이요 포악이 무쌍이라. 만민의 생사는 장중(掌中)에 매여 있고, 일국의 권세는 손 끝에 달렸으니, 일생 마음이 천자를 도모(圖謀)코자 하되 다만 정언(正言) 주부(注簿)의 직간(直諫)을 꺼려 하고 또한 퇴재상 강희주의 상소를 꺼려 중지한 지 오래더니 영종황제 즉위 초에 열국제왕(列國帝王)들이 각각 사신을 보내어 조공을 바치되 오직 토번(吐藩)[45]과 가달[46]이 강포(强暴)만 믿고 천자를 능멸히 하야 조공을 바치지 아니하거늘 한담과 일귀 두 사람이 이때를 타서 천자께 여쭈오대,

"폐하 즉위하신 후에 일국제신이 다 조공을 바치되 오직 토번과 가달이 강포만 믿고 천명(天命)을 거스르니 신 등이 비록 재주 없사오나 남적(南賊)을 항복받아 충신으로 돌아오면 폐하의 위엄이 남방에 가득하고 소신의 공명은 후세에 전하리니 복원(伏願) 황상은 깊이 생각하옵소서."

천자 매일 남적이 강성함을 근심하더니 이 말을 듣고 대희(大喜)왈,

"경의 마음대로 기병(起兵)하라."

하시니라.

이때, 유 주부 조회(朝會)하고 나오다가 이 말을 듣고 탑전(榻前)[47]에 들어가

42) 조참적소 - 참소를 만나 귀양 감.

43) 피화봉수적 - 화를 피하다가 수적을 만남.

44) 만부부당지용 - 만 사람이 당할 수 없는 용맹.

45) 토번 - 당송시대 서장족(西藏族)을 일컫던 이름.

46) 가달 - 중국 변방 오랑캐족의 명칭.

47) 탑전 - 임금의 자리 앞.

복지(伏地) 주(奏)왈,

"듣사오니 폐하께옵서 남적을 치라 하시기로 기병하신단 말씀이 옳으니이까?"

천자 왈,

"한담의 말이 여차여차(如此如此)하기로 그런 일이 있노라."

주부 여쭈오대,

"폐하 어찌 망령되게 허락하였습니까? 왕신은 미약하고 외적은 강성하니 이는 자는 범을 찌름 같고 드는[48] 토끼를 놓침이라. 복원 황상은 기병치 마옵소서."

천자 그 말을 들으시고 호의만단(狐疑萬端)하던 차에 한담과 일귀 일시에 합주(合奏)하되,

"유심의 말을 듣사오니 대국을 저버리고 도적놈만 칭찬하야 개미 무리를 대국에 비하고 한낱 새알을 폐하에게 비하니 일대에 간신이요 만고에 역적이라. 신 등은 저어하건대 유심의 말이 가달을 못 치게 하니 가달과 동심하여 내응(內應)이 된 듯하니 유심을 선참(先斬)하고 가달을 치사이다."

천자 허락하다.

한림학사 왕공열이 유림 죽인단 말을 듣고 복지(伏地) 주왈,

"주부 유심은 선황제 개국공신 유기의 손이라, 위인이 정직하고 일심이 충전(忠孞)하오니 남적을 치지 말잔 말이 사리 당연하옵거늘 그 말을 죄라 하와 충신을 죽이시면 태조황제 사당 안에 유 상공 배향(配享)하였으니 춘추로 행사(行祀)[49]할 때에 무슨 면목으로 뵈오며 유심을 죽이면 직간한 신하 없사올 것이니 황상(皇上)은 생각하와 죄를 용서하옵소서."

천자 이 말을 듣고 한담을 돌아보니 한담이 여쭈오대,

"유심을 죄하실진대 만사무석(萬死無惜)이오나 공신의 후예오니 죄목대로 다 못하오나 정배(定配)[50]나 하사이다."

천자,

"옳다."

하시고,

48) 드는 - 그물에 들어오는

49) 행사 - 제사를 지냄.

50) 정배 - 귀양 보냄.

"황성 밖에 원찬(遠竄)하라."

하시니 한담이 청령(廳令)하고 승상부 높이 앉아 유심을 잡아 내어 수죄(數罪)[51]하는 말이,

"너의 죄를 논지(論之)컨대 선참후계(先斬後啓)[52] 당연하나 국은(國恩)이 망극하사 네 목숨을 살려 주니 일후는 그런 말을 말라."

하고 연북(燕北)으로 정배하야,

"어서 바삐 발행하라. 만일 잔말하다가는 능지처참(陵遲處斬)[53]하리라."

주부 이 말을 들음에 분심이 창천(漲天)하야 양구(良久)[54]에 하는 말이,

"내 무슨 죄 있건데 연북으로 간단 말가. 나 죽은 후에 내 눈을 빼어 동문에 높이 달아 가달국 적장 손에 네 머리 떨어지는 줄 완연히 보리라."

한담이 이 말을 듣고 분심이 창천하여 왈,

"어명이 이러하니 무슨 발명(發明)한다?"

하고 궐문에 들어가며 금부도사 재촉하여 유심을 채질하야 연북으로 가라 하는 소리 성화같이 재촉하니 유 주부 하릴없어 적소(謫所)[55]로 가려 하고 집으로 돌아오니 일가(一家)가 망극하야 곡성이 진동하더라.

주부 충렬의 손을 잡고 부인더러 하는 말이,

"우리 연광이 반이 넘도록 일개 자녀 없었더니 황천이 감동하사 이 아들을 점지하야 봉황의 짝을 얻어 영화를 보렸더니 가운이 소체[56]하고 조물이 시기하여 간신의 참소를 보아 만리 적소로 떠나가니 생사를 아지 못할지라. 어느 날 다시 볼까, 날 같은 인생은 조금도 생각 말고 이 자식 길러내어 후사를 받들게 하면 황천에 돌아가도 눈을 감고 갈 것이요 부인의 깊은 은덕 후세에 갚으리라."

하고 충렬을 붙들고 슬피 울며 하는 말이,

"네 아비 무슨 죄로 만리 연경에 가단 말인가. 너를 두고 가는 설움 생각하니

51) 수죄 - 죄목을 따짐.

52) 선참후계 - 먼저 죽이고 뒤에 알림.

53) 능지처참 - 옛날 형벌의 하나로 사지를 찢어 죽이는 것.

54) 양구 - 얼마 있다가 한참 뒤에.

55) 적소 - 귀양가는 곳.

56) 소체 - 막힌다는 뜻.

기가 막혀 말할 길이 전혀 없고 일시나 잊자 하니 가슴에 맺힌 한이 죽은들 잊을쏘냐. 너의 아비 생각 말고 너의 모친을 모셔 무사히 지내며, 봄풀이 푸르거든 부자 상면한 줄 알고 있으라.”

하며 방성통곡하며 죽도(竹刀)[57]를 끌러 충렬을 채우면서,

“구천(九泉)에 상봉한들 부자 신표(信標) 없을쏘냐. 이 칼을 잃지 말고 부디 간수하여 두라.”

처자를 이별하고 행장을 바삐 차려 문 밖에 나오니 정신이 아득하여 한 번 걷고 두 번 걸어 열 걸음 백 걸음에 구곡간장 다 녹으며, 일편단심 다 녹겠다. 성중에 보는 사람 뉘 아니 낙루하며 강산 초목이 다 슬퍼한다.

동성문 나서면서 연경(燕京)[58]을 바라보며 영거사(領車使)[59]를 따라 갈 제, 삼일을 행한 후에 청소령을 지나 옥해관을 당도하니 이때는 추팔월 망간(望間)이라. 이튿날 길을 떠나 소상강을 바삐 건너 멱라수(汨羅水)[60]를 다다르니 이 땅은 초희 황제 만고충신 굴삼려(屈三閭)[61] 간신의 패를 보고 택반(澤畔)에 장사(葬死)하니 후인이 비감(悲感)하여 회사정을 높이 짓고 조문(弔文) 지었으되,

일월같이 빛난 충혼 만고에 빛나 있고 금석 같이 굳은 절개 천추에 밝았으니 이 땅에 지나는 사람 뉘 아니 감심하리.

이렇듯이 슬픈 일을 현판(懸板)에 붙였거늘 유 주부 글을 보니 충심이 직발(直發)하야 행장에 필묵(筆墨)을 내어 들고 회사정 동벽상(東壁上)에 대자로 쓰기를,

대명국 유심은 간신 정한담과 최일귀 참소를 만나 연경으로 적거(謫去)하더니

57) 죽도 - 대로 만든 조그만 칼로서 노리개로 차던 물건.

58) 연경 - 중국 북경의 옛 이름.

59) 영거사 - 인솔하여 가는 관리.

60) 멱라수 - 중국 호남성(湖南省) 상음현(湘陰縣)의 북에 있는 강 이름. 초의 굴원이 투신한 곳이라고 해서 ‘굴담(屈潭)’ 이라고도 함.

61) 굴 삼려 - 전국시대 초 희왕의 충신이며 문학가인 굴원, 임금에게 충간(忠諫)이 용납되지 않자 멱라수에 빠져 죽음.

일월같이 밝은 마음 변백(辨白)할 길 전혀 없고 빙설(氷雪)같이 맑은 절개 뵈일 곳이 바이 없어 멱라수에 지내다가 굴삼려의 충혼 만나 물에 빠져 죽으니라.

쓰기를 다한 후에 물가에 내려가서 하늘께 축수하고 일성(一聲) 통곡에 옷자락으로 눈을 가리고 만경창파 깊은 물에 훨썩 뛰어드니, 이때에 영거하던 사신이 이를 보고 전지도지(顚之倒之)[62] 달려들어 손을 잡고 말려 왈,

"충성은 천신도 알 것이라. 그대의 죄안(罪案)은 천자에게 매였으니, 명(命)을 받아 적소로 가옵다가 이곳에 죽사오면 나도 또한 죽을 것이요 그대 적소를 버리고 죽사오면 무죄함은 천하의 아는 바라. 천행(天幸)으로 천자 감심하사 쉬이 방송할 줄 모르고 죽어서 충혼이 될지라도 삶만 같을쏘냐."

한사하고 만류하여 백사장에 들어내니 유 주부 하릴없어 회사정을 지나 황주를 다다르니 서호(西湖)가 여기로다.

각설, 이때에 정한담 최일귀가 유 주부를 참소(讒訴)하야 적소로 보낸 후에 마음이 교만하야 별당으로 들어가 옥관도사를 보고 천자를 도모할 묘책을 물은대, 도사 문 밖에 나와 천기(天氣)를 자세히 보고 들어와 하는 말이,

"요사이 밤마다 살피온즉 두려운 일이 황성에 있나이다."

한대 한담이 문왈,

"두려운 일이라 하오니 무슨 일이 있나이까."

도사 왈,

"천상에 삼태성이 황성에 비쵔으되 그 중에 유심의 집에 비쵔으니, 유심은 비록 연경에 갔으나 신기한 영웅이 황성 내에 살았으니 그대 도모할 일이 어려울 듯하노라."

한담이 이 말을 듣고 의당에 나와 도사 하던 말을 일귀더러 하니 일귀 대왈(對曰),

"도사의 신기함은 천신에게 지내나니 신기한 영웅이 황성 내에 있다 하니 진실로 마음이 황공하여이다."

한담이 왈,

"내 생각하니 유심이 연만(年晚)하되 자식이 없는 고로 수년 전에 형산(衡山)

62) 전지도지 - 엎어지고 자빠지며. 즉 허겁지겁.

에 산제(山祭)하여 자식을 얻었다 하더니, 도사의 말씀이 황성에 있다 하니 의심하건대 유심의 아들인가 하노라.”

일귀 왈,

“적실히 그러하면 유심의 집을 함몰(陷沒)하여 후환이 없게 함이 옳을까 하노라.”

한대 한담이,

“옳다.”

하고 그날 삼경에 가만히 숭상부에 나와 나졸 십여 명을 차출(差出)하여 유심의 집을 둘러싸고 화약 염초를 갖추어 그 집 사방에 묻어 놓고 화심(火心)에 불붙여 일시에 불을 놓으라고 약속을 정하니라.

이때에 장 부인이 유 주부를 이별하고 충렬을 데리고 한숨으로 세월을 보내더니 이날 밤 삼경에 홀연히 곤하여 침석(枕席)에 졸더니 어떠한 일 노인(一老人)이 홍선(紅扇) 일 병(一柄)[63]을 가지고 와서 부인을 주며 왈,

“이날 밤 삼경에 대변(大變)이 있을 것이니 이 부채를 가졌다가 화광(火光)이 일어나거든 부채를 흔들면서 후원 담장 밑에 은신(隱身)하였다가 충렬만 데리고 인적(人跡)이 그친 후에 남천(南天)을 바라보고 갓없이 도망하라. 만일 그렇지 아니하면 옥황께서 주신 아들 화광중에 고혼(孤魂)이 되리라.”

하고 문득 간데없거늘 놀라 깨어 보니 남가일몽(南柯一夢)[64]이라. 충렬이 잠을 깊이 들어 있고 과연 홍선 한 자루 금침(衾枕) 위에 놓였거늘 부채를 손에 들고 충렬을 깨워 앉히고 경경불매(耿耿不寐)[65]하던 차에, 삼경이 당함에 일진광풍(一陣狂風)[66]이 일어나며 난데없는 천불[67]이 사면으로 일어나니 웅장한 고루거각(高樓巨閣)[68]이 홍로점설(紅爐點雪)[69] 되어 있고 전후에 쌓인 세간 추풍낙엽(秋風落葉) 되었도다.

63) 일 병 - 한 자루.

64) 남가일몽 - 한바탕의 꿈.

65) 경경불매 - 근심이 되어 잠을 자지 못함.

66) 일진광풍 - 한바탕 부는 사나운 바람.

67) 천불 - 저절로 일어나는 불.

68) 고루거각 - 높고 큰 다락집.

부인이 창황중에 충렬의 손을 잡고 홍선을 흔들면서 담장 밑에 은신하니 화광이 충천하고 회신만지(灰燼滿地)[70]하니 구산(丘山)[71]같이 쌓인 기물(器物) 화광에 소멸하였으니 어찌 아니 망극하랴.

사경이 당함에 인적이 고요하고 다만 중문 밖에 두 군사 지키거늘 문으로 못 가고 담장 밑에 배회하더니, 창난[72]한 달빛속으로 두루 살펴보니 중중한 담장 안에 나갈 길이 없었으니, 다만 물 가는 수채 구멍이 보이거늘, 충렬의 옷을 잡고 그 구멍에다가 머리를 넣고 복지(伏地)하여 나올 제, 고운 얼굴 진흙 빛이 되었으니 불쌍하고 가련함은 천지(天地)도 슬퍼하고 강산(江山)도 비감(悲感)한다.

충렬을 앞에 안고 사잇길로 나오며 남천을 바라고 갓없이 도망할 제, 한곳에 다다르니, 옆에 큰 뫼가 있으되 높기는 만 장이나 하고 봉우리의 오색 구름 사면에 어리었거늘 자세히 보니 이 뫼는 천제(天祭)하던 남악형산(南嶽衡山)이라. 전일 보던 얼굴이 부인을 보고 반기는 듯, 뚜렷한 천제당(天祭堂)이 완연히 뵈이거늘, 부인이 비회(悲懷)를 금치 못하야 충렬을 붙들고 방성통곡(放聲痛哭)하는 말이,

"너 이 뫼를 아난다? 칠 년 전에 이 산에 와서 산제하고 너를 낳았더니 이 지경이 되었으니 너의 부친은 어데 가고 이런 변을 모르는고. 이 산을 보니 네 부친 본 듯하다. 통곡하고 싶은 마음 어찌 다 측량하리."

충렬이 그 말 듣고 부인의 손을 잡고 울며 왈,

"이 산에 산제하고 나를 낳았단 말인가? 적실히 그러하면 산신은 이러한 연유(緣由)를 알건마는 산신도 무정하네."

부인이 이 말을 듣고 목이 매어 말을 못하거늘 충렬이 위로한대 이윽히 진정하야 충렬을 앞세우고 변양수를 건너 회수 가에 다다르니 날이 이미 서산에 걸려 있고 원촌(遠村)에 저녁 내 나고 청강(淸江)에 놀던 물새는 양류(楊柳) 속에 날아들고 청천에 뜬 가마귀 석운(夕雲)간에 울며 들 제, 해상(海上)을 바라보니 원표(遠標)에 가는 돛대 저문 안개 끼어 있고 강촌(江村)에 어적(漁笛)[73] 소리 세우(細雨) 중에 흩날렸다.

69) 홍로점설 - 벌겋게 달아 있는 화로에 한 점 눈송이가 녹아 없어지듯 잠깐 동안에 사라짐.

70) 회신만지 - 재가 땅에 가득함.

71) 구산 - 산언덕. 산더미.

72) 창난 - 창연히 빛나는.

슬픈 마음 진정하고 충렬의 손을 잡고 물가에 배회하되 건너갈 배[74] 전혀 없어 하늘을 우러러 탄식을 마지아니하더라.

이때에, 정한담 최일귀 유심의 집에다가 불을 놓고 사이로 엿보더니 일진광풍에 화광이 일어나며 웅장한 고루거각에 일편 재물 없었으니,

'그 안에 든 사람 씨도 없이 다 죽겠다.'

하고 별당에 들어가 도사를 보고 다시 물어 가로되,

"전일에 우리 등이 대사(大事)를 이루고자 하더니 선생의 말씀이, '영웅이 있다' 하고 근심하더니 이제도 그러한지 다시 망기(望氣) 하옵소서."

도사 밖에 나와 천기를 살펴보고 방으로 들어와 하는 말이,

"이제는 삼태성이 황성을 떠나 변양 회수에 비췄으니 그 일이 수상한지라, 내 생각하니 유심의 가권(家眷)[75]이 적소(謫所)를 찾으랴 하고 회수 가에 갔는가 싶으노라."

한담이 이 말을 듣고 안마음에 생각하되,

'화광이 그렇게 엄장(嚴壯)하니 일정 소멸하여 죽었다 하였더니 일정 영웅이면 벗어남이 괴이치 아니하다.'

하고 외당에 나와 날랜 군사 다섯 명을 속출하여 분부하되,

"너희 등이 바삐 이 밤에 변양 회수 가에 가서 나의 전갈로 분부하되 금명일간(今明日間) 어떠한 여인이 어린아이를 데리고 물을 건너려 하거던 즉시 결박하여 물에 넣으라. 만일 그렇지 아니하면 회수의 사공과 너희 등을 낱낱이 죽이리라."

한대 나졸이 대경(大驚)하여 회수에 나는 듯이 달려오니 과연 물가에 인적이 있어 여인의 울음소리 들리거늘 사공을 불러내어 한담의 하던 말을 낱낱이 고하니 사공이 대경하여 대왈,

"감히 대감의 영(令)을 죽사온들 피하리까."

하고 소선(小船) 일 척을 대이고 고대(苦待)하더라.

부인이 충렬을 데리고 건널 배 없어 물가에 주저하던 차에 난데없는 일 척 소

73) 어적 - 고기잡이배의 고동 소리.

74) 배 - '바가'로도 볼 수 있고, '배[船]'로도 볼 수 있음.

75) 가권 - 집안 식구.

선이 떠오며 부인을 청하거늘, 그 간계(奸計)를 모르고 충렬을 이끌고 배에 올라 중류(中流)에 당함에 일진광풍이 일어나며 양 돛대 선창에 자빠지고, 난데없는 적선(賊船)이 달려들어 부인을 잡아매고 무수한 적군들이 사면으로 달려들어 부인을 결박하여 적선에 추켜 달고 충렬을 물 가운데 내던지니 가련하다.

이때에 장 부인이 도적에게 결박하야 배 안에 거꾸러져 충렬을 찾은들 수중에 빠졌거든 대답할 수 있을쏘냐. 한 번 불러 대답 않고 두 번 불러 소리 없으니 천만 번을 넘부른들 소리 점점 없어지고 사면에 있는 것이 흉악한 도적놈이 또한 노를 바삐 저어 부인을 재촉하여 소리 말고 가자 하니 부인이 망극하여 물에 빠져 죽고자 한들 큼직한 배 닻줄로 연약한 가는 몸을 사면으로 얽었으니 빠질 길이 전혀 없고 결항(結項)76)하여 죽자 한들 섬섬한 수족(手足)을 빈틈없이 결박하였으니 결항할 길 전혀 없어 도적의 배에 실려 하릴없이 잡혀 가니 동방이 밝아 오며 또 한곳에 배를 매고 부인을 잡아내어 마상에 앉히고 말을 채질하여 달려 가니 세상에 불쌍한들 이에서 더할쏘냐.

이때에 회수 사공 마용이라 하는 놈이 삼자(三子)를 두었으되 다 용맹이 과인(過人)하고 검술이 신묘한지라, 장자 이름은 마철이요 일찍 상처(喪妻)하고 아직 취처(娶妻)치 못하였으니 마침 이때를 당하여 장 부인의 얼굴을 보고 월태(月態)77)는 감추었으나 화용(花容)78)은 늙지 않고 수색(愁色)이 만면(滿面)하야 골격이 수려하나 아직은 춘색(春色)79)이 그저 있는지라. 대체 장 부인이 충렬을 낳을 때에 옥황(玉皇)이 선녀로 하여금 천도(天桃)80) 한 개 먹였으니 연광(年光)은 반이나 춘색은 불변이라. 그런 고로 회수 사공 놈이 충렬을 물에 넣고 부인은 데려다가 아내를 삼고자 하여 이런 변을 짓더라.

이때에, 장 부인이 하릴없어 도적의 말에 실려 한곳에 다다르니 태산준령 암석을 의지하여 수삼가(數三家) 마을이 있는지라. 수대(數代) 장 상서 규중 여자로 유씨에게 출가하여 연광이 반이 넘도록 무자녀(無子女)하다가 천행으로 자식

76) **결항** - 목을 매어.

77) **월태** - 달과 같은 태도.

78) **화용** - 꽃과 같은 용모.

79) **춘색** - 젊은 빛.

80) **천도** - 선가에서 하늘 위에 있다고 하는 복숭아.

하나 두었더니 만리 연경에 가군(家君)잃고 천리 해상에 자식을 잃었으되 모진 목숨 죽지 못하고 도적놈에게 잡혀 와 이 지경이 되었도다. 분벽사창(粉壁紗窓)[81] 어데 두고 도적놈의 토굴방에 앉았으며, 천금 같은 자식 잃고 만금 같은 가군 이별하고 나 혼자 살아나서 구천(九泉)에 돌아간들 유 주부를 어찌 보며, 인간에 살아 있은들 도적놈을 어찌 볼꼬, 무수히 통곡하니 기운이 진하여 토굴 속에 누웠더니, 비자(婢子) 한 년이 석반(夕飯)을 차려 왔거늘 기진하여 먹지 못하고 도로 보내니 또한 미음을 가지고 와서 먹기를 권하니 부인 안마음에 생각하되,

'내 아들 충렬은 천신이 감동하고 신령이 도운 바라. 일후에 응당 귀히 될 것이니 내 이제 연경으로 가서 주부를 데리고 충렬을 볼진대 인제 죽으면 후회가 있으리라.'

하고 강작(强作)[82]하여 일어 앉아 미음을 마시니 비자 반겨 적장에게 고한대, 도적이 대희(大喜)하여 그날 밤에 토굴방에 들어가 예(禮)하고 앉으며 왈,

"부인은 이러한 누지(陋地)에 와 나 같은 이를 섬기고저 하니 진실로 감격하오이다."

부인이 그 말을 들음에 분심이 탱천(撑天)[83]하나 신세를 생각하니 연연 약질(弱質)이 함정에 든 범 같은 고로 하릴없어 거짓 답왈,

"팔자 기박(奇薄)[84]하여 수중에 죽게 되었더니 그대 나 같은 잔명(殘命)을 구완하여 백년동거(百年同居)하고자 하니 감격하온 말씀 어찌 다 측량하리요마는 다만 미안한 일이 있으니 금월 초삼일은 나의 부친 기일(忌日)[85]이라 아무리 여자라도 부친의 제삿날 당하여 어찌 길례(吉禮)[86]를 지내오며 또한 백년을 해로할진대 어찌 기일을 가리지 아니하리오."

---

81) **분벽사창** - 바람 벽을 하얗게 바르고 비단을 드리운 창이라는 뜻으로, 여자가 거처하는 좋은 방.

82) **강작** - 억지로.

83) **탱천** - 분한 마음이 가슴속에 꽉 참.

84) **기박** - 운수가 사납고 복이 없음.

85) **기일** - 제삿날.

86) **길례** - 혼인 예식.

도적이 그 말을 듣고 즐거운 마음 측량치 못하여 정답게 하는 말이,

"진실로 그러할진대 장인의 제삿날에 사위들 어찌 아니 정성을 하리요."

하고,

"제물을 극진히 장만할 것이니 부디 염려 말고 안심하옵소서."

부인이 치사하고 조금도 의심치 아니하고 반겨하니 도적이 감사하여 단무타의(但無他意)[87]하고 안으로 들어가며 비자를 보내어 부인을 모시라 하니, 비자 들어와 곁에 누워 잠을 깊이 들어 인적이 고요하거늘, 부인이 그날 밤 삼경에 도망하여 나오더니 방에 자는 비자년이 문득 잠을 깨어 만져 보니 부인이 간데없고 중문이 열렸거늘 부인을 부르며 쫓아오거늘 부인이 대경하여 거짓 앉아 뒤보는 체하고 비자를 꾸짖어 왈,

"연일 고생하여 목이 마르기로 냉수를 많이 먹었더니 배가 불안하여 나와 뒤를 보거늘 네 이런 잔말을 하여 집안을 놀래느냐."

비자 무료하여 방으로 들어가고 부인도 속절없이 방으로 들어가 자더니, 그 밤을 지냄에 이튿날 적한(賊漢)이 부인의 말에 속아 노속(奴屬)을 데리고 제물을 장만하거늘 부인이 목욕하고 방으로 들어와 사면을 살펴보니 동벽상 위에 무엇이 놓였거늘 떼어 보니 기묘한 것이로다. 전면(前面)을 살펴보니 황금대자(黃金大字)로 뚜렷이 새겼으되,

'대명국도원수(大明國都元首) 유충렬을 개탁(開坼)[88]이라.'

하였거늘 부인이 옥함 보고 대경실색(大驚失色)하여 마음에 생각하되,

'세상에 동성(同姓) 동명(同名)이 또 있단 말가. 진실로 내 아들 충렬의 기물(器物)일진대 어찌 이곳에 있는고?'

하며,

'충렬아, 너의 옥함은 여기 있다마는 너는 어디 가고 너의 기물을 모르느냐.'

옥함을 고쳐 싸서 그곳에 놓고 밤들기를 기다리더니, 밤이 당함에 적한이 재물을 많이 장만하야 부인의 방에 들여왔거늘 부인이 받아 차차로 진설(陳設)하였다가 자야반(子夜半)[89]을 지냄에 제사를 파하고 음복(飮福)[90]한 후에 각각 잠을 잘새, 적한이며 노속 등이며 종일토록 곤하기로 가권이 다 잠이 들었거늘 부

87) 단무타의 - 다만 아무 다른 뜻이 없음.

88) 개탁 - 열어 봄.

인이 옥함을 내어 행장(行裝)에 깊이 싸 가지고 밖에 나와 북두칠성을 바라고 갓 없이 도망할 제, 한 곳에 다다르니 날이 이미 밝으며 큰 길이 내닫거늘 행인더러 물은즉 영릉관 대로라 하거늘 주점에 들어가 조반을 걸식하고 종일토록 가되 몇 리를 온지 모를러라.

부인이 종일토록 행역(行役)에 기운이 곤하여 인가를 찾아가 밤을 지내고저 하나 배 없어 물가에 주저하더니 창망한 달빛속에 수간(數間) 초옥이 뵈이거늘 반겨 급히 들어가니 시문(柴門)[91]에 개 짖으며 한 노구(老軀) 문 밖에 나오거늘, 노구 보고 예를 한대, 노구 답례하고 방으로 들어가자 하니 부인이 들어가 앉으며 살펴보니 사면에 여복이 없고 남복만 걸려 있고 또한 곁에 방으로서 남정 소리 나거늘 심신이 불안하여 좌불안석(坐不安席)[92]이라. 석반을 먹은 후에 노구 할미 문 왈,

"그대는 뉘집 부인이관대 어찌 혼자 이곳에 왔나이까?"

부인이 대왈,

"나는 본디 황성 사람으로 친정에 갔다가 해상에서 수적(水賊)을 만나 명을 도망하야 이곳에 왔나이다."

노구 이 말 듣고 곁방으로 들어가 자식더러 일러 왈,

"저 여인의 말을 들으니 가장 고이하도다. 수일 전에 들으니 석장동 당질(堂姪)놈이 회수 사공하다가 금월(今月) 초(初)에 해상에서 한 부인을 얻어 백년 동거코자 한다더니 저 여인의 말을 들으니 수적을 만나 도망하여 왔다 하니 정녕코 당질놈이 얻은 계집이라. 바삐 이 밤 삼경에 석장동을 득달하야 마철을 보고 데려다가 이 계집 잃지 말라."

한대 노구 자식이 이 말을 듣고 급히 후원으로 들어가 말 한 필 내어 타고 바삐 채질하여 나서니 본디 이 말은 천리마라 순식간에 석장동에 당도하였는지라.

이때에, 장 부인이 행역이 곤하여 노구 방에 잠을 깊이 들었더니 비몽간(非夢間)[93]에 한 노옹이 언연(偃然)[94]히 들어와 부인 곁에 앉으며 왈,

---

89) **자야반** - 한밤중, 자시는 밤 열두 시부터 한 시 사이.

90) **음복** -제사를 끝마치고 음식을 먹는 것.

91) **시문** - 사립문.

92) **좌불안석** - 근심이 되어 조바심하는 모습.

"금야(今夜)에 대변(大變)이 날 것이니 부인은 무슨 잠을 자시나이까? 급히 일어나 동산에 올라가 은신하였다가 변이 일어나거든 바삐 물가에 내려가면 일엽표주(一葉瓢舟)[95] 물가에 있을 것이니 그 배를 타고 급히 환(患)을 면하라. 만일 그렇지 아니하면 천금귀체(千金貴體)를 안보(安保)하기 어려울지라."

하고 간데없거늘 놀라 깨달으니 남가일몽이라. 급히 일어나 보니 노구도 간데없거늘 행장을 옆에 끼고 동산에 올라가 은신하고 동정을 살펴보니 과연 남으로서 일성방포(一聲放砲) 소리 나며 화광이 충천한 중에 무수한 도적이 사면으로 에워싸고 한 도적이 함성 왈,

"그 계집이 여기 있느냐?"

하는 소리 산곡(山谷)이 진동하니 부인이 대경하여 지척을 분별치 못하고 전지도지(顚之倒之) 동산을 넘어 물가에 다다르니 사고무인적이 적막한데 난데없는 일엽표주 물에 매였으며, 배 가운데 일개 선녀(仙女) 선창(船艙)[96] 밖에 나서며 부인을 재촉하여 배 안에 들라 하니, 부인이 창황중에 배에 올라 선녀를 보니, 부인이 황송하야 국궁배례(鞠躬拜禮)[97] 왈,

"박명한 천첩을 이다지 구완하니 선녀의 깊은 은덕 어찌 다 갚으리까?"

선녀 대왈,

"소녀는 남해 용왕 장녀옵더니 금일에 부왕이 분부하시기를 대명국 유충렬의 모 장 부인이 금야에 도적의 변을 볼 것이니 네 바삐 가 구완하라 하시기로 왔사오니 부인의 명은 상제도 아는 바라 소녀 같은 계집이야 무슨 은혜 있다 하리까."

부인이 상제께 치하할 제 마지못하야 도적이 벌써 물가에 다다라 방포일성에 난데없는 화광은 강수가 끓는 듯하고 일 척 소선(小船)에 양 돛을 높이 달아 살같이 달려드니 부인이 탄 배에서 두어 발 남은지라 적선(賊船) 중 일원(一員) 도적이 창검을 높이 들고 선창을 두드리며 함성하는 말이,

"네 이년 어디로 갔다? 천신이 아니거든 물 속으로 들어갈까. 가지말고 게 있

93) 비몽간 - 꿈인지 생시인지 어렴풋한 때.

94) 언연 - 의젓하게.

95) 일엽표주 - 하나의 표주박처럼 작은 배.

96) 선창 - 물가에 배를 탈 수 있도록 만든 다리.

97) 국궁배례 - 존경하는 뜻으로 몸을 굽혀 절함.

거라. 나의 호통 한 소리에 나는 새라도 떨어지고 닫는 짐승도 못 가거든 요망한 계집이 어디로 가려 하는다?'

이렇듯이 소리하니 배 가운데 있는 부인의 혼백이 있을쏘냐. 창황중에 돌아보니 도적의 배 선창으로 달려드니 부인이 하릴없이 통곡하며 하는 말이,

"무지한 도적놈아 나는 남경 유 주부의 아낼러니 간신의 참소를 만나 이 지경이 되었은들 너의 아내 될 수 있느냐. 차라리 물에 빠져 청백고혼(淸白孤魂)[98] 되리라."

도적이 이 말을 듣고 분심이 탱천하야 창검으로 냅다 칠 제, 부인의 탄 배 거의 잡게 되었더니 난데없는 광풍이 동남으로 일어나며 백사장에 쌓인 돌이 풍편(風便)에 흩날려 비온 듯이 떨어지니, 만경창파 깊은 물이 풍랑이 도도(滔滔)하여 벽력같이 내려지니 강산이 두렵거든 도적놈의 일엽주가 제 어이 견딜쏘냐.

순식간에 배를 언덕에 대이고 부인을 인도하여 암상에 내린 후, 부인이 정신을 진정하여 무수히 치사하고 행장을 간수하여 물가로 올라갈 제 기운이 진하여 촌보(寸步)를 못 갈러라.

종일토록 가다가 한곳에 다다르니 산천은 수려하고 지형은 단정하니 이 땅은 친덕산 할임동이라. 그곳을 당도함에 날이 또한 저물거든 부인이 노곤(勞困)하여 물가에 쉬어 앉아 잠깐 졸더니, 전일 현몽(現夢)하던 노옹이 부인을 깨워 왈,

"부인은 악(惡)이 다 진(盡)하였으니 이 산곡으로 들어가면 자연 구할 사람이 있을 것이니 바삐 가라."

하거늘 놀래 깨어 보니 청산은 울울하고 시내는 잔잔한지라. 일어나 차차 들어갈 제, 백옥 같은 고운 수족으로 악한 산곡 길을 발 벗고 들어가니 모진 돌에 채이며, 모진 나무에도 채이며 열 발가락이 하나도 성한 데 없어 유혈이 낭자하고 일신이 흉측하니 세상이 귀찮은지라. 슬피 앉아 우는 말이,

"만리 연경을 가자 하니 연경이 사만 오천육백 리라. 차라리 이곳에서 죽어 백골이나 고향으로 흘러 가거나 남은 혼백이라도 황성으로 다시 보리라."

행장을 끌러 옥함을 내어 놓고 비단수건으로 주홍 글자를 새겨 쓰되,

'모년 모월 모일에 대명국 동성문 내에 사는 유충렬 모 장씨는 옥함을 내 아들 충렬에게 전하노라 죽은 혼백이라도 받아보라.'

98) 청백고혼 - 맑고 깨끗한 외로운 혼적.

자자(字字)이 새겨 수건으로 옥함을 매어 물 속에 넣고 대성통곡(大聲痛哭)하며 치마를 무릅쓰고 물에 빠져 죽으려 할 제, 산곡 사이로 어떠한 여인이 동이를 곁에 끼고 금간수에서 물을 긷다가 부인을 보고 급히 내려와 만류하여 암상에 앉히고 문왈,

"부인은 무슨 일로 이러하신고? 내 집으로 가자."

하거늘 부인이 문득 노인이 현몽하던 말을 생각하고 따라가니 암상 석경 새에 수간모옥(數間茅屋)이 정묘한데 채운이 어리었으니 군자(君子) 사는 데요, 신선(神仙) 있는 곳이로다. 방으로 들어가 보니, 갈건야복(葛巾野服)[99]은 벽상에 걸려 있고 만 권 서책은 안상(案上)에 놓였으니 부인의 마음이 반갑고 안정하여 고생하던 전후 말과 연경을 찾아 가다가 중로(中路)에서 봉변하던 말을 낱낱이 고한대, 주인도 낙루(落淚)하고 손도 슬피 우니 그 아니 가련한가.

원래 이 집은 대명국 성종황제 때에 벼슬하던 이인학의 아들 이 처사의 집이니 인학의 모친은 유 주부의 종숙모(從叔母)[100]라 이별한 지 적년(積年)이라 처사는 마음이 청백하고 행실이 표치(標致)[101]하여 벼슬로 있더니 하직하고 산중에 들어와 농업을 힘쓰며 학업을 일삼으니 만고의 일인이요 일대의 하나이라. 뜻밖에 부인의 말을 듣고 대경하야 중당에 마저 예필(禮畢)후에 전후수말(前後首末)[102]을 다 못하고 낙루하여 왈,

"주부 처숙(妻叔)을 이별한 지 적년(積年)이라, 그다지 인사(人事) 변하여 이 지경이 될 줄 어찌 알리요."

서로 울며 마음을 위로하여 음식 거처를 편히 공양하니 부인의 일신은 무양(無恙)하나 다만 흉중에 맺힌 한이 종시 떠나지 아니하여 세월을 보내더라.

회사정에 행봉대인(幸逢大人)[103]하고 옥문관에 적거노재상(謫居老宰相)[104]하다

각설, 이때에 충렬은 모친을 잃고 물에 빠져 살길이 없었더니 문득 두 발이 닿

99) **갈건야복** - 갈포로 만든 두건과 베옷.

100) **종숙모** - 아버지의 사촌형제의 아내.

101) **표치** - 취지를 드러내 보임.

102) **전후수말** - 앞 뒤 이야기의 자초지종.

거늘 자세히 보고 살피어보니 물 속에 큰 바위라. 그 위에 올라앉아 하늘을 우러러 어미를 찾더니 간데없고 사면을 돌아보니 청산은 은은하고 다만 들리느니 물소리뿐이로다. 강천에 낭자한 원숭이 소리 삼경에 슬피 우니 충렬이 통곡하며 섰더니, 이때에 남경 장사들이 재물을 많이 싣고 북경(北京)으로 떠나갈 제 회수에 배를 놓아 범범중류 내려가더니 처량한 울음소리 풍편에 들리거늘 선인 등이 고이하여 배를 바삐 저어 우는 곳을 찾아가니 과연 일 동자(一童子) 물에서 슬피 울거늘 급히 건져 주중(舟中)에 놓고 연고를 물은즉,

"해상에서 수적을 만나 어미를 잃고 우나이다."

선인 등이 비감하여 물가에 내려놓고 갈 데로 가라 하며 배를 띄워 북경으로 행하더라.

충렬이 선인을 이별하고 정처없이 다니다가 촌촌이 걸식하며 곳곳이 차숙(借宿)[105]할 제, 유수(流水)같이 가는 광음 훌훌히 흘러가니 충렬의 고운 연광 십사 세에 당한지라. 천지로 집을 삼고 사해에 밥을 부쳐 도로에 개걸(丐乞)타가 한곳에 다다르니 이 땅은 초국(楚國)이라. 영릉을 지나다가 장사(長沙)를 바라보고 한 물가에 다다르니 창망한 빈 물가에 슬픈 원숭이 소리로다. 백사장 세우중(細雨中)에 백구(白鷗)는 비거비래(飛去飛來)뿐이로다. 후면을 돌아보니 녹죽(綠竹) 창송(蒼松) 우거지고 적막한 옛 정자 풍랑 속에 보이거늘 그곳에 올라가니, 이 물은 멱라수(汨羅水)요 이 정자는 회사정이라 하는 정자라. 유 주부가 글을 쓰고 물에 빠져 죽고자 하던 곳이라. 마음이 절로 비감하여 정자에 올라가 사면을 살펴보니, 제일은 굴 삼려(屈三閭)의 행장(行狀)[106]을 써 붙이고 그 밑에 만고 문장 풍월이며 행인(行人) 과객(過客) 노정기(路程記)[107]를 사면에 붙였더라.

동벽상에 새로 두 줄 글이 있거늘 그 글을 보니 모년 모월 모일에 남경 유 주부는 간신의 폐를 보고 연경으로 적거하다가 멱라수에 빠져 죽노라 하였거늘 충렬이 그 글을 보고 정상(亭上)에 거꾸러져 방성통곡(放聲痛哭) 왈,

103) 행봉대인 - 다행히 대인을 만나다.

104) 적거노재상 - 노재상을 귀양살이시키다.

105) 차숙 - 잠자리를 빌음.

106) 행장 - 사람이 죽은 뒤에 그 평생에 지내던 일을 기록한 글.

107) 노정기 - 여행한 길의 이수와 경로를 적은 글.

"우리 부친이 연경으로 갔는 줄만 알았더니 이 물에 빠졌도다. 나 혼자 살아나서 세상에 무엇하리. 회수에 모친 잃고 멱라수에 부친 잃었으니 하면목(何面目)으로 세상을 살아날꼬. 나도 함께 빠지리라."

하고 물가에 내려가니 충렬이 울음소리 용궁(龍宮)에 사무쳤는지라. 천신이 무심할까.

이때에 영릉 땅에서 사는 강희주라 하는 재상이 있으되 소년 등과(登科)하야 승상 벼슬하더니 간신의 참소(讒訴)를 만나 퇴사(退仕)하야 고향에 돌아왔으나, 일단 충심이 국가를 잊지 못하야 매양 천자 오결(誤決)[108]하는 일이 있으면 상소하여 구완하니 조정이 그 직간(直諫)을 꺼려하되 그 중에 정한담과 최일귀가 가장 미워하더니 마침 본부에 갔다가 회로(回路)에 우편 주점(酒店)에서 자더니 비몽간(非夢間)에 오색 구름이 멱라수에 어리었는데 청룡(靑龍)이 물 속에 빠지려하며 하늘을 향하여 무수히 통곡하며 백사장에 배회(徘徊)하거늘 내념(內念)에 괴이하여 날새기를 기다리더니 계명성(鷄鳴聲)[109]이 나며 날이 장차 밝거늘 멱라수에 바삐 오니 과연 어떠한 동자 물가에 앉아 울거늘 급히 달려들어 그 아이 손을 잡고 회사정에 올라와 자세히 물어 왈,

"너는 어떠한 아이로서 어데로 가며 무슨 연고로 이곳에 와 우는다?"

충렬이 울음을 그치고 대왈,

"소자는 남경 동성문 내에 사는 정언주부 유공의 아들이옵더니 부친께옵서 간신의 참소를 만나 연경으로 적거하시다가 이 물에 빠져 죽은 종적이 회사정에 있는 고로 소자도 이 물에 빠져 죽고자 하옵니다."

강 승상이 이 말을 듣고 대경실색(大驚失色)하여 왈,

"이것이 웬 말이냐. 근년에 노병(老病)으로 황성을 못 갔더니 그다지 인사 변하여 이런 변이 있단 말인가. 유 주부는 일국에 충신이라 동조(同朝)[110]에 벼슬하다가 나는 연만(年晩)하기로 고향으로 돌아왔더니 유 주부 이런 줄을 몽중에나 생각하였으랴. 의외(意外)라 왕사(往事)는 물론(勿論)하고 나를 따라가자."

하니 충렬이 왈,

108) 오결 - 잘못 결정함.

109) 계명성 - 닭 울음소리.

110) 동조 - 같은 조정.

"대인은 소자를 생각하와 가자 하옵시나 소자는 천지간 불효자라 살아서 무엇 하며 또한 모친이 변양 회수중에 죽삽고, 부친은 이 물가에 죽었사오니 소자 혼자 살 마음이 없나이다."

승상이 달래어 왈,

"부모가 구몰(俱沒)[111]한데 너조차 죽는단 말인가. 세상 사람들이 자식 낳아서 좋다 하는 것이 후사(後嗣)를 끊기지 아니함이라. 너조차 죽게 되면 유 주부 사당에 일점향화(一點香火) 있을쏘냐. 잔말말고 따라가자."

하시니 충렬이 하릴없어 강 승상을 따라가니 영릉땅 월계촌이라.

승상이 충렬을 외당에 두고 안으로 들어가 부인 소씨더러 충렬의 말을 낱낱이 하니 소씨 이 말을 듣고 충렬을 청하여 손을 잡고 낙루하며 왈,

"네가 동성문 내 사는 장 부인의 아들이냐? 부인이 연만토록 자식이 없음에 날과 같이 매일 한탄하더니 장 부인은 어찌하여 저러한 아들을 두었다가 영화를 다 못 보고 황천객이 되었으니 세상사 허망하다. 간신의 해를 입어 충신이 다 죽으니 나라인들 무사하랴. 다른 데 가지 말고 내 집에 있으라."

하시니 충렬이 배사(拜謝)하고 외당으로 나오니라.

이때 강 승상이 아들은 없고 다만 일녀(一女)를 두었는지라. 부인 소씨 여아를 낳을 적에 일원 선녀 오운(五雲)을 타고 내려와 소씨를 대하여 왈,

"소녀는 옥황 선녀옵더니 연분(緣分)이 자미원 대장성과 한가지로 있다가 소녀를 강문(降門)[112]에 보냄에 왔사오니 부인은 애휼하옵소서."

하거늘 부인이 혼미(昏迷)중에 여아를 탄생하니 용모 비범하고 거동이 단정하여 시서(詩書) 음률(音律)을 무불통지(無不通知)하니 여중군자(女中君子)요 총명(聰明) 지혜 무상이라. 부모 사랑하야 택서[113]하기를 염려하더니 천행으로 충렬을 데려다가 외당(外堂)에 거처하고 자식같이 길러낼 제 충렬의 상(相)을 보니, 구불가언(口不可言)[114]이로다. 부귀(富貴) 작록(爵祿)은 인간에 무쌍이요 영웅준걸(英雄俊傑)은 만고 제일이라. 승상이 대희하야 내당에 들어가 부인더러

111) 구몰 - 함께 죽음.

112) 강문 - 하늘에서 인간계로 귀양보내는 문.

113) 택서 - 사위를 고름.

114) 구불가언 - 입으로 가히 말할 수 없다.

혼사를 의논하니 부인 대희하여 왈,

"내 마음도 충렬을 사랑하더니 승상의 말이 또한 그러할진대 불수다언(不數多言)[115]하고 혼사를 지내옵소서."

승상이 밖에 나와 충렬의 손을 잡고,

"네게 대사(大事)를 진탁(眞託)[116]할 말이 있다. 노부(老父) 말년에 무남독녀(無男獨女)를 두었더니 금일로 볼진대 너의 천정(天定)[117]이 적실하니 이제 백년고락(百年苦樂)을 네게 부치노라."

하신대 충렬이 궤좌하여 낙루하며 여쭈오되,

"소자 같은 잔명을 구원하여 슬하에 두고자 하옵시니 감사무지(感謝無地)[118]로되, 다만 통박(痛迫)하온 일이 흉중에 사무쳤나이다. 소자 박복하와 양친이 죽은 줄도 모르고 취처(娶妻)하오면 인간에 죄인이라 글로 한이로소이다."

승상이 그 말 듣고 비감하여 충렬의 손을 잡고 왈,

"그도 일시 권도(權道)[119]라. 너의 집 시조공(始祖公)[120]도 조실부모(早失父母)하고 장문(張門)이 취처하였다가 성군(聖君)을 만나 개국공신(開國功臣)되었으니 조금도 설워 말라."

하시고 즉시 택일하여 길례(吉禮)를 행하니 신랑 신부의 아름다운 것이 선인(仙人) 적강(謫降) 적실하다. 동방(洞房) 화촉 깊은 밤에 신랑 신부 평생 연분 맺었으니 그 사랑한 말은 어찌 다 측량하며 어찌 다 기록하리.

밤을 지낸 후에 이튿날 승상 양주(兩主)께 뵈온대 승상 부부 즐거운 마음을 이기지 못하더라.

이러구러 세월이 여류(如流)하여 유생의 나이 십오 세라. 이때에 승상이 어린 사위를 얻고 말년에 근심이 없으나 다만 유 주부 간신의 해를 보아 멱라수에 죽음을 생각하니 분심이 직발(直發)하여 나라에 글을 올려 유 주부의 원통함을 푸

115) 불수다언 - 여러 말 할 것 없이.

116) 진탁 - 소회를 펴 부탁함.

117) 천정 - 하늘이 정해 준 연분.

118) 감사무지 - 감사하기 이를 데 없다.

119) 권도 - 일시 방편으로 처리하는 방법.

120) 시조공 - 명의 개국공신 유기(劉基)를 말함.

풀고자 하여 즉시 황성을 가려 하거늘 유생이 만류(挽留)하여 왈,

"대인의 말씀은 감격하오나 간신이 만조(滿朝)하와 국권(國權)을 아셨으니 천자 상소를 듣지 아니할까 하나이다."

승상이 불청(不聽)하고 급히 행장을 차려 황성에 올라가, 퇴재상 권공달의 집에 사처(私處)[121]를 정하고 상소를 지어 승지(承旨)[122]를 불러 천자께 올리라 하더라.

그 상소에 하였으되,

전승상(前丞相) 강희주는 근돈수백배(謹頓首百拜)[123]하옵고 상소우폐하전(上疏于陛下前)하나이다. 황공하오나 충신은 국가지본심(國家之本心)이요, 간신을 물리치고 충신을 내세워 인정(仁政)을 행하시고 덕을 베푸사 창생(蒼生)을 살피시면 소신(小臣) 같은 병골(病骨)이라도 태고순풍(太古舜風)[124] 다시 만나 청산백골(靑山白骨)이나 좋은 땅에 묻힐까 하였더니 간신의 말을 듣삽고 주부 유심을 연경으로 원찬(遠竄)하시니 선인(先人)의 하신 말씀 인군과 신하 보기를 초개(草芥)[125]같이 하여 밖으로 충신의 입을 막고 간신의 악을 받아 국권(國權)을 앗았으니 어찌 아니 한심하오리까. 왕망(王莽)이 섭정(攝政)함에 왕실(王室)이 미약하고 회왕(懷王)이 위태함에 항적(項籍)이 죽였으니 복원(伏願) 황상은 깊이 생각하옵소서 신이 비록 죽는 날이라도 사은(思恩) 해(海) 같사오니[126] 복원 황상은 충신 유심을 즉시 방송(放送)하와 폐하를 돕게 하옵소서. 주달하올 말씀 무궁하오나 황공하와 그치나이다.

하였거늘 천자 상소를 보시고 대로(大怒)하여 조정에 내리어 보라 하신대, 이때 정한담 최일귀, 강희주의 상소를 보고 대분(大忿)하여 즉시 궐내(闕內)에 들

121) 사처 - 개인이 거처하는 곳.

122) 승지 - 왕의 명령을 전달하고 왕에게 전달되는 상소를 관장하던 승정원의 벼슬.

123) 근돈수백배 - 삼가 머리를 조아려 백 번 절하고.

124) 태고순풍 - 옛날 요순시절과 같은 태평성대.

125) 초개 - 티검불.

126) 사은 해 같사오니 - 은혜가 바다같이 크니.

어가 여쭈오되,

"퇴신(退臣) 강희주의 상소를 보오니 대역부도(大逆不道)[127]라. 충신을 왕망에게 비하여 폐하를 죽인다 하오니 이놈을 역률(逆律)로 다스리어 능지처참(陵遲處斬)하옵고 일변 저자의 삼족(三族)[128]을 멸하여지이다."

천자 허락한대, 한담이 즉시 승상부에 나와 나졸을 재촉하여 강희주를 나입(拿入)[129]하라 하니 나졸이 청령(廳令)하고 권공달의 집에 가 강희주를 철망으로 결박하여 잡아갈 제, 이때 강희주 삼족을 멸하라 하는 말을 듣고 유생이 또한 연좌(連坐)[130]할까 하여 급히 편지를 만들어 집으로 보내고 철망에 싸이어 금부(禁府)[131]로 들어갈 제, 백발이 소소(小少)[132]하니 피눈물이 반반(斑斑)[133]하여,

"충신을 구완타가 장안 시상(市上)에 무주고혼(無主孤魂) 되단 말인가. 간신 정한담은 찬역(篡逆)하려 하고 충신을 무함(誣陷)하여 원혼(怨魂)이 되게 하니 살아도 부끄럽지 아니하랴."

무수히 호원(呼願)하고 금부로 들어가니, 이때 정한담이 승상부 높이 앉아 승상을 나입하여 계하(階下)에 꿇리고 수죄(數罪)하는 말이,

"네 전일에 자칭 충신이라 하더니 충신도 역적이 된단 말인가?"

승상이 눈을 부릅뜨고 한담을 보며 왈,

"한대 양화(陽貨)[134]가 공자(孔子)더러 소인(小人)이라 함이 어제들은 듯 하노라."

하니 한담이 대로하여 좌우 나졸을 재촉하여 수레 위에 높이 싣고 장안 시상에 나올 제, 이때에 천자 황태후(皇太后)는 강 승상의 고모(姑母)라, 승상 죽인단

127) 대역부도 - 역적의 죄로써 인도에 몹시 어그러지는 행위.

128) 삼족 - 친가, 외가, 처가의 족속.

129) 나입 - 잡아들임.

130) 연좌 - 다른 범죄자와 관련되어 같이 처벌됨.

131) 금부 - 의금부의 준말. 죄인을 다스리던 곳.

132) 소소 - 드뭇드뭇함.

133) 반반 - 어룽어룽, 그렁그렁.

134) 양화 - 춘추시대 노(魯)의 정치가. 명은 호(虎). 자는 화(貨). 일찍이 포악한 행위를 많이함.

말을 듣고 급히 천자께 들어가 낙루하여 왈,

"들으니 강희주를 무슨 죄로 죽이느냐? 친정 골육이 다만 늙은 강희주뿐이라. 설사 죽일 죄가 있다 하여도 날로 보아 죽이지 말고 원방(遠方)에 유찬(流竄)하기를 바라노라."

천자 애연(哀然)하여 즉시 한담을 불러.

"죽이지 말고 유심 일체(一體)로 옥문관에 원찬하라."

하시니 한담이 청명(聽命)하고 마지못하여 옥문관에 원찬하고, 강희주의 일족(一族)을 다 잡아다가 궁노비(宮奴婢)[135]를 공입(貢入)[136]하라 하고, 일변 나졸을 명초(命招)[137]하여 영릉으로 간지라.

이때 유생이 강희주 승상이 황성 가신 후로 주야 염려하더니 뜻밖에 강 승상의 서간이 왔거늘 급히 개탁하니 하였으되,

오호(嗚呼)라 노부는 전생에 죄 중하야 슬하에 자식 없고 다만 일녀를 두었더니 천행으로 그대를 만나 부귀영화를 보려 하고 여아(女兒)의 평생을 그대에게 부쳤더니 가운(家運)이 그러한지 조물(造物)이 시기한지 충신을 구완타가 만리 변방에 생사를 모르나니 이러한 변이 또 있느냐. 노부는 연만하여 풀 끝에 짐나고[138] 여년(餘年)이 불원(不遠)하여 이제 죽어도 섧지 아니하거니와 여아의 일생을 생각하니 가련하고 불쌍한지라. 천생연분(天生緣分)으로 그대를 만나 신정(新情)이 미흡(未洽)하여 이 지경이 되었으니 형용이 어찌 될지 가슴이 답답하다. 그러하나 노부는 역률(逆律)로 잡히어 철망을 씌워 옥문관으로 원찬하고, 나의 일족은 잡아다가 궁비(宮婢) 속공(屬公)[139]하라 하고 나졸이 내려가니 그대 급히 집을 떠나 환을 면하라. 만일 신정을 못 잊어 도망치 아니하면 우리 두 집의 일점혈육이 청춘고혼(靑春孤魂)이 될 것이니 부디 도망하였다가 일후에 귀히 되거든 내 자식을 찾아 버리지 말고 백년해로하여 나 죽은 날에 박주(薄酒)[140] 일배

135) 궁노비 - 궁에서 쓰는 노비.

136) 공입 - 국가에 바치려고 거둬들임.

137) 명초 - 명령하여 부름.

138) 풀 끝에 짐나고 - 풀 끝에 김이 나고, 풀잎의 이슬과 같이 금방 사라짐.

139) 속공 - 관청의 소유로 떼어 부침.

(一杯)라도 향화(香火)를 피운 후에 술상은 일생 기르던 충렬의 손에 많이 흠향하고 가라 하면 구천의 여혼(餘魂)이라도 일배주(一杯酒)를 만반주육(滿盤酒肉)[141)으로 먹고 청산에 썩은 뼈도 춘풍을 다시 만나 그 은혜를 갚으리라.

하였거늘 충렬이 보기를 다함에 낭자 방에 들어가 편지를 뵈이며,
"전생에 명이 기박(奇薄)하여 부모를 잃고 천지로 집을 삼고 사해로 밥을 부쳐 떠도는 구름같이 다니더니 천행으로 대인을 만나 낭자와 백년언약을 맺었더니 일 년이 다 못하여 이런 변이 있으니 어찌 아니 망극하리요."
입었던 고의(袴衣)[142) 한삼(汗衫)[143)을 벗어 글 두 귀를 써 주며,
"타일에 보사이다."
낭자 이 말을 듣고 대경실색하여 유생의 옷을 잡고 방성대곡하여 왈,
"노부(老父) 무슨 죄로 만리 호지(胡地)에 간다 하며, 청춘 소첩 무슨 죄로 박명한고, 나 같은 여자는 생각 말고 급히 환을 면하소서."
홍상(紅裳) 한 폭을 떼어 글 두 귀를 지어 주며,
"급히 나가소서."
하거늘 유생이 글을 받아 금낭 속에 넌짓 넣고 곡성(哭聲)으로 해를 지내니라.
낭자 울며 왈,
"가군이 이제 가면 어느 날 다시 보며 어명(御命)이 지중(至重)하여 궁비 속공하게 되면 황천에 가 다시 볼까 하나이다."
충렬이 슬피 울며 하직하고 가는 정이 해하성(垓下城)[144) 추야월에 우미인(虞美人)[145)을 이별한 듯하더라.

140) 박주 - 좋지 않은 술.
141) 만반주육 - 상에 가득 찬 술과 고기, 잘 차린 음식.
142) 고의 - 여름에 바지 대신으로 입는 홑옷.
143) 한삼 - 손을 감추기 위하여 소매 끝에 다는 덧소매 또는 속적삼.
144) 해하성 - 항우가 우미인(虞美人)을 사별하던 곳.
145) 우미인 - 초(楚), 한시(漢時) 초패왕(楚霸王) 항우의 총희(寵姬). 항우가 해하성에서
       유방(劉邦)의 군사에게 포위되어 이길 희망이 없자 자결하여 항우를 격려하
       였다 함.

행장을 급히 차려 서천을 바라고 정처없이 가더니 신세를 생각함에 속절없는 눈물이 비오는 듯이 떨어지며 장장천지(長長天地) 길고 긴 길에 앞이 막혀 못 가겠다. 서천 구름을 바라보고 한없이 가더라.

소부인은 청수에 투사(投死)하고 강 낭자는 창가(娼家)에 수절(守節)하다

각설, 이때 부인과 낭자 유생을 이별하고 일가가 망극하여 울음소리 떠나지 아니하더라. 불과 사오 일에 금부도사 내려와 월계촌에 달려들어 소 부인과 낭자를 잡아내어 수레 위에 싣고 군사를 재촉하여 황성으로 올라가며 일변 집을 헐어 못을 파고 가니, 가련하다 강 승상이 세대로 있던 집을 일조에 못을 파니 집 오리만 둥둥 떴다.

소씨와 낭자 속절없이 잡혀 올라갈 제 청수에 다다르니 일모서산(日暮西山)이라. 객실에 들어 잘 제, 이때 금부나졸 중에 장한이라 하는 군사 전일 강 승상 벼슬할 때에 장한의 부친이 승상부 서리(胥吏)로서 득죄하여 거의 죽게 되었더니 강 승상이 구하여 살린 고로 장한의 부자 그 은혜를 밤낮으로 생각하더니 이때를 당함에 불쌍함을 이기지 못하여 다른 군사 모르게 슬피 울더니, 그날 밤 삼경에 다른 군사 다 잠을 깊이 들었거늘 가만히 부인 자는 방문 앞에 나가니, 이때 부인과 낭자 서로 붙들고 울며 잠을 아니 자거늘 문 밖에 기침하고 부인을 부른대, 부인이 놀래어 문을 열고 보니 장한이 복지(伏地)하여 가만히 여쭈오되,

"소인은 금부 나장(羅將)[146]이옵더니 전일 대감 벼슬할 때에 소인의 아비 나라에 득죄하여 죽게 되었삽더니 대감이 살리시기로 그 은혜 골수(骨髓)에 사무치어 갚기를 바라더니 이때를 당하여 소인이 어찌 무심하오리까. 바라옵건대 부인은 너무 염려 마옵소서. 이날 밤에 명을 도망하오시면 그 뒤는 소인이 당할 것이니 조금도 염려 마옵시고 도망하여 살기를 바라소서."

부인이 이 말을 듣고 마음이 조금 풀리어 낭자를 데리고 장한을 따라 주점 밖에 나서니 밤이 이미 삼경이라 인적이 고요하거늘 동산을 넘어 십 리를 가니 청수에 이르러 장한이 하직하고 왈,

146) 나장 - 나졸의 우두머리.

"부인과 낭자는 이 물가에 빠져 죽은 표를 하고 가옵시면 후환이 없을 것이니 부디 살아나 후사를 보사이다."

하고 가거늘 이때 부인이 낭자의 신세 생각하니 정신이 아득하여 이제 비록 도망하여 왔으나 청춘 여자를 데리고 어디로 가 살며 혹 살아난들 승상과 현서를 이별하고 살아서 무엇하리. 차라리 이 물에 빠져 죽으리라 하고, 낭자를 속여 뒤보는 체하고 급히 청수에 가 신을 벗어 물가에 놓고 청강녹수(淸江綠水) 깊은 물에 뛰어드니 가련하다 강 승상의 부인 백옥 같은 고운 몸이 어복(魚腹)중에 장사(葬事)하니 어찌 아니 가련하랴.

이때 낭자 모친을 기다리더니 종시 오지 아니하거늘 급히 나서 살펴보니 사면에 인적이 없는지라. 마음이 답답하여 모친을 부르며 청수 가에 나와 보니 모친이 신을 벗어 물가에 놓고 간데없거늘 발을 구르며 또한 신을 벗어 물가에 놓고 빠져 죽으려 하더니, 이때는 밤 오경이라 동방이 차차 밝아오며, 마침 영릉골 관비(官婢) 한 년이 외촌(外村)에 갔다가 회로(回路)에 청수 가에 다다르니 어떠한 여자 물가에서 통곡하며 물에 빠져 죽고자 하거늘 급히 쫓아와 낭자를 붙들어 물가에 앉히고 연고를 물은 후에 제 집으로 가자 하니 낭자 한사(限死)하고 죽으려 하거늘 관비 만단개유(萬端改諭)[147]하여 데리고 와서 수양딸을 정한 후에 자색(姿色)과 태도를 살펴보니 천상선녀 같은지라. 이 고을 동리마다 수청(守廳)을 드렸으면 천금재산(千金財産)을 부러워하며 만량태수(萬兩太守)[148]를 원할쏘냐. 만 가지로 달래어 다른 데로 못 가게 하더라.

각설, 이때에 유생이 장 승상의 집을 떠나서 서천을 바라보고 정처없이 가며 신세를 생각하니, 속절없고 하릴없다.

춘풍이 언듯하며 경쇠[149] 소리 들리거늘 차츰차츰 들어가니 오색구름 속에 단청(丹靑)하고 휘황한 고루거각이 즐비(櫛比)하여, 일주문(一柱門)[150]을 바라보니 황금대자(黃金大字)로 '서해 광덕산 백룡사' 라 뚜렷이 붙였거늘, 산문으로 들어

147) 만단개유 - 여러 가지로 타이름.

148) 만량태수 - 태수의 벼슬자리가 만 냥 가치가 있다는 말.

149) 경쇠 - 부처 앞에 절할 때 흔드는 작은 종.

150) 일주문 - 절 입구에 기둥을 한 줄로 배치한 문.

가니 일원 대승(大僧)이 나오거늘 그 중의 거동을 보니, 소소한 두 눈썹은 두 눈을 덮어 있고, 백변(白邊)[151]같이 뚜렷한 귀는 두 어깨에 늘어졌으니 청수(淸秀)한 골격과 은은한 정신은 범승이 아닐네라.

백팔염주, 육환장을 짚고 흑포장삼의 떨어진 송낙[152] 쓰고 나오며, 유생을 보고 왈,

"소승이 연만하기로 유 상공 오시는 행차에 동구 밖에 나가 맞지 못하니 소승의 무례함을 용사(容赦)하옵소서."

유생이 대경 왈,

"천생(天生)에 팔자 기박하여 조실부모(早失父母)하고 정처없이 다니다가 우연히 이곳에 와 대사를 만나오니, 그다지 관대(寬待)하시며 소생의 성을 어찌 아나이까?"

노승이 답왈,

"어제날 남악 형산 화선관이 소승의 절에 왔삽다가 소승더러 부탁하기를 '명일 오시(午時)[153]에 남경 동성문 내에 사는 유심의 아들 충렬이가 올 것이니 축객(逐客)[154]말고 대접하라' 하시기로 소승이 찾아 나옵더니 상공의 복색(服色)을 보오니 남경 사람인 고로 알았나이다."

유생이 그 말을 듣고 일희일비(一喜一悲)하여 노승을 따라 들어가니 제승(諸僧)들이 합장배례(合掌拜禮)[155]하며 반겨하는지라. 노승의 방에 들어가 석반(夕飯)을 먹은 후에 그 밤을 편히 쉬니 이곳은 선경(仙境)이라. 세상을 모두 잊고 일신이 무양(無恙)한지라.

이 후로는 노승과 한가지로 병서(兵書)도 잠심(潛心)[156]하고 불경도 학론(學論)하니라.

151) 백변 - 통나무의 중심에서 바깥쪽으로 무르고 흰 부분.

152) 송낙 - 소나무 겨우살이로 만들어, 승려가 쓰는 모자.

153) 오시 - 낮 열두 시 경.

154) 축객 - 손님을 박대하여 내쫓음.

155) 합장배례 - 두 손을 맞대고 절함.

156) 잠심 - 마음을 쏟음.

천자는 기병쌍궐하(起兵雙闕下)[157]하고 간신은 투창적진중(投槍敵陣中)[158]하다

각설, 이때에 남경 조신(朝臣) 중에 도총대장 정한담과 병부상서 최일귀, 일상 꺼리던 유심과 강희주를 만리 밖에 원찬하고, 조정 백관(百官)을 처결하여 천자를 도모(圖謀)코자 하여 신기한 병법과 둔갑장신지술(遁甲藏身之術)[159]과 승천입지지책(昇天入地之策)[160]과 변화위신지법(變化爲神之法)[161]이며 악화두수지술(握火杜水之術)[162]을 통달하게 배웠으니, 이놈도 본신이 천상 익성으로 인간 사람은 당할 이 없더라.

일국(一國) 만인지상(萬人之上)이라, 소장지변(蕭墻之變)[163]이 있었으니 나라가 어찌 무사하랴.

이때는 영종황제 즉위 삼 년 춘정월이라. 국운(國運)이 불행하며 남흉노(南匈奴) 선우(單于)며 북적(北狄)과 동심(同心)하여 천자를 도모하려 하고 서천 삼십육 도 군장(郡長)과 남만(南蠻) 가달이며, 토번(吐藩) 오국이 합세하여 장사(壯士) 팔천여 원(八千餘員)과 정병(精兵) 오백만으로 주야 행군하여 진남관에 다달아 격서(檄書)를 남경에 보내고 진남관에 웅거한지라.

이때에 백성들이 난리를 보지 못하였다가 뜻밖에 난을 만나니 하늘이 정한 운수 그리 않고 어이하리.

이때 천자 정월 망일(望日)에 호산대에 올라 망월(望月)하고 환궁(還宮)하여 대연(大宴)을 배설(配設)하고 상하동락(上下同樂) 즐기더니, 뜻밖에 진남관 수문장(守門將)이 장계(狀啓)를 올렸거늘 급히 개탁하니 하였으되,

"남적이 강성하여 오국과 합력하여 진남과 평사뜰 백리 내에 가득하옵고 백성을 노략하며 황성을 치랴 하오니 바삐 군병을 보내어 도적을 막으소서."

157) 기병쌍궐하 - 쌍궐 아래에서 군사를 일으키다.

158) 투창적진중 - 적진으로 항복하다.

159) 둔갑장신지술 - 귀신을 부리어 몸을 변하거나 감추는 술법의 한 가지.

160) 승천입지지책 - 하늘로 날아오르고 땅으로 들어가는 술책.

161) 변화위신지법 - 귀신을 부리어 여러 가지로 변화하는 술법.

162) 악화두수지술 - 불을 잡고 물을 막는 술법.

163) 소장지변 - 안에서 일어나는 변란.

하였거늘 천자 대경하사 제신(諸臣)을 모아 의논할새 정한담과 최일귀 이 말을 듣고 대희하여 급히 별당에 들어가 도사를 보고 밖에 도적이 일어났단 말을 하고 대사를 부르니, 도사 문에 나서 천기를 살핀 후에,

"시재시재(時哉時哉)[164]로다. 신기한 영웅이 황성에 있는가 하였더니 이제 죽었으며, 때맞추어 도적이 일어났으니 이는 그대 천자(天子)할 수라. 급격물실(急擊勿失)[165]하라."

하니 한담이 대희하야 일귀로 더불어 갑주(甲胄)[166]를 갖추고 궐문으로 들어가는지라.

이때 천자 재신과 방적(防敵)할 꾀를 의논하더니 장안에 바람이 일어나며 일원대장(一員大將)이 계하(階下)에 복지 주왈(伏地奏曰),

"소장 등이 비록 재주 없사오나 한번 나가 남적을 함몰(陷沒)하여 황상의 근심을 덜고 소장의 공을 세워지이다."

하거늘 모두 보니 신장(身長)이 십여 척이요 면목이 웅장한데, 황금투구에 녹운포(綠雲袍)를 입은 것은 도총대장 정한담이요, 면상이 숯먹 같고 안채(眼彩)가 황홀하며 백금투구에 홍운포(紅雲袍)를 입은 것은 병부상서 최일귀라.

천자 대희하사 양장(兩將)의 손을 잡고 왈,

"경 등의 충성 지략(智略)은 짐이 이미 아는지라 남적을 함몰하여 짐의 근심을 덜게 하라."

양장이 청령하고 각각 물러나와 정병 오천씩 거느려 행군하여 진남관에 유진(留陣)하고 그날 밤에 군사 한 명만 잠을 깨워 가만히 항서(降書)[167]를 써 주며 또 한 편지를 써서 적진(敵陣) 중에 보내고 회답을 기다리는지라.

그 군사 적진에 들어가 적장을 보고 항서를 올린 후에, 또 편지를 드리거늘 적장이 대희하여 즉시 개탁하니 하였으되,

남경 장사(壯士) 정한담 최일귀는 일장서간을 남진(南陳) 대장소(大將所)에

164) **시재시재** - 마침 이때로다.

165) **급격물실** - 급히 쳐서 잃음이 없도록 하라.

166) **갑주** - 갑옷과 투구.

167) **항서** - 항복하는 글.

올리나이다. 우리 양인 등이 갈충(竭忠)[168] 진심(盡心)하여 천자를 도와 국가에 유공(有功)하고 백성에게 덕이 있어 지성으로 봉공(奉公)하되 지기(知己)[169]하는 인군을 못 만나 항시 앙앙(怏怏)한 마음이 있는지라 대장부 세상에 다시 어찌 남의 신하 오래 되리요. 남아유방백세(男兒流芳百世)[170]할진대 역당유취만년(亦當遺臭萬年)[171]이라 하였으니 이때를 당하여 어찌 묘계(妙計) 없으리요. 우리 양인을 선봉을 삼으시면 항복할 것이니 그대 뜻이 어떠하뇨? 회답을 보내라.

하였거늘 적장이 그 글을 보고 대희하여 왈,
"우리 등이 남경으로 나올 때 도사 근심하기를 정한담 최일귀를 염려하더니 이제 저희 등이 먼저 항복코저 하니 이는 천우신조(天佑神助)[172]함이라."
하고 즉시 회답을 써 준대, 군사 급히 본진으로 돌아와 답서를 올리거늘 떼어 보니 하였으되,

그대의 마음이 우리 마음 같은지라. 선봉을 원대로 맡길 것이니 금야에 반가히 보사이다.

하였거늘 정, 최 양장이 갑주를 갖추고 적진에 들어가는지라.
이 적에 중군장이 급히 황성에 올라가 전후수말을 천자에게 고한대, 천자 이 말을 듣고 용상(龍床) 밑에 떨어져 발을 구르며 정한담 최일귀 적장에게 항복하였으니 적진은 범이 날개를 얻은 듯하고 짐은 용이 물을 잃었으니 이제는 하릴없다. 성중에 있는 군사 낱낱이 총독(總督)[173]하고 각도 각읍에 행관(行關)[174]하여 군사와 군량을 준비하고 우승상 조정만으로 도성을 지키고 태자로 중군(中

168) 갈충 - 충성을 다하여.

169) 지기 - 자기를 알아줌.

170) 남아유방백세 - 남아가 꽃다운 이름을 후세에 전함.

171) 역당유취만년 - 또한 마땅히 더러운 이름을 영원한 장래까지 미치게 함.

172) 천우신조 - 하늘이 돕고 귀신이 도움,

173) 총독 - 모두 거느려 감독함.

174) 행관 - 공문을 각 부서에 돌림.

軍)을 정하시고 상(上)이 친히 후군(後軍)이 되어 행군을 재촉하니 군사 십여 만이요 장수 백여 원이라.

행군고(行軍鼓)[175]를 재촉할 제, 전일 길주자사 갔던 이행이 원문(轅門)[176]밖에 복지 주왈,

"소신이 재주 없사오나 이때를 당하여 신자 도리에 어찌 사직(社稷)을 돕지 아니하오리까? 소신으로 선봉을 정하옵소서."

천자 대희하사 즉시 이행으로 선봉을 삼아 도적을 막을새, 이때 정한담 최일귀 적진에 항복하여 한담이 선봉이 되고 일귀는 중군대장이 되어 급히 황성을 지쳐 들어오며 의기양양하고 호령이 엄숙한데 적진 중에서 방포일성(放砲一聲)에 한 장수 내달아 외며 왈,

"명진 중에 천극한 적수(敵手)[177] 있거든 바삐 나와 대적(對敵)하라.'

하니 명진 중에서 응포(應砲)[178]하고 좌익장(左翼將)[179] 주선우 응성(應聲)하고 달려들어 싸울새, 양진 군사 처음으로 구경하니 항오(行伍)[180]를 차리지 못하여 승부(勝負)를 구경하더니 수합이 못하여 극한의 칼이 번듯하며 주선우 머리 마하(馬下)에 떨어지니, 명진 중으로 좌익장 죽음을 보고 또 한 장수 내달아 원문 밖에 고성(高聲) 왈,

"극한근 가지 말고 최상정의 칼을 받으라."

하니 극한이 달려들어 함성이 그치고 그 칼이 번듯하며 최상정의 머리 떨어지니, 명진 중에서 우익장 죽음을 보고 왕공열이 응성하고 달려들어 극한과 싸울새 일 합이 못하야 거의 죽게 되었더니, 명진 중에서 팔대장군이 일시에 달려들어 왕공열을 구완하더니, 적진 중에서 명진 팔장이 나옴을 보고 한진이 극한과 합력하여 팔장으로 더불어 싸우더니, 한진은 서편을 치고 극한은 동을 치니 촉처(觸處)[181]에 죽는 군사 그 수를 모를네라. 삼 합이 못하여 극한의 창검 끝에 팔

175) 행군고 - 군사들이 걸어갈 때 치는 북.

176) 원문 - 군영이나 진의 문.

177) 적수 - 상대할 만큼 어울리는 사람.

178) 응포 - 포를 쏘아 응답함.

179) 좌익장 - 좌편의 군대를 통솔하는 장수.

180) 항오 - 항은 세로 줄, 오는 가로 줄, 곧 군대의 행렬.

장이 다 죽으니, 이때 태자(太子) 중군에 있다가 팔장 죽음을 보고 불승분심(不勝忿心)[182]하여 말을 타고 진문 밖에 나서며 외워 왈,

"무도한 남적놈아, 천명을 거역하니 죄사무석(罪死無惜)이로다. 너의 진중에 정한담 최일귀 머리를 베어 명진 중에 보내는 자 있으면 옥새(玉璽)[183]를 전하리라."

하고 극한을 맞아 싸우더니, 선봉장 이황이 이 말을 듣고 달려오며,

"태자는 아직 분을 참으소서. 소장이 잡으리다."

하고 나는 듯이 들어가 좌수의 칼을 들고 극한의 머리를 베이고, 장창을 들고 한진의 머리를 베어, 두 손에 갈라들고 좌우로 충돌하여 본진으로 돌아오니 적진 중에서 한담이 장막 밖에 나서며 청사마를 채쳐 구척장검(九尺長劍)을 높이 들고 바로 명진을 대칼[184]에 함몰코자 하니, 이때에 먼저 남적 선봉으로 왔던 정문걸이 내달아 한담을 불러 왈,

"대장은 분을 참으소서. 소장이 이황을 잡으리다."

하고 번창출마[185]하여 싸우더니 일 합이 못하여 문걸의 칼이 진중에 빛나며 이황의 머리 마하에 내려지는지라. 문걸이 칼끝에 꿰어 들고 본진으로 행하다가 도로여 명진 선봉을 지쳐 들어오며,

"명진은 불쌍한 인생을 죽이지 말고 바삐 항복하라."

하며 순식간에 선봉을 다 베이고 달려들어 중군으로 들어오거늘, 태자 중군을 지키다가 당치 못할 줄 알고 후군과 천자를 모시고 금산성으로 도망한지라.

이때에 문걸이 명진 장사를 씨도 없이 다 죽이고 명제(明帝)를 찾은즉 도망하고 없는지라. 군장 복색을 모두 다 탈취하고 본진으로 돌아오며, 정한담이 바로 달려들어가니 천자 망극하여 옥새를 땅에 놓고 앙천 통곡 왈,

"짐이 불명(不明)하여 선황제 사백 년 왕업을 일조에 정한담에게 잃게 되니 뉘를 원망하리요 모두 다 짐의 불찰(不察)이라. 황천에 돌아간들 선황제를 어찌

181) **촉처** - 부딪치는 곳.

182) **불승분심** - 분한 마음을 이기지 못하여.

183) **옥새** - 옥으로 만든 임금의 도장으로 국가를 상징함.

184) **대칼** - 한 칼에.

185) **번창출마** - 창을 들고 말을 달려 나옴.

보며 인간에 살았은들 되놈에게 무릎을 어찌 꿇랴.”

하며 금산성이 떠나가게 통곡이 진동하더라.

수문장이 보하되,

“해남 절도사 군병을 거느려 왔나이다.”

천자 대희하여 바삐 입시(入侍)하라 한대, 절도사 군사 십만 병을 거느려 성중에 들어가 천자께 뵈이거늘,

“즉시 절도사로 선봉을 삼아 도적을 막으라.”

하니 절도사 청령하고 성하(城下)에 유진(留陣)하였더니, 이때 한담이 도성으로 들어가 용상에 높이 앉아 백관을 호령하니 만조백관(滿朝百官)이 일조에 항복하더라. 만성인민(滿城人民)이 도적의 밥이 되어 물끓듯하더라.

이 날 한담이 삼군을 재촉하여 금산성을 쳐 파하고 옥새를 앗고자하여 성하에 다다르니 명진 군사 길을 막거늘 정문걸이 필마단창(匹馬單槍)[186)]으로 명진을 지쳐 좌우로 충돌하니 일신이 검광 되어 닫는 앞에 장졸의 머리 추풍낙엽이요 호전주퇴(壺顚酒頹)[187)]같더라. 순식간에 죽이고 산성 문 밖에 달려들어 성문을 두드리며,

“명제(明帝)야, 옥새를 드리라!”

하는 소리 금산성이 무너지며 강산이 뒤넘는 듯하니 성중에 있는 군사 혼백이 없었으니 그 아니 가련한가.

천자와 조정만이 황황급급하여 북문을 열고 도망하여 암석간에 은신하였더니, 이때 태자 황후와 태후를 모시고 도망하랴 하더니 문걸이 성중에 들어와 천자를 찾다가 도망하고 없음에 황후 태자를 잡아 본진으로 보내고 돌아오니, 정한담이 황후를 결박하여 진 앞에 꿇리고 천자 간 곳을 가르치라 한대, 황후 망극하여 대답지 아니하거늘, 좌우군사 창검을 갈라 들고 옥체를 겨누면서 바른대로 가르치라 하니 황후 황망중에 대답하되,

“이 몸은 계집이라 성중에 묻혀 있다가 불의에 난을 당하여 천자는 밖에 있는 고로 생사존망(生死存亡)을 모르노라.”

한담이 분노하여 황후 태자를 진중에 두어 주려 죽게 하고 용상에 높이 앉아

---

186) 필마단창 - 한 필 말과 창 하나로.

187) 호전주퇴 - 병을 기울임에 술이 쏟아지는 듯이.

천자의 일을 행하며 군사를 호령하되,

"명제를 사로잡는 자 있으면 천금상(千金賞)에 만호후(萬戶侯)[188]를 봉하리라."

하니 군사 청령하고 각 진으로 돌아오니라.

이때 천자 금산성에 도망하여 조정만으로 더불어 산곡 사이에 은신하고 있더니 황태후 적진에 잡혀가 죽이려 하는 말을 듣고 통곡하여 암하(岩下)에 내려져 죽고자 하거늘 조정만이 붙들어 구완하여 천자를 업고 명서원으로 도망하여 갈 제, 천자께 여쭈오대,

"남경이 진탕하였으니 도적 정한담 잡기는 새로이 정문걸 잡을 장수 없으니 이제 산동육국에 청병(請兵)하여 싸우다가 사불여의(事不如意)[189]하거든 옥새를 가지고 소신과 함께 용동수에 빠져 죽사이다."

천자 옳이 여겨 조서(詔書)를 써 산동육국에 주야로 가 구원병을 청하니, 이때 육국왕이 이 말을 듣고 각각 군사 십만 명과 장수 천여 원을 조발하여 급히 남경 명성원으로 보내니라.

이때 육국에 합세하여 호산대 너른 뜰에 빈틈없이 행군하여 들어오니 천자 대희하여 군중에 들어가 위로하고 적진형세와 수차 패함을 낱낱이 말하고 적응으로 선봉을 삼고 조정만을 중군을 삼아 황성으로 들어올 제 그 웅장한 거동은 추상 같은지라. 백사장 백 리에 군사 늘어서서 들어오니 남경이 비록 진탕하였으나 무서운 것이 천자의 기굴[190]러라. 금산성하에 유진하고 싸움을 돋우니 이때 정문걸이 선봉에 있다가 청병이 옴을 보고 필마단창으로 나오거늘 한담이 문걸을 불러 왈,

"적병이 저다지 엄장한데 장군은 어찌 경솔히 가려 하오."

문걸이 답왈,

"폐하, 어찌 소장의 재주를 수히 알으시나이까? 장편 군졸(長遍軍卒)[191] 사십만과 백기(白騎)[192]를 한 칼에 다 죽였으니 남경이 비록 육국에 청병하여 억만 병

188) 만호후 - 만호를 다스리는 벼슬.

189) 사불여의 - 일이 뜻과 같지 않음.

190) 기굴 - 살림살이가 갖추어져 있는 터전.

191) 장편 군졸 - 많은 군사.

192) 백기 - 말탄 군사 또는 장수 백 명.

이 왔거니와 소장의 한 칼끝에 죽는 구경 앉아서 보옵소서.”

한담이 대희하여 장대에 높이 앉아 싸움을 구경할새, 문걸이 창검을 좌우에 갈라 잡고 마상에 높이 앉아 나는 듯이 들어가며 호통일성에,

“명제야, 옥새를 가져 왔느냐? 너를 잡으려 하였더니 이제 왔음에 바삐 항복하여 잔명을 보존하라.”

하고 억만군중에 무인지경같이 횡행하여 동장(東將)을 치는 듯 남장(南將)을 베이고, 북장(北將)을 베이는 듯 서장(西將)이 쓰러지니, 죽는 군사 여산(如山)[193]하고 유혈(流血)이 성천(成川)[194]되었도다. 문걸이 닫는 곳마다 싸울 군사 없었으니 그 아니 망극할까. 이때 천자 조정만과 옥새를 갖고 용동수에 빠지고자 하나 또한 도망할 길이 없어 하늘을 우러러 탄식하기를 마지아니하더라.

백룡사에 득갑주창검(得甲胄槍劍)하고 송림촌에 득천사마(得天賜馬)하다

각설, 이때 유충렬이 서해 광덕산 백룡사에 있어 노승과 한가지로 지음(知音)[195]이 되어 세월을 보내더니, 이때는 부흥 십삼 년 추칠 월 망간이라. 한풍(寒風)은 소소(蕭蕭)하고 낙목(落木)은 분분(紛紛)한데 고향을 생각하며 신세를 생각할 제 월경야삼경(月經夜三更)[196]에 홀로 앉아 비감하더니, 노승이 일어나 밖에 갔다 들어오며 충렬을 불러 왈,

“상공이 금일 천문(天文)을 보았나이까?”

충렬이 놀래어 급히 나와 보니 천자의 자미성(紫微星)이 떨어져 명성원에 잠겨 있고, 남경에 살기(殺氣) 가득하였거늘 방으로 들어와 한숨 짓고 낙루(落淚)하니 노승이 왈,

“남경에 병난(兵亂)은 났거니와 산중에 피난하는 사람이 무슨 근심이 있으리까?”

충렬이 울며 왈,

193) 여산 - 산과 같음.

194) 성천 - 내를 이룸.

195) 지음 - 유백아와 종자기 고사에서 유래. 마음이 통하는 친한 벗이라는 의미.

196) 월경야삼경 - 달이 지나는 밤 풍경.

"소생은 남경 세록지신(世祿之臣)[197]이라 국변(國變)이 이러하니 어찌 근심이 없으리요마는 적수단신(赤手單身)[198]이 만리 밖에 있사오니 한탄한들 어찌하리오."

노승이 웃고 벽장을 열고 옥함을 내어 놓으며 왈,

"옥함은 용궁조화(龍宮造化)거니와 옥함 짬맨[199] 수건은 어떠한 사람의 수건인지 자세히 보라."

유생이 의심하여 옥함을 살펴보니,

"남경 도원수 유충렬은 개탁이라."

금자로 새겨 있고 짬맨 수건을 끌러 보니,

'모년 모월 모일에 남경 동성문 내에 사는 충렬의 모친 장 부인은 내 아들 충렬에게 부치노라.'

하였거늘 충렬이 수건과 옥함을 붙들고 방성통곡하거늘 노승이 위로 왈,

"소승이 수년 전에 절 중창(重創)[200] 화주(化主)[201]로 변양 회수에 다다르니 기이한 오색 구름이 수건에 덮였거늘 바삐 가서 보니 옥함이 물가에 놓였거늘 임자를 주려 하고 갖다가 간수하였더니 금일로 볼진대 상공의 전쟁기계(戰爭機械)가 옥함 속에 있는가 하나이다."

대체 이 옥함은 회수 사공 마철이가 물 속에 잠수질하다가 큰 거북이 옥함을 지고 나오거늘 마철이 거북을 죽이고 옥함을 가져다가 제 집에 두었던 전일 장 부인이 도적에게 잡히어 석장동 마철의 집에 가서 옥함을 갖다가 수건에 글을 쓰고 회수에 넣었더니 백룡사 부처중이 가져다가 이 날 충렬을 주었는지라.

이때 충렬이 옥함을 안고 왈,

"이것이 일정 충렬의 기물(器物)일진대 옥함이 열릴지라."

하고 위짝을 열어 놓으니 빈틈없이 들었거늘 보니, 갑주 한 벌과 장검 하나, 책 한 권이 들었거늘 투구를 보니 비금비옥(非金非玉)이라 광채 찬란하여 안채(眼

197) 세록지신 - 대대로 녹을 먹는 신하.

198) 적수단신 - 아무 무기도 없는 홑몸.

199) 짬맨 - (방언)잡아 맨.

200) 중창 - 낡은 물건을 수리하여 새롭게 함.

201) 화주 - 시주를 빌러 다니는 중.

彩)를 쏘이는 중에 속을 살펴보니, 금자로 '일광주' 라 새겨 있고, 갑옷을 보니 용궁조화 적실하다. 무엇으로 만들 줄 모를너라. 옷깃 밑에 금자로 새겨 있고, 장검은 놓였으되 두미(頭尾)가 없는지라 신화경을 펴 놓고 칼 쓰는 법을 보니,

"갑주를 입은 후에 신화경[202] 일편을 보고 천상 대장성을 세 번 보게되면 사린 칼이 절로 퍼져 변화무궁할지라."

하였거늘 즉시 시험하니 십척장검이 번듯하며 사람을 놀래거늘, 한가운데 대장성이 샛별같이 박혀 있고 금자로 새기기를 '장성검' 이라 하였거늘, 모두 다 행장에 간수하고 노승더러 왈,

"천행으로 대사를 만나 갑주와 창검은 얻었거니와 용마(龍馬) 없었으니 장군이 무용지지(無容之地)[203]라."

한대 노승이 답왈,

"옥황께옵서 장군을 대명국에 보낼 제, 사해용왕이 모를쏜가. 수년 전에 소승이 서역에 가올 제, 백룡암에 다다르니 어미 잃은 망아지 누웠거늘 그 말을 데려왔으나, 산승(山僧)에게 부당(不當)이라 송임촌 동 장자[204]에게 맡기고 왔으니 그 곳을 찾아가 그 말을 얻은 후에 중로에 지체 말고 급히 황성에 득달하와 지금 천자의 목숨이 경각(頃刻)에 있사오니 급히 가서 구원하라."

한대 유생이 이 말을 듣고 송임촌을 바삐 찾아가 동 장자를 만난 후에 말을 구경하자 하니, 이때 천사마 제 임자를 만났으니 벽력 같은 소리하며 백여 장 토굴을 넘어 뛰어나와서 충렬에게 달려들어 옷도 물며 몸도 대어 보니 웅장한 거동은 일필(一筆)로 난기(難記)로다. 턱 밑에 일점 용인의 새겼으되 '사송 천사마' 라 하였거늘 유생이 대희하여 장자더러 말을 사자 하니 장자 웃어 왈,

"수년 전에 백룡사 부처중이 이 말을 맡기며 왈 '이 말을 길러내어 임자를 찾아주라' 하기로 맡아 길렀더니 이 말이 장성함에 잡을 길이 없어 토굴에 가두었으나 천만 인이 구경하되 하나도 가까이 못 가더니 오늘날 그대를 보고 제 스스로 찾아오니 부처중이 이르던 임자 그대로 적실하니 하늘이 주신 보배니 어찌 판단 말인가, 물각유주(物各有主)[205]오니 가져가옵소서."

---

202) 신화경 - 술법에 사용되는 경문.

203) 무용지지 - 용납할 땅이 없음.

204) 장자 - 마을에서 덕망이 있는 유지.

한대 유생이 대희하여 안장을 갖추어 동 장자를 하직하고 송임촌을 지나 광덕산을 행하여 노승에게 치하하고 적년(積年) 정회를 하직할 제 제사중(諸寺衆)의 제승(諸僧)들의 별회지담(別懷之談)[206]을 어찌 다 설화하고 기록하리.

하직하고 그 말 위에 높이 앉아 남경을 바라보며 구름을 가리켜 말 더러 경계 왈,

"하늘은 나를 내시고 용왕은 너를 낼 제 그 뜻이 모두 다 남경을 돕게 함이라. 이제 남적이 황성에 강성하여 천자의 목숨이 경각에 있다 하니 대장부 급한 마음 일 각(一刻)이 여삼추(如三秋)[207]라. 너는 힘을 다하여 남경을 순식(瞬息)에 득달하라."

그 말이 그 말을 듣고 청천을 바라보며 벽력 같은 소리하고 백운(白雲)을 헤쳐 나는 듯이 들어가니, 사람은 천신(天神)이요 말은 비룡(飛龍)이라. 남경을 바람같이 달려오니 금산성 너른 뜰에 살기가 충천하고 황성 문안에 곡성이 진동하더라.

이때 천자 중군 조정만으로 더불어 옥새를 가지고 도망하여 용동수에 빠져 죽고자 하되 적진을 벗어날 길이 없어 황황망극(遑遑罔極)[208]하던 차에 문득 북편으로 천병만마(千兵萬馬)[209] 들어오며 천자를 부르거늘 천자 대명군사 오는가 반겨 바래더니, 남적과 동심하야 마용이 진공이라 하는 도사를 데리고 천자를 치려 하여 억만 군병을 총독하여 일시에 들어오니 이때에 정한담이 천자 되어 백관을 거느리고 최일귀는 대장 되어 삼군을 경계할 제, 또한 북적이 합세하여 그 형세 웅장함이 만고에 으뜸이라.

선봉장 정문걸이 의기양양하여 명진 육국청병을 한 칼에 다 무찌르고 선봉을 헤쳐 진중에 들어와,

"명제야 항복하라! 내 한 칼에 육국청병 다 죽어 있고 또한 북정이 합세하였으니 네 어이 당할쏘냐. 바삐 나와 항복하여 너의 모자를 찾아가라."

하고 지쳐 들어오니 이제 천자 하릴없어 옥새를 목에 걸고 항서(降書)를 손에 들고 항복하려 하고 나올 적에 중군 조정만과 명진에 남은 군사 어찌 아니 한심

205) 물각유주 - 물건은 각기 주인이 따로 있다.

206) 별회지담 - 이별하는 정회를 늘어놓는 이야기.

207) 일 각이 여삼추 - 일 각은 일 초의 육십 분의 일. 일 각이 삼 년과 같이 급하다는 뜻.

208) 황황망극 - 어쩔줄 모르고 쩔쩔맴.

209) 천병만마 - 많은 군사와 말.

하고 슬프리요. 천자의 울음소리 명성원이 떠나가게 방성통곡하며 항복하러 나오더라.

각설, 이때 유충렬이 금산성하에서 망기(望氣)하다가 형세 위급함을 보고 일광주 용인갑에 장성검을 높이 들고 천사마를 채질하여 바삐 중군소에 들어가 조정만을 보고 성명을 올려 싸우기를 청한대, 중군이 바삐 나와 손을 잡고 울며 왈,

"그대 충성은 지극하나 지금 황상(皇上)이 항복하려 하시고 또한 적진 형세 저러하니 그대 청춘이 전장백골(戰場白骨) 될 것이니 원통하고 망극하다."

충렬이 불승분기(不勝忿氣)하여 진문(陣門) 밖에 나서면서 벽력같이 소리하여 적장(敵將)을 불러 왈,

"이봐, 역적 정한담아! 남경 동성문 내에 사는 유충렬을 아는다 모르는다. 바삐 나와 목을 드리라."

하는 소리 양진이 뒤놀며 천지 강산이 진동하니, 문걸이 대경하여 돌아보니 일광투구에 안채 쏘이고 용인갑은 혼신을 감추고 천사마는 비룡되어 운무(雲霧) 중에 싸여, 공중에 소리만 나고 제 눈에는 보이지 아니하니 창검만 높이 들고 주저주저 하던 차에 벽력 같은 소리 끝에 장성검이 번듯하며 정문걸의 머리 공중에 베어 들고 중군으로 달려드니, 조정만이 엎더지며 문 밖에 급히 나와 손을 잡고 들어갈 제, 이때 천자는 옥새를 목에 걸고 항서를 손에 들고 진문 밖에 나오다가 뜻밖에 호통 소리 나며 일원대장이 문걸의 머리를 베어 들고 중군으로 들어가거늘, 대경(大驚) 대희(大喜)하여 중군을 급히 불러 왈,

"적장 베이던 장수 성명이 뉘냐. 바삐 입시(入侍)하라."

충렬이 말에서 내려 천자전에 복지(伏地)한대 천자 급히 문왈,

"그대는 뉘신지 죽을 사람을 살리는가?"

충렬이 저의 부친과 강희주 죽음을 절분히 여겨 통곡하며 여쭈오대,

"소장은 동성문 내 거(居)하던 정언주부 유심의 아들 충렬이옵더니 주류개걸[210]하여 만리 밖에 있삽다가 아비 원수 갚으려고 여기 잠깐 왔삽거니와, 폐하 정한담에게 곤핍(困乏)[211]하심은 몽중(夢中)이로소이다. 전일에 정한담을 충신이라 하시더니 충신도 역적 되나이까? 그놈의 말을 듣고 충신을 원찬하여 다 죽이

210) 주류개걸 - 두루 흘러 다니며 빌어먹음.
211) 곤핍 - 곤란을 당하고 핍박당함.

고 이런 환을 만나시니 천지 아득하고 일월이 무광(無光)하옵니다.”

슬피 통곡하며 머리를 땅에 두드리니 산천초목도 슬퍼하며 만진중(滿陣中)이 낙루 아니할 이 없더라.

천자 이 말을 들으시고 후회막급(後悔莫及)[212] 할말없어 우두커니 앉았더니, 태자 적진에 잡혀 갔다가 본진에서 문걸 베임을 보고 탈신(脫身) 도주(逃走) 급히 와서 충렬의 손을 붙들고 왈,

“경이 이게 웬말인가. 진충갈력(盡忠竭力)[213]하여 황상을 도우시면 태산 같은 그 공로는 천하를 반분(半分)하고 하해 같은 그 은혜는 풀을 맺어 갚으리라.”

충렬이 울음을 그치고 태자 상(相)을 보니 천자 기상(氣像) 적실하고 일대성군(一代聖君) 될 듯하여 투구 벗어 땅에 놓고 천자전에 사죄(謝罪) 왈,

“소장이 아비 죽음을 한탄(恨歎)하여 분심이 있는 고로 격절(激切)한 말씀을 폐하전에 아뢰었으니 죄사무석(罪死無惜)이라. 소장이 죽사온들 폐하를 돕지 아니하오리까?”

천자 충렬의 말을 듣고 친히 계하(階下)에 내려와서 투구를 씌우면서 손을 잡고 하는 말이,

“과인(寡人)은 보지 말고 그대 선조 창건하던 일을 생각하여 나라를 도와주면 태자 하던 말대로 그대 공을 갚으리라.”

충렬이 청명하고 물러나와 장대(將臺)[214]에 높이 앉아 군사를 총독하니 피병장졸(疲兵將卒)[215]이 불과 일이백 명이라. 천자 삼층단에 높이 앉아 하늘께 제사하고 인검(印劍)[216]을 끌러내어 충렬을 주신 후에 대장 사명기(司命旗)[217]에 친필로 쓰시기를 ‘대명국(大明國) 대사마(大司馬) 도원수(都元帥) 유충렬’ 이라 뚜렷이 써 내주니 원수 사은하고 진법을 시험할 제, 장사일자진(長蛇一字陣)[218]을

212) 후회막급 - 후회하나 미칠 수 없음.

213) 진충갈력 - 충성을 다하고 힘을 다 기울임.

214) 장대 - 장군의 지휘대.

215) 피병장졸 - 피로하고 병든 장수와 군졸.

216) 인검 - 임금이 차던 칼.

217) 사명기 - 옛날 각 군영의 대장이 군사를 지휘하던 기.

218) 장사일자진 - 뱀처럼 길게 한 줄로 치는 진.

쳐 두미(頭尾)를 상합(相合)케 하고 군중에 호령하되,

"남북적병이 비록 억만 병이라도 내 혼자 당하려니와 너희 등은 항오(行伍)를 잃지 말라."

약속할 제, 이 적에 적진 중에서 문걸 죽음을 보고 일진이 진동하여 서로 나와 싸우려 할새 삼군대장 최일귀 분기를 이기지 못하여 녹포운갑에 백금투구를 쓰고 장창대검을 좌우에 갈라 들고 적제마를 채질하여 나는 듯이 달려들며 외여 왈,

"적장 유충렬아, 네 아직 미거하여 남북강병 억만 군을 능멸히 생각하니 바삐 나와 죽어 보라."

원수 장대에 있다가 최일귀란 말을 듣고 바삐 나와 응성(應聲)하되,

"정한담은 어디 가고 너만 어찌 나왔느냐. 너희 두 놈의 간을 내어 우리 부모 영위전(靈位前)에 재배(再拜)하고 드리리라."

함성하고 달려들어 장성검이 번듯하며 일귀 가진 장창대검이 편편파쇄(片片破碎)[219] 부서지니, 최일귀 대경하여 철퇴[220]로 치자 한들 원수 일신이 보이지 아니하니 치자 한들 어이하리, 적진 중에서 옥관도사 싸움을 구경타가 대경하여 급히 쟁(錚)[221]을 쳐 거두오니, 일귀 겨우 본진에 돌아와 정신을 잃었는지라.

이때 북적 선봉 마룡은 천하에 명장이라, 충렬을 잡지 못하고 돌아옴을 분히 여겨 진문을 헤쳐 왈,

"대장은 어찌 조그마한 아이를 살려두고 오니이까? 소장이 잡아 오리이다."

하며 나는 듯이 들어올 제, 북적 진중에서 또한 도사 진진이 나와 마룡의 말머리를 잡고 왈,

"대장은 가지 마옵소서. 적장의 갑주창검을 보니 용궁의 조화라. 수년 전에 대장성이 남경에 떨어지더니, 이제 검술을 보니 북두성 대장성이 칼 빛을 응하며, 일광주 용인갑은 일신을 가리었으니 사람은 천신이오 말은 비룡이라 뉘 능히 당하리요."

마룡이 분노하여 도사를 꾸짖어 왈,

"대장부 앞에 요망한 도사놈이 무슨 잔말을 하느냐. 바삐 물러서라."

219) 편편파쇄 - 조각조각 깨어져 부서짐.

220) 철퇴 - 옛날 무기의 하나로 쇠몽둥이.

221) 쟁 - 군사를 물리치는 꽹과리.

진진이 생각하되 미구(未久)[222]에 대환(大患)이 있을지라 진중에 들지 말고 소로(小路)로 도망하여 싸움을 구경터라.

이때에 마룡이 좌수에 삼천 근 철퇴를 들고 우수에 창검을 들고 호통을 지르며 나와 원수를 맞아 싸우더니, 제 아무리 명장인들 적수(赤手)로 당할쏘냐. 본진으로 도망코자할 즈음에 벽력 같은 소리 진동하며 장성검이 번듯하며 마룡의 머리 안개 속에 내려지니 목은 질러 본진에 던지고 몸은 적진에 던지며 왈,

"이봐 정한담아. 바삐 나와 죽기를 재촉하라. 네놈도 이같이 죽이리라."

하며 좌우로 횡행하되 공중에 소리만 나고 일신은 아니 보이니 적진이 대경하여 혼불부신(魂不附身)[223]하더라.

한담이 대로하여 용상을 치며 왈,

"억만 군중에 충렬이 잡을 자 없느냐?"

형사마 비껴 타고 십척장검 빼어 들며 진문 밖에 썩 나서니 최일귀 응성하고 나와 왈,

"대장은 아직 참으소서. 소장이 당하리다."

하며 나는 듯이 들어가며 외여 왈,

"적장 유충렬은 이제 미결한 싸움을 결단하자."

원수 응성하고 천사마상 번뜻 올라 좌수의 신화경은 신장을 호령하고 우수의 장성검은 일월을 희롱하는지라. 적진을 바라보고 나는 듯이 들어가 혼신이 일광되어 가는 줄을 모를네라. 일귀를 맞아 싸워 반 합이 못하여서 장성검이 번듯하며 일귀의 머리를 베어 칼 끝에 꿰어 들고 본진으로 돌아와서 천자전에 바쳐 왈,

"이것이 최일귀 머리 적실하오니까?"

천자 일귀의 목을 보고 대분(大忿)하사 도마 위에 올려놓고 점점이 오리면서 원수를 치사 왈,

"짐이 불명하여 이놈의 말을 듣고 경의 부친을 문외출송(門外出送)[224]하였더니 이놈이 나를 속여 만리 연경에 보냈으니 이제는 설치(雪恥)하고 경의 은혜 논지(論之)컨대 할부봉양(割膚奉養)[225] 부족이라. 백골이 진토(塵土) 되어도 그 은

222) 미구 - 오래지 아니하여.

223) 혼불부신 - 혼이 몸에 붙지 못함.

224) 문외출송 - 왕이 신하여 벼슬을 뺏고 내어 쫓는 것.

혜를 다 갚으리. 황태후는 어디 가고 이놈 고기 맛볼 줄을 모르는가.”

원수의 손을 잡고 백 번이나 치사하니 원수 더욱 감축하여 고두사례(叩頭謝禮)[226]하고 군중으로 물러나오니 중군 조정만이 즐거움을 측량치 못하여 대하(臺下)에 내려 백배치사하며 즐기더라.

이때 한담이 일귀 죽음을 보고 분심이 충장(充壯)[227]하여 벽력 같은 소리를 천둥같이 지르고 장창대검 다잡아 쥐고 전장 오백 보를 솟아 뛰어서며 육정육갑(六丁六甲)을 베풀어 좌우 신장 옹위하고 둔갑장신(遁甲藏身)하여 변화를 부쳐 두고 호통을 크게 질러 원수를 불러 왈,

“충렬아 가지 말고 네 목을 바삐 납상(納賞)[228]하라.”

원수 한담이 나옴을 보고 대희하여 응성하고 나올 제 천자 원수를 당부 왈,

“한담은 일귀 마룡의 유(類) 아니라 천신의 법을 배워 만부부당지력(萬夫不當之力)이 있고 변화불측(變化不測)하니 각별히 조심하라.”

원수 크게 웃고 진전(陳前)에 나서 한담을 망견(望見)하니, 신장이 십여 척이요 면목이 웅장하며, 황금투구의 녹포운갑에 조화를 붙였는데 천상 익성정신을 흉중에 갈무었으니 일대명장(一代名將)이요 역적 될 만한지라, 원수 기운을 가다듬고 신화경을 잠깐 펴 익성정신을 쇠진(衰盡)케 하고 장성검을 다시 닦아 성채(星彩)[229] 찬란케 하고 변화의 은신(隱身)하고 호통을 크게 하며 한담을 불러 왈,

“네놈은 명나라 정종옥의 자식 정한담이 아니냐. 세대로 명나라 녹을 먹고 그 인군을 섬기다가 무엇이 부족하여 충신을 다 죽이고 부모국을 치려 하니 비단 천하 사람뿐 아니라 지하 귀신들도 너를 잡아 황제전에 드리고자 할 것이니 너 같은 만고역적(萬古逆賊)이 살기를 바랄쏘냐. 네놈을 생금(生擒)하여 전후죄목을 물은 후에 너의 살을 포육(脯肉)을 떠서 종묘(宗廟)에 제사하고 그 남은 고기는 받아다가 우리 부친 충혼당(忠魂堂)에 석전제(夕奠祭)[230]를 지내리라. 바삐

225) 할부봉양 - 살을 베어 봉양함.

226) 고두사례 - 머리를 조아려 사례함.

227) 충장 - 충만하여 씩씩함.

228) 납상 - 대가로 바침.

229) 성채 - 별의 광채.

230) 석전제 - 염습 때부터 장사 때까지 저녁마다 신위 앞에 제물을 올리는 의식.

나와 나를 보라."

한담이 분노하여 응성출마(應聲出馬) 나오거늘 원수 한담을 맞아 싸울새 칼로 치게 되면 반 합에 죽을 것이로되 살리고 잡고자 하여 장성검 높이 들어 한담을 치렸더니 한담은 간데없고 편편채운(翩翩彩雲)[231]이 일어나며 원수의 장성검의 검광(劍光)이 없어지고 펴 있던 칼이 도로 사리거늘 원수 대경하여 급히 물러와 신화경을 바삐 펴 일편을 외인 후에 장성검을 세 번 치며 풍백(風伯)[232]을 바삐 불러 채운을 쓸어 버리고 안순풍이지조화[233]를 부쳐 적진을 살펴보니 한담이 변신하여 채운에 싸이어 십여 척 장검 번뜩이며 원수를 따르거늘, 원수 그제야 깨닫고 왈,

"한담은 천신이라 산 채로 잡으려 하다가는 도리어 환을 당하리라."

하고 싸우러 나갈 제, 진전에 안개 자욱하며 장성검 번개 되어 공중에 빛나며 한담을 치라 하되 한담의 몸에는 종시 칼이 가직이[234] 가들 못 하거늘 적진을 향하여 뒤로 들어 진중을 헤칠 듯하니 한담이 원수를 따라 잡으려 하고 급히 회마 차의 번개 언듯하며[235] 한담의 탄 말이 땅에 거꾸러지거늘 급히 칼을 들어 한담의 목을 치니 목은 맞지 아니하고 투구만 깨어지니 적진에서 한담의 투구 깨어 짐을 보고 대경하여 급히 쟁을 쳐 거두움에 한담이 기운이 쇠진하여 거의 죽게 되었더니 쟁을 쳐 거둠에 본진에 돌아와 정신을 놓고 기운을 수습지 못하거늘 좌우 구하니 겨우 정신을 차려 앉으며 왈,

"선생은 어찌 알고 소장을 불렀나이까?"

도사 왈,

"적장의 칼끝이 장군의 투구 깨어지기로 만분 위태하여 불렀노라."

한담이 대경하여 머리를 만져 보니 투구 없는지라 더욱 놀래 왈,

"적장은 일정 천신이요 사람은 아니로다. 십 년을 공부하여 사람은 커니와 귀신도 측량치 못하는 법이 많았더니 마룡과 최일귀 죽음을 조심하여 십 년 배운

231) 편편채운 - 뭉게뭉게 일어나는 채색 구름.

232) 풍백 - 바람을 맡은 신.

233) 안순풍이지조화 - 변화를 부리는 술법의 하나.

234) 가직이 - 거리를 조금 가까이.

235) 언듯하며 - 몸을 급히 돌리어 공격함을 묘사한 것.

법을 오늘날 모두 다 베풀어 적장을 잡으려 하더니 잡기는 새로이 기운을 쇠진하여 거의 죽게 되었더니 천행으로 선생의 힘을 입어 목숨이 살았으나 천만 가지로 생각하되 힘으로는 잡을 수 없으니 선생은 깊이 생각하옵소서.”

도사 이 말을 듣고 간담이 서늘하여 이윽히 생각하다가 군중에 전령(傳令)하여 진문을 굳이 닫고 한담을 불러 왈,

“적장을 잡으려 할진대 인력(人力)으로는 잡지 못할 것이니 군장기계를 모아 여차여차(如此如此)236)하였다가 적장을 유인하여 진중에 들게 되면 제 비록 천신이라도 피할 길이 없으리라.”

한담이 대희하여 도사의 말대로 약속을 정제(定制)하고 수일을 지낸 후에 갑주를 갖추고 진문에 나서며 원수를 불러 왈,

“네 한갓 혈기만 믿고 우리를 대적하니 후생(後生)이 가외(可畏)237)로다. 빨리 나와 자웅(雌雄)238)을 결단하라.”

이때에 원수 의기양양하여 진전에 횡행타가 부르는 소리를 듣고 응성출마하여 일 합이 못하여 거의 잡게 되었더니 적진이 또한 쟁을 쳐 거두거늘 승승축부(勝勝逐赴)239)하여 바로 적진 선봉을 헤쳐 달려들 제 장대에서 북소리 나며 난데없는 안개 사면에 가득하고 적장이 간데 없고 음풍(陰風)이 소소(蕭蕭)하며, 한설(寒雪)이 분분(紛紛)한데 지척을 모를러라. 가련하다 유충렬이 적장 꾀에 빠져 함정에 들었으니 명재경각(命在頃刻)240)이라. 원수 대경하여 신화경을 펴 놓고 둔갑장신하여 일신을 감추고 안순법을 베풀어 진중을 살펴보니 토굴을 깊이 파고 그 가운데 장창검극(長槍劍戟)은 삼대같이 벌였으며 사해신장(四海神將)이 나열하여 독한 안개, 모진 사석(沙石) 사면으로 뿌리면서 함성 소리 크게 질러,

“항복하라!”

하는 소리 천지 진동하는지라. 원수 그제야 간계(奸計)에 빠진 줄 알고 신화경을 다시 펴 육정육갑을 베풀어 신장을 호령하여 풍백(風伯)을 바삐 불러 운무(雲

236) 여차여차 - 이같이 이같이.

237) 후생이 가외 - 뒤에 태어나는 사람이 가히 두렵다.

238) 자웅 - 싸움판의 승부.

239) 승승축부 - 이긴 김에 계속 쫓아감.

240) 명재경각 - 목숨이 경각에 있다.

霧)를 쓸어 버리니, 명랑한 청천백일(靑天白日) 일광주를 희롱하고 장성검은 번개 되어 적진 중에 요란할 제, 적진을 살펴보니 무수한 군졸이며 진중에 모든 복병 둘러싸서 백만 겹을 에웠는데, 장대에서 북을 치며, 군사를 재촉커늘, 원수 분노하여 일광주를 다시 만져 용인갑을 다스리고 천사마를 채질하여 좌우진중(左右陣中) 호통하며 좌충우돌(左衝右突) 회행할 제 호통 소리 지나는 곳에 번갯불이 일어나며 번갯불 일어나는 곳에 뇌성벽력(雷聲霹靂)이 진동하니 군사 장수 넋을 잃고 모든 장수 귀가 먹고 눈이 어두워 제 군사를 제 모른다. 서로 밟혀 분주할 제, 변화 좋은 장성검은 동천(東天)에 번듯하며 호적(胡敵)이 쓰러지고 서천(西天)에 번듯하여 전후 군사 다 죽으니 추풍낙엽 볼 만하며, 무릉도원(武陵桃源)[241] 홍유수(紅流水)는 흐르나니 핏물이라. 선봉 중군 다 헤치고 적진 장대 달려드니 정한담이 칼을 들고 대상에 섰거늘 호통 소리 크게 하고 장성검을 높이 들어 대칼에 베어 들고 후군에 달려드니, 이때 황후 태후 적진에 잡혀 가서 토굴 속에서 소리하여 하는 말이,

"저기 가는 저 장수는 행여 명나라 장수거든 우리 고부(姑婦) 살려 주소."

원수 분기 등등하여 적진에 횡행타가 슬픈 소리 나며, 천사마 그 곳을 행하거늘, 급히 가 보고 말에서 내려 왈,

"소장은 동성문 내 거하던 유 주부 아들 충렬이옵더니 아비 원수 갚으려고 불원천리(不遠千里) 달려와서 정문걸을 한 칼에 베이고 그 후에 최일귀 마룡을 잡고 한담의 목을 베러 이곳에 왔사오니 소장과 함께 본진으로 가사이다."

황후 태후 이 말을 듣고 토굴 밖에 나와 원수의 손을 잡고 치사하여 왈,

"그대 일정 유 주부의 아들인가. 어디 가 장성하여 저런 명장 되었는가? 그대 부친은 어디 있느뇨? 장군의 힘을 입어 우리 고부 살려내어 소소백발 이내 몸이 천자 아들 다시 보고, 연연홍안(姸姸紅顔))[242] 내 며느리 황제 낭군 다시 보게 하니 그 공로 그 은혜는 태산이 무너져서 평지가 되어도 잊을 수 없고 천지가 변하여 벽해(碧海)가 될지라도 잊을 가망 전혀 없네, 머리를 베어 신을 삼고 혀를 빼

241) **무릉도원** - 중국 도연명의 '도화원기(桃花源記)'에서 유래한 말인데, 신선이 살았다는 전설적인 중국의 이상향.

242) **연연홍안** - 곱고 고운 젊은 얼굴.

어 창을 받아 백 년 삼만 육천 일에 날마다 이고서도 그 공로를 다 갚을가 본진에 돌아가서 내 아들 어서 보세.”

원수 배사하고 황태후를 바삐 모셔 본진에 돌아와 정한담의 목을 내어 천자전에 바치려고 칼 끝에 빼어 보니 참놈은 간데없고 허수아비 목을 베어 왔는지라. 원수 분노하여 다시 싸움을 돋우더라.

이때 천자 양진 싸움을 구경터니 원수 적진에 달려들며 사면에 안개 가득하고 적진 복병이 벌 일듯하여 빈틈없이 둘러싸고 고각함성은 천지 진동하고 원수의 검광이 뵈이지 아니하거늘 천자 대경실색하여 발을 구르며 땅에 엎더져 통곡 왈,

“이제는 죽었구나. 천행으로 충렬을 얻었더니 이제는 죽었으니 불칙한 내 팔자 살아 무엇하리, 신령하신 황천후토(黃泉后土)[243]는 이런 경상(景狀)을 살피사 유충렬을 살려 주소서.”

이렇듯이 슬피 울더니 뜻밖에 적진 중에 안개 없어지며 벽력 같은 소리나며 장성검 번개 되어 적진 억만 병을 순식간에 쓰러져 무인지경 되었는데 일원대장이 진문 밖에 나서며 황후 태후를 모시고 본진으로 돌아오거늘, 천자와 태자 버선발로 달려들어 천자는 원수 손을 잡고, 태자는 태후의 손을 잡고 한데 어우러져 즐거운 마음 측량 없어, 울음 절반, 웃음 절반 두 가지로 섞이어서, 천자는 옥새를 목에 걸고 항서는 손에 들고 항복하러 나오다가 뜻밖에 충렬을 얻어 살아난 말씀을 하고 황태후는 적진에 잡혀가 토굴 속에 갇히었다가 뜻밖에 원수 만나 살아 온 말씀을 하고 군사들도 즐거워 치하 분분하더라.

이때 정한담이 도사의 꾀를 듣고 적장을 유인하여 함정에 넣었더니 죽기는 고사하고 삼군 억만 병을 한 칼에 무찌르고 장대에 달려들어 한담의 혼백 붙인 위인을 베이고 후군을 지치다가 황태후를 데려가는 양을 보고 넋을 잃어 도사에게 들어가 여쭈오되,

“충렬은 일정 천신이라. 이제는 백계무책(百計無策)[244]이오니 선생은 어찌하오리까?”

도사 대경망극하여 아무리 할 줄을 모르다가 한 꾀를 생각하고 한담을 불러 왈,

243) 황천후토 - 하늘의 신과 땅의 신.
244) 백계무책 - 백 가지 계교가 모두 쓸데없음.

"적장 유충렬은 거거년전(去去年前)[245]에 연경으로 귀양간 유심의 아들이라 하니 이제 급히 군사를 재촉하여 유심을 잡아다가 진중에 가두고 죽이려 하면 제 아무리 충신이나 인군만 생각하고 제 아비를 생각지 아니하랴."

한담이 이 말을 듣고 대희하여 군중에게 전령하되 날랜 군사 십여 명을 조발(調拔)[246]하여 유 주부를 빨리 나입(拿入)하라 분부하니라.

각설, 이때 유 주부가 북방 극한지지(極寒之地)에 누년(累年) 고생함에 위인이 보잘것없고, 남경에 난리났단 말을 듣고 주야 근심하며, 행여 천자 죽을까 염려하여 동지장야(冬至長夜)[247] 길고 긴 밤에 촉불만 돋워 켜고 축수 왈,

"명천(明天)이 감동하사 우리 천자 살릴진대, 내 아들 충렬이 살았거든 남경을 구원하고 제 아비 원수를 갚게 하소서."

이렇듯이 정성을 드리더니 뜻밖에 한 떼 군사 달려들어 유 주부를 잡아내어 수레 위에 높이 싣고 불원천리 재촉커늘 유 주부 정신없어 인사를 놓았다가 겨우 인사를 차려 생각하되,

'이제는 하릴없이 죽는도다. 우리 천자 승천하셨으면 날 잡아오라기 만무하다. 일정 정한담이 역적 되어 천자를 죽이고 나도 또한 죽이려고 이 지경이 되었구나. 청천일월도 무심하고 형산신령도 못 믿겠다. 내 아들 충렬이도 정녕 죽었구나. 살았으면 어디 가서 아비 원수 못 갚는가.'

이렇듯이 슬피 울 제 군사들도 낙루하더라.

여러 날 만에 적진중에 득달하니 이때 정한담이 용상에 높이 앉아 곤룡포(袞龍袍)[248]를 정히 입고 백관이 시위(侍衛)하여 유심을 잡아다가 계하에 엎지르고 달래어 하는 말이,

"그대 마음이 하 고집이기로 만리 연경에 수년을 고생하니 내 마음이 불안한지라. 이제는 짐이 천자 되어 백관을 거느렸더니 그대 아들이 아직 미거(未擧)하여 천위(天威)를 모르고 죽은 명제(明帝)를 살리려고 우리 군사를 침노하니 죄상을 논지컨대 진작 죽일 것이로대 그대를 생각하여 아직 살려 두었더니 종시 항

245) 거거년전 - 지지난해.

246) 조발 - 가리어 뽑음.

247) 동지장야 - 동짓달 긴 밤.

248) 곤룡포 - 옛날 임금이 입던 정복.

복지 아니하기로 그대를 데려다가 자식에게 편지나 하여 부자 함께 만나 나를 도우면 고관대작(高官大爵)은 원대로 할 것이니 부디 사양치 말라."

유 주부 이 말을 듣고 분심이 탱장(撑腸)[249]하여 눈을 부릅뜨고 쪽골쳐[250] 앉으며 왈,

"네 이놈 정한담아, 천지도 무섭잖고 일월도 두렵지 아니하냐. 나는 자식도 없고, 자식이 설혹 있은들 우리 천자를 모시고 너 같은 역적 놈을 죽이려 하는데 그 아비 무슨 일로 성군을 저버리고 역적을 도우라 하며, 내 자식은 새로이 광대한 천지간이 삼척동자도 네 고기를 먹고자 하느니, 하물며 내 아들을 옥황이 점지하사 남경을 도우라 하였으니 만고역적 너 같은 놈을 섬길 듯하냐."

이렇듯이 공책(恐責)[251]하며 노기등등(怒氣騰騰)하거늘, 한담이 대로하여 유심을 잡아내어 군중에 베이라 하니 곁에 있던 군사 벌떼같이 달려들어 검극(劍戟)[252]을 번득이며 유 주부를 잡아내니, 도사 한담을 말려 왈,

"그대 어찌 경선(輕先)[253]히 아는다? 유심의 상을 보니 당대 왕후 기상이니 천명이 완연커늘 그리할 가망 있을쏘냐. 만일 죽였다가는 대환이 목전(目前)에 있을 것이니 분심을 참으소서."

한담이 분기를 이기지 못하여 생전 돌아보지 못할 데로 다시 귀양 보내고 거짓 유심의 편지를 만들어 무사로 하여금 명진 중에 쏘아 원수를 보게 하니 이때 원수 장대에 앉았다가 난데없는 살 하나가 진중에 내려지거늘, 급히 주워다가 살을 보니 살 끝에 편지 한 장 달렸거늘 끄러 보니 그 편지 하였으되,

연경에 적거한 유 주부는 불효자 충렬에게 일장서간(一張書簡) 부치나니 급히 받아 떼어 보라.

오호라! 너의 부모 연광이 반이 넘어 일점혈육 없었더니 남악산에 산제하고 너를 늦게야 낳아 영화를 보렸더니 나의 팔자 기박하여 천자께 득죄하고 만리

249) 탱장 - 뱃속에 가득 참.

250) 쪽골쳐 - 쪼그려 고초 앉음.

251) 공책 - 무섭게 꾸짖음.

252) 검극 - 칼과 창.

253) 경선 - 경솔하게 앞질러 함.

연경에 귀양가서 사생이 관두(關頭)[254]하되 아비를 찾지 아니하는구나. 부모를 상봉함은 천륜(天倫)에 당연커늘 너의 몸만 장성하여 망한 나라 섬기려고 새나라를 침노하니 새 천자 네 아비를 잡아다가 너같이 몹쓸 자식 두었다 하시고 도마 위에 올려놓고 죽이려 하니 이 아니 망극하냐. 세상 사람이 자식 낳으면 좋다 하는 말이 자식의 힘을 입어 영화를 보는 고로 생남(生男)하면 좋다 하는데 나는 무슨 죄로 영화 보기는 새로이 소소백발 파리한 목에 창검이 웬일이며, 피골상연 늙은 수족 수레소[255]를 어이하리, 네가 일정 나의 자식이거든 급히 항복하여 우리 부자 상봉하여 만종록(萬鍾祿)[256]을 먹게 하라. 만일 내 말을 듣지 아니하면 죽은 혼이라도 자식이라 아니 하고 모진 귀신 되어 네 몸을 해하리라. 할말이 무궁하되 명재경각(命在頃刻)하여 황황하기로 그치노라.

하였더라.

원수 이 편지를 보고 정신이 아득하여 흉중이 막혀 인사를 모르더니 겨우 진정하여 천자께 들어가 그 편지를 드리며,

"이 글을 보옵소서, 폐하 전일에 소신 아비의 필적을 보았을 것이니 이게 정녕 아비의 필적이오니까?"

천자와 태자 그 편지를 다 본 후에 박장대소(拍掌大笑)[257]하며 원수를 위로 왈,

"그대의 부친이 죽은 지 오랜지라 혼백이 살았더래도 글씨를 보니 전후 불견(不見) 필적이라. 설령 살았을지라도 이런 말을 어이 할까. 장군은 염려 말고 정한담을 사로잡아 그 곡절을 물어 보면 내 말이 옳다 하리라."

원수 물러나와 생각하되 전일 강 승상을 만날 때에 멱라수 회사정에 부친이 빠져 죽은 표적을 붙였으니 부친이 죽기는 적실한지라 이제 어찌 적진에 들어가 편지를 부쳤으리오. 그러나 나의 마음 심란(心亂)하다. 적진을 쳐 파하고 한담을 사로잡아 이 일을 해득(解得)하리라 하고 일광주를 다시 쓰고 황룡수(黃龍鬚)[258]

254) 관두 - 막다른 절정.

255) 수레소 - 사지를 찢는 형벌에 쓰는 소일 듯.

256) 만종록 - 매우 두터운 봉록.

257) 박장대소 - 손뼉을 치며 크게 웃는 것.

258) **황룡수** - 황룡의 수염과 같은 수염.

를 거스르고[259] 봉의 눈을 부릅뜨며, 용인갑을 졸라 입고 대장검을 높이 들며 신화경을 손에 들고 천사마를 바삐 몰아 전진에 나서며 한담을 크게 불러 왈,

"네 이놈 간사한 꾀를 내어 나를 항복코저 하거니와 내 어찌 모를쏘냐. 바삐 나와 죽어 보라."

한담이 황겁하여 도성에 들어가고 선봉을 머무르며 군문을 굳이 닫고 나지 아니하거늘, 원수 승승축부하여 적진에 달려들어 장성검 번듯하며 적진 선봉 씨가 없이 다 죽이고 도성문에 달려드니 사대문이 닫혔거늘 호통 소리 한마디에 장성검을 번득이며 철편으로 문을 치니, 문이 편편파쇄하여 동시월 설한풍(雪寒風)에 백설같이 흩날리더라. 순식간에 달려들어 궐문 밖에 진친 군사 대칼에 무찌르고 정한담을 바삐 찾아 궐문 안에 들어갈새, 이때 한담이 원수 도성에 든단 말을 듣고 황황급급 북문으로 도망하여 도사를 데리고 호산대에 높이 올라 피난하는지라.

원수 도성에 들어 한담의 가권을 잡고 또 저의 삼족(三族)을 다 잡아 본진으로 보내고 만조백관을 호령하여 옥연(玉輦)[260]을 갖추어 본진에 돌아가 천자를 모셔 환궁하고 한담의 가솔(家率)을 낱낱이 문죄 후에 씨 없이 베이고 조정만을 신칙하여 본진을 지키우고, 원수는 전일 살던 집터를 가 보니, 웅장한 고루거각 빈 터만 남았더라. 슬픈 마음 진정하고 궐문을 향하여 돌아서니 부모 생각 측량 없어 나가는 길이 캄캄하여 참을 길이 없는지라. 갑주 벗어 땅에 놓고 가슴을 두드리며 대성통곡하는 말이,

"이제 유충렬은 물 가운데 부모 잃고 도로에 개걸타가 이내 몸이 장성하여 살던 터를 다시 보니 장부 한숨 절로 난다. 우리 부모는 어디 가시고 이런 줄을 모르시는가. 부귀영화 본다 하고 부디 사람 경(輕)히 말고 제 복 있어 잘 산다고 일가친척 괄세 마소. 권세 좋다 귀하다고 천만 년을 믿지 마소."

이렇듯이 낙루하고 도성에 돌아오니 만조백관 시위(侍衛) 중에 충신은 다 죽고 남아 있는 자는 정한담의 동류(同類)라. 낱낱이 잡아내어 죄지경중(罪之輕重)[261]하여 장안시에 처참하고 정한담을 찾으려고 군중에 전령하여 찾으니라.

259) 거스르고 - 곤두세우고.

260) 옥연 - 높은 사람이 타는 가마.

261) 죄지경중 - 죄의 가볍고 무거움.

이때 정한담이 호산대에서 도사더러 의논할새, 도사 한 꾀를 생각하여 왈,

"이제 백계무책(百計無策)이라. 여간 남은 군사로 패문(牌文)[262] 지어 남만과 서번과 호국에 보내어 패전한 말을 하고 구원병을 청하여 한번 싸운 후에 사불여의(事不如意)[263]하면 목숨만 도망하여 후일을 봄이 어떠하뇨."

한담이 대희하여 패문을 지어 급히 오국에 보내니라. 이때 오국 군왕이 각기 장수를 보내어 승전하기를 주야 기다리더니 뜻밖에 패군한 소식이 왔거늘 각각 분노하여 서천 삼십육 도 군장이며 가달 토번왕과 호국대왕이 정병 팔십만과 용장 천여 원이며 신기한 도사를 좌우에 앉히고 진세를 살피며 각각 군왕 등은 중군이 되어 천하명장을 간택하여 선봉을 정한 후에 행군을 재촉하여 달려드니 그 거동 웅장함은 일구난설(一口難說)이라.

이때 정한담이 청병 옴을 보고 기운이 펄쩍하여 성명을 바삐 적어 군중에 통지하고 도사와 함께 호왕께 헌신하고 전후수말(前後首末)을 낱낱이 아뢰니 호왕 등이 이 말을 듣고 정문걸이며 마룡이 죽었단 말을 듣고 간담이 서늘하여 접전할 마음이 없으나 한갓 분심을 못 이기어 정한담과 동심하여 호산대에 진을 치고 격서를 남경으로 보내니라.

이때 원수는 도성에 들고 조정만은 금산성하에 유진하였더니 뜻밖에 조정만이 장계를 올리거늘 급히 개탁하여 보니 하였으되,

오국군왕들이 패군한단 말을 듣고 각각 중군이 되어 오는 중에 정한담과 옥관 도사 합력하여 격서를 보내었으니 원수는 급히 와 방적(防敵)하소서.

하였거늘 원수 듣고 크게 웃어 왈,

"정문걸 마룡은 천하 명장이라도 내 칼 끝에 죽었거든 하물며 오국병호[264]야 비록 승천입지(昇天立地)하는 놈이 선봉이 되었으나 한갓 장성검의 피만 묻힐 따름이라 황상은 염려 마옵시고 소장의 칼 끝에 적장의 머리 떨어지는 구경이나 하옵소서."

262) 패문 - 왕이 아랫사람에게 전달하려고 쓴 글.

263) 사불여의 - 일이 뜻과 같지 못함.

264) 오국병호 - 오국의 오랑캐 군대.

즉시 갑주를 갖추고 본전에 돌아와 군사를 신칙하여 항오를 각별이 단속하고 적진에 글을 보내 싸움을 도울 제, 이때 정한담이 오국군왕전에 한 꾀를 드려 왈,

"도사의 재주는 소장이 십 년을 공부하여 변화무궁하오니 구척장검 칼머리에 강산도 무너지고 하해도 뒤놉더니, 명진 도원수 유충렬은 천신이요 사람은 아니라, 이제 대왕이 억만 병을 거느려 왔으나 충렬 잡기는 새로이 접전할 장수 없사오니 만일 싸우다가는 우리 군사 씨가 없고 대왕의 중한 목숨 보존하기 어려울 것이니 오늘밤 삼경에 군사를 갈라 금산성을 치게 되면 제 응당 구할 차로 올 것이니, 그때를 타 소장은 도성에 들어가 천자를 항복받고 옥새를 앗았으면 제 비록 천신인들 제 인군 죽었는데 무슨 면목으로 싸우리까. 그 꾀 마땅하오니 대왕의 처분은 어떠하시니까?"

호왕이 대희하여 한담으로 대장 삼고 천극한으로 선봉을 삼고 약속을 정제할 제, 제군 중에 기치를 둘러 도성으로 갈 듯이 하니 원수 산하에 있다가 적세를 탐지하고 도성에 들어오니라.

이 밤 삼경에 한담이 선봉장 극한을 불러 군사 십만 명을 주어 금산성을 치라 하니 극한이 청명하고 금산성에 달려들어 호통일성에 십만 명을 나열하여 군문을 바삐 해쳐 군중에 들어 좌우를 충돌하며 군사를 짓쳐 들어가니 불의에 환을 만나 황황급급한지라.

원수 도성에서 적세를 탐지하더니 한 군사 보하되,

"지금 도적이 금산성에 들어 군사를 다 죽이고 중군장을 찾아 횡행하니 원수는 급히 와 구원하소서."

원수 대경하여 금산성 십 리 뜰에 나는 듯이 달려들어 벽력같이 소리하며 적진을 헤쳐 중군에 들어가 조정만을 구원하여 장대에 앉히고 필마단창으로 성화같이 달려들어 장성검 지낸 곳의 천극한의 머리를 베이고 천사마 닫는 곳에 십만 군병이 팔공산 초목이 구시월 만난 듯이 순식간에 없어지니 원수 본진에 돌아와 칼끝을 보니 정한담은 어디 가고 전후 불견 되놈이라.

이때 한담이 원수를 치우고 정병만 가리어 급히 도성에 드니 성중에 군사 없고 천자는 원수의 힘만 믿고 잠을 깊이 들었다가 뜻밖에 천병만마 성문을 깨치고 궐내에 들어가 함성하는 말이,

"이봐 명제야 어디로 갈다? 팔랑개비[265]라 비상천(飛上天)하며 두더지라 땅으로 들다? 네놈의 옥새 앗으려고 하더니 이제는 어디로 갈다? 바삐 나와 항복

하라.”

하는 소리 궁궐이 무너지며 혼백이 상천하는지라. 명제 넋을 잃고 용상에 떨어져 옥새를 품에 품고 말 한 필 잡아 타고 엎더지며 자빠지며 북문으로 도망하여 변수 가에 다다르니 한담이 궐내에 달려들어 천자를 찾은즉 간데없고 황후 태후 태자 도망하여 나오거늘 호령하고 달려들어 황후를 잡아 궐문에 나와 호왕에게 맡기고 북문에 나서니, 이때 천자 변수 가에 도망커늘 한담이 대희하여 천둥 같은 소리하고 순식간에 달려들어 구척장검 번듯하여 천자의 앉힌 말이 백사장에 거꾸러지거늘, 천자를 잡아내어 마하(馬下)에 엎지르고 서리 같은 칼로 통천관(通千冠)²⁶⁶⁾을 깨던지며 호통하는 말이,

“이봐 들어라. 하늘이 날 같은 영웅을 내실 제는 남경에 천자시킴이라. 네 어찌 천자를 바랄쏘냐. 네 한 놈 잡으려고 십 년을 공부하여 변화무궁하니 네 어찌 순종치 아니하고 조그마한 충렬을 얻어 내 군사를 침노하니 너의 죄를 논지컨대 이제 바삐 죽일 것이로되, 옥새를 드리고 항서를 써 올리면 죽이지 아니하려니와 그렇지 아니하면 네놈의 노모처자를 한 칼에 죽이리라.”

천자 하릴없어 하는 말이,

“항서를 쓰자 한들 지필(紙筆)이 없다.”

하시니 한담이 분노하여 창검을 번득이며 왈,

“용포(龍袍)²⁶⁷⁾를 떼고 손가락을 깨어 항서를 쓰지 못할까.”

천자 용포를 떼고 손가락을 깨물려 하니 차마 못할 즈음에 황천인들 무심하리.

이때 원수 금성산에 적진 십만 명을 한 칼에 무찌르고 바로 호산대에 득달하여 적진 정병을 씨 없이 함몰코자 행하더니 뜻밖에 월색이 희미하여 난데없는 빗방울이 원수 면상(面上)에 내려지거늘 원수 고이하여 말을 잠깐 머무르고 천기를 살펴보니 도성에 살기 가득하고 천자의 자미성이 떨어져 변수 가에 비쳤거늘 대경하여 발을 구르며 왈,

“이게 웬 변이냐.”

갑주 창검 갖추고 천사마상 바삐 올라 산호편을 높이 들어 말석을 채질하며

265) 팔랑개비 - 바람개비.

266) **통천관** - 임금이 조칙을 내리거나 정무를 볼 때 쓰던 관.

267) **용포** - 임금의 옷.

말더러 정설(定說)[268] 왈,

"천사마야, 너의 용맹 두었다가 이런 때에 아니 쓰고 어디 쓰리요. 지금 천자 도적에게 잡히어 명재경각이라 순식간에 득달하여 천자를 구원하라."

천사마는 본디 천상에서 타고 온 비룡(飛龍)이라 채질을 아니하고 정설만 하되 제 가는 대로 두어도 순식간에 몇천 리를 갈 줄 모르는데 하물며 제 임자 급한 말로 정설하고 산호채로 채질하니 어찌 아니 급히 갈까. 눈 한 번 깜짝이면 황성 밖에 얼른 지나 변수 가에 다다르니, 이때 천자는 백사장에 엎더지고 한담은 칼을 들고 천자를 치려거늘, 원수 이때를 당함에 평생 있는 기력과 일생에 지른 호통을 진력하여 다 지르니, 천사마도 평생 용맹 이때에 다 부리니, 변화 좋은 장성검도 삼십삼천(三十三天)[269] 어린 조화 이때에 다 부리고, 원수 닫는 앞에 귀신인들 아니 울며 강산도 무너지고 하해도 뒤눕는 듯 혼백인들 아니 울리요. 혼신(渾身)[270]이 불빛 되어 벽력같이 소리하며 왈,

"이놈 정한담아, 우리 천자 해치 말고 나의 칼을 네 받으라."

하는 소리에 나는 짐승도 떨어지고 강신(江神) 하백(河伯)[271] 넋을 잃어 용납지 못하거든 정한담의 혼백인들 아니 가며 간담이 성할쏘냐. 호통 소리 지내는 곳에 두 눈이 캄캄하고 두 귀가 먹먹하여 탔던 말둘러 타고 도망하여 가려다가 형산마 거꾸러져 백사장에 떨어지니 창검을 갈라 들고 원수를 바우거늘[272] 구만 청천 구름 속에 번개칼이 언뜻하며 한담의 두 팔목이 마하에 내려지며 장성검 언뜻하며 한담의 장창대검 부숴지니 원수 달려들어 한담의 목을 산 채로 잡아들고 말에서 내려 천자 앞에 복지하니, 이때 천자 백사장에 엎더져서 반생반사(半生半死)[273] 기절하여 누웠거늘 원수 붙잡아 앉히고 정신을 진정한 후에 복지주왈,

268) 정설 - 단단히 부탁하는 말.

269) 삼십삼천 - 불교에서 욕계(慾界)를 사천황천, 촌리천 등의 삼십삼 개로 구분하여 이르는 말.

270) 혼신 - 온 몸.

271) 하백 - 물을 맡은 신.

272) 바우거늘 - 겨누거늘.

273) 반생반사 - 반은 살고 반은 죽음.

"소장이 도적을 함몰하고 한담을 사로잡아 말에 달고 왔나이다."

천자 황망주에 원수란 말을 듣고 벌떡 일어앉아 보니, 원수 복지 하였거늘 달려들어 목을 안고,

"네가 일정 충렬이냐. 정한담은 어디 가고 네가 어찌 예 왔느냐. 나는 죽게 되었더니 네가 와서 살리도다."

원수 전후수말을 아뢴 후에 한담의 머리를 풀어 손에 감아 들고 도성에 들어오니 이때 오국군왕이 성중에 들었다가 한담이 사로잡혔단 말을 듣고 황겁하여 도성에 들어 성중보화(城中寶貨) 일등미색(一等美色)을 탈취하고 황후와 태후 태자를 사로잡아 수레 위에 높이 싣고 본국으로 돌아가고 없는니라.

천자 원수 붙들고 대성통곡 왈,

"이 몸이 하늘께 득죄하여 나라가 망케 되었다가 충신 그대를 얻어 회복되게 되었으나 부모 처자를 되놈에게 보내고 나 혼자 살아 무엇하리. 천하를 그대에게 전하나니 그리 알라. 과인은 이제 죽어 혼백이나 호국에 들어가 모친을 만나 보면 구천에 들어가도 여한(餘恨)이 없으리라."

하고 궐내(闕內) 백화담에 빠져 죽고저 하거늘 원수 붙들어 용상에 앉히고 여짜오대,

"소신이 충성이 부족하여 이 지경이 되었으나 이때를 당하여 신자(臣者) 도리에 호국을 그저 두오리까. 소신이 재주 없사오나 호국에 들어가 호종(胡種)[274]을 함몰하고 황태후를 편히 모셔 돌아오리다."

천자 원수 손을 잡고 낙루하며 부탁하되,

"경이 충성을 다하여 호국을 쳐 멸하고 과인의 노모와 처자를 다시 보게 하면 살을 베어도 아깝지 아니하리요."

원수 배사하고 나와 정한담을 끌러 계하에 엎지르고 좌우 나졸 호령하여 온갖 형벌 갖추고 전후죄목(前後罪目)을 낱낱이 물어 왈,

"이놈 들으라. 네 자칭 신황제라 하고 날더러 천의(天意)를 모른다하더니 어찌 두 팔이 없어 내게 잡혀 왔느냐?"

한담이 참괴무언(慚愧無言)[275]이라.

274) 호종 - 오랑캐 종족.

275) 참괴무언 - 부끄러워 아무 말이 없음.

"네 자칭 십 년 공부하여 천자를 도모(圖謀)한다 하더니 어떠한 놈에게 공부하여 역적이 되었느냐?"

한담이 여쭈오되,

"소인이 불행하여 도사놈의 말을 듣고 이 지경이 되었으니 아뢸 말씀 없나이다."

"도사놈이 어디 갔는고?"

"소인이 변수 가에 갔을 때에 호국에 들어갔을 듯하나이다."

원수 왈,

"네놈은 날과 불공대천지수(不共戴天之讐)[276]라 진작 죽일 것이로되 내 부친의 존망(存亡)을 알고자 하느니 바른대로 아뢰라."

한담이 다시 여쭈오대,

"소인이 죄 중(重)하야 도사의 말을 듣고 정언주부를 무함(誣陷)[277]하여 연경의 귀양 갔삽더니 수일 전에 다시 잡아다가 항복을 받고저 하되 종시 말을 듣지 아니하는 고로 다시 호국 포판이라 하는데로 귀양 갔사오니 그간 생사는 모르나이다."

원수 이 말을 듣고 통곡 왈,

"강희주는 죽었느냐 살았느냐?"

한담이 여쭈오되,

"강 승상도 무함하여 옥문관으로 귀양하고, 그 집 가솔을 다 잡아 오더니 중로(中路)에 야간도주(夜間逃走)하여 영릉땅 청수에 빠져 죽었다 하더이다."

원수 모친이 회수에 봉변한 일이 한담의 소위(所爲)[278]인 줄 모르고 강 낭자 죽은 일만 절분(切忿)하여 한담을 대칼에 베이고자 하되 부친을 만난 후에 죽이리라 하고 삼목(三木)[279]을 갖추어 결박하여 전옥에 가두고 갑주 장검을 갖추어 천자께 하직하고 나오려 하니 천자 계하(階下)에 내려 손을 잡고 낙루 왈,

"짐의 수족(手足)을 만리 타국에 보내고 마음이 어떠할꼬. 부디 충성을 다하여

276) 불공대천지수 - 함께 하늘 밑에 살 수 없는 원수.

277) 무함 - 없는 사실을 거짓 꾸미어서 남을 못된 구렁에 빠지게 함.

278) 소위 - 행위.

279) 삼목 - 옛날에 곤장으로 정강이를 치던 형벌.

모친과 자식을 살려 수히 돌아오소, 만일 그간에 환이 있으면 뉘로 하여 살아날까."

십 리 밖에 전송하며 만 번 당부하니 원수 청명(聽命)하고 필마단창(匹馬單槍)으로 만리 타국에 들어갈 제, 이때 호왕이 들어가며 후환이 있을까 하여 각도 각관(各道各關)에 행관(行關)[280]하여 호국 들어오는 길에 인가를 없애고 물마다 배를 없애어 인적을 통치 못하게 하였는지라, 원수 전장에 고생하며 음식을 전폐한 날이 많은 중에 부친의 소식을 알고저 하여 침식이 불안하던 차에 호국 수만 리를 주점 없이 지내오니 기운이 반감하였는지라. 행역이 노곤하여 유주에 득달하여 자사를 잡아내어 문죄(問罪) 왈,

"네 이놈 세대로 국록지신(國祿之臣)으로 국가 불안하되 네 몸만 생각하고 국사를 돌보지 아니하며, 또한 정한담의 말을 듣고 유 주부를 네 골에 귀양하였다 하더니 어디 계시뇨?"

자사 황겁하여 사죄 왈,

"소인도 국록지신으로 어찌 무심하리까마는 호병이 남경에 가는 길에 소인 고을에 달려들어 군사와 양식을 탈취하고 소인을 죽이려 하기로 소인이 도망하여 목숨만 살아났으나 본디 재주 없고 적수단신(赤手單身)이라 할 바를 몰라 다만 국가 어찌된 줄을 모르더니 수일 전에 소식을 들어본즉 호병이 승전하여 황후 태후 태자를 사로잡아 가노라 하기 황황망극하던 차에 장군이 와 계시니 황송하오나 성명은 뉘시며 무슨 일로 유 주부를 찾나이까?"

원수 비감하여 왈,

"나는 이 고을 적거하신 유 주부의 아들이러니 부모 원수 갚으려고 적진에 들어가 천자를 구완하고 정한담 최일귀를 한칼에 베이고 오국정병을 일시에 무찌르고 천자를 모셔 환궁하였더니 뜻밖에 오국왕이 들어와 나를 속여 도성을 엄살하고 황후를 사로잡아 갔는 고로 북적을 함몰하고 황후를 모셔오려고 가는 길에 들렀노라."

자사 이 말을 듣고 계하에 내려 백배 치사하고 주육을 많이 내어 대접하고 십 리 밖에 전송하니라.

280) 행관 - 동등한 관아 사이에 공문을 보냄.

원수 유주를 떠나 호국에 다다르니 풍설(風雪)은 분분하고 도로는 험악하여 인적이 없는지라.

각설, 이때 호왕이 십만 병을 거느려 남경에 갔다가 한담이 사로잡혔단 말을 듣고 도성에 들어가 황후 태후 태자를 사로잡고 성중 보화와 일등미색을 탈취하여 본국으로 돌아와 승전곡(勝戰曲)을 울리며 잔치를 배설하고 수일 즐긴 후에 황후 태후 태자를 잡아내어 계하에 엎지르고 나졸이 좌우에 늘어서서 검극을 벌렸는데 호왕이 인검으로 난간을 치며 태자를 호령하여 왈,

"네 이놈, 전일은 네 아비 힘을 믿고 범람(氾濫)히 동궁[281]이라 하였거니와 이제는 과인이 하늘께 명을 받아 천자를 항복받고 네 조모(祖母)를 사로잡아 왔으니 만승천자(萬乘天子)[282]가 나밖에 또 있느냐. 네 바삐 항복하여 나를 도우면 죽이지 아니하려니와 그렇지 아니하면 너의 모자(母子)를 북해상(北海上)에 던지리라."

이렇듯이 호령하니 이때의 태자의 년(年)이 십삼 세라. 호왕을 호령하여 하는 말이,

"네 이놈 역적놈아, 한갓 강포만 믿고 외람히 남경을 침노하여 이 지경이 되었으나 언감생심(焉敢生心)[283]에 황제를 질욕(叱辱)[284]하며 나를 항복받아 네 신하를 삼을쏘냐. 군신지분의(君臣之分義)[285]를 논지컨대 황제는 만민지부(萬民之父)요, 황후는 만민지모(萬民之母)라. 너는 만고역적(萬古逆賊)놈이라."

하니 호왕이 분노하여 나졸을 재촉하니, 일시에 달려들어 황후 태후 태자를 잡아내어 온갖 형벌을 다 갖추고 수레 위에 높이 싣고 동문대 도상에 나올 적에 기치검극(旗幟劍戟)[286]을 삼대같이 세웠는대, 총융대장 높이 앉아 자객(刺客)[287]

281) **동궁** - 왕세자의 별칭.

282) **만승천자** - 일만 대(臺)의 병거(兵車)를 갖춰 낼 만한 나라의 임금.

283) **언감생심** - 감히 그런 마음을 품을 수도 없음.

284) **질욕** - 꾸짖어 욕함.

285) **군신지분의** - 임금과 신하의 분수와 의리.

286) **기치검극** - 깃발과 칼, 창.

287) **자객** - 사람을 찔러 죽이는 사람.

을 상급(賞給)하고 검술을 희롱할 제, 황후 태후 태자 수레에서 내려 황후는 태후의 목을 안고 태자는 황후의 목을 안고 삼 인이 한 몸 되어 백사장 너른 들에 엎더져 땅을 허비며 방성통곡하는 말이,

"전생에 무슨 죄로 백발노구[288) 홍안소부(紅顔少婦)[289] 어린 손자 앞세우고 되놈에게 잡혀 와서 한 칼 끝에 다 죽으니 북방천리 멀고 먼 길에 무주고혼(無主孤魂) 된단 말가. 도적에게 황성 잃고 우리 아들 정한담을 피하여 북문으로 도망터니 죽었는가 살았는가 혼백이나 둥둥 떠서 늙은 어미 죽는 줄을 귀신이나 알련마는 창망한 구름 속에 사람 소리뿐이로다. 만고영웅(萬古英雄) 유충렬은 대명국에 점지할 제 어떤 인군(人君) 섬기려고 나의 손자 죽는 줄을 모르느냐. 비나이다. 비나이다. 형산 신령 대명국 황성에 급히 가 우리 유 원수를 찾아 내 말을 전하되 대명국 황태후, 불쌍한 며느리와 어린 손자 목 안고 기치창검 나열하며 백포장(白布帳) 장막 안에 자객이 벌렸는데 세 몸을 한데 놓고 금일 오시(午時)만 지내면 무죄한 세 목숨이 창검 끝에 달렸으니 한때 속히 전해 주오."

이렇듯이 통곡하니 가련하고 슬픈 경상 차마 보지 못할너라.

이때에 총융대장(摠戎大將)[290] 군사를 재촉하여 죄인을 잡아다가 깃대 밑에 엎지르고 자객을 호령하여,

"일시에 처참하라!"

하니 자객들이 청명하고 홍포(紅袍) 남대(藍帶)[291] 허리에 띠고 비수검(匕首劍)[292]을 번뜩이며 좌우에 갈라서서,

"행형(行刑)한다!"

고함 소리 청천에 진동하니 천지 어찌 무심할까.

이때 유 원수 호국지경에 득달하여 상남뜰에 바삐 가니 호국 선우대가 구름 속에 보이거늘 일엽표주 강상에 떠오더니 일원선녀 선창 밖에 나와서 원수에게 예하고 금낭을 끌러 과실을 두 개 주며 왈,

288) **백발노구** - 머리가 흰 늙은 여인.

289) **홍안소부** - 얼굴이 아름다운 젊은 여인.

290) **총융대장** - 총융청의 주장.

291) **홍포 남대** - 붉은 천으로 만든 옷을 입고, 남빛 허리띠를 두르고.

292) **비수검** - 아주 잘 드는 칼.

“행역이 곤고(困苦)하오니 이 과실 한 개를 자시고 한 개는 두었다가 일후에 쓰려니와 지금 황후 태후 태자 호국에 잡혀 가서 동문대 도상에 온갖 형벌 갖추오고 자객을 재촉하여 검술을 희롱하니 황후의 귀한 명이 경각에 있는지라 어찌 급함을 모르고 바삐 가지 아니하나이까?”

두어 말 이르더니 범범중유 가는지라. 원수 대경하여 그 과실 한 개 먹고 천기를 살펴보니 태자의 장성이 떨어질 듯하고 자미성이 칼 끝에 달렸거늘 대경하여 황룡수를 거스르고 봉의 눈을 부릅뜨고 일광주 용인갑을 단단히 졸라매고 장성검을 펴 들고 천사마를 채질하여 나는 듯이 들어가니 동문 밖 십 리 사장에 군사 가득하였거늘 말다리를 급히 열어 조총[293]을 잠깐 내어 대한고[294]를 한 번 놓으니 우레 같은 함성 소리 청천백일 진동한 듯, 호왕을 불러 외는 말이,

“여봐라 호왕놈아, 황후 태후 해치 말라!”

이때 자객이 비수를 번뜩이며 태자 목을 치려할 제 난데없는 벽력 소리 청천에 떨어지며 일원대장이 제비같이 들어오니 일진이 황겁하여 주지주저하던 차에 천사마 눈 한 번 깜짝이며 동문대도상에 장성검이 불빛 되어 십 리 사장 너른 뜰에 오마대[295]로 싸인 군사 씨 없이 다 베이고 성중에 달려들어 궐문을 깨치고 문 안에 만조백관 대칼에 무찌르고 용상을 쳐부수며 호왕의 머리 풀어 손에 감아 쥐고 동문대로에 급히 오니 이때 황후 태후 태자 자객의 검광 끝에 혼백이 흩어져서 기절하여 엎더졌는지라 원수 급히 달려들어 태자를 붙들어 앉히고 황후 태후를 흔들어 앉히니 한식경[296]이 지난 후에 겨우 인사를 차리거늘 원수 복지하여 여쭈오대,

“정신을 차리옵소서. 대명국 도원수 유충렬이 호왕을 사로잡고 자객과 군사를 한칼에 다 죽이고 이곳에 왔나이다.”

태자 이 말을 듣고 급히 일어나 황후의 목을 안고,

“남경 유충렬이 왔네. 정신을 진정하여 충렬을 다시보소.”

이렇듯이 부르짖으니 황후 태후 기절하였다가 유충렬이 왔단 말을 듣고 가슴

293) 조총 - 화승총.

294) 대한고 - 미상. 화약으로 큰소리를 내는 기구인 듯.

295) 오마대 - 오마작대(五馬作隊). 마병이 행군시에 오열(五列)종대로 편성하는 것.

296) 한식경 - 한 차례 음식을 먹을 만한 동안.

을 두드리며 벌떡 일어앉아 사면을 바라보니 군사는 하나도 없고 일원대장이 앞에 복지하였거늘 다시 여쭈오대,

"소장은 남경 유충렬이옵더니 호왕을 사로잡아 이곳에 왔나이다."

황후 이 말을 듣고 콱 달려들어 손을 잡고 하는 말이,

"그대 일정 유원수냐. 북방 호지 수만 리를 어찌 알고 왔는가? 그대 은덕 갚을진대 백골난망이라 어찌 다 갚으리오."

태자도 만단치사(萬端致辭)하고 천자 존위(尊位)를 바삐 물은대 원수 여쭈오되,

"소장이 도적에게 속아 금산성에 들어가온즉 적장 천극한이 십만 명을 거느려 왔거늘 한칼에 다 베이고 급히 돌아오다가 천기를 보온즉 황상이 변수에 죽게 되었거늘 급히 달려가니 황상은 백사장에 엎더지고 정한담은 칼을 들어 황상을 치려 하거늘 소장이 달려들어 정한담을 사로잡아 전옥에 가두고 황상은 편히 모셔 환궁하신 후에 소장은 대비(大妃) 대군(大君)을 모신 후에 아비를 찾으려 하고 왔나이다."

삼 인이 백배 치사 왈,

"북망산에 있는 부모 회생하여 다시 본들 이도곤[297] 더할쏘냐. 이제 돌아가 우리 천자와 원수로 더불어 결의형제하여 만세 유전토록 떠나 살지 아니하며 천하를 반분하여 동락태평(同樂太平)할까 하노라."

태자 호왕 잡아옴을 보고 원수의 칼을 뺏어 갖고 호왕을 엎지르고 왈,

"네 이놈아, 왕후를 질욕(叱辱)하며 나를 항복받아 네 신하를 삼고자 하더니 청천 일월이 밝았거든 언감생심(焉敢生心)인들 하늘을 욕할쏘냐."

분심을 참지 못하여 장성검을 높이 들어 호왕의 머리를 베어 칼 끝에 꿰어 들고 호왕의 간을 내어 낱낱이 씹은 후에 성중에 들어가 약간 남은 군사 다 죽이고 그 중에 군사 오 명을 잡아내어 준마(駿馬) 세 필을 구하여 교자를 갖추어 황후 태자를 모시고 호국 옥새와 지도서(地圖書)[298]를 가지고 행군할새, 도로장을 불러 왈 포판을 묻고 길을 재촉하며 부친을 생각하여 눈물이 비오듯하니 슬픈 마음 억제치 못하여 방성통곡 우는 말이,

297) 이도곤 - 이보다.

298) 지도서 - 땅 모양을 그린 책.

"천자는 나 같은 신하를 두었다가 만리 호국에 죽게 된 부모를 다시 만나 보거니와 나는 포판에 있는 부친 죽었는가 살았는가. 회사정에 모친 잃고 만리 북방에 부친 잃고 영릉 천수에 아내 잃었으니 살아서 무엇하며 죽어도 아깝잖고 도리어 악귀가 될지라 포판을 어서 가면 우리 부친의 생사를 알아볼까."

하며 슬피 우니, 태후와 태자 원수의 손을 잡고 만단 위로하여 길을 재촉터니 여러 날 만에 포판을 득달한대, 이 땅은 북해상 무인지지(無人之地)라 사무인적(四無人跡)하고 다만 들리느니 해상 풍랑 소리 사람의 간장을 격동하고 소슬한 풍(蕭瑟寒風) 원숭이는 슬피 울어 객의 수심을 돕는구나. 귀신이 난잡한데 유 주부의 혈혈단신 살 가망이 전혀 없다.

이때 유 주부 도적에 가 잡혀 갔다가 항복지 아니한다 하고 피골상연한 몸에 형장을 많이 맞고 북해상 무인지에 음식이 없었으니 기갈(飢渴)[299]을 어이하리 미구(未久)에 운명(殞命)하게 되었더니, 이때 원수 순식간에 달려들어 보니 토굴을 깊이 파고 험한 수목으로 사면을 둘러 싸고 짚자리 한 닢 위에 문 밖에 수직한 군사 한 명만 두어 삼순구식(三旬九食)[300]으로 구먹밥[301]을 주는지라.

이 거동을 보고 엎더지며, 투구 벗어 땅에 놓고 사면 수목을 헤치고 토굴문 밖에 복지하여 여쭈오되,

"대명국 남경 동성문 내 사는 충렬은 도적을 잡아 평난하고 황후 태후 태자를 모셔 이리 왔나이다."

이때 유 주부 기운이 쇠진하여 인사를 버리고 잠을 깊이 들었더니 몽중에 얼풋이 들으니 충렬이란 말을 들음에 천리 밖에서 나는 듯하여 꿈을 깨어 앉으며 왈,

"네가 귀신이냐 사람이냐?"

"충렬이 살아왔나이다."

주부 귀신인가 의심하여 충렬이 찾아오기는 천만 의사 밖이라 진언을 외우며 왈,

"내 아들 충렬은 회수에 죽었으니 네가 일정 혼신이냐. 혼백이라도 반갑고 반갑다."

충렬이 울며 왈,

299) 기갈 - 배고프고 목마름.

300) 삼순구식 - 삼십 일에 아홉 번 먹이는 밥.

301) 구먹밥 - 구멍으로 드리밀어 주는 밥.

"소자 회수에 죽게 되었더니 천행으로 살아나서 도적을 함몰하고 천자를 모셔 환궁하옵고 지금 호국에 가 황후 태후 태자를 모셔 문 밖에 왔나이다."

유 주부 이 말을 듣고,

"이게 웬 말이냐."

토굴을 두드리며,

"네가 일정 충렬이냐. 충렬이 적실커든 십 년 전에 연경으로 귀양 올 적에 주던 죽장도(竹粧刀) 어디 보자."

원수 옷을 급히 벗고 한삼(汗衫)에 차인 죽도를 끌러내어,

"두 손에 받들어 올리나이다."

주부 이 말을 듣고 토굴문에 엎드려서 손을 내어 받아 보니 소상반죽 다섯 마디 황강죽루를 화침(火針)[302]으로 새겼으니 구천에 돌아간들 부자 신표(信標)[303] 모를쏘냐. 벌떡 일어 앉어 왈,

"이게 웬말이냐, 충렬이 왔구나! 죽도는 보았으나 내 아들 충렬은 가슴에 대장성이 박히고 등에는 삼태성이 있느니라."

원수 옷을 벗어 땅에 놓고 주부 곁에 앉으니, 주부 가슴과 등을 살펴보니 샛별 같은 삼태성과 대장성이 뚜렷이 박혔는데 금자로 '대명국 도원수' 라 번듯하게 새겼거늘 왈칵 뛰어 달려들어 충렬의 목을 안고 왈,

"어디 갔다 이제 오냐. 하늘로 떨어졌느냐, 땅으로 솟았느냐. 우리 천자 살아 계시며, 너의 모친 어떠하며 만고역적 정한담이 우리집에 불을 놓아 너의 모자 죽이려 한다더니 어찌 살아나서 저다지 장성하였느냐. 네가 일정 충렬이냐. 네가 일정 성학이냐. 죽도 보고 표적 보니 충렬일시 분명하되 정한담의 화환(禍患) 만나 회수중에 죽었거든 만경창해 너른 물에 칠세동(七歲童)이 어찌 살아 부자 상봉하단 말인가."

이렇듯이 상곡(傷哭)[304]하다가 기절하니 원수 대경하여 행장을 급히 끌러 선녀 주던 실과를 내어 주부를 먹인 후에, 수족을 만져 정신을 회생케 하니 식경이

302) 화침 - 불에 달군 쇠꼬챙이.

303) 신표 - 뒷날에 보고 서로 표가 되기 위하여 주고 받은 물건.

304) 상곡 - 슬피 통곡함.

지내어 일어 앉으며 정신을 수습하니 난데없는 맑은 기운이 청천일월 같은지라.
충렬의 손을 잡고 왈,

"네 무슨 약을 얻어 이렇듯 나를 구하느냐?"

이때, 황후 태후 주부 회생함을 보고 급히 들어가 주부의 손을 잡고 왈,

"어찌 저리 귀한 아들을 두어 만리타국에 그대와 우리를 살려내어 이곳에 서
로 만나 보게 하는고."

주부 복지 주왈(奏曰),

"이게 다 황상의 덕택이로소이다."

이때, 원수 황후 태후 태자를 모시고 호국을 떠나 양자강을 건너갈제, 남경이
장차 사만 오천육백 리라 황주에 달려들어 요기(療飢)하고 나올 제, 멱라수 회사
정에 부친 글을 떼버리고 황성에 들어올 제, 이때 천자 원수를 만리타국에 보내
고 주야 한탄하며 천행으로 황후 태후 태자를 찾아올까 하여 축수하더니 뜻밖에
유 원수 장계를 올렸거늘 급히 개탁하여 보니,

도원수 유충렬은 호국에 들어가 호적을 함몰하고 황후 태후 태자를 모시고 오
는 길에 포판에 가 주부를 살려내어 함께 본국으로 들어오나이다.

하였거늘 천자 대희하사 십 리 밖에 나와 영접할 제 황후 태후 달려들어 일변
반기며 일변 슬피 우니 그 정상은 차마 보지 못할네라.

태자 복지하여 여쭈오되 호국에 들어가 호왕에게 견패(見敗)[305] 하고 동문대도
상에 거의 죽게 되었더니 천행으로 원수를 만나 살아난 말을 아뢰며, 포판에 들
어가 주부 살려온 말씀을 낱낱이 주달하니, 천자 이 말을 듣고 충렬의 등을 만지
며 왈,

"옛날 삼국시절에 유 · 관 · 장(劉關張)[306] 삼 인이 도원결의(桃園結義)[307] 하였
더니 과인(寡人)도 경으로 더불어 결의형제하리라."

하고 백번 치사하시니, 이때 주부 복지 주왈,

305) 견패 - 패배를 당함.

306) 유 · 관 · 장 - 유비, 관우, 장비.

307) 도원결의 - 유비, 관우, 장비 삼 인이 도원에서 결의형제한 것.

"소신은 연경에 귀양갔던 유심이옵더니 자식의 힘을 입어 잔명을 살아나서 폐하를 다시 뵈오니 만행이오나 폐하 이렇듯 국사(國事)에 곤고(困苦)하시되 소신의 충성이 부족하여 호국에 갇히었삽기로 고도[308]치 못하오니 죄사무석이로소이다."

천자 유 주부란 말을 듣고 버선발로 뛰어내려 주부의 손을 잡고 왈,

"이게 웬 말인가! 회사정에 죽은 줄만 알았더니 어찌하여 살아온가? 과인이 불명하여 역적놈의 말을 듣고 무죄한 우리 주부를 만리 연경에 보내었으니 뉘를 원망할까 모두 다 과인이 불명한 탓이로세. 그대의 얼굴을 보니 죄 중한 이내 몸이 무슨 면목으로 사죄할까. 그대에게 한 공덕을 갚을진대 살을 베어 봉양하고 천하를 반분한들 어찌 다 갚을까."

이렇듯이 치사하고 도성에 들어오니 이때 장안 만민(萬民)이며, 중군 조정만이며 군사 일시에 들어와 원수전에 낱낱이 배사하고 남녀노소 없이 원수의 말을 잡고 뉘 아니 송덕하며 뉘 아니 축수할쏜가.

이때 천자와 원수며 황후 태후 일석(一席)에 앉아 달야(達夜)토록[309] 전후 고생하던 말을 설화하고, 이튿날 전옥관을 불러 한담을 잡아다가 구정뜰에 엎지르고 유 주부 천자 곁에 앉아 나졸을 호령하여 온갖 형벌 갖추고 수죄(數罪) 왈,

"네 이놈 정한담아, 전상(殿上)을 치어다보라. 나를 아느냐 모르느냐. 네 자칭 천자라 하더니 만승천자(萬乘天子)도 두 팔이 없느냐. 조그마한 유심의 아래 복지하기는 무슨 일인고. 네 죄를 아느냐?"

한담이 복지 주왈,

"소신의 털을 빼어 죄를 논지하여도 털이 모자라오니 죽여 주옵소서."

주부 대로(大怒) 왈,

"죄목이 열 가지니 자세히 들으라. 네놈이 천상에 익성으로 명국에 적강(謫降)하여 용맹이 절인(絶人)함에 도사를 데려다가 놓고 항상 천자를 도모코저 하니 만고에 큰 죄 하나이요, 조정에 직신(直臣)을 꺼려 무죄한 신하를 무함하여 나를 연경에 귀양보내니 죄 둘이요, 도사놈의 말을 듣고 신기한 영웅이 황성에 있다 함에 내 자식을 죽이려고 내 집에 불을 놓았다가, 살아 회수에 당함에 군사를 보

308) 고도 - 돌보아 줌.
309) 달야토록 - 밤이 다 가도록.

내어 나의 자식을 결박하여 물 속에 던져 죽이려 한 것이 죄 셋이요, 퇴재상 강희주를 역적으로 몰아 옥문관에 보내었으니 죄 넷이요, 강 승상의 가솔을 잡아다가 중로에 죽인 것이 죄 다섯이요, 황후 태후 태자를 사로잡아 진중에 가두어 주려 죽게 함이 죄 여섯이요, 충신을 다 죽이고 천자를 속여 도적을 막으려 하다가 도적에게 항복함이 죄 일곱이요, 자칭 천자라 하여 생민을 도탄하고 충신을 잡아 항복받고저 함이 죄 여덟이요, 호국에 청병하여 황후 태후 태자를 호왕에게 보내고 장안 미색(美色) 보화를 모두 다 탈취하여 남적에게 보낸 것이 죄 아홉이요, 천자를 번수 가에 죽이려 함이 죄 열 가지라. 세상에 인신(人臣)이 되어 만고에 없는 열 죄목을 가졌으니 이러하고 살기를 바랄쏘냐. 우리 황상께옵서 이렇듯이 상한 일과 대비 대군께옵서 여러 번 죽을 뻔한 일과 만성 인민이며 육국 군사 죽은 일과 강 승상 유 주부 타국에 죽게 된 일과 천하 진동하여 종묘사직이 위태하고 백성들이 황겁하여 산지사방(散之四方)에 도망하니 이게 도시 네 놈의 소위(所爲) 아니냐?"

한담이 아무 말도 못하고 묵묵부답(默默不答)이라. 나졸을 재촉하여,

"한담의 목을 장안시에 베이라!"

하니 나졸이 달려들어 한담의 목을 매어 수레 위에 높이 싣고 장안 대도상(大道上)에 재촉하여 나오며 외여 왈,

"이봐 백성들아, 만고역적 정한담을 오늘날로 베이려 가니 백성들도 구경하라."

하며 소리하고 나올 적에 성중 성외 백성들이 한담 죽이러 간단 말을 듣고 남녀노소 상하 없이 그놈의 간을 내어 먹고저 하여 동편 사람은 서편을 부르고 남촌 사람은 북촌 사람을 불러 서로 찾아 골목 골목이 빈틈없이 나오며,

이봐 벗님네야, 가세 가세 어서 가세. 만고역적 정한담을 우리 원수 장군님이 사로잡아 두 팔 끊고 전후 죄목 물은 후에 백성들을 뵈이려고 장안시에 베인다니 바삐 바삐 어서 가서 그놈의 살을 베어 부모 잃은 사람은 부모 원수 갚아 주고 자식 잃은 사람은 자식 원수 갚아 주세.

백발노구 손자 업고 홍안소부 자식 품고 전후 좌우 나열하여 어떤 사람은 달려들어 한담을 호령하고 어떠한 여인들은 한담의 상투 잡고 신짝 벗어 양 귀 밑

을 찰딱찰딱 치며,

네 이놈 정한담아, 너 아니면 내 가장(家長)이 죽었으며, 내 자식이 죽을쏘냐. 덕택이 하해 같은 우리 원수 네놈 목을 진중에 베었더면 네놈 고기를 맛보지 못할 것을, 백성들을 뵈이려고 산 채로 잡아 내어 오늘 날 베인 고로 네 고기를 나누어다가 우리 가장 혼백이나 여한없이 갚으리라.

수레소를 재촉하여 사지를 나눠 놓으니 장안 만민들이 벌떼같이 달려들어 점점이 오려 놓고 간도 내어 씹어 보고 살도 베어 먹어 보며 유 원수의 높은 덕을 뉘 아니 칭송하리.

각도 각관에 회시(回示)하고 최일귀 정한담의 삼족(三族)을 다 멸하고, 천자 삼층단에 올라 천제(天祭)하고 주부 유심의 직첩(職牒)을 돋우어 금자광록태부(金紫光祿太夫) 대승상(大丞相) 연국공(燕國公)에 연왕(燕王)을 봉(封)하시고 옥새, 용포(龍袍)에 통천관(通天冠)을 상급하시고 만종록을 주시고, 원수로 대사마(大司馬) 대장군 겸 승상 위국공을 봉하여 만종록을 점지하시고 도원결의하여 충무후를 봉하시고, 그 남은 장수와 군사를 차례로 벼슬을 주어 상사(賞賜)하시니 모두 즐기는 소리 태평천지(太平天地) 요지일월(堯之日月) 순지건곤(舜之乾坤)[310]에 강구동요(康衢童謠)[311] 즐기는 듯, 천자를 축수하며 원수를 송덕하는 소리 천지 진동하더라.

연왕 부자 천자 은덕을 축사(祝謝)하니 천자 위로 왈,

"그대의 숙소를 우선 정하여 약간 공(功)을 쓰거니와 그 은혜를 갚을진대 살을 깎아 봉양하고 천만 번이라도 승상의 공은 갚을 길이 없다."

원수 복지 주왈,

"천은(天恩)이 망극하와 부자(父子)는 만났거니와 모친은 어디 가고 이런 줄을 모르는가. 옥문관에 적거한 강 승상은 죽었는지 살았는지 가련하다. 강 낭자는 청수풍에 죽었으니 어디 가서 만나 볼까. 낭자의 부탁한 대로 옥문관을 찾아

310) 요지일월 순지건곤 - 요순시절, 곧 태평성대.

311) **강구동요** - 요임금이 강구에서 동요를 듣고 자기의 정치가 잘되었나를 알아본 고사.

가서 강 승상의 뼈나 거둬다가 묻어 주고 회수에 모친을 제사하고 청수에 지내 오며 강 낭자의 혼백이나 위로하고 다른 데 취처(娶妻)하여 부인에게 영화를 뵈일까 하나이다.”

한대 상(上)이 이 말씀을 들으시고 비감하여 태후 전에 그 말씀을 고하니 태후는 강 승상의 고모라 이 말을 듣고 슬피 낙루하시며 원수를 입시하여 손을 잡고 울며 왈,

“강 승상은 나의 조카라 지금까지 살았는지, 그대의 힘을 입어 내 몸은 살았으나 친정 일가는 그 하나뿐이라. 살았거든 데려오고 죽었거든 백골이나 줏어 오소.”

원수 주왈,

“그 사위 되었나이다.”

태후 듣고 대희하여,

“이게 웬 말인가. 만고영웅 유충렬이 충신인 줄만 알았더니 나의 손녀서(孫女婿)가 되었구나. 어서 가서 생사를 알고 그대의 모친과 나의 손녀를 위로하여 제사하고 급히 돌아오게 하소.”

원수 천자와 부왕께 하직하고 대군을 거느려 바로 서번국을 행하여 양관을 넘어 서평관을 득달하여 격서를 바삐 써서 서번국에 보내고 행군을 재촉하여 들어가니, 서천 삼십육 도 군장들이 충렬의 재주를 알고 황겁하여 금은보화를 많이 싣고 옥새와 지도서(地圖書)를 손에 들고 항서(降書)를 써 원수전에 바치고 인끈을 목에 걸고 낱낱이 항복하거늘, 원수 장대에 높이 앉아 군왕을 잡아내어 일일이 수죄하고 항서 삼십육 장을 연폭(連幅)하여 장계를 급히 써서 남경으로 보낸 후에, 번왕을 불러 옥문관 소식을 묻고 즉시 행군하여 옥문관을 찾아갈 제, 슬픈 마음 진정하고 성중에 달려들어 수문장(守門將)을 불러 천자의 공문을 뵈이며,

“적거한 강 승상이 어디 있느냐?”

수문장이 여쭈오되,

“강 승상이 성중에 있삽더니 십여 일 전에 남적이 달려들어 강 승상을 잡아내어 호국으로 갔나이다.”

원수 이 말을 듣고 분심이 새로 나서 노기(怒氣) 등등하여 군사를 옥문관에 두고 수문장에게 신칙(申飭)[312]하여,

“군사를 착실히 호군[313]하여 나 돌아오기를 기다리라.”

하고 필마단검으로 남천을 바라보고 구름을 헤쳐 나는 듯이 달려 들어갈 제, 호국지경(胡國地境)에 다다르니 분기 더욱 탱천하여 격서를 보내니라.

이때 가달왕이 남경에서 데려간 일등미색 좌우에 앉히고 갖은 풍악으로 날마다 즐기더니 데려간 도사 마음이 산란하여 천기를 살펴보니 남경 도원수 지경에 들어오거늘 대경하여 왕께 고(告)하대,

"남경 도원수 지경에 들면 어찌 하리요."

문무제신(文武諸臣)을 모아 방적(防敵)을 의논할새, 장하에 삼원대장이 백금 투구에 흑운포를 입고 삼천 근 철퇴를 들고 구척장검을 좌우에 들고 계하에 복지 주왈,

"소장 삼형제는 번약 석장동 사는 마철 등이옵더니 남경 유충렬이 들어온단 말을 듣고 불원천리(不遠千里) 왔사오니 소장을 선봉을 주시면 충렬의 목을 베어 오리이다."

모두 보니 신장이 십 척이요 기골(氣骨)이 엄장한지라. 가달왕이 대희하여 마철로 선봉을 삼고, 마웅으로 중군을 삼고 마학으로 후군을 삼아 정병 팔십만을 조발하여 석대산하에 유진(留陣)하고 도사와 문무백관(文武百官)을 거느리고 산에 올라 구경하더라.

이때 강 승상이 되놈에게 잡혀 가서 험악이 극심하되 종시 항복지 아니하고 질욕(叱辱)을 무수히 하니 호왕이 대로하여 미구에 죽이려 하더니 뜻밖에 유 원수 들어옴에 죽이지 못하고 전옥(典獄)에 가두고 주려 죽게 하는지라.

호왕이 남경에서 데려간 계집 하나가 되놈에게 종시 훼절(毀節)치 아니하고 일생 강 승상을 붙들고 떠나지 아니하고 불피풍우(不避風雨)[314]하고 밤바다 축원하여 왈,

"우리나라 유 원수 어서 와서 남적을 함몰하고 본국 사람을 살려내어 부모 얼굴을 다시 보게 하옵소서."

이렇듯이 축수하더니 뜻밖에 강 승상을 옥중에 가두니 한가지로 따라가서 주야 한탄하는지라.

312) 신칙 - 단단히 타일러서 경계함.

313) 호군 - 군사를 먹이는 일.

314) 불피풍우 - 비, 바람을 피하지 않음.

이때 원수 필마단창으로 호국에 달려드니 석대산하에 천병만마(千兵萬馬) 유진하였으며 검술을 희롱하고 의기양양하거늘 원수 순식간에 달려들어 적진을 바라보며 벽력같은 소리를 천둥같이 지르며,

"네 이놈 가달왕아, 강 승상을 헤치지 말라!"

하며 적진 선봉을 헤쳐 가니 대장 마철이 응성출마하여 원수를 맞아 싸워 반합이 못하여 철퇴 맞어 부서지며 창검 맞아 떨어지는지라. 마웅 마학이 제 형이 당치 못할 줄 알고 일시에 달려들어 좌우로 쫓아오며 달려드나 일광주 용인갑은 천신의 수적(手跡)이요, 용궁의 조화라, 살 한 개 범하며 철환(鐵丸) 하나 맞을쏜가. 장성검 번개 되어 동천에 번듯하며 마철의 머리를 베이고 남천에 번듯하며 마웅을 베이고 중앙에 번듯 마학의 머리를 베어 들고 적진 백만 대병을 순식간에 함몰하고 천사마를 재촉하여 석대산하에 다다르니 호왕과 도사 대경하여 도망하되, 천사마 닫는 앞에 나는 제비도 가지 못하거든 하물며 사람이야 어찌 가리요. 경각에 달려들어 호왕을 치니 통천관이 깨어지고 상투마저 없는지라. 호왕이 여쭈오대,

"이는 내 죄 아니라. 모두 다 옥관도사의 죄로소이다."

원수 분한 중에 옥관도사란 말을 듣고 왈,

"도사는 어디에 있느냐?"

호왕이 일어 앉아 가르치거늘 도사를 잡아내어 전후 죄목을 물은 후에,

"너를 이곳에 죽여 분을 풀 것이로되 남경으로 잡아다가 천자와 우리 부친전에 바쳐 죽이리라."

하며 두 손목을 끊고 두 발을 끊어 수레에 싣고 성중에 들어가 호왕을 수죄하고 강 승상을 물은즉,

"옥중에 가두었다."

하거늘 옥문을 깨치고 승상을 부르니 승상과 조 낭자 호왕이 죽이려고 찾는가 대경하여 기절하는지라, 원수 바삐 들어가 승상전에 여쭈오대,

"정신을 진정하옵소서, 소자는 회사정에 만나던 유충렬이옵더니 대명국 도원수 되어 남적을 함몰하고 호왕을 잡고 도사를 사로잡아 이곳에 왔나이다."

승상이 혼몽중에 충렬이란 말을 듣고 벌떡 일어 앉아 보니 과연 충렬이 분명하다. 왈칵 달려들어 손을 잡고 통곡하며 하는 말이야 어찌 다 측량할까. 조 낭자 곁에 앉았다가 원수란 말을 듣고 앞에 달려들어 왈,

"장군님이 어찌 알고 와서 죽은 사람을 살려내어 고국 산천 다시 보고 부모 동생 다시 보게 하니 이런 일이 또 있을까. 천자님도 살아 계십니까?"

원수 대답하고 승상전에 여쭈오대, 집을 떠나 백룡사 부처를 만나 전장 기계 얻은 후에 남적을 함몰하고 오는 말씀을 낱낱이 고하니 승상이 대회하여 칭찬불이(稱讚不已)[315]하더라.

원수 조 낭자 전후수말을 물은 후에 치사하고 함께 궐문에 들어가 격서를 써서 토번국에 보내니 번왕이 원수 온단 말을 듣고 황겁하여 항서 쓰고 채단을 갖추어 사신을 부려 가달로 보내거늘 사신을 수죄하고 달왕의 항서와 번왕의 항서와 도사를 사로잡아 보내는 연유를 천자께 장계하고 전일 가달왕이 남경에서 데려간 미색들을 낱낱이 찾아,

"본국으로 가자."

하니 이때 미색들이 고국을 생각하고 부모를 생각하여 주야 한탄하더니 원수를 만남에 전지도지(顚之倒之)하여 나오며 전후 좌우 나열하여 원수전에 백배치사하고 승상을 모시고 원수를 따라올 제, 준마 삼백 필에 낱낱이 다 태우고 조 낭자는 옥교를 타고 강 승상 곁에 앉아 행군을 재촉하여 돌아올 제, 여러 날 만에 회수에 다다르니 소연한심(蕭然寒心)[316] 절로 난다. 전(前) 듣던 풍랑 소리 사람의 간장 다 녹이고 전에 보던 좌우 청산 장부 한심 돋우운다.

원수 모친을 생각하여 백사장에 내려앉아 가슴을 두드리며 세세원정(細細原情)[317] 기록하여 제물을 장만하여 제사하려 하고 번양 회수 들어갈 제, 남만 오국에서 받은 금은 채단이며, 옥문관에 두고 갔던 군사며, 데려오는 미색들이며, 강 승상은 멀리 모셔 조 낭자는 옥교타고 오마대로 행군하여 번양성중 들어오니 그 영화 그 거동 소리 원근에 진동한다.

객사에 좌기(坐起)[318]하고 번양 태수 바삐 불러 천금을 내어 주며 제물을 장만할 제, 온갖 어육(魚肉) 갖추고 온갖 채소 등대(等待)하여 각 읍 관장 시위하고 갖은 제물 봉진(封進)할 제, 백사장(白沙場) 십리 뜰에 백포청장(白布靑帳) 둘러치

315) 칭찬불이 - 칭찬해 마지않음.

316) 소연한심 - 쓸쓸한 마음.

317) 세세원정 - 자세하게 사정을 하소연함.

318) 좌기 - 관청의 우두머리가 사진(仕進)하여 일을 봄.

고 원수는 백의(白衣)입고 백건(白巾) 백대(白帶)에 흰갓 쓰고 축문 일장 슬피 지어 회수 가에 나오니, 이때 조 낭자는 목욕재계 정히 하고 소복(素服)으로 단장하여 향로(香爐) 들고 원수를 배행(陪行)[319]하여 물가에 나올 제, 고금이 다를쏘냐. 남경 도원수 회수에 빠져 죽은 모친을 위하여 제사한단 말을 듣고 남녀노소 없이 원수 공덕을 치사하며 그 얼굴을 보려 하고 쌍쌍작반(雙雙作伴)하여 회수 가 십 리 들에 빈틈없이 둘러서서 구경할 제, 원수 제소(祭所)에 들어와 삼층단 높이 단상에 제물을 진설(陳設)하고 조 낭자는 향로 들어 단상에 올려놓고 낭자가 집사(執事)[320]되어 분향(焚香)하고 나오니 원수 통곡하고 궤좌하여 독축(讀祝)[321]하니, 그 축문에 하였으되,

유세차(維歲次) 부경 십칠 년 갑자 이 월 갑인삭(甲寅朔) 이십팔 일 신사(辛巳)에 남경 동성문 내서 사는 불효자 충렬은 모친 장씨전에 예를 갖추어 지전(紙錢)[322]으로 해상고혼(海上孤魂)을 위로하오니 혼백이나 받으소서. 오호(嗚呼)라! 우리 부모 연광(年光)이 반이 넘어 일점혈육(一點血肉)이 없었기로 복중에 설운 마음 남악산에 정성드려 천행으로 충렬을 낳아 놓고 애지중지(愛之重之) 키워 내여 영화를 보렸더니 간신의 해를 보아 부친이 만리 연경에 간후에 모친만 모시고 있다가 피화(避禍)하여 달아날 제 이 물가에 다다르니 난데없는 해상수적(海上水賊) 사면으로 달려들어 우리 모친 결박하여 풍랑중에 내쳐 놓으니, 모친님은 간데없고 천행으로 모진 목숨 충렬이만 살아나서 모친 주시던 옥함을 얻어 전장 기계 갖추어서 도적을 함몰하고 정한담과 최일귀를 베인 후에 천자를 구완하고 만리 연경에 적거하신 부친님을 모셔다가 천은을 입어 연왕이 되어 만종록을 받게 하고 남적을 소멸한 후에 강 승상을 살려내어 이 길로 오옵더니 모친을 생각하여 이곳에 왔사오나 모친은 어디가고 충렬을 모르는가, 호국에 갔던 부친은 살아왔네. 옥문관 갔던 강 승상도 살아오고 호국에 잡혀 갔던 고국 사람들도 살아오고 황후 태후 중한 옥체 번국에 잡혀 갔다 충렬이가 살려 왔네. 모친은 어

319) 배행 - 높은 사람을 모시고 따라감.

320) 집사 - 의식 때 절차를 맡아 진행시키는 사람.

321) 독축 - 축문을 읽음.

322) 지전 - 죽은 사람의 혼령을 위로하기 위하여 종이를 오려서 돈처럼 만든 것.

디 가고 살아올 줄 모르는가. 이번에 부친님이 소자를 보내실 제 부탁하기를 번양 땅에 가 네 어머님을 찾아오라 하시더니 만경창파 깊은 물에 백골인들 찾으리까. 모친님이 옥함을 주실 제 수건에 쓴 글씨를 가져왔으니 혼백이나 와서 충렬을 만져 보시오. 충렬은 명나라 대사마 도원수 겸 승상 위국공이 되고 부친님은 금자광록대부 겸 대승상 연국공의 연왕이 되었으니 이 같은 영화를 어디 가고 모르는가. 우리 집에 불을 놓은 정한담을 사로잡아 전옥에 가두었다가 부친을 모신 후에 부친 앞에 엎지르고 전후 죄목을 물은 후에 그놈의 간을 내어 모친님전에 제사하였더니 그런 줄을 알았는가. 충렬이 귀히 된 줄 혼령은 알련마는 언제 다시 만나 볼까. 세상에 귀한 영화나 같은 이 없건마는 피 같은 이내 눈물 어찌하여 솟아난가. 모친님을 편히 모셔 연만하여 돌아가면 이다지 통박할까. 만리 연경에 가장(家長) 잃고 무변대해(無邊大海)[323]에 자식 잃고 도적에게 결박하여 수중고혼(水中孤魂) 되었으니 천만 세를 지나간들 모친같이 통박(痛迫)할까. 혼령이 나오셨거든 이렇듯이 만반진수(滿盤珍羞)[324]를 흠향하고 돌아와서 후생에 다시 만나 세세상봉(世世相逢) 모자 되어 다하지 못한 자모지정(子母之情)을 다시 풀까 바라나이다. 하올 말씀 무궁하오나 눈물이 흘러 옷이 젖고 흉중이 답답하여 그만 그치나이다. 상향(尙饗).[325]

하며 우는 소리 용궁(龍宮)에 사모치고 산천이 함루(含淚)[326]하니, 설운 사람은 방성통곡하는 소리 강천이 창망하여 일월이 무광하고 운무(雲霧) 자욱하여 천지 나직하다.

제(祭)를 파한 후에 온갖 음식을 많이 싸서 해상에 드리치고 성중에 들어와 군사를 호군하고 길을 떠나갈새 각 읍에 선문(先文)[327] 놓고 금릉성중에 득달하여 숙소하고 군사를 쉬는지라.

323) 무변대해 - 그지없이 넓은 바다.
324) 만반진수 - 상에 가득히 차린 귀하고 맛있는 음식.
325) 상향 - '흠향하라' 는 의미로 축문 맨 마지막에 읽는 말.
326) 함루 - 눈물을 머금음.
327) 선문 - 소문을 미리 내는 것.

각설, 이때 장 부인이 활인동 이 처사 집에 있어 세월을 보내더니 일일은 남경에 난리났단 말을 듣고 탄식 왈,

"하릴없다. 이제는 주부 속절없이 죽겠다. 우리 충렬이 살았으면 평난(平亂)[328]하고 부모를 찾으련만 죽기가 적실하다."

방성통곡하더니, 마침 이 처사 번양에 갔다가 대명국 도원수 유충렬이 회수에서 제사하는 말을 듣고 백성 총중(叢中)[329]에 함께 구경하다가 원수 축문 외는 소리를 듣고 대경대희하여 급히 집에 돌아와 장 부인더러 왈,

"세상에 기이하고 의심난 일이 있는다. 마침 오늘날 번양에 갔삽다가 오압더니 남대로(南大路)서 천병만마 들어오며 회수 가에 둔취(屯聚)[330]하였거늘 물은즉 남경 도원수 유충렬이 모친을 위하여 회수에 제사한다 하기로 백성과 함께 구경하더니 원수 소의(素衣) 소관(素冠)으로 제물을 진설하고 독촉하며 통곡하는 소리를 들은즉 적실히 부인의 아들이라 부인이 항상 하시던 말씀을 낱낱이 하더이다."

부인이 이 말을 듣고 머리를 허부며 땅을 두드리며 왈,

"이게 웬 말이냐. 원수의 하던 말을 다시 하라."

이 처사 대왈,

"전후수말이 약차약차(若此若此)[331]하더이다."

부인이 이 말을 듣고 왈칵 냅다 서며 왈,

"어서 가세, 내 아들 충렬이 살아왔네. 옥함을 받았단 말이 웬 말인가."

통곡하며 가고자 하거늘 처사 만류 왈,

"적실히 그러할진대 내가 먼저 그 진위(眞僞)[332]를 알고 오리이다."

하고 나서거늘,

"원수 나이는 얼마나 하며 저의 외가는 뉘집이라 하던가?"

대왈,

328) 평난 - 난리를 평정함.

329) 총중 - 여러 사람 틈에.

330) 둔취 - 여러 사람이 한 곳에 모여 있음.

331) 약차약차 - 이러저러하다.

332) 진위 - 진실과 거짓.

"나이는 이십이요, 외가는 이부상서 장윤이라 하더이다."

부인 왈,

"적실히 그러하구나, 내 아들 아니면 어찌 나의 부친 존휘[333]를 알랴. 바삐 가서 알아 오소."

이 처사 전지도지 바삐 가서 금릉성중 달려들어 군사를 불러 통자(通字)[334]하되,

"만수산 활인동 사는 이 처사 원수전에 뵈와지라 하나이다."

원수,

"들라."

하니 이 처사 들어가 배사하고 앉은 후에 공덕을 칭송하니 원수 사양하되,

"막비(莫非) 천자의 덕이라 무슨 공이 있사오며, 무슨 허물이 있어 누지(陋地)에 욕임(欲臨)하시나이까?"

처사 왈,

"적실히 알고저 하는 일이 있어 왔사오니, 어제날 회수 가에 상공 독축하는 말씀이 정녕 그러하오니까?"

원수 이 말을 들음에 마음이 자연 비감하여 슬피 낙루(落淚) 왈,

"귀인은 어찌 묻나이까. 적실히 그러하오이다."

"적실히 그러할진대 만고의 드문 일이라. 유 주부를 모셔왔다 하니 유 주부는 나의 처숙(妻叔)이라. 전일에 그런 말씀 하더니까."

원수 대경 왈,

"선인(先人)의 존호를 부르기 미안하나 전일 한림학사 이인학과 어찌되나이까?"

처사 왈,

"나의 부친이로소이다."

원수 이 말을 듣고 처사의 손을 잡고 왈,

"존형을 이곳에 와서 만나 볼 줄 몽중이나 생각하오리까?"

처사도 그제야 단무타의(但無他意)라 원수를 붙들고 비감하여 왈,

"모친을 지척에 두고 어찌 찾을 줄을 모르는가?"

원수 이 말을 듣고 정신이 아득하여 겨우 진정하며 처사를 붙들고 왈,

333) 존휘 - 어른의 이름.

334) 통자 - 이름을 통하는 것.

"이게 웬 말인가, 나의 모친 장 부인이 이 근처에 있단 말이 어인 말인가."

처사 원수를 위로하여 정신을 차린 후에 왈,

"이런 일이 천만고에 또 있을까. 나를 따라 가면 모친을 만나리라."

원수 마음이 건공(乾空)에 떠서 처사를 따라갈 제 전지도지 하여 순식간에 처사 집을 당도하니, 처사 급히 들어가며 장 부인을 불러 왈,

"처숙모 어디 가 계신가. 충렬이 데려왔나이다."

이때 부인이 처사를 보내고 소식을 알아 올까 만심 고대하던 차에 뜻밖에 충렬이 데려왔단 말을 듣고 대경실색하여 기절한지라. 충렬이 달려들어 문 앞에 복지하니 처사 구완하여 정신을 차린 후에 부인이 여광여취(如狂如醉)[335]하여 하는 말이,

"네가 귀신이냐 내 아들 충렬이냐. 내 아들 충렬은 회수에 일정 죽었거든 어찌 살아 육신이 온가. 내 아들 충렬은 등에 삼태성이 표적으로 박혔느니라."

원수 급히 옷을 벗고 곁에 앉으니 과연 삼태성이 뚜렷이 박혀 있고 금자로 새긴 것이 어제 본 듯 완연하니 서로 붙들고 방성통곡하는 정이 만리 호국에 부친 만날 때와 배나 더한지라. 뜻밖에 모자상봉(母子相逢)하였으니 인지상정(人之常情)[336]이라 고금(古今)이 다를쏘냐. 죽은 부모 다시 만나 영화 보게 되었으니 반갑고 슬픈 정은 일구난설(一口難說)이라. 부인이 말하면 충렬이 울고 충렬이 말하면 부인이 우니 청천일월이 무광하고 산천초목도 슬퍼하는 듯하다.

이때 강 승상이며 조 낭자 이 말을 듣고 옥교를 갖추어 활인동에 들어올 제, 언비천리(言飛千里)[337]라 회수에 제사하던 유충렬이 활인동 이 처사 집에서 모친을 만났다 하니 각 읍 관장과 구경하는 사람 금릉성중에 들어 서로 보고 칭찬하는 말이,

"이런 말은 만고에 처음이라. 어떤 부인은 팔자가 좋아 저런 아들 두었는고."

하며 구경하더라.

각설, 이때 강 낭자 목숨을 도망하여 청수 가에 오다가 모친은 청수에 빠져 죽고 영릉고을 관비에게 잡혀와 머무나 천비(賤婢)하는 행사가 고금에 다를쏘냐.

335) 여광여위 - 몹시 기뻐서 미친 듯도 하고 취한 듯함.

336) 인지상정 - 인간이 가진 본능적인 정.

337) 언비천리 - 말이 천 리에 날아 퍼짐.

낭자를 만단 개유(開諭)하여 태수의 수청을 드리고저 하여 수양딸을 삼은 후에 무수히 훼절코자 한들 빙설 같은 맑은 절개 일시를 변하며 일월같이 밝은 마음 궁곤(窮困)타고 변할쏘냐. 이 꾀로 모피(謀避)[338]하고 저 꾀로 모피하니 관장(官長)에게 욕도 보고 관비에게 매도 많이 맞으니 가련한 그 정상은 차마 보지 못할네라.

이때에 관비 딸 하나가 있으되 제 몸은 미천하나 마음은 어질어 매일 강 낭자를 불쌍히 여겨 그 절개를 칭찬하여 제 모(母)를 만류하고 낭자를 구완하며 매양 몸을 바꾸어 제가 수청하고 낭자는 구완하여 살리는지라.

이때, 유 원수 동헌(東軒)에 좌기하고 사오 일 유련할 제 관비 생각하되,

'원수는 호걸이요 낭자는 미색이라. 이런 때를 당하여 수청을 드렸으면 원수의 혹(惑)한 마음 천만 냥(千萬兩)을 아낄쏘냐.'

급히 들어가 행수(行首)[339] 현신(現身)[340]하고 이날 밤에 낭자를 보내고저 하더니 제의 딸 연심이 또 이 기미를 알고 낭자더러 왈,

"금야에 변을 당할 것이니 그대 생각하여 사양치 말고 들어가면 내가 중로에 있다가 대(代)로 들어갈 것이니 그리 알고 있으라."

과연 그날 밤에 관비 낭자를 데리고,

"구경가자."

하며 동헌으로 가거늘 낭자 웃으며 왈,

"이제는 염려 말고 나가라. 원수의 수청이야 사양을 어찌하리요."

관비 대희하여 왈,

"네 몸이 과히 높으다. 이 고을 관장은 무수히 지나되 종시 허락지 아니하더니 남경 대사마 도원수 겸 위국공의 수청은 사양치 아니하니 인물이 잘나고도 볼 것이다. 마음도 높으고 소원도 높도다. 우리도 소년시절에 월계촌 강 승상이 하남 절도사로 와 계실 제 일등미색 삼백여 명 중에 나 혼자 수청들어 금은보화를 많이 받았더니 세월이 원수로다."

하며 이렇듯이 비양하고 나가는지라.

338) 모피 - 꾀를 써서 피함.

339) 행수 - 여러 사람의 우두머리.

340) 현신 - 높은 분에게 들어가 뵈임.

이때 연심이 제 어미 나감을 보고 낭자를 내보내고 제가 들어가니 원수 등촉을 밝히고 낭자를 생각하여 금낭을 끌러 낭자의 글을 볼 제 일자일체(一字一涕)[341]하니 슬픈 한심 절로 난다.

'삼경야월(三更夜月)은 꽃가지에 비추는 듯, 공산(空山) 두견 울지말라. 너는 뉘를 생각하여 장부 간장 다 녹이냐, 낭자는 어디 가고 속절없는 글 두 귀만 금낭 속에 들었느냐. 대명국 유충렬은 초년에 부모 잃고 십생구사(十生九死)[342] 살아나서 도원수(都元帥) 대승상(大丞相)에 만리타국에 승전하고 죽은 부모 살려내어 고향에 돌아온들 청수에 죽은 낭자 어찌 와서 맞아가며 소소백발 강 승상을 무엇이라 위로할까.'

이렇듯이 한탄하고 그 밤을 지내는지라.

이때 낭자 연심을 대로 보내고 침실에 돌아와 원수를 생각하야 자탄(自歎)하고 잠 못 들어 생각하되,

'원수의 성명을 들으니 나의 낭군과 동성동명(同姓同名)이라, 낭군이 적실하게 되면 응당 월계촌에 들어가 우리 집 소식을 물으련만 월계촌을 아니 가니 답답하고 원통하다. 연심이 어서 나오면 진위를 알아보리라.'

하고 낭군이 주던 글을 보며 자자(字字)이 낙루하며,

'구천에 만나자고 말씀이 있었더니 모진 목숨 살아나고 낭군은 죽었도다. 살기 곧 살았으면 대명국 도원수를 나의 낭군밖에 할 이 없건마는 몰라 보니 답답하다.'

이튿날 연심이 나오다가 제 어미를 만나니 관비 그 기미를 알고 대로하여 원수전에 아뢰고 낭자와 연심을 죽이고자 하여 급히 들어가 문안(問安)하고 여쭈오되,

"소인의 딸이 얼굴이 절색이요 태도 있는 고로 상공전에 수청을 보냈더니 제 몸은 피하고 다른 년이 대로 들어 갔사오니 두 년을 치죄(治罪)[343] 하옵소서."

원수 대로하여,

"대려 온 년을 나입(拿入)하라!"

341) 일자일체 - 한 글자에 한 번씩 눈물을 흘린다.

342) 십생구사 - 여러 번 죽을 고비를 넘기고 살아남.

343) 치죄 - 죄를 다스림.

연심이 잡혀 들어 계하에 복지하니 원수 문왈,

"너는 무슨 욕심으로 대신을 잘 다니느냐, 죽을 데도 대로 갈까?"

연심이 여쭈오되,

"소녀 비록 천비오나 일생에 수절(守節)하는 사람을 불쌍히 여기옵더니 수년 전에 어미 외촌(外村)에 갔다가 어떠한 여자를 데려다가 수양딸을 삼아 동네마다 수청을 드리고자 하되, 그 여자 굳은 절개 청천에 일월 같고 삼동(三冬)에 촛불같이 변할 길이 없는 고로 소녀 매양 구제하옵더니 마침내 상공이 행차하옵심에 그 여자를 구완하여 대로 왔사오니 죄를 주옵소서."

원수 이 말을 듣고 마음이 절로 비감하여 의심이 나는지라, 다시 왈,

"그 여자의 성명이 무엇이며 절개 있다 하니 뉘 집 여자냐?"

연심이 대왈,

"그 여자 소녀와 사오 년을 동거하되 종시 성명을 모른다 하고 뉘 집이란 말을 아니 하더이다."

원수 고이 여겨 왈,

"적실히 그러할진대 바삐 입시하라."

이때 낭자 연심이 잡혀 갔단 말을 듣고 신세를 자탄하더니 뜻밖에 관비 십여 명이 나와 잡아다가 계하에 복지하니 원수 창문을 열고 낭자의 상을 보니 숙면(熟面)인 듯하고 심신이 비감하여 자세히 보니 의상은 남루(襤褸)하나 기생(妓生)되기 생심 밖이요 천인 자식 아깝도다. 원수 소리를 나직이 하여 낭자더러 왈,

"거동을 보니 천인 자식이 아니요. 여자의 말을 들었거니와 수절을 한다 하니 뉘 집 자손이며 낭자는 누구건대 청춘 소년의 수절을 하며 무슨 일로 저리 되어 관비 양여자가 되었는지 진정을 은휘(隱諱)[344]치 말고 날더러 이르면 알 일이 있으리라. 말을 자상히 하라."

하니 이때 낭자 계하에 복지하여 원수의 말을 들음에 낭군과 이별할 때 하직하고 가던 말이 두 귀에 쟁쟁하여 일분도 다름이 없는지라. 낭자 전일은 도망하여 왔기로 성명 거주를 속였더니 마음이 자연 비감하여 진정으로 여쭈오되,

"소녀는 다른 사람이 아니라 이 골 월계촌 사는 강 승상의 무남독녀(無男獨女)

344) 은휘 - 숨기어 꺼림.

옵더니 부친이 만리 연경에 귀양간 유 주부를 위하여 상소하였더니 만고역적 정한담이 충신을 모함하여 승상을 옥문관에 귀양하고 소녀의 모녀를 잡아 궁비 속공하려 하고 금부도사 와 잡아갈 제, 청수에 야간도주하여 모친은 물에 빠져 죽고 소녀도 죽으려 하더니 영릉관비 외촌에 갔다 오는 길에 데리고 제 집에 와 험악이 무수하되 연심의 힘을 입어 이때까지 살았으나 오늘은 이 말을 원수전에 고하고 하릴없이 자결코저 하나이다.”

원수 이 말을 듣고 당에 뛰어 내려서며,

“이게 웬 말인가.”

영릉 태수 바삐 불러 강 승상을 오시라 하니라.

이때 강 승상이 처자를 생각하여 잠을 못 자니, 몸이 곤하여 졸더니 뜻밖에 원수 오시란 말에 놀래어 들어오니 원수 왈,

“이게 강 낭자 아니오니까. 강 낭자 살아왔나이다.”

승상이 이 말을 듣더니 정신이 아득하여 천지가 캄캄한지라. 원수 이별할 때 내어 주던 표를 내어 놓고 상고(相考)하니 일호(一毫)도 의심이 없는지라. 승상이 낭자의 목을 안고 궁글며 왈,

“내 딸 경화야, 청수에 죽었다더니 혼백이 살아왔냐. 꿈이냐 생시냐. 너의 낭군 유충렬이 왔으니 소식 듣고 찾아왔냐. 우리 집이 소(沼)가 되어 양류청청(楊柳靑靑) 푸른 가지 빈 터만 남았으니 슬픈 마음 어찌 다 진정하리.”

원수 낭자를 보고 하는 말이며 세세정담(細細情談)을 어찌 다 기록할까.

이때 장 부인이 내동헌(內東軒)에 있다가 이 기별을 듣고 급히 나와 보니 낭자 고부지례(姑婦之禮)[345]로 문안하고 살아난 말씀을 자상(仔詳)히 하니 장 부인이 손을 잡고 왈,

“세상 사람이 고생이 많다 하나 우리 고부 같을쏘냐.”

이때 낭자 데려간 관비 혼백이 상천(上天)하고 간장이 녹는 듯, 원수 동헌에 높이 앉아 관비를 잡아들여 수죄 왈,

“너를 죽일 것이로되, 너 같은 천기(賤妓)년이 사람을 알아볼쏘냐. 청수에 가 낭자 구한 일로 방송하나니 덕인 줄 알라.”

345) 고부지례 - 시어머니와 며느리 사이의 예.

연심을 불러 무수히 치사하고 보내려 하니 낭자 곁에 앉았다가 왈,

"연심은 날과 백년은인이니 일시 치사뿐 아니라 평생을 한가지 지내고저 하니 황성으로 데려가사이다."

원수 그 말을 옳이 여겨 연심을 불러,

"부인을 착실히 모시라."

연심이 황공하여 하더라.

원수 전후 사연을 낱낱이 기록하여 나라에 장계하고 길을 떠나올새 장 부인이 금덩을 타고 강 낭자와 조 낭자는 옥교를 타고 좌우로 모시고 강 승상은 수레 타고 오국 사신이 모셨는데, 원수는 일광주 용인갑에 장성검을 높이 들고 대완마 상 높이 앉아 오마대로 행군하여 완완히 나오니 그 거동과 그 영화는 천고에 처음이라.

게양역을 지내어 청수 가에 다다르니 소 부인 죽던 곳이라. 원수 승상을 위하여 영릉 태수 바삐 불러 제물을 장만하여 승상을 주인 삼고 조 낭자는 집사 되어 원수는 축관(祝官)되고 독축하며 통곡하는 말이 회수에 모친 제사할 때와 다름이 없더라.

제를 파한 후에 행군하여 나올 제 이때 천자와 황태후며 연왕과 조정에서 충렬을 가달국에 보내고 주야 생각하며 장 부인을 찾아오는가 하여 일야(日夜) 한탄하더니 뜻밖에 원수의 장계를 보고 즐거운 마음 측량 없으며 장안 백성들이 이 말을 듣고 각각 자식을 보려 하고 다투어 나오더라.

천자와 태후와 연왕이 백 리 밖에 나와 맞을 새 원수의 위엄을 보니 서천 삼십육 도며 남만 오국이며 금은 예단과 일등미색들이 차례로 말을 타고 오국 사신이 선봉되어 낭자하게 들어오고 그 가운데 금덩 옥교 떠오는데 강 낭자는 좌편이요 조 낭자는 우편이라. 좌우 청정(靑旌)[346] 고였는데 금수단(錦繡緞) 양산(陽傘)[347] 대는 반공에 솟았도다.

강 승상이 수레 위에 높이 앉아 오며 군사 전후에 나열하고 웅장한 거동은 일대 장관(壯觀)이요 천추에 표문(表聞)[348]이라.

346) **청정** - 푸른 깃발.

347) **양산** - 비단으로 만들어 햇빛을 가리게 한 물건.

348) **표문** - 나타나서 여러 사람에게 들려 알려짐.

이때 장안 만민이 남적에게 잡혀 갔던 며느리며 딸이며 동생들이 본국에 돌아온단 말을 듣고 호산대 십 리 뜰에 빈틈없이 마주 나와 각각 만나 옥수(玉手) 나삼(羅衫) 부여잡고 그리던 그 정곡(情曲) 못내 즐겨 하여 울음소리 웃음소리 반공에 뒤섞이어 호산대가 떠나갈 듯 원수를 치사하고 장 부인을 치사하는 소리 낭자하여 요란하고, 금산성하 다다르니 천자와 황태후 옥연(玉輦)에 바삐 내려 장막 밖에 나서니 원수 갑주를 갖추고 군례(軍禮)로 현신하니 천자와 태후 원수의 손을 잡고 못내 치사 왈,

"과인의 수족을 만리타국에 보내고 주야 염려하더니 이렇듯이 무사히 돌아오니 즐거운 마음 어찌 다 칭찬하며 회수에 죽은 모친 데려온다 하니 만고에 없는 일이며 옥문관에 강 승상과 청수에 죽은 강 낭자를 살려오니 천추에 드문 일이라. 그대의 은혜는 백골난망(白骨難忘)이라. 그 말이야 어찌 다 하리오."

황태후 원수를 치사한 후에 강 승상을 부르시니 승상이 바삐 들어와 복지하니, 천자 내려와 승상의 손을 잡고 위로 왈,

"과인이 불명하여 역적의 말을 듣고 충신을 원방에 보냈으니 무슨 면목으로 경을 대면하리오. 그러하나 왕사(往事)는 물론(勿論)하오."

이때 황태후 승상을 보고 하시는 말씀이야 어찌 다 성언(成言)하리.

이때 연왕이 다른 사처(私處)에 있다가 장 부인이 금덩을 타고 옴을 보고 마음이 건공에 떠서 충렬이 나오기를 고대하더니 원수 천자께 물러나와 부왕전에 복지 주왈,

"불효자 충렬이 남적을 소멸하고 오는 길에 회수에 와 제사하옵다가 천행으로 모친 만나 왔나이다."

연왕이 반가움을 측량치 못하여 왈,

"너의 모친이 어디 오느냐?"

이때 장 부인이 모장(毛帳)[349] 밖에 있다가 주부의 말소리를 듣고 반가운 마음 어떻다 할 수 없어 여광여취(如狂如醉) 들어가니 연왕이 부인을 붙들고 왈,

"그대 일정 장 상서의 따님인가. 멀고 먼 황천길에 죽은 사람도 살아오는 법이 있는가. 회수 창파 만경중에 백골이 되었을 제 어떤 사람이 살려 왔나. 뉘 집 자손이 모셔왔나. 충렬아 네가 일정 살려 왔나."

349) 모장 - 장막.

북방 천리 만리 호국에 잡혀 죽게 된 유 주부와 만경창파 회수중에 십 년 전에 잃은 장씨 다시 만다 즐길 줄과 칠 세 자식 환란중에 잃었더니 다시 만나 영화 볼 줄 몽중이나 생각할까.

장 부인이 석장동 마철의 집에 잡혀 갔던 말이며, 옥함을 가지고 야간 도망하여 노구 집에서 환(患) 만나던 말이며, 옥함을 물에 놓고 죽으려 하다가 활인동 이 처사의 집에 살아난 말을 낱낱이 설화하며 즐기니 그 정곡은 측량치 못할네라.

원수 곁에 앉았다가 왈,

"소자 가달국에 갔을 제 적진 선봉이 마철의 삼형제라 한칼에 베어 원수를 갚았나이다."

연왕과 부인이 못내 즐기더라.

천자를 모시고 성중에 들어올 새 자식 만나 치하하는 소리며, 만조제신(滿朝諸臣) 하례(賀禮)하는 말을 어찌 다 기록하리.

이때 황후 태후 강 낭자를 입시하여 전후 왕사를 낱낱이 물을 제 부인이 고생한 말을 낱낱이 하고 서로 울며 장 부인이 치사하기를 마지 아니하더라.

이때 원수가 천자와 부왕을 모셔 황극전에 전좌하시고 오국사신 예를 받아 문목수죄(問目數罪)[350]한 연후에 옥관도사를 잡아들여 계하에 엎지르고 수죄 왈,

"간사한 도사놈아, 네 천지조화지술(天地造化之術)을 배워 정한담을 가르쳐 신기한 영웅이 황성 내에 있는 줄은 알고 광덕산에 살아 나서 너 죽일 줄을 모르느냐. 네 전일 정한담더러 하기를 천재일시(千載一時)[351]라 급격물실(急擊勿失)하라더니 어찌 조그마한 유충렬을 못 잡아서 너희 놈들이 먼저 다 죽느냐?"

도사 여쭈오되,

"패군지장(敗軍之將)은 불가이어용(不可而語勇)[352]이라 하니, 죽사온들 무슨 한이 있사오리까."

원수 마음에 그놈의 재주를 탄복하고 군사를 재촉하여 장안시에 처참한 후에 오국사신을 각각 돌아 보내고 황성 동문 밖 인가(人家)를 다 헐어 별궁을 지은 후에 직첩을 돋울새, 산동 육국에서 들어오는 결총(結總)[353]은 모두 다 연왕에게

350) 문목수죄 - 죄목을 따져 물음.

351) 천재일시 - 천년에 한 번 있는 시기.

352) 불가이어용 - 가히 용맹을 말할 수 없다.

부치고 원수로 남평 여원 양국 옥새를 주어 남만 오국을 차지하여 녹을 부쳤으되 대사마 대장군 겸 승상 인수(印綬)를 주어 국중만사(國中萬事)를 모두 다 맡겨 슬하에 떠나지 못하게 하고 장 부인으로 정열부인(貞烈夫人) 겸 동궁야후(東宮耶后)[354] 연국왕후를 봉하여 경양궁에 거처하게 하고 강 승상으로 달왕 직첩을 주어 빈시자위(賓師之位)[355]에 있게 하고 강 부인으로 하여금 정숙부인 겸 동궁후 언성왕후를 봉하여 시녀 삼백에 강 승상의 위장[356] 삼아 봉황궁에 거처하고 활인동 이 처사로 간의태부(諫議太夫) 도훈관(都訓官)에 이부상서(吏部尙書)를 겸하여 육조(六曹)를 다스리게 하고 영릉 관비 연심으로 남평왕의 후궁을 봉하여 인성왕후 직첩을 주어 봉황궁에 강 부인을 모시고 그 남은 제장은 차례로 벼슬을 돋우니라.

이때 남국에 잡혀 가 강 승상을 부모같이 섬기던 여자는 다른 사람이 아니라 술 한잔 받아 들고 원수전에 자례(自禮)하던 노인의 딸이라. 그 노인을 불러 상면한 후에 조 낭자로 남평왕의 우부인을 봉하고 그 오래비로 총융대장(總戎大將)을 삼아 그 아비를 봉양하게 하니 상하(上下) 인민(人民)이 송덕(頌德)하는 소리 천지 진동하니 그 아니 태평인가 하노라.

353) **결충** - 토지에 매기는 못의 전부.

354) **동궁야후** - 동궁의 어머니의 존칭.

355) **빈사지위** - 손님으로 대접하는 지위.

356) **위장** - 호위하는 장수.

2
최고운전

신라 시대에 최충(崔沖)이라는 사람이 있었다. 그는 일찍이 등용문(登龍門)에 올랐으나, 벼슬길이 순탄치 못하더니 이번에 문창령(文昌令)이란 벼슬을 제수받고 심히 근심하는지라. 그의 아내가 묻되,

"다행히 벼슬을 제수받았음은 경사이온데 어이하여 군자(君子)께서는 슬퍼하고 계시나이까?'

하니 충(沖)이 대답하기를,

"벼슬을 받아 기쁘기는 하오마는 문창에는 변리가 있어, 영(令)이 되어 가는 사람은 귀신에게 아내를 빼앗긴 자가 십수 명에 달한다 하니, 그로 인하여 근심하는 바이오."

충(沖)이 다음날 곰곰이 생각하기를,

'귀신이라면 사람을 해칠망정 잡아가지는 못할 것이려니 이는 황당무계(荒唐無稽)[1] 한 말이리라. 만약 사실이라면 내게 한 꾀가 있으니 부인의 손에 색실을

1) 황당무계 - 언행이 허황하여 믿을 수가 없음.

매어 두었다가 집에서부터 실을 따라 찾아 가면 그곳을 찾을 수 있을 것이다.'

이렇게 생각하고, 가족과 함께 문창읍에 도착하여, 그곳의 노인들에게 묻기를,

"이 읍에서 실처지변(失妻之變)이 있다 하니 사실이오?"

그들이 대답하기를,

"사실로 있습니다."

하거늘, 충이 두려워하며 시비에게 내당을 엄히 지키도록 분부하고 채색지계(彩色之計)를 쓰기로 하였다.

하루는 객사(客舍)에서 공사(公事)를 듣고 있는데 오시(午時)[2]쯤 되었는데 갑자기 먹구름이 사방에서 일어나고 천지가 캄캄해지더니 비바람이 몰아치고 뇌성이 땅을 무너뜨리는 듯하더니 내당을 지키는 시비들도 놀라서 정신을 잃고 마루에 넘어졌더라. 이윽고 바람이 그치고 구름이 걷히어 날이 개이매 시비들이 깨어나서 살피니, 방문은 여전히 닫혀 있는데 부인이 간 곳이 없는지라. 깜짝 놀라 허겁지겁 사또께 달려가 사실을 아뢰니 충(沖)이 실성비읍(失性悲泣)[3]하다가 실을 따라 찾아 나섰더니 뒷산 바위틈으로 들어가 있었다. 그 바위는 천장(千丈)이나 되어 도저히 올라갈 수 없는지라. 충이 아내를 부르며 통곡하니라.

이때에 하리(下吏)[4] 이적(李積)이 아뢰기를,

"사또께서는 너무 슬퍼 마옵소서. 일찍이 늙은이들의 말을 들으니 이 바위가 한밤중에 스스로 열리고 굴 안이 밝다 하오니 기다려서 밤에 다시 오심이 가할까 하나이다."

하니 충이 어쩔 수 없이 돌아왔다가 밤이 되어 다시 그곳으로 가서 기다리고 있는데 밤이 깊자 바위가 열리는데 그 안이 대낮같이 밝은지라. 충이 매우 기뻐하여 그 안으로 들어갔다. 안에는 넓고 비옥하여 갖가지 꽃나무가 무성하게 우거졌을 뿐 사람의 자취는 찾을 수가 없었다. 다만 이상한 짐승과 기이한 새들만이 날고 있는지라. 충이 이적에게 묻기를,

"어찌하여 이런 곳이 있단 말이냐?"

2) 오시 - 오전 11시부터 오후 1시 사이.

3) 실성비읍 - 실성할 정도로 슬피 욺.

4) 하리 - 각 관아에 딸린 구실아치의 통칭.

하니 이적이 대답하기를,

"예, 세간에 없는 별천지인가 하옵니다."

하더라. 땅이 마른 곳에서 다시 50여 보쯤 앞으로 나아가니 한 채의 큰 집이 있는데 방 안이 웅장하고 화려한데 그 안에서 선약(仙藥)의 묘한 소리가 들려 오는지라. 찬란한 꽃밭 사이로 들어가 창틈을 엿보니 누런 금돼지가 최충의 아내 곁에 쓰러져 무릎을 베고 누워 있고 그 앞에는 십수 명의 미녀들이 늘어서서 풍악을 울리고 있으니 이 여인들이 바로 대대로 잃은 사또들의 아내이더라.

최충이 전일에 아내와 더불어 안 띠에다 약주머니를 달아 요 괴로운 짐승을 물리치자 하고 약속한 일이 생각나서, 약주머니를 풀어 바람을 타고 약 냄새가 문틈으로 들어가도록 하였다. 이때 금돼지가 잠에서 깨어나 약 내음을 맡고 묻기를,

"어찌하여 세간의 약 냄새가 나느냐?"

하니 충의 아내가 남편의 꾀인 줄 알고 이내 공손한 말로 대답하기를,

"제가 이곳에 온 지 오래지 않아 아직 인간의 냄새가 남아 있어 그러하옵니다."

하고 눈물을 흘리며 우는지라. 금돼지가 묻기를,

"그대는 어찌하여 우느뇨?"

하니 충의 처가 말하기를,

"제가 이곳에 와 보니 인간 세계와는 만사가 아주 다르므로 슬퍼서 우나이다."

하니 금돼지가 위로하여 말하기를,

"여기는 인간 세계와 조금도 다름이 없으니 조금도 슬퍼하지 말라."

하매 충의 아내가 눈물을 닦고 부드러운 말로 묻기를,

"제가 인간 세계에 있을 때 들으니 선경지인(仙境之人)은 사슴 가죽을 보면 죽는다 하던데 과연 그러하옵나이까?"

하고 물으니 금돼지가 말하기를,

"나는 아직 알지 못하나 다만 사슴 가죽을 꺼리는 바요."

하니 다시금 묻기를,

"왜 꺼리나이까?"

하니 금돼지가 대답하되,

"사슴 가죽을 씹어서 머리 뒤편에 붙이면 병이 되어 죽게 되오."

하고 말을 마치자 다시 쓰러져 자더라. 충의 아내가 그 말을 듣고 당장 죽여 원

한을 갚고자 하나 사슴 가죽이 없어 가슴이 타는데 가만히 생각해 보니 약주머니의 끈이 사슴 가죽으로 되어 있는지라. 가만히 꺼내어 씹어서 금돼지의 뒤통수에 붙였더니 과연 말과 같이 말도 못 하고 죽더라.

이리하여 최충은 아내를 데리고 돌아왔으며 나머지 미녀들도 역시 최충의 덕으로 집으로 돌아갔으며 그 가족들이 최충에게 깊이 감사하여 마지않더라.

최충의 아내 임신 4개월에 금돼지에게 잡혀갔고 돌아온 지 6개월 만에 아들을 낳으니 손톱과 발톱이 조금 이상하였다. 충은 그 금돼지의 자식이 아닌가 의심하여 시비를 시켜 큰길에 아이를 버리게 하였는데 길 가운데에 죽은 지렁이를 보고 일자(一字)라 하는지라. 시비가 들어가서 아뢰니 충이 듣고 분부하되,

"아무 말 말고 갖다 버리라."

하거늘 시비가 안고 가는데 개구리 죽은 것을 보고 천자(天字)라 하매 차마 버리지 못하고 돌아와,

"개구리 죽은 것을 보고 천자(天字)라 하나이다."

하고 고하니 충이 화를 내며 호령하되,

"네가 주인의 말을 듣지 아니하면 칼로 대하겠노라."

하니 시비가 솜으로 포근히 싸서 길 가운데에 버렸더니 우마(牛馬)가 지나며 밟지 아니하고 피하여 지나가며 밤이 되니 하늘에서 선녀가 하강포유(下降抱乳)하는지라. 관리와 백성이 거두고자 하나 큰 죄를 입을까 하여 무서워하더라. 충이 이 소문을 듣고 아이를 연못에 던지라 하였더니 연꽃 한 송이가 별안간 생겨나서 아이를 받고 이어서 백학 한 쌍이 서로 번갈아 날개로 덮어 주더라.

이리하여 몇 달이 지나니 아이가 바닷가를 스스로 거닐며 노는데, 모래 위에는 문자(文字)가 생겼고 우는 소리는 글 읽는 소리가 되더라. 이에 최충의 처가 이 소문을 듣고 남편에게 말하기를, "당신은 금돼지의 자식이 아닌데도 버렸으니 하늘이 그 애매함을 아시고 하늘의 선녀를 시켜 젖을 먹여 키웠사오니 원컨대 빨리 사람을 시켜 데려오도록 하소서."

하는지라. 충이 깊이 감동하여,

"이제 데려오고자 하지만 처음에 그 어린애가 금돼지의 자식이라 하여 버렸거늘 이제와서 데려온다면 남의 웃음거리가 될 것이외다."

하니 부인이 다시,

"당신이 만일 남의 웃음을 살까 봐 이리도 걱정이시라면 병을 칭해서 피해 계

시면 제가 알아서 당신이 웃음을 사지 않도록 하리다."

하므로 충이 옳게 여겨 허락하니 부인이 곧 영험한 무당을 불러 돈과 비단을 많이 주고 유인하여 이르기를,

"나를 위하여 여러 관리들에게, '사또께서 병을 앓는 것은 자기 아들을 금돼지의 아들이라고 버렸기 때문에 하늘이 노하서 벌을 준 것이니 그대들이 급히 가서 아이를 데려오면 사또의 병이 곧 낳을 것이요, 만일 그렇지 않으면 사또가 죽고 그 화가 이민(吏民)[5]에게까지 미치리라' 하여주게."

하고 청하니, 무당이 승낙하고 여러 관리들에게 나아가서 부인이 가르쳐 준 대로 사또의 병이 난 이유를 설명하여 주었다. 무당의 말을 들은 관리들이 놀라고 두려워한 나머지 관사에 달려가서 울면서 그 이유를 사또께 아뢰온즉 사또가 거짓 놀라는 척을 하면서 말하기를,

"정말로 그 아이를 버림으로써 하늘에서 죄를 주셨다면 그 아이를 다시 데려오는 것이 무엇이 어렵겠느냐?"

하고 이적에게 그 아이를 데리고 오도록 명하였다.

이적 등 일행이 사또의 명을 받고 바다 가운데 외딴 섬까지 들어가 찾아보았으나 찾지 못하고 되돌아오려는데 갑자기 글 읽는 소리가 구름밖에서 들려 와 쳐다보니 어린아이가 홀로 높은 바위에 앉아 책을 읽고 있었다. 이적 등 일행이 바다를 건너 바위 밑에 배를 멈추고 우러러 호소하기를,

"공의 부모님께서 병세가 위중하여 공을 보고자 저희들도 하여금 공을 뫼서 오라 하셨으니 공께서는 속히 내려오소서."

하니 아이가 대답하여 말하기를,

"부모님이 처음에 나를 금돼지의 자식이라 하여 내다버리시고 이제 와서 마음이 부끄럽지 않으신지 나를 보고자 하시는고. 옛날 진(秦)나라 때에 양적대(陽翟大)라는 사람은 여불위(呂不韋)라는 미녀를 사서 미희(美姬)로 진왕에게 바치려고 하였는데, 먼저 임신을 시킨 후에 진왕(秦王)에게 바쳤더니 일곱 달 만에 아들을 낳았으되 진왕은 실로 여씨(呂氏)를 위하여 어린애를 버리지 않았거늘 나의 자모(慈母)께서는 나를 임신한 지 넉 달 만에 문창(文昌)으로 오서 금돼지에

5) 이민 - 지방의 아전과 백성.

게 잡혀가셨다가 곧 돌아오셔서 6개월 만에 나를 낳으셨거늘, 어찌 금돼지의 자식이 될 수 있겠는가? 만약 금돼지의 자식이라면 이목구비(耳目口鼻)가 금돼지와 같지 아니하고 사람과 같겠는가. 아버님께서 나를 자기 자식이라 하지 않으시고 길에다 버렸으니 내가 무슨 면목으로 부모님을 보겠소? 만약 강제로 나를 보시고자 한다면 마땅히 바다로 들어가 섬으로 가겠소.”

하니 이때 아이의 시년(時年)이 3세더라.

이적 등이 할 수 없이 돌아가 사또께 고하니 충이 도리어 부끄러워하며 자책(自責)하여 말하기를,

“모든 것이 나의 잘못이로다.”

하고 곧 문창 군민 수백 명을 이끌고 바다 어귀에 나아가 바닷가에 대(臺)를 쌓아 올리고 아울러 높은 다락을 짓기 시작하였다. 다락이 다 완성되어 아이를 부르니 그 아이가,

“일찍이 멀리 버려진 바 되었더니 이제 나를 위하여 누대(樓臺)까지 지으시니 밝은 천일(天日)을 대할 면목이 없나이다.”

하고 엎드려 우는지라. 충이 이를 보고 부끄러워 말하기를,

“내가 너 볼 면목이 없구나. 다시는 이러한 과실은 말하지 말아다오.”

하고 누대 이름을 월영대(月影臺)라 짓고 3척(尺) 쇠지팡이를 모래에 글씨 쓰는 지팡이로 삼으라 하시고 돌아왔다. 그날 하늘의 수천 선인이 대 위에 구름같이 모여 앉아 각기 배운 바를 다투어 가르치니 이로 인하여 문리(文理)를 크게 깨달아 마침내 문장가(文章家)가 되었다.

아이는 항상 철장(鐵杖)을 가지고 모래 위에 글씨를 쓰니 쇠지팡이가 달아서 반 자쯤만 남았다. 그는 음성이 청아하고 매양 시를 읊는 데 있어서 음률이 틀리지 않았다. 하루는 달빛이 낮과 같이 밝은 밤에 피리 소리가 은은하게 들려 오고 있었다. 이 때에 중원(中原) 천자(天子)가 후원에 나가 달을 바라보며 서 있는데 멀리서 시 읊는 소리가 들리는데 참으로 청아하고 담백하였다. 이에 천자께서 시신(侍臣)[6]에게 물으시기를,

“시 읊는 소리가 어디서 들려 오느냐?”

6) 시신 - 임금을 가까이 모시는 신하.

하니 시신이 대답하기를,

"거년(去年) 이래 달 밝고 바람 맑은 밤이면 시 읊는 소리가 신라 쪽에서 들려오므로 하늘을 우러러 기상을 살피니 동국(東國)에 귀성(貴星)이 나타났사오니 아마도 동국에 현자(賢者)가 있는가 하옵니다."

하니 천자께서 들으시고 말씀하시되,

"신라가 작은 나라이기는 하나 옛날에도 현자가 있었느니라. 이렇듯 만리나 떨어진 외지에서 들을 때 이렇듯 시 읊는 소리가 아주 낭랑하게 들리니 하물며 가까운 곳에서 듣는다면 어떠하겠느뇨."

하시며 칭찬하서 마지않더니 말씀하시기를,

"재사(才士)를 신라에 보내어 그곳 선비와 더불어 서로 재주를 겨루게 하리라."

하시고 즉시 군신을 불러 여러 재사 중에서 문예(文藝)가 탁월한 자 두 사람을 뽑아 보내게 하시었다.

두 학사는 배를 타고 바다로 향하여 가다가 월영대(月影臺) 아래에 이르러 해가 지니 배를 대하(臺下)에 닿았다. 이때가 중추(仲秋)[7] 삼오지야(三五之夜)라. 밝은 달은 물결 속에 잠겨 있고 맑은 바람은 서서히 불어 오는데 야정어약(夜靜魚躍)하여 맑은 흥취가 날을 듯이 일어나느지라. 두 학사가 즉시 시 한 수를 지어 읊는데,

'삿대는 물결 밑 달을 꿰이는데[棹穿波底月].'

이때 다락 밑 모래 위에서 이어서 한 수를 읊는다.

'배는 물 가운데 하늘을 누르네[艇壓水中天].'

하는지라. 학사가 돌아보며,

"누가 읊었을까?"

하고 그 어린아이가 읊었을 줄은 꿈에도 전연 모르고 또 한 수를 읊는다.

'물새는 떴다가 다시 잠기네[水鳥浮還沒].'

하니 아이가 또 읊기를,

'산 구름은 끊어졌다 다시 이어지네[山雲斷復連].'

7) 중추 - 음력 8월 보름날 밤.

학사가 깜짝 놀라 바라보며 비웃듯이,

'새와 쥐는 어찌하여 짹짹하느냐[鳥鼠何雀雀乎].'

하니 아이가 또,

'돼지와 개는 어찌하여 멍멍하느냐[猪犬忽蒙蒙乎].'

하니 학사가,

"개는 멍멍하나 돼지가 그러하느냐?"

하니 아이가,

"새는 짹짹하나 쥐가 그러하냐?"

하는지라. 학사가 대답을 못 하고 물었다.

"어디에 사는 동자(童子)인데, 이 깊은 밤에 여기에 있느냐?"

하니 아이가 대답하되,

"저는 신라 나승상(羅丞相)의 십업지창두(十業之蒼頭)로 명을 받들어 이곳에 와서 바둑돌을 줍고 있는데 날이 저물어 돌아가지 못하였나이다."

하니 또 묻기를,

"너는 몇 살이나 되었느냐?"

물으니 아이가 대답하되,

"여섯 살이옵니다."

하거늘 두 학사는 동자가 문장에 능함을 보고 상의하기를,

"이제 겨우 6세의 어린아이가 이렇듯 재능이 탁월하니 신라의 선비들이야 어찌 당하겠는가?"

하고 아이에게 다시 묻기를,

"나라 안에 재사(才士)가 많이 있느냐?"

하니 대답하기를,

"재명특달자(才名特達者)[8]가 수백 인이요, 그 문사(文士)는 차재두량불가승수(車載斗量不可勝數)[9]이나이다."

하니 두 학사가 상의하여 말하기를,

"문재(文才)가 나라에 가득하니 들어간들 무익할 것이니 아니 들어간 것만 못

8) 재명특달자 - 재주로 얻은 명망과 특별히 재주가 뛰어남.

9) 차재두량불가승수 - 너무 많아서 이루 셀 수가 없음.

하리니 돌아갑시다.”

하고 중원(中原)으로 돌아가서 진황제(秦皇帝)께 아뢰기를,

“신라에는 뛰어난 문인과 재사가 수를 헤아리지 못할 정도로 많이 있고 신(臣) 등과 같은 수준도 수백 인이나 되어 감히 대적할 수 없겠나이다.”

하는지라. 황제가 크게 화를 내어 가탈을 잡아 치고자 하여 계란을 솜으로 여러 번 싸서 돌함에 놓고 황초를 불에 녹여 그 안을 채워서 흔들리지 않게 하고 또 구리쇠를 녹여 함에 부어 열어 보지 못하게 하여 봉서(封書)와 함께 신라에 보내었다. 봉서의 내용인즉,

‘너희가 바닷가에 붙은 하찮은 나라로서 재주로 대국을 업수이 여기는고로 이 돌함을 보내노니 함 안에 있는 물건으로 시를 지어 보내라. 만약 그렇지 못하면 마땅히 살육지화(殺戮之火)[10]를 당하리라.’

하였더라. 대국 사신이 조서를 받들고 계림(鷄林)[11]에 도착하니 신라 왕이 몸소 출영봉안(出迎奉安)하고 조서를 읽어 보시고는 즉시 나라의 선비들을 불러 모아 이르시기를,

“너희 유생(儒生) 중에 이 함 속에 있는 물건을 알아내어 시를 짓는 사람은 벼슬을 일품(一品) 올려 주고 또 군(君)으로 봉하여 녹을 후히 주고 공을 기리리라.”

하시매 아무도 그 속 물건을 알아내지 못하여 온 조정이 들끓더라.

이때에 아이가 경성에 전입하여 스스로 거울을 고치는 일을 하며 나승상댁 문 앞까지 이르게 되었더라. 마침 나승상의 딸이 거울을 보다가 경색(鏡色)이 퇴해졌으므로 고치려고 유모를 시켜 고쳐 오도록 하였는지라. 아이가 거울을 받으며 나녀(羅女)를 본즉 아름다운 아가씨라고 생각하고 거울을 고치다가 돌에 떨어뜨려 그만 깨뜨리고 말았다. 유모가 깜짝 놀라 발을 구르고 머리를 저으면서 꾸짖으니 아이가 울며 애걸하기를,

“이미 거울이 깨어졌으니 방법이 없는지라. 이 몸이 노복이 되어 거울 깨뜨린 보상을 하겠으니 청을 들어 주소서.”

10) 살육지화 - 무엇을 빙자하여 사람을 불로써 마구 죽임.

11) 계림 - 신라탈해왕 때부터 한때 부르던 그 나라 이름. 동왕 9월에 시림(始林)에서 이상한 닭의 울음소리가 들려 사람을 보내어 보니 나뭇가지에 금빛의 궤가 있고 그 속에 아이가 들어 있었는데, 이 아이가 김알지로, 뒤에 신라의 임금이 되었다고 함.

하는지라. 유모가 돌아가 승상께 고하니 승상께서 허락하시고 묻기를,

"너의 이름은 무엇이며 어디에 살고 있느냐?"

아이가 대답하되,

"거울을 고치다 깨뜨렸으니 파경노(破鏡奴)라 불러 주시옵고, 일찍 부모를 여의고 갈 곳이 없나이다."

하는지라. 승상은 파경노에게 말[馬] 먹이는 일을 하도록 하였다. 파경노가 말을 타고 나가면 말 무리들이 열을 지어 뒤따랐으며 조금도 싸우는 일이 없었다. 이후로 말들이 살찌고 여윈 말이 없었다. 파경노는 아침에 말 무리들을 이끌고 나가 사방에 흩어 놓고 숲 속에서 온종일 시를 읊으면 청의동자(靑衣童子) 수 명이 어디서 왔는지 혹은 말을 먹이고 혹은 채찍으로 훈련시키더라. 해가 지면 말들이 구름같이 모여 파경노 앞에 늘어서서 머리를 조아리니 보는 이마다 신기함을 칭찬하지 않는 이 없더라. 나승상 부인께서 이 소문을 들으시고 승상께 말하기를,

"파경노는 얼굴 모습이 기이하고 말 다룸도 또한 기이하니 보통 아이가 아니오니 천한 일을 맡게 하지 마옵소서."

하니 승상도 옳게 여기시고 이 전에 동산에다 나무와 꽃을 많이 심었으나 잘 가꾸지 못하여 거칠어지고 매몰되어 잡초 속에 묻혀 버렸는지라, 경노로 하여금 꽃밭 가꾸는 일을 맡기었다. 경노는 또한 한가로이 꽃밭에 앉아서 시만 읊고 있을 뿐 가꾸는 일은 하지 않으나 하늘에서 선녀가 밤에 내려와 혹은 거름을 주어 가꾸고 혹은 풀을 뽑으니 선경명화(仙境名花)와 인간계화(人間桂化)가 전보다 배나 더 아름답고 무성하였다.

파경노가 꽃을 가꾼 이후 아름다운 꽃들이 난만하여 봉조황학(鳳鳥黃鶴)이 꽃나무 가지에 집을 짓고 노랑벌과 하얀 나비는 잎 사이를 날으매 파경노가 봉조의 우는 소리를 듣고 슬픈 노래를 지어 불렀다. 이때에 승상이 아름다운 꽃들이 만개하였다는 이야기를 듣고 동산에 들어와서 꽃을 구경하면서 파경노에게 묻기를,

"네 나이가 몇이냐?"

대답하되,

"예, 열한 살이옵니다."

하니 또 묻기를,

“글자를 잘 아느냐?”

하니 대답하여,

“아직 모르옵니다.”

하니 승상이 말하기를,

“내 나이 11세에 글을 잘 알았거늘 너는 어찌 모르느냐?”

하니 대답하기를,

“일찍이 부모를 잃었사옵기에 글을 배우고자 하였으되 어찌 배울 수 있었겠나이까.”

하니 승상이 말하기를,

“배우고자 한다면 내가 너에게 가르쳐 주리라.”

하는고로 파경노가 대답하기를,

“감히 청할 수는 없사오나 바라던 바이옵니다.”

하니 승상이 웃으며 저놈 봐라 하며 놀리시는지라. 파경노가 웃으며 물러나면서 자위하여 혼잣말로,

“가소롭도다. 내게 글을 가르쳐 주겠다니 승상이 어찌 능히 나를 가르칠 수 있겠는가. 참으로 우습도다.”

하더라. 그 후 파경노가 소문을 들으니 승상의 딸이 동산의 꽃을 구경하고자 하나 파경노가 항상 지키고 있는지라, 구경을 하지 못한다 하거늘, 파경노가 승상께 아뢰기를,

“제가 이곳에 온 지 수년이 지났사오니 고향에 돌아가 친척을 찾아보고 수일 내로 돌아오겠나이다.”

하고 청하니 승상이 허락하는지라. 파경노가 돌아나와 다시 꽃밭으로 숨더라. 나녀(羅女)가 파경노가 고향에 갔다는 소문을 듣고 동산에 들어가 꽃을 완상하는데, 마침 청풍작기(淸風作起)하고 화향만신(花香滿身)하여 붉은 봉오리 푸른 잎새에는 봉접투향(蜂蝶偸香)하매 즉석에서 시 한 수를 읊되,

‘난간에 피어 있는 꽃이 웃건만 소리는 들리지 않는구나[花笑檻前聲未聽].’

하는데 파경노가 뒤를 이어 읊기를,

‘숲 속에서 새는 울건만 눈물은 볼 수가 없구나[鳥啼林下淚難看].’

하니 나녀(羅女)는 깜짝 놀라 부끄러워 집으로 돌아갔다.

이 해에 여러 유생들이 표를 올리어,

"함 안에 있는 물건을 능히 알아내지 못하였사오니 엎드려 죄를 청하나이다."

하였더라. 이에 국왕께서 매우 근심하고 있는데 시신(侍臣)이 아뢰기를,

"현신(賢臣)은 구하고자 해도 얻을 수가 없사오니 바라옵건대 대왕께서는 여러 신하 가운데서 문학이 뛰어나고 벼슬이 제일 높은 승상 나천업(羅千業)에게 전적으로 맡기시면 어느 정도 알아낼 수 있사오리다."

하는고로 나승상을 불러 돌함을 맡기면서 이르시기를,

"과인이 부덕하여 천조(天朝)[12]에서 불의에 중기(重器)를 보내니 가장 어려운 문제라. 여러 대신 중에서 경(卿)의 문재(文才)가 가장 뛰어났으니 능히 알아내어 시를 지을 수 있으려니 이 함을 맡기도다. 연구해서 시를 지어 오도록 하오. 만약 연구치 못한다면 경의 가속(家屬)은 관비가 될 것이요, 경은 천조에 보내어 연구해 내지 못한 죄를 당하도록 하리라."

하시니 나승상은 머리를 숙여 명을 받고 돌함을 안고 집으로 돌아오니 온 집안이 놀래어 통곡하더라.

승상이 눈물을 흘리며 먹지도 않고 누워 있는 지 여러 날이 지났다. 파경노는 모르는 양 사람들에게 묻기를,

"상전(上典)[13] 일가가 어찌하여 슬픔에 잠겨 있으며 승상 나리께서는 잡수시지도 않으시니 어인 일인가요?"

하니 알려주기를,

"이러이러한 일이 있어 환우(患憂)하신단다."

하니라. 파경노는 겉으로는 근심하는 체하면서 속으로는 기뻐하며 우선 나소저를 시험해 보고자 곧 꽃가지를 꺾어 들고 나소저의 방 창 밖으로 갔다. 나소저는 눈물을 흘리며 울다가 벽에 걸린 거울에 사람의 그림자가 어른거리는지라, 창 틈으로 내다보니 파경노가 꽃가지를 꺾어 들고 문 밖에 홀로 서 있었다. 나소저는 괴이쩍게 생각하여 물어 보니 파경노가 말하기를,

"낭자께서 이 꽃을 좋아하시기로 아직 시들기 전에 꺾어 가지고 왔사오니 받아서 완상해 보십시오."

하니 나소저가 한숨을 쉬면서 받지 않거늘 파경노가 위로하여 말하기를,

12) 천조 - 천자의 조정을 제후의 나라에서 일컫는 말. 여기서는 진(秦)나라를 말함.

13) 상전 - 종에 대하여 그 주인을 일컫는 말.

"거울 속에 비치는 그림자가 도리어 낭자의 근심을 덜어 드릴지 누가 아옵니까. 근심 마시고 속히 받으십시오."

하는지라. 나소저가 문득 일어나 얼굴을 가리고 꽃을 받아 부끄러운 듯이 들어가 아버님께 고하기를,

"파경노가 비록 어리지만 재학절인(才學絶人)하고 또 신기롭고 호협한 기상이 있사오니 제가 생각하건대 능히 함 속의 물건을 알아내고 시를 지을 수 있을 듯하옵니다."

하니 승상이 말하기를,

"너는 어찌하여 함부로 그런 말을 하느냐. 만약 파경노가 능히 알아낼 수 있을진대 일국의 이름 높은 선비들이 어찌 알아내지 못하여 끝내는 내게 맡기겠느냐?"

하므로 소저가 다시 말씀드리기를,

"부엉이는 낮엔 보지 못하나 밤엔 잘 보고, 꾀꼬리는 밤엔 잘 보나 낮에는 잘 못 보는데 이것은 각기 소장(所長)[14]이 다르기 때문이옵니다. 어찌 뜻이 있어 새가 새끼를 낳겠습니까? 파경노가 비록 어리나 큰 재주가 있음을 어찌 알겠나이까?"

하고 파경노가 근심하지 말라는 말과 또 꽃밭에서 화답하여 읊은 시 이야기를 하고 다시 말씀드리되,

"제가 어찌 할 수 없는 일을 능히 할 수 있다고 말씀드리겠나이까. 바라옵나니 한번 불러서 시험해 보십시오."

하니 승상이 그럴듯하게 여겨 파경노를 불러 이르더라.

"나라가 불행하여 대국이 견책을 보내와 왕께서 근심만 하시기로 불행히 돌함을 받아 가지고 왔거니와 내가 거의 죄를 당하게 되어 여러 날을 망설여 왔으나 이제 너에게 넘길 것이니 연구하여 시를 지으면 특상을 내릴 뿐만 아니라 나라의 근심을 없이할 것이로다."

하니 파경노가 듣고 웃으면서 대답하기를,

"온 나라의 능한 문장가들이 하지 못한 것을 하물며 석 자 밖에 안 되는 어린 아이가 배우지도 못하고 알지 못하는 제가 어찌 하겠나이까."

이에 승상이 기쁜 마음이 없어졌다. 나소저가 다시 여쭙기를,

14) 소장 - 자기 능력 가운데 가장 잘하는 장점.

"지극히 어려운 일을 평범하게 이르시면 어찌 순순히 응하겠나이까. 호생악사인지상정(好生惡死人之常情)[15]이어늘 옛날 어떤 사람이 앉아서 형을 당하게 되었는데 형리(刑吏)가 묻기를, '네가 만약 시를 지을 수 있다면 마땅히 방면(放免)하리라.' 하므로 일자 무식이면서도 능히 시를 지었다 하니 하물며 파경노는 학문이 넉넉하여 시를 지을 수 있지만 일부러 모른다고 한 것이오니 아버님께서 파경노에게 만약 짓지 못하면 죽이겠다고 협박하시면 파경노인들 어찌 호생악사지심이 없겠나이까?"

하니 승상이 돌연 파경노를 불러 협박하기를,

"네가 이미 내 집에 종이 되었거늘 내 집을 위하여 말을 듣지 않으면 그 죄는 죽어 마땅하리라."

하고 다른 종에게 명하여 죽이려 하니 파경노는 일부러 두려운 듯이 허락하고 석함을 가지고 중문 안에 앉아서 혼잣말로 중얼거리기를,

'내가 품고 있는 일은 이루지 못하고 별안간 뜻밖의 일을 당하였으니, 시 짓기는 어렵지 않으나 생각할수록 분함을 이기지 못하겠구나.'

하더라. 이때 승상 부인이 이 같은 파경노의 푸념을 엿듣고 승상께 들어가 아뢰기를,

"파경노의 말이 이러하오니 반드시 소원하는 바가 있을 것이옵니다."

하니 승상이 듣고 유모를 시켜 묻되,

"네가 문예가 뛰어나 충분히 할 수 있으면서도 죽기를 거부하니 필시 소원이 있을 것이니 내게 숨기지 말고 바른 대로 말하면 내가 마땅히 너를 위해 힘쓰겠노라."

하니 파경노가 말없이 한참 있다가,

"승상께서 나를 사위로 삼는다면 내 곧 시를 짓겠소이다."

하거늘 유모가 들어가 승상께 보고하니 승상이 소리를 지르며 이르시되,

"어찌 창두(蒼頭)를 사위로 삼을 수 있겠느냐. 네가 잘못 듣고 전하는 게 아니냐."

하고는 또 유모에게 신선의 모습을 그린 채화(彩畵)를 내주면서 이르시되,

---

15) 호생악사인지상정 - 사람이 살기를 좋아하고 죽기를 싫어하는 일은 누구나 가질 수 있는 인정.

“그가 만약 시를 지으면 이 같은 미인에게 장가를 보내 주겠다고 하라.”

하니 유모가 파경노에게 전하였다.

이에 파경노가,

“종이 위에 그린 떡을 하루 종일 바라본들 어찌 배가 부르리까. 반드시 먹은 후에야 배가 부를 것이옵니다.”

하고 함을 발로 차서 밀치고 비스듬히 누워서 말하기를,

“나를 비록 마디마디 베인다 해도 짓지 못하겠노라.”

하더라. 유모가 들어가서 그 말대로 아뢰니 승상이 말없이 앉아 있는데 딸 운영(雲英)이 눈물을 닦으며 고하되,

“우리 가문의 성패가 도시 이번 일에 달려 있사옵니다. 옛날 제영(提縈)이라는 여자는 관비(官婢)가 되어 들어가서 아버지의 형을 속죄하였다 합니다. 가군(家君)께서 딸을 사랑하는 마음 때문에 좇지 않으시면 이 화는 면하기 어렵습니다. 바라옵건대 이 몸으로 아버님의 화를 면하도록 하여주십시오. 이제 제 말씀을 들어 주시지 않으시면 후회하심이 클 것이며, 이미 어쩔 수 없게 되나이다. 고금천하(古今天下)에 몸 외에 더 사랑하고 귀한 것이 있겠나이까!”

하니 승상이 말하기를,

“네 말이 기특하구나. 부모의 마음은 사랑하는 딸을 차마 비천한 가문에 허락할 수 없고, 또한 종신(終身)토록 원한이 있을 까 봐 걱정하므로 다만 눈썹을 불사르는 화를 면하고자 함인데 네 말이 정녕 그럴진대 무슨 걱정을 하겠느냐.”

하니 운영이 말씀드리되,

“부모님이 자식을 사랑하는 마음이나 딸이 부모님께 효도하고자 하는 마음이 매한가지입니다. 오늘의 사세(事勢)는 반드시 제가 몸을 더럽힌 연후에야 되겠나이다.”

하고 아뢰니 승상이 말하기를,

“이제 네 말을 들으니 참으로 효녀의 정성이로다.”

하고 승상과 부인이 친척들에게 정혼(定婚)을 통지하니 모두 한 뜻으로 좋다고 하더라. 승상이 즉시 시비에게 명하여 파경노를 목욕시켜 때를 씻게 하고 비단옷을 입혀 성례(成禮)하여 사위로 삼더라.

다음날 아침 승상이 시비에게 명하여 난방(蘭房)에서 시 짓는 모습을 엿보라 하였다. 이때에 파경노가 자기 이름을 지어 치원(致遠)이라 하고, 자(字)를 고운

(孤雲)이라 하더라. 운영이 옆에 앉아서 시 짓기를 재촉하니 치원이 말하기를,

　"시는 내일중으로 지을 것이니 너무 재촉하지 마오."

　하고는 운영더러 종이를 벽 위에 붙여 놓도록 하고 스스로 붓대롱을 잡아 발가락에 끼고 잤다. 운영이 또한 근심하다가 고단하여 자는데 꿈속에 쌍룡이 하늘에서 내려와 함 안에 서로 엉켜있고 무늬 옷을 입은 동자(童子) 10여 명이 함을 받들고 서서 소리내어 노래하니 함이 열리는 듯하더니, 쌍룡의 콧구멍에서 오색서기(五色瑞氣)가 나와 함 속을 환히 비치니 그 안에 붉은 옷을 입고 푸른 수건을 쓴 사람들이 좌우로 늘어서서 혹은 시를 지어 읊고 혹은 붓을 잡아 글씨를 쓰는데 승상이 빨리 시를 지으라고 재촉하는 소리에 운영이 놀래어 깨어 보니 한꿈이더라. 치원 역시 깨어나 시를 지어 벽에 붙은 종이에다 써 놓으니 용과 뱀이 놀라 꿈틀거리는 듯하더라. 시의 내용인즉,

　　단단석함리(團團石函裡)에,
　　반백반황금(半白半黃金)인데,
　　야야지시명(夜夜知時鳴)하니,
　　함정미토음(含情未吐音)이라.

　　둥글고 둥근 함 속의 물건은,
　　반은 희고 반은 노란데,
　　밤마다 때를 알아 울려 하건만,
　　뜻만 머금을 뿐 토하지 못하도다.

　이더라. 치원이 운영을 시켜 승상께 바치게 하니 승상이 믿지 않다가 운영의 꿈 이야기를 듣고서야 믿고 대궐로 들어가 왕께 바치었다. 왕이 보시고서 크게 놀래어 물으시기를,

　"경(卿)이 어떻게 알아 가지고 시를 지었느뇨?"

　하시니 대답하여 아뢰되,

　"신이 지은 것이 아니옵고 신의 사위가 지은 것이옵니다."

　하니 왕은 사신으로 하여금 대국 황제께 바치었다. 황제가 보시고 말씀하시기를,

"단단석함리(團團石函裡) 반백반황금(半白半黃金)은 맞는 귀(句)이나 야야지시명(夜夜知時鳴) 함정미토음(含情未吐音)이라 한 것은 잘못이로다."

하고 함을 열고 달걀을 보시니 여러 날 따뜻한 솜 속에서 병아리로 되어 있으매 황제가 탄복하면서 말하기를,

"이는 천하의 기재로다."

하시고 학사를 불러 보이시니, 학사 또한 칭찬하여 마지않더니 이윽고 아뢰기를,

"상대편의 소매 속에 있는 물건도 오히려 알기가 어렵거늘 만리절역(萬里絶域)에서 능히 연구하여 이같이 상세히 알아냈으니, 자고로 중원에서 이 같은 기재(奇才)가 있었다는 말을 들어 보지 못하였나이다. 오직 걱정되는 것은 소국이 대국을 멸시할 단서가 될까 하오니 바라옵건대 시를 지은 자를 불러들여 어려운 문제를 능히 풀어 낸 사유를 물으심이 좋을까 하나이다."

하니 황제께서 옳게 여기시고 신라에 시 지은 기사(奇士)를 보내도록 지시하니 신라 왕이 놀래시어 승상 천업(千業)을 불러 의논하시고 말씀하시기를,

"천자가 우리나라를 침공하고자 하여 또 시 지은 선비를 부르니 경의 서랑(壻郞)[16]은 나이가 어려 만리 밖에 보내기가 어려우니 경이 대신 가는 것이 어떠하오?"

하시니 승상이,

"원하옵건대 평안하소서."

하고 전교를 받아 집으로 돌아와 울면서 집안 사람들에게 말하기를,

"중국 천자가 시 지은 선비를 보내라 하시니 최랑(崔郞)은 어려서 보낼 수가 없고 내가 대신 가야 하니 살아 돌아올 계교가 없으므로 어찌할꼬?"

하니 온 집안이 통곡하고 어찌할 바를 모르더라. 나씨가 최랑에게 말하기를,

"천자가 시 지은 선비를 부르는데 아버님께서 대신 가신다하나 만리장도(萬里長途)에 돌아오시기가 어려울 뿐만 아니라 반드시 큰 화를 입으실 것이오니 부녀간의 정의에 측은함을 참지 못하겠나이다."

하니 최랑이 이르기를,

16) 서랑 - 남의 사위를 높여 부르는 말.

"승상께서 대신 가실 수 없소. 응당 내가 가야 하오."

하니 운영이 말하되,

"이제 당신이 나를 버리고 만리 밖에 가시면 어찌 능히 평안히 돌아올 수 있겠나이까?"

하며 운영이 눈물을 흘리니 최랑이 위로하여 말하기를,

"그대는 이태백(李太白)의 시를 들어 보지 못하였소? '천생아재(天生我才) 필유용아(必有用我)라.' 지금 중국에 들어가면 특별한 대우를 받아 승상이 될 것이며 금의환향(錦衣還鄕)하는 영광을 그대에게 보일 것이니 즐겁지 않소? 대장부 세상에 태어나서 천하를 두루 돌아다니는 것은 진실로 장부의 할 일이어늘 어찌 돌아오기 어려움이 있겠소. 내 말을 의심치 말고 승상께 자세히 말씀드리시오."

하니 운영이 들어가서 승상께,

"최랑의 말이 자기가 응당 가겠다 하옵니다."

하고 최랑의 이야기를 말씀드리니 승상이 이를 들으시고 말하기를,

"어질도다 우리 최랑이여, 어린 나이로 그런 말을 하다니 참으로 어질지 않고서야 그와 같겠느냐?"

하고 대궐로 들어가 아뢰기를,

"신의 사위 최랑이 스스로 가기를 청하옵고 대신 갈 수는 없다고 하나이다."

하니 왕께서,

"경이 이미 사위를 대신 보내기로 하였다면 사위를 보냄이 좋겠소."

하시더라. 이에 대답하여 아뢰기를,

"신의 사위 나이는 어리지만 재주와 학문이 신보다 열 배나 더 뛰어납니다. 만약 신이 대신 갔다가 황제께서 다시 시를 지으라고 하여 감히 시를 짓지 못하면 전일에 우리 나라의 빛남이 도리어 헛되게 되겠기로 최랑을 보내고자 하옵니다."

하는지라, 왕께서도 옳게 여기시고 허락하시더라.

다음날 치원(致遠)이 알현(謁見)[17]하는데 왕께서 물으시기를,

"너의 나이 몇이나 되었느냐?"

하시니 대답하여 아뢰기를,

17) 알현 - 지체가 높은 사람을 만나 뵙는 일.

"열두 살이옵니다."

하니 왕께서,

"나 어린아이가 중국에 들어가서 능히 감당해 내겠느냐?"

하시매 대답하기를,

"만약 나이가 많아야 큰일을 감당해 낼 수 있다면 우리 나라에서는 나이 많은 사람으로써 함 속의 물건을 알아내지 못하고 어찌하여 저를 곤란케 하셨나이까?"

하니 왕께서 돌연 놀라시며 다시 묻기를,

"네가 중원에 가면 어떤 방법으로 천자를 대하겠느냐?"

하시니 아뢰기를,

"어른이 어린이를 대함에 어른의 도로써 어린이를 대접하지 않으면 곧 어린이는 어린이의 도로써 어른을 섬기지 않을 것입니다. 이제 중국이 대국의 도로써 소국을 대접하지 않으면 어찌 소국의 도로써 대국을 섬기겠나이까? 그런데 이제 그렇지 아니하고 도리어 치고자 하여 석함(石函)에다 달걀을 넣어 우리 나라에 보내어 시를 지으라 하고 또 질투하여 시 지은 선비를 보내라 하니 그 뜻을 알지 못하겠나이다. 대국의 도를 반복하기를 이같이 하고 소국으로 하여금 소국의 도로써 섬기게 하고자 하니 이것은 나무에서 물고기를 구하는 무리와 같으니 이로써 황제를 상대하겠나이다."

하니 왕이 그 말을 기특하게 여기고 자리에서 내려오서 손을 잡으시며 말씀하기를,

"네가 중원에 들어간 이후 너의 가족은 짐이 마땅히 맡아서 돌보며 의복과 음식을 주어 네가 돌아오기를 기다릴 것이니와 지금 네가 떠남에 있어서 어떠한 물건을 원하느냐?"

하시니 대답하기를,

"다른 물건은 원치 않고 50척 되는 사모(紗帽)[18]를 원하옵니다."

하니 왕이 즉시 만들어 주시었다. 치원이 이에 사은배사(謝恩拜辭)[19]하고 나와서 자칭 신라 문장 최치원 12세라 하더라.

치원은 중원을 향하여 떠남에 있어서 먼저 패문(牌文)을 보내니 빛나는 명성

18) 사모 - 관복을 입을 때 쓰던 사(紗)로 만든 벼슬아치의 모자.

19) 사은배사 - 임금의 은혜를 감사히 여겨 경건하게 절함.

이 원근에 전파되어 중원의 모든 사람들이 재주의 뛰어남이 천하에 제일이고 고금에 들어 보지 못한 일이라 하여 모두 보고자 하였으나 미치지 못할까 걱정하더라. 바닷가에 이르러 온 집안 식구가 잔치를 베풀고 치원을 전송하는데 운영은 이별의 슬픔을 이기지 못하여 한 수의 시를 지어 읊었다. 내용인즉,

> 백조쌍쌍표운연(白鳥雙雙飄雲煙)하니,
> 고범거거첩청천(孤帆去去捷靑天)이라.
> 별주완가무호의(別酒緩歌無好意)하니,
> 장년수첩야등전(長年愁妾夜燈前)이라.

백조는 쌍쌍이 짝을 지어 구름 속에 나부끼고,
돛단배는 가다 가다 푸른 하늘에 닿았어라.
이별 술에 노래 곱건만 기쁜 생각 전혀 없고,
오랜 세월 등불 앞에 이내 시름 쌓이리라.

하니 치원이 화답하여 읊되,

> 동방야야막고수(洞房夜夜莫苦愁)하니,
> 취대화용공쇠모(翠黛華容恐衰耗)라.
> 차거공명당자취(此去功名當自取)하니,
> 여군부귀희군유(與君富貴喜君遊)라.

동방에 밤마다 괴로워 말고 시름 마오.
화창한 고운 얼굴 쇠해질까 두려웁네.
이번 가면 공명 응당 가져와서,
그대에게 부귀 주어 즐거웁게 살아 보리.

하더라. 제인(諸人)과 작별하고 배를 타고 첨성도(瞻星島)에 이르니 배가 돌며 나아가지 않는지라. 치원이 사공에게 까닭을 물으니 대답하기를,

"이 섬에 신이 있다더니 아마 용의 소행인가 하옵니다. 한번 올라가 보았으면 합니다."

하거늘 치원이 배에서 내려 섬으로 올라가니 한 소년서생(少年書生)이 있는지라. 치원이 묻기를,

"너는 어떠한 사람이냐?"

하니 그 서생이 일어나서 경배(敬拜)하고 대답하기를,

"저는 용왕(龍王)의 둘째 아들 이목(李牧)이옵니다."

하거늘 치원이 또 묻기를,

"어찌하여 여기에 왔느냐?"

하니 대답하기를,

"이제 들으니 선생이 천하문장(天下文章)으로서 이곳을 지나신다 하기에 왕께서 한번 뵙고자 저를 보내어 뫼시고자 이곳에 왔나이다."

하므로 치원이 이르기를,

"용왕은 수부(水府)[20]에 있고 나는 양계(陽界)[21]에 있는고로 수륙(水陸)의 길이 달라 우마불상급(牛馬不相及)이어늘 한번 가서 뵙고자 한들 어찌 이룰 수 있겠나? 그리고 또한 행색(行色)이 바쁘매 어찌 여가가 있어 수궁(水宮)에 가서 놀겠느냐?"

하니 이목이 말하기를,

"제가 사는 곳은 인간계(人間界)와는 달라 공성(孔聖)[22]의 학문이 없는 까닭으로 어찌할 도리가 없다가 이제 다행히 선생을 만났으니 어찌 하늘의 도우심이 아니겠소이까."

하매 치원이 갈 길이 바쁘다고 사양하니 이에 목이 간청하며 말하기를,

"잠시 동안이니 선생은 눈을 감으소서."

하는지라. 치원이 이목이 시키는 대로 하니 치원을 등에 업고 바위 밑으로 들어가니 용왕이 기다리고 있는지라. 목이 용왕께 보고하니 크게 기뻐하며 나와 맞이하고 마주 앉아 주연(酒宴)을 베푸는데 소반에 차려 놓은 음식과 접시가 세상 것과는 전혀 다르더라.

20) 수부 - 전설상 물을 맡아 주장한다는 신(神)의 궁전.

21) 양계 - 사람이 사는 세상. 인간 세상.

22) 공성 - 세계 4대 성인 중 한 사람인 공자를 일컬음.

23) 전주 - 한문 서체의 하나. 중국 주나라 선왕 때 태사인 주가 만들었음.

용왕이 학문을 청하니 치원이 시서(詩書) 몇 편을 내어보이니 용왕이 기쁨을 이기지 못하고 인하여 용궁서책(龍宮書册)을 보이는데 그 글이 전주[23]와 같아서 알지 못하겠더라. 치원이 길이 바빠 떠나려 하자 용왕이 말하기를,

"문장(文章)이 다행히 수부(水府)에 오셔 쉬시지도 않고 돌아가시려 하니 나의 마음이 매우 섭섭하오. 나의 둘째 아들 목(牧)이 재주와 기운이 사람에 월등하니 만일 데리고 가신다면 비록 어려운 일이 있더라도 능히 당해 낼 것이오."

하니 치원이 허락하고 고별(告別)한 후에 이목과 함께 돌아오니 사공이 바위 밑에 배를 닿아 놓고 울고 있다가 치원을 보고 하는 말이,

"어디 갔다 이제 오십니까?"

하니 치원이,

"용왕이 간곡히 청하는고로 잠시 갔다 왔네."

하매 사공이 다시 말하기를,

"어제 명공께서 제(祭) 지내실 때 별안간 일진 광풍이 일어나고 물결이 용숫음 치고 대낮이 캄캄해지기로 제사를 지내도 용신(龍神)이 내려오지 않아 그런가 하고 울었거니와 어찌하여 용왕은 청해 오지 않았나이까?"

하거늘 치원이 말하되,

"용왕이 내려오지 않은 것은 내가 수궁에 들어간 때일 것이로다. 의심하지 말게."

하매 사공이,

"저 사람은 누구십니까?"

하고 물으매,

"저 사람은 수부의 현인(賢人)일세."

하고 알려 주니,

"어찌하여 여기에 왔나이까?"

하고 묻는지라,

"함께 중원에 갔다 올 것일세. 그리고 어제 광풍이 일어나고 어두워진 것은 이 사람이 여기에 오느라고 그랬네."

대답하고 돛을 달고 떠나니 오색운기(五色雲氣)가 항상 돛대 위를 감돌았으며

24) 한재태심 - 가뭄으로 인해 곡식에 미치는 영향이 큼.

맑은 바람이 서서히 불어오고 물결이 일지 않더라. 가다가 중이도(中耳島)에 다 다르니 일찍 비가 오지 않아 적지천리(赤地千里)라. 그 섬 사람들이 문장이 왔다는 소문을 듣고 몰려나와 절하며 맞이하고 애걸하기를,

"이 섬이 불행하여 한재태심(旱災太甚)[24]하므로 만물이 다 죽게 되었습니다. 대현(大賢)을 만났으니 명공(明公)의 덕으로 죽어가는 목숨을 건져 주시기 바라옵니다."

하니 치원이 말하기를,

"비가 오고 안 오는 것은 하늘의 뜻이거늘 내가 어찌하겠소?"

하더라. 이에 섬사람이 말하기를,

"대현께서 정성을 다하여 기원하면 하늘이 반드시 감동할 것이오니 원하옵건대 명공께서 십분성도(十分誠禱)하시어 죽어 가는 백성을 살려 주시옵소서."

하는지라. 치원이 이목을 돌아보며 말하기를,

"그대가 비를 빌어 나를 위하고 죽어 가는 섬사람들을 살려 줄 수 없겠소?"

하고 이목에게 강청하니 이목이 그렇게 하기로 하고 산 속으로 들어갔다. 조금 후에 흑운만천(黑雲滿天)하고 건곤혼암(乾坤混暗)하더니 비가 내리는데 물을 쏟는 것과 같아서 잠깐 사이에 물이 넓은 들에 넘치니 섬사람들이 매우 좋아하더라.

이목이 산에서 내려와 치원의 옆에 앉아 있는데, 다시 구름이 모이고 우레 소리가 진동하면서 폭우가 쏟아지더니 청의귀승(青衣鬼僧)이 붉은 칼을 들고 치원에게로 내려오는데 이목이 자기의 죄를 아는지라, 재빨리 뱀으로 변하여 치원이 앉은 밑으로 들어가 몸을 숨기었다. 이에 그 중이 치원에게 와서 꿇어앉아 말하기를,

"내가 천제(天帝)의 명을 받아 이목을 베이러 왔나이다."

하거늘 치원이 묻되,

"무슨 죄를 지었기로 그러는고?"

하니 대답하기를,

"이 섬에 사는 사람들은 부지인륜(不知人倫)하여 부모에게 불효하고 형제간에 우애가 없어 곡물을 낭비하고 음식 찌꺼기를 길에 마구 버리고 특히 강자(强者)가 약자(弱子)를 업신여기는 고로 천제께서 그 악습을 미워하사 배 고프고 추운 벌을 주시는데, 이제 이목이 천명(天命)이 있지 않은데도 불구하고 제 마음대

로 비를 내리게 하였으므로 베라 하였나이다."

하매 치원이 말하기를,

"내가 차마 볼 수 없는 비참한 현상이라 이목에게는 없나이다. 벌을 주려거든 나를 벌주오."

하거늘 천승(天僧)이 말하기를,

"천제(天帝)께서 제게 명하실 때 치원이 천상(天上)에 있을 때에 자그마한 꾀를 지어 잠시 인간계(人間界)에 귀양 보냈거니와 네가 가면 치원이 반드시 있어 이목을 구하고자 할 것이라고 하셨는데, 이같이 간절히 만류하시니 베일 수가 없나이다."

하고는 곧 하늘로 올라가니 이목이 다시 사람으로 화하여 치원에게 사례하며 말하기를,

"만약 선생이 아니었다면 어찌 목숨을 보전할 수 있었겠습니까? 그런데 선생께서는 무슨 죄를 지었기에 인간계에 귀양왔나이까?"

하고 물으니 치원이 말하기를,

"내가 월궁(月宮)에 있을 때 계화(桂花)가 아직 피지 않았는데도 피었다고 천제께 아뢰었기 때문에 귀양 왔네. 그런데 나는 아직 용의 모습을 보지 못하였느니 자네가 나를 위하여 한번 보여 주지 않겠나?"

하니 이목이 말하기를,

"보여 드리기는 어렵지 않으나 선생이 놀라실까 두렵나이다."

하매 치원이 말하기를,

"내가 하늘의 신승(神僧)을 보고도 놀라지 않았거늘 하물며 너를 보고 놀라겠는가?"

하니 이목이,

"그렇다면 어려울 것이 없나이다."

하고는 즉시 산 속으로 들어가 금룡(金龍)으로 화하여 치원을 부르거늘 치원이 보고 넋을 잃고 땅에 엎어졌다가 한참 후에 일어나서 이목을 보고 말하기를,

"너의 얼굴과 몸의 형상을 보매 같이 갈 수가 없으니 다시 돌아가도록 하여라."

하니 이목이 말하기를,

"제가 아버님의 명을 받들어 뫼시고 갔다 오려 하였는데 아직 중원에 가지도

못하고 어찌하여 돌아가라 하십니까?"

하니 치원이 이르기를,

"이제 중원이 멀지 않고 또 위험한 일도 없으니 사양 말고 돌아가도록 하라."

하니 이목이,

"선생이 보내고자 하시니 거역하지 못하나 선생께서는 다만 용의 형상만 보시고 용의 조화를 보지 못하였으니 한번 보시지 않겠나이까?"

하니 치원이 허락하고 용왕 앞에 나아가 아들을 보내준 정을 사례하였다. 이에 이목이 작별을 고하고 큰 청룡(靑龍)으로 변하여 용약대후성(踊躍大喉聲)하니 동천지(動天地)하며 가더라.

치원(致遠)이 절강(浙江)[25]에 이르자 주막집의 한 노파가 술을 내어 대접하고 이어서 간장 적신 솜을 주며 말하기를,

"이 물건이 비록 보잘것없으나 반드시 쓸 곳이 있을 것이니 잘 간소하여 가지고 가십시오."

하거늘 치원이 받아 가지고 능원(陵原)[26] 땅에 이르니 길 옆에 한 노인이 팔짱을 끼고 있다가 치원에게 묻기를,

"선비는 어디로 가시나이까?"

하고 물으니 치원이 말하기를,

"중원으로 갑니다."

하니 그 노인이 슬픈 표정을 지으며 이르기를,

"당신이 중원에 들어가면 반드시 큰 화가 있을 것이니 부디 조심하시오. 만일 조심하지 않으면 반드시 살아서 돌아가기가 어려울 것이오."

하는지라. 치원이 절을 하고 그 까닭을 물었다. 노인이 이르기를,

"당신이 닷새를 가면 큰 물에 당도할 것이오. 그 물가에 젊은 미녀가 앉아 있는데 우수봉완(右手奉梡)하고 좌수봉옥(左手奉玉)일 것이니 그대가 나아가 공손히 절하고 그 여인에게 물어보면 반드시 자상하게 가르쳐 줄 것이오."

하거늘 닷새를 가니 과연 그 말과 같은지라. 치원이 경배(敬拜)하니 그 여인이

25) 절강 - 중국 동남부 황해 연안 양자강 하류 남부를 차지하고 있는 성(省).

26) 능원 - 중국 열하성 동부의 도시, 토명(土名)은 탑자구. 대릉하의 수원(水原)에 가깝고 금고 철도에 연해 있는 상업 도시.

묻기를,

"무엇하는 사람인가요."

하니 치원이 말하기를,

"신라 사람 최치원(崔致遠)이올시다."

하니 또 묻기를,

"무슨 일로 어디로 가시오?"

하니 치원이 이유를 고(告)하고 중원(中原)으로 간다고 하니 그 여인이 경계하여 이르기를,

"중원은 대국이라 소국과는 다릅니다. 천자(天子)가 그대 온다는 말을 듣고, 문을 아홉이나 더 만들어 놓고 맞이할 것이니 그대는 그 문으로 들어가면서 조금도 방심하지 마시고 조심하시오. 큰 화가 닥쳐 올 것입니다."

하고 인하여 차고 있던 주머니 속에서 부작(符作)을 내어주며 경계하여 이르기를,

"첫째 문에서는 이 붉은 글씨를 쓴 것을 던지고, 둘째 문에서는 흰 글씨 쓴 것을 던지고, 셋째 문에서는 푸른 글씨 쓴 것을 던지고, 넷째 문에서는 누런 글씨 쓴 것을 던지면 화를 면할 수 있을 것이오."

하는지라.

치원이 눈을 들어 살펴보니 그 여인이 홀연 간 곳이 없더라.

치원이 배에서 내려 걸어가는데 그를 보고자 몰려온 사람들이 시(市)를 이룬 듯한데 그의 사람됨이 용모 옥(玉)과 같고 동정(動靜)이 우아하여 모두들 천상랑(天上郞)이라 하더라.

치원이 낙양(洛陽)[27]에 이르니 한 학사(學士)가 묻기를,

'해와 달은 하늘에 걸려 있는데 하늘은 어디에 걸려 있는고[日月懸於天而 天何懸之耶].'

하니 치원이 대답하여 말하기를,

'산과 물은 땅에 실려 있는데 땅은 어디에 실려 있는고[山水載於地而 地何載耶].'

27) 낙양 - 중국 하남성의 도시. 북쪽에 망산이 있고 남쪽에 낙수를 끼고 있는 경치 좋은 곳. 주나라의 낙읍(洛邑)으로 후한려 후한·진(晋)·수·후당의 도읍지였음.

하거늘 그 학사가 능히 문답(問答)을 하지 못하더라.

황제는 치원이 온다는 말을 듣고 치원을 속이고자 첫째, 둘째, 셋째 문 안에 땅을 파고 그 안에 여러 명의 악인(樂人)을 넣어 놓고 경계하여 명하기를,

"치원이 들어오거든 풍악을 요란스럽게 울려 정신을 못 차리도록 하고 또 함정 위에다 얇은 소판을 깔고 그 위에 흙을 덮어, 잘못 밟으면 빠져 죽게 하라."

하시고 또 넷째 문안에는 사나운 코끼리를 숨겨 놓은 후에 치원을 들어오게 하였다.

이에 치원이 의관을 정제하고 문으로 들어가려는데 사모(紗帽)의 뿔이 문에 걸려 들어갈 수가 없는지라. 치원이 탄식하며 말하기를,

"비록 소국의 문도 뿔이 닿지 않거늘 하물며 대국의 문으로써 어찌 이같이 작고 낮은가."

하며 들어가지 않고 서 있는지라. 황제가 듣고 매우 부끄러이 여기고 즉시 문을 헐게 하고 다시 들어오라 불렀다. 이에 문으로 들어가는데 땅 속에서 요란한 악성(樂聲)이 들리는고로 붉은 부작을 던지니 조용해졌다. 이어서 둘째 문에 이르니 또 악성이 들리는지라 흰 부작을 던지고, 셋째 문에 이르러 또 풍악 소리가 나므로 푸른 부작을 던지고, 넷째 문에 이르러서 코끼리가 숨어 있는 휘장 안에 누런 부작을 던지니 그 부작이 누런 뱀으로 화하여 코끼리의 입을 감으니 코끼리가 입을 열지 못하더라. 이리하여 무사히 들어가니, 황제는 치원이 아무런 화를 입지 않고 문을 지나 들어왔다는 말을 듣고 크게 놀라며,

"이 사람이 과연 천신(天神)이로다."

하더라. 다섯째 문에 이르니 학사들이 좌우로 줄지어 서서 다투어 서로 묻는 것이었다. 치원은 대답하지 않고 시로써 응대하니 학사들이 칭찬하지 않는 이 없었다. 순식간에 지은 시가 불가승기(不可勝記)더라.

어전(御前)에 이르니 황제가 용상에서 내려와 맞이하여 상좌(上座)에 앉히고 묻기를,

"경이 함 속의 물건을 알아내어 시를 지었는가?"

하니,

"네 그러하옵니다."

하고 대답하매 또 묻기를,

"경이 어떻게 해서 알았는가?"

하니 대답하여 아뢰기를,

"신이 들건대 현철(賢哲)한 사람은 비록 천상(天上)에 있는 물건도 오히려 능히 알 수 있다고 하는데 신이 미천하고 불민하오나 어찌 석함 속의 물건을 알지 못하겠나이까?"

하거늘 천제가 또 묻기를,

"3문(門)에 들어올 때 풍악 소리를 못 들었느냐?"

하니 대답하기를,

"못 들었습니다."

하거늘 3문 안에서 풍악을 올리던 사람을 불러 물으니 모두 말하기를,

"저희들이 풍악을 연주하려고 하면 희고 붉은 옷을 입은 수천 명이 와서 쇠몽치를 가지고 치면서 풍악을 울리지 못하게 하며, '큰 손님이 오시니 떠들지 말라.' 하는고로 능히 풍악을 울리지 못하였나이다."

라고 하는 것이었다. 황제가 크게 놀래어 사람을 시켜 가 보게 하였더니 땅굴 속에 큰 뱀이 우굴우굴 하였다. 황제는 기이히 여기고서 말하기를,

"치원은 보통 사람이 아니니 경솔히 대접할 수 없도다."

하고 학사들로 하여금 항상 치원을 따라다니면서 대접케 하니 따라다니는 무리들은 군자(君子)와 같이 대접하더라. 황제는,

"치원과 더불어 이야기해 보니 그 동정(動靜)이 묵연(默然)하여 능히 미칠 수가 없도다."

고 하였다. 학사들이 밥상을 가져왔는데 밥 위에다 벼 네 알을 놓았고 밥 속에는 또한 독약을 넣어 놓았으며 기름으로 국을 끓여 놓았더라. 치원이 밥상을 물리고 식초를 문지방에 놓았다.

황제가 그 까닭을 물으니 대답하기를,

"밥 위에 네 알의 벼를 놓은 것은 저의 이름을 묻기 위한 것이옵고 제가 식초를 문에다 놓은 것은 천하 문장 최치원이라는 뜻이옵니다."

하니 이에 황제가 듣고 매우 기이하게 여기는지라. 치원이 또 말하기를,

"비록 소국에서도 간장으로 국을 끓이고 기름은 등불에 쓰거늘 이제 국그릇을 보니 기름으로 국을 끓였으니 알지 못하겠거니와 대국에서는 간장으로 등불을 씁니까?"

하매 황제가 다시 가져오게 하여 치원에게 주었으나 젓가락을 휘휘 저을 뿐

먹지 아니하고 말하기를,

"우리 나라에서는 소인이라도 죄 있으면 죄를 밝혀 스스로 벌을 받도록 하고 죄가 없는 사람은 몰래 죽이지 아니합니다."

하므로 황제가 듣고

"그게 무슨 말이냐?"

하거늘 치원이 대답하기를,

"이제 지붕의 새소리를 들으니 밥 속에 독약이 있어 먹으면 죽는다고 합니다."

하니 황제는 알지 못하고 웃으며 말하기를,

"경은 어찌하여 허망한 말을 그처럼 하는가?"

하는지라. 이에 치원이 젓가락으로 밥을 헤쳐 보니 과연 독약이 들어 있어 밥그릇의 색이 누렇게 변해 있었다. 황제는 밥상을 물리치고 사과하면서,

"천재로다. 사람으로는 속일 수가 없구나. 이제 밥을 바꾸어 오라 할 것이니 들라."

하고 그 후로 황제는 치원을 더욱 후대하였다.

그해 가을 괴나무가 누렇게 물든 과거 보는 계절에 천하의 선비들이 모여 태학궁(太學宮)²⁸⁾에서 과거를 베풀었는데 선비의 수가 무려 8만 5천 명이나 되었다. 여러 선비들이 치원과 더불어 장원(壯元)을 다투었으나 치원이 장원에 뽑혔다. 이에 황제는 수많은 상금을 치원에게 하사하였다. 황제의 친시(親試)²⁹⁾가 있던 날 쌍룡이 하늘에서 내려와 시를 취해 가지고 하늘로 올라갔다. 황제는 치원에게,

"경이 지은 시를 하늘이 취해 가서 그 잘 지은 여부를 알지 못하겠노라."

하므로 치원이 다시 써 보이니 황제는 칭찬하면서,

"아름답도다. 치원의 시여! 천하에 어찌 이와 같은 시가 있으며 이로 인하여 하늘이 취해 갔으리라."

하고 장원을 시키고 같이 급제한 사람과 함께 7일간 유가(遊街)³⁰⁾하게 하니 그

28) 태학궁 - 중국의 고대로부터 송나라 때까지 국가가 중앙에 베푼 최고 학부.

29) 친시 - 임금이 몸소 나와 시험을 뵘.

30) 유가 - 과거의 급제자가 광대를 데리고 풍악을 잡히면서 거리를 돌며 좌주(座主) · 선진자(先進者) · 친척들을 찾아보는 일.

영화로움이 극진하였다.

마침내 치원을 문신후(文信侯)에 봉하고 수년이 지났다. 황소(黃巢)라 하는 자가 정병 3만을 거느리고 변방 여러 고을을 침공하니, 여러 고을이 함락되고 1년 내내 토벌을 해도 능히 쳐부수지를 못하였다. 이에 황제는 치원으로 대장을 삼고 가서 치게 하였다. 치원이 황소한테 가서 싸우지도 않고 격서(檄書)[31]를 써서 보냈다. 황소는 천하문장 최치원이 온다는 말을 듣고 감히 싸우지 아니하고 스스로 항복하였다. 치원은 적의 괴수 수십 명을 사로잡아 올렸다. 황제는 매우 기뻐하며 식읍(食邑)[32]을 증봉(增封)하고 또 황금 3만 일(鎰)을 하사하니 황제의 은혜와 사랑은 치원에게 비할 사람이 없었다. 이로 인하여 대신들이 질투한 나머지 황제에게 아뢰기를,

"치원은 소국의 사람으로 재주만 믿고 대신들의 말을 업신여기며 말하기를, '중국은 비록 대국이나 소국만 같지 못하다' 고 한다니 비록 황제의 수레가 들어와도 공손히 이를 받들지 아니함으로써 불측한 일이 있을까 두렵습니다. 불가불 먼 곳으로 귀양 보내지 않으면 아니 되겠습니다."

하니 황제도 옳게 여기고 곧 남쪽 바다의 외로운 섬으로 귀양 보냈다. 치원이 귀양온 섬에는 무인도로써 사람이 없는고로 매양 그 노파가 준 간장 적신 솜으로 이슬을 받아 씹으니 먹지 아니하고도 배가 불렀다. 한 달이 지난 후 황제는 치원의 생사를 알아보고자 사자를 보냈다. 치원은 미리 알고서 다 죽어 가는 소리로 대답하니 사자가 돌아가서 보고하기를,

"대답하는 소리가 작고 가늘어 목숨이 조석(朝夕)에 달려 있는 듯하옵니다."

하거늘 대신들이 치원을 찾아가서,

"너는 소국의 비천한 몸으로 중국에 들어와서 갖은 수단을 다 써서 임금을 속여 요행 벼슬을 얻었으나, 세력을 믿고 남을 없이 여기다가 이제 그 재앙을 받아 굶어 죽게 되었구나."

하며 조롱하더라. 이때에 안남국(安南國) 사람들이 공물(貢物)을 가지고 중국으로 들어가다가 마침 치원이 귀양살이하고 있는 섬에 이르러 문득 보니, 섬 위

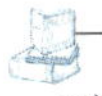

31) 격서 - 격문을 적은 글.

32) 식읍 - 국가에서 특히 공신에게 내려 거두어 드리는 조세를 개인이 받아 사용하게 한 고을.

에 한 선비가 중들과 같이 앉아 글을 읽고 있고 선녀 수천 명이 좌우로 늘어서서 혹은 술잔을 올리고 혹은 노래를 부르고 있는지라. 배를 멈추고 한참 보다가 올라가 선비에게 시를 지어 달라고 청하니 선비는 즉시 시를 지어 주더라. 사자(使者)들이 중국으로 들어가서 황제에게 바쳤더니 황제가 묻기를,

"어떠한 사람의 시인데 이렇듯 청아(淸雅)한고?"

하니 대답하여,

"신들이 남해의 섬을 지나오는데 섬 위에 한 선비가 있어 중과 더불어 같이 앉아 글을 읽는데 선녀 수천 명이 좌우로 모시고 있기에 신이 시를 지어 달라고 청하였더니 그 선비가 지어 준 것입니다."

하므로 황제는 군신을 불러서 시를 보이며,

이 시는 필시 치원의 것이 분명하오. 먹기를 끊은 지 석 달이니 어찌 살아 있을 리가 있겠는가. 아마 치원의 혼령이 지었을 것이다."

하며 괴이쩍게 여기고 사람을 보내어 치원을 불러 오게 하였다. 치원은 백마 한 필을 봉우리에 메어 놓고 청의동자를 시켜 길들이고 있다가 큰소리로 응답하기를,

"너는 어떠한 사람이관대 매양 현자의 이름을 함부로 부르느냐. 내 무슨 죄가 있어 나를 이 절도(絶島)에 귀양 보내고 이같이 와서 못살게 구느냐?"

하매 사자가 돌아가서 그대로 보고하니 황제가 놀라,

"하늘이 낳은 사람을 죽일 수 없노라."

하고는 조서를 보내어 치원을 불렀다. 치원이 말하기를,

"중국의 신하들이 직분을 다스리지 아니하고 재주를 시기하고 투기하여 황제를 속여 참소하고 황제도 그것을 믿으니 군자가 머무를 곳이 못 되는 나라이라. 가서 황제에게 고하라. 나는 마땅히 고국으로 돌아가겠노라고."

하고 용(龍) 자를 쓰니 화하여 청룡이 되어 옆으로 누으니 다리를 만들었는지라. 치원이 낙양에 이르니 황제가 묻기를,

"경이 절도에 있는 석 달 동안 한번도 꿈속에 보이지 않았음은 어째서인가? 온 천하에 와의 신하가 아닌 자가 없다고 하였는데 이로써 말한다면 네가 신라의 사람이요, 신라에서 났다고 할지라도 신라 또한 나의 땅이요 너의 임금 또한 나의 신하이거늘, 네가 나의 사자를 업신여김은 무슨 까닭인가?"

하는지라. 치원이 마침내 글자 한 자를 공중에다 쓰고 그 위에 뛰어올라 걸터

앉아서 황제에게 말하기를,

"그러면 여기도 또한 폐하의 땅이오?"

하니 황제가 크게 두려워하고 엎어지고 넘어지며 용상에서 내려 머리를 조아리고 사죄하더라. 이에 치원이,

"소인이 참소하는 말을 참말로 듣고 신으로 하여금 죽을 땅에 두게 하였으니 어질지 못한 임금은 사람의 어짊을 알지 못한다더니 이를 두고 한 말이로다."

하고 소매 속에서 사(獅) 자를 내어 땅에 던지니 화하여 푸른 사자가 되어 치원이 사자를 타고, 구름 사이로 들어가서 고국으로 돌아오는데 신라의 지경에 이르니 여러 사람이 시냇가에 모여 있기에 치원이 그 까닭을 물으니,

"국왕이 출유(出遊)하셨습니다."

하고 속여서 대답하였다. 치원이 가서 보니 수렵하는 사람들이었다. 그들 중에 아는 사람이 있어 치원에게,

"내 그대를 위하여 이 수레를 팔겠노라."

고 하더라. 치원은 마침내 사마(駟馬)[33]를 타고 서울 동문 밖에 이르니 마침 국왕이 출유하다가 치원이 사마를 타고 지나가는 것을 보고 사람을 시켜 불러오라 하였다. 보니 치원인지라, 국왕이 꾸짖기를,

"그대가 국왕 앞에서 말을 타고 지나간 죄는 마땅히 죽어야 하겠으나 나라에 공이 많은 것을 생각해서 용서해 주거니와 이후로는 이런 짓을 하지 말라."

하더라. 치원이 집으로 돌아와 보니 나승상은 이미 죽고 없었다. 그는 마침내 아내 나씨를 데리고 가야산으로 들어갔으니 가히 기이하다 하겠다.

33) 사마 - 하나의 수레를 끄는 네 필의 말.

3

심생전(沈生傳)

심생(沈生)은 서울의 양반이다. 그는 약관(弱冠)[1]에 용모가 매우 준수하고 풍정(風情)이 넘치는 청년이었다.

어느날 그가 운종가(雲從街)[2]에서 임금의 거동을 구경하고 돌아오던 길에 어떤 건장한 계집종이 자주빛 명주 보자기로 한 여자를 덮어씌워 업고 가는 것을 보았다. 그 뒤를 한 계집애가 붉은 비단신을 들고 따라가고 있었다. 심생은 겉으로 그 몸뚱이를 겨냥해보고 어린애가 아닐 줄 짐작한 것이다.

그는 바짝 따라붙었다. 그 뒤꽁무니를 밟다가 더러 소매로 스치고 지나가 보기도 하면서 계속 눈을 보자기에서 떼놓지 않았다. 소광통교(小廣通橋)에 이르렀을 때, 갑자기 돌개바람이 앞에서 일어나 자주 보자기가 반쯤 걷히었다. 보니 과연 한 처녀라. 봉숭아빛 뺨에 버들잎 눈섭, 초록 저고리에 다홍 치마, 연지와 분으로 가장 곱게 화장을 하였다. 얼핏 보아서도 절대 가인임을 알 수 있었다. 처녀 역시 보자기 안에서 어렴풋이 미소년이 쪽빛 옷에 초립을 쓰고 왼편이나 오

1) 약관 - 20세

2) 운종가 - 현 종로

른편에 붙어서 따라오는 것을 보았던 것이다. 마침 추파(秋波)를 들어 보자기 사이로 주시하든 참이었다.

보자기가 걷히는 순간에 버들 눈, 별 눈동자의 네 눈이 서로 부딪쳤다. 놀랍고 또 부끄러웠다.

처녀는 보자기를 걷잡아 다시 덮어쓰고 가버리었다. 심생은 어찌 이를 놓칠 것인가. 바로 뒤좇아서 소공주동(小公主洞) 홍살문 안에 당도하자 처녀는 한 중문 안으로 들어가 버리는 것이었다.

그는 머엉하니 무언가 잃어버린 것처럼 한참을 방황했다. 그러다가 어떤 이웃 할멈을 붙들고 자세히 물어보았다. 호조(戶曹)에서 계사(計士)로 있다가 은퇴한 집이고, 다만 16,7세 된 딸 하나를 두었는데, 아직 혼사를 정하지 못했다는 것이었다. 그 딸이 거처하는 곳을 물었더니 할멈은 손으로 가리키며 말했다.

"이 조그만 네거리를 돌아서면 회칠한 담장이 나오고, 담장 안의 한 골방에 바로 그 처자가 거처하고 있지요."

그는 이 말을 듣고 도저히 잊을 수가 없어 저녁에 집안식구에게 거짓말을 꾸며대었다.

"동창 아무가 저와 밤을 같이 지내자고 하는군요. 오늘 저녁에 가볼까 합니다."

그는 행인이 끊어지기를 기다려 그 집 담을 넘어 들어갔다. 그 때 초승달이 으스름한데 창 밖으로 꽃나무가 썩 아담하게 가꾸어졌고, 등불이 창호지에 비치어 아주 환했다. 심생은 처마 밑 바깥벽에 기대 앉아서 숨을 죽이고 기다렸다.

이 방안에 두 매향(梅香)과 함께 그 처녀가 있었다. 퀼녀는 나지막한 소리로 언문 소설을 읽는데 꾀꼬리 새끼 울음같이 낭랑한 목청이었다.

삼경 쯤에, 계집애는 벌써 깊이 잠들었고, 퀼녀는 그제야 등불을 끄고 취침하였다. 그러나 오래도록 잠을 이루지 못하고 뒤척뒤척 무언가 고민하는 모양이었다.

심생은 잠이 올 리가 없거니와 또한 바스락 소리도 내기 못하였다. 그대로 새벽 종이 울릴 때까지 있다가 도로 담을 넘어 나왔다.

그 뒤로는 이것이 일과가 되었다. 저물어서 갔다가 새벽이면 돌아오는 것이었다. 이렇게 20일 동안 계속하였으나, 그래도 그는 게을리 아니하였다. 퀼녀는 초저녁에는 소설책을 읽기도 하고 바느질을 하기도 하다가 밤중에 이르러 불이 꺼지는데, 이내 잠이 들기도 하고 더러 번민으로 잠을 못이루기도 하는 것이었다.

6,7일이 지나자 문득 '몸이 편치 못하다' 고 겨우 초경(初更)[3] 부터 베개에 엎드려 자주 손으로 벽을 두드리며 긴 한숨 짧은 탄식을 내쉬어 숨결이 창 밖까지 들리었다. 하루 저녁 하루 저녁 갈수록 더해만 갔다.

스무날 째 되는 밤이었다. 궐녀가 갑자기 마루로부터 내려와 바깥벽을 돌아 심생이 앉아 있는 처소에 당도하였다. 심생은 깜깜한 어둠 속에서 불끈 일어서 궐녀를 붙잡았다. 궐녀는 조금도 놀라는 기색이 없이 낮은 소리로 말했다.

"도련님은 소광통교 변에서 만난 분이 아니세요? 저는 이미 스무날 전부터 도련님이 다니시는 줄 알았답니다. 저를 붙들지 마셔요. 한번 소리를 내면 다시는 여기서 못나갑니다. 절 놓아주시면 제가 뒷문을 열고 방으로 드시게 할께요. 얼른 놓으셔요."

심생은 곧이 듣고 물러서서 기다렸다. 궐녀는 홱 돌아서 들어가 버렸다. 방에 들어가서는 계집애를 부르더니,

"너 엄마한테 가서 큰 주석 자물쇠를 주시라고 하여 갖고 오너라. 밤이 깜깜해서 사람이 겁이 나는구나."

하여, 계집애가 웃방 마루로 건너가서 금방 자물쇠를 들고 왔다. 궐녀는 열어 주기로 약속한 뒷문에다 아귀진 쇠꼬챙이를 분명히 꽂고 다시 손으로 자물쇠를 채웠다. 일부러 쇠를 채우는 소리를 찰카닥 내었다. 그리고 곧 등불을 끄고 고요히 잠이 깊이 든 듯하였으나 실은 잠을 이루지 못하였다.

심생은 속임을 당하여 분통이 났다. 한편 생각하면 그나마 만나본 것만도 다행이다 싶었다. 여전히 쇠를 채운 방문 밖에서 밤을 새우고 새벽에 돌아가는 것이었다.

그는 다음날에 또 가고, 다음날에도 갔다. 방에 쇠가 채워져 있어도 조금도 해이해짐이 없이, 비가 오면 유삼(油衫)을 둘러 쓰고 가서 옷이 젖어도 관계하지 않았다. 이렇게 다시 열흘이 지났다. 밤중에 온 집안이 모두 쿨쿨 잠들었고, 궐녀 역시 등불을 끄고 한참이나 있다가 문득 발딱 일어나서 계집애를 불러 얼른 등에 불을 붙이라고 재촉하더니,

"애 너희들 오늘 밤엔 웃방으로 가서 자라."

3) 초경 - 초저녁. 19~21시

한다. 두 매향(梅香)이 방문을 나가자, 궐녀는 벽에 걸린 쇳대를 가지고 자물쇠를 따고 뒷문을 활짝 열었다. 심생을 부른다.

"도련님, 들어오세요."

심생은 얼떨떨하여 자기도 모르게 몸이 벌써 방에 들어와 있었다. 궐녀는 다시 그 문에 쇠를 채우고 심생에게

"도련님, 잠깐 앉아계셔요."

하고는 웃방으로 가서 자기 부모를 모시고 나왔다. 그 부모는 보고 어리둥절하였다. 궐녀는 말을 꺼내었다.

"놀라지 마시고 제 말을 들어보셔요. 제 나이 열일곱으로 발걸음이 일찍이 문밖을 나가지 못하옵다가, 월전에 우연히 임금님의 거동을 구경하고 돌아오던 길에 소광통교에서 덮어쓴 보자기가 바람에 날려 걷히었습니다. 마침 그 때 한 초립 도령과 얼굴이 마주쳤어요. 그날 밤부터 도련님이 안 오시는 날이 없이 이 방문 밑에 숨어 기다린 지 이제 이미 30일이 지났답니다. 비가 와도 오시고, 추워도 오시고, 문에 쇠를 채워 거절해도 역시 오시었어요. 저는 곰곰이 생각해 보았습니다. 만일 소문이 밖으로 퍼져서 동네 사람들이 알게 되면 밤에 들어왔다가는 새벽이면 나가는데 자기 홀로 창벽 밖에서 있은 줄을 누가 믿겠습니까. 사실과 다르게 누명을 뒤집어 쓰지요. 제가 필야[4] 개에게 물린 꿩이 되는 셈이예요. 그리고 저분은 양반댁 도령으로 지금 바야흐로 청춘이라 혈기가 아직 정치 못하여 다만 나비와 벌이 꽃을 탐낼 줄만 알고 바람과 이슬에 맞음을 돌보지 않으니 며칠 못가서 병이 나지 않겠습니까. 병들면 필야 일어나지 못하리니, 그렇게 되면 제가 죽이지 않았어도 제가 죽인 셈입니다. 비록 남이 모르더라도 반드시 음보(陰報)가 있게 됩니다. 또 제 몸은 한낱 중인(中人)집 딸에 불과합니다. 제가 무슨 절세의 경성지색(傾城之色)으로 꽃이 부끄러워할 만한 용모를 지닌 것도 아닌데, 도련님께서 솔개를 보고 매로 여기시어 제게 지성을 바치되 이토록 부지런히 하옵십니다. 제가 만일 도련님을 따르지 않으면 하늘이 반드시 싫어하시어 복을 제게 주시지 않을 거예요. 제 마음을 정하였습니다. 부모님께서는 근심하지 마옵소서. 아! 저는 부모님께서 연로하시고 동기간이 없으니 시집가서 데릴

4) 필야 - 반드시

사위를 맞아 살아계실 때에 봉양을 다하다가 돌아가신 뒤에 제사를 모시면 제 소망에 족하다고 생각하였습니다. 이제 일이 뜻밖에 이렇게 되었으니, 이 역시 하늘이라. 말해 무엇하겠습니까?'

궐녀의 부모는 어안이 벙벙했으나 달리 할 말이 없었고, 심생 더욱 아무 말도 못했다.

그래서 같이 동침을 하게 되었다. 애타게 사모하던 끝에 그 기쁨이야 오죽하였으리오. 그날 밤 방에 들어간 이후로 저물게 나갔다가 새벽에 돌아오지 않는 날이 없었다.

궐녀의 집은 본래 부유했다. 그로부터 심생을 위하여 산뜻한 의복을 정성껏 마련해 주었으나, 그는 집에서 이상하게 여길까 보아서 감히 입지 못하였다.

그러나 심생은 아무리 조심을 하여도 집에서는 그가 바깥에서 자고 오래 돌아오지 않는데 의심하지 않을 수 없었다. 그리하여 절에 가서 글을 읽으라는 명이 내리었다. 심생은 마음에 몹시 불만이었으나, 집의 압력을 받고 또 친구들에게 이끌리어 책을 싸들고 북한산성(北漢山城)으로 올라갔다.

선방(禪房)에 머문 지 근 한 달 가까이 되었다. 심생에게 궐녀의 언문(諺文) 편지를 전해주는 사람이 있었다. 편지를 펴보니 유서(遺書)로 영영 이별하는 내용이 아닌가. 궐녀는 이미 죽은 것이다.

그 편지의 내용은 대강 이러했다.

「봄추위가 아직도 쌀쌀하온데 절간의 글공부에 옥체 평안하시옵니까. 항상 사모하옵는 바 어느날이라 잊으리까.

소녀는 도련님께옵서 떠나신 이후로 우연히 한 병을 얻어 점점 골수에 사무쳐 백약이 무효하온지라 이제 필경 죽음밖에 없는 줄 알았사옵니다. 소녀처럼 박명한 몸이 살아본들 무엇하로리까만은, 우선 세 가지 큰 한(恨)을 가슴에 안고 있으니 죽음에 당해서도 눈을 감지 못하옵니다.

소녀 본래 무남 독녀로 부모님의 사랑하옵심을 받자와 장차 부모님께서는 적당한 사위를 구하여 만년(晩年)의 의지를 삼고 후일의 계책을 마련코자 하였더니, 호사 다마라 뜻밖에 악연(惡緣)에 얽히었군요. 여라(女蘿)⁵⁾가 외람되게 높은 소나무에 붙었으나 주진지계(朱陳之計)⁶⁾가 이제 단망(斷望)이옵니다. 이는 소녀가 아무 낙이 없이 시름하다가 마침내 병으로 죽음에 이른 까닭이옵고, 이제 고

당학발(高堂鶴髮)[7]은 영원히 의뢰할 곳이 없게 되었사오니, 이것이 첫째 한이옵니다.

여자가 출가하면 비록 종년이라도 문에 기대어 손님을 맞는 기생의 몸이 아닌 다음에야 남편이 있고 또 시부모가 있겠지요. 세상에 시부모가 모르는 며느리가 있사오리까. 소녀 같은 몸은 남의 속임을 받아 몇 달이 지나도록 일찍이 도련님 댁의 늙은 여자 하인 하나도 보지 못하였사오니, 살아서 부정한 자취를 남겼고, 죽어서 돌아갈 곳 없는 귀신이 될 것이라 이것이 둘째 한이옵니다.

부인이 남편을 섬기매 음식을 장만하여 공궤[8]하고 의복을 지어서 입으시도록 하는 일보다 큰 일이 있을까요. 도련님과 상봉한 이후 세월이 오래지 않음도 아니요, 지어드린 의복이 적다고 할 수도 없는데, 한 번도 도련님에게 한 사발 밥도 집에서 자시게 못하였고, 한 벌 옷도 입혀드리지 못하였으며, 도련님을 모시기를 다만 침석(枕席)에서 뿐이었습니다. 이것이 셋째 한이옵니다.

그리고 상봉하온 지 얼마 아니되어 문득 길이 이별하옵고, 병으로 누워 죽음이 다가왔으나 대면하와 영결을 못하옵니다. 이러한 여자의 슬픔을 어찌 족히 군가에게 말씀드리오리까. 생각이 여기에 이르러 창자가 이미 끊어지고 뼈가 녹으려하옵니다. 비록 연약한 풀이 바람에 쓰러지고 시들은 꽃잎이 진흙이 된다 하온들 끝없는 이 원한은 어느날이라 다하리오.

오호(嗚呼)라! 창 사이의 밀회(密會)는 이제 그만입니다. 바라옵건대 도련님은 소녀를 염두에 두시지 마옵시고, 더욱 글공부에 힘쓰시어 일찍이 청운(靑雲)의 뜻을 이루옵소서.

옥체를 내내 보중하옵기 천만 비옵니다.」

심생은 이 편지를 받고 자기도 모르게 울음과 눈물을 쏟았다. 이제 비록 슬프게 울어보나 무엇하겠는가.

그 뒤에 심생은 붓을 던지고 무변이 되어 벼슬이 금오랑(金吾郎)에 이르렀으

5) 여라 - 여자가 자신을 낮추어 부르는 말. 소나무 겨우살이

6) 주진지계 - 중요계획

7) 고당학발 - 늙은 부모

8) 공궤 - 윗사람께 음식을 드림

나 역시 일찍 죽고 말았다.

  매화외사(梅花外史)[9] 가로되, 내가 열두 살 때에 시골 서당에서 글을 읽는데 매일 동접들과 이야기 듣기를 좋아하였다. 어느날 선생이 심생의 일을 자세히 이야기해주시고,

  "심생은 나의 소년시 동창이다. 그가 절에서 편지를 받고 통곡할 때에 나도 보았더니라. 그래서 이 이야기를 듣고 지금까지 잊지 않았구나."

  하시고, 이어서

  "내가 너희들에게 이 풍류 소년(風流少年)을 본받으라는 것이 아니다. 사람이 일에 당해서 진실로 꼭 이루고야 말겠다는 뜻을 세우면 규중의 처자라도 오히려 감동시킬 수 있거늘, 하물며 문장이나 과거야 왜 안 되겠느냐."

  하시었다.

  우리들은 그 당시 듣고 매우 새로운 이야기로 느끼었다. 뒤에 정사(情史)를 읽어보니 이와 비슷한 이야기도 많았다. 이에 이를 추기(追記)하여 정사의 보유(補遺)를 삼을까 한다.

---

9) 매화외사 - 조선 후기 이옥의 문집

4

창선감의록(彰善感義錄)

창선감의록(彰善感義錄)

명(明)나라 초년에 장군 화운이라는 자가 태평부(太平府)에서 죽자 그의 아내 고씨도 남편을 좇아 죽고, 어린 아이는 물 속에 던져졌다.

그러나 웬일인지 이 아이는 칠일 동안이나 물 속에 있었어도 죽지 않고 살아나왔다. 모두가 하늘이 도운 것이라고 했다.

화운의 칠세손 욱이라는 자가 세종황제(世宗皇帝) 가정 십삼년에 과거하여 벼슬이 형부상서에 이르고, 이십삼년에 길양을 쳐서 파멸한 공으로 여양후가 되었다. 화욱은 위인이 방정엄숙하고 정사에 연달(鍊達)[1]하므로 천자는 그를 중히 여기시고, 벼슬을 높이시와 병부상서 도찰원 도어사를 삼으시고 협서군무사를 총독케 하시었다.

이때 화욱의 서울집은 경성 만세교 남쪽에 있었다.

원비 심씨는 공부시랑 심학의 딸이요, 차비 요씨는 태자소부 요관의 딸이요,

1) 연달 - 익숙하게 단련이 되어 막힘없이 환히 통함

삼비 정씨는 이부시랑 정웅의 딸이었다.

심씨는 말을 잘하고 자색이 절등하되 마음이 매우 사납고, 그녀의 아들 춘이란 놈의 품격이 매우 범용한 자여서 공은 심씨를 그다지 사랑하지 아니했다.

정부인은 숙덕이 있고, 요부인은 불행하게도 일찍 세상을 버렸다. 요부인은 임종 때에 자신이 낳은 딸을 정부인에게 부탁했다. 정부인이 이 딸을 잘 보호하고 교훈하기를 친소생이나 다름없이 하는지라, 화욱은 더욱 정부인을 애중히 여겼다.

가정 이십오년 봄에 화욱은 묘한 꿈을 꾸었다. 옥기린이 품에 든 것이었다. 과연 이달부터 태기가 있어, 정부인은 잉태 십삭에 사내아이를 낳았다. 아이는 골격이 대단하고, 울음소리가 또한 웅장한 기남자(奇男子)[2]여서, 공은 기뻐하고 이 아이를 매우 기특히 여기었다.

화욱에겐 누이가 있었다. 누이는 태상경 성염의 아내였다. 성염은 일찍 과거하여 처남과 한 집에서 살았다. 성염은 현명강직하고, 집안 다스림이 또한 법도 있어서 화욱은 매부를 엄형과 같이 섬겼다. 집안 일을 죄다 그에게 맡겨버리고, 그의 말을 잘 들었다. 또 성염의 아들 준이란 놈이 기이한 재주가 있어서 화욱은 그의 면학을 주장하고, 공부를 권장하기까지 했다.

원비 심씨는 남편이 자기 소생은 사랑치 아니하고 정씨 소생만 사랑하는지라, 언제나 이를 은근히 질투해 왔다.

그러나 엄숙한 남편과, 또 현명강직한 성부인 내외가 두려워서 감히 어찌하지 못하고 있었다.

정씨의 소생이 어느덧 세 살이 되었다. 그렇건만 벌써부터 이 아이는 용모가 풍염쇄락(豊艶灑落)[3]하고 자질이 남에게 뛰어나, 한 가지 말과 한 가지 일이 그때마다 남을 놀라게 하지 않는 것이 없었다.

정씨는 언제나 효경을 읽고 있었는데, 이럴 때면 이 아이는 어미의 책상 옆에 단정히 앉았다가 어미의 글 읽는 소리를 듣고, 그 뜻을 정확히 이해하고 외우는 것이었다. 뿐만 아니라, 이 천재적인 소년은 다른 모든 범절이 다 이와 같이 신통

2) 기남자 - 재주와 슬기가 남달리 뛰어난 남자

3) 풍염쇄락 - 아름답고 깨끗함

하고 대견하였다.

따라서 아버지의 칭찬과 만족은 이만저만이 아니었다. 화욱은 언제나 아들을 자랑하며 이렇게 말했다.

"우리 문호를 흥기할 자는 바로 이 아이로다!"

화욱은 아들의 이름을 '진'이라 하고, 자를 '형옥'이라 했다. 그의 귀여움은 온통 이 진에게 쏠린 듯했다.

그리고 일찍 세상을 떠난 요씨의 딸 또한 자질이 절묘하고 재화가 영발(英發)[4] 했다. 화욱은 이 딸 역시 매우 사랑하고 귀여워하는 바였다.

진은 태강소저와 언제나 같이 글과 글씨를 공부했다. 아홉 살 때에는 벌써부터 어려운 시서(詩書)와 논어 맹자를 외우게 되었고, 글을 잘 지어 그 언어가 청장하고 의미가 또한 심원하니, 아는 사람은 누구나 놀라지 않는 사람이 없었다. 화욱의 사랑은 점점 깊어질 뿐이었다.

하루는 화욱이 조회를 파하고 나오자 정부인의 침실로 들어왔다. 부인은 남편을 공손히 맞이하며 그의 얼굴을 보았다. 전에 없던 근심의 빛이 미간에 무겁게 서려 있었다. 정부인은 당황해서 옷깃을 여미고 물었다.

"상공께서 무슨 까닭으로 그토록 기우(氣宇)[5] 불편하나이까?"

"황상이 극히 인명(仁明)하시되, 엄숭이 한번 정사를 잡으매 국사 날로 그릇되는지라."

남편은 잠시 있다가 다시 조용히 입을 떼었다.

"어서 남표가 상소논핵(上疏論劾)하다가 도리어 절역(絶域)[6]에 귀양가니 어찌 가석치 아니하리오!"

그렇게 말하는 남편의 근심이 너무도 깊어서, 정부인은 그 근심이 자기에게도 옮겨져 대답할 바를 모르고 있었다.

그러자, 옆에 앉아 있던 어린 아들 진이 무거운 침묵을 깨뜨렸다.

"시전(詩傳)[7]에 이르되, 소인은 감히 큰 뜻을 거역하지 못한다 하였습니다. 이

4) 영발 - 재기가 현저히 뛰어남
5) 기우 - 기개와 도량을 아울러 이르는 말
6) 절역 - 한 국가 내에서, 멀리 떨어져 있는 지역
7) 시전 - 〈시경〉에 주석을 달고 요의(要義)를 붙인 책

제 남어사가 소인의 허물을 배척하다가 스스로 화를 당하니 정히 군자는 기미를 살펴 벼슬을 버리고 갈 때입니다."

이토록 대견한 말을 어린 놈의 입에서 듣자, 화욱은 기쁘고 사랑스러워서 어찌 할 줄을 몰랐다.

그는 아내를 돌아보며 이렇게 만족한 듯이 말했다.

"아이의 소견이 실로 어른도 미치지 못할 배라, 어찌 기특타 아니하리요!'

이때 마침 성부인이 들어왔다. 화욱은 이 숙덕한 누이에게 오늘의 일을 대강 설화하고 아들의 자랑을 해보였다.

성부인은 감동해서 사랑스러운 공자의 등을 어루만져 주었다.

"이는 화씨 문중의 복성이로다."

화욱은 부인과 향리로 돌아갈 주의를 정하고, 표를 올려 행복을 빌었다. 천자는 그의 재덕을 아끼시와 하조하여 말리려 하시었다. 그러자, 원래부터 화욱을 꺼려오던 엄숭은 천자를 권하여 그의 소청을 듣게 했다.

화욱은 사은하고, 행장을 수습하여 소흥부(紹興府)로 돌아갔다. 이해에 그의 장자 춘의 혼사를 정했다. 신부는 병부상서 임준의 딸이었다. 자색은 비록 절미치 못하다 해도 덕행이 있어서, 화욱은 며느리를 다행으로 여기고 있었다. 그러나 아들 춘은 여전히 범용하고 불락 해서 그의 마음에 들지 않았다.

소흥은 지형이 기이하고, 북에 음산이 있으며, 서에 상위 있고, 동남으로 기산 기봉이 연이어 있는지라, 예로부터 천하 명승지로 이름있는 곳이었다. 화욱은 이러한 곳에 산을 깎아 대를 만들고 물을 끌어 못을 팠다. 주란화각(朱欄畵閣)[8]이 참치조표하며 기화이목(奇花異木)[9]이 울밀총무한데, 난학이 공중에 놀고 미록[10]이 뜰에서 왕래하여 맑은 취미가 스스로 넉넉한지라, 그가 두 아들과 한 생질로 소요 유락하니 마음이 한가하여 만세 꿈 같은지라, 매양 이르되 나의 말년 행락은 다 내 아들 진이 준 바로다 하는 것이었다.

다음 해 봄, 따뜻해진 삼월의 어느 날, 화욱은 아들과 생질(甥姪)[11], 세 놈을 데

---

8) 주란화각 - 단청 칠을 곱게 하여 화려하게 꾸민 누각

9) 기화이목 - 기이하고 보기 드문 꽃과 나무

10) 미록 - 고라니와 사슴

리고 후원에 있는 상춘정에 올라갔다. 그리하여 거기서 전망되는 아름다운 경치를 구경하며 저마다 시를 지어보라고 했다.

세 놈이 쾌락하고, 제각기 머리를 짜내어 시를 지어 바쳤다. 화욱은 맨 처음으로 성생의 글을 보고,

"뜻이 침후(沈厚)[12] 온중(溫中)[13]하니, 참으로 군자의 글이로다." 하며 감동해서 말했다.

다음으로 춘의 글을 보았으나, 그는 이것을 다 보지도 않고 벌컥 화를 내며 내동댕이 쳐버리었다.

"소자 무상하여 내 집안을 망치리로다."

아비의 입에서 이와 같이 분격의 음성이 떨어지자 춘은 황겁결에 갓을 벗고, 땅에 내리었다.

방금 군자의 글이라고 해서 칭찬을 받았던 성준이란 놈이 외숙 앞으로 나와 대신 용서를 빌었다.

"일시 지은 글이 득실이 있기 쉬운데, 불인함이 있은들 어찌 성교(聖敎)[14] 여차하시니이까?"

"잘하고 못함을 꾸짖음이 아니라, 글 뜻이 경천하고 부정하고 음란하니, 이 자식이 장차 내 집안을 어지러이 하리로다."

끝으로 그는 가장 사랑하는 아들인 진의 글을 보았다.

버들이 삼사하여 푸른 그림자 비쳤는데
화한 바람이 가벼이 깁창[15]으로 들어오더라.
원앙은 금당물에 대하여 목욕하고
호접(胡蝶)[16]은 옥섬돌 끝에 쌍으로 놀더라.
종려의 푸른 잎새는 봉의 꼬리 지었는데

11) 생질 - 누이의 아들
12) 침후 - 침착하고 중후하다
13) 온중 - 따뜻하다
14) 성교 - 성대한 가르침
15) 깁창 - 깁으로 바른 창

다시 새 시렁을 만들어 포도를 올렸더라.
난간머리의 앵무새 봄말을 전하니
시녀 향을 머금고 벽도화로 지나도다.

화욱은 이러한 아들의 글에 감탄해서 몇 번인가 고쳐 읽다가 조카 성준에게 보라고 주었다. 성생 역시 감격해서 몇 번인가 되풀이 읽고 격찬했다.

"시재 무르녹고 감열(感悅)하며 맑고 건장하여 성당유풍이 있으니, 시인의 재주로는 더할 길이 없을까 하나이다."

화욱은 조카의 이런 칭찬에 더욱 기쁜 듯했다.

"이 아이가 겨우 강보를 면했을 때에 식견이 뭇 사람에 지나더니, 이제 글 재주가 또 이러하여 이 글 두 머리가 다 왕공부귀의 기상이 있으니, 내 집을 흥케할 자는 진이요, 내 집을 망칠 자는 춘이로다."

그리고 다시금 춘을 향해서 엄한 표정으로 이렇게 말했다.

"우리 문호 대대 충효 법가로 세상이 흠탄하거늘, 네 이제 음란한 뜻으로 부형 앞에서 방탕함이 이 같은 진실로 해괴한지라. 차후로는 일동일정을 네 아우에게서 배우고, 화씨 종사를 네 손에 망하게 말라."

화춘은 부끄럽고 겁이 나서 아무 말도 못하고 아버지 앞을 물러나왔다.

이날 밤, 그는 어머니 심씨에게 이런 일을 고해 바쳤다.

"소자 모친의 사랑하심을 입어 학업을 폐하였사오니 대인의 꾸지람은 감심(甘心)[17]하려니와 엄교를 내리시와 화씨 종사를 네 손에 망치겠다 하시니, 사람의 자식이 되어 어찌 마음이 슬프지 않으리이까? 또 진이가 비록 자질이 기이하고 동지유법(動止有法)[18]하나, 대인이 소자로 하여금 그애에게 무릎을 꿇고 매사를 배우라 하시니, 천하에 형이 아우에게 배우는 자가 또 어디 있으리이까?"

심씨의 분노는 말이 아니었다. 그러지 않아도 남편의 편파적인 애정과 정부인에 대한 질투와 증오가 이만저만이 아니었는데, 아들의 이러한 고자질로 인하여 그녀의 분격은 바야흐로 극에 달한 듯했다. 마침내 심씨는 입에서 불을 토해내

16) 호접 - 나비

17) 감심 - 감격하여 기뻐함

18) 동지유법 - 행동거지에 법도가 있음

듯 이렇게 말했다.

"상공이 정가요녀와 간사한 자식 진에게 고혹당하여 우리를 초개 같이 여기
니, 내 차라리 머리를 부딪쳐 죽을지언정 그들에게 굴복하여 욕을 당하지는 아
니하리라."

이후로 심씨 모자는 정씨 모자와 불구대천의 원수가 됐다. 그들의 원망은 한
이 없었고, 태강 소저도 겸해서 그들의 적이 됐다. 아무튼 정가의 정자만 보더라
도 씹어 없애버리고 싶을 정도였던 것이다.

성부인은 이런 눈치를 채고, 겉으로는 말하지 않았으나 진과 소저의 평생을
걱정하며 매우 슬퍼했다.

이러한 가정 내의 묘한 관계는 그래도 계속되어 그렁저렁 여러 해가 지났다.
하루는 여전히 행지(行止)[19] 패려(悖戾)[20]하고 언어무상한 춘을 향해서, 그의 아
내 임소저는 이렇게 충고했다.

"군자 법문에 생장하여 명교를 알 것이거늘 근일에 말씀이 혹 윤상(倫常)[21]을
핍박하고 뜻과 행동이 불미하시니, 첩이 비록 어리고 어두우나 그윽히 한심한지
라. 사람마다 어진 부형 있음이 즐겁거늘 이제 존구(尊舅)[22]의 성덕과 성고모의
지행은 군자가 다 아는 바라. 고인이 말하되, 삼 가운데 있는 쑥대는 붙들지 아니
하여도 스스로 곧아진다 하니, 첩이 실로 군자의 행실 없음을 애달파하는지라.
정존교의 덕행과 소공자의 품격을 의심하시니, 도리어 한함을 마지않나이다."

젊은 아내의 이토록 간곡한 충고조차 화춘은 청이불문(聽而不聞)[23]하였다. 그
는 어머니와 단짝이 되어 여전히 정씨 모자를 미워하고, 기회 있을 때마다 그들
에게 창피를 주는 것이었다.

남편의 이러한 태도를 덕행 높은 임소저는 매우 슬퍼했다. 스스로 명도 기박
함을 한하며, 남편의 불민함을 슬퍼하고 행복이나 즐거움 같은 것은 아무것도
없었다.

19) 행지 - 행동거지의 준말

20) 패려 - 성질이나 하는 짓이 거칠고 모질고 사납다

21) 윤상 - 인륜의 떳떳하고 변하지 아니하는 도

22) 존구 - 시아버지 높임말

23) 청이불문 - 듣고도 못 들은 체함

이때의 화욱은 한가하기 짝이 없었다. 마음은 언제나 산수간에 붙여서 천하사를 심중에 두지 아니하고, 매양 고서를 보다가 국가의 존망과 군신의 득실한 구절에 이르러서는 자못 강개한 눈물이 옷깃을 적시곤 하는 것이었다.

그러던 어느 날 그는 동자에게 거문고와 주효를 들게 하고 아들들과 성준을 데리고 동산 북쪽 작은 산에 올라갔다.

그때 홀연 귀인 하나가 갈건야복(葛巾野服)[24]으로 나타났다. 화욱은 처음에는 그가 누군지 몰라 놀랐으나, 곧 이부시랑 윤혁이라는 것을 알고 반가움에 어쩔 줄 몰랐다.

"존형은 어찌 이렇듯 서서 보며, 알은 체도 아니하나요?" 시랑은 웃으며 화욱에게로 걸어왔다.

"선동이 영형(令兄)[25]의 곁에 있으므로 망연히 보기를 탐하여 주저하였노라."

그는 기쁜 듯이 입을 떼고, 화진의 손을 잡고 물었다.

"이는 영형의 아들이오니까?"

"그러하도다."

이부시랑 윤혁은 감격해서 바라보고, 또 성준과 화춘을 가리켰다.

"저 두 수재도 형의 슬하뇨?"

"하나는 소제의 아자요, 하나는 소제의 매형 성태상의 아들이니라."

"태상은 백온이 아니뇨?"

"그렇도다."

"영존 대인을 이별한 지 이미 십구 년이라. 청산녹수에 어느 날 탄식치 아니하리요."

윤혁은 성준의 손을 잡고 눈물이 날 정도로 감동해서 말하는 것이었다. 그런 후 그는 화욱과 나란히 앉아 그 동안 겪은 각자의 적조한 회포를 풀기 시작했다.

"형이 조정을 하직한 후, 국사 날로 그릇되매, 소제도 또한 고향에 돌아와 적이 평안함을 얻으나 매양 왕실을 생각하면 눈물 흐름을 깨닫지 못하나니 형의 소회 저와 어찌 다르리요."

이 말에 비로소 화욱은 상대방이 벼슬을 버린 것을 알았다.

24) 갈건야복 - 갈건과 베옷
25) 영형 - 친구끼리 서로 높여 쓰는 말, 남의 형의 높임말

"산동은 이곳서 천여 리라. 아지 못하겠노라. 무슨 일로 이렇듯 멀리 오셨노?"

"내 산천을 유람코자 이에 이르렀노라."

화욱은 그를 청하여 집으로 돌아와 백화헌에서 주식을 대접했다. 여기서도 서로의 이야기는 한없이 계속되었다.

그는 어린 화진을 칭찬하며, 화욱에게 이렇게 말했다.

"영랑(令郞)[26]이 어디 정혼한 곳이라도 있는지요?"

"아직 정한 곳이 없노라."

그러자, 윤혁은 잠시 무언가 깊이 생각하는 듯이 상대방을 지켜보다가 입을 떼었다.

"소제 나이 사십에 이르도록 슬하에 한낱 자식이 없더니 하늘이 어여삐 여기사, 일태에 자식을 쌍득하여 지금 나이 십이 세라. 그다지 범용치 않기로 저의 배필을 정코자 하되 합의한 곳이 없다가, 아자는 진평중의 딸과 청혼하였고, 여아는 천하를 주류하여 아름다운 사위를 광구하였는데, 금일 다행히 영랑을 만나니 어찌 천행이 아니리요. 형의 의향은 어떠하뇨?"

"아자의 나이 약관(弱冠)[27]에 이르되, 궁향벽처에 처하여 어진 규수를 얻지 못하여 주야 조신하더니, 이제 돈아(豚兒)[28]를 더럽다 아니하시고 동상(東床)[29]을 허하시니, 어찌 감사치 아니하리요."

화욱은 즉석에서 기쁜 듯이 허락했다.

이윽고 화진은 불려들어와 장인에게 인사를 드리고, 장인은 또 사위의 손을 잡고 한동안 기쁨과 찬미와 애정을 금하지 못했다.

그런 후, 그는 또 이렇게 입을 떼었다.

"소제 구구한 정회 있으니, 혹시 들어주시리이까?"

"무슨 정회이온지 어서 말씀하오."

"저즘께 남자평이 악주로 귀양가다가 수적을 만나 가중 상하가 모두 그 해를 입고, 홀로 그의 딸이 화를 면하였는지라, 소제 거두어 의녀로 정하여 이제 산동

26) 영랑 - 아드님

27) 약관 - 20세

28) 돈아 - 자기 아들의 겸칭

29) 동상 - 남의 새 사위 존칭

에 있으니, 연치 또한 여식과 동갑이요, 그 자태는 비록 예전 숙녀라도 미치지 못할까 하노라."

"슬프다! 자평이 필경 독한 해를 입었도다."

화욱은 북받쳐오르는 눈물을 금할 수 없어서, 상대방의 이야기를 다 듣지도 못하고 슬픈 듯이 이렇게 외쳤다.

"성상이 일개 엄숭을 위하사 그릇 직신을 죽이시되, 노신이 일찍 벼슬이 보도하는 위에 있어 마침내 일이 이에 미치게 하였더니, 더욱 죽을 죄를 면치 못하리로다."

"소제의 여아는 남씨의 자양한 색덕을 사랑할 뿐 아니라, 또한 그 정경을 측은히 여겨 잠시 서로 떠나지 않아 화복길흉을 같이 하려 하고, 소제 역시 생각건대 저와 같은 아름다운 배필을 구하여 적이 자평의 수중원혼을 위로할까 하나, 천하에 어찌 다시 영윤과 같은 자를 얻으리요. 이제 영랑의 상을 보니, 준수하여 반드시 귀히 될지라. 족히 두 아내를 거느릴지니, 원컨대 형은 소제의 양녀를 한가지로 맞아 소제로 하여금 망우에게 낯이 있게 하고, 버금 소녀의 원을 좇게 함이 어떠하뇨?'

화욱은 이러한 윤혁의 요구도 들어주었다.

윤혁은 장래가 유망한 천재 사위를 이토록 손쉽게 얻어놓고, 화욱과 두어 날을 같이 보냈다. 그런 중에도 서로는 사돈의 예의를 정중히 갖추고, 화진과는 벌써부터 사위니 장인이니 부르면서 서로 대단한 친절과 애정과 존경을 쏟기 시작했다.

"소제 형의 후은을 입어 두 딸을 영랑에게 맡겼으니 마음이 족한지라. 그러나 길이 머니 소식이 쉽지 못할지라. 혼인을 정하고, 영랑의 신물을 받아 돌아가서 두 딸에게 주고자 하노라."

"아자 나이 십이 세니, 삼년 후에 아자를 거느려 산동에 가서 택일 성례하리라."

화욱은 그렇게 대답하고, 아들을 시켜서 홍옥 비녀와 청옥 패물을 상자에서 내어 윤시랑에게 전하라 분부했다.

"차물이 소제의 집 세전지물(世傳之物)[30]이니, 영애 양인에게 나누어주소서."

그는 아들의 손에서 기쁜 듯이 신물을 받아드는 윤혁을 지켜보며, 미소를 띠

30) 세전지물 - 대대로 전하여 내려온 물건

고 말했다.

윤혁이 만족해서 돌아간 이날 밤, 화욱은 부중으로 돌아와 성부인과 정부인을 만나 이 두 여자에게 아들의 정혼한 이야기를 설명해서 들려주었다.

성부인이 먼저 입을 떼었다.

"가군이 계실 때에 항상 윤시랑의 위인을 일컬었으니, 이제 그 딸 또한 반드시 덕성이 있을 것이요, 또 남어사는 맑은 이름과 곧은 절개 있으니, 그 딸이 어찌 심상하리요."

정부인은 아무 말도 없었다. 이 숙덕 높은 총명한 부인은 잠시 그대로 묵묵히 앉아 있는 듯했으나, 마침내 이런 말을 하였다.

"이제 태강이 또한 비녀 꼽기에 이르렀거늘, 상공은 구혼할 뜻이 없고 먼저 진의 혼사를 정하시니 첩의 마음이 미안하고, 또 첩이 수년 이래로 정신이 황홀하니 차생의 불구함을 스스로 알 것이요. 매양 요부인의 임종시 부탁을 생각하면 지하에 돌아가서 서로 낯이 없을까 하나이다."

눈 앞에 닥친 아들의 행복을 젖혀놓고, 그 기쁨에는 일언반구의 업급도 없이 이토록 남의 소생에 대해서 먼저 근심한다는 것은, 어쨌든 그녀의 관후한 덕의 소치가 아닐 수 없다.

화욱은 감격했고, 화욱의 감격 때문에 성부인도 감격했다. 아내를 더욱 존경하고 싶어진 화욱은 즉시 몇몇 매파를 동원하여 신랑감을 찾기 시작했다.

그러자, 그 중 한 사람이 유광록의 아들 성양을 추천해왔다. 군자지풍이 있다는 것이었다. 화욱은 원래 유광록의 청덕을 알고, 또 동향인인지라 이를 기뻐하고 성준을 시켜서 가보도록 했다. 성준은 갔다와 유성양의 단아정직한 인물됨을 고했다. 화욱도 반가워하며, 즉시 통혼했다. 상대방 유광록 역시 화소저의 요조숙녀함을 기뻐하고 쾌히 허혼했다.

성혼은 다음 해 봄으로 정했다. 정부인은 아들의 혼사보다 더욱 기뻐하였다.

그러나 이해 십일월에 화욱 내외 홀연 득병하여 날로 위중해 갔다. 화진과 태강 소저의 슬픔은 말이 아니었다. 그들은 옷과 띠를 끄르지 않고, 주야로 목욕재계하며 하늘에 기도하고만 있었다.

그러나 화욱 내외의 하명이 이미 진한 데야 어찌하랴. 그들의 정성이 아무리 열렬하다 하더라도 백약이 무효한 부모의 불행은 어찌할 수가 없었다.

정부인은 명이 이미 다한 줄 알고, 소저의 옥수를 잡고 눈물을 흘리며 이렇게 말했다.

"선부인의 부탁을 받았으나 하나도 성사한 것이 없고, 한갓 너에게 슬픔을 끼쳤을 뿐이니, 지하에 돌아가 무슨 낯으로 부인을 대하리요. 다만 너는 몸가짐을 정숙히 하여 다른 날 군자를 섬기며, 덕과 복을 심어 유자유녀하여 나와 선부인으로 하여금 자하에서 웃음을 머금게 하라."

정부인이 죽은 후 불행은 또다시 겹쳐, 불과 삼일 만에 화욱도 눈을 감았다. 화욱은 눈을 감으면서 자녀의 장래를, 단 하나 신뢰할 수 있는 성부인에게 맡겼다.

공자 남매는 경각에 천붕지통(天崩之痛)[31]을 당하게 되어 부르짖어 울기를 마지아니하며, 여러번 기절하는지라, 성부인이 일변 붙들어 보호하고 아들 준으로 하여금 예로써 장사를 마친 후, 가정사를 다스릴새 위엄과 덕이 병행하여 고인 생시나 조금도 다름이 없었다. 유광록은 공의 부고를 듣고 추연 탄식하고, 아들에게 이런 말을 했다.

"향자에 화공이 내 집에 구혼함에 내 허락함은 진실로 화공의 덕의를 사모함이러니, 이제 화공이 비록 기세하였으나 언약을 배반치 못하리니, 너는 장가에 자주 왕래하여 반자지명(半子之名)[32]의 도리를 다하라."

유생이 수명(受命)[33]하고, 매일 화부에 이르러 공자의 과애함을 위로하고 정의 관곡하니, 화공자 또한 유생의 유신[34]함에 감격하여 정의가 더욱 친밀했다.

슬프다! 덕이 사람을 감화함은 본디 피차가 없거늘, 화춘에게 이르러서는 어떠한 심사임을 알지 못하겠도다. 화춘이 부친을 대신하여 가사를 총섭함으로부터 포학함이 날로 심하여 약한 누이와 병든 아우를 잡기를 불유여력(不遺餘力)[35]하고, 비복을 악형으로 다스려 위엄을 세우니, 가중 사람들이 두려워 감히 성부인께 고해바치지 못하나, 춘이 성부인만은 두려워 크게 장난하지는 못하는 것이었다.

(중략)

31) **천붕지통** - 제왕이나 부모의 상을 당해 하늘이 무너지는 듯한 슬픔

32) **반자지명** - 아들과 같은 사위

33) **수명** - 명을 받듦

34) **유신** - 신의

35) **불유여력** - 힘을 남기지 않고 다 씀

　광음이 유수 같아 어느덧 삼상을 마치니, 춘이 상주를 벗은 후 즉시 의복을 화려히 하나, 진 남매는 부모 잃은 설움을 끝끝내 잊지 못하는 것이었다. 성부인이 가사를 임소저에게 맡기니, 소저는 가사를 다스리매 성부인의 명령을 순종하여 매사를 법도있게 하니, 가중이 흠연하기 짝이 없었다.

　이때, 유부에서 심씨가 사납고 잔인함을 알고 날마다 근심하더니, 상주를 벗으매 즉시 길일을 택하여 유생이 예의를 갖추어 화소저를 맞이했다. 성부인은 한편으로는 기쁘고 한편으로는 슬퍼하여 뜰에 내려 소저를 보낼새, 손을 잡고 경계하면서 이와 같이 타일렀다.

　"군자를 순종하고 구고(舅姑)[36]를 봉양하여 좋은 소문이 내 귀에 들리게 하라."

　한편, 유생은 매양 화부에 나아가 공자 진과만 서로 친밀히 사귈 뿐 앙앙불락(怏怏不樂)[37]하는 것이었다.

　춘에겐 두 벗이 있었다. 하나는 범환이란 자인데, 주색에 방탕하여 남의 처첩 도적질하기를 좋아하고, 또 하나는 장평이란 자로, 그 아비가 죽어도 분상(奔喪)[38]치 아니하고 경향에 주류하여 바둑 장기와 노름으로 남의 재물 빼앗기를 일삼더니, 두 사람이 춘의 우둔하고 어리석음을 보고 자주 왕래하여 친밀하매 스스로 막역지교라 일컫고 주야로 술마시고 음담패설하기를 일삼는 것이었다.

　하루는 춘이 한숨을 쉬고, 불편한 기색이 있거늘 범환이란 놈이 춘을 불러 이렇게 말했다.

　"경옥은 재상가의 귀공자로 재물이 산 같으니 만세 족할 것이거늘, 앙앙불락함은 어찌 된 일이뇨?"

　"내 평생 소원이 미인을 집에 두고 즐김이거늘, 내 아내 임씨는 자색이 없고, 또 사이 불화하니 심중이 불평하여 미녀 가인을 얻고자 하나, 이때까지 얻지 못하더니 월전에 우연히 서편 동산에 거닐다가 이웃집 담 아래서 한 옥같은 미인이 꽃을 꺾어 손에 들고 배회함을 보매, 기운이 저상하고 심혼이 비월한지라, 옥

36) 구고 - 시부모

37) 앙앙불락 - 마음에 불만스럽게 여겨 즐겁지 않은 모양

38) 분상 - 먼 곳에서 친상의 소식을 듣고 집으로 급히 돌아감

패를 던지니 그 여자는 슬쩍 웃고 들어가거늘, 내 담을 넘어가니 그 여자 촉하(燭下)[39]에 앉아 있다가 일어나 맞는지라, 근본을 물은즉 이르되, 성은 조요, 명은 월행인데, 아비가 장사땅으로 가다가 절강에서 죽으매, 병든 어미와 수노와 생활한다 하거늘, 춘정을 못이겨 운우지락을 이루고 부실삼기를 언약하였으나, 고모 성부인이 엄하여 감히 개구치 못하노라.”

범환이 웃으면서,

“경옥은 졸한 선비로다! 대장부 스스로 집을 주장할 것이거늘, 어찌 다른 집 과부를 두려워하리요.”

장평도 웃으면서,

“경옥이 얼굴은 심히 어여쁘되, 한 늙은 콜콜한 과부에게 매였으니, 어찌 부끄럽지 않으랴!”

양인이 손뼉쳐 대소하니, 춘이 머리를 숙이고 말이 없다가, 탄식하면서 이렇게 입을 떼었다.

“우리집 형편은 자네들의 알 바 아니라!”

이런 이후, 춘이 조월행에게 점점 침혹하되 성부인을 두려워한 나머지 비밀리에 하니, 범·장 양인밖에는 아는 사람이 하나도 없었다.

이해 여름에 성부인이 공자더러 이런 말을 했다.

“네 나이 장성하고, 아름다운 기약이 늦어가니 산동에 가서 윤공의 지극한 뜻을 저버리지 마라.”

공자는 내심으로, ‘내 한 몸도 위태하고 어렵거늘 어찌 두 아내를 거느리리요.’ 하고, 사세 난처하지라, 소리를 나직이 하고 이렇게 말했다.

“소질이 실가의 생각이 없음은 아니나 삼년 거상에 기혈이 모손(耗損)[40]하고 정신이 아득하여, 어린 소견으론 수년 후에 몸이 완쾌된 뒤에 취처하려 하나이다.”

성부인은 이렇게 말하는 공자의 뜻을 눈치채고 추연 탄식하며 말했다.

“네 말이 유리하나, 네 부친 생시에 정히 윤공과 언약하되, 삼년 후에 성례하리라 하였고, 이제 삼년이 되었으되, 소식이 없으면 윤공이 그간 사정은 모르고 의심할지라, 내 이제 아자로 하여금 행장을 다스리라 하였으니, 너는 한 가지로 하라.”

39) 촉하 - 촛불 아래
40) 모손 - 닳아 없어짐

공자는 할 수 없이 수명 후, 성준을 따라 산동으로 향했다.
(중략)

남공이 예부낭중으로 어사에 옮아 있더니 이때 엄숭의 위엄과 권세가 조야에 진동한지라, 자란에게 삼천관 은을 받고 조정에 권하여 대사도를 시키고 잡류와 부동하여 당을 이루고 일세에 횡행하니, 남어사는 국사를 근심하여 글을 올려서 엄숭의 이러한 죄상을 탄핵하고 부중에 돌아와 부인을 대하여 엄숭의 농원함을 이르고 이로 말미암아 상소하였음을 이르자 부인은 놀라서 이렇게 답했다.

"엄숭은 당세의 총신이라, 어찌 상공의 글로써 절제함이 되리이꼬? 도리어 가문에 큰 화가 미칠까 하나이다."

"신하되어 옳은 일에 죽음은 떳떳한 일이라!"

이때, 천자가 남어사의 글을 보시고 대신을 모함한다 하시며 형벌로 다스리려 하실새, 화서 양공의 간언을 좇아 그를 악주에 안치하시니, 남씨의 부중 상하가 망극하여 공이 죽으리라 하였더니, 공이 죽기를 면하고 정배(定配)[41]한다는 말을 듣고 부인과 소저는 그나마 불행 중 다행이라 생각하여 장차 적소로 발행하게 되었을 때, 윤시랑이 달려와 이별을 하며 이렇게 말했다.

"악주는 경사에서 오천칠백여 리라. 멀리 강호를 건너매 안위를 알 길이 없고, 형이 자에 머물러 두면 소제가 마땅히 진심 보호하여 후사를 잇게 하리라."

남어사는 이러한 친구의 간곡한 정에 감동하여 허락코자 하나, 부인과 소저가 서로 떨어지지 안니하려 하므로 공이 마침내 일행을 데리고 함께 발행하여, 팔월에 성무산에 이르러 좌수역에서 배를 탈새, 돛을 가볍게 달고 순풍을 만나 순식간에 금사주를 지나니, 이때 동정호에 연기가 쇠진하고 군산에 달이 돋아올랐다. 그때 문득 붉은 수건을 쓴 장정 팔구 명이 작은 배를 저어 남공이 탄 배를 따르거늘 의심을 마지아니하는데, 그 배 점점 가까이 오며, 소리를 벽력같이 지르고 배에 뛰어올라 칼을 번득이는지라, 공이 대경하여 엄숭의 소행인 줄 알매, 필연 화를 면치 못할 줄 알고, 부인으로 더불어 물에 몸을 던지니, 슬프다!

---

41) 정배 - 죄인을 지방이나 섬으로 보내 정해진 기간 동안 그 지역 내에서 감시를 받으며 생활하게 하던 형벌
42) 화얼 - 화를 끼치는 재앙

소인의 화얼(禍孽)[42]의 궁극함이 어렇듯 심하도다. 이때 일행이다 도적의 화를 입어 몰사하고, 홀로 시비 계앵이 소저를 안고 하늘을 부르짖어 통곡하니, 도적의 무리가 불쌍히 여겨 강언덕에 던지고 날으듯이 가버리는 것이었다.

이때 촉(蜀)나라 천성산 운수동에 곽선공이라는 사람이 있었다. 그가 이곳에서 수도하더니, 하루는 가동더러 이렇게 일렀다.

"오늘 밤에 동정호에서 원통히 죽는 자가 있으리니, 내 마땅히 구제하리라."

가동 수인을 데리고 작은 배를 빨리 저어 악양 청초호에 이르매 달빛을 따라 두 송장이 물에 떠오르는지라, 급히 돛대를 내려 건져서 보창 아래에다 뉘어 놓으니, 물이 구멍마다 흐르더니 식경 후에 남공이 머리를 들어 곽선공에게 사례하며 말하는 것이었다.

"소생 남표는 조정에 죄를 얻어 악주로 귀양가다가 도적을 만나 수중 원혼이 되었다가, 천만 이외에 선생을 만나 구제하심을 입사오니, 하늘 같은 은덕을 어찌 다 갚으리이까!"

"이는 일시 연분이니 어찌 과도히 말하리요."

곽선공은 점잖게 대답했다.

하늘이 밝자, 어사는 곽선공에게 이렇게 말했다.

"소생 부부는 마땅히 몸을 문하에 의탁하여 정성을 다할 것이로되, 국가의 죄인인 고로 부득이 하직하올지라. 이제로 선안을 한번 이별하면 산천이 길을 막으니 또 어느 때에 다시 뵈오리이까!"

"인간 만사는 막비천정(莫非天定)[43]이니, 어찌 인력으로 미치리요. 지난 일은 말할 것 없으니 마땅히 천명을 순수하여 노부와 한가지로 군산에 돌아가 때를 기다리면 십년 후에는 길운을 만나리다."

남어사가 선옹의 풍채를 자세히 살피니, 과연 학발이 이마를 덮고 눈이 샛별 같으며, 기우(氣宇)[44]가 또한 헌앙(軒昂)[45]하거늘 심중에 헤아리되, '부귀는 사람의 명을 재촉하는 기틀이라. 두렵지 않으리요.' 이에 선공을 따라가기를 허락

43) 막비천정 - 모든 것을 다 하늘이 정함

44) 기우 - 기개와 도량

45) 헌앙 - 풍채, 의기가 당당하고 너그러워 인색하지 않음

한대, 선공이 대희하여 즉시 돛대를 돌리어 청선산으로 들어갔다.

(중략)

한편, 화부에서는 성부인이 화공자가 돌아올 날만을 고대하더니 문득 창두[46]가 달려들어와 소공자의 행차를 고했다. 성부인은 대희하여 시녀 열쌍으로 하여금 신부의 행거를 십리 밖에 나가서 맞이하라고 분부했다.

임소저는 친히 비복 등을 거느리고, 신방을 쇄소하려 병장을 포설할새, 화소저가 이 말을 듣고 유부에서 달려와 금석을 생각하매 희비가 교접하는 것이었다. 공자는 두 신부로 더불어 부중에 이르러 먼저 가묘에 배알할새 꿇어앉아 독축(讀祝)[47]하매 부복오열하여 능히 읽지 못하고 성부인 이하 모든 사람이 탄성음읍하되, 홀로 대공자 화춘만은 얼굴을 다스리고 일호도 비척할 기색이 없으니, 윤부의 시녀들이 이것을 보고 모두 괴이히 여기는 것이었다.

예를 마치고 폐백을 드릴 새, 심씨는 강잉하여 광삼을 떨치고 성부인으로 더불어 자리를 연하여 예를 받는데, 두 신부를 보니 그 아름답고 정숙한 얼굴이 평생에 처음 보는 바라, 시랑의 마음과 독사의 간장이 자연 움직이어 눈꼴이 마르지 않고 기색이 자로 변하는 것이었다.

성부인은 두 신부의 손을 잡고 감탄하며 말했다.

"아깝다! 군등의 화용 숙덕을 망제와 정부인이 보지 못했도다."

일모 파연하자, 인하여 화소저가 인도하여 비춘당으로 가니, 이는 윤소저의 침소요, 임소저는 남소저를 인도하여 봉귀정으로 가니, 이는 남소저의 신방인 것이었다.

이때에 조가에서 과거를 베풀어 인재를 뽑으니, 화공자는 성생과 유생으로 더불어 함께 과장에 나아갈새, 성생이 웃으며 말했다.

"이제 과장에 나아가매 형옥이가 마땅히 장원랑이 되리니, 그대 등은 두고 보라."

"만사는 다 천성이라, 어찌 인력으로 하리요. 다만 진심갈력하여 그 결과만을

46) 창두 - 사내종
47) 독축 - 축문을 읽음

볼 따름이니라."

화공자가 말했다.

"성형은 어찌 말이 그다지 급하뇨. 주나라 목왕 때에 팔준마가 세상에 함께 나오매, 각각 일행만리하였으니, 내 한 걸음을 더 나아가 형옥의 앞에 거하리라."

이번에는 유생이 웃으면서 덧붙였다.

"그대의 말이 어찌 겸양치 아니하뇨? 자고로 용문에 두 장원이 없느니라."

성생이 대꾸하자, 세 천재들은 껄껄 웃었다.

이때에 삼인이 황성에 이르니 과거일이 이미 임박하였거늘, 각각 시지를 갖추어 가지고 궁정에 들어가서 책문을 대답하매, 천자는 어좌하사 친히 꼬누실새 삼공자가 일시에 대책하였더니, 천자는 친히 시권을 잡으시고 한림학사로 하여금 차례로 탁방하여 이름을 부를새 한림이 고성대호하며 말했다.

"장원은 절강인 화진으로, 나이는 십육 세요, 부는 여양후 욱이라."

공자가 듣고 태연부동하니, 성생이 웃으면서 유생을 돌아보고 말했다.

"그대 능히 형옥 앞에 달렸느냐?"

유생은 웃고 손사했다.

이날 급제 삼십인을 뽑으시매, 유생과 성생 역시 참방했다. 영웅전에서 신원을 진퇴하시고 각각 금포 채화를 반사(頒賜)[48]하실새, 장원은 쌍개 청동으로 어악을 더으시고 화장원을 인견하사, 대열 칭찬하시며 이렇게 말씀하시었다.

"짐이 여양후를 잃은 후로 마음이 상해 슬프거니, 이제 그 아들이 이리하니 이 재봉추는 자래로 범상치 아니토다!"

그런 후, 천자는 인하여 어주를 주시고 유가 삼일 후에 장원으로 한림학사를 제수하시고 성생과 유생의 양인으로 병부 원회랑을 제수하시니, 양인이 병부상서 오붕이라는 자를 보고 말했다.

"소생 등의 집이 절강에 있으매, 객지 생활이 어렵삽고 또 학술이 공소한지라, 원컨대 동남쪽 한 고을을 얻어서 수년 독서하여지이다." 오상서는 천자에게 아뢰어 성원으로 하여금 복건 성정현 태수를 제수하고 유원외로 귀양부 통판을 제수하니, 숭이 심하게 혐의하는 것이었다.

48) 반사 - 임금이 녹봉이나 물건을 내려주는 일

한림이 상소하여 수월 말미를 청하온대, 천자는 윤허하시며 말씀하시었다.

"경은 돌아가 노친을 모셔 오라."

한림은 사은 후 퇴조하여 즉시 성생과 유생, 양태수와 더불어 소흥본부에 돌아오니, 성부인이 대열하여 자질 등의 손을 어루만지며 말했다.

"너희들이 무부 유아로 조년 입신하여 망부로 지하에서 웃음을 머금게 하니, 어찌 감탄치 아니하리요."

성부인이 두 소저를 불러 봉관하리와 명부직첩을 주고 드디어 부중에 대연을 배설하고 유광록 부자를 청하니, 소흥지부가 또한 풍악 기물을 가져왔는지라, 성태수와 화한림이 청삼 계화로 화상서의 사당에 배알할새, 한림이 슬프게 통곡하여 그 소리밖에 아니 들리는 것이었다. 슬프다! 즐거워도 부모를 사모하고 슬퍼도 부모를 사모하나니, 효자의 슬픔이 어느 날에 그치리요.

한편 심씨 모자는 심복이 구통하여 문을 닫고 나오지 아니하고 임소저는 친히 미찬을 차려드리는데 정경이 가긍하여, 성부인이 칭선(稱善)[49]하였다.

성태수가 장차 치행 부임할새, 성부인이 말하길,

"춘의 모자는 불순한 성품을 가진 사람이매, 내가 곧 없으면 진의 부처가 보전치 못하리니, 너는 모름지기 요현부로 더불어 부임케 하라. 내 차마 망제의 유탁을 저버리지 못하리로다."

성태수는 울며 말했다.

"소자의 금일 영화는 다만 모친을 위하옴입니다. 소자는 전성지록을 얻었으매, 하루도 봉천을 못하온즉, 소자의 마음이 어떠하오리꼬? 또 형옥이 입신양명하여 청운에 올랐사오니, 마땅히 두 제수로 상경하올 것이매, 심숙모는 결단코 따라가지 아니하리니, 혹 불미한 일이 있을지라도 임수는 인명하고 지혜있는 부인이라 반드시 능히 보호하리니, 복원 모친은 너무 염려치 말으소서."

성부인이 불평하여 응하지 아니하니, 한림이 또한 성부인을 강권함 부인이 비로소 허락하니, 슬프다! 효하의 화약이 이로 좇아 망극하니, 이 어찌 조물의 시기함이 아니리요.

성태수와 유태수가 발행하는 날에 요소저와 화소저는, 윤·남 양 소저의 손을

49) 칭선 - 착한 것을 칭찬함

잡고 눈물이 옷깃을 적시며 성부인은 임소저를 향하여 부탁이 신신하니, 비록 목석이라도 동심하고 귀신이라도 또한 감읍할 일이었다.

차후로 심씨는 비로소 숨을 시원히 내쉬고 등의 가시를 뽑아낸 것 같아서, 이 날부터 춘으로 더불어 꾀를 내어 말하는 것이었다.

"전일 정부인은 어질고 아름다워 인심을 많이 얻고 또 기특한 자식을 두었는 고로, 권세가 날로 중하고 가자 상하가 우리 모자 보기를 초개같이 하더니 이제 진의 양 처가의 재덕이 정부인에 지나고 진이 또한 영귀함이 여차하니 향당(鄕黨)[50]과 종족이 추앙하며 노복이 복주함이 전일보다 배승한지라, 진이 만일 황성에 올라가서 위로 천자의 총애를 받고 아래로 동관의 조력을 얻은즉, 용이 여의주를 얻고 범이 바람을 탐과 같아서 능히 제어치 못하리니, 마땅히 이제 머물러 두고 곤박(困迫)[51]함만 같지 못하니라."

하루는 화춘이가 한림에게 이런 말을 했다.

"선군이 계실 때에는 세태 평안하되, 오히려 퇴사하고 고향으로 돌아오시매, 너도 또한 그때에 선군을 권하였거늘 이제 국사가 날로 어지러워 위망을 가히 서서 볼 것이거늘, 네 양양자득(揚揚自得)[52]하여 나아가고자 하는 것은 어쩜이뇨?"

"형장(兄丈)[53]의 경고 여차하시니, 소제는 감히 명심 봉행치 아니리이까?"

한림은 겸손하게 말한 다음, 즉시 상소를 닦아서 벼슬을 사양하고 노모를 봉양한다고 청할새, 사의 간곡하니, 상이 궁측히 여기사 특별히 일년 말미를 주니, 한림이 이로부터 홀로 처하여 시서로써 스스로 즐기는 것이었다.

그러나 심씨가 계향 등으로 하여금 무근지설(無根之說)[54]을 지어내어 망측한 욕설로 무한히 곤책하고, 또 썩은 밥과 쓴 나물 등 차마 먹지 못할 음식을 주되 한림이 조금도 어려운 빛이 없으며, 심씨는 또 침선 방적과 수놓기며, 제반 고역 되는 일을 다 윤·남 두 부인에게 맡기니, 양인이 천생 신재로 응답이 여일하매, 비록 심씨의 대악으로도 그 허물을 적발할 길이 없었다.

50) **향당** - 마을 사람

51) **곤박** - 사세가 곤궁하고 어찌할 수 없이 절박함

52) **양양자득** - 뜻을 이루어 뽐내고 꺼드럭거림

53) **형장** - 나이가 엇비슷한 친구 사이에서, 상대편을 높여 이르는 이인칭 대명사

54) **무근지설** - 근거 없이 떠도는 말

이때에 춘이 어머니에게 고하고 조씨 여자를 맞아들일새, 밖으로는 범환과 장평이 막빈이 되고 안으로는 심씨가 스스로 주장이 되어 현고지례(見姑之禮)[55]를 행하고 춘이 제 장중에 있는 금수 보배를 다 주어 굉장하게 꾸미매, 능라지상과 나사지행이 사람의 눈을 쏘고 코를 찌르되, 그 얼굴을 보면 간교히 웃고 꼬리쳐서 탕자의 마음을 고혹케 하는 한 음부에 지나지 않는 것이었다.

이날 밤 화춘이 조씨 여자로 더불어 동숙할새, 그 더러운 행실과 음탕한 소리를 기탄없이 드러내매, 시녀 등이 소리를 듣고 아니 해악하는 자가 없을 정도였다.

조씨 여자는 우물 밑의 개구리라, 제 스스로 경색 경국하는 만고절색(萬古絶色)[56]으로 자처하여 서시를 멸시하고 양귀비를 비웃더니, 한번 윤소저와 남소저를 본 뒤로는 낙담 탈기(奪氣)[57]하여 제 얼굴을 거울에 비춰보매, 거울이 너무 공평한 것을 원망하는 것이었다.

심씨와 같은 흉흠으로도 남의 집 하나쯤 망치기에 족하련만 하물며 조녀와 같은 요첩을 더하였으니, 화씨의 가문은 가히 알 만한 일이었다.

조씨는 임소저를 몰아내고자 하여 주야로 춘에게 참소하니, 춘은 마침내 이렇게 말했다.

"임씨의 죄는 족히 내가 짐작하되, 형옥이가 필경 말을 할 것이요, 또 임씨의 성품이 강직하니, 무슨 괴변이 생길까 두려워하노라."

"상공은 형이요, 한림은 아우라. 형이 아내를 내치는데 아우가 어찌 감히 간섭하며 임년이 스스로 죽는다 하더라도 상공께 무슨 해됨이 없거늘, 상공이 한 추부를 저어하여 장중에 있는 일을 결단치 못하니, 첩은 상공을 위하여 애석히 여기나이다."

조녀는 박장대소하며 남편에게 말하는 것이었다.

화춘이 오히려 주저하기를 마지아니하더니, 하루는 범환과 장평으로 더불어 서로 의논하여 꾀를 결단한 후, 죽우당에 이르러 사기 한권을 빼어보는 체하다가 책을 덮고 한림더러 물었다.

"옛서적에 한나라 문제는 조황후의 투기함을 능히 알고 폐하였으니, 그 임금

55) 현고지례 - 새 며느리가 시어머니에게 처음으로 인사를 드리는 예식

56) 만고절색 - 세상에 비길 데 없이 뛰어난 미인

57) 탈기 - 놀라거나 겁에 질려 기운이 다 빠짐

의 일이 어떠하뇨?'

한림은 형의 흉계를 알지 못하고, 바른 대로 대답하여 이렇게 말했다.

"남자는 양덕이요, 여자는 음덕인 고로 양덕이 음덕을 이긴 연후에야 가도 정하나니, 한 문제는 본디 호색지심으로 그 결박지처를 폐한 것이지마는 여자의 투기는 칠거지악이매, 이로써 내쳤나이다."

춘이 대희하여 뛰어들어가서 심씨에게 말했다.

"임녀의 죄악은 소자가 이미 절통히 알고 있는 바로되, 지금까지 참고 내치지 아니함은 성고모의 총애하심이 너무도 편벽되고, 또 형옥이가 임녀의 편단인 연고러니 이제 형옥의 말이 여차하고 또 성고모는 복건에 가고 없는 때를 타서 임녀를 내치고 조녀로 정실을 삼으려 하나이다."

심씨는 놀라며 결연히 대답했다.

"임부의 죄는 불과 가부를 침석에 들이지 않는 것뿐인데 어찌 투기가 있으며 또 나의 정들음이 굳으니, 가히 요동치 못하리라."

춘은 재삼 간청했으나 심씨는 종시 듣지 않으려 했다. 조씨 여자는 시녀 난수라는 년으로 하여금 범환과 사통하여 모주를 삼고 또 계앵 등과 체결하여 흉예지물을 심씨의 침소에 많이 묻고, 또한 계행 등으로 그 흉물을 파내는 체하여 심씨에게 말했다.

"임씨의 소위라!'

심씨는 그제야 대로하여 임소저를 책하고, 부외에 내치니 비록 등이 실정 호흡하며 윤부인과 남부인이 앙천방탄하고, 한림은 갓을 벗고 맨발로 계하에서 통곡하니 심씨는 또 대로하며 말하는 것이었다

"임녀의 죄악이 위나라 황후에 더한지라! 공연히 장부를 거절하여 침석에 용납지 아니하니, 경옥이 이미 궁형지인이 아닌즉 어찌 통분치 않으며, 또 조녀가 들어온 후로 임녀의 투기는 날로 심하여 천고에 없는 요악지변(妖惡之變)[58]이 나의 침방에까지 미치니, 어찌 참고 내치지 아니하리요!'

한림이 애읍고간하고, 머리를 땅에 부딪쳐서 유혈이 낭자한지라, 심씨는 꾸짖으며 소리쳤다.

58) 요악지변 - 요사스럽고 간사한 일

"내가 내 며느리를 내치는데, 네 무슨 상관이냐!"

창두로 하여금 한림을 떠밀어 내치니 한림이 백화헌에서 통곡함을 마지아니하였다. 이때에 범환이란 놈이 앉아 있다가 황망히 내려와서 꿇어 엎드리고 물었다.

"상공은 무슨 사정이니꼬!"

한림은 비분 중에 노기가 대발하여, 건장한 창두로 하여금 수심 바퀴를 끌어 두르고 꾸짖으며 이렇게 말했다.

"너 같은 적자가 감히 재상가의 가법을 탁란함이 이에 미치나뇨!"

범환은 기운이 촉급하매 입만 벙긋거리고 능히 말을 못하거늘 또 수십 번을 끌어 부문 밖에 아예 내쳐버리었다.

한편 임소저는 집을 나와 교자에 오를새, 상서 사당을 돌아보며 눈물을 흘리면서 재배하직하고 개연히 교자에 오르매, 유모와 시비 등이 울며 따르는 것이었다. 화부의 부중 사람이 심씨 모자와 조씨 외에는 눈물을 아니 흘리는 자가 없었다.

이때에 임소저의 오라비 임윤이가 벼슬을 삭탈당하고 하남 본댁에 와 있으매 소저는 하남으로 돌아갔다.

화춘은 크게 위의를 베풀고 종족을 모아 장차 조녀를 세워서 정실을 삼으려 하거늘, 한림이 통곡하며 충고했다.

"제나라 환공의 맹새에 가로되 첩으로써 정실을 삼지 말라 하였으니, 이제 형장이 연고없이 현처를 내치고 미천한 여자로써 외람되이 조상향화를 받들게 하니, 욕됨이 이보다 더함이 없으리소이다."

"너는 양처가 있거늘, 내가 홀로 일처를 두지 못하랴!"

화춘은 성을 벌컥 내며 소리를 질렀다.

하루는 조부인이 돌연 비춘당에 들어가니 남부인이 마침 자리에 있는지라, 조부인은 윤부인을 향하여 이렇게 말을 꺼내었다.

"첩이 들으니 이 집에 세전하는 보물이 있어서 반드시 종부를 주는 것인데, 선존 구고께오서 임녀는 불초함으로써 주지 아니하시고 백화헌 상자 속에 감추어 두었다가 부인 자매에게 나눠 주었다 하니, 이제 자네들은 차부의 몸으로서 외람히 종가 세전지물을 가짐이 명시에 합당치 못하고 사리에 틀린지라, 임녀의 인륜을 어지러이하여 가도가 망측할 때에는 명실 사체를 의논할 바 아니려니와 이제인즉 가내가 청명하고 만사가 법도 있으매, 종부와 차부의 절엄함이 천지같거늘 종가의 세전지물이 실로 부인의 신상에는 불길하도소이다.”

“원래 여차하던가? 첩 등은 실로 알지 못하였나니, 그 보물 이름이 무엇이라 하더니이까?”

윤부인이 청파(聽罷)[59]에 무엇인지 알 수 없어서 그렇게 물었다.

“하나는 이름이 홍옥차니, 선조께서 금릉을 치실 때에 순성 마왕후 고씨 부인께서 주신바요, 또 하나는 이름이 청옥패니, 고조 동국공께서 남방을 평정하실 때에 교지왕이 드린 패물 중에서 제일 중보라. 이러므로 대대로 전하여 반드시 유덕유모한 종부에게 전하여 오더니, 모독이 아름다우신 우리 존고(尊姑)[60]에게 전하지 않고, 그릇 자네들 수중에 들어가게 되었으니, 어찌 애달프지 않으리요.”

윤부인은 즉시 상자를 열고 홍옥차를 내어주며 말했다.

“명교가 당연하도다.”

조부인이 받아가지고 두세 번 완롱(玩弄)[61]하며 희색이 만면하였다. 이때 남부인은 정색단좌하여 묵연히 말이 없고 종시 내어줄 뜻이 보이지 않자 조부인은 앙앙하며 홍옥차만 가지고 나가버리었다.

남부인은 윤부인더러 말했다.

“이 두 옥보는 우리의 산물이거늘, 군자의 말을 듣지 아니하고 어찌 경솔히 타인을 주십니까?”

“군자도 오히려 능히 스스로 보전치 못하려든, 하물며 보물을 이를 것이랴. 시저에 하였으되 혁혁 종주를 포사 멸지라 하였으니, 정히 이를 이름이로다!”

윤부인이 의젓하게 대답했다.

며칠 후, 조부인은 정당에서 임소저의 허물을 말하매, 윤부인은 청이불문하고 남부인은 불승분개하여 정색하며 이렇게 말했다.

“낭자는 장부의 은총을 믿고, 말씀이 너무 무례하다. 고인이 일렀으되 난초가 붙으매 해초가 탄식하고 토끼가 죽으매 여우가 슬퍼한다 하였나니, 낭자는 홀로 백두궁녀의 반첩여 조롱하던 말을 듣지 못하였느냐!”

59) **청파** - 듣기를 마침

60) **존고** - 시어머니의 존칭

61) **완롱** - 장난감이나 놀림감으로 삼음

이 말을 듣고 조부인이 아연실색하자, 심씨가 대로하여 남부인을 꾸짖었다.

"조소저는 명위가 그전과 다르거늘, 어찌 감히 낭자라 부르리요!"

남부인은 자리를 옮겨 사죄하지 않을 수가 없었다.

하루는, 심씨가 두 부인으로 하여금 자기 앞에서 수를 놓게 하더니, 홀연 한림의 유모 계화가 밖에서 부리나케 울며 달려와 아뢰었다.

"조정이 우리 상공의 벼슬직첩을 삭탈시키고, 남부인을 내려 소실을 삼았으므로 지금 고을 아전이 와서 직첩을 거두나이다!"

이 말을 듣고 조부인은 기뻐서 어쩔줄 모르며 남부인을 향하여 이런 말을 했다.

"낭자의 교만한 주머니 끈이 끊어졌으니, 이제도 분복에 없는 청옥패를 내어 놓지 못할 쏘냐?"

그러나 남부인은 조금도 안색을 변치 않고 수놓기를 하니 윤부인은 분한 눈물을 금치 못하였다.

그때 화춘이가 또 들어와서 이렇게 말하는 것이었다.

"조정 관원들이 형옥의 불처 무상함을 천자께 탄핵하여 벼슬을 면직시키고, 또 남수는 죄에 죽은 자의 여식인데, 재상가의 자부가 되매 마땅치 못하다 하여, 내려서 소실을 삼았나이다."

아들의 이런 말을 듣고, 심씨는 매우 기뻐하는 것이었다.

지난번 범환이란 놈이 한림에게 곤박을 당한 후, 원입골수(怨入骨髓)[62]하고 조부인이 또한 한림 내외를 분히 여겨, 드디어 범환으로 안팎에서 응하여 음해할 계교를 모의하더니 범환이 홀연 황성으로 올라가서 오래 소식이 없었다.

이때 언무경이 엄숭에게 자세하여 탐남 음독하니, 현인군자는 그 독한 어금니에 걸리지 않는 자가 없는지라, 범환이 이에 조부인이 준 백금 팔십냥과 대추 열매를 가지고 가서 무경의 처 경씨에게 드리니, 그제야 무경이 범환을 불러들여서 조용히 묻는 것이었다.

"군이 불원천리하고 와서 나를 만나봄이 무슨 일이뇨?"

범환이 이에 한림의 불효함이 여차여차하다 하고, 또 이런 말을 했다.

"화진이 죄인 남표의 딸을 취하여 아내를 삼았으며, 항상 나라를 원망하고 엄

---

62) 원입골수 - 원한이 뼈에 사무침

승상을 가사도에게 비나이다.”

“아, 알았도다! 제 마땅히 처치함이 있으리니, 군은 물러가서 기다림이 가하니라.”

범환이 배사하고 나와 수일을 기다려도 아무런 동정이 없으매, 조부인의 금은 보배로써 행뢰(行賂)[63]하기를 처음과 같이 하니, 어시에 무경이 엄숭에게 이 사연을 고한대 엄숭이 원래 한림을 미워하던 차라 또 남어사의 여식을 아내 삼았다는 말을 듣고 대로하여 발연히 자리에서 일어나며 친히 소초를 불러 언무경을 시켜 이튿날 조참(朝參)[64]에 주달케 하니, 상(上)[65]이 언파(言罷)[66]에 박연하사 이렇게 말씀하시었다.

“화진이 어찌 이런 행실이 있으리요!”

그러자, 엄숭이 옆에 있다가 아뢰었다.

“신이 이미 들었사오매, 허언이 아니오이다.”

그는 인하여 극력 모함하니, 상이 부득이 그의 말을 좇으사 드디어 화진은 벼슬이 깎이고 남부인은 소실로 떨어져버리었다.

이로부터, 남부인은 청의를 입고 심씨 앞에서 사환이 되고 조부인은 청옥패를 앗아가지고 봉귀정을 폐하여 잠그고 때때로 흉악한 말과 독한 매질로 곤욕이 자심하되, 남부인은 이것을 천명이라 하며 마음을 태연히 가지는 것이었다.

하루는 조부인이 난향으로 하여금 미죽을 가져다가 남부인에게 보내며 말했다.

“이 죽은 심부인께서 보내신 바라. 너는 다시 들어오지 못하리니, 모름지기 이 죽을 마시고 일찌감치 죽을지어다.”

남부인이 죽을 보매 빛이 푸르고도 누른지라, 죽그릇을 들고 탄식하며 이렇게 말했다.

“내 구차히 사느니 차라리 죽어서 모르는 것만 같지 못하다.”

인하여 죽그릇을 들어 마시니, 난향년이 이를 보고 즉시 들어와 이것을 조부

63) 행뢰 - 뇌물을 보냄

64) 조참 - 한 달에 네 번 중앙에 있는 문무백관이 정전(正殿)에 모여 임금에게 문안을 드리고 정사(政事)를 아뢰던 일.

65) 상 - 임금의 높임말

66) 언파 - 말을 끝냄

인에게 보고하자, 조부인은 대희하며 뛰어나왔다.

그리고 난향으로 하여금 조부인은 발을 뜯어 시신을 말아 싸게 한 후, 심복 노자 막동을 불러 돈 백냥을 주며 이렇게 분부했다.

"너 이 발을 짊어지고 가서 강중에 던지고 오되, 삼가 입밖에 말을 내지 마라."

일찍이 남어사집에서 남부인이 그려준 관음화상을 받아갔던 여승 청원이, 촉중 화악산 자현암에서 일몽을 얻었다.

관음보살이 환약 세 개를 주며 이렇게 말했다.

"모월 모일 밤에 남부인 채봉이 비명횡사할 것이니, 네 그날 밤에 삼경이 되거든 이 약을 가지고 소흥부 보림사 소나무 앞에 가서 남부인을 구하라."

청원이 깨어보니 과연 환약 세 개가 곁에 있는지라, 즉시 석장 단가로 쫓아와서 보림사 명주암에 이르니, 이곳은 화부 북원 밖이다.

이때 윤·남 양 부인의 시비 등이 조부인에게 쫓기어 이 암중에 와서 숨어 있는지라, 각각 자기 주인을 생각하고 서로 말하며, 눈물을 흘려 하늘을 부르짖거늘, 청원이 모르는 체하고 묻지 아니하다가, 이날 밤에 청원이 계앵과 쌍섬더러 이런 말을 했다.

"그대의 주인이 곤박이 심한지라. 내 마땅히 구하고자 하노니, 그대들은 나를 따라오라."

쌍섬은 크게 의혹하여 청원을 따라간즉, 남곡 상송하에 이르러 청원이 문득 걸음을 멈추었다.

홀연 한 대한(大韓)[67]이 등에 큰 발을 묶어 지고 오다가 길가에 짐을 벗어놓고 돌을 베고 누우며 인하여 잠이 들거늘, 청원이 가까이 가서 그 발을 어루만지며, 계앵으로 하여금 치어들라 하니, 계앵은 놀랍고 다리가 떨려서 능히 들지 못하는 것이었다.

"만일, 늦으면 구하지 못하리라. 빨리 들라!"

계앵이가 이러한 청원의 말을 듣고 비로소 부인이 그리된 줄 알고 놀라 울면서 땅에 엎어지거늘, 청원이 급히 붙들어 말했다.

"그대는 이리 할 때가 아니다."

67) 대한 - 몸집이 큰 사내

발을 들고 보니, 부인의 안색이 조금도 변치 아니하고 가슴에 온기마저 있거늘, 청원은 대희하여 즉시 낭중에서 환약을 내어 먼저 한 개를 온수에 갈아 입에 흘려 넣으니 더운 기운이 몸에 퍼지고, 또 한 개를 갈아 넣으니 부인이 눈을 뜨고 숨을 내쉬며 돌아눕거늘, 마지막 한 개를 온수에 타서 흘려 넣으니, 부인이 독한 물을 토하고 스스로 정신을 차리며 일어나 앉는지라, 청원은 기뻐하며 이렇게 말했다.

"부인은 안심하소서."

"존사는 어떤 사람이건대, 이미 끊어진 목숨을 구하시나이까?"

"부인은 빈도(貧道)[68]의 얼굴을 기억하시나이까?"

남부인은 이윽히 쳐다보았다.

"칠년 전에 관음화상을 받으러 왔던 대사가 아니시오니까?"

"부인이 과연 알도소이다. 그때 빈도가 부인을 뵈오매 미목이 청수하시고 화려하사 자못 진세 사람 같지 아니하시나 실 같은 흐린 기운이 천정에 끼였으매, 이 액을 만나실 줄 알았사오나, 오는 액은 막기 어려우매 사생이 다 명이 있는지라. 말하여 유익함이 없사오매 말씀 안하였습니다. 이제 부인이 수중용왕의 덕을 입사와 백신이 호위하였으매, 요얼(妖孽)[69]을 감히 범치 못하리로소이다."

이어서 관음보살의 현몽하시던 말을 전하였다.

"부인이 아직도 또한 수년 재액이 있어서 불가로 더불어 인연이 있사오니, 이제 빈도와 한가지로 돌아가 관음보살을 의지하여 수년만 지나면 자연 봉록이 무궁하고, 재앙이 영영 물러가리이다."

하나 부인은 탄식하고, 쾌히 허락지 아니하다가 그날 밤에 일몽을 얻었는데, 관음보살이 현몽하사, 징조를 보이매 깨달아 다음날 계앵으로 더불어 남복으로 갈아입고, 청원을 따라 촉중으로 들어갔다.

한편 막동이 잠을 깨어 보니 날은 환히 밝았고, 시냇물은 영영히 흐르거늘, 시신이 없자 사면을 돌아보고 방황 주저하다가 탄식하며 말해다.

"이것이 꿈인가, 생시인가? 내 어찌 이곳에 왔으며, 내가 가지고 온 송장은 어디로 갔는고? 아, 참으로 신기하고뇨! 이것은 꿈이 아니요, 도깨비가 나를 희롱함

(68) 빈도 - 덕(德)이 적다는 뜻으로, 중이나 도사가 자기를 낮추어 이르는 말

(69) 요얼 - 요악한 귀신의 재앙. 또는 재앙의 징조

이로다. 조씨년이 이렇듯 악한 일로 나를 부렸으니, 내 어찌 정도로써 고하리요."

그는 부중으로 돌아와 거짓 숨을 헐떡이며 조부인에게 설명했다.

"소복이 그 발을 지고 산을 넘고 시내를 건너 별빛이 창망한 가운데 산 중턱에 올라 석상에 서서 보니, 그 아래 만길이나 깊은 못이 있으며 푸른 물빛이 청청하거늘, 소복이 그 발에다가 큰 돌을 안겨서 긴 노끈으로 단단히 동이고 언덕에서 힘을 다하여 내려 굴리니, 물 속으로 들어가 풍덩하더이다."

조부인은 이런 말을 듣고 대희하여 큰 잔에 술을 가득 부어 먹으니, 난향이란 년이 또한 손뼉을 치고 웃으며 들어와 심씨에게 거짓으로 말하는 것이었다.

"가소롭고 또 가소롭소이다. 남씨년이 항상 예절 높은 체하고 매양 유모 없이 당에 내리는 이를 보면 정녀가 아니라고 하고, 촛불 없이 행하는 자를 보면 음부라 하더니, 이제 수삭을 공방에 있다가 잡념이 대발하여 심야삼경에 담을 넘어 도주하였나이다. 서방 생각으로 못 견디나 보오이다."

이때 화춘은 학질을 얻어 외당에 누웠더니, 심씨가 급히 나가서 아들을 보고 말했다.

"큰일이 났도다."

춘은 앓는 중에 이런 말을 듣고 무슨 일인지 몰라 대경하더니, 인하여 난향년의 말을 듣고 어머니를 나무라며 그는 말했다.

"남씨가 도주한 것이 무슨 큰일이니꼬."

"만일 윤시랑이 그 딸을 찾아보러 와서 집에 없으면, 우리더러 죽였다 하리니, 이 일을 어찌하리요?' 화춘도 그제야 대경 황겁하니, 심씨의 조급요망함과 춘의 황겁함이 대개 이러한 것이었다.

처음에 화춘은 조부인을 취난정에 있게 하매 외당과 절원한지라, 춘이 왕래하기 불편하다 하여 조부인을 만류정으로 옮겨 처하게 하니, 만류정은 외당과 작은 문을 격한지라, 서로 무상출입하매, 난향이란 년이 이미 범환과 사통하고, 조부인 역시 그와 더불어 간통하여 지내더니 춘이 병든 이후로 조부인은 범환과 낭자히 음행하매, 가인이 혹 아는 자가 있어도 감히 말을 못하는 것이었다.

하루는 조부인이 범환의 배를 가리키며 이런 말을 했다.

"이 뱃속에 만가지 계교가 들었으매, 이렇게 큰 것이 마땅하도다."

"내 뱃속에 진평의 육출기계가 있으매, 이미 쓴 것이 셋이요, 안 쓴 것이 셋이니라."

“쓴 계교를 듣고자 하노라.”

“경옥을 달래어 그 풍만한 살덩이와 재물을 물같이 쓰니 한 가지요, 화진을 모해하여 전정을 아주 망쳤으니 두 가지요, 어리석은 지아비를 속여 그 아내를 앗았으니 세 가지니라.”

“쓰지 않은 계교를 또 듣고자 하노라.”

“하나는 화진을 죽이고, 둘은 화춘을 마저 죽이고, 셋은 이 집 금보를 모두 취하여 가지고 낭자로 더불어 조각배를 타고 오호에 놀고자 하노라.”

조부인은 거짓 놀라며, 범환의 배를 치면서 말했다.

“어찌 그리 심히 하리요. 그러나 화진을 무슨 계교로써 죽이려 하느뇨?”

“내 벗에 유금이라 하는 자가 있으니, 검술을 잘 하는 자라, 이 사람을 한번 부리면 화진을 가히 없앨 것이요, 인하여 화춘을 얽어 그 아우와 제수를 죽인 죄를 관가에 고한즉, 춘이 제 어찌 죽기를 면하리요.”

조부인은 웃고 말이 없었다.

인하여, 범환은 거짓으로 윤부인이 화한림으로 더불어 상의하여 심씨 모자를 모살하는 글을 만들어, 가만히 계향년을 주며 당부하여 심씨 침방의 창 밖에 들이치라 하고, 또 유금을 들여보내어 심씨를 찔러 죽일 일을 신신부탁하니, 유금이 허락하고 화부 부중에 이를새, 이때 한림이 죽우당에 갇힌 이후로부터 주야로 부모를 부르며 체읍하더니, 하루는 한림의 꿈에 상서와 정부인이 침변에 와서 앉으며 말했다.

“이제 대액이 당도하였으니, 너는 부디 조심하라.”

한림이 놀라 깨어 일어나니, 남가일몽이었다.

“정당에 자객이 들었다.”

한림은 이런 말을 듣고 놀라 그 자리에 쓰러져버리었다.

화춘은 옷을 주워입고 황망히 들어가니, 심씨는 혼비백산하여 자빠지고, 난향년은 죽어서 심씨 앞에 뻗어버리었다.

화춘은 이러한 광경을 보고 대경실색하여 말이 없더니, 이때 계향이가 창밖에서 일개 금낭을 얻으매, 춘은 그것을 뺏다시피해서 끌러 보았다. 윤부이이 한림으로 더불어 심씨를 모살하려는 서찰이라, 춘이 보고 놀라서 말했다.

“내 이러할 줄 알았노라.”

“역자가 그 어미를 죽이려 하니, 어찌 누설치 아니하리요.”

심씨도 그것을 보고 대경해서 말했다.

인하여, 심씨는 춘으로 하여금 장초(狀草)[70]를 쓰게 할새, 이때 범환이 바야흐로 조부인을 품에 안고 누웠다가 시비 난주란 년이 들어와 정당에 자객이 든 일과 난향이 흉검에 쓰러졌다는 말을 하자, 범환은 웃으면서 이렇게 말했다.

"내 뜻은 본디 노물 심씨에게 있었더니, 유생이 그릇 난향을 죽였도다."

그는 조부인의 육체를 슬며시 밀어제쳐 옷을 입고 일어나 나가버리었다.

이때, 화춘은 장초를 가지고 친히 정하려 하거늘, 범환이 춘을 보고 물었다.

"형의 집에 어찌 변괴가 이렇듯 잦으뇨?"

"가운이 불길하여 변괴가 백출하니, 나의 팔자가 기괴하도다."

인하여 장초를 내어보이니, 범환이 보고 붓을 잡아 수천여 언을 더 써 넣었으며, 궁참 극독함이 사람이 차마 보지 못할 정도였다.

차시에 범환이 그 고장을 정서하여 가지고 갔다.

일전에 소흥태수 최행이란 자가 한림이 급제했을 때에 화부 연석에서 한번 보고 그 덕을 사모하여 지금까지 잊지 못하더니, 천만의외의 고장을 보고 대경해서 말했다.

"이 사람이 어찌 이러할 리가 있으리요."

그는 관채를 놓아 잡아오게 했더니, 이윽고 한림이 관채를 따라 태수부로 왔다.

최태수가 사연을 물은즉, 한림은 이렇게 대답했다.

"진실로 이런 일이 있나니, 죄상이 누설된 후에는 죽을 따름이라. 어찌 살기를 바라리요."

최태수는 민망하여 주저하더니, 이때에 범환이 중계에 섰다가 여성 대호하여 소리쳤다.

"죄인이 제 스스로 자복하였으니, 마땅히 법을 행할 따름이거늘, 어찌 주저하여 죄인으로써 변개케 하느뇨?"

태수는 호령하고, 인하여 범환을 끌어내치라고 명했다.

그런 다음 한림을 하옥했다. 이때에 범환이 낭중에서 은자를 내어 옥졸에게 나눠주고 한림을 죽이려 꾀하더니, 화한림의 유모 계화가 심씨에게 쫓긴 바 되

70) 장초 - 임금에게 올리던 장계의 초고

어 도로에서 방황하다가 소흥 사람 유이숙의 아내되매, 이숙이 계화를 심히 사랑하는지라, 이날 계화가 한림의 변고를 들어 알고 통곡하며 자결코자 하거늘 이숙은 이렇게 말했다.

"내가 한번 가서 한림을 보면 선악을 알리라."

이숙은 즉시 옥중으로 들어가서 한림을 보고 돌아와 탄식하며 말했다.

"내가 한림의 용모를 보니, 천하에 다시 없는 인의군자라. 사람이 세상에 나서 어찌 이러한 사람을 구하지 아니하리요."

그는 인하여 은전을 뿌려서 행례를 하고, 계화는 스스로 옥중 공궤[71]를 조석으로 극진히 할새, 이때 이숙은 친히 옥문 밖에 앉아 온갖 음식을 맛보아 드리니, 범환이 은자를 쓴 것이 다 쓸데없는 것이 되었다.

이때, 최태수는 화한림의 옥사를 오래 결정치 못하더니 마침 도어사 하춘해가 황명을 받들어 절강을 수문하고 경사로 돌아올새, 도중 소흥을 지나니 최태수는 하어사를 맞아 좌정한 후에 화한림의 옥사를 설명하며 이렇게 말을 내었다.

"폐읍에 의심된 옥사가 하나 있으되 소관이 몽매하와 능히 자단치 못하오니, 원컨대 명공은 명백히 처결할 도리를 가르치소서."

하어사는 심씨의 고장을 두어 줄 보다가 대경해서 말했다.

"소위 화진은 장원급제한 한림학사가 아니냐. 향자에 언무경이 차인의 불효로 논핵할새, 우리들이 원억[72]한 줄로 알았더니, 이제 이 고장을 보니 과연 화진은 흉악한 자로다. 내 마땅히 왕법으로 쾌단하리라."

어사는 화한림을 끌어내다가 고장을 가지고 문초하기 시작했다. 그러면서 죄인을 자세히 살피니, 옥같은 얼굴에 삼연히 눈물이 어리어 원억한 기색이 언사에 나타나, 사람의 마음을 감동케 하는지라, 어사는 참연히 등용하고 이런 말을 했다.

"이는 진실로 성인군자로다. 이 사람을 각별 보호하라. 이 옥사는 가히 졸연히 처단치 못하리니, 내가 황상께 주달하여 처단할지라. 그대는 모름지기 죄인을 잘 보호하라."

이때 범환은 한림을 모살할 뜻이 있으나, 유이숙이 옥문을 주야로 주직하는

---

71) 공궤 - 윗사람에게 음식을 드림

72) 원억 - 원통하게 누명을 씀

고로 감히 행치 못하고, 심중에 착급하여, 즉시 경사로 되올라가 엄숭에게 청한 것이었다.

엄숭은 소흥태수에게 영을 내려서 죄인 화진을 경사로 올리라 하니, 이에 유이숙과 하어사의 하인 왕겸이 한림을 옹위하여 길에 오르고 계화는 노변에서 통곡 배별했다.

이때, 화춘의 집은 가사가 대란하고 변괴가 백출하여 백을현 앞에 있는 천년 고목이 스스로 말라 죽고, 만류정 아래에서는 구미호가 슬프게 울고 상서의 당에서는 백주에 곡성이 들리는지라, 화춘이 우구(憂懼)[73]하여 어찌할 바를 모른다.

하루는 장평이 밖에서 들어오며 수색이 만면하니, 화춘이 그 까닭을 물었다.

"장형이 무슨 일로 수색이 만면하뇨?"

"내가 근심하는 바는 경옥을 염려함이니라."

장평은 단정해서 대답해 놓고, 인하여 범환의 전후 행흉한 사연과 조부인과 잠통한 일을 세세히 죄다 말하니, 화춘이 청파에 피를 토하며 쓰러져 버리는 것이었다.

장평이 약물로 구호하여 겨우 소생했으나, 화춘은 여전히 안색이 잿빛 같은지라, 장평은 그런대로 자기의 말을 계속해 갔다.

"사실이 지차하니 무가내(無可奈)[74]하라. 내 이제 일단 묘계 있으되, 내 경옥의 마음을 알거니와 본디 나약하여 능히 이 계교를 행치 못할까 하노라."

"그 계교를 듣기를 원하노라."

"내 들으니, 엄승상 아들 태상경 이세번이 상처하고 바야흐로 천하 미색을 구한다 하니, 만일 진의 처 윤씨를 엄태상에게 드리면 태상 부자는 반드시 경옥에게 마음이 극진할지라. 이 옥사는 자연 승소할 것이요, 또 백금 삼천냥과 명주 보옥이며, 한호, 호박지속으로써 엄승상의 총첩 총씨에게 드린즉, 가히 웅주거목(雄株巨木)[75]을 얻을 것이니, 오직 경옥은 재삼 생각하여 행할지어다."

이때 시동 만희라는 놈이 창밖에서 이런 말을 듣고 제 어미 유향에게 고했다. 유향은 이미 죽은 정부인의 시비이다.

73) 우구 - 근심하고 두려워함

74) 무가내 - 어찌할 수가 없이 됨

75) 웅주거목 - 땅이 넓고 물산이 많은 고을

그래서, 더구나 불승비분하던 유향이란 년은, 마침 일이 있어서 성중에 들어왔다가 계화의 집에 와서 이 말을 전하며 서로 탄식하고 유체하여, 최후로 이런 말을 했다.

"어찌 윤부인께 이 말을 전할꼬."

그러자 마침 문밖에서 박탁지성(剝啄之聲)[76]이 나거늘 문틈으로 내다보니 홀연 윤부인의 행차가 이른지라, 서로는 대경하여 소스라쳐 일어섰다.

이 어찌하여 윤부인의 행차가 이곳에 이르렀는가? 하회를 볼지어다.

이전에 산동의 윤공자가 경사에서 과거를 본다는 말을 듣고 부친에게 말했다.

"경사에서 설과한다 하오니, 소자는 관광도 하고 겸하여 누이를 찾아보고자 하나이다."

그래서 공자는 동복 한 사람과 청려 일필을 몰아 경사로 향하여 여러 날 만에 화부 근처에 다다라 주막에 들어서 화부의 소식을 탐지하고 대경 차악하여 화부의 후원에 가서 윤부인이 갇혀 있는 곳을 찾을새, 마침 문 지키는 군사가 없는 고로 가만히 들어가서 시비를 부르니, 시비가 나와 보고 깜짝 놀라 빨리 들어가서 윤부인에게 공자가 왔다는 것을 고한 것이었다.

윤부인은 이 말을 듣고 급히 청하여 서로 볼새, 반김을 마지아니하며 부모의 안위를 문답하더니, 시비가 들어와 장평의 흉계를 고한대, 윤부인이 듣고 아연 실색하여 말이 없는지라, 공자가 말했다.

"누님은 소제와 의복을 바꾸어 입고 급히 계화의 집으로 피하소서. 소제가 누님을 대신하여 가리이다."

수일 후, 심씨 모자는 조부인만 머무르게 하고 경사로 향할새 윤공자가 태연히 교자에 오르니, 심씨 모자는 그윽히 기뻐하며 황성에 다다랐다. 그러자 장평 놈이 과연, 성문 밖에서 대령하였다가 공자가 탄 교자를 바로 엄승상 부중으로 몰아가거늘, 시비가 거짓 울며 따라가니, 장평이 꾸짖으며 따르지 못하게 하는 것이었다.

엄숭의 아들 세번은 정신이 미탕하여 신을 거꾸로 신고 전도에 나와서 맞거늘, 공자 침방에 들어와 살펴보니, 산호책상과 연옥문갑이 찬란휘황하여 수정궁

76) 박탁지성 - 문을 열라고 두드리는 소리

중에 들어옴과 같고, 시녀 등이 혹 세수도 받들고 혹 기분도 베풀어 단장을 재촉하니, 공자는 속으로 웃음이 나와 견딜 수가 없을 정도였다.

공자는 거짓 슬픈 빛을 지으며 옷깃을 여미고 조용히 세번에게 말했다.

"첩이 창락월궁의 부끄럼과 녹주금곡의 절을 모름이 아니로되, 규합지중에서 이런 침뱉고 더러운 행실을 하여 부끄러움을 무릅쓰고 상공 앞에 낯을 드는 것은 실로 심중에 숨은 설움과 그윽한 원한이 있어서 차마 죽지 못함이니, 첩의 지아비 화진은 모친 섬김을 지극히 효도하고 가형을 위함이 매우 공경하매, 첩이 감히 아호하여 쇠를 가리켜 금이라 일컫지 못할지라. 비록 대순이 갱생하고 민손이 불사라도 반드시 화진에서 지나지 못할 것이니, 그 위인이 이러하거늘, 인세간에 드문 액경을 만남은 그 근본을 궁구하건대, 다 심씨 모자와 범환, 장평의 악독한 손이 서로 부동하여 장난함이라. 첩이 그윽히 양계성 아내 조씨의 일을 본받아서 천문에 피를 뿌려 지아비의 원통함을 밝히고자 하오나, 생각건대 첩은 이미 심씨로 더불어 고부의 이름이 있으매, 지아비를 구하고자 시어미를 함지에 넣음은 옳지 못하고, 또 시어미를 위하여 지아비를 차마 죽이지 못하리라. 그래서 백가지로 생각하여 먼저 타문에 몸을 던져 화가와 의를 끊은 후에 자기의 의로써 화진의 명을 구하려 하오니, 상공은 굽어 살피옵소서. 첩이 듣자오매, 이제 천자가 믿어하시기는 노승상과 상공만한 이가 없다 하오니, 능히 화진의 애매한 죽음을 구하사 그 원통함을 천지간에 밝히시오면 첩이 마땅히 몸이 가루가 되고 뼈가 부서지더라도 상공의 은혜를 갚을 것이요, 만일 못 하오면 첩의 품 속에 세치 칼이 있사오니, 맹세코 상공 앞에서 죽사와 유명간의 의를 저버리는 혼이 되지 아니하리라."

세번은 원래 심약한 소인이라, 화진을 살리기를 허락한다. 그러나 화진을 살리기는 살렸으나, 다만 그 원통함을 쾌설치 못하고, 유배를 가게 된다. 윤공자는 세번의 여동생 월화의 도움으로 엄숭의 집에서 무사히 빠져나온다. 윤공자는 후일 장원급제하여 한림학사로 춘방 우서자 벼슬을 겸하게 된다.

(중략)

한편 범환이란 놈이 한림의 출옥함을 듣고 대경하여, 죄인을 압송해가는 아전이소와 배삼에게 은자를 주어 독살을 주사했으나, 장사 유성희(자는 세창)의 도움으로 목숨을 구하게 된다.

화한림은 성도 배소에 이른 후 왕겸에게 말했다.

"내가 무사히 이에 왔으니, 너는 가히 돌아갈지어다."

"소인이 결발지초(結髮之初)[77]로부터 하어사댁 문하에 종사하옵다가, 이제 상공을 모신 후로 영욕이 무심하고 사생이 불관하여, 상공께 지휘받음을 스스로 다행히 여기오며, 또 노모도 이별시에 부탁을 했사오니, 소인이 어찌 상공을 버리고 차마 홀로 돌아가리이까?"

왕겸은 눈물을 흘리며 애걸해서 말했다. 이후로 왕겸과 유이숙과 붕우지의를 맺고 노주지정을 경하여 지냈다.

하루는 완화계를 거닐새, 임정 벽간에 소인묵객의 제영한 시문을 차례로 보다가 그중 한 글에 썼으되,

청성산이 남자평은 제하노라
칭복역에서 한퇴지의 조주 눈물은 마르지 않고,
흰 눈은 길이 두공부의 딸을 생각게 하도다.

하였거늘, 한림이 재삼 음영하매, 만편이 다 처참비원한 뜻이라, 이에 대경해서 말했다.

"이 분명 우리 악장(岳丈)[78] 남어사의 글이로다. 두공의 딸이 있어서 그 고운 안색이 흰 눈보다 낫다 하였고, 한퇴지는 조주에 귀양갔을 때 그 딸이 칭봉역에서 죽었나니, 세간에 어찌 남자평이 둘이 있어서 그 정경이 이와 같으리요."

초장 배회할 즈음에, 홀로 유산하는 객자가 수인 수풀 밖으로 달려나오거늘, 한림이 맞이하여 좌정 후, 인하여 남공의 시를 가리켜 이런 말을 했다.

"첨형(僉兄)[79] 중에 혹시 이 사람이 거하는 동학을 아나이까?"

77) **결발지초** - 상투를 틀기 시작함, 즉 성인이 됨

78) **악장** - 장인

79) **첨형** - 형이라 부를 만한 사람들을 문어적으로 이르는 말

“거년(去年)[80] 봄에 이 사람이 운수동 곽선공으로 더불어 이곳에 와서 놀다가 이 글을 지었으니, 곽선공을 찾아 물으면 가히 알리이다.”

이때 남어사 내외는 그 여아를 생각지 아니하는 날이 없으되, 세월이 오래이고 심회 적이 너그럽더니 하루는 선공이 어사더러 말하는 것이었다.

“공의 액운이 장차 진하매, 영려의 옥랑이 금일 마땅히 이르리라.”

얼마 안 되어 과연 동자가 들어와 공자의 도착을 알렸다.

선공이 동자로 하여금 맞아들여 예필좌정 후, 한림을 향하여 입을 떼기 시작했다.

“폐거가 누추하거늘 귀인이 왕림하시니, 다사 다사로소이다.”

“소생은 서토 누인으로 종적이 비천하온지라. 외람히 선생의 고풍을 사모하와 감히 문하에 배알하오니, 더욱 황송무지로소이다.”

한림은 공수하고 대답했다.

한림은 선공의 신체가 헌앙하여 무리에 뛰어난 학 같으며, 어사는 포의갈건으로 쌍루 떨어뜨림을 보고, 그제야 어사에게 말을 건네었다.

“대인은 임자년에 악수로 적거(謫居)[81] 하시던 남어사가 아니시니까?”

“과연 그러하거니와 족하는 어찌 아느뇨?”

그러자 한림은 벌떡 일어서서 절부터 올리었다.

“소생은 여양후 화공의 불초자 진이로소이다. 소생이 두 아내를 두었사온데, 기일은 윤공의 친녀요, 기이는 윤공의 양녀 남씨오니, 윤공이 이르시되, 남씨는 내 친구 남모의 딸이라 하여 계시니, 소생이 곧 대인의 외생(外甥)[82] 이 되나이다.”

어사는 청파에 기쁜 놀라움을 나타내며 한림의 손을 잡았다.

“그러면 내 딸이 지금 살아있단 말인가?”

한림이 이에 대한 설명이 있자, 어사는 다시 침울해지며 눈물만 흘릴 따름이었다.

한림이 돌아가려 하거늘, 어사는 선공에게 물었다.

“화군의 얼굴을 보시매, 액운이 몇 배나 남았나이까?”

80) 거년 - 지난해

81) 적거 - 귀양살이를 함

82) 외생 - 사위가 장인 · 장모에게 자기를 이르는 말

"은진이 있으니, 노부가 무슨 말을 하리요."

"은진은 뉘시니이꼬?"

"은진은 신선이요, 화군의 전생 친구니라."

이때 한림이 동문을 나올새, 십여 리를 행하여 한 곳에 당도하매, 홀연 절벽이 앞을 막고 운무가 자욱한지라, 한림이 길 잃었음을 깨닫고 슬퍼하며 사면을 돌아보매, 서북 층암상에 한 노인이 있으되, 창안백발에 의관이 심히 점잖은지라, 한림이 그 앞에 나아가 읍하여 말을 했다.

"소생이 진세 천종으로 우연히 명산에 이르렀다가 길을 잃어 동서를 분별치 못하오니, 원컨대 선생은 돌아갈 길을 가르치소서."

"상선은 별래 무양(無恙)[83] 하시나이까?"

노인은 의외로 공손히 일어서서 대답하는 것이었다. 한림은 놀랐다.

"그대가 청진한 상계를 떠나온 지 이미 오래고, 불미한 진세에서 풍상 곤액을 많이 겪었으매, 정신이 혼탁하여 마땅히 전생 일을 아끼지 못하리로다."

노인은 인하여 환약 한 개를 주며 말했다.

"이 약을 먹으면 곧 가히 스스로 알리라."

"소생이 이미 인간 사람이 되었으니, 망령되이 천상 일을 안즉 몸에 유익함이 없삽고 한갓 심회만 어지러워지며, 또 설사 이 약을 먹고 신선이 된다 하더라도 소생이 편모와 고혀이 있으니, 어찌 차마 버리고 홀로 가리이까?"

"착하다. 정말 효자로다. 군의 모친과 형이 회개할 날이 불원하였도다."

"소생의 평생 원하는 바는 형제간 우애하는 것이로소이다."

한림은 반가운 듯이 말했다.

노인은 한림과 더불어 상석에 앉아 친절하게 말을 계속했다.

"군은 천상지사를 원치 아니하니, 인간사나 의논함이 가하도다."

노인은 이에 태공의 육도를 내어 한림을 주며 또 계속했다.

"군이 급히 힘쓸 일은 이 글에 있나니, 군이 비록 이 글을 섭렵하였으나, 그 조발을 맛보매 지나지 못한지라. 용병함은 위태한 일이니, 가히 자세히 강습하지 아니함만 못하리로다."

83) 무양 - 몸에 병이나 탈이 없음

84) 정묘 - 오밀조밀하다

노인은 석상에 책을 펴놓고 호리를 분석하매, 그 정묘(精妙)[84] 극진함이 비할 데 없었다.

한림은 원래 영오한 천재라 하나를 들으면 능히 열을 통하니, 노인이 의연히 웃고 또한 작은 족자 한 축을 내어주며, 그 그림 가운데 산천의 원근 광협을 가르치고 또 붉은 부작 한 장을 주며 말했다.

"이는 태상노군의 요괴를 제어하는 부작이니, 군이 가지면 마땅히 쓸 곳이 있으리라."

노인이 한림으로 더불어 암간 초옥에 들어가 자리를 쓸고 누울새, 한림이 곤비하여 잠들었다가 깨어보니 붉은 해가 벌써 높이 솟았고, 송풍이 슬슬 부는 것이었다.

노인이 말했다.

"국사가 바야흐로 급하니, 군은 빨리 돌아갈지어다."

한림은 노인이 준 족자와 부작과 육도를 가지고, 그에게 배사했다. 재배하고 겨우 두어 걸음을 옮기매 문득 노인과 초옥이 보이지 않았다.

한림이 망연 차탄하고 망망히 돌아와 보니, 작일의 황국단풍은 간데 없고, 금일의 두견 천국이 만개했다. 이때 왕겸이 문에 나와 바라보더니, 뛰놀며 크게 소리쳤다.

"상공이 오시도다."

유이숙이 방 안에서 이 말을 듣고, 맨발로 뛰어나오며 말했다.

"상공께서 어느 곳에 가서 노셨관데, 해가 바꿔지도록 돌아오시지 아니하셨나이까?"

그는 또 왕겸을 돌아보며 말하는 것이었다.

"그대는 급히 관부에 들어가 유장군께 고하라."

"유세창이 어찌 이곳에 왔다 하뇨?"

한림은 놀라서 물었다.

"유장군 말씀이 조정에 지금 대사가 있어서, 상공으로써 광남부종사를 하여 계시매, 황칙을 받자와 내려왔노라 하더이다."

유장군이 본관지부로 더불어 말혁을 날려 오거늘, 한림이 급히 당에 내리매, 장군이 말에서 내려 한림의 손을 잡고 이렇게 말했다.

"연전에 해적 선산해가 경아를 크게 노략하고 만하 등 모든 고을을 함몰하고 자칭 화천왕이라 하니, 남방의 소요하여 백성이 다 분찬하매, 조정에서 크게 근심하사 우리 주장 조총병으로써 광남부 경략사를 제수하여 남방을 진무하라 하였더니, 거년 겨울에 산해가 과연 안림해구로 쳐들어오매, 연해주군이 망풍 분찬하는지라, 조총이 광서총병 척계광으로 더불어 합력하여 주부성을 지킬새, 또 적세가 창궐하매 조공이 근심하여, 날더러 '친히 경사에 올라가 적세가 호대함을 아뢰라' 하기로 내가 황성에 올라가서 각도를 보고 '적국의 형편을 말할새, 산해는 해도 중에 간휼(奸譎)[85]한 도적이라 변화출몰하니, 조경략이 무용은 없지 아니하나, 다만 문략이 부족한 고로 지금까지 남방을 평정치 못하오니, 운주 결승하는 재주가 장사방 같은 이를 얻으면 가히 서적을 제어하려니와 불연즉, 비록 백만 군사가 있을지라도 쓸데없을지라' 하니 서공이 소 왈, '금세에 어찌 그런 사람을 얻을 수 있으리요' 하거늘, 내 가로되, '하늘이 재주를 내시매 고금이 없나니, 합하는 다만 보시지 못함이라. 어찌 금세인들 그런 사람이 없사오리까?' 하온즉 서공이 냉소 왈, '군은 그런 사람을 보았나뇨' 하기로, 소장이 선생이 금세에 장자방이나 다름없음을 말한즉, 서공 왈, '제 비록 부장가 자손이나, 아직 연천하여 백면서생에 벗어나지 못하리니, 군의 말이 너무 과하도다' 하거늘, 내가 개연히 웃어 왈, '주유는 나이 십팔 세에 강동 대도독이 되고, 장량 진평은 다 백면서생으로 한고조를 도와 천하를 취하였는지라.' 서공이 묵묵히 말이 없더니 마침 도어사 하공이 들어오매, 서공이 내가 하던 말로써 하공께 물은대 하공이 대열(大悅)[86] 왈, '화모는 부귀할 기상이 있으니, 합하는 국가를 위하여 한번 써보소서' 한대, 서공이 깨달아 즉일로 탑전에 주달하오매 황상이 침음하시고 불윤(不允)[87]하사 왈, '화모는 문사라, 어찌 능히 도적을 치리요' 하신대, 한림학사 윤영옥이 출반주(出班奏)[88] 왈, '화모는 신의 매부니 어찌 그 사람의 지략을 모르리까? 화모로 하여금, 한번 보내오면 남방을 평정하올까 하나이다' 황상이 대희하사 허락하시니, 즉일 성지를 받들어 주야배도(晝夜倍道)[89]하여 십구일

85) 간휼 - 간사하고 음흉함

86) 대열 - 매우 기뻐함

87) 불윤 - 임금이 신하의 청을 허락하지 않는 일

88) 출반주 - 여러 신하 가운데 특별히 혼자 나아가 임금에게 아룀

89) 주야배도 - 밤낮을 가리지 아니하고 보통 사람 갑절의 길을 걸음

만에 이곳에 득달하와 들으니, 선생이 나가신 지 이미 팔삭이라 하오니, 생각하와 어찌할 바를 모르고 만일 선생이 금명간(今明間)[90]에 오시지 아니하셨던들, 나는 거의 죽을 뻔하였나이다."

한림은 그의 말을 죄다 듣고 나서 감동하여 말했다.

"내가 계창을 화산역에서 만남도 천명이요, 계창을 따라 부주성에 감도 명이며, 또 도적을 파하여 국은을 갚음도 명이라. 어찌 하늘이 명하신 바를 벗어나리요. 내 마땅히 명대로 행하리라."

에에 지부가 치행하여 발정할새, 왕겸과 유이숙 양인이 또한 따라나선 것이다.

(중략)

화진은 신인(神人) 은진에게서 배운 병법과 족자와 부작을 사용해 해적과 반란 세력들을 물리쳐 큰 공을 세운다. 한편 심씨, 화춘, 범환, 장평의 죄와 음모는 백일하에 모두 드러나 시시비비가 가려진다. 화진과 태강의 효심으로 심씨와 화춘은 자신들의 과오를 뉘우치고 회개하고, 흩어졌던 가족들이 돌아와 화락한 가정을 이룬다.

---

90) 금명간 - 오늘 내일 사이

5

토끼전

천하의 모든 물 중에 동해와 서해와 남해와 북해 네 바다물이 제일 큰지라. 그 네 바다 가운데에 각각 용왕이 있으니 동은 광연왕(廣淵王)이요, 남은 광리왕(廣利王)이요, 서는 광덕왕(廣德王)이요, 북은 광택왕(廣澤王)이라. 남과 서와 북의 세 왕은 무사태평하되 오직 동해 광연왕이 우연히 병이 들어 천만가지 약으로도 도무지 효험을 보지 못한지라.

하루는 왕이 모든 신하를 모으고 의논하되,

"가련토다. 과인의 한 몸이 죽어지면 북망산(北邙山) 깊은 곳에 백골이 진토에 묻혀 세상의 영화며 부귀가 다 허사로구나. 이전에 여섯 나라를 통일치지하던 진시황(秦始皇)도 삼신산에 불사약(不死藥)을 구하려고 동남동녀(童男童女) 오백인을 보내었고, 위엄이 사해에 떨치던 한무제도 백대(柏臺)를 높히 짓고 승로반(承露盤)[1]에 신선의 손을 만들어 이슬을 받았으되 하늘 명이 떳떳치 아니하여 필경은 여산(廬山)의 무덤과 무릉침을 면치 못하였거늘 하물며 나같은 한쪽 조

1) 승로반 - 한무제가 불사약인 이슬을 받기 위해 구리로 만든 그릇.

그마한 나라 임금이야 일러 무엇하리. 누대(累代) 상전(相傳)하던 왕의 기업(基業)을 영결(永訣)하고 죽을 일이 망연(茫然)하도다. 고명한 의원을 널리 구하여 자세히 진찰한 후에 약으로 치료함이 마땅하도다."

하고 하교(下敎)하여 가로되,

"과인의 병세가 심히 위중하니 경의 무리는 아무쪼록 충성을 다하여 명의(名醫)를 광구(廣求)하여 과인을 살려서 군신이 더욱 서로 동낙(同樂)하여 지내게 하라."

한 신하가 출반주(出班奏)[2]하여 아뢰어 가로되,

"신은 듣자오니, 오나라 범상국(范相國)이며 당나라 장정군이며 초나라 육처사(陸處士)는 오나라와 초나라 지경에 제일되는 세 호걸이라 하오니, 세 사람을 찾아 문의하옵소서."

하거늘 모두 보니 선조 적부터 정성을 극진히 하던 공신인데 수천 년 묵은 잉어라. 왕이 들으시고 옳게 여기시어 근신(近臣)한 신하를 보내어 그 세 사람을 청하니 수일 만에 다 왔거늘 왕이 전좌(殿坐)하시고 세 사람을 인도하여 보실새 왕이 치사(致謝)하여 가로되,

"선생네들이 과인의 청함을 인하여 천리를 멀리 여기지 아니하시고 누지(陋地)에 왕림하시니 불안하고 감사하여 하노라"

세 사람이 공경 대답하여 가로되,

"생의 무리가 진세(塵世) 부생(浮生)으로 청운(靑雲)과 홍진(紅塵)을 하직하고 강산 풍경을 사랑하와 오초강산 궁벽한 곳에 임의로 왕래하며 무정한 세월을 헛되이 보내옵더니 천만 뜻밖에 대왕의 명을 받자오니 황송하옵기 가이 없사이다."

왕이 가라사대,

"과인이 신수 불길하여 우연이 병든 지 지금 수 년이나 되도록 약 신세도 많이 하였건마는 범상한 의술이라 그러한지 종시 효험을 조금도 보지 못하오니, 선생은 죽게 된 목숨을 살려 주시기를 하늘같이 바라노라"

한즉 세 사람이 가로되,

"술은 사람을 미치게 하는 약이오, 색은 사람의 수한(壽限)[3]을 줄이는 근본이

2) **출반주** - 여러 사람이 모인 반열에서 나와 아뢰기를.

3) **수한** - 타고난 수명.

라. 대왕이 술과 색을 과도히 하시어 이 지경에 이르심이니 스스로 지으신 죄악이라 수원수구(誰怨誰咎)[4] 하시오리까마는 혹은 이르되 사람의 소년 한 때 예사라 하오니 저렇듯이 중한 병이 한 번 들면 회춘하기 어려운 병이로소이다. 푸른 산에 안개 걷히듯 봄바람에 눈 녹듯 오장육부가 마디마디 녹아지니 화타(華陀)와 편작(扁鵲)이 다시 살아나도 용수(用手)[5]할 수 없사옵고, 금강초와 불사약이 구산(丘山)같이 쌓였어도 즉효(卽效)할 수 없사옵고, 인삼과 녹용을 장복(長服)하여도 재물이 쌓였어도 대속(代贖)할 수 없고, 용력(勇力)이 절인(絶人)하여도 제어할 수 없습니다. 이리저리 아무리 생각하여도 국운이 불행하고 천명이 궁진(窮盡)[6]하심인지 대왕의 병환이 평복(平復)되시기가 과연 어렵도소이다."

왕이 들으시고 정신이 산란하여 가로되,

"그러면 어찌할고? 죽을 자는 다시 살지 못하리로다. 이 세상 일년 일도(一到) 저같이 좋은 이삼월 도리화(桃李花)와 사오월에 녹음방초(綠陰芳草)와 팔구월에 황국단풍(黃菊丹楓)과 동지섣달 설중매화(雪中梅花)며, 저렇듯이 아리따운 삼천 궁녀의 아미분대를 헌 신짝같이 바리고 속절없이 황천객이 되오리니 그 아니 가련하오. 설혹 효험이 없을지라도 선생은 묘한 술법을 다하여 약방문(藥方文)이나 하나 내어 주시면 죽어도 한이 없겠노라."

하니 세 사람이 웃으며 가로되,

"생의 말을 들으실진대 방문(方文)이나 하여 올리리이다. 상한 병에는 시호탕(柴胡湯)[7]이요, 음허화동(陰虛火動)[8]에는 보음익기전(補陰益氣煎)이요, 열병에는 승마갈근탕(升麻葛根湯)이요, 원기부족증에는 육미지탕(六味之湯)이요, 체증에는 양위탕(養胃湯)이요, 각통에는 우슬탕(牛膝湯)이요, 안질에는 청간명목탕(淸肝明目湯)이요, 풍중에는 방풍통성산(防風通聖散)이라. 천병만약에 대증투제(對症投劑)함이 다 당치 아니하옵고, 신효(神效)할 것 한가지가 있사오니 토

---

4) 수원수구(誰怨誰咎) - 누구를 원망하고 누구를 탓하랴의 뜻.

5) 용수 - 손쓰다. 조치나 방도를 취하다.

6) 궁진 - 다하여 없어짐.

7) 시호탕 - 감기나 말라리아의 치료에 쓰이는 탕약.

8) 음허화동 - 음허로 나는 병.

9) 진어 - 임금이 먹고 입는 일을 높여 이르는 말.

끼의 생간이라. 그 간을 얻어 더운 김에 진어(進御)하시면 즉시 평복되시오리이다."

왕이 가로사대,

"어찌하여 그 간이 좋다 하느냐?"

대답하여 여쭈오되

"토끼란 것은 천지 개벽한 후 음양과 오행(五行)으로 된 짐승이라. 병을 음양 오행의 상극(相剋)으로도 고치고 상생(相生)으로도 고치는 법이라. 토끼 간이 두루 제일 좋은 것이온데 더구나 대왕은 물 속 용신이시오 토끼는 산 속 영물이라. 산은 양이요 물은 음이올 뿐더러 그 중에 간이라 하는 것은 더욱 목기(木氣)로 된 것이온즉 만일 대왕이 토끼의 생간을 얻어 쓰시면 음양이 서로 화합함이라. 그럼으로 신효하시리라 하옵나이다."

하고 말을 마치고 하직하여 가로되,

"녹수청산(綠水靑山) 벗님네와 무릉도원(武陵桃源) 화류촌(花柳村)에서 만나기로 금석같이 언약하고 왔삽기로 무궁한 회포를 다 못 펴 드리옵고 총총히 하직하니 바라건대 대왕은 옥체를 천만 보중(保重)하옵소서."

하고 섬에 내려 백운산으로 표연히 향하더라.

왕이 그 세 사람을 보내고 즉시 만조백관(滿朝百官)을 모아 놓고 하교하여 가로되,

"과인의 병에는 토끼 생간이 제일 신효한 약이요 그 외에는 천만가지 약이 다 쓸 데 없다 하니 나를 위하여 뉘 능히 토끼를 살게 잡아 올꼬?"

문득 일원대장이 출반주하여 가로되,

"신이 비록 재주 없사오나 한 번 인간에 나아가 토끼를 살게 잡아오리이다."

하거늘, 모두 보니 머리는 두루주머니 같고 꼬리는 여덟 갈래로 돋힌 수천 년 묵고 묵은 문어라.

왕이 대희하여 가로되,

"경의 용맹은 과인이 아는 바라. 급히 인간에 나아가 토끼를 살게 잡아 오면 그 공이 적지 아니하리라."

하고, 장차 문성장군(文盛將軍)을 봉하려 할 즈음에, 문득 한 장수가 뛰어 내달아 크게 외쳐 가로되,

"문어야. 네 아무리 기골이 장대하고 위풍(威風)이 약간 있다한들 제일 언변도

넉넉치 못하고 의사(意思)도 부족한 네가 무슨 공을 이루겠다 하며, 또한 인간 사람들이 너를 보면 영락없이 잡아다가 요리조리 오려내어 국화 송이며 매화 송이처럼 형형색색으로 갖추갖추 아로새겨 혼인 잔치 환갑 잔치에 크고 큰 상 어물접시 웃기거리로 긴요하고, 재자가인(才子佳人)의 놀음상과, 공문거족(公門巨族)의 식물상과, 어린아이의 거둘상과, 오입장이 남 술안주에 구하느니 네 고기라. 무섭고 두렵지도 아니하냐, 이 어림 반푼어치 없는 것아. 나는 세상에 나아가면 칠종칠금(七縱七擒)하던 제갈량(諸葛亮)과 같이 신출귀몰한 꾀로 토끼를 살게 잡아 오기 용이하다.”

하거늘 모두 보니 그는 수천 년 묵은 자라이니 별호는 별주부라.

문어가 그 말을 듣고 분기가 대발하여 긴 꼬리 여덟 갈래를 샅샅이 엉벌리고 검붉은 대가리를 설설이 흔들면서 소리를 지르니 물결이 뛰노는 듯, 웅어눈을 부릅뜨고 크게 꾸짖어 가로되,

“요망한 별주부야, 내 말 잠깐 들어 보아라, 포대기 속에 있는 어린아이가 장부를 저희(沮戲)[10]할 줄 뉘 알았으리오. 진소위(眞所謂) 범 모르는 하룻강아지요, 수레 막는 쇠똥벌레로구나. 네 죄를 의논하고 보면 태산도 오히려 가볍고 황하수(黃河水)가 도리어 얕다 하겠으니 그것은 다 그만 덮어 두고 첫 문제로 네 모양을 볼작시면 사면이 넓적하여 나무접시 모양이라. 작고 못 생기기로 둘째 가라면 대단 싫어할 터이지. 요따위 자격에 무슨 의사가 들어 있으리오. 그뿐만 아니라 세상 사람들이 너를 보면 잡아다가 끓는 물에 숏구쳐서 자라탕을 만들어 동반(東班) 서반(西班) 세가자제(勢家子弟) 구하나니 네 고기라. 무슨 수로 살아 오랴?”

자라가 가로되,

“너는 우물 안 개구리라. 한 가지만 알고 두 가지는 알지 못하는도다. 지나(支那)에서 세상을 주름잡던 초패왕(楚패王)도 해하성(垓下城)에서 패하였고 유럽에서 각국을 응시하던 나파륜(拿破崙)[11]도 해도(海島) 중에도 갇혔는데 요마한 네 용맹을 뉘 앞에서 번쩍이며, 또는 무슨 지식이 있노라고 내 지혜를 헤아리느냐. 참으로 내 재주를 들어보아라. 만경창파(萬頃蒼波) 깊은 물에 기엄둥실 사족

10) 저희 - 해방을 놓아 해롭게 함.

11) 나파륜(拿破崙) - 나폴레옹의 음역(音譯).

을 바투 끼고 긴 목을 움치며 넓적이 엎드리면 둥글둥글 수박이오 편편납작 솥 뚜껑이라. 나무 베는 목동이며 고기 잡는 어부들이 무엇인지 모를 터이니 장구하기는 태산이오 평안하기는 반석이라. 남 모르게 다니다가 토끼를 만나 보면 어린아이 젖국 먹이듯 뚜장이 과부 호리듯 이 패 저 패 두루 써서 간사한 저 토끼를 두 눈이 멀겋게 잡아올 것이요, 만일 시운이 불행하여 못 잡아 오는 경우이면 수궁에 돌아와서 내 목을 대신하리라.”

문어 할 수 없이 주먹 맞은 감투가 되야 슬쩍 웃으며 뒤통수를 툭툭 치고 흔들흔들 달아나거늘 만조백관이 주부의 의사와 언변을 한없이 칭찬하더라. 자라가 다시 엎드려 왕께 아뢰어 가로되,

“소신은 물 속에 있는 물건이옵고 토끼는 산 속에 있는 짐승이온즉 그 형용을 자세히 알 수 없사오니 화공을 패초(牌招)[12]하시와 토끼 형용을 그려 주옵소서”

하는데 용왕이 옳게 여기어 화공을 패초하시니, 지나로 이르면 인물 그리던 모연수(毛延壽)와 대 잘 그리던 문여가(文與可)며, 조선으로 이르면 산수 그리던 겸재(謙齋)와 나비 잘 그리던 남나비(남계우)며, 그 외에 오도자(吳道子) 김홍도(金弘道)와 같이 유명한 여러 화공들이 제제(濟濟)히 등대(等待)하거늘, 왕이 명하여 토끼의 화상을 그려 들이라 하시니, 화공들이 전교를 듣고 한 처소로 나와 보니 각색 제구 찬란하다. 고려자기 연적이며 남포청석(藍浦青石) 용연(龍硯)이며 한림풍원(翰林風月) 해묵(海墨)이며 중산 황모 무심필과 백릉설한(白綾雪寒) 대장지(大壯紙)며, 청황적백 녹자주홍 여러가지 물감이 전후좌우에 벌려 있더라.

이에 화공들이 둘러 앉아서 토끼 화상을 그리는데 각기 한 가지씩 맡아 그려 토끼 한 마리를 만들어 내는데, 하나는 천하명산 승지(勝地) 간에 경개(景概) 보던 저 눈 그리고, 또 하나는 두견 앵무 지저귈 때 소리 듣던 저 귀 그리고, 또 하나는 난초 지초 등 온갖 향초 꽃 따먹는 입 그리고, 또 하나는 방장 봉래 운무 중에 냄새맡던 코 그리고, 또 하나는 동지섣달 설한풍(雪寒風)에 방풍(防風)하던 털 그리고, 또 하나는 만학천봉(萬壑千峰) 구름 깊은 곳에 펄펄 뛰던 발 그리니, 두 눈은 도리도리, 앞다리 짤막, 뒷다리 길쭉, 두 귀는 쫑긋, 뛸듯뛸듯 천연한 토끼라.

---

12) 패초(牌招) - 조선 왕조 때 승지(承旨)를 시켜 왕명으로 신하를 부름.

왕이 보시고 크게 기뻐하사 모든 화공에게 각기 천금씩 상급하고 그 화본을 자라를 주며,

"어서 길을 떠나라."

하신대, 자라 재배하고 화본을 받아 들고 이리 접고 저리 접쳐 등에다 지자하니 수침(水沈)[13]이 될 것이라. 이윽히 생각다가 움친 목을 길게 늘려 한 편에 집어 넣고 도로 움츠리니 전후가 도무지 염려 없는지라.

용왕이 신기히 여기사 친히 잔을 들어 권하여 가로되,

"경은 정성을 다하여 큰 공을 이루어 수이 돌아오면 부귀를 한가지로 하리라."

하시고 즉시 호혜청(互惠廳)에 전교하시어 전곡(錢穀)의 다소를 생각하지 아니하시고 별주부에게 사송(賜送)하시니, 별주부 천은에 대단히 감격하여 사은숙배(謝恩肅拜)하고 만조백관을 작별한 후, 집에 돌아와 처자를 이별할 때, 그 아내가 당부하여 이르되,

"인간은 위지(危地)니 부디 조심하여 큰 공을 세워 가지고 수이 돌아오시기를 천만 축수(祝手) 하옵나이다."

하거늘, 자라가 대답하되,

"수요장단(壽夭長短)[14]이 하늘에 달렸으니 무슨 염려가 있으리오. 돌아올 동안 늙으신 부모와 어린 자식들을 잘 보호하라."

하고 행장을 수습하여 소상강(瀟湘江)과 동정호 깊은 물에 허위둥실 떠올라서 벽계산간(碧溪山間)으로 들어가니 이 때는 방출화류(放出花柳) 좋은 시절이라.

초목군생(草木群生) 온갖 물건들이 다 스스로 즐거움을 가져 있으니, 작작(灼灼)한[15] 두견화는 향기를 띠었는데 얼숭얼숭 호랑나비는 춘흥을 못 이기어서 이리저리 흩날리고, 청청한 수양 늘어진 시냇가에 날아드는 황금같은 꾀꼬리는 벗 부르는 소리로 구십춘광(九十春光)을 희롱하고, 꽃 사이에 잠든 학은 자취 소리에 자주 날고, 가지 위에 두견새는 불여귀(不如歸)를 화답하니 별유천지비인간(別有天地非人間)이라. 소상강 기러기는 가노라고 하직하고, 강남서 나오는 제비는 왔노라고 현신(現身)하고, 조팝나무 비쭉새 울고, 함박꽃에 뒤웅벌이오, 방울새 떨

13) 수침 - 물에 가라앉음.

14) 수요장단 - 오래 삶과 일찍 죽음.

15) 작작한 - 꽃이 핀 모양이 화려하고 찬란한.

렁, 물떼새 찍걱, 접동새 접둥, 뻐국새 벅, 까마귀 골각, 비둘기 국국 슬피 우니 근들 아니 경(景)일소냐. 천산과 만산에 홍장(紅粧) 찬란하고 앞 시내와 뒤 시내에 흰 깁[16]을 펴인 듯, 푸른 대나무와 소나무는 천고의 절개요, 복숭아꽃과 살구꽃은 순식간 봄이라. 기괴한 바윗돌은 좌우에 층층(層層)한데 절벽 사이 폭포수는 이 골 물 저 골 물 합수(合水)하여 와당탕퉁텅 흘러가는 저 경개 무진(無盡) 좋을시고.

그 구경 다하고 나무수풀 사이로 들어가면 사면으로 토끼 자취를 살피더니 한 곳을 바라보니 각색 짐승 내려온다. 발발떠는 다람쥐며, 노루 사슴 이리 승냥이 곰 도야지 너구리 고슴도치 사지주지 원숭이 범 코끼리 여우 등이 담비 성성이라[17]. 좌우로 오는 중에 토끼 자취 알 수 없어 움친 목을 길게 늘여 이리저리 휘둘러 살피더니 후면으로 한 짐승 들어오는데 화본과 방불(彷彿)[18]하다. 토끼 보고 그림 보니 영낙 없는 네로구나. 자라 혼자 마음에 매우 기뻐하여 진가(眞假)를 알려할 때 저 짐승 거동 보소. 혹 풀도 뜯적이며 싸리순도 뜯적이며 층암절벽 사이에 이리저리 뛰어 뺑뺑 돌며 할금할금 강똥강똥 뛰놀거늘 자라 음성을 높혀서 점잖게 불러 가로되,

"고봉준령(高峰峻嶺)에 신수도 좋다. 저 친구, 그대 토선생이 아니신가? 나는 본시 수중호걸이러니 양계에 좋은 벗을 얻고자 광구터니 오늘이야 산중호걸 만났도다. 기쁜 마음 없지 못하여 청하노니, 선생은 아모커나 허락하심을 아끼지 아니하실까 하나이다."

하니, 토끼 저를 대접하여 청함을 듣고 가장 점잖은 체하며 대답하되,

"거 뉘라서 날 찾는고. 산이 높고 골이 깊은 이 강산 경개 좋은데, 날 찾는 이 거 뉘신고. 수양산(首陽山)에 백이숙제(伯夷叔齊)가 고비 캐자 날 찾는가, 소부(巢父) 허유(許由)가 영천수에 귀 씻자고 날 찾는가. 부춘산(富春山) 엄자릉(嚴子陵)이 밭 갈자고 날 찾는가, 면산(면山)에 불탄 잔디 개자추(介子推)가 날 찾는가. 한 천자의 스승 장량(張良)이가 퉁소 불자 날 찾는가, 상산사호(商山四皓) 벗님네가 바둑두자 날 찾는가. 굴원(屈原)이가 물에 빠져 건져 달라 날 찾는가, 시

16) 깁 - 명주실로 짠 비단의 하나.

17) 성성이 - 유인원과의 짐승. 수상(樹上) 생활을 하는 오랑우탄.

18) 방불하다 - 비슷하다.

19) 염락관민 - 중국 송(宋)나라 때의 성리학자인 주돈이(周敦이), 정호(程顥), 정이(程이), 장재(張載), 주희(朱熹).

중천자 이태백(李太白)이 글 짓자고 날 찾는가. 주덕송(酒德頌) 유령(劉伶)이가 술 먹자고 날 찾는가, 염락관민(濂洛關民)[19] 군현들이 풍월 짓자 날 찾는가. 석가여래(釋迦如來) 아미타불 설법하자 날 찾는가, 안기생(安期生) 적송자(赤松子)가 약 캐자고 날 찾는가. 남양초당(南陽草堂)에 제갈선생 해몽하자 날 찾는가, 한 종실 유황숙(劉皇叔)이 모사 없어 날 찾는가. 적벽강(赤壁江) 소동파(蘇東坡)가 선유(船遊)하자 날 찾는가, 취옹정(醉翁亭) 구양수(歐陽修)가 잔치하자 날 찾는가.”

두 귀를 쫑그리고 사족을 자주 놀려 가만히 와서 보니, 둥글넙적 거뭇편편하거늘 고이히 여겨 주저할 즈음에 자라가 연하여 가까이 오라 부르거늘, 아모커나 그리하라 하고 곁에 가서 서로 절하고 잘 앉은 후에, 대객(待客)의 초인사로 당수복(唐壽福)[20] 백통(白筒)대와 양초(兩草) 일초(日草) 금강초(金剛草)며 지권연(紙卷煙)[21] 여송연(呂宋煙)과 금패 밀화 금강석 물부리는 다 던져두고 도토리통에 싸리순이 제격이라. 자라가 먼저 말을 내되,

“토공의 성화(聲華)는 들은 지 오랜지라 평생에 한 번 보기를 원하였더니 오늘 이 무슨 날인지 호걸을 상봉하니 어찌하여 서로 보기가 이다지 늦느뇨?”

한즉, 토선생이 대답하되,

“세상에 나서 사해를 편답(遍踏)하며 인물 구경도 많이 하였으되 그대 같은 박색은 보던 바 처음이로다. 담구멍을 뚫다가 학치뼈[22]가 빠졌는가 발은 어이 뭉둑하며, 양반 보고 욕하다가 상투를 잡혔던가 목은 어이 기다라며, 색주가에 다니다가 한량패에 밟혔던지 등이 어이 넓적하고, 사면으로 돌아보니 나무접시 모양이로다. 그러나 성함은 뉘댁이라 하시오? 아까 한 말은 다 농담이니 거기 대하여 너무 노여워 하지 말으시기 바랍니다.”

하거늘, 자라가 그 말을 듣고 마음에 불쾌는 하지마는 마음을 흠뻑 돌려 눅진눅진이 참고 대답하되,

“내 성은 별이요, 호는 주부로다. 등이 넓기는 물에 다녀도 가라앉지 아니함이요, 발이 짧은 것은 육지에 다녀도 넘어지지 아니함이요, 목이 긴 것은 먼 데를 살

20) 당수복 – 담뱃대의 한 가지.

21) 지권연 – 지궐련. 잘게 썬 담배를 얇은 종이로 길게 만 것.

22) 학치뼈 – 정강이뼈.

퍼봄이요, 몸이 둥근 것은 행세를 둥글게 함이라. 그러하므로 수중에 영웅이요, 수족(水族)에 어른이라. 세상에 문무겸전(文武兼全)하기는 나뿐인가 하노라.”

토끼 가로되,

“내가 세상에 나서 만고풍상(萬古風霜)을 다 겪다시피 하였으되 그대같은 호걸은 이제 처음 보는도다.”

자라 가로되,

“그대 연세가 얼마나 되관대 그다지 경력이 많다 하느뇨?”

토끼 가로되,

“내 연기(年紀)를 알 양이면 육갑[23]을 몇 번이나 지내였는지 모를 터이오. 소년 시절에 월궁에 가 계수나무 밑에서 약방아 찧다가 유궁후예(有窮后예)[24]의 부인이 불로초(不老草)를 얻으러 왔기로 내가 얻어 주었으니 이로 보면 삼천갑자 동방삭(東方朔)은 내게 시생(侍生)[25]이오, 팽조(彭祖)[26]의 많은 나이 내게 대하면 구상유취(口尚乳臭)오 종과 상전이라. 이러한즉 내가 그대에게 몇십 갑절 할아비 치는 존장(尊長)이 아니신가.”

자라가 가로되,

“그대의 말이 참 자칭 천자라 하는 것과 다름이 없도다. 아모커나 나의 이왕한 일을 대강 말할 것이니 좀 들어 보아라. 모르면 모르거니와 아마 놀래기가 십상팔구 될 걸. 어찌 그러한고 하니, 반고씨(盤固氏) 생신날에 산곽(産藿)[27] 진상 내가 하고, 천황씨(天皇氏) 등극하실 때에 술안주 어물진상 내가 하고, 지황씨(地皇氏)의 화덕왕(火德王)과 인황씨(人皇氏)의 구주(九州)[28]를 마련하던 그 사적을 어제까지 기억하며, 유소씨(有巢氏)의 나무 얽어 깃들임과 수인씨(燧人氏)의 불을 내여 음식 익혀 먹는 일을 나와 함께 지내였고, 복희씨(伏羲氏)의 그은 팔괘

23) 육갑 - 육십갑자(六十甲子).

24) 유궁후예 - 하대(夏代)의 임금. 활을 잘 쏘았으며, 신선세계에 올라가 불사약과 불로초를 구했다 함.

25) 시생 - 웃어른에 대한 자기의 겸칭.

26) 팽조 - 요 임금의 신하로 은나라 말까지 7백 여년을 살았다는 신선.

27) 산곽 - 해산(解産) 미역.

28) 구주 - 중국의 행정구역을 아홉으로 나누었던 데서 중국 전역을 이르는 말.

(八卦)로 용마(龍馬) 하도수를 나와 함께 풀어냈고 공공씨(共工氏)가 싸우다가 하늘이 무너져서 여와씨(女媧氏)가 오색 돌로 보첨(補添)할 제 석수 편수 내가 하고, 신농씨(神農氏)가 장기 내고 온갖 풀을 맛보아서 의약을 마련할 제 내가 역시 참견하고, 헌원씨(軒轅氏)가 배 지을 제 목방패장 내가 하고, 탁록들에서 치우(蚩尤)가 싸울 적에 돌기를 내가 천거하여 치우를 잡게 하고, 금천씨(金天氏)의 봉조서(奉調書)와 전욱씨(顓頊氏)의 제신(制臣)하던 술법 내가 훈수하고, 고신씨(高辛氏)의 자언기명(自言其名)[29]하던 것을 내 귀로 들어 있고, 요임금의 강구(康衢)노래[30] 지금까지 흥락하고, 순임금의 남풍가(南風歌)는 어제 들은 듯 즐거워라. 우임금의 구년 홍수 다스릴 제 그 공덕을 내가 찬성하고, 탕임금의 상림(桑林)[31] 들에서 비 빌던 일이며, 주나라 문왕 무왕과 주공의 찬란하던 예악문물이 다 눈에 역력하고, 서해 바다 태평양에 놀러갔다가 굴원이 명라수에 빠질 적에 구하지 못한 것이 지금까지 유한(有恨)이라. 이로 헤아려 보면 나는 그대에게 몇백 갑절 왕존장(王尊長)이 아니신가? 그러나 저러나 재담은 그만두고 세상 재미나 서로 이야기하여 보세."

토끼 가로되,

"인간 재미를 말하고 보면, 형이 재미가 나서 오줌을 졸졸 쌀 것이니 더 둥글넓적한 몸이 오줌에 빠져서 선유하느라고 헤어나지 못할 것이니 그 아니 불쌍한가?"

자라가 가로되,

"어찌하였던지 대강 말하라"

토끼 가로되,

"심산 풍경 좋은 곳에 산봉우리는 칼날같이 하늘에 꽂혔는데 배산임류(背山臨流)하여 앞에는 춘수만사택(春水滿四澤)이요, 뒤에는 하운(夏雲)이 다기봉(多奇峰)이라. 명당에 터를 닦고 초당 한 칸 지어내니, 반 칸은 청풍이오 반 칸은 명

29) 자언기명 - 제가 자신의 이름을 말함.
30) 강구노래 - 요임금이 미복잠행(微服潛行)할 때 길을 지나다가 들었다는 동요와 격양가(擊壤歌).
31) 상림 - 탕임금이 즉위한 후 칠년간 가뭄이 들자 비를 빌던 숲.
32) 대사리 - 다슬기과의 고둥.
33) 정쇄하기 - 매우 맑고 깨끗하기.

월이라. 흙섬돌에 대사리[32]짝이 정쇄(精灑)하기[33] 다시 없다. 학은 울고 봉은 나는도다. 뒤 뫼에서 약을 캐고 앞내에서 고기 낚아 입에 맞고 배부르니 이 아니 즐거운가? 청천에 밝은 달이 조요하되, 만학천봉에 홀로 문을 닫혔도다. 한가한 구름은 그림자를 희롱하니 별유천지비인간이라. 몸이 구름과 같이 세상 시비 없고 보니 내 종적을 그 뉘 알랴.

추위가 지나가 더위가 오니 사시(四時)를 짐작하고, 날이 가고 달이 오니 광음을 나 몰라라. 녹수청산 깊은 곳에 만화방초(滿花芳草) 우거지고, 난봉과 공작새의 서로 부르는 소리 이 봉 저 봉 풍악이오, 앵무새와 두견새며 꾀꼬리의 소리 이 골 저 골 노래로다. 석양에 취한 흥을 반쯤 띠고 강산풍경 구경하며 곤륜산(崑崙山) 상상봉에 뜬 구름을 쓸어치고 지세 형편 굽어보니 태산은 청룡이오 화산은 백호로다. 상산은 현무 되고 형산은 주작이라. 소상강과 팽려택으로 못을 삼고, 황하수와 양자강 무제의 백량대는 눈가에 의의하다.

적벽강(赤壁江)의 무한한 경개를 풍월로 수작하고, 아미산의 반달 빛은 취중에 희롱하며, 삼신산에 불로초도 뜯어 먹고 동정호에 목욕도 하다가 산 속으로 돌아드니, 층암은 집이 되고 낙화는 자리 삼아 한가히 누웠으니, 수풀 사이 밝은 달은 은근한 친구 같고, 소나무에 바람 소리 은은하거늘 돌베개에 높이 누워 취흥으로 잠을 드니 어디서 학의 소리 잠든 나를 깨올세라. 이윽고 일어나 한산(寒山) 석경(石徑) 빗긴 길에 청려장(靑黎杖)을 의지하고 이리저리 배회하니 흰 구름은 천리나 만리에 덮여 있고 밝은 달은 앞 시내와 뒤 시내에 얹혔더라. 산이 첩첩하니 삼(산은 청천 밖에 떨어지고, 물이 잔잔하니 이수는 백로주에 갈라져) 있도다. 도도한 이 내 몸이 산수간에 누웠으니 무한한 경개는 정승 주어도 아니 바꾸고 노닐러라.

동녘 둔덕에 올라 휘파람 부니 한가하기 측량 없고, 앞 시내를 굽어보며 글 지으니 흥미가 무궁하다. 오동(梧桐)에 밝은 달은 가슴에 비춰고, 양류에 맑은 바람 얼굴에 불어 있다. 청풍명월이 그 아니 내 벗인가. 병 없이 성한 이 내 몸이 희황세계(羲皇世界)[34]에 한가한 백성이 되니, 중도 아니며 속한(俗漢)[35]도 아니요,

---

34) 희황세계 - 복희씨가 다스리기 이전의 오랜 옛적 세상. 백성이 편안하고 한가로이 지내는 세상을 이르는 말임.

35) 속한 - 품격이 속된 사람.

오직 평지의 신선이라. 강산풍경을 임의대로 희롱한들 그 뉘라서 시비하랴.

이화 도화 만발하고 푸른 버들 휘여진대 동서남북 미색들은 시냇가에 늘어 앉아 섬섬옥수를 넌짓 들어 한가로이 빨래할 제, 물 한 줌 덤벅 쥐어다가 연적같은 젖통이를 슬근슬쩍 씻는 양은 요지연(瑤池宴)[36]과 방불(彷彿)하고, 어진 오월이라 단오일에 녹음방초 우거지고 녹의홍상(綠依紅裳) 미인들이 버들가에 그네 매고 짝지어 추천[37]하는 모양 광한루(廣寒樓) 경개가 완연하다. 풍류호걸 이 내 몸이 저러한 절대가인(絕對佳人) 구경하니 아마도 세상 재미는 나뿐인가 하노라.”

자라가 이르되,

“허허 우습도다. 우리 수궁 이야기 좀 들어보소. 오색 구름 같은 곳에 진주궁과 자개 대궐 반공(半空)에 솟았는데 일월이 명랑하다. 이 가운데 날마다 잔치요, 잔치마다 풍류로다. 연꽃 같은 용녀들은 쌍쌍이 춤을 추며 천일주와 포도주며 금강초 불사약을 유리병과 호박잔에 신선하게 담고 담아, 대모소반(玳瑁小盤)[38] 받쳐다가 앞앞이 늘어 놓고 잡수시오 권할 제 정신이 상활(爽豁)하고[39] 심정이 황홀하니 헛장단이 절로 난다. 아미산에 반 바퀴 달과 적벽강의 무한한 경개며, 방장 봉래 영주산을 역력히 구경하고 선유하며 돌아올 제, 채석강, 양자강, 소상강, 동정호, 팽려택, 대동강, 압록강을 임의로 왕래하니, 흰 이슬은 강 위에 비껴 있고 물빛은 하늘을 접하였도다. 한들한들한 돛대는 만경창파를 업수이 여기는 듯, 떨어진 노을은 외따오기와 같이 날고 가을 물은 긴 하늘과 한 빛일세.

삼강(三江)으로 옷깃 삼고 오호(五湖)로 띠를 하니 오나라 초나라도 동남으로 터져 있고, 만형을 당기우고 구월을 이끄니 하늘과 땅은 밤낮으로 떠 있구나. 평평한 모래에 기러기는 떨어지고 흰 갈매기 잠들 때라. 지극히 슬픈 퉁소로 어부사(漁父詞)를 화답하니 깊은 구렁에 숨은 교룡을 춤추게 하고 외로운 배에 있는 과부를 울리는도다. 달이 밝고 별은 드문드문한데 가막까치 남쪽으로 날아간다.

---

36) 요지연 - 요지에서 벌어진 잔치. 요지는 중국 곤륜산에 있다는 연못.

37) 추천 - 그네

38) 대모소반 - 거북의 등껍데기로 만든 작은 밥상.

39) 상활하고 - 상쾌하고.

40) 소창하고 - 갑갑한 마음을 풀어 후련하게 하는 것.

41) 후정화 - 중국 진(陳)나라 선제(宣帝)의 아들인 진후주(陳後主)가 지은 악곡(樂曲)의 이름.

이 적에 순임금의 두 아내 아황(娥皇) 여영(女英)의 비파 소리는 울적함을 소창(消暢)하고[40] 길 건너 장사하는 계집아이의 부르는 후정화(後庭花)[41] 곡조는 이 회포를 자아낸다. 한 밤에 은은한 쇠북 소리 한산절이 그 어디며, 바람편에 역력한 방망이 소리는 강촌이 저기로다. 초나라 강과 오나라 물에서 고기잡는 어부들은 애내곡[42]을 화답하고, 금못과 옥섬에 연 캐는 계집들은 상사곡(相思曲)을 노래하니, 아마도 별건곤(別乾坤)은 수부(水府)[43]뿐이로다.

그러나 나의 말은 다 정말이어니와 그대 하는 말은 백 가지에 한 가지도 취할 것 없이 흉한 말은 감추고 좋은 말만 자랑하니, 그 형식으로 꾸며냄을 내 어찌 모르리오. 그대 신세 생각하니 여덟 가지 어려움을 면하기 어렵도다. 두 귀를 기울이고 자세히 들어 보라.

동지섣달 엄동(嚴冬)절에 백설은 흩날리고 층암절벽 빙판되며 만학천봉 막혔으니 어디 가서 접족(接足)할까. 이것이 첫째로 어려움이오.

돌구멍 찬 자리에 먹을 것 전혀 없어 콧구멍을 핥을 적에 냉한 땀이 질질 흘러 사지(四肢)가 불평할 제 팔자 타령 절로 나니 이것이 둘째로 어려움이오.

오뉴월 삼복 중 산과 들에 불이 나고 시냇물이 끓을 적에 산에서는 기름내고 털끝마다 누린내라. 짧은 혀를 길게 빼고 급한 숨을 헐떡일 제 그 정상이 오죽할까. 이것이 셋째로 어려움이오.

춘풍이 화청한 때 풀잎이나 뜯어 먹자 하고 산간으로 들어가니 무심 중에 독한 수리 두 쭉지를 옆에 끼고 살 쏘듯이 달려들 제 두 눈에 불이 나고 적은 몸이 솟구쳐 바위틈으로 들어갈 제 혼비백산 가련하다. 이것이 넷째 어려움이오.

천방지축 달아나서 조용한 데 찾아가니 매 쫓는 사냥꾼은 높은 봉에 우뚝 서서 근력 좋은 몰이꾼 시켜 냄새 잘 맡는 사냥개를 워리 하고 부르면 동에도 가며 서에도 가며 급히 쫓아올 제, 발톱이 뭉그러지며 진땀이 바짝 나니 이것이 다섯째 어려움이오.

죽을 뻔한 후에 사냥 포수 일자총을 들어메고 길목에 질러 앉아 잔철 탄환 장약하여 염통 줄기 겨냥하고 방아쇠를 당길 적에 꼬리를 샅에 끼고 간장이 말라지며 간신히 도망하여 숨을 곳을 찾아가니 죽을 뻔한 댁이 그대 아닌가. 이것이

42) 애내곡 - 어부가 부르는 뱃노래.

43) 수부 - 수궁

여섯째 어려움이오.

알뜰히 고생하고 산림으로 달아드니 얼숭덜숭한 천근 대호(大虎) 철사 같이 모진 수염 위엄있게 거스리고 웅크려서 가는 거동 에그 참말 무섭도다. 소리는 우뢰같고 대가리는 왕산(王山)덩이만하며 허리는 반달같고 터럭은 불빛이라. 칼 같은 꼬리를 이리저리 두르면서 주홍 같은 입을 열고 써레 같은 이빨을 딱딱이며 번개 같이 날랜 몸을 동서남북 번뜩이며 좌우로 충돌하여 이 골 저 골 편답하며 돌도 툭툭 받아 보며 나무도 똑똑 꺾어 보니 위풍이 늠름하고 풍채도 씩씩하여 당당한 산군(山君)이라. 제 용맹을 버럭 써서 횃불 같은 두 눈깔을 번개 같이 휘두르며 톱날 같은 앞발을 떡 벌리고 숨을 한 번 씩하고 쉬면 수목이 왔다 갔다 하고 소리 한 번 응하고 지르면 산악이 움죽움죽할 제 정신이 아득하니 이것이 일곱째 어려움이오.

죽을 것을 면한 후에 평원 광야로 달아드니 나무 베는 목동이며 소 먹이는 아이들은 창검과 몽둥이를 들고 달려들어 제잡담(除雜談)하고 치려할 제 목구멍에 침이 말라 지향없이 도망하니 이것이 여덟째 어려움이라.

이렇듯 궁곤(窮困)할 제 무슨 경황에 삼신산에 가 불로초를 먹으며 동정호에 가 목욕할꼬. 그대의 말은 다 자칭 왈 영웅이라 함이니 그 아니 가소로운가. 아마도 실없는 중 땅강아지 아들 자네로세. 그러나 이것은 실없는 농담이니 과히 노여워 하지는 말으시오."

토끼가 다 들은 후에 할 말이 없어 하는 말이,

"소진(蘇秦) 장의(張儀) 구변(口辯)인지 말씀도 잘도 하고, 소강절(邵康節)의 추수(推數)[44]인지 알기도 영험하다. 남의 단처(短處)[45] 너무 발각 말으시오. 듣는 이도 소견 있소. 만고(萬古) 대성(大聖) 공부자(孔夫子)도 진채액(陳蔡厄)[46]에 욕 보시고, 천하장사 초패왕(楚패王)도 대택(大澤) 중에 빠졌으니, 화와 복이 하늘에 있고 궁하고 달함이 명수(命數)에 달렸거늘, 그대는 수부에서 여간 호강깨나 한다고 산간처사로 붙여 있는 나를 그다지 괄시하니 무슨 까닭인지 도무지 알 수 없노라."

44) **추수** - 앞으로 닥쳐올 운수를 미리 헤아려 앎.

45) **단처** - 부족한 점.

46) **진채액** - 공자가 진채 땅에서 당한 봉변과 액운.

자라가 가로되,

"그런 것이 아니라 친구끼리 좋은 도리로 서로 권하려 함이노라. 옛글에 일렀으되 위태한 방위에는 들어가지 말고 어지러운 나라에는 있지 말라 하였거늘, 그대는 어찌하여 이같이 분요(紛擾)한[47] 세상에서 사느뇨. 이제 나를 만나 계제(階梯)[48] 좋은 김에 이 요란한 풍진을 하직하고 나를 따라 수부에 들어가면 선경도 구경하고, 천도(天桃) 반도(蟠桃) 불사약과 천일주(千日酒) 감홍로(甘紅露) 삼편주(三鞭酒)를 매일 장취(長醉)하고, 구중궁궐(九重宮闕) 같은 높은 집에 무산 선녀 벗이 되어 순임금에 오현금(五絃琴)과 왕대욱의 옥퉁소와 춘면곡(春眠曲) 양양가(襄陽歌)를 시시로 화답하는데, 악양루(岳陽樓) 경개도 보며, 등왕각(藤王閣)에 잔치하고, 황학루(黃鶴樓)에서 글도 지으며, 봉황대에서 술도 먹고, 태평건곤 마음대로 노닐 적에 세상 고락 꿈 속에 붙여두고 조금이나 생각할까?"

토끼 그 말 듣고 수상히 여겨,

"어허 싫다."

하고 고개를 흔들면서 가로되,

"그대 말은 비록 좋으나 아마도 위태하지. 속담에 이르기를 노루 피하면 범 만난다 하고, 불가대명(佛家大命)은 독안에 들어가도 못면한다 하였으니, 육지에서 살다가 무슨 외입으로 공연스레 수궁에 들어가리오. 수궁 고생이 육지 고생보다 더하지 말라는데 어디 있으며, 또는 제일 당장 첫째 고생이 두 콧구멍 멀겋게 뚫렸지만 호흡을 통치 못할 터이니 세상 만물이 숨 못쉬고 어이 살며, 사지가 멀쩡하여도 헤엄칠 줄 모르거니 만경창파 깊은 물을 무슨 수로 건너갈꼬. 팔자에 없는 남의 호강을 부질없이 심욕(心慾)내어 이 세상을 하직하고 그대를 따라 수궁에 들어가다가는 필연코 칠성(七星)구멍[49]에 물이 들어 할 수 없이 죽을 것이니, 이 내 목숨 속절없이 고기 배때기 속에 장사지내면 임자 없는 내 혼백이 창파 중에 고혼이 되어, 어하(魚蝦)[50]로 벗을 삼고 굴삼려(屈三閭)로 짝을 지어 속절없이 되게 되면, 일가 친척 자손 중에 그 뉘라서 나를 찾을까. 아무리 백천만 가지로 생

---

47) 분요한 - 어수선하고 소란한.

48) 계제 - 어떤 일을 할 수 있게 된 일의 형편이나 기회.

49) 칠성구멍 - 눈, 귀, 코, 입에 해당하는 7개의 구멍.

50) 어하 - 물고기와 새우. 곧 어류(魚類)를 이르는 말.

각하여도 십분에 팔구분은 위태한 걸. 콩으로 메주를 쑤고 소금으로 장을 담는다 하여도 도무지 곧이 들리지 아니 하니 다시는 그따위 말로 권치 말라."

자라가 웃으며 가로되,

"그대가 고루하기 심하도다. 한 가지만 알고 두 가지는 알지 못하는구려. 옛글에 하였으되 강의 먼 곳을 한 갈대로 건너간다 하였으니 이러므로 조주(潮州)의 선비인 여선문(餘善文)은 광묘궁에 들어가서 상량문 지어주고, 천하 문장 이태백은 고래를 타고 달 건지러 들어가고, 삼장법사(三藏法師)는 약수(弱水) 삼천리를 건너가서 대장경을 내어 오고, 한나라 사신 장건(張騫)이는 뗏목을 타고 은하수에 올라가서 직녀의 지기석(支機石)[51]을 주워 오고, 서왕세계(西往世界) 아란존자(阿蘭尊者)는 연잎에 거북을 타고 만경창파를 임의로 헤쳤으니, 저의 목숨이 하늘에 달렸거든 공연히 죽을손가. 대장부 되어 나서 이대도록 잔망(屛妄)[52]할까? 대저 군자는 사람을 못 쓸 곳에 천거하지 아니 하나니 어찌 그대를 못쓸 곳에 지시하리오.

맹자 가라사대 군자는 가히 속을 듯한 방술로 속인다 하고, 또 어지러운 나라에 있지 아닐 것이라 하였으니, 이 점잖은 체모에 부모의 혈육을 가지고 반 점이나 턱이 바이없는 거짓말을 하겠나. 천금상에 만호후(萬戶候)를 봉하고, 밥 위에 떡을 얹어 준다 할지라도 아니하려든, 하물며 아무 해(害)도 없고 이(利)도 없는 일에 무슨 억하심정으로 위태한 지경에 빠지게 하리오.

또는 그대의 상을 보니 미색이 누릇누릇 헷득헷득하야 금빛을 띠었으니 이른 바 금생어수(金生於水)[53]라. 물과 상생이 되어 조금도 염려 없고, 목이 길다라니 고향을 바라보고 타향살이 할 기상이오, 하관(下觀)이 뾰족하니 위로 구하면 역리(逆理)가 되어 매사가 극란(極難)[54]하되, 아래로 구하면 순리가 되어 만사가 크게 길할 것이오, 두 귀가 희고 준수하니 남의 말을 잘 들어 부귀를 할 것이오, 미간이 탁 틔여 화려하니 용문에 올라 이름을 빛낼 것이오, 음성이 화평하니 평

51) 지기석 - 직녀(織女)가 베틀이 움직이지 않도록 받쳤다고 하는 돌.

52) 잔망 - 행동이 옹졸하고 경망함.

53) 금생어수 - 금생수(金生水). 오행설에서, 금에서 수가 생함을 이르는 말.

54) 극란 - 극히 어려움.

55) 상격 - 관상에서, 사람 얼굴의 생김새.

생에 험한 일이 없을 것이라. 그대의 상격(相格)[55]이 이와 같이 가지가지 구격(俱格)하니, 일후의 영화부귀가 무궁하여 행락으로는 당명황(唐明皇)의 양귀비(楊貴妃)며, 한무제의 승로반이오, 팔자로는 백자천손 곽자의(郭子儀)오, 부자로는 석숭(石崇)이오, 풍악으로 요임금의 대황곡과 순임금의 봉조곡과 장자방의 옥퉁소가 자재(自在)하고, 유시로 사마상여(司馬相如) 거문고에 탁문군이 담을 넘어올 것이오, 또는 농락수단으로 말하고 보면, 언변에는 육국 종횡하던 소진 장의에게 양두(讓頭)[56]할 것 전혀 없고, 경륜에는 팔진도(八陳圖)로 지휘하던 제갈량이 바로 적수에 지나지 못할 것이니, 이러한 기골 풍채와 경영 배포가 천고에 제일이오 당시에 독보할 경천위지(經天緯地)[57]의 영웅호걸이나, 그대가 마치 팔팔 뛰는 버릇이 있음으로 본토에만 묻혀 있어서는 이 위에 여러가지 복락을 결단코 한 가지도 누리지 못하고, 도리어 전일과 같이 곤란한 재앙만 돌아올 것이오, 본토를 떠나 외지로 뛰어 가야만 분명코 만사여의할 것이니, 내 말을 일호라도 의심치 말고 이번 이 계제 좋은 김에 나와 한가지 수부로 들어가기를 한 말로 결단하라. 정말이지 나와 같이 친구 잘 인도하는 사람을 만나 보기도 그대 평생 처음일 걸. 토선생댁에 참 복성(福星)[58]이 비춰었나니."

토끼 가로되,

"나의 기상도 이와 같이 출중하거니와 형의 관상하는 법 신통하도다마는 대저 수요궁달(壽夭窮達)[59]이라 하는 것이 모두 다 상설(相說)[60]로 되는 일이 없나니, 치부할 상이면 태산 상상봉 백운대 꼭대기에 누웠어도 석숭의 재물이 절로 와서 부자되며, 장수할 상이면 걸주(桀紂)[61]의 포락(炮烙)[62]하는 형벌을 당하여도 살아날 수 있겠는가? 누구든지 제 상만 믿고 행신(行身)하다가는 패가망신이 십상팔구 되느니라."

56) 양두 - 지위를 남에게 넘겨 줌.

57) 경천위지 - 온 천하를 경륜하여 다스림.

58) 복성 - 복덕성(福德星). 길한 별이란 뜻으로 목성을 일컬음.

59) 수요궁달 - 오래 살거나 일찍 죽으며, 궁핍하거나 부유하게 되는 것.

60) 상설 - 관상을 보는 사람이 하는 말.

61) 걸주 - 중국 하(夏) 은(殷)나라의 걸(桀)과 주(紂)임금. 포악한 임금의 대표자.

62) 포락 - 불에 달군 뜨거운 쇠로 단근질하는 극형(極刑).

자라가 가로되,

"그대는 저물도록 무식한 말만 하는도다. 누구든지 자기 관상대로 되는 것이니, 실한 증거가 있으니 융준용안(隆準龍眼)[63] 한태조는 사상의 정장(亭長)으로 창업한 임금이 되셨고, 용자일표(龍姿逸飄)[64] 당태종은 서생으로서 나라를 얻고, 백면대이(白面大耳)[65] 송태조는 필부로서 천자 되고, 금반대 채택(蔡澤)이는 범수를 대신하여 정승이 되었고, 그외 여러 영웅호걸들이 무비(無比) 다 관상대로 되었으니 왕후와 장상이 어찌 씨가 있다 하리까?

옛말에 일렀으되 범의 굴에 들어가지 아니하면 어찌 범의 새끼를 얻으리오 하였으니, 대장부가 세상에 나서 자기 일신 사업을 할진대, 되면 좋고 아니 되면 말자 하고 노질부질하여 볼 것이지, 그까진 것 무엇이 무서워서 계집아이 태도처럼 요리 빼꿋 조리 빼꿋 저무도록 시간만 허비하리요. 그대가 바위 구멍에 홀로 있어 무정한 세월을 보내고 초목과 같이 썩어지면 거 뉘라서 토처사가 세상에 나 있는 줄 알겠느냐. 이는 형산에 흰 옥이 진토 중에 묻힌 모양이니, 영웅호걸이 초야에 묻혀 있어 때를 만나지 못함이라. 도토리와 풀잎이며 칡순과 잔디 싹이 그다지 좋은가? 천일주와 불사약에 비하면 어떠하며, 돌 구멍 찬자리에 벗 없이 누었음이 또한 그리 좋은가? 분벽사창(粉壁紗窓) 반쯤 열고 운문병풍(雲紋屏風) 그림 속에 원앙금침 비단 요에 절대가인 벗이 되어 밤낮으로 희롱하는 그 행락(行樂)에 비할진대 과연 어떠하겠느냐? 그대의 하는 말은 졸장부의 말이오, 나의 하는 말은 당당한 정론 아닌가? 만단(萬端)으로[66] 호의(狐疑)를 가지고 유예미결(猶豫未決)[67]하는 자는 자고로 매사불성(每事不成)하는 법이라.

63) 융준용안 - 한고조(漢高祖) 유방(劉邦)의 얼굴 특징을 표현한 말. 우뚝한 코와 용의 눈처럼 부리부리한 눈.

64) 용자일표 - 뛰어나게 깨끗한 몸맵시.

65) 백면대이 - 하얀 얼굴과 커다란 귀.

66) 만단으로 - 온갖 방법으로.

67) 유예미결 - 망설여 결정을 짓지 못함.

68) 팽구의 화 - 교토사주구팽(狡兎死走狗烹)에서 나온 말. 산에 있는 토끼를 다 잡으면 사냥개를 삶아 먹는다는 뜻. 한신이 독립하라는 모사 괴철의 말을 듣지 않고 유방(劉邦)을 도왔다가 제후억멸책에 의해 살해당한 고사를 말한다.

옛날에 한신(韓信)이가 괴철의 말을 듣지 않다가 팽구(烹狗)의 화[68]를 당하고, 대부 종이 범려의 말을 들었던들 사금의 환이 없었으리니, 내 어찌 전에 일을 증험(證驗)하여 후에 일을 도모치 아니하리오. 이제 내 말을 듣지 아니하고 후일에 나를 보고저 하려다가는 그대의 고(故) 고조(高祖)가 다시 살아 와도 정말 할 수 없으리니, 때가 한 번 가면 다시 오지 않느니라. 후회하면 무엇하리오. 세상인심은 처음 좋아하다가 나중 되면 헌 신 같이 버리거니와, 우리 수부는 동무를 한 번 천거하면 시종이 여일하니 발천(發闡)하기[69] 이렇게 좋은 곳은 구하여도 얻지 못하리라."

토끼 이 말을 들으니 든든하기가 태산쯤 되는지라. 마음에 한 반턱이나 속아 고수이 듣고 밑구멍이 옴질옴질하여 쌩긋쌩긋 웃으며 가로되,

"내 형을 보매 시체(時體)[70] 사람은 아니로다. 의량(意量)이 넓고 선심이 거룩하여 위인이 관후하니 평생에 남을 속일손가? 나같은 부생(浮生)을 좋은 곳에 천거하니 감격하기 측량없으나 수부에 들어가서 벼슬이야 쉬울소냐."

자라가 이 말을 듣고 웃으며 내념(內念)에 생각하되,

'요놈 인제야 속았구나.'

하고 흔연히 대답하여 가로되,

"그대가 오히려 경력이 적은 말이로다. 역산(歷山)에 밭 가시던 순임금도 당요(唐堯)의 천자 위(位) 수선(受禪)하고[71], 위수(渭水)에 고기 낚던 강태공도 주문왕의 스승 되고, 산야에 밭 갈던 이윤(伊尹)도 탕임금의 아형(阿兄) 되고, 부암에 담 쌓던 부열(傅說)이도 은고종의 양필(良弼)[72] 되고, 소 먹이던 백리해(百里奚)도 진목공의 정승 되고, 표모(漂母)에게 밥 빌던 한신이도 한태조의 대장 되었으니, 수부나 인간이나 발천하기는 일반이라. 이런 고로 밝은 임금이 신하를 가리고 어진 신하가 임금을 가리나니, 우리 대왕께서는 성신(誠信)하시고 문무하사 한 가지 능과 한 가지 지조가 있는 선비라도 벼슬 직책을 맡기시고, 닭처럼 울고 개처럼 도적질 하는 유라도 버리지 아니하시는지라. 이러하기로 나같이 재주 없

---

69) 발천하기 - 앞길을 열어서 세상에 나서기.

70) 시체 - 그 시대의 풍습이나 유행.

71) 수선하고 - 임금의 자리를 이어받고.

72) 양필 - 보필하는 임물르 제대로 해 내는 신하.

는 인물로도 벼슬이 주부 일품 자리에 외람히 거하였거든, 하물며 그대같이 고명한 자격이야 들어가면 수군절도사는 따논 당상이지 어디 가겠나. 타작말 만한 황금인 덩이를 허리 아래에 빗겨 차고 안올림 벙거지에 동다리 구군복하고 동개⁷³⁾ 차고 등채 집고 집채 같은 준총 위에 높이 앉아 호강영 바람에 어라 게 물러 있거라, 앞뒤 별배며 에이 기록 좌우 기수 소리 어깨춤이 절로 나고, 장창 대검은 절렁 데그럭 쉬우 아료 소리에 호령이 절로 나리니, 이것이 대장부의 쾌활한 기상이오, 또한 신수 좋은 얼굴을 능연각(凌煙閣)에 걸어 두고 춘추에 빛난 이름을 죽백(竹帛)⁷⁴⁾에 드리우리니, 이것이 기남자(奇男子)의 보배로운 영광이라. 이 어찌 아름답지 아니하리오. 바로 말이지 토끼 가문 중에 시조(始祖) 되기는 염려가 조금도 없을 터이니라."

토끼 웃으며 가로되,

"형의 말은 흡사하나 어제 밤에 나의 꿈이 불길하여 마음에 종시 꺼림하도다."

자라가 가로되,

"내가 젊어서 약간 해몽하는 법을 배웠으니 아무커나 그대의 몽사(夢事)를 듣고저 하노라."

토끼 가로되,

"칼을 빼서 배에 대이고 몸에 피칠을 하여 보이니, 아마도 좋지 못한 정상을 당할까 염려하노라."

자라가 책망하여 가로되,

"너무 좋은 몽사(夢事)를 가지고 공연히 사념(思念)하는구려. 배에 칼을 대였으니 칼은 금이라 금띠를 띨 것이요, 몸에 피칠을 하였으니 홍포(紅袍)를 입을 징조라. 물망(物望)이 일국에 무거우며 명성이 팔방에 떨칠지니, 이 어찌 공명할 길한 꿈이 아니며 부귀할 좋은 꿈이 아니리오. 공자의 주공을 보고 귀인 성인의 꿈이요, 장자(莊子)의 나비 된 꿈은 달관의 꿈이요, 공명의 초당 꿈은 선각의 꿈이요, 그외 누구누구의 여간 꿈이라 하는 것이 무비관몽(無非觀夢)이요 개시허

73) 동개 - 활과 화살을 넣어 등에 지는 제구.

74) 죽백 - 서적이나 사기(史記)를 이르는 말.

75) 무비관몽이요 개시허몽이로되 - 꿈을 보는 것이 아닌 것이 없으니, 모두가 헛된 꿈이로다.

몽(皆是虛夢)[75]이로되, 오직 그대의 꿈은 몽사 중에 제일 갈 꿈이니 수궁에 들어가면 만인 위에 거할지라. 그 아니 좋을손가."

토끼가 점점 곧이 듣고 조금조금 달려들며 당상의 인(印) 꿈을 지금 당장 차는 듯이 희색이 만면하여 가로되,

"노형의 해몽하는 법은 참 귀신 아니면 도깨비오. 소강절 이순풍이 다시 살아온들 이에서 더할손가. 아름다운 몽조가 이미 나타났으니 내 부귀는 어디 가랴. 떼어논 당상은 좀이나 먹지. 그러나 만경청파를 어찌 득달할고?"

자라가 대희하여 가로되,

"그대는 조금도 염려 말라. 내 등에만 오르면 아무리 걸주 같은 풍파라도 파선할 염려 전혀 없이 순식간에 득달할 터이니 그런 걱정은 행여 두 번도 마시오."

토끼 웃으며 가로되,

"체면 도리상에 형을 타는 것이 대단 미안치 않소. 어찌하여야 좋을는지요?"

자라가 크게 웃어 가로되,

"형이 오히려 졸직(拙直)[76]은 하도다. 위수에 고기 낚던 여상(呂尙)이는 주문왕과 수레를 한가지로 타고, 이문(里門)에 문지기 노릇하던 후영이는 신릉군(信陵君)의 상좌에 앉았고, 부춘산에 밭 갈던 엄자릉이는 한광무와 한 베개에 같이 누웠으니, 귀천도 관계 없고 존비가 아랑곳가? 우리 이제 한 가지로 들어가면 일생 영욕과 백년고락을 한 가지로 지낼 것이니 무엇이 미안함이 있으리오?"

토끼 대희하여 가로되,

"형의 말대로 될 양이면 높은 은덕이 백골난망이겠노라. 이 세상 천하에 못 당할 노릇이 있으니 저 몹쓸 사람들이 일자총을 들러 메고 암상스러이 보채일 제, 송편으로 목을 따고 접시물에 빠져 죽고 싶은 적이 한 두 번이 아니온 중, 나의 큰 아들놈은 나무 베는 아희에게 무죄(無罪)이 잡혀가서 구메밥[77]을 얻어먹고 감옥에서 갇혀 있은 지 우금(于今) 칠팔년이나 되어도 놓일 가망 바이 없고, 둘째 아들놈은 사냥개한테 물려가서 까막까치 밥이 된 지 지금 수년이라. 그 일을

76) 졸직 - 고지식하여 융통성이 없음.

77) 구메밥 - 죄수에게 벽구멍으로 몰래 들여보내는 밥.

78) 절치부심 - 몹시 분하여 이를 갈고 속을 썩임.

생각하면 갈수록 더욱 절치부심(切齒腐心)[78]하여 어찌하면, 이 원수의 세상을 떠나갈고 하며 주사야탁(晝思夜度)[79]하옵더니 천만뜻밖에 그대 같은 군자를 만나 어두운 데를 버리고 밝은 곳으로 갈 터이니, 이는 참 하늘이 지시하시고 귀신이 도우심이라. 성인이라야 능히 성인을 안다 하였으니, 나 같은 영웅을 형 같은 영웅 곧 아니면 그 뉘라서 능히 알리오? 하늘에서 내리신 영웅이 형 곧 아니었다면 헛되이 산중에서 늙을 뻔하였고, 나 곧 아니었다면 수중 백성들이 어진 관원을 만나지 못할 뻔하였도다. 이번 내길이 내게도 영광이어니와 수중에서 어찌 경사가 아니리오? 옛사람이 이르기를 하늘에서 내 재주를 내매 반드시 싸움이 있다 하더니 내게 당하여 참 빈말이 아니로다."

하며 의기가 양양하여 자라 등에 오르려 할 즈음에, 저 바위 밑에서 너구리 달첨지가 썩 나서서 하는 말이,

"토끼야, 너 어디 가느냐? 내 아까 수풀 곁에 누워서 너희 둘이 하는 수작을 처음으로부터 끝까지 대강 들었지만은 아마도 위태하지. 옛말에 위태한 지방에 들어가지 말라 하였고, 분수를 지키면 몸에 욕이 없다 하였으니, 저같이 졸지에 남의 부귀를 탐내고야 나중 재앙이 제 어찌 없을소냐? 고기 배때기에 장사지내기가 아마 십중팔구이지."

하거늘 토끼 말을 듣더니 두 귀를 쫑긋하며 시름없이 물러날 제, 자라가 가만히 생각하되,

'원수의 몹쓸 놈이 남의 큰 일을 작희(作戱)하니[80] 참 이른바 좋은 일에 마(魔)가 드는 것이로군.'

하며 하는 말이,

"허허 우습도다. 그대가 잘 되고 보면 오히려 내가 술잔이나 얻어 먹는다 하려니와 죽을 곳에 들어가는 데야 더구나 내게 무슨 좋을 일이 있을손가? 달첨지가 토선생 일에 대하여 꽃밭에 불 지르려고 왜 저리 배를 앓노. 제 어디 실없는 똥 떼어 먹을 놈이 다시 그 일에 대하여 말할소냐."

하고 썩 떨떠리고 하는 말이,

79) 주사야탁 - 밤낮으로 깊이 생각하고 헤아림.

80) 작희하니 - 남의 일을 방해하니.

"유유상종이라더니, 모인다니 졸장부 뿐이라. 부귀가 저희에게 아랑곳 있나?"

하며 대단히 비방하고 작별하려 하니, 토선생이 생각하되,

'천우신조하여 천재일시(千載一時)로 좋은 기회를 만났으니 때를 잃지 아니 하리라.'

하고 자라에게 달려들어 두 손을 덥석 쥐며 하는 말이,

"여보시오, 별주부. 천하 사람들이 별 말을 다한다 하여도 일단 내 말이 제일 이온대, 형이 어찌하여 이다지 그리 경솔하시오? 죽어도 내가 죽고 살아도 내가 살 것이니 아무 염려 말고 가시옵시다."

하거늘 주부가 가로되,

"형의 마음이 굳건하여 변개 아니할 양이면 내 어찌 태를 조금이나 부리리오."

하고, 토끼를 얼른 등에 얹고 물로 살짝 들어가 만경창파를 희롱하며 소상강을 바라보고 동정호로 들어갈 제, 토끼가 흥에 겨워 혼자 하는 말이,

"홍진자맥(紅塵紫陌)[81] 장안 만호에 있는 벗님네야. 사람마다 가사(假使) 백년을 산다 하여도 걱정 근심과 질병 사고(四苦)를 빼고 보면 태평 안락한 날이 몇 해가 못 되는 것이라. 천백 년을 못살 인생 아니 놀고 무엇하리. 소상 동정의 무한한 경개를 나와 함께 노자세라."

이렇게 세상을 배반하며 흥을 겨워 가는 형상 칼 첨자(籤子)[82]에 개구리요, 대부등(大不等)[83]에 뱀이라. 의뭉할손 별주부요, 미욱할손 토끼로다. 토끼의 허한 말을 꿀같이 달게 듣고, 서왕세계 얻자 하고 지옥으로 들어가며, 첩첩청산 버려두고 수중고혼(水中孤魂) 되러 가니 불쌍하고 가련하다. 붉은 고기 한 덩이로 용왕에게 진상간다. 일개 자라의 첩첩이구(첩첩利口)[84]에 그 약은 체하던 경박한 토끼가 속았구나.

자라가 의기양양하여 범이 날개 돋친 듯, 용이 여의주 얻은 듯이 기운이 절로 나서 만경창파를 순식간에 들어가니 내리라 하거늘, 토끼 내려 사면을 살펴보니, 천지가 명랑하고 일월이 조요한데, 진주로 꾸민 집과 자개로 지은 대궐은 반

81) 홍진자맥 - 속세의 번화한 거리.

82) 첨자 - 장도(粧刀)가 칼집에서 헐겁게 빠지지 않도록 하는 장식품.

83) 대부등 - 아름드리의 아주 굵은 나무.

84) 첩첩이구 - 거침없고 빠른 말솜씨.

공(半空)에 솟았으며, 수 놓은 문지게와 깁으로 바른 창이 영롱 찬란한지라. 마음에 홀로 기뻐 제가 젠 체하더니 이윽고 한 편에서 수근쑥덕하며 수상한 기색이 있는지라.

토끼 혼자 하는 말이,

'무너져도 솟을 구멍 있다 하나, 참 나야말로 속수무책이로구나. 그러하나 병법에 이르기를 죽을 땅에 빠진 후에 살고 망할 때에 든 후에 있다 한지라. 이런고로 천하에 큰 성인 주문왕은 유리옥을 면하시고, 도덕이 높은 탕임금은 한대옥을 면하시고, 만고성인 공부자도 진채의 액을 면하신지라. 천고영웅 한태조도 영양에 에움을 벗어났으니, 설마하니 이 내 몸을 왼통으로 삼킬소냐.'

아무커나 차차 하는 거동 보아 가며 감언이구(甘言利口)와 신출귀몰한 꾀로 임시변통 목숨을 보전하되, 공명이 남병산에 칠성단 모으고 동남풍 빌던 수와 백등 칠일에 진평(陳平)이 화미인하던 꾀를 진심갈력(盡心竭力)하여 내어 가지고, 사족 바싹 웅크리고 죽은 듯이 엎드렸더니, 홀로 전상에서 분부하되,

'토끼를 잡아들이라.'

하거늘, 수족 물고기 일시에 달려들어 토끼를 잡아다가 정전(正殿)에 꿇리고, 용왕이 하교하여 가로되,

"과인이 병이 중한데 백약이 무효하더니, 천우신조하여 도사를 만나매 이르되, 네 간을 얻어 먹으면 살아나리라 하기로 너를 잡아왔으니, 너는 죽기를 슬퍼 말라."

하고, 군졸을 명하여 간을 내이라 하니, 군졸이 명을 받들고 일시에 칼을 들고 날쌔게 달려들어 배를 단번에 째려 하거늘, 토끼 기가 막혀 달첨지 말을 돌이켜 생각하나 후회막급이라.

'대저 약명을 일러 주던 도사놈이 나와 무슨 원수런가? 소진의 구변인들 욕심 많은 저 용왕을 무슨 수로 꾀어내며, 관운장(關雲長)의 용맹인들 서리 같은 저 칼날을 무슨 수로 벗어나며, 요행 혹 벗어난다 한들 만경창파 넓은 물에 무슨 수로 도망할가? 가련토다 이 내 목숨 속절없이 죽었구나. 백계무책(百計無策) 어이 하리.'

하며 이리저리 생각하다가, 문득 한 꾀를 얻어가지고 마음을 담대히 하여 고개를 번듯 들어 전상을 바라보며 가로되,

"이왕 죽을 목숨이오니 한 말씀이나 아뢰옵고 죽겠삽나이다."

하고 아뢰되,

"토끼 족속이란 것은 본시 곤륜산 정기로 태어나서, 일신을 달빛으로 환생하와 아침 이슬과 저녁 안개를 받아 먹고, 기화요초(琪花瑤草)와 좋은 물을 명산으로 다니면서 매양 장복하였음으로 오장육부와 심지어 똥집 오줌통까지라도 다 약이 된다 하여, 막걸리 오입쟁이들을 만나면 간 달라고 보채는 그 소리에 대답하기 괴롭사와, 간 붙은 염통 줄기 채 모두 다 떼어내어 청산유수 맑은 물에 설설이 흔들어서, 고봉준령 깊은 곳에 깊이깊이 감추어 두고 무심 중 왔사오니, 배 말고 온 몸을 모두 다 발기발기 찢는다 할지라도, 간이라 하는 것은 한 점도 얻어볼 수 없을 터이오니 어찌하면 좋을는지? 저 미련하온 별주부가 거기 대하여 일언 사색(辭色)이 반 점도 없었으니 아무리 내가 영웅인들 수부의 일이야 어찌 아오리까? 미리 알게 하였더라면 염통 줄기까지 가져다가 대왕께 바쳐 병환을 회춘하시게 하고, 일등공신 너도 되고 나도 되어 부귀공명 하였으면 그 아니 좋았겠는가? 만경창파 멀고 먼 길 두 번 걸음 별주부 너 탓이라. 그러나 병환은 시급하신데 언제 다시 다녀올는지, 그 아니 딱하오니까?"

용왕이 듣고 어이없어 꾸짖어 가로되,

"발칙 당돌하고 간사한 요놈. 네 내 말을 들어라 하니, 천지 사이 만물 가운데에 사람으로 금수까지 제 뱃속에 붙은 간을 무슨 수로 꺼내었다 집어넣었다 하겠는고? 요놈 언감생심(焉敢生心)[85]코 어느 존전(尊前)이라고 당돌히 무소(誣訴)[86]로 아뢰느냐. 그 죄가 만 번 죽어도 남지 못하리라."

하고, 바삐 배를 째고 간을 올리라 하거늘, 토끼 또한 어이없어 간장이 절로 녹으며 정신이 아득하여, 가슴이 막히고 진땀이 바짝바짝 나며 아무리 생각하여도 죽을 밖에 다시 수가 없도다.

'이것이 참 독에 든 쥐요 함정에 든 범이라. 그러하나 말이나 단단히 한 번 더 하여 보리라.'

하고 우환 중이라도 흔연한 모양을 가지고 여쭈오되,

"옛말에 일렀으되, 지혜로운 자 천 번 생각하는데 한 번 실수할 때가 있고, 우매한 자가 천 번 생각하는데 한 번 잘할 때가 있다 하였는지라. 이러므로 미친 사

---

85) 언감생심 - 감히 그런 마음을 품을 수도 없음.

86) 무소 - 일을 거짓 꾸며 관청에 고소하는 것.

람의 말도 성인이 가리어 들으시고 어린아이 말도 귀담아 들으라 하오니, 대왕의 지극히 밝으신 지감(知鑑)[87]으로 세세히 통촉하여 보시옵소서. 만일 소신의 배를 갈랐다가 간이 있으면 다행이어니와 정말 간이 없고 보면 물을 데 없이 누구를 대하여 간을 달라 하오리까? 후회막급 되실 터이오니, 지부왕(地府王)[88]의 아들이요 황건역사(黃巾力士)[89]의 동생인들 한 번 가면 다시 돌아오지 못할 황천길을 무슨 수로 면하오며, 또한 소신의 몸에 분명하온 표가 하나 있사오니 바라건대 밝히 살피사 의심을 푸시옵소서.”

용왕이 듣고 가로되,

“이 요망한 놈, 네 무슨 표가 있단 말이니?”

토끼 아뢰되,

“세상 만물의 생긴 것이 거의 다 같사오나 오직 소신은 밑구멍 셋이오니 어찌 유(類)와 다른 표가 아니오리까?”

왕이 가로되,

“네 말이 더욱 간사하도다. 어찌 밑구멍 셋이 될 리가 있느냐?”

토끼 가로되,

“그러하시면 소신의 밑구멍의 내력을 들어 보시옵소서. 하늘이 자시(子時)에 열려서 하늘 되고, 땅이 축시(丑時)에 열려 땅이 되고, 사람이 인시(寅時)에 나서 사람 되고, 토끼가 묘시에 나서 토끼 되었으니, 그 근본을 미루어 보면 생풀을 밟지 않는 저 기린도 소자출(所自出)[90]이 내 몸이오, 주려도 곡식을 찍어 먹지 아니하는 봉황도 소종래(所從來)[91]가 내 몸이라. 천지간 만물 중에 오직 토처사가 본방(本邦)이라. 이러므로 옥황상제께옵서 순순히 명하옵시되 토처사는 나는 새 중에 조종(祖宗)이요 기는 짐승 중에 본방이라. 만물 중에 제일 자별(自別)하니 신체 만들기를 별도히 하여 표를 주자 하시고, 일월성신 세 가지 빛을 응하며 정직강유(正直剛柔) 세 가지 덕을 겸하여 세 구멍을 점지하셨사오니, 보시면 자연

87) 지감 - 지인지감(知人之鑑)의 준말로 사람을 잘 알아보는 식견.

88) 지부왕 - 염라대왕.

89) 황건역사 - 힘이 센 신장(神將)의 이름.

90) 소자출 - 사물이 어디로부터 나온 근본.

91) 소종래 - 지내온 내력.

통촉하시리이다."

용왕이 나졸을 명하여 적간(摘奸)[92]하라 하니 과연 세 구멍 분명한지라. 왕이 의혹하여 주저하거늘, 토끼 여쭈오되,

"대왕이 어찌 이다지 의심하시나이까? 소신 같은 목숨은 하루 천만 명이 죽사와도 관계가 없삽거니와, 대왕은 만승(萬乘)의 귀하신 옥체로 동방의 성군이시라 경중(輕重)이 판이하오니, 만일 불행하시면 천리강토와 구중궁궐을 뉘에게 전하시며, 종묘사직과 억조창생을 뉘에게 미루시렵나이까? 소신의 간을 아무쪼록 갖다가 쓰시면 환후(患候)가 즉시 평복(平復)되실 것이오, 평복되시면 대왕은 무려(無慮)히 만세나 향수하실 것이니, 어언간 소신은 일등공신이 아니 되옵나이까? 이러한 좋은 일에 어찌 일호나 기망(欺罔)하여[93] 아뢰올 가망이 있사오리까?"

하며 첩첩이구로 발림하며 용왕을 푹신 삶아내는데, 언사가 또한 절절이 온당한지라. 이 고지식한 용왕은 폭 곧이듣고 자기 생각에 헤아리되,

'만일 제 말과 같을진대 저 죽은 후에 누구에게 물을손가? 차라리 잘 달래어 간을 얻음만 같지 못하다.'

하고, 토끼를 궁중으로 불러 올려 상좌에 앉히고 공경하여 가로되,

"과인의 망녕됨을 허물치 말라."

하니, 토끼가 무릎을 싹 쓰러뜨리고 단정히 앉아 공손히 대답하여 가로되,

"그는 다 예사올시다. 불우의 환과 낙미의 액을 성현도 면치 못하거든 하물며 소신 같은 것이야 일러 무엇하오리까? 그러하오나, 별주부의 자세치 못하고 충성치 못함이 가엾나이다."

문득 한 신하가 출반주하여 가로되,

"신은 듣사오니 옛글에 일렀으되, 하늘이 주시는 것을 받지 아니하면 도리어 그 앙화(殃禍)를 받는다 하오니, 토끼 본시 간사한 짐승이라. 흐지부지 하다가는 잃어버릴 염려가 있을 듯 하오니, 원컨대 대왕은 잃어버리지 마옵시고 어서 급히 잡아 간을 내어 지극히 귀중하신 옥체를 보중케 하옵소서."

하거늘, 모두 보니 이는 수천 년 묵은 거북이니 별호는 귀위선생(龜位先生)이러니, 왕이 크게 노하여 꾸짖어 가로되,

---

92) 적간 - 부정이나 거짓이 있는 지를 캐어 살피는 것.

93) 기망하여 - 남을 그럴 듯하게 속여.

"토처사는 충효가 겸전한 자이라. 어찌 허언이 있으리오. 너는 다시 잔말 말고 믈러 있거라."

하시거늘, 귀위선생이 무료히 물러나와 탄식을 마지 아니하더라.

왕이 크게 잔치를 배설하여 토처사를 대접할 새, 오음육율(五音六律)을 갖추고 배반이 낭자하매, 서왕모(西王母)는 술잔을 차지하고 연비는 옥소반을 받들어 드릴 적에, 천일주와 포도주에 신선 먹는 교리화조(交梨火棗)[94]로 안주하고, 백낙천(白樂天)의 장진주사로 노래하며, 무궁무진 권할 적에 한 잔 또 한 잔이라. 병 속 건곤(乾坤)에 취하여 세상의 갑자를 잃어버리는도다. 토끼 제 마음에 생각하되,

'만일 내 간을 내어 주고도 죽지만 아니할 양이면 내어 주고 수부에 있어 이런 호강 아니할고.'

납작이 엎드리니, 날이 저물어 잔치를 파하매 용왕이 토처사를 향하여 가로되,

"토공이 과인의 병만 낫게 하시면 천금상에 만호후를 봉하고 부귀를 한가지로 누릴 것이니, 수고를 생각지 말고 수이 나아가 간을 갔다가 과인을 먹이라."

하니, 토끼가 못먹는 술을 취한 중에 혼자말로,

'한 번 속기도 원통하거든 두 번조차 속을까?'

하며 대답하여 가로되,

"대왕은 염려 마옵소서. 대왕의 거룩하신 은혜를 만분의 일이라도 갚고저 하오니, 급히 별주부를 같이 보내어 소신의 간을 가져오게 하옵소서."

이 때에 날이 서산에 떨어지고 달이 동정에 나오는지라. 시신을 명하여 토처사를 사관으로 보내매, 토끼 사관으로 돌아와 본즉 백옥 섬돌이며 황금 기와요, 호박(琥珀) 주추며 산호 기둥에 수정발을 높이 걸고, 대모(玳瑁) 병풍 둘러치고 야광주로 촛불 삼고, 원앙금침 잣벼개와 요강 타구 재떨이를 발치발치 던져 두고, 오동복판 거문고를 새 줄 얹어 세워 놓고, 부용(芙蓉) 같은 용녀들은 맑은 노래와 맵씨 있는 춤으로 쌍쌍이 희롱하니, 옛날에 주 무왕이 그림 속에 서왕모와 희롱하는 듯, 옥소반에 안주 담고 금잔에 술을 부어 권주가로 권권(拳拳)하니, 토처사 산간에서 이러한 승경을 어찌 보았으리오.

밤에 즐겁게 놀고, 이튿날 왕께 하직하고 별주부의 등에 올라 만경창파 큰 바

---

94) 교리화조 - 도가(道家)에서 쓰는 용어로 선인(仙人)이 먹는 과일을 뜻함.

다를 순식간에 건너 와서, 육지에 내려 자라에게 하는 말이,

"내 한 번 속은 것도 생각하면 진저리가 나거든 하물며 두 번까지 속을소냐. 내 너를 다리뼈를 추려 보낼 것이로되 십분 용서하노니 너의 용왕에게 내 말로 이리 전하여라. 세상 만물이 어찌 간을 임의로 꺼내었다 넣었다 하리오. 신출귀몰한 꾀에 너의 미련한 용왕이 잘 속았다 하여라."

하니, 자라가 하릴없이 뒤통수 툭툭 치고 무료히 회정(回程)[95] 하여 들어가니, 용왕의 병세와 별주부의 소식을 다시 전하여 알 일이 없더라.

토끼 별주부를 보내고 희희낙락하며 평원 광야 너른 들에 이리 뛰며 흥에 겨워 하는 말이,

'어화 인제 살았구나. 수궁에 들어가서 배 째일 뻔하였더니, 요 내 한 꾀로 살아와서 예전 놀던 만산풍경 다시 볼 줄 그 뉘 알며, 옛적 먹던 산 실과며 나무 열매 다시 먹을 줄 뉘 알소냐. 좋은 마음 그지없네.'

작은 우자를 크게 부려 한참 이리 노닐 적에, 난데 없는 독수리가 살 쏘듯이 달려들어 사족을 훔쳐들고 반공에 높이 나니, 토끼 정신이 또한 위급하도다.

토끼 스스로 생각하되,

'간을 달라 하던 용왕은 좋은 말로 달랬거니와, 미련하고 배고픈 이 독수리야 무슨 수로 달래리오.'

하며 창황망조(蒼黃罔措)하는[96] 중 문득 한 꾀를 얻고 이르되,

"여보 수리 아주머니! 내 말을 잠깐 들어 보오. 아주머니 올 줄 알고 몇몇 달 경영하여 모은 양식 쓸 데 없어 한이러니, 오늘로서 만남이 늦었으니 어서 바삐 가사이다."

수리 하는 말이,

"무슨 음식 있노라 감언이설로 날 속이려 하느냐? 내가 수궁 용왕 아니어든 내 어찌 너한테 속을손가?"

토끼 하는 말이,

"여보 아주머니, 토진(吐盡)하는[97] 정담을 들어보시오. 사돈도 이리할 사돈이 있고 저리할 사돈이 있다 함과 같이 수부의 왕은 아무리 속여도 다시 못 볼 터이

95) 회정 - 돌아오는 길에 오르는 것.
96) **창황망조하는** - 다급하여 어찌할 바를 모르는.

어니와, 우리 터에는 종종 서로 만날 터이어늘 어찌 감히 일호라도 속이리오. 건너 말 이동지가 납제(臘祭)[98] 사냥하느라고 나를 심히 놀래기로 그 원수 갚기를 생각더니, 금년 정이월에 그 집 맏배 병아리 사십 여수를 둘만 남기고 다 잡아 오고, 제일 긴한 것은 용궁에 있던 의사 주머니가 내게 있으니, 아주머니는 생후에 듣도 보도 못한 물건이오니 가지기만 하면 전후 조화가 다 있지만은, 내게는 다 부당한 물건이요 아주머니한테는 모두 긴요할 것이라. 나와 같이 어서 갑시다. 음식 도적은 매일 잔치를 한대도 다 못 먹을 것이오, 의사 주머니는 가만이 앉았어도 평생을 잘 견디는 것이니, 이 좋은 보배를 가지고 자손에게까지 전하여 누리면 그 아니 좋을손가?'

한즉, 이 미련한 수리가 마음에 솔깃하여,

"아무려나 가 보자."

하고 토끼 처소로 찾아가니, 토끼가 바위 아래로 들어가며 조금만 놓아 달라 하니 수리가 가로되,

"조금 놓아주다가 아주 들어가면 어찌하게?"

토끼 말이,

"그리하면 조금만 늦춰 주오."

하니 수리 생각에

'조금 늦춰 주는 데야 어떠하랴.?'

하고 한 발로 반만 쥐고 있더니, 토끼가 점점 들어가며 조금 하다가 톡 채치며 하는 말이,

"요것이 의사 주머니지."

97) 토진하는 - 다 털어놓고 말하는.

98) 납제 - 납평제(臘平祭). 납일(臘日)에 한 해 동안의 농사 형편과 그 밖의 일을 여러 신에게 고하는 제사. 이 납평제를 위하여 지방 관청에서는 산짐승을 잡아 진상하였다.

6

이생규장전

개성 낙타교 밑에 이생이라는, 열여덟 살 된 총각이 살고 있었다. 그는 얼굴이 말끔하고 재주가 비범하며 학문에 뜻이 있어, 일찍이 국학에 다닐 때 길가에서도 부지런히 글을 외우곤 하였다.

마침 선죽리에 최랑이라는 귀족집 처녀가 살고 있었는데 나이는 16세쯤 되었고, 태도가 아름답고 수놓는 데 익숙하며 시문에 능통하였다. 동네 사람들은 시를 지어 두 사람을 찬미하였다.

풍류로울손 이 총각 아름다워라 최처녀
그 재주와 그 얼굴 그 누가 찬탄치 아니하리

이생이 책을 옆에 끼고 학교에 갈 때에는 반드시 최랑의 집 북쪽 담 밖으로 지나가게 되었다. 하늘하늘한 수양버들이 그 담을 둘러싸고 있었다. 어느 날 이생이 그 나무 그늘 밑에서 쉬다가 우연히 담 안을 엿보았는데, 이름 있는 꽃들이 한 봄을 맞아 만발하였고 벌과 새들이 고운 노래를 부르는 꽃나무 사이로 자그마한 다락이 하나 어렴풋이 보였다. 구슬발은 반 정도 가렸고 비단 장은 낮게 드리웠는데, 어여쁜 아가씨가 수를 놓다가 포근함을 이기지 못하여 바늘을 잠깐 멈추고는, 턱을 괴고 앉아 시 두 수를 읊었다.

사창(紗窓)[1]에 홀로 비겨 수놓기도 귀찮구나
활짝 핀 꽃다발 속에 꾀꼬리 소리 다정도 하네
무단히 이 마음이 봄바람을 원망하고자
말없이 바늘 멈추고 생각에 잠겼도다
저기 가는 저 총각은 어느 집 도련님인고
초록빛 긴 소매로 수양가지 스쳐가네
이 몸이 화하여 대청 안의 제비 된다면
낮은 주렴 차고 나서 긴 담 위에 오르런다

이생은 그녀가 읊은 시를 듣고 나니 마음이 싱숭생숭하여 견딜 수가 없었다. 그러나 그 집의 담은 높고 안채가 깊은 곳에 있어 어찌할 도리가 없었다. 어느 날 이생은 학교에서 돌아오는 길에 꾀를 내어, 흰 종이 한 폭에다 시 세 수를 적어서 기와 쪽에 매달아 담 안으로 던졌다.

무산(巫山) 열두 봉우리에 첩첩이 쌓인 안개러냐
반쯤 드러난 봉우리는 붉고도 푸르구나
고운 님 외로운 꿈을 수고롭게 하지 마오
행여나 운우(雲雨)되어 양대(陽臺)에서 만나보세
사랑하는 님이시여, 나의 심회 아오리다
붉은 담 위의 복숭아야 날고 난들 어디 가리
오 호(好)인연인가, 악(惡)인연인가?
하염없는 이내 시름 황혼 가약 분명코야
님을 만나 노니리라

1) 사창 - 비단 창문. 아녀자의 방문

　최랑이 깜짝 놀라 시녀 향아를 시켜서 그것을 가져다 보니, 이생이 보낸 시였다. 최랑은 그 시를 계속 음미한 뒤 기뻐하며 종이 쪽지에서 시 두어 글귀를 써서 담 밖으로 던져 주었다.

　　님이시여 의심 마오
　　황혼 가약 정합시다

　이생은 그 시(詩) 중의 언약과 같이 날이 어두워지자 최랑의 집을 찾아갔다. 복숭아꽃 가지 하나가 갑자기 담 위로 휘어져 내려오며 어릿어릿 그림자가 나타났다. 이생이 가만히 살펴보니 그넷줄에다 대바구니를 매어서 늘어뜨렸는지라, 곧 그 줄을 잡고 담을 넘어 들어갔다.
　때마침 동산에는 달이 떠오르고 꽃나무 가지의 그림자가 땅에 드리워졌다. 이생은 기쁘면서도 한편으론 그동안의 비밀이 탄로날까 두려워 머리카락이 쭈뼛섰다. 그는 좌우를 둘러보았다.
　최랑은 꽃떨기 속 깊숙이 파묻혀 앉아 향아와 함께 꽃을 꺾어다 머리 위에 꽂으며 이생을 보고는 방긋이 미소지으며 시 몇 구를 읊었다.

　　복숭아 가지 속은 꽃이 피어 화려하고
　　원앙새 베개 위는 달빛이 곱구나

　이생이 뒤를 이어 읊었다.

　　이 다음에 어쩌다가 봄소식이 누설된다면
　　무정한 비바람에 더욱 가련하리라

　최랑은 곧 얼굴빛을 바꾸며 말했다.
　"저는 당신과 함께 끝까지 부부(夫婦)가 되어 영원한 행복(幸福)을 누리려 하였는데 당신은 어찌하여 갑자기 그런 말씀을 하십니까? 저는 비록 여자의 몸이지만 이 일에 대하여 마음이 태연한데 하물며 대장부의 의기로 그런 염려까지 하겠나이까? 나중에 만일 규중(閨中)[2]의 비밀이 누설(漏泄)되어 부모님께 꾸지람을 듣는다 하더라도 저 혼자 책임을 지겠습니다.”

그녀는 향아에게 방으로 가서 술과 과일을 가져오라고 했다. 향아는 명에 따라 가버렸다.

온 집안이 고요하고 인기척이 없자 이생은 최랑에게 물었다.

“이곳은 어딥니까?”

“예, 뒷동산의 작은 다락 밑입니다. 저희 부모님께선 무남독녀(無男獨女)인 저를 유난히 귀여워 하셔서 따로 연못 가운데 이 집을 지어주시고, 봄이 되어 온갖 꽃들이 만발하면 향아와 함께 즐겁게 놀도록 하신 것입니다. 부모님이 계신 곳은 여기서 가깝지 않아 비록 웃음 소리가 크더라도 잘 들리지 않을 것입니다.”

하고 이생에게 술 한 잔을 권하며 시 한 편을 읊는다.

부용못 깊은 곳에 솟은 난간 굽어보고
꽃다발 그 사이에서는 누구누구가 속삭이나
향기로운 안개 끼고 봄빛이 화창할 때
새 곡조 지어내어 백저서를 부르누나.
꽃 그늘에 달빛 비쳐 털방석에 스며들고
긴 가지 잡고 보니 붉은 빗발 내리도다
바람은 향내 끌고 향내는 옷기슭에
첫봄을 맞이할 손 아가씨 춤만 춘다
가벼운 소매로써 해당화나 스쳐볼까
꽃 밑에 졸고 있는 앵무새만 깨웠구나
이생은 곧 서슴지 않고 화답하였다.
신선을 잘못 찾아 무릉도원에 왔구나
구름 같은 쪽찐 머리 금비녀 채 나직할 손
엷디엷은 초록 적삼 봄철이라 새로 지어
비바람 불지 마오 나란히 핀 이 꽃들에
선녀가 내리신다 소맷자락 살랑살랑

2) **규중** - 아녀자의 방

기쁨을 다할쏘냐 시름 거듭 엿보리라
함부로 새 곡조로 앵무새를 가르치랴?

주연이 끝나자 그녀는 이생에게 말했다.

"오늘의 일은 분명히 작은 인연(因緣)이 아니오니, 당신은 저와 함께 백년의 기쁨을 이룩하는 것이 어떻겠습니까?"

그녀는 곧 북쪽에 있는 들창 속으로 들어갔다. 이생이 그녀의 뒤를 따라 사다리를 타고 오르니, 작은 다락이 하나 나왔다. 거기에는 문구류와 책상들이 매우 잘 정돈되어 있고, 한쪽 벽에는 연강첩장도³⁾와 유황고목도 두 폭을 붙였는데 모두 명화이고, 그 위에는 각각 시 한 편씩 적혀 있으나 어떤 사람이 지은 것인지는 알 수 없었다.

그 첫째 그림에 쓰여진 시에는,

저 강 위의 첩첩 산을 어느 님이 그렸는가
구름 속 방호산은 반 봉우리 보일락말락
아득한 몇 백 리에 형세도 장할시고
소곳소곳 쪽찐 머리 다락 앞에 벌여 있네
끝없는 푸른 물결 저 공중에 닿았구나
저문 날 바라보니 고향 산천 어디메요
이 그림 구경할 제 님의 느낌 어떻더냐
상강 비바람에 배 띄운 듯하여라

그 둘째 그림에 쓰여진 시에는,

바삭바삭 대나무 잎에서는 가을 소리 들리는 듯
꿈틀꿈틀 고목도 옛 뜻을 품은 듯이
뿌리깊어 이끼 끼고 가지마다 활짝 뻗어

3) 연강첩장도 - 안개낀 강과 첩첩 산을 그린 그림

무궁한 조화 자취 가슴속에 간직했네
미묘한 이 경지를 누가 와서 말할쏘냐
위언 여가 떠났으니 이 묘리를 뉘 알겠느냐
갠 창 그윽한 곳 말없이 서로 보니
신기할 손 님의 필법 못내 사랑하노라

한쪽 벽에는 사시경[4] 각각 네 수를 붙였는데 역시 어떤 사람의 글인지는 알 수가 없고, 글씨는 조송설[5]의 것을 본받아 자체가 매우 곱고 단정하였다.
그 첫째 폭에 쓰여진 시에는,

부용장 속 숨은 향내 실바람에 나부끼고
창밖의 붉은 행화 비 내리듯 하는구나
오경이라 종소리에 남은 꿈을 깨고 보니
신이와 깊은 곳에 백설조[6]만 우지진다
기나긴 날 깊은 규중 제비 쌍쌍이 모여들 때
귀찮아서 말도 없이 금바늘을 멈추도다
다정한 저 나비는 님의 동산에 짝을 지어
낙화를 사랑하더냐 날고 날아 앉는구나
얇은 추위 살랑살랑 초록 치마 스쳐올 때
무정한 봄 소식은 남의 애를 끊나니
말없는 이내 뜻을 뉘라서 안다더냐
온갖 꽃 만발할 때 원앙새만 춤추도다
봄빛은 깊고 깊어 온 누리에 가득 차고
붉으락푸르락 비단 창 앞에 비치누나
방초가 우거진 곳에 외로운 시름 위로하려
수정발 높이 걸어 지는 꽃을 헤어보렴

4) 사시경 - 사계절에 대한 감상
5) **조송설** - 중국 서예가
6) **백설조** - 티티새, 개똥지바귀

그 둘째 폭에 쓰여진 시에는,

참밀대엔 밀알이 처음 배고 어린 제비 펄펄 날 제
남쪽 뜰의 석류화는 나란히도 피었도다
푸른 들창 홀로 비껴 길쌈하는 저 아가씨
붉은 비단 베어내어 새 치마를 지으련다
매실은 한껏 익고 가는 비는 보슬보슬
꾀꼬리 울고 나서 제비마저 드날릴 제
이 봄은 간데 없이 풍경조차 시드누나
나리꽃 떨어지고 새 죽순이 뾰족뾰족
살구가지 휘어잡아 꾀꼬리나 갈겨볼까
남헌 속에 바람 일고 쬐는 햇살 더디어라
연잎에 향내 뜨고 푸른 못물 가득한데
저 물결 깊은 곳에 더펄새가 목욕하네
등나무 평상 대방석에 물결처럼 이는 바람
소상강[7] 그린 병풍 한 봉우리 구름뿐인가
낮꿈을 깨련마는 고달픈 채 그냥 누워
반창에 비낀 햇살 너울너울 하는구나
그 셋째 폭에 쓰여진 시에는,
쌀쌀한 가을 바람 차디찬 이슬 맺고
달빛도 곱다만 물결은 파랗구나
기러기 돌아 옐 제 한 소리 또 한 소리
다시금 들으련다 금정 오동잎 지는 소리
상 밑에서 우는 벌레 소리 처량하도다
상 위의 아가씨는 눈물겨워 하는구나
머나먼 싸움터에 몸을 던진 님이시여!
오늘 저녁 옥문관 달빛 응당 희디희리

---

7) 소상강 - 중국 소호로 흐르는 상강

새 옷을 마르려니 가위조차 서늘하이
나직이 아이 불러 다리미를 갖고 오렴
불 꺼진 다리미라 쓸 곳이 전혀 없어
가만히 피릿대로 꺼진 재를 헤쳐보네
연꽃은 다 피었나 파초잎도 누르거다
원앙 그린 기와 위엔 새 서리가 흐뭇 젖어
새 원한 묵은 시름 애달픈들 어이하리
골방은 깊고 깊어 귀뚜라미 왜 우느뇨

그 넷째 폭에 쓰여진 시에는,

한 가지 매화일망정 온 창 앞을 가렸네
서랑[8]에 바람이 급하고 달빛 더욱 아름답다
화롯불 헤쳐봐라 꺼지지 않았더냐
아이야, 여기 오너라 차 좀 달려보려느냐
밤 서리 놀란 잎은 자주자주 펄럭이고
돌개바람 눈을 불어 골방으로 들어올 때
속절없는 꿈이더냐 그립던 님 생각이
빙하가 어디런고 머나먼 옛 전쟁터
창 앞의 붉은 해는 봄빛인 양 따뜻하고
근심에 잠긴 눈썹 졸음마저 덧붙이네
병에 꽂힌 작은 매화 팔락말락하건마는
수줍은 채 말도 없이 원앙새만 수놓다니
쌀쌀한 서릿바람 북쪽 숲을 스치려니
처량한 찬 까마귀 달을 맞아 우지진다
가물가물 등불 앞에 실 꿰기도 어려워라
님 생각에 솟은 눈물 바늘귀에 떨어지네

8) 서랑 - 서쪽 이랑

한쪽에는 또 별당이 한 채 있는데 매우 깨끗하고, 장 밖에는 사향을 태우는 냄새가 풍기고 촛불은 대낮처럼 환하게 밝혀 있었다. 이생은 그녀와 더불어 즐거움을 만끽하며 며칠 동안 유숙하였다.

어느 날 이생은 최랑에게 말했다.

"옛 성인의 말씀에 '어버이 계시오면 나가 놀더라도 반드시 일정한 방향이 있을 것' 이라고 하였는데, 이제 내 어버이를 떠나온 지 벌써 사흘이 지났으니, 어버이께서 응당 문에 비겨 바라실 것이오니 어찌 인자의 도리라 하겠소."

그녀는 곧 이생이 돌아가는 것을 응낙하였다.

이런 일이 있고부터 이생은 저녁마다 그녀를 만났다. 어느 날 저녁, 이생의 아버지가 그에게 꾸지람을 내렸다.

"네가 아침 일찍 집을 나가 날이 저물어야 돌아옴은 옛 성인의 참된 말씀을 배우려 함이었는데, 이제는 황혼에 나가서 새벽에야 돌아오니 이게 어찌 된 일이냐? 분명 못된 아이들의 행실을 배워 남의 집담장을 뛰어넘어 다니는 것이지? 이런 일이 남의 눈에 띄면 남들은 모두 내가 자식을 엄하게 가르치지 못했다고 책망할 것이요, 또 그 처녀도 만일 양반집 규수라면 너 때문에 문호를 더럽힐 것이니, 남의 집에 죄를 지음이 적지 않을 것이다. 어서 빨리 영남 농촌으로 내려가 일꾼을 데리고 농사일을 감독하거라. 그리고 내 명령이 있기 전에는 함부로 올라오지 말지어다."

아버지는 그 다음날 바로 아들을 울주로 내려보냈다.

최 처녀는 매일 저녁 화원에 나와서 이생이 오기를 기다렸으나 여러 달이 되어도 돌아오지 않았다. 최 처녀는 이생이 병이 나지나 않았나 걱정이 되어 향아를 시켜 몰래 이생의 이웃 사람에게 물어 보게 하였더니 이웃 사람들은 이렇게 말하였다.

"이 도령은 그 아버지께 죄를 얻어 영남 시골로 내려간 지가 벌써 여러 달이라오."

최 처녀는 이 소식을 듣고 상사병(相思病)이 나서 침상에 쓰러져 일어나지 못하였다. 그녀는 음식도 먹지 못하고, 말도 두서가 없었으며, 피부는 혈색을 잃었다.

최 처녀의 부모는 이를 이상히 여겨 그 병의 증상을 물어 보았으나 묵묵히 말이 없었다. 최 처녀의 부모가 딸의 상자 속을 들추어보았더니 거기에는 딸이 이생과 서로 주고받은 시가 들어 있었다. 최 처녀의 부모는 그제야 놀라면서 무릎을 쳤다.

"아이구, 까딱 잘못하였더라면 나의 무남독녀(無男獨女) 귀한 딸을 잃을 뻔했구나."

그들은 딸에게 물었다.

"이생이란 대체 누구냐?"

일이 이쯤 되니 최 처녀는 더 이상 숨길 수 없어 목구멍에서 간신히 나오는 소리로 부모님께 솔직히 고하였다.

"고이 길러 주신 아버님과 어머님께 어찌 감히 사실을 숨기겠습니까? 저 혼자 가만히 여러 모로 생각하옵건대, 남녀가 서로 사랑을 느낌은 인간의 정리로서 중대한 일이옵니다. 그러므로 결혼의 중한 시기를 잃지 말라는 것은 '시경'의 주남편에도 나오고, 여자가 정조를 지키지 못하면 흉하다는 것은 주역에 경계되어 있습니다. 저는 냇버들 같은 가냘픈 몸으로서 용색이 시드는 것은 생각지 않고서 절개를 지키지 못하여 옆 사람의 비웃음을 받게 되었습니다. 새삼 덩굴과 여러 이끼가 다른 나무에 의지해서 살 듯이, 벌써 위당의 처녀 행세를 하게 되었으니, 죄가 이미 가득 차 수치가 가문에 미치고 말았습니다. 저는 장난꾸러기 도련님과 정을 통한 후에야 도련님께 대한 원망이 첩첩이 쌓이게 되었습니다. 저의 연약한 몸으로 괴로움을 참고 홀로 살아가려니 사모하는 정은 날로 깊어 가고 아픈 상처는 날로 더해 가서 죽을 지경에 이르렀으니, 원한 맺힌 귀신으로 화해 버릴 것 같습니다. 부모님께서 저의 소원을 들어 주신다면 남은 목숨을 보존할 것이옵고, 만약 이 간곡한 청을 거절하신다면 죽음만이 있을 뿐입니다. 이생과 저승에서 다시 함께 만날지언정 맹세코 다른 가문에는 오르지 않겠습니다."

그녀의 부모(父母)는 이미 그 뜻을 알았으므로 다시는 병의 증세를 묻지 않고 타이르고 달래고 하여 그 마음을 누그러뜨려 주는 한편, 중매인을 중간에 넣어 예를 갖추어 이생의 집으로 보냈다.

이씨는 먼저 최씨의 문벌을 물은 뒤에 말했다.

"비록 우리 아이가 나이가 어리고 바람이 났다 하여도 학문에 정통하고 얼굴이 유다르니 장차 대과에 급제해서 세상에 이름을 알릴 것이니 함부로 혼사를 정하지 않겠소."

중매인은 곧 돌아와 이 말을 최씨에게 전하였다. 최씨는 다시 중매인을 이씨에게 보내었다.

"들리는 말에 의하면 귀댁의 도령은 재화가 뛰어나다 하니, 비록 지금 몹시 곤궁할지라도 장래엔 반드시 현달(顯達)[9]할지니, 빨리 만복의 날을 정하는 것이 어떻겠습니까?"

"예, 나도 어려서부터 학문을 연구하였는데, 나이가 들어도 업을 이루지 못하여 노비들은 흩어지고 친척들도 돌봐주지 않아 삶이 곤란하온데, 귀족 댁에서 무엇을 보고서 가난한 선비를 취하겠소. 아마도 일을 벌이기를 좋아하는 이가 나의 문벌을 과장되게 소개하여 귀택(貴宅)을 속이려는 것이 아니겠소?"

중매인이 할 수 없이 다시 돌아와 최씨에게 알리자, 최씨는 또 그를 이씨에게 보내었다.

"모든 예물과 의장은 전부 저희 집에서 담당할 것이오니, 다만 좋은 날을 택해 화촉의 예를 치르는 것이 어떻겠습니까?"

이씨는 최씨의 간절한 요청에 마음을 돌려 곧 사람을 울주에 보낸 아들을 데려오게 하였다.

이 희보(喜報)를 접한 이생은 기쁜 마음을 억누르지 못하여 시 한 수를 지어 읊었다.

깨진 거울 합쳐지니 이 또한 인연이라

은하의 오작(烏鵲)인들 이 가약(佳約)을 모를쏘냐

이제야 월로승[10] 굳게 굳게 잡아매어

봄바람 살랑 불 때 접동새를 원망 마오

오랫동안 이생을 그리워하던 최랑은 그가 이 시를 지었다는 소리를 듣고는 병이 점점 나아 시 한 수를 지어 읊었다.

악인연이 호인연인가 옛날 맹세 이루련다

어느 때 님과 함께 저 작은 수레를 끌고

아이야, 날 일으켜라 꽃비녀를 정리하리

그 후 얼마 되지 않아 길일을 잡고 혼례를 치렀다. 이로부터 이 부부는 서로 사랑과 공경을 지켜, 비록 옛날의 양홍과 맹광이라도 그들의 절개를 따를 수 없었다.

9) 현달 - 입신 출세함

10) 월로승 - 남녀 인연을 맺어 준다는 끈

그 다음 해에 이생은 대과를 거쳐 높은 벼슬에 올라 이름을 세상에 날렸다.

이윽고 신축년에 홍건적이 서울을 노략하자 상감께서 복주로 옮겨가셨다. 놈들이 건물을 파괴하고 인축을 전멸시키매 그들의 가족과 친척들이 동서로 분산되었다.

이때 이생은 가족과 함께 산골에 숨어 있었는데, 도적 하나가 칼을 들고 뒤를 쫓아오는지라. 그는 겨우 도망하여 목숨을 구했으나, 최랑은 도적에게 잡혀 정조를 빼앗길 처지에 이르자 크게 노하여 소리 질렀다.

"이 창귀[11] 놈아! 나를 먹으려고 하느냐. 내가 차라리 죽어서 시랑의 밥이 될지언정 어찌 돼지 같은 놈에게 이 몸을 주겠느냐."

놈은 종말에 그녀를 무참하게 죽여버렸다.

한편 이생은 황폐한 들에 숨어서 목숨을 보전하다가 도적의 무리가 떠났다는 소식을 뜨고 부모님이 살던 옛집을 찾아갔다. 그러나 집은 이미 전란에 타 버리고 없었다. 다시 아내의 집에 가 보니 행랑채는 쓸쓸하고 집 안에는 쥐들이 우글거리고 새들만 지저귈 뿐이었다. 그는 슬픔을 이기지 못해, 작은 누각에 올라가서 눈물을 거두고 길게 한숨을 쉬며 날이 저물도록 앉아서 지난날의 즐겁던 일들을 생각해 보니, 완연히 한바탕 꿈만 같았다. 밤중이 거의 되자 희미한 달빛이 들보를 비춰 주는데, 낭하에서 발자국 소리가 들려 왔다. 그 소리는 먼 데서 차차 가까이 다가온다. 살펴보니 사랑하는 아내가 거기 있었다. 이생은 그녀가 이미 이승에 없는 사람임을 알고 있었으나, 너무나 사랑하는 마음에 반가움이 앞서 의심도 하지 않고 말했다.

"부인은 어디로 피난하여 목숨을 보전하였소?"

여인은 이생의 손을 잡고 한바탕 통곡하더니 곧 사정을 얘기했다.

"저는 원래 귀족의 딸로서 어릴 때에 모훈(母訓)을 받아 수놓은 일과 침선에 열심이었고, 시서와 예의를 배워 단지 규중의 예법만 알고 그 외의 다른 일은 잘 알지 못하였습니다. 그런데 어느 날 당신이 복숭아 핀 담 위를 엿보셨을 때 저는 스스로 벽해의 구슬을 드려 꽃 앞에서 한번 웃고 평생의 가약을 맺었습니다. 또한 깊은 휘장 속에서 거듭 만날 때마다 정이 백년을 넘쳤습니다. 여기까지 말을

11) 창귀 - 귀신처럼 못된 사람

하고 나니 슬프고 부끄러운 마음 금할 길이 없군요. 장차 백년 해로의 낙을 누리려 하였는데 뜻밖의 횡액(橫厄)을 만나, 끝까지 놈에게 정조를 잃지는 않았으나, 육체는 진흙탕에서 찢겼사옵니다. 절개는 중하고 목숨은 가벼워 해골을 들판에 던졌으나, 혼백을 의탁할 곳이 없었습니다. 가만히 옛일을 생각하면 원통한들 어찌하겠습니까? 당신과 그날 깊은 산골자기에서 하직한 뒤 저는 속절없이 짝 잃은 새가 되었던 것입니다. 이제 봄빛이 깊은 골짜기에 돌아와 저의 환신은 이승에 다시 태어나서 남은 인연을 맺어 옛날의 굳은 맹세를 결코 헛되게 하지 않으려 하는데 당신 생각은 어떠하십니까?"

이생은 매우 기뻐하며 감사히 여겨 대답했다.

"이것이 원래 나의 소원이오."

둘은 재미있게 말을 주고받았다. 이생은 또 물었다.

"그래, 모든 가산은 어떻게 되었소?"

"예, 하나도 잃어버리지 않고 어떤 골짜기에다 묻어두었습니다."

"그럼 우리 두 분 어버이의 유골은 어찌 되었소?"

"하는 수 없이 어떤 곳에 그냥 내버려두었습니다."

두 사람은 이야기를 마친 뒤 함께 취침하여 즐기니, 기쁜 정은 옛날과 조금도 다를 바 없었다.

이튿날 여인은 이생과 함께 옛날 살던 개령동을 찾아갔다. 거기에는 금렝 몇 덩어리와 재물 약간이 있었다. 그들은 두 집 부모님의 유골을 거두고 금렝별 재물을 팔아서 각각 오간산 기슭에 합장하고는 나무를 세우고 제사를 드려 모든 예절을 다 마쳤다.

그 후 이생은 벼슬을 구하지 않고 아내와 함께 살게 되니, 피난갔던 노복들도 또한 찾아들었다. 이생은 이로부터 인간의 모든 일을 전혀 잊어버리고서 친척과 귀한 손의 길흉사 방문에도 문을 닫고 나가지 않았으며, 늘 아내와 함께 시를 지어 주고받으며 즐거이 세월을 보냈다.

어느 덧 두서너 해가 지난 어떤 날 저녁에 여인은 이생에게 말했다.

"세 번째나 가약을 맺었습니다마는, 세상 일이 뜻대로 되지 않았으므로 즐거움도 다하기 전에 슬픈 이별이 갑자기 닥쳐왔습니다."

하고는, 마침내 목메어 울었다. 이생은 깜짝 놀라면서 물었다.

"무슨 까닭으로 그런 말씀을 하시오."

여인은 대답했다.

"저승길은 피할 수가 없습니다. 저와 낭군의 연분이 끊어지지 않았고 또 전생에 아무런 죄악도 없었으므로, 하느님께서 이 몸을 환신시켜 잠시 낭군을 뵈어 시름을 풀게 했던 것입니다. 오랫동안 인간 세상에 머물러 있으면서 산 사람을 유혹할 수는 없습니다."

하더니, 시비에게 명하여 술을 올리게 하고는 옥루춘곡에 맞추어 노래를 지어 부르면서 이생에게 술을 권했다.

도적떼 밀려와서 처참한 싸움터에
슬프다 이 내 몸은 무산 선녀 될 수 없고
몰죽음을 당하니 원앙도 짝 잃었네.
깨진 거울 갈라지니 마음만 쓰라리네.
여기저기 흩인 해골 그 누가 묻어 주리.
이로부터 작별하면 둘이 모두 아득하니
피투성이 그 유혼은 하소연도 할 곳 없네.
저승과 이승 사이 소식조차 막히리라.

노래 한 가락씩 부를 때마다 눈물에 목이 막혀 거의 곡조를 이루지 못했다. 이생도 또한 슬픔을 걷잡지 못했다.

"나도 차라리 부인과 함께 황천으로 갔으면 하오. 어찌 무료히 홀로 여생을 보내겠소. 지난번에 난리를 겪고 난 후에 친척과 노복들이 각각 서로 흩어지고, 돌아가신 부모님의 유골이 들판에 버려져 있을 때, 부인이 아니었더라면 누가 능히 장사를 지내 주었겠소. 옛 사람의 말씀에 부모님이 살아 계실 때에는 예절로써 섬기고 돌아가신 후에도 예절로써 장사지내야 한다 했는데, 이런 일을 모두 부인이 실천했소. 그것은 부인의 천성이 순효하고 인정이 두터운 때문이니 감격해 마지않았으며, 스스로 부끄러움을 이기지 못하였소. 부인은 이승에서 함께 오래 살다가 백년 후에 같이 세상을 떠나는 것이 어떻겠소."

여인은 대답했다.

"낭군의 수명은 아직 남아 있으나, 저는 이미 저승의 명부에 이름이 실려 있으니 오래 머물러 있을 수가 없습니다. 만약 굳이 인간 세상을 그리워해서 미련을 가진다면, 명부의 법에 위반됩니다. 그렇게 되면 죄가 저에게만 미칠 것이 아니라 낭군님께서 그 허물이 미칠 것입니다. 다만 저의 유골이 아직 그곳에 흩어져 있으니, 만약 은혜를 베풀어주시겠다면 유골을 거두어 비바람 맞지 않게 해 주십시오."

두 사람은 서로 바라보며 눈물을 흘렸다. 잠시 후에 여인은 말했다.

"낭군님, 부디 안녕히 계십시오."

말을 마치자 점점 사라져서 마침내 종적을 감추었다. 이생은 아내가 말한 대로 그녀의 유골을 거두어 부모의 무덤 곁에 장사를 지내 주었다.

그 후 이생은 아내를 지극히 생각한 나머지 병이 나서 두서너 달 만에 그도 또한 세상을 떠났다.

이 사실을 들은 사람들은 모두 슬퍼하고 탄식하면서, 그들의 절개를 사모하지 않는 이가 없었다.

7

사씨남정기(謝氏南征記)

명나라 가정(嘉靖) 연간, 금릉 순천부 땅에 유명한 인사가 있었는데, 성은 유(劉)요 이름은 현(炫)이라고 하였다. 그는 개국공신인 유기(劉琦)의 자손이라, 사람됨이 현명하고 문장과 풍채가 일세의 추앙을 받았다. 나이 십오 세 때 시랑 최모의 딸을 아내로 맞아서, 부부의 덕행과 금실이 세인의 칭송을 받았다. 소년 대에 과거에 급제하여 벼슬이 이부시랑참지정사에 이르매, 명망이 조야에 진동하였다. 그러나 당시 간신이 조정에서 국권을 제멋대로 농간하였으므로, 벼슬을 버리고 물러가려고 기회를 보고 있었다.유현은 부인 최씨와 금실은 좋았으나 자녀의 소생이 없어서 근심으로 지내다가 늦게서 아들을 낳고 얼마 되지 않아서 부인이 세상을 떠났다. 부인을 잃은 그는 인생의 무상을 느끼고 더욱 벼슬에 뜻이 없어져서 병을 빙자하고 사직한 뒤에 집으로 돌아와서 한가로이 세월을 보냈다. 그 뒤로 국사에는 비록 참여치 않았으나 일세의 명사로서 그의 청덕을 모두 앙망[1]하였다. 그에게 매제가 있었는데 성행이 유순

----
1) 앙망 - 공경하고 흠모함

하고 정숙하여 일찍이 선비 두홍(杜洪)의 아내가 되었는데, 초년 고생을 하다가 두홍이 늦게서야 벼슬을 하였다. 유공의 아들 이름은 연수(延壽)라 하였는데 어려서부터 숙성하였고 나이 차차 자람에 따라 얼굴이 관옥 같고 재주가 뛰어났으며, 십 세 때 이미 문장이 놀라웠다. 유공이 기특히 여겨서 사랑하였으나 그 재롱을 죽은 부인에게 보이고 함께 즐기지 못하는 것이 한이었다. 유연수 소년은 십 세 때 이미 향시(鄕試)에 장원으로 뽑혔고, 십오 세에 과거에 급제하여 즉시 한림학사를 제수하였다. 그러나 나이가 어리기 때문에 십 년 동안 더 학업에 힘쓴 뒤에 출사할 것을 청하매 황제께서 그 뜻을 기특히 여기시고 특히 본직을 띤 채 오 년 간의 수학 말미를 주셨다. 이에 대하여 유한림이 천은을 감축하고 부친 유공이 더욱 충의를 다하여 국은에 보답하려고 맹세하였다.

유한림이 급제 후에 성혼하려고 하매, 구혼하는 규수가 많으나 좀처럼 허하지 않고 유공이 매제 두부인과 함께 성중의 모든 매파를 청하여 현철[2]한 소저가 있는 집안을 물었으나 마땅한 상대가 없어서 좀체로 결정하지 못하였다. 그 중의 주파라는 매파가 말을 하지 않고 있다가 모든 매파들의 천거가 끝난 뒤에 입을 열었다.

"모든 말이 공변되지 못하니 제가 바른대로 소견을 말하겠습니다. 대감의 말씀이 부귀한 곳을 구하면 엄승상댁만한 곳이 없고, 규수 낭자의 현철한 분을 구하려면 신성현의 사급사(謝給事)댁 소저밖에 없으니 이 두 댁 가운데 택하십시오."

"부귀는 본디 내가 원하는 바가 아니요, 어진 규수를 택하려고 하오. 사급사는 본디 대간벼슬을 하다가 적소에서 억울하게 죽은 사람이라 진실로 강직한 인물인데, 그 집에 소저가 있는 줄은 몰랐소."

"그 소저의 용모와 덕행이 일세에 뛰어나니 더 여쭐 말씀이 없습니다. 저는 중매 일을 본 지가 삼십 여 년에 왕공재열의 모든 재상댁을 다니며 신부를 많이 보았으나 이같이 요조현철한 소저를 보기는 처음이니 두 번 묻지 마십시오."

"우리는 색을 취함이 아니니, 현숙한 덕행이 있는 소저라야 하오."

"사소저는 덕행과 용모가 출중합니다. 대감이 제 말씀을 못 믿으시겠거든 사

2) 현철 - 어질고 사리가 밝음

소저의 현불현(賢不賢)[3]을 다시 알아 보십시오."

하고 그 매파는 사소저를 극력 찬양하고 다짐하였다. 매파가 돌아간 뒤에 유공은 매파의 말을 생각하고 두부인에게 상의하였다. 그러자 부인이 묘한 제안을 하였다.

"사람의 덕행과 성질은 필법에 나타나니 사소저의 필체를 얻어 봅시다. 우화암(羽化庵)의 묘혜니(妙慧尼)를 불러서 우화암에 기진하려던 관음화상에 관음찬을 사소저에게 짓도록 청탁하게 합시다. 사소저의 그 친필을 보면 재덕을 짐작할 수 있고 또 그것을 청하러 갔을 때 사소저의 선을 보고 올 것이니 묘혜니는 매파처럼 좋은 말로만 우리를 속이지는 않을 줄로 압니다."

"그거 참 묘안이다. 그러나 관음찬은 매우 어려울 텐데 여자의 글재주로 어찌 감당할까?"

"어려운 글을 짓지 못하면 어찌 재원이라 하겠습니까?"

유공이 매제의 말이 옳다 하고 빨리 사소저와 선볼 것을 재촉하였다. 두부인이 사람을 우화암으로 보내서 묘혜 스님을 불러왔다.

"사가(謝家)와 결친하려고 하나 신부의 재덕과 용모를 알 길이 없으니 묘혜 암자에 기진하려던 이 관음화상을 가지고 가서, 사소저에게 관음찬을 받아서 보내 주시오." 하고 화상을 내주면서 간곡히 부탁하였다. 묘혜가 그 화상을 받아 가지고 곧 자기 암자의 일처럼 간청하려고 사급사 집으로 갔다. 소저의 모친은 본디 불법을 신앙하였기 때문에 전부터 출입하던 묘혜가 왔으므로 곧 불러들였다. 묘혜가 안부인사를 하자 부인이 반겨 하면서,

"오래 보지 못하였더니 오늘은 무슨 바람이 불어서 우리 집에 왔소?"

"아시는 바와 같이 소승의 암자가 퇴락하여 금년에 정재를 얻어서 중수하느라고 댁에도 와 보일 틈이 없었습니다. 이제 역사가 끝났으매 부인께 한 가지 청이 있어서 왔습니다."

"불사(佛事)를 위한 일이라면 어찌 시주를 아끼겠소마는 빈한한 집에 재물이 없어서 크게는 시주하지 못하겠지만 청이라 함은 무엇이오?"

"소승이 청하려는 것은 재물 시주가 아니옵고 소승에게는 금은 이상으로 귀중

3) 현불현 - 현명함과 현명하지 못함

한 일입니다."

"궁금하니 어서 말해 보시오."

부인은 묘혜의 말이 의아스러워서 재촉하였다.

"소승의 암자를 중수한 뒤에 어떤 시주댁에서 관음화상을 보내 주셨는데 이 화상은 당인(唐人)의 명화입니다. 그런데 그 그림 뒤에 제명(題名)과 찬미의 글이 없는 것이 큰 흠이니, 댁의 소저가 금석 같은 친필로 찬문을 지어 주십사 하고 청하러 왔습니다. 찬문은 산문의 보배라 그 공덕이 칠보를 시주하는 것보다도 더 중하고 찬문을 써 주신 소저의 수명이 장원하실 것입니다."

"스님의 말이 고맙소. 우리 집 아이가 비록 고금시문에 통하나 이런 글을 지을 수 있을지 좌우간 시험삼아 물어봅시다."

하고 시녀에게 소저를 불러오라고 명하였다. 이윽고 소저가 나와서 모친에게 무슨 말씀이냐고 대령하였다. 묘혜가 한번 소저를 본즉 용모가 쇄락[4] 기이하고 우아 자비함이 실로 관음보살이 강림한 듯이 황홀하였다. 묘혜는 심중으로 놀라며 생각하되,

'진세 속에 어찌 이런 아름다운 소저가 있으랴.'

감탄하면서 합장배례하고 물었다.

"소승이 사 년 전에 소저께 뵈온 일이 있었는데 기억하고 계십니까?"

"스님을 어찌 잊었겠소?"

소저와 묘혜의 인사가 끝난 뒤에 부인이 소저에게 물었다.

"스님이 멀리 찾아와서 네 필체로 관음찬을 구하는데 네가 그 글을 지을 수 있겠느냐?"

"소녀에게 지으라고 하시더라도 노둔한 제 재주로 어찌 감당하겠습니까? 더구나 시부 짓는 것은 여자로서 경계할 일이라 하였으니 스님의 청일지라도 사양할 수밖에 없습니다."

"소승이 구하는 것은 원래 시부가 아니고 관음보살님의 그 높으신 공덕을 찬양코자 할 따름입니다. 관음보살님은 본디 여자의 몸이신 고로 여자의 글을 받아야 더욱 좋습니다. 그러니 요즘 여자 중에서 소저가 아니면 누가 이 글을 지을

4) 쇄락 - 마음이 상쾌함

수 있겠습니까? 이런 소승의 간청을 소저는 물리치지 마시오."

부인 또한 은근히 딸에게 권하고 싶어하는 눈치로,

"네 재주가 미치지 못하면 하는 수 없지만 그 글은 보통의 무익지문(無益之文)[5]과는 다르니 웬만하면 지어 보는 것이 어떠냐, 나도 보고 싶다."

이에 반가워하는 묘혜가 얼른 족자 싸 가지고 온 책보를 풀어서 관음보살의 화상을 펼치매, 화폭 위에 바다 물결이 끝이 없다. 그 가운데 외로운 정자가 서 있는데 관음보살이 흰 옷을 입고 머리도 빗지 않은 채 어린 사내 아이를 품에 안고 물결을 헤치고 앉아 있는 장면이었다. 그 화법이 정묘하여 관음보살과 동자가 살아서 움직일 듯이 보였다. 그 그림을 본 사소저가 머리를 한 번 갸웃하고,

"내가 배운 것은 오직 유가의 글이요, 불서(佛書)는 모르니 비록 찬사를 시작(試作)하더라도 스님의 마음에 들지는 못할 것입니다."

"소승이 듣건대, 푸른 연잎과 흰 연근은 한 생명이요, 석씨(釋氏)의 자비가 공씨(孔氏)의 인(仁)과 한 가지라 하니, 소저 비록 불서를 애송하지 않더라도 선비의 글로 보살을 칭송하면 더욱 좋을까 합니다."

사소저는 그제야 더 사양하지 않고 손을 정결히 씻은 뒤에 관음화상의 족자를 벽에 걸어 모시고 분향 배례하였다. 그리고 채필을 들고 앞으로 가서 관음찬 일백 이십 자를 족자 밑 여백에 가늘게 쓰고, 다시 그 아래에 연월일과 〈정옥은사 배작서(精屋隱士 拜作書)〉라고 서명하였다.

묘혜가 그 글의 뜻과 글씨의 모양을 극구 칭찬하고 유공댁으로 돌아왔다. 묘혜의 회답을 기다리고 있던 유공과 두부인은 묘혜가 돌려주는 관음화상의 족자를 받으면서 물었다.

"그 소저를 자세히 보았소?"

"족자 속에 그린 관음님 얼굴과 같은 용모였습니다."

하고 사급사 댁의 모녀와 수작한 이야기를 자세히 보고하였다. 유공이 묘혜의 말을 듣고 매우 기뻐하고,

"이 관음찬의 글과 글씨를 보니 그 재주와 덕행이 범인이 아니다."

하고 족자를 걸고 다시 보매, 글이 청아쇄락하고 필법이 정묘하여 한 곳도 구

5) 무익지문 - 무익한 글

차한 데가 없었다. 온화하고 유순한 성품이 글에 나타났을 것이라고 칭찬하여 마지 않았다. 그 글에는,

'관음경은 필경 옛날의 성녀(聖女)일지니, 주나라의 임사(任思)와 같도다. 그런데 외롭게 공산(空山)에 있음이 본뜻이 아닐지언정 직설은 세상이 돕고 백이 숙제는 주려 죽었으니, 처지가 다름이 아니라 의취가 다름이로다. 화상을 보니 흰 옷을 입고 아이를 데리고 있으매, 이 그림으로 생각건대 오직 뜻을 취하도다. 슬프도다. 서녘의 풀이 잔결하고 세속이 괴이하니 글을 좋아하는도다. 신지(神地)[6]를 전희(專戲)[7]하면 윤기(輪機)[8]의 해로움이 있는데, 관음님은 왜 여기 계심이뇨. 죽림에 하강하시니 상운오채(祥雲五彩)가 임중(林中)을 둘렀도다. 그 덕이 세상에 비치니 억만창생이 뉘 아니 공경 흠탄하리오. 극진한 공부의 거룩함이 윤회에 벗어나니, 목이 숨잃음 같아서 불생불멸하리로다. 지공무사한 덕이 천추에 유연하니 그 덕을 한 붓으로 찬양하기 어렵도다.'

유공과 두부인이 관음찬을 보고 칭찬하여 마지 않고,

"문자와 필법이 이처럼 기묘하여 재덕이 겸비함을 알겠다. 매파의 말이 허언이 아니었으니 곧 예를 갖추어 다시 통혼하자."

남매가 합의하고 다시 매파를 사가(謝家)로 보내서 통혼하려고 부탁하였다.

"사소저의 덕행을 알았으니 잘 부탁하오. 그 댁의 허혼을 받아 오면 후하게 상을 주겠소."

매파가 기뻐하며 장담을 하고 사급사의 집으로 갔다. 사소저는 개국공신 사일청(謝逸淸)의 후예요, 사후영(謝厚英)의 딸이었다. 후영이 본디 청렴 강직하매 조정의 소인배가 꺼려하였다. 마침 소인배가 반란을 음모할 적에 사후영이 대간의 언관으로 있었으므로 간신들의 작당농권을 분하게 여기고 여러 번 상소하다가 도리어 간신의 모해를 받고 소주로 귀양갔다가 거기서 죽었다. 부인이 비분을 참고 소저를 데리고 고향 본집에 돌아와서 슬픈 세월을 보내며 소저를 애지중지 길렀다. 소저가 점점 크면서 모친을 모시고 지냈는데 그 용모와 재덕이 기이함은 말할 것도 없이 증자(曾子)와 같이 편모를 지성으로 받들어 봉양하며 모

6) 신지 - 신들이 사는 곳

7) 전희 - 희롱하며

8) 윤기 - 어지러운 마음

녀가 서로 의지하며 살아왔다. 딸이 성장하여 혼기가 되었으나 주혼될 사람과 방도가 없어서 근심으로 세월을 보내고 있었다. 그러던 차에 하루는 매파가 찾아와서 용광색덕[9]을 칭찬하면서

"제가 유씨 문중의 명을 받자와 귀댁 소저와 혼인하겠다는 뜻을 전하러 왔습니다. 신랑되실 유한림으로 말하면 소년 등과하여 벼슬이 한림학사에 이르고 소년 풍채와 문장재화가 일세에 압두하니 귀 소저의 용색과 일대가연인가 하옵니다."

부인은 이미 유한림의 풍채가 범류에서 뛰어난 소문을 들은 지 오래였으나 인륜의 대사를 매파의 말만 듣고 가볍게 허혼할 수가 없었으므로 소저가 아직 유약하다는 핑계로 시원한 대답을 주지 않았다. 매파가 하는 수 없이 그냥 돌아와서 사실대로 자세히 유공과 두부인에게 보고하였다. 유공은 실망하고 오랜 생각 끝에 매파에게 물었다.

"그 댁에 가서 할멈은 무어라고 말하였나?"

매파가 처음 인사부터 하직하고 오던 인삿말까지 자세히 되풀이하여 말하였다. 유공이 그 매파의 교섭 경과를 듣고 문득 깨닫고,

"내가 소홀하게 할멈에게 잘못 가르쳐 보냈었구나."

하고 매파를 돌려보냈다. 그리고 이튿날 유공이 직접 신성현으로 가서 지현(知縣)을 찾아보고 정중한 중매를 부탁하였다.

"아들의 호사로 사가(謝家)에 매파를 보냈더니 규수의 모친이 규수의 유약을 핑계로 허혼하지 않으니 귀관이 나를 위하여 사가에 가 주시는 수고를 아끼지 마시오."

"노 선생님의 말씀을 어찌 범연히 듣겠습니까?"

"가시거든 다른 말은 하지 마시고 다만 고(故) 사급사의 청덕을 흠모하여 구혼한다는 말만 전해 주시오. 그러면 반드시 허혼할 줄로 믿습니다."

유공이 부탁하고 돌아간 뒤에 지현이 사가로 찾아가서 부인에게 만나기를 청하자 다른 일로는 찾아올 리가 없는 지현의 방문이라 요전에 매파가 와서 청하던 혼사인 줄 짐작하고 객당을 깨끗이 치우고 손님을 청해 들일 준비를 하였다. 부인은 딸을 미리 객당의 옆방에 깊이 숨겨 두고, 노복을 시켜서 지현을 객당 안

9) 용광색덕 - 잘생긴 용모와 품성

으로 인도하여 들였다. 우선 주과를 잘 차려서 대접한 뒤에 부인은 시비에게 전언(傳言)하여,

"성주께서 친히 누지[10]에 왕림하셔서서 한가의 외로움을 위로하여 주시니 저의 집의 영광이옵니다."

지현이 부인의 인사 전언을 공손하게 다 들은 뒤에 시녀에게 전언하여,

"소관이 귀댁을 찾아온 것은 다름이 아니라 귀댁 소저의 혼사를 꼭 이루어 드리고자 하는 뜻에서입니다. 전임 이부시랑참지정사 유공 현이 귀 소저가 재덕을 겸비하고 자색이 비상함을 듣고 기특히 여길 뿐 아니라 사급사의 청명 정직함을 항상 흠앙하오매 그 여아의 재덕은 불문가지라 하여 귀댁 소저로 며느리를 삼고자 하옵니다. 유공의 아들은 금방 장원하여 벼슬이 한림학사에 이르옵고 상총(上寵)이 극하오매 사람마다 사위를 삼고자 하는 바이나, 유공은 그 많은 구혼을 모두 물리치고 귀댁 소저에게만 나를 통하여 청혼함이니 이 좋은 때를 잃지 마시고 허락하시면 내가 돌아가서 유공을 뵈올 낯이 있을까 합니다."

부인이 다시 전언하여 대답하되,

"용우(庸愚)[11]한 여식이 재덕이 부족하고 용모 또한 취할 것이 없는데 성주께서 이처럼 친히 오셨으니 어찌 사양하오리까. 성주께서는 돌아가셔서 쾌히 통혼하겠다는 비가의 뜻을 전해 주십시오."

지현이 크게 기뻐하고 돌아와서 유공에게 그 경과를 상세히 알렸다. 유공은 기뻐하면서 지현의 수고를 치하하였다. 곧 택일하고 혼례 준비를 시작하는 한편 사급사의 청렴결백으로 집에 유산이 없어서 가세가 빈한함을 알기 때문에 납폐[12]를 후하게 보내었다. 그러나 유공은 아들의 성혼을 보지 못하고 세상을 떠난 부인 최씨를 생각하고 비회를 금하지 못하였다. 어느덧 길일이 되매 양가에서 큰 잔치를 베풀고 예식을 이루매 남풍여모(男風女貌)가 발월하여 봉황의 쌍을 이루었다. 신부의 모친이 신랑의 신선 같은 풍채를 사랑하여 딸과 아름다운 쌍을 이룬 것을 즐기면서도 남편 급사가 그 모양을 보지 못함을 슬퍼하는 눈물이 옷깃을 적시었다. 신랑이 신부와 함께 빨리 집으로 돌아와서 신부가 폐백을 드리자 유공

10) 누지 - 누추한 곳

11) 용우 - 못나고 어리석다

12) 납폐 - 신랑집에서 신부집으로 보내는 예물

과 두부인의 남매 양위가 눈을 들어서 비로소 신부의 모습을 보니 용모의 아름다움은 말할 것도 없고 현숙한 덕성이 나타나서 주가(周家) 팔백 년을 이루던 임사의 덕이 전해 남은 듯하였다. 날이 서산에 지매 잔치 손님들이 돌아가고 신부 또한 숙소로 돌아가매 유한림이 이 첫날밤에 신부와 더불어 운우지락을 이루어서 남녀의 정이 흡연하였다.

이튿날부터 소저는 시부를 효성으로 받들고 남편을 즐겁게 섬기더니 유공이 우연히 병을 얻어서 백약이 무효하매 유공이 소생하지 못할 것을 깨닫고 매제 두부인에게 길이 탄식하고 유언하였다.

"현매(賢妹)는 나 죽은 후에 자주 왕래하여 가사를 주관하고 잘못이 없게 하라."

또 아들 한림의 손을 잡고,

"너는 앞으로 가사를 고모와 상의하여 가헌을 빛내도록 하라. 네 아내는 덕행과 식견이 높으니 가부를 불의로 섬기지 않을 것이니 공경하고 화락하라."

고 유언하고, 며느리 사씨에게도,

"너의 현부(賢婦)로서의 요조 성행을 탄복하니, 안심하고 세상을 떠날 수 있다."

하고 마지막까지 칭찬하고 신임하였다. 유족들에게 일일이 유언한 유공은 그날 엄연한 자세로 별세하자 한림 부부의 호천애통은 비할 데 없었고 매제 두부인의 애통이 또한 극진하였다. 상일(喪日)에 임하여 영구를 선영에 안장하고 한림부부가 집상하매 애회(哀懷)가 뼈에 사무쳐서 통곡하는 정상이 모든 사람의 눈물을 자아내어서 효성에 탄복하지 않는 자가 없었다.

세월이 물 흐르듯이 빨라서 어느덧 삼상(三喪)을 마치고 유한림이 직임에 나가니 황제가 중용하려고 하였다. 그러나 유한림이 조정의 소인을 배척하는 기개가 강직하므로 엄승상이 꺼리고 방해하였으므로 벼슬도 제대로 승진하지 못하였다. 그뿐 아니라 유한림의 나이가 삼십에 이르렀으나 슬하에 자녀가 없어서 망연하였다. 사부인이 이를 근심하고 한림에게 호소하였다.

"첩의 기질이 허약하고 원기가 일정치 못하여 당신과 십여 년을 동거하였으나 일점 혈육이 없으니 불효삼천 가지 죄에 무자(無子)의 죄가 가장 크다 하여 첩의 무자한 죄가 존문에 용납하지 못할 것이나 당신의 관용하신 덕으로 지금까지 부지해 왔습니다. 그러나 곰곰이 생각하매 당신은 누대독신(累代獨身)으로 이대로 가다가는 유씨 종사가 위태로우니 첩을 개의치 마시고 어진 여인을 취하여 득남 득녀하면 가문의 경사일 뿐 아니라 첩의 죄도 면할 수 있을까 합니다."

유한림은 허허 웃고서 부인을 위로하여 말하기를,

"소생이 없다 하여 당신을 두고 다른 첩을 얻을 수야 있소. 첩이 들어오면 집 안이 어지러워지는 근본인데 당신은 왜 화근을 자청하는 거요? 그것은 천만부당 하니 그런 생각은 하지 마시오."

"첩이 비록 용렬하나 세상 보통 여자의 투기를 잘 알고 경계하겠으니 첩의 걱 정은 마시오. 태우의 일처일첩은 옛날에도 미덕이 되었으니 첩이 비록 덕이 없 으나 세속 여자의 투기는 본받지 않겠습니다."

이 말을 듣고 있던 고모 두부인이 한림 부부의 사정을 살피고,

"듣건대 옛날에 관저와 수목은 진실로 태자의 투기함이 없었기 때문에 도리어 덕이었지만 만일 문왕이 미색을 탐하시고 의종이 편벽하셨으면 태우가 투기는 하지 않았더라도 어찌 궁중에 원한이 없었으며 규중이 평생 어지럽지 않겠느냐. 지금 시속이 옛날과 다르고 성인이 아닌 범인으로서 어찌 투기가 생기지 않으리 라고 장담하랴. 공연히 옛날의 미명을 사모하여 화근의 씨를 뿌리지 않도록 함 이 좋다."

"제가 어찌 고인(古人)의 미덕만 앙모하겠습니까마는 시속 부녀가 인륜을 모 르고 시부모와 남편을 업신여기고 질투로 일을 삼아서 가도를 문란케 하는 것을 기탄하는 바이오니 첩이 비록 어리석어도 교화를 못할지라도 그런 패악을 창수 하겠습니까. 제가 비록 어리석으나 몸을 반성하지 못하고 요색에 침혹하는 일은 결코 않기로 맹세하옵니다. 그보다도 가문을 이을 후손을 보는 것이 더욱 중합 니다."

사부인의 뜻이 이미 굳게 정한 것을 보고 탄식하여,

"네 뜻은 매우 갸륵하다. 그러나 가부가 만일 너 같은 현부의 간언을 청납하면 다행이지만 그렇지 않으면 내 말을 생각하고 뉘우칠 테니 그런 일이 없기를 바 란다."

하고 두부인이 자기 집으로 돌아갔다. 이튿날 매파가 와서 사부인에게 권하였다.

"한 곳에 마땅한 여자가 있는데 부인이 바라고 구하는 뜻에 맞을까 합니다."

"내가 구하는 여자가 어떤 것인 줄 알고 하는 말이오?"

사부인이 묻자 눈치 빠른 매파는,

"댁의 둘째 부인으로 구하시는 뜻이 요색을 취하심이 아니고 사람이 믿음직하고 덕이 있으며 몸이 건강하여 아들을 낳아서 후손을 이을 수 있는 여자인가 짐작합니다. 그렇지 못하고 용모와 재색만 잘난 여자는 부인께서 구하시지 않으실 줄 압니다."

"호호호. 대관절 그 여자의 근본을 자세히 말해 보소."

"양반댁 사람으로서 성은 교(喬)요, 이름은 채란(彩蘭)인데, 조실부모하고 지금은 그의 형에게 의지하여 있는데 방년이 십육 세입니다."

"다행히 벼슬 다니는 양반댁 딸이라면 하류천녀와 다를 것이니 가장 마땅하오."

하고 남편 한림에게 매파의 말을 전하면서 권하였다.

"내가 소실을 두는 것은 바쁘지 않소. 그러나 당신의 말이 관대하여 받아들이겠으니 택일해서 좋도록 하소."

그리하여 곧 그 집에 통혼하고 집에서 친척을 모아 간략한 잔치를 열어서 교씨를 제 이 부인으로 데려왔다. 교씨는 유한림과 본부인에게 예배하고 자리에 앉았다. 주빈 일동이 교씨를 바라보니 자태가 매우 아름답고 거동이 경첩하여 마치 해당화 꽃가지가 아침 이슬 머금은 듯이 고와서 칭찬하지 않는 사람이 없었다. 그러나 두부인 혼자만은 안색이 우울해지며 말 한마디도 하지 않았다.

날이 저물자 교씨를 화원별당에 머무르게 하고 유한림이 새로운 둘째 부인과 밤을 지냈는데 남녀의 두 정분이 각별하였다.

이때 두부인이 질부되는 사씨에게,

"한림의 둘째 사람은 마땅히 질둔유순한 여자를 얻어야 할 것을 잘못 택한 것 같다. 저토록 절색가인을 얻었으니 만일 저 여자의 성품이 어질지 못하면 장차 집안이 평온치 못할 것 같아서 걱정이다."

하고 미리 걱정하였다. 그러나 사부인은 태연한 태도로,

"옛날의 위장강[13]의 고운 얼굴과 공교로운 웃음으로도 현덕지덕[14]을 가작[15] 하여 지금까지 절대가인이 반드시 간교롭지 않음을 증명하고 있는데 색이 곱다고 어찌 어질지 않으리까?"

13) 위장강 - 위나라 장공의 처 장강. 아름다운 미인

14) 현덕지덕 - 어질고 높은 덕

15) 가작 - 잘 드러냄

"장강은 어진 부인이었지만 자색은 그리 곱지 못하였던 모양이다."

하고 서로 웃었다. 그러나 이튿날 두부인은 사씨에게 재삼 새로 맞은 교씨를 조심하라고 이르고 돌아갔다. 유한림은 교씨 처소의 당호를 고쳐서 백자당(百子堂)이라 하고, 시비 납매 등 다섯 명으로 교씨의 시중을 들게 하였다. 교씨는 총명민첩이 지나친 교활한 솜씨로 유한림의 마음을 잘 맞추며 본부인 사씨도 잘 섬겼으므로 집안이 칭찬하여 마지 않았다.

멀지 않아서 교씨 몸에 잉태하였으므로 유한림과 본부인 사씨가 매우 기뻐하였다. 한편 간사한 교씨는 아들을 낳지 못할까 미리 염려한 나머지 여러 무당을 불러서 물었지만 어떤 자는 생남한다고 하고 어떤 자는 생녀한다고도 하였다. 그리고 또 아들을 낳으면 단명하고 딸을 낳으면 장수한다는 점괘풀이도 하였다. 교씨는 이런 무당들의 불길한 점괘에 마음을 놓지 못하고 근심으로 지냈다. 하루는 시비 납매가 교씨에게 이상한 말을 속삭였다.

"동리에 어떤 여자가 있는데 호를 십랑이라 합니다. 본디 남방 사람으로서 여기 와서 우거 중인데 재주가 비상하여 모를 것이 없으니 그 사람을 불러다가 물어 보십시오."

교씨가 그 말을 듣고 기뻐하고 곧 자기 거처로 불러들였다.

교씨는 그 십랑에게 운수를 물었다.

"임자는 뱃속에 든 아기의 남녀를 알아낼 재주가 있소?"

"제가 비록 식견이 밝지 못하오나 수태한 사람의 남녀를 분별치야 못하겠습니까? 부인의 손을 잠깐 빌려주시면 진맥한 후에 정확하게 판단해 올리겠습니다."

교씨가 팔을 걷고 맥을 짚어 보이자 십랑이 잠시 맥을 짚어 본 뒤에,

"여맥입니다."

하고 말하자 교씨는 그 엄연한 선언에 깜짝 놀라면서,

"대감께서 나를 이 댁으로 들여놓으신 것은 한갓 색을 취하심이 아니라 사속할 생남으로 농장지경(弄璋之慶)[16]을 보고자 하신 것인데 만일 첫아기를 생녀하면 낳지 않느니만 못하니 이 일을 장차 어찌리요."

"제가 일찍이 산중에 들어가서 도인을 만나서 수업하고 복중의 여맥을 남태로

16) 농장지경 - 아들을 낳은 경사

변화시키는 술법을 배운 바 있습니다. 그 뒤에 그 술법을 시험해 보았더니 영험이 백발백중입니다. 부인께서 꼭 생남하시고 싶으시면 저의 그 묘한 술법을 한번 시험해 보십시오."

교씨가 반색을 하고 그 술법으로 다행히 생남하면 천금을 아끼지 않고 후한 상을 주리라고 약속하였다. 십랑은 그 술법이 매우 어렵다는 태를 뺀 뒤에 문방사우를 청하여 기묘한 부적을 여러 장 써서 기괴한 비방을 많이 한 뒤에 교씨의 방 안의 각처와 침석 속에 감추어 둔 뒤에,

"저의 술법은 끝났습니다. 금후 만삭이 되면 반드시 옥동자를 낳으실 것입니다. 그때 다시 와서 득남 하례를 하겠으며 후하신 상금은 그때 받을까 합니다."

하고 십랑은 자신만만하게 돌아갔다. 그 후에 어느덧 십 삭이 차매, 교씨는 과연 순산득남하였다. 어린아이의 이목이 청수쇄락하고 크기가 세 살된 아기만 하매, 한림은 본부인 사씨와 기쁨을 이기지 못하였고 노복들도 모두 경희하며 칭송하였다.

교씨가 남아를 낳은 뒤로는 유한림의 교씨에 대한 대접이 더욱 두터워지고 사랑이 비할 데 없어서 백자당을 떠난 일이 없고 아들의 이름을 장지라 하여 장중보옥같이 여겼다. 더구나 본부인 사씨는 아기에 대한 정이 극진하였으므로 교씨가 낳은 아이인지 모를 정도로 두 부인 사이의 정까지 한층 깊어졌다.

때는 마침 늦봄이라 동산의 백화가 만발하여 경치가 아름다웠다. 유한림이 황제를 모시고 서원에서 잔치를 배석하고 집에 일찍이 돌아오지 못하였다. 이때 사부인이 책상에 의지하여 글을 보고 있었는데, 시녀 춘방이 와서,

"지금 화원 정자에 모란꽃이 만발하였으니 구경하십시오. 대감께서 아직 조정에서 돌아오지 않았으니 한가로운 이때에 한번 화원에 소풍하시고 꽃구경하십시오."

하고 권하였다. 사부인이 반가운 소식이라고 곧 책을 덮고 옷을 가볍게 갈아입은 뒤에 시녀 오륙 명을 거느리고 연보를 옮겨서 화원의 정자에 이르렀다. 버들 그늘이 정자의 난간에 기대고 꽃향기가 연못에 젖었으며 그윽한 경치가 매우 고요하여 봄경치가 매우 즐길 만하였다. 사부인이 시녀에게 차를 명하고 교씨를 청하여 함께 봄경치를 구경하려던 참에 바람결에 문득 거문고 소리가 은은히 들려왔다. 사부인이 이상히 여기고 귀를 기울이고 자세히 들으니 거문고 소리가 맑아서 비취가 옥쟁반에 구르는 듯, 사람의 마음을 깊이 감동시켰다. 사부인이

좌우 시녀에게 물었다.

"어디서 누가 저렇게 거문고를 잘도 타느냐?"

"그 거문고 소리가 교낭자 침소에서 나는 성싶습니다."

"그럴까? 음률은 여자의 할 바가 아닌데 교낭자가 어찌 거문고를 저리 잘하겠느냐. 남의 말은 믿기 어려우니 저 소리 나는 곳에 가 보고 와서 사실대로 고하라."

시비가 사부인의 명을 받들고 그 거문고 소리나는 곳으로 찾아가 보니 과연 백자당이었다. 시녀가 밖에서 안을 엿본즉 교씨가 요리상을 풍부하게 차려 놓고 섬섬옥수로 거문고를 희롱하고 한 사람의 미인이 화려한 의상으로 마주앉아서 노래를 부르고 있었다. 시비가 자기의 눈을 의심하고 몇 번 자세히 본 뒤에 돌아와서 사부인에게 사실대로 고하였다. 사부인은 매우 못마땅하게 여기고 교랑이 어느 사이에 거문고를 배웠으며 또 노래를 부르는 사람은 누구냐고 노하였다. 그리고 교씨를 불러서 좋은 말로 훈계한 후에 다시는 그런 일이 없게 할 생각이었다. 그리고 곧 시비를 보내어 교씨를 데려오라고 명하였다.

이때 교씨는 십랑의 술법으로 생남하고 유한림의 사랑이 두터워지자 십랑과 더욱 친해졌다. 그 뒤로 교씨는 십랑의 힘과 방예[17]로 유한림의 총애를 독점하려고 애쓴 나머지 음률로 유한림의 마음을 매혹시키고 농락하려고 거문고와 노래까지 배우게 되었던 것이다.

"낭자가 유한림의 총애를 더 얻으려면 음률을 배우시오. 거문고와 노래는 장부를 혹하게 하는 마술이니 거문고 잘하는 사람을 스승으로 삼으시오."

"나도 그런 마음이 있으나 그런 사람을 구할 길이 없으니 소개해 주오."

"거문고 잘 타는 여자가 있는데 이름이 가랑으로서 거문고와 노래의 명수이니 그 여자에게 청하여 배우시면 됩니다."

교씨가 찬성하고 십랑을 통해서 가랑을 백자당으로 불러들였던 것이다. 가랑은 화방 계집으로서 온갖 풍악에 능숙하였는데 교씨의 부름을 받고 와서 곧 뜻이 맞고 정이 깊어졌다. 교씨는 본래 영리하였기 때문에 가랑에게 음률을 배우기 시작하자 거문고와 노래 솜씨가 일취월장하였다. 교씨는 음률의 스승이자 이야기 친구인 가랑을 옆방에 숨겨두고 유한림이 조정에 나가고 없는 틈에 음률을

---

17) 방예 – 요망한 술책

배웠다. 그리고 유한림이 집에 있을 때는 그 배운 솜씨의 음악으로 유한림의 심정을 혹하게 해서 더욱 총애를 받고 마침내 몸까지 독점하게 되었다. 그리하여 유한림은 사부인과는 점점 멀어져서 침소에는 얼씬도 않고 교씨 침소에만 사로잡혀 있는 형편이 되고 말았다.

그날도 유한림이 조정에 나가고 집에 없었으므로 요리를 차려 놓고 가랑과 함께 술을 즐기면서 가곡을 희롱하고 있는데, 사부인의 시비가 와서 명을 전하고 같이 가자고 재촉하였다. 교씨가 황급히 주안상을 치우고 시비를 따라서 사부인이 있는 화원의 정자로 가지 않을 수 없었다. 사부인은 넌지시 좋은 낯으로 맞아서 자리에 앉힌 뒤에 조용히 물었다.

"교랑 침소에 와 있는 미인이 어떤 여자지?"

"친정 사촌 누이입니다."

교씨가 거짓말을 하였다. 사부인이 엄숙한 태도로 정색을 하고,

"여자의 행실은 출가하면 시부모 봉양과 낭군 섬기는 여가에 자녀를 엄숙히 교육하고 비복을 은혜로 부리는 것이 천직이 아닌가. 그런데 방종하게 음률과 노래로 소일하면 가도가 자연 어지러워지니 교랑은 잘 생각하고 다시는 그런 일이 없도록 조심하게. 그리고 그 여자는 곧 제 집으로 보내며 이런 내 말을 고깝게 여기지 말게."

"제가 배우지 못하여 그런 잘못을 깨닫지 못하였다가 이제 부인의 훈계 말씀을 들었으니 각골명심하겠습니다."

사부인은 재삼 위로하고 조금도 오해하지 말라고 자상하게 일렀다. 그리고 그날이 지도록 화원에서 꽃구경을 하면서 즐겁게 지냈다.

하루는 유한림이 조정에서 돌아와서 백자당에 들렀으나 술이 취하여 잠을 이루지 못하고 난간에 기대서 봄밤의 원근 경치를 바라보니 달빛은 낮같이 밝고 꽃향기 그윽하매 호흥(好興)이 발작하였다. 그래서 교씨에게 거문고를 타고 노래를 하라고 청하자 교씨가 딴청을 썼다.

"바람이 차서 감기가 들었는지 몸이 불편하여 못하겠으니 용서하십시오."

"허허, 그게 무슨 말인고. 여자의 도리는 남편이 죽을 일을 하라고 해도 반드시 어겨서는 안 되는 법인데 그대가 병 핑계로 내 말을 거역하니 무슨 못마땅한 일로 그러는 것이 아닌가?"

"실은 제가 심심하기로 노래를 부르고 있었더니 부인이 불러서 책망하기를 네

가 요괴스럽게 집안을 어지럽게 하고 한림을 혹하게 하니 다시 그런 행동을 말라고 꾸중하셨습니다. 만일 또다시 노래를 부르면 칼로 혀를 끊고 약을 먹여 벙어리로 만든다 하셨습니다. 제가 본디 비천한 계집으로 유한림의 은혜를 입사와 부귀영화가 이같이 되었으니 죽어도 한이 없습니다. 그러니 제가 지금 부르시라는 노래를 못하는 고충을 짐작하시고 용서하여 주십시오. 더구나 한림의 청덕이 저의 잘못으로 흠이 되고 흐려지실까 두려워합니다."

교씨가 공교로운 말로 은근히 사부인을 좋지 않게 중상하자 유한림이 깜짝 놀라면서 속으로 본부인 사씨의 질투라고 생각하고 교씨를 위로하였다.

"내가 그대를 취함이 모두 부인의 권고로 이루어진 것이요, 지금까지 한번도 그대에 대하여 나쁘게 대하는 것을 본 일이 없었다. 이제 부인이 그대에게 그런 책망을 한 것은 필경 비복들이 부인에게 참언으로 고자질했기 때문이 아닐까 한다. 부인은 본디 성품이 유순한 사람이라 결코 그대를 해치려고 할 리가 없으니 부질없는 염려는 말고 안심하라."

교씨는 가슴이 투기로 타올랐으나 대범한 유한림의 말에는 잠자코 있었다. 그것이 더욱 유한림의 동정을 사게 되었다. 속담에도 범의 그림에서는 뼈를 그리기 어렵고, 사람의 사귐에는 마음을 알기 어렵다고 하듯이, 교씨는 교언영색으로 말은 겸손한 탈을 쓰고 있었으므로 사부인은 교씨가 겉다르고 속다른 본심을 알 수 없었다. 사부인이 교씨를 훈계한 것은 조금도 질투에서 나온 사심은 아니었다. 다만 음란한 노래로 장부의 마음을 미혹할까 염려한 것보다는 실로 교씨에게 정숙한 여자의 몸가짐을 하라는 심정에서 충고한 데 지나지 않았던 것이다. 그러나 교씨는 사부인의 충고에 원한을 품고 교묘한 말로 유한림에게 은연한 참언을 하여 내화를 빚어 내게 하였으니 이것은 교씨의 요악한 투기 때문이었다.

이때 유한림의 친한 벗이 하나 있었는데 그 친구가 자기의 집사로 있던 남방 사람 동청(董淸)을 천거하여 문객으로 두라고 권하였다. 유한림이 마침 집사를 구하던 중이라 집에 두고 집일을 보게 하였다. 동청은 영리하고 민첩하여 남의 마음을 잘 맞추어서 영합하기를 잘하였다. 친구도 그의 마음이 착하지는 못하여도 마음을 잘 맞추어서 좋게 여기다가 외임으로 떠나게 되자 동청의 허물은 말하지 않고 유한림에게 천거하고 갔던 것이다. 유한림이 동청을 불러서 사람됨을 보았을 때에 동청의 언사가 민첩하여 흐르는 물 같았다. 유한림은 믿는 친구의 추천에다 그처럼 영리하였으므로 곧 집에 두고 서사(書士)의 일을 시켰다. 그런데 동청의 위인이 간사하고 교활하여 유한림에게 아첨하고 하고자 하는 것을 미리 알아차리고 비위를 잘 맞추었으므로 순진한 유한림이 기뻐하고 신임하게 되었다.

그런 동청의 태도를 본 사부인이 한림에게 귀띔하였다.

"들리는 말에도 동청의 위인이 정직하지 못하다 하니 큰 일을 저지르기 전에 내보내는 것이 좋을까 합니다. 전에 있던 곳에서도 요악한 일을 많이 하다가 일이 탄로되어 쫓겨났다 하니 곧 내보내십시오."

"남의 풍설의 진부를 알 수 없고 친구의 추천으로 받아들였으니 좋고 나쁜 것은 좀 두고 보아야 할 것 아니오."

"사람은 부정한 사람과 함께 지내면 주위 사람까지 부정에 물들게 되는 법이니 빨리 내보내서 가도를 어지럽히지 말도록 예방하는 것이 좋을까 합니다. 만일 그런 표리부동한 사람 때문에 지하로 돌아가신 부모님의 가법을 추락시키면 그때 후회하여도 소용이 없습니다."

"당신의 말도 일리가 있으나 세상 사람들이 남을 중상하기 좋아해서 하는 풍설인지 모르니 좀 써 봐야 진부를 알 것이며 좋지 못할 것을 발견했을 때 처리하는 것이 우리의 길이 아니겠소."

사부인은 남편 유한림의 태도가 못마땅하였다. 그전에는 이런 문제로 이만큼 말하면 남편이 자기의 말에 따르더니 이렇게 고집하는 남편의 태도가 이상스럽기도 했다. 사실 유한림으로서는 사부인의 신임하는 정도가 전과는 분명히 달라져 있었다. 첩 교씨의 참소로 사부인을 의심하는 마음이 유한림에게 생긴 줄을 사부인은 아직도 모르고 있었기 때문에 말만 길어지고 결과는 얻지 못하였던 것이다.

그 후로 동청은 큰집 살림의 집사로 일을 보았는데 유한림의 비위 맞추기에 노력하였으므로 유한림은 사부인의 충고도 공연한 말이라고 다 잊어버리고 더욱 신임하면서 중요한 가사를 거의 일임하였다.

첩 교씨는 점점 노골적으로 사부인을 참소하였으나 아직도 총명이 남은 유한림은 그저 못 들은 척하면서 집안에 내분이 없게 되기를 바라는 태도였다. 마침내 질투에 불타게 된 교씨는 무당 십랑을 불러서 자기의 분한 사정을 말하고 사부인을 모해할 계교를 물었다. 재물에 매수된 십랑은 묘한 계교를 오래 생각한 뒤에 교씨의 귀에 입을 대고 이리이리하면 사씨를 절제할 수 있다고 속삭이고 조금도 근심할 것이 없다고 다짐하였다.

"그럼, 지체 말고 빨리 해서 내 속을 편히 해 주게."

"염려 마십시오."

십랑이 신이 나서 사씨를 음해하는 일을 착수하였다. 이때 마침 사부인 몸에 태기가 있어서 열 달이 차서 순산 생남하였으므로 유한림이 인아(麟兒)라 이름 짓고 기뻐하고 상하비복들까지 단념하였던 본부인이 득남하였으므로 신기히 여기고 교씨가 생남하였던 때보다 몇 배로 경축하였다. 교씨가 이런 유한림과 집안의 기색을 보고 질투가 더욱 심해져서 간장이 타오르는 듯 어쩔 줄을 몰랐다. 십랑을 또 불러서 이 사실을 전하고 빨리 사씨 음해의 비방을 행하라고 재촉하였다. 십랑은 곧 요물을 만들어서 서면에 묻고 교씨의 심복 시비인 납매를 시켜서 이리이리하라고 가르쳐 주었다. 그런 간악한 음모가 비밀리에 진행되고 있는 것은 교씨, 십랑, 시비 납매의 세 사람 이외에는 아무도 알지 못하였다.

하루는 유한림이 조정에 입번하였다가 여러 날만에 출번하여 집으로 돌아와 보니 집안의 상하가 황황하며 교씨 거처인 백자당으로 달려가니 교씨가 유한림을 보고 울면서 호소하였다.

"아이가 홀연히 발병하여 죽을 지경이니 심상치 않습니다.

병세가 체증이나 감기가 아니고 필경 집안의 누가 방예를 해서 일으킨 귀신의 발동인가 합니다."

"설마 그럴 리야 있을까?"

유한림은 교씨를 위로하고 아들의 방으로 가서 보니 과연 헛소리를 지르고 가위 눌리는 증세로 위급해 보였다. 유한림이 우려하여 약을 지어다가 시비 납매에게 급히 달여서 먹이게 하고 동정을 자세히 보았으나 조금도 차도가 없었다. 유한림은 낙망을 하고 교씨는 영영 울기만 하였다. 유한림의 총명도 점점 감하여 갔는데 열 번 찍어서 안 넘어가는 나무가 없다는 속담과 같이 교씨의 말에 귀를 기울이게 되었다. 의심이 늘어서 모든 일에 줏대를 잃게 되었다. 사부인의 부덕은 옛날 현부에도 손색이 없었으나 교씨 같은 요인(妖人)이 첩으로 들어와서 집안을 어지럽히고 천미한 여자가 누명을 만들어서 가문을 욕되게 하니 마땅히 그런 사악한 여자는 엄중히 경계하여야 할 것이다.

이때 교씨가 교활한 집사 동청과 몰래 사통하고 있었으매, 실로 한 쌍의 요악지물이었다. 교씨의 침소인 백자당이 밖으로 담 하나를 격하여 화원이 있었으며 화원의 열쇠는 교씨가 가지고 있었으므로, 유한림이 내당에서 자는 밤에는 교씨가 동청을 화원문으로 불러들여서 동침하여 음란을 일삼았다. 그러나 엄중한 비밀의 사통이라 시비 납매만이 알 뿐이었다. 유한림이 장지의 병이 심상치 않음을 보고 매우 심통하고 있을 때 교씨마저 칭병하고 식음을 끊고 밤이면 더욱 슬퍼하여 유한림의 마음을 불안케 하였다. 하루는 납매가 부엌에서 소세하다가 한 봉의 괴이한 방예를 얻었다고 유한림과 교씨에게 보였다. 그것을 본 교씨의 얼굴이 흙빛으로 변해서 말을 못하고 앉았다가 이윽고 울면서,

"제가 십육 세 때 이 댁으로 들어와서 남에게 원망 들을 일은 하나도 하지 않았는데 어떤 사람이 우리 모자를 이토록 모해하니 참으로 억울해서 죽을 지경입니다."

유한림이 그 방예한 요물을 보고 묵묵히 말을 잇지 못하고 침통해 하고만 있었다.

"한림께서는 이 일을 어떻게 처치하실 생각입니까?"

교씨가 이 기회에 유한림의 결의를 촉구하였다. 유한림은 한참 생각한 끝에,

"일이 비록 잔악하지만 집안에 의심할 잡인이 없으니 누구를 지목하고 문초하겠는가. 이런 요예지물은 아무도 모르게 불태워 버리는 것이 좋지 않겠는가."

교씨가 문득 생각난 듯한 태도를 하다가 참는 척하고,

"한림 말씀이 지당합니다."

대답하자 유한림이 안심한 듯 납매에게 불을 가져오라고 명하여 뜰에서 친히 살라 버리고 아무에게도 누설하지 말라고 일렀다. 그러자 유한림이 나간 뒤에 납매가 교씨에게 불평스럽게 물었다.

"낭자께서는 왜 한림의 의심을 부채질해서 예정대로 일을 진행시키지 않고 좋은 기회를 잃었습니까?"

"이번에는 한림께 그만 정도로 의심하게 해 두는 것이 좋다. 너무 급하게 서두르다가는 도리어 의심을 사고 해로울 것 같아서 그랬다. 다음 기회에 한림께서 더 결심을 굳게 하시도록 할 것이니 너는 너무 조급히 굴지 말아라. 그만해도 한림의 마음은 이미 동하였으니 요 다음에……."

이리이리하자고 납매에게 다음 계교를 말해 두었다. 유한림이 그 방예의 글씨가 교씨의 글씨임을 알았는데 그것이 또한 교씨 부인의 필적같이 모방한 줄로

짐작하고 불에 살라서 증거를 없앴던 것이다. 유한림은 전에 교씨가 사부인의 투기를 은연중에 비방하였을 때에도 믿지 않았었는데 이번에 이런 일까지 있을 줄은 꿈에도 생각하지 못하였다. 당초에 대를 이을 아들이 없어서 사부인의 주선으로 교씨를 첩으로 맞아들였더니 지금 와서는 자기도 자식을 낳게 되자 악독한 계교로 교씨 소생을 방예로 저주하여 없애려고 한다고 부인 대접에 냉담하게 되었다. 이때 사급사 댁에서 부인의 병환이 위중하므로 딸을 보고자 사돈 유한림 댁으로 편지를 내었다. 사부인이 모친의 위독한 기별을 받고 깜짝 놀라서 유한림에게,

"모친의 병환이 위중하시다 합니다. 지금 가뵙지 못하면 평생의 한이 되겠으니 친정에 보내주십시오."

"장모님 병환이 위독하시면 빨리 가시오. 나도 틈을 타서 한번 가서 문안하겠소."

사부인이 친정길을 떠날 때 교씨를 불러서 자기 없는 사이의 가사를 부탁하고 인아를 데리고 신성현 친정으로 갔다. 모녀가 오래 떠나 있다가 병석에서 딸을 만나니 모녀가 일희일비하였다. 모친의 노환은 중하였으나 일진일퇴의 증세이므로 사부인은 구호하느라고 빨리 시가로 돌아오지 못하고 자연 수개월이 흘렀다. 유한림의 벼슬은 본디 한가한 직책이라 때때로 틈을 타서 빙모 문병차 신성현 처가로 왕래하였다. 이 무렵에 산동과 산서와 하남 지방에 흉년이 들어서 백성이 거산[18]하여 사방으로 유랑하게 되었다. 황제가 이 지방의 기황을 들으시고 크게 근심하여 조정에서 덕망 있는 신하 세 사람을 뽑아서 삼도로 나누어 보내어 백성의 질고를 살피라는 분부를 내렸다. 이때 유한림이 세 신하의 한 사람에 뽑혀서 급히 산동 지방으로 나가게 되었으므로 미처 사부인을 보지 못하고 떠났다.

유한림이 집을 떠난 뒤로는 교씨가 더욱 마음을 놓고 방자하게 동청과의 간통을 마치 부부같이 하여 거리낌이 없었다. 하루는 교씨가 동청에게,

"지금 한림이 멀리 지방을 순모하고 있으며 사씨가 오래 집을 떠나서 없으니 계교를 단행할 가장 좋은 시기인데 장차 사씨를 없애 버릴 무슨 방법이 없을까?"

하고 간부의 꾀를 물었다.

18) 거산 - 가족이 흩어짐

“묘계가 있소. 사씨를 쥐도 새도 모르게 죽여 버리겠으니 걱정할 것 없소.”

하고 그 묘안을 귓속말로 설명하자 교씨가 반색하였다.

“낭군의 그 방법이면 귀신도 모를 테니 곧 착수해 주소.”

“내게 냉진이란 심복이 있는데 내 말이라면 잘 듣고 꾀가 많으니 감쪽같이 해치울 것이오. 우선 사씨가 소중히 여기는 보물을 얻어야 하겠는데 그것이 어렵군요.”

교씨가 한참 생각한 끝에 자신이 있는 듯이 말하였다.

“옳지 좋은 수가 있어요. 사씨의 시비 설매가 우리 납매의 동생이니까 그 애를 달래서 사씨의 보물을 훔쳐 내게 하겠어요.”

이런 음모를 한 뒤에 납매가 조용한 틈을 타서 사씨의 시비 설매를 불러서 금은과 보물을 주면서 꼬여 대었다. 이에 귀가 솔깃해서 넘어간 설매가,

“부인의 패물을 넣은 상자는 골방에 간수해 있으나 열쇠가 있어야지. 그런데 그 보물을 무엇에 쓰시려고 그러지?”

“그것은 묻지 말고 아무에게도 말하지 마라. 만일 이 일이 탄로나면 우리 둘은 살지 못할 거야.”

납매는 그런 위협까지 하고 교씨의 열쇠꾸러미를 주면서 그 중에서 맞는 열쇠가 있을 테니 잘 해보라고 하며 보물 가운데서도 유한림도 늘 보고 소중히 여기는 보물을 꺼내 오라고 부탁하였다. 설매가 열쇠꾸러미를 숨겨 가지고 가서 골방에 간수해 둔 보석상자를 열고 옥지환을 훔쳐다가 교씨에게 주면서 그 옥지환의 내력을 고하였다.

“이 옥지환은 구가(舊家)의 세전지보물[19]이라고 한림 양주께서 가장 소중히 여기셨습니다.”

교씨가 기뻐하며 설매에게 후한 상금을 주고 동청과 함께 흉계를 시행시키기로 하였다. 마침 이때에 사씨를 모시고 갔던 하인이 신성현 친가에서 와서 사급사 부인이 작고했다는 부고를 전해왔다.

“사씨 댁에 무후(無後)하시고 다음에 가까운 친척도 없어서 우리 부인께서 손수 치상(治喪)하여 장례를 지내시고 교낭자께 가사를 착실히 살피시라는 전갈이

19) 세전지보물 - 대대로 내려오는 보물

었습니다."

이 부고를 받은 교씨는 간사스럽게 시비 납매를 보내서 극진히 사부인을 위로하고 한편으로는 동청을 재촉하여 흉계를 진행시켰다.

이때 유한림이 산동 지방에 이르러서 주점에 들러서 밥을 사먹으려 할 적에 문득 어떤 청년이 들어와서 유한림에게 읍하였다. 유한림이 답례하고 본즉 그 청년의 풍채가 매우 준매하였다. 유한림이 성명을 묻자,

"소생은 남방 태생으로 성명은 냉진이라 하옵는데 선생의 고성대명(高聲大名)을 듣고자 하옵니다."

그러나 유한림은 민정시찰로 암행중이므로 바른대로 밝히지 않고 다른 성명으로 대답하고 민간의 곤궁한 실정을 물었다. 그러자 그 청년의 대답이 영리하고 선명하였으므로 유한림이 감탄하고 계속 물었다.

"그대는 지금 어디로 가는 길인가? 그대가 비록 남방 사람이라 하나 서울 말을 하는군."

"저는 외로운 몸으로서 구름같이 동서로 표박하며 정처가 없는 사람입니다. 서울에도 수년간 있다가 올 봄에 이곳 신성현에 와서 반 년을 지내고 고향으로 돌아가는 길인데 다행히 함께 수일 동안 동행하게 됨은 좋은 인연이 될까 합니다."

"그런가? 나도 외로운 길에서 마음이 울적한 참이니 자네를 만나서 다행일세."

하고 주식을 권하니 서로 먹고 동행하게 되었다. 그들은 낮에는 길을 가고 해가 지면 주막에서 자고 닭이 울어서 밤이 새면 또 떠나가고 하였다. 유한림이 밤에 잘 때에 보니 그 청년의 속 옷고름에 본 적이 있는 듯한 옥지환이 매여 있었다. 유한림이 이상히 여기고 자세히 본즉 아무래도 눈에 익은 옥지환이라 의심하지 않을 수 없었다.

"내가 일찍이 서연 사람에게 배워서 옥류를 좀 분별할 줄 아는데 자네가 가진 그 옥지환이 예사 옥이 아닌 듯하니 좀 구경시켜 주게."

청년이 옥지환 보인 것을 뉘우치는 듯이 머뭇거리다가 마지 못하는 듯이 옷고름을 끌러서 한림에게 내주었다. 유한림이 손에 받아들고 자세히 보니 옥의 색깔과 형태와 새긴 제도가 자기 부인 사씨의 옥지환과 똑같았다. 의심하면서 더욱 자세히 살펴보니 더 이상하게 푸른 털실로 동심결이 맺어 있지 않은가. 더욱 의심이 깊어졌으므로 청년에게,

"참 좋은 보배로군. 그대는 그것을 어디서 구하였나?"

청년이 거짓으로 슬픈 모양을 꾸미고 묵묵히 옥지환을 받아서 도로 옷고름에 매었다. 유한림은 그 옥지환의 출처가 궁금해서 다시 물었다.

"그 옥지환에 반드시 무슨 인연이 있을 텐데 나한테 말한들 무슨 거리낌이 있겠는가?"

청년이 오래 있다가 입을 열고,

"북방에 있을 때 마침 아는 사람에게 얻었는데 형이 왜 그리 캐어묻습니까?"

하고 그 출처를 알리려고 하지 않았다. 유한림은 어떤 도적이 자기 부인의 옥지환을 훔쳤던 것을 이 사람이 우연히 산 것이 아닐까 하고 그 내막을 알아내려고 기회를 보았다. 그럭저럭 여러 날 동행하는 사이에 두 사람은 자연 친근한 길동무가 되었으므로 유한림은 또 물었다.

"자네가 그 옥지환에 동심결을 맺은 이유를 좀체로 말하지 않으니 어찌 그동안 길동무로 친해진 우정이라고 하겠는가?"

그러자 냉진이라는 청년이 마지못한 듯이,

"그동안 형과 정의가 깊어졌으므로 숨길 필요도 없지만 정든 사람의 정표로만 알고 나를 비웃지 말아 주십시오."

"그처럼 정든 사람이 있으면 왜 같이 살지 않고 남방으로 가는가?"

"호사다마하고 조물주가 시기하여 좋은 인연이 두 번 오지 않는 것을 어찌겠습니까. 옛날 말에 규문에 한번 들어가는 것이 깊은 바다에 들어감과 같다 하더니 이것이 내가 사랑하는 소저와의 정사(情事)이매 어찌 안타깝지 않겠습니까?"

냉진은 짐짓 자기 사랑의 고민을 고백하는 듯이 슬픈 기색을 하며 탄식하여 보였다.

"그러나 자네 염복(艶福)이 부러워."

하며 두 길동무는 종일토록 통음하고 다음날 오후 각각 길을 나누어 이별하였다. 유한림은 그 냉진이라는 청년과 우연히 길동무가 됐으나 수일 동안 동행한 자의 근본을 알지 못하였다. 더구나 자기 부인 사씨의 옥지환의 행방이 어찌되었는지 궁금하였으나 멀리 떨어진 산동 지방을 암행중이라 알아볼 도리가 없었다.

'세상에는 이상한 일도 측은한 일도 많구나. 혹은 집안의 종들이 그 옥지환을 훔쳐 내다가 팔아 버린 것일까? 그러나 그 청년이 사랑하는 의중지인의 정표라던 넋두리는 무슨 관계의 뜻일까?

　유한림의 의심과 걱정은 천 갈래 만 갈래로 심란스럽기만 하였다. 그런 근심을 하면서 반 년 만에야 국사를 마치고 서울로 돌아오니 사부인이 친정에서 돌아와 있은 지도 오래였다. 유한림은 비로소 장모의 별세를 알고 부인과 함께 슬퍼하며 조상하고, 교씨와 두 아들 장지와 인아를 만나서 그립던 회포를 풀었다. 그리고 객지에서 냉진이라는 청년이 가지고 있던 옥지환이 궁금해서 사씨 부인에게 물었다.

　"당신은 전에 부친께서 내려주신 옥지환을 어디 간수해 두었소?"

　"그대로 패물 상자에 넣어 두었는데 그건 왜 갑자기 물으세요?"

　"좀 이상한 일이 있었기로 궁금해서 보고자 하오."

　사씨 부인이 이상히 여기고 시비에게 금상자를 가져오라고 명하였다. 상자를 갖다가 열고 본즉 다른 패물은 전부 그대로 있었으나 그 옥지환 한 개만 보이지 않았다. 사씨 부인이 깜짝 놀라서,

　"분명히 이 상자 속에 넣어 두었는데 이게 웬일일까요!"

　하고 어쩔 줄을 몰라하였다. 한림의 안색이 급변하고 말을 하지 않으므로 더욱 당황해서 물었다.

　"그 옥지환의 행방을 한림께서 아십니까?"

　유한림이 얼굴을 붉히고,

　"자기가 남에게 주고서 나한테 묻는 건 무슨 심사요?"

　사씨 부인은 이 같은 남편의 뜻밖의 말을 듣고 부끄럽고 두려운 마음이 착잡하여 아무 말도 하지 못하고 있었다. 이때 시비가 두부인께서 오셨다고 고하였다. 유한림이 황망히 나가서 고모를 맞아들여서 인사를 나눈 뒤에 두부인이 먼 길의 무사왕복을 위로하였다. 이윽고 유한림은 두부인을 향하여,

　"제가 출타중 집안에 대변이 생겨서 곧 고모님께 상의하러

　가려던 참에 잘 오셨습니다."

　"아니, 집안에 무슨 대변이 생겼기에?"

　유한림이 흥분을 진정하면서 냉진이라는 청년을 만나서 옥지환을 보고 또 그에게 들은 말이 이상해서 집에 와서 옥지환을 찾아보았으나 과연 없으니 이 가문의 큰 불행을 장차 어찌 처치할까 하고 상의하였다. 사씨 부인이 유한림의 그 말을 듣고 혼비백산하여 눈물을 흘리고 있다가,

　"첩의 평일의 행색이 성실치 못하였기 때문에 주인이 의심하고 지금 이런 누

명을 쓰게 되었으니 무슨 면목으로 사람을 대하겠습니까? 첩의 입으로는 변명하지도 않고 할 수도 없으니 죽이든지 살리든지 한림의 뜻대로 하십시오. 옛말에 이르기를 어진 군자는 참언을 신청(信聽)[20]하지 말고 참소하는 자를 엄중히 다스리라 하였으니 한림은 살펴서 억울함이 없게 하십시오.”

두부인이 변색을 하고 유한림을 꾸짖었다.

“너의 총명이 선친과 비교하여 어떠냐?”

“소질이 어찌 선친께 따를 수 있습니까?”

유한림이 황송해 하면서 대답하였다.

“사형(오빠)께서는 지인지감(知人之鑑)이 있고 또 천하의 일을 모를 것이 없이 지내셨는데 매양 사씨를 칭찬하되 우리 자부는 천하에 기특한 절대열부로서 옛날의 열부에 못하지 않다 하셨다. 또 네 일을 나에게 부탁하시기를 아직 연소하니 모든 것을 가르쳐서 그릇되지 않도록 하라고 하셨다. 또 자부에 대하여는 모든 일에 별로 경계할 바가 없다고 하셨으니, 이것은 선친의 총명이 사씨의 범행숙덕을 잘 아시고 한 말씀이었으니, 그 교자지도(敎子之道)가 어찌 범연하셨겠느냐. 그렇지 않을지라도 선친의 유탁을 생각함이 인자의 도리어늘 하물며 선친의 식감과 사씨의 열행에 이 같은 누명을 씌워서 옥 같은 처자를 의심하느냐? 이것은 필경 집안에 악인이 있어서 사씨를 모해함이 아니면, 시비들 가운데 간음한 자가 있어서 옥지환을 도적질해 낸 것이 분명하다. 그것을 엄중히 밝혀내지 않고 왜 그런 어리석은 의심을 하느냐?”

“고모님 말씀이 지당합니다.”

하고 유한림은 곧 형장지구를 갖추고 시비들을 엄중하게 문초하였다. 애매한 시비는 죽어도 모를 수밖에 없었고 장본인인 설매는 바른대로 고백하면 죽을 것이 분명하므로 끝까지 고문을 참고 자백하지 않았으므로 마침내 시비들 가운데서 범인을 색출하지는 못하였으므로 두부인도 할 수 없이 집으로 돌아갔다.

그러나 사씨는 누명을 깨끗이 씻어 버리지 못하였으므로 하당하여 죄인으로 자처했고, 유한림은 유한림대로 참언을 하도 많이 들었으므로 역시 사씨에 대한 의심을 풀지 않았으므로 집안에서 기뻐하는 자는 교씨뿐이었다.

20) 신청 - 곧이 들음

"선친께서 항상 말씀을 빛내어서 사씨를 옛날의 열부에 비교하고 다른 사람들은 안하[21]로 보니 첩인들 어찌 좋지 않은 일을 해서 남의 치소 능욕을 받겠습니까. 첩의 소견으로도 두부인 말씀이 옳을까 합니다. 그러나 두부인 말씀도 역시 공평하지 못하셔서 사씨만 너무 칭찬하시고 한림을 너무 공박하시니 자못 체면이 없어서 민망스럽습니다. 옛날의 성인도 오히려 속은 일이 많사오니, 선친이 비록 고명하시나 사씨가 들어 온 후에 오래지 않아서 기세하셨으니 어찌 사씨의 심지를 예탁하심이며 임종시의 유언은 한림을 경계하심에 지나지 않았던 것입니다. 그런데도 불구하고 두부인이 그 말씀을 빙자하여 모든 일을 사씨에게 상의하여 처리하라 강요하시니 어찌 편벽되지 않습니까?"

"사씨의 행색에 별로 구차한 점이 없어서 나도 이런 일은 없을 줄 알았더니 지금은 아무래도 의심하지 않을 수 없는 점이 있다. 요전에는 방예물의 저주 필적이 사씨 필적 같아서 그때는 집안의 누구의 참언인가 하고 불살라 버리게 하였지만 옥지환이 없어진 일 같은 중대한 사건을 본 뒤로는 금후에 어떤 지경에 이를지 매우 불안하다."

하고 유한림이 사씨에 대한 현재의 심경을 말하자 교씨가

이때라고 다그쳐 물었다.

"그러면 사부인을 어떻게 처리하실 생각입니까?"

"그러나 지금 명백한 증참이 없으니 이대로는 다스릴 수 없고 또 선친께서 사랑하셨고, 또 초토(焦土)를 함께 지내었고, 숙모께서 그토록 두둔하시니 어찌 처치하겠는가."

유한림의 이런 신중한 태도에 교씨는 불만인 안색으로 묵묵히 대답하지 않았다.

교씨가 또 잉태하여 십 삭이 차서 남아를 낳았으므로 한림이 기뻐하고 이름을 봉추(鳳雛)라 하고, 교씨 소생 형제를 사랑함이 장중보옥 같았다.

교씨는 한림이 없을 때를 타서 동청과 함께 흉계를 꾸미고 있더니,

"요전에 행한 계교가 실로 묘하였소. 옛말에도 풀을 뿌리째 뽑아 없애야 한다고 했으니 앞으로 어찌할까요? 더구나 두부인과 사씨가 옥지환 없어진 근맥을 잡아내어서 그 내막이 누설되면 어떡할까요?"

21) 안하 - 눈 아래로

교씨가 전후사를 근심하자 동청이 교씨를 위로하면서 교사하였다.

"두씨가 옥지환 사건을 극력 추궁하고 있으니 숙질간을 참소하여 이간시키시오."

"나도 그런 생각이 있어서 두부인과 한림 사이를 이간시키고자 하지만 한림이 두부인 섬기기를 모친 못지 않게 하여 모든 집안 일을 두부인 뜻에 순종하니 그 계략은 어려울 것 같아요."

"그러면 묘책이 곧 생각나지 않으니 두고두고 상의합시다."

하고 사씨 음해를 끈덕지게 벼르고 있었다. 이때 두부인은 사씨의 누명을 벗겨 주려고 사람을 시켜서 옥지환이 없어진 단서를 잡지 못하고 심중으로 생각하기를,

'아무래도 교녀의 간계 같은데 단서를 잡지 못하였으니 그런 발설을 할 수도 없고 이 일을 장차 어찌할까.'

하고 속을 썩이고 있었다. 그래서 유한림 집에 오래 머무르기도 거북해 하다가 아들 두억(杜億)이 장사부 총관으로 부임하므로 그 아들을 따라 장사로 가게 되었다. 자기는 아들을 따라서 장사로 떠나는 것이 좋으나 사씨의 고생을 생각하면 마음이 놓이지 않았다. 마침내 장사로 떠나는 날 유한림이 두부인 모자를 청하여 큰 환송잔치를 배설하였는데 그 좌상에 사부인이 보이지 않았다. 두부인이 자못 울적하여 유한림에게 원망스러운 말을 하였다.

"오라버님이 세상을 떠나신 후로 현질 한림과 서로 의지하여 지냈는데 이제 갑자기 만리의 이별을 하게 되었으므로 꼭 현질에게 한마디 부탁코자 하는데 내 말을 꼭 지키겠느냐?"

"소질이 비록 신의가 없을지라도 고모님 말씀을 어찌 거역하겠습니까? 무슨 말씀인지 들려주십시오."

"다른 일이 아니라 사씨의 앞일을 부탁하련다. 사씨의 성행이 근엄하여 억울한 마음도 소견대로 변명하지 않으니 더욱 측은하다. 그 정렬한 점으로 보아서 무죄한 것이 틀림없으니 멀지 않아서 억울한 사실이 나타나려니와 만일 내가 이 집에서 없어진 후에 또 무슨 해괴한 일로 참언이 있더라도 곧이 듣지 말며 혹 무슨 불미한 일이 있더라도 나에게 먼저 편지로 상의하고 내 의견이 있을 때까지 과하게 처치하지 말아서 나중에 경솔했다고 뉘우치는 일이 없게 하라."

"고모님의 말씀을 명심하고 교의를 근수하겠사옵니다."

유한림이 맹세하듯이 대답하자 두부인은 시녀를 불러서 물었다.

"사부인께서 어디 가시고 이 자리에 안 보이시느냐? 이 자리에 오시기를 꺼려 하시거든 나를 그리로 인도하라."

시비가 두부인을 모시고 사씨 사는 곳으로 갔다. 가서 본즉 사씨가 녹발(綠髮)[22]을 흐트린 채 얼굴이 창백하고 전신이 연약해져서 입은 옷 무게조차 이기지 못하는 듯이 애처로웠다. 이를 본 두부인의 마음이 칼로 저미듯이 아팠다. 수심에 잠겨 있던 사씨 부인이 고모님을 보고 반가워하며 축하 인사를 올리었다.

"이번에 고모님 댁이 영귀하셔서 임지로 행차하시매, 죄첩이 존하에 나아가서 마땅히 하직올려야 하오련만, 몸이 만고의 누명을 쓰고 있기 때문에 나아가 뵈옵지 못하와 제 목숨이 있는 동안에 다시는 뵙지 못하게 되면 무궁한 한이 되겠더니 천만 뜻밖에 누처에 왕림하여 주서서 감사하옵니다."

두부인이 눈물을 흘리면서 위로하였다.

"오라버님의 임종시의 유언에 유한림을 나에게 부탁하시던 말씀이 아직도 귀에 쟁쟁하되 내가 조카를 잘 인도하지 못한 탓으로 사랑을 이 지경에 이르게 하였으니 모두 내 허물이다. 그리고 타일에 어찌 지하로 들어가서 오라버님 영혼을 뵙겠느냐. 모두 내 불명이지만 질부 너무 근심하지 말고 필경은 사필귀정으로 길운을 만나서 흑운을 벗어날 날이 올 것이다. 그러면 간사한 무리가 능히 모해하지 못하고 조카 한림이 자기의 불명을 뉘우치고 질부 누명을 씻어 줄 것이다. 예로부터 영웅열사와 절부열녀가 시운을 만나지 못하면 한때 곤욕을 당하는 법이니 널리 생각하고 심신을 상함이 없도록 하라. 이 유씨 가문이 본디 충문지가로서 간악한 소인에게는 원한을 사서 해를 많이 당하였으나 가중은 한결같이 맑더니 선대가 별세하신 후로 이렇듯 괴이한 변고가 있으니 이것은 집안의 요사한 시첩이 조카의 총명을 흐리게 한 까닭이다. 요사이 조카의 거동을 보니 그전의 총명과 맑은 기운이 하나도 없고, 나하고도 집안 일을 의논하는 일이 적어서 숙질간의 의도 감소되어 버렸다. 내가 동정을 살펴보니 한림에게도 귀신에 홀린 것 같아서 빨리 그 매혹에서 벗어나기를 바라지만, 그것도 시기가 와야 미몽을 깨우칠 것 같다. 질부도 천정(天定)[23]의 운수로 여기고 과도하게 심사를 상

22) 녹발 - 검고 윤이나는 머리
23) 천정 - 하늘이 미리 정함

하지 말라."

되풀이하여 신신당부한 두부인은 시비를 시켜서 유한림을 그 방으로 불러오게 하였다. 두부인은 유한림을 맞아서 정색으로 슬퍼하면서 엄숙히 훈계하였다.

"요새 네 행사를 보니 아무래도 본심을 잃은 사람 같으니 매우 뜻밖의 일로써 슬프기 짝이 없다. 네 선친이 별세하실 때에 집안의 대소사를 나에게 부탁하신 말씀이 아직도 귓전에 새로운데 내가 용렬하여 질부 사씨의 빙옥 같은 행실까지 시운이 불리한 탓인지 누명을 쓰고 고통하고 있는 정사를 보고도 내가 멀리 떠나게 되니 마음을 놓고 갈 수가 없다. 내가 지금 질부 있는 이 자리에서 한 말을 꼭 부탁하겠다. 금후에 집안에서 질부를 음해하거나 혹 무슨 흉사를 보게 되는 경우라도 결코 사씨를 의심하고 냉대하지 말고 내가 돌아옴을 기다려서 처리하라. 질부는 절부정녀니까 결코 그른 생각이나 그른 행동은 하지 않을 것으로 믿는다. 질부의 신세가 위태로운 정상을 보니 내 발길이 돌려지지 않는다. 그러니 조카 한림은 부디 조심하고 간사한 말을 듣지 말아라."

유한림은 이마를 찌푸리고 엎드려서 묵묵히 고모의 말을 듣고만 있었다. 두부인은 깊은 한숨을 쉬고 재삼 사씨의 일을 당부하고 돌아갔다. 사씨 부인은 가장 믿어 오던 보호자가 떠나감을 멀리 바라보며 슬프게 울었다. 교씨는 원수같이 여기다가 이제 멀리 장사로 감을 내심으로 기뻐하고 십랑을 불러 놓고,

"지금까지 원수 같던 두부인이 이제 아들을 따라 멀리 가게 되었으니 이때에 빨리 계획대로 해치우는 것이 좋겠네."

십랑이 찬성하고 계획을 진행하기로 하고 납매를 불러서 이리저리하라고 일렀다. 그 말을 들은 납매는 설매를 불러서 계교를 일러주었다.

"매우 중대한 일이니 먼저 교낭자께 알리고 하는 것이 좋을 것 아니요?"

하고 설매는 교씨의 확실한 다짐을 받으려는 생각에서 말하자 납매도 찬성하고 교씨와 함께 만나서,

"지금 사씨 부인을 이 댁에서 내쫓으려면 아씨 아드님 장기 아기의 목숨을 끊어야 한림께서도 격분하시고 계교를 행할 수 있을까 합니다."

교씨도 자기 아들의 목숨을 희생으로 삼아야 되겠다는 말에는 깜짝 놀랐다.

"미운 사씨를 위한 일이라면 무슨 일을 하여도 좋지만 어찌 귀여운 내 아들의 목숨을 재물로 바치겠느냐? 그리고 어찌 내가 살 수 있겠느냐?"

이에 악에 바쳐서 묵묵히 말을 못하고 있었다.

    이때에 유한림은 두부인이 멀리 떠난 후 더욱 기댈 곳이 없어서 주야로 백자당에서 교씨와 즐겁게 지내던 중 아들 장지의 병이 낫지 않는 것을 근심하면서 납매와 설매에게 약시중을 시키고 있었다. 그런데 설매가 역시 사씨 부인의 시비인 춘방을 시켜서 약을 달이게 한 뒤에 장지에게 먹일 때 몰래 독약을 섞어서 먹였다.

    이 얼마나 끔찍하랴. 교씨는 남을 잡으려고 제 자식을 죽이기까지 하였으니 어찌 천도가 무심하며 만고의 독부[24]가 아니겠는가. 천진한 어린아이 장지가 약을 먹자마자 전신이 푸르게 부어오르고 일곱 구멍에서 일시에 피를 흘려 내면서 한마디 큰소리를 지르고 죽어 버렸다. 교씨와 유한림이 대경실색하고 장지의 시체를 살펴보니 독약을 먹고 죽은 것 같으므로 유한림이 의심하고 약 그릇을 가져와 남은 약을 개에게 먹여 본즉 약을 먹은 개가 즉사하였다. 이것을 본 유한림의 얼굴이 흙빛으로 변하는 것을 본 교씨가 대성통곡하면서,

    "내 평생에 남의 원한을 살 만한 일은 한 적이 없는데 어떤 간악한 자가 우리 모자를 죽이려고 이런 악독한 짓을 했을까?"

    하고 죽은 자식을 붙잡고 장지의 이름을 부르고 울다가 유한림에게 향하여,

    "한림이 내 원수를 갚아주지 않으시면 나도 죽어 버리고야 말겠나이다."

    유한림은 교씨를 위로하고 좌우의 시녀를 족쳐서 장지에게 먹인 독약의 출처를 추궁하려고 하였다. 사씨 부인은 시비 춘방이 설매의 꼬임으로 약을 달였는데 약을 쓴 뒤에 장지가 급사한 것을 보고 깜짝 놀라서 겁을 집어먹고 탄식하였다.

    "장지의 어린 목숨이 불쌍하다. 죄 없는 자식이 어미를 잘못 만나서 참혹한 죽음을 하였구나. 공교롭게 내가 달인 약을 먹고 죽었다는 그 의심을 받은 내 신세가 앞으로 무슨 화를 입을지 모르겠다."

    유한림이 서헌에 나와서 여러 비복들을 호령하고 당장에 납매와 설매를 잡아내다가 엄형으로 독약의 출처를 추궁하여 살이 터지고 피가 흘렀으나 좀처럼 자백하는 자는 나오지 않았다. 설매는 교씨의 심복이라 이를 갈고 불복하였으므로 유한림은 하는 수 없이 시비들을 모두 감금하고 자백하는 자가 나오기를 기다리려고 하였다. 시비들이 그 흉한 사고를 사씨 부인에게 알리고 통곡하였으므로

24) 독부 - 몹시 악독한 여자

사씨 부인도 경악하면서 올 것이 마침내 왔다고 생각하였다.

"내가 이런 일이 있을 줄 예측한 지가 오래매 새삼스럽게 놀랄 것도 없다. 피하지 못할 운수일지도 모른다."

하고 안색이 조금도 변하지 않았다. 이튿날에는 유씨 종중이 모두 모여서 가문의 괴변을 처리하려고 의논하였다. 이 자리에서 유한림이 사씨의 전후의 죄상과 모든 의심쩍은 말을 하였다. 그러나 모든 사람은 전부터 사씨의 현숙함을 알고 있었으며 사씨 또한 모든 친척을 후대하여 왔으므로 깜짝 놀라며 의심하지 않을 수 없었다. 그러나 유한림은 반드시 증거를 잡아 내겠으니 비밀을 아는 사람은 가문을 위하여 서슴지 말고 증거인으로 나와 달라고 요구하였다. 그러나 남의 집안의 비밀 일을 어떻게 알겠느냐고 펄쩍 뛰며 이구동성으로,

"이 일은 한림 스스로 잘 살펴서 처치할 일이지 우리가 어찌 판단하겠소. 우리 소견은 한림이 공명정대하게 처치하기를 바랄 뿐이오."

하고 은근히 사씨의 무죄를 암시하는 동시에 그런 불상사의 분규에는 휩쓸려 들기를 꺼려하였다. 유한림은 향촉을 갖추어서 사당 앞에 올리고 친척들과 함께 분향 예배하고 사씨의 죄상을 고하였다. 그 조상에 고발하는 글월에,

'유세차 가정 삼십 년 모월 모일에 효증조 한림학사 유연수는 삼가 글월을 현증고조(顯曾祖考) 문현각 태학사 문충공부군(文忠公府君), 현증조비 부인 호씨, 현조고 태상경 이부상서부군(吏部尚書府君) 현조비 부인 정씨, 현고 태사공 예부상서부군(禮部尚書府君), 현비 최씨 영전에 아뢰옵나니 부부는 오륜이요 만복 지원이매 나라를 비롯하여 서인[25]에 이르기까지 어찌 삼가지 아니하리오. 슬프도다, 저 사씨 처음으로 유씨 문중에 들어오매, 가내에 예성이 자못 자자하고 예도에 어김이 없으므로 천행이었습니다. 그러나 범사에 처음만 있고 내내 여일치 못하여 혹 불미한 일이 있어도 대체를 생각하고 책하지 않았더니 그 후로 사씨의 행색이 점점 방자하여졌습니다. 선고(先考)의 삼년상을 함께 모신 후에 출사하여 집에 있지 못하는 사이에 더욱 음흉하였고 모병(母病)을 빙자하고 본가에 가서 누행[26]이 탄로되었으나 혹 억울한 중상을 입은 것이 아닌가도 생각하고 자취를 집안에 머무르게 하였던 것입니다. 그런데도 스스로 후회하지 않고 그 죄

25) 서인 - 일반 백성
26) 누행 - 쌓인 악행

가 칠거에 더하니 조종심령이 흠향치 않으실 바이므로 후사멸절[27]할까 두려워서 부득이 출거시키고자 하옵니다. 소첩 교씨는 비록 육례는 갖추지 못하였으나 실로 명가의 자손이요, 고서를 박람하여 가히 조종의 제사를 받듦직하온지라 교씨를 봉하여 정실로 삼나이다.'

유한림은 조상 영전에 고하는 이 글월을 다 읽은 뒤에 시비들을 시켜서 사씨를 데려다가 사당 앞에 사배 하직케 하매 사씨의 눈물이 비오듯 하였다. 친척들은 대문 밖에서 쫓겨나가는 사씨와 이별하고 모두 동정의 눈물을 흘렸다. 유모가 사씨 소생 인아를 안고 나오자 사씨 부인이 받아서 안고 차마 이별하지 못하였다.

"너는 내 생각을 말고 잘 있거라. 혹 우리가 다시 만날 날이 있을지도 모른다. 새도 깃을 잃으면 몸을 부전하기 어렵다 하니 나 간 뒤에 넌들 어찌 완명할 수 있으랴. 서로가 죽더라도 하생에서 미진한 인연을 후생에 다시 만나서 모자의 연분이 되기를 원한다."

사씨의 슬픈 회포가 피눈물로 화하여 흘렀다. 문전에서 발이 떠나지 않는 사씨 부인은 다시 자기 모자의 슬픈 신세를 하소연하였다.

"네 조부님께서 세상을 떠나실 때에 모시고 따라가지 못하고 살아 있다가 지금 이런 광경을 당하니 어찌 슬프지 않으랴."

하고 사랑스런 아들 인아를 다시 유모에게 돌려주고 죽으러 가는 죄인처럼 가마에 오른 뒤에도 유모에게 안긴 천진난만한 인아의 조그만 손을 잡고 어루만지다가 마지막으로 어린 손을 놓고 이내 가마가 떠나자 어린 인아가 엄마를 따라가려고 애처롭게 울어댔다. 사부인은 우는 목소리로 유모에게 인아의 장래를 수없이 당부하고 하인 하나만 데리고 떠나버렸다.

이때 유한림 집안에서는 교씨의 흉계가 성공되었으므로 교씨의 시비들이 저희들 세상이 되었다고 기뻐하였다. 그 시비들은 교씨를 사당 앞으로 인도하고 분향 예배시키기를 서둘렀다. 주홍군의 패옥 소리가 맑게 울리고 황홀히 빛나서 마치 신선과 같이 아리따운 자태였다. 사당 예배를 마치고 정실 부인으로서 많은 비복들의 하례를 받았는데 교씨는 비복들에게 향하여 훈시하였다.

27) 후사멸절 - 대가 끊어짐

"내가 오늘부터 새로 이 댁의 내사를 다스릴 터이니 너희들은 각각 맡은 일에 근면하고 죄를 범하지 말아 주도록 명심하라."

이에 응하여 시비 중의 팔구 명이 앞으로 나와서 교씨에게 아뢰었다.

"그전의 사씨 부인이 비록 출거하셨으나 여러 해 섬기는 동안에 은혜를 많이 받았습니다. 다행히 부인께서 허락하시면 문 밖까지 나가서 전 부인께 이별 인사를 드리고 전송하고자 하옵니다."

"그것은 너희들의 인정상 원하는 것이니 내가 어찌 막겠느냐?"

교씨의 허락이 내리자 모든 시비들이 일시에 문 밖으로 달려나가서 이미 저만큼 떠나가는 가마를 따라가서 통곡하였다. 사씨가 교자를 멈추고 타일렀다.

"너희들이 나를 생각하고 이렇게 나와서 나를 보내 주니 고맙다. 앞으로는 새로운 부인을 잘 섬기며 나를 잊지 말아다오."

이 말에 여러 시비가 울면서 배별을 슬퍼하여 마지 않았다. 유한림의 집에서 쫓겨난 사씨는 가마꾼에게 신성현으로 가지 말고 유씨의 묘소로 가라고 분부하였다. 교자가 묘소에 이르자 사씨는 시부모 묘전에 수간초옥을 짓고 거기서 홀로 살았다. 그 뒤로 한적한 산중에서 화조월석에 친부모와 시부모를 사모하는 효성이 지극하였다.

이런 소식을 들은 사씨의 남동생이 찾아와서 눈물을 흘리면서 탄식하였다.

"여자가 남편에게 용납되지 못하면 마땅히 친정으로 돌아와서 형제와 함께 지낼 것이지 누님은 왜 이런 무인 산중에 홀로 고생을 하고 계십니까?"

"네 말은 고맙다. 내가 어찌 동기지정과 모친 영혼을 모르겠느냐. 그러나 한번 친정으로 돌아가면 유씨 집안과는 아주 인연이 끊어지고 말 것이요, 또 한림이 비록 갑자기 나를 버렸으나 내가 돌아가신 시부님께 죄진 일이 없으니 시부님 산소 밑에 여년을 마치는 것이 나의 마지막 소원이다. 그러니 내 걱정을 말아라."

사씨의 아우는 자기 누님의 고집을 알고 집으로 돌아가 노복 한 사람과 시비 두 사람을 보내서 사씨 신변을 보살피게 하였다. 사씨는 아우의 정의에 고마운 눈물을 흘리면서,

"우리 친가에 본디 노복이 적은데 어찌 여러 비복을 내가 거느리겠는가?"

하고 노복 한 사람만 두어서 외부와의 연락하는 데 쓰고 시비들은 도로 친정으로 보내었다. 이 묘지가 있는 근처에는 유씨 종중과 노복들이 많이 살고 있었으므로 사씨가 시부 묘하에 묘막을 짓고 살게 된 사실에 동정과 감격을 하고 모

두 위로하여 쌀과 야채를 끊임없이 공급하여 주었다. 그러나 사씨는 그런 친척과 노복들의 신세만 지는 것이 송구하여서 되도록 사양하고 바느질과 길쌈을 하여 근근이 연명하며 외로운 세월을 보내고 있었다.

이때 사씨를 태우고 갔던 가마꾼들이 유한림 댁으로 돌아와서 사씨가 유한림의 부친 묘소 밑으로 가서 거처를 삼으련다는 소식을 전하였다. 교씨는 그 소식을 듣고 사씨가 신성현의 제 친정으로 가지 않고 유씨 묘소로 간 것은 유씨 가문에서 축출한 명령을 거역하는 방자스러운 소행이라고 분하게 생각하고 유한림에게 그 부당함을 주장하였다.

"사씨는 누명으로 조상께 죄진 몸인데 어찌 감히 유씨 묘하에 있을 수 있습니까? 빨리 거기서 쫓아 버려야 합니다."

유한림이 침울한 마음으로 더 염두에 두지 않으려고,

"이미 우리 집에서 쫓아 버렸으니 제가 어디 가서 살든 죽든 상관할 것 없지 않소. 하물며 산소 부근에는 다른 사람들도 많이 사는데 그만 금할 수도 없으니 모른 척하고 잊어버립시다."

교씨는 더 주장은 못하였으나 속으로 못마땅하게 여겼다. 그러다 하루는 동청에게 의논하자 동청이 후환을 염려하고,

"사씨가 제 친정으로 가지 않고 유씨 묘하에 머물러 있는 것은 큰 뜻을 품고 행동으로 앞으로 옥지환 행방 등 우리 계교를 발명하고 복수하려는 저의가 분명하고 제가 유가의 자부로 자처하면서 후일을 도모하려는 것이 아니겠소. 더구나 그 근처에 있는 유씨 종중의 인심을 사려는 간교가 또한 분명하오. 그뿐 아니라 한림이 춘추로 성묘를 다니시다가 그 처량한 모양을 보시면 철석간장[28]이라도 옛날 정의를 생각하고 마음이 다시 어떻게 동요할지 모르니 마음이 놓이지 않습니다."

"그러면 곧 사람을 보내서 암살해 버릴까?"

교씨가 성급하게 최악의 수단을 말하였다.

"그것은 도리어 평지풍파를 일으킬 염려가 있으니 안 됩니다. 지금 갑자기 죽이면 역시 가엾게 여기는 마음이 남아 있는 한림이 우선 의심합니다. 나한테 한 가지 계획이 있는데 그것은 냉진이 아직 가속이 없고 그전부터 사씨를 흠모해

28) 철석간장 - 쇠나 돌같이 굳은 마음

왔으니 그에게 사씨를 속여서 꼬여다가 첩을 삼게 하면 나중에 한림이 들더라도 변절해 버린 여자라 여기고 아주 잊어버릴 것입니다."

"호호호 그렇게만 되면 냉진에게도 좋은 일이지만 잘 될 수 있을까?"

"냉진의 수단으로는 되고말고요. 사씨가 유씨 묘하에 뿌리를 박고 있으려는 계획은 아까 말한 것 외에도 장차 두부인이 오는 것을 기다려서 그 힘을 빌려서 한림과 인연을 다시 맺으려는 계획입니다. 사씨가 두부인을 하늘같이 믿고 있으니 이제 두부인의 편지를 위조하여 장사로 인부를 차려 오라면 반드시 그대로 할 것이니, 도중에서 냉진이 데려다가 겁탈하여 첩으로 삼으면 사씨가 아무리 절개를 지키려 하더라도 연약한 몸으로는 욕을 당하고 단념하게 될 것이니 이것이 소위 독 속에 든 쥐라, 별수 없을 것입니다."

교씨는 간부(間夫) 동청의 계략을 듣고 여간 반가워하지 않았다.

"당신의 계교는 정말로 신출귀몰하니 와룡선생의 후신인가 보구려."

동청은 몰래 냉진을 불러서 그 계교를 일러주었다. 냉진은 총각인데다가 사씨의 높은 평판을 알고 있었으므로 기뻐하면서 두부인의 필적을 청하였다. 동청이 염려 말라 한 뒤에 교씨에게 그것을 구하게 해서 냉진에게 주었다. 냉진은 그 두부인의 필법을 모방한 똑같은 글씨로 사씨에게 서울로 오라는 사연을 썼다. 즉 유한림의 무상한 태도를 탄식하고, 당분간 서울로 와서 함께 지내다가 사가(謝家)로 복귀할 시기를 기다리라는 편지를 보냈다. 그리고 교자와 인마를 차려서 보내니 곧 타고 오라는 재촉이었다. 냉진은 이러한 두부인의 편지를 교묘하게 위조한 뒤에 교자와 말을 세내고 가마꾼 등의 인부 십여 명을 매수하여 보내면서 사씨에게 장사에서 온 것같이 잘 행동하라고 교사하였다. 냉진은 사씨를 유괴할 인부들을 보낸 뒤에 집으로 돌아가서 화촉을 갖추고 사씨가 유괴되어 오기를 기다렸다. 하루는 사부인이 창가에서 베를 짜고 있을 때 문 밖에서 부르는 소리가 문득 들렸다.

"문안드립니다. 이 댁이 유한림 부인 사소저 계신 댁입니까?"

노복이 나가서 그렇다 하고 어디서 무슨 일로 왔느냐고 물었다.

"서울 두총관 댁에서 왔소."

"두총관이 마님을 모시고 임지로 가셨고 그 후로 그 댁이 비었는데 누구의 명으로 왔소?"

"아직 두총관 댁 소식을 모르는군. 우리 주인께서 장사총관으로 계시다가 나

라에서 한림으로 제수하시고 조정의 내관으로 부르셨으므로 마님께서 먼저 상
경하시고 사씨 부인께서 여기서 고생하신다는 소식을 들으시고 놀라서 우리를
보내어 문후하라고 편지를 가지고 왔소.”

하고 찾아온 전갈꾼이 사씨 부인의 노복에게 편지를 전하였다. 노복이 안으로
들어가서 그대로 사씨 부인에게 알렸다. 사씨 부인이 그 편지를 받아서 봉을 떼
어 본즉 그 사연은 이별한 후로 염려하던 말로 위로하고 아들의 벼슬이 승진하
여 곧 임지를 떠나서 상경하리라는 것과 그에 앞서서 자기가 먼저 상경하여 있
다는 사연이었다. 그리고 또 유한림의 오해로 쫓겨나서 산중 산소 밑에서 고생
하다가 강포한 무리의 침노를 당할까 두려우니 당분간 자기 집으로 와서 있으면
모든 것이 좋지 않을까 생각하며 만일 이런 자기 뜻에 찬성하면 곧 교자를 보낸
다는 내용이었다.

이 두부인의 편지를 본 사씨 부인은 두부인이 장사에서 아들의 내관 전직으로
먼저 상경한 것을 기뻐하고 곧 두부인한테로 가겠다는 답장을 써서 전갈 온 사
람에게 주어 돌려보냈다.

그리고 그날 밤에 혼자 앉아서 곰곰이 생각하되,

'이곳이 비록 산골짝이지만 선산을 바라보며 마음을 위로해왔었는데 이제 이
곳도 떠나게 되니 서울 두부인 댁으로 가면 몸은 편할지라도 마음은 더욱 허전
할 터이니 내 신세가 처량하다.'

그런 생각중에 홀연히 잠이 와서 조는데 비몽사몽간에 전에 부리던 시비가 와
서 시아버님 유공께서 부르신다고 말하면서 자기를 청하였다. 사씨 부인이 곧 시
비의 뒤를 따라서 어느 곳에 이르니 시비 수명이 나와서 맞아들였다. 사씨 부인
이 시아버님의 침전에 이르러서 보니 완연히 그전 시아버님의 생시 모습이었다.

사부인이 반가워서 흐느껴 울었다. 유공이 가깝게 끌어서 슬하에 앉히고 무애
하여 위로하고,

“어리석은 아이가 참언을 듣고 너 같은 현부를 내쫓아서 고생을 시키니 내 마
음이 아프다. 그러나 오늘 불러가겠다는 두부인의 편지가 진짜가 아니니 속지
말라. 네가 그 글씨의 자획을 다시 자세히 보면 위조편지임을 알 것이니 결코 속
지 말라. 그리고 내가 세상을 이별한 뒤로 너를 다시 보지 못하였으니 어찌 슬프
지 않으랴. 눈을 들어서 나를 다시 봐라. 비록 유명의 세계가 다르나 자부가 아이
와 함께 사당에 분향하고 잔을 올리더니 지금 와서는 천첩이던 간악한 교씨가

제사를 받들매 내 어찌 흠향하겠는가. 이런 해괴하고 슬픈 일이 어디 있으랴. 현부가 집을 떠난 후에 이곳에 와 있으니 나도 너의 정성을 기쁘게 여기고 의지하여 왔는데 네가 이제 멀리 떠나가면 또한 외로워서 어찌하랴."

사부인이 시부 유공에게 울면서 대답하되,

"두부인께서 부르시더라도 어찌 묘하를 떠나겠습니까?"

"정말로 두부인 옆으로 간다면 나도 말릴 생각은 없다마는 그 편지가 위조물이요 그렇다고 여기 오래 있으면 또 박해가 있을 것이다. 더구나 자부에겐 칠 년 재액의 운수이니 마땅히 남방으로 멀리 피신하는 것이 좋다. 그것도 지금 박해가 급하니 빨리 피신하라."

"외롭고 약한 여자의 몸으로 어찌 칠 년 동안이나 사고무친한 타향을 유리하겠습니까? 앞으로 겪을 길흉을 가르쳐 주십시오."

"그 천수를 낸들 어찌 알겠느냐? 다만 내가 일러두거니와 지금으로부터 육 년 후의 사월 십오일에 배를 백빈주에 매어 두었다가 급한 사람을 구해 주어라. 이 말을 명심불망하였다가 꼭 그래야만 네 운수가 대통한다."

"분부대로 하겠습니다. 그러나 이제 이곳을 떠나면 언제 또다시 뵙겠습니까?"

하고 흐느껴 울었다. 그 잠꼬대의 울음에 놀란 유모와 노복이 몸을 흔들기로 사씨 부인이 놀라서 눈을 뜨니 꿈결이었다. 사씨 부인이 그 신기한 꿈 이야기를 한즉 유모와 노복도 신기하게 여기고 소홀히 여길 꿈이 아니라고 아뢰었다. 사부인이 꿈에서 가르친 대로 두부인이 보냈다는 편지를 꺼내서 글씨의 자획을 자세히 살피면서,

"두총관이 홍(洪)자를 은위하는데 두부인 편지라면 어찌 홍자를 썼을까? 아무리 필적을 비슷하게 흉내냈어도 이것만으로도 위조가 분명하다. 도대체 어떤 자가 이렇게까지 악랄한 수단으로 나를 모해하려는가."

하고 흉흉한 의심으로 잠을 이루지 못하던 중에 어느덧 날이 훤히 밝기 시작하였다. 사씨가 유모에게 은근히,

"어젯밤 꿈에 시부님의 영혼이 분명히 남방으로 가라고 가르쳐 주셨는데 마침 장사가 남방이라 두부인이 가실 때에 수로 수천 리라 하시더니 이제 시부님 영혼이 남방으로 피신하라신 것은 필경 장사로 두부인을 찾아가서 의탁하라는 뜻이니 어찌 빨리 떠나지 않으랴."

하고 떠날 준비를 하였으나 배를 얻지 못하여 초조하게 배편을 기다리게 되

었다.

이때에 노복이 안으로 달려들어오면서 서울 두부인으로부터 교자가 와서 사부인을 맞아 가려고 하니 어찌하랴고 물었다.

"내 어젯밤에 찬바람에 촉상하여 일어나지 못하니 몸이 나으면 수일 후에 갈 테니 교자를 가지고 온 하인들을 보내라."

라고 노복에게 전갈시켰다. 그래서 냉진이 유괴하려고 보낸 인부들은 어리둥절하였으나 하는 수 없이 돌아갔다. 냉진은 그 경과를 동청에게 보고하고 앞으로 취할 방법을 의논하였다.

"사씨는 본래 지혜가 있는 여자라 두부인의 초청을 의심하고 칭병으로 거절하였을 것이리라. 이러다가 만일 두부인의 편지를 위조하여 유괴하려던 계략이 탄로나면 화를 면하지 못할 것이다."

동청도 당황해서 실패를 자인하였다. 그러나 냉진은 아직도 실망하지 않고 강경한 방법을 취하고자 하였다.

"기왕 내친 걸음이니 힘으로 해치웁시다."

"무슨 방법이냐?"

"힘센 사람 십여 명과 교꾼을 데리고 산소 근처에 가서 잠복하였다가 밤이 되거든 사씨를 납치해 오는 것이 좋을까 하오."

"그 방법으로 빨리 실행하라. 그 여자가 우리 눈치를 알고 도망칠지도 모르니까 빨리 납치해다가 네 계집으로 삼아라."

냉진은 동청의 동의를 얻자 곧 강도 수십 명을 인솔하고 사씨를 납치하려고 달려갔다.

이때 사씨는 남방으로 가는 선편을 얻지 못하고 초조하게 기다리다가 마침내 남경으로 가는 장삿배를 발견하고 노복과 함께 달려가서 태워 주기를 간청하였다. 천만다행으로 그 장사꾼이 일찍이 두부인 댁에서 사씨 부인을 본 일이 있었으므로 사씨 부인의 곤경을 동정하고 잘 태워다 줄 것을 약속하였다. 사씨 부인이 시부님 묘전으로 가서 하직 배례를 하고 유모와 시비와 노복 세 사람을 데리고 배에 올라 일로 남방으로 향하여 먼 길을 떠났다. 사씨가 배를 타고 떠난 직후에 냉진이 강도 수십 명을 데리고 유씨 산소 밑에 있는 사씨의 집을 밤중에 습격하였으나 텅빈 집에 주종의 인적은 묘연히 사라지고 없었다. 냉진이 놀라서 어이가 없는 듯이,

"사씨는 과연 꾀가 많은 여자다. 우리의 계교를 벌써 알아채고 달아났구나."

하고 도리어 탄복하고 돌아와서 또 실패한 경과를 동청에게 보고하였다. 동청과 교씨는 사씨를 잡지 못하고 놓친 것을 분하게 여겼다.

이때 사씨 부인은 배를 타고 남방으로 향하여 갈 제 만경창파에 바람이 일어서 파도가 하늘에 닿을 듯이 거칠어서 배를 나뭇잎처럼 희롱하였다. 이렇게 위험해진 풍랑 속을 가던 장삿배들은 새벽달 찬바람에 한사코 닻 감는 소리는 물 깊이를 짐작시켰고, 양자강 양안의 산협에서는 원숭이떼가 우는 슬픈 소리가 조난한 선객들의 마음을 더욱 산란케 하였다. 이런 조난선 가운데서 사씨는 자기의 불행만 계속되는 신세를 한탄하여 마지 않았다. 규중 열녀의 몸으로 더러운 죄명을 쓰고 시집을 쫓겨난 사람이 되었다가 박해를 피하여 장사로 도망치다가 이제 만경황파의 일엽편주에 운명을 맡겼으니 오장이 뒤집히고 가슴이 무너지는 듯하였다.사씨는 마침내 통곡하고 하늘에 호소하였다.

"하늘이 어찌 이런 인생을 내시고 명도의 기구함을 이처럼 점지하셨습니까?"

유모도 따라서 슬프게 울다가 먼저 울음을 그치고,

"하늘이 높으시나 살피심이 밝으시니 부인의 앞길도 멀지 않아서 트일 것입니다."

"내 팔자가 기박하여 너희들까지 고생을 시키니 마음이 아프다. 나는 내 죄로 당하는 고생이지만 유모와 차환은 무슨 죄랴. 이것은 나 같은 주인을 잘못 만난 탓이니 내가 어찌 민망하지 않으랴. 규중 여자의 몸으로 일엽편주로 이 풍랑이 심한 물 위에 표류하니 장차 어찌될 신세랴. 두부인이 이런 사정을 알고 기다리시는 바도 아닌데 시집을 쫓겨난 사람이 구차하게 살아서 장사로 구원을 바라고 가니 이 신세가 어찌 가련하지 않으랴. 차라리 이 물 속에 몸을 던져서 굴삼려의 충혼을 따를까 한다."

이처럼 주종이 서로 울고 서로 위로하면서 표류하던 배가 어느 곳에 이르렀을 때 풍랑이 더욱 심해지고 사씨의 토사병이 급해져서 정신을 차리지 못하게 되자 배를 물에 대고 어떤 집에 들러서 병을 치료하게 되었다. 다행히 그 집의 여자가 매우 양순하여 사씨 일행을 극진히 대접하였으므로 사씨가 감격하고 그 여자의 나이를 물었더니 이십 세라는 처녀의 대답이었다. 사씨 부인은 그 여자의 용모가 곱고 마음의 의기가 장함을 사랑하는 동시에 병으로 고생하는 과객에 대한 지성을 고마워하면서 친형제같이 수일 동안을 지냈다. 그 집 처녀의 덕택으로 병이 나아서 이별할 적에는 주객의 정의가 헤어짐을 여간 슬퍼하지 않았다. 사씨는 주인 여자에게 사례하려고 손에 끼었던 가락지를 주면서 치하하였다.

"이것이 비록 미미하지만 그대 손에 끼고서 나의 마음으로 보내는 정을 잊지 말아요."

"이 패물은 부인이 먼 길을 가시는데 노비가 떨어졌을 때도 긴요하실 터인데 제가 어찌 받겠습니까?"

"여기서는 이미 장사가 멀지 않고 그곳에 가면 비용도 별로 들 것 같지 않으니 사양하지 말고 받아 두오."

사씨가 굳이 주었으므로 그 여자는 감사하게 받고 이별을 안타까워하였다. 사씨 부인도 그 여자와 이별하기를 슬퍼하면서 그 집을 떠났다. 수일 후에는 노복이 노독과 풍토병에 걸려 마침내 객사하고 말았다. 사씨 부인은 충성스럽던 노복의 죽음을 슬퍼하고 배를 머물게 한 뒤에 그의 시체를 남향 언덕에 정성껏 안장하고 떠났다. 그러나 거기서 얼마 가는 동안에 또다시 폭풍이 일어서 파도가 집동같이 솟아서 배를 덮어 버리려고 몰려들었으므로 배는 위험을 피해서 동정호의 위수를 따라서 악양루에 이르렀다. 이곳은 옛날 열국시대의 초나라 지경이었다. 우의 순 임금이 순행하시다가 창호 땅에서 붕거하시자 아황과 여영의 두 왕후가 순 임금을 찾지 못하고 소상강에서 슬피 울었을 때 그 피로 화한 눈물을 대숲에 뿌린 것이 대나무에 점점의 얼룩이 졌다는데 그것이 유명한 소상반죽(瀟湘班竹)이 되었다는 전설을 남겼던 것이다. 그 후에 나라의 신하 굴원이 충성을 다하여 왕을 섬기다가 간신의 참소를 받고 강남으로 축출되자 이곳에 와서 수간 모옥을 짓고 지내다가 강물에 몸을 던져 버렸으며 또 한나라의 가의(賈誼)는 낙양재사(洛陽才士)[29]였으나 당의 권신에게 쫓겨서 장사에 와서 제문을 강물에 던져서 여기서 억울하게 빠져 죽은 굴원의 충혼을 조문한 고적으로서 옛날부터 이곳을 지나는 사람들의 심회를 비창하게 감동시켰다.그러므로 그 슬픈 전설에 흐린 구름이 항상 구의산에 끼고 소상강에 밤이 오고 동정호에 달이 밝고 황릉묘에 두견새가 울 때는 비록 슬프지 않은 사람일지라도 저절로 눈물이 흐르고 탄식하게 되었으므로 천고의 의기가 서린 영지였다. 슬프도다. 사씨는 대가집 주

29) 낙양재사 - 관직을 버리고 숨어 사는 선비

부로서 무거운 짐을 지고 정성을 다하여 장부를 섬기다가 음부 교씨의 참소를 입고 일조에 몸이 표령하여 이곳에 이르러서 옛날의 충의 인사들의 영혼을 조상하면서 자신의 신세를 생각하니 어찌 슬프고 원통하지 않으랴.

악양루 밑에서 배를 내린 사씨 부인은 밤이 새도록 강가에 머문 배에서 기다리다가 날이 밝은 후에야 비로소 인가를 발견하고 유모와 시비를 거느리고 배에서 내렸다. 뱃사람들은 갈길이 바쁘기 때문에 사씨에게 몸조심하라는 당부와 슬픈 인사를 하고 떠나갔다.

이처럼 사씨는 천신만고 뱃길을 얻어서 장사에 거의 다 왔다가 풍랑에 밀려서 이곳에 와서 배에서도 내렸으므로 앞길이 다시 막혔으니 창자가 촌절할 듯 아무리 생각하여도 죽을 수밖에 없게 되었다고 탄식하였다. 유모가 울면서 호소하였다.

"사고무친한 이 땅에 와서 또다시 앞길이 막혔으므로 부인은 장차 어떻게 귀하신 몸을 보전하려 하십니까?"

"인생이 세상에 나면 수요장단(壽夭長短)[30]과 화복길흉이 천정(天定)한 운수임에 일시의 액운을 굳이 근심할 바 아니지만 이제 내 신세를 생각하니 자취기화(自取其禍)[31]라 할 수밖에 없다. 옛말에도 하늘이 지은 화는 면할 수 있어도 스스로 지은 화에선 살아나지 못한다 하였는데 내가 지금 중도에 이르러서 이같이 낭패하니 다시 어디로 가며 누구를 의지하랴."

하면서 자탄하였다. 이때 유모가 도리어 사씨 부인을 위로하여 말하기를,

"옛날의 영웅호걸과 열녀절부들도 이런 곤액을 당하지 않은 사람이 없습니다. 부인에게 지금 일지의 액화가 있으나 그 억울함은 명천(明天)이 조람하시고 신명이 재방하여 청풍이 흑운을 쓸어 버리면 일월을 다시 보실 것이니 부인은 너무 낙심 마십시오. 어찌 일시의 액운에 지쳐서 천금 같은 몸을 돌보지 않으시렵니까?"

그러나 사씨 부인은 여전히 힘을 잃고 탄식만 하였다.

30) 수요장단 - 목숨의 길고 짧음
31) 자취기화 - 스스로의 잘못으로 화를 입음

"옛날 사람들도 액운을 겪은 이가 하나 둘이 아니지만 자연 구해 주는 사람이 있어서 몸을 보존하였다. 그러나 지금 내 처지는 그렇지 못하여 연연약질이 위로 하늘을 우러러보지 못하고 아래로 땅에 용납되지 못하니 어찌하랴. 구차하게 된 인생을 살려고 할 것이 아니라 한번 죽어서 옛날 사람처럼 꽃다운 이름을 나타내자는 것이 하늘의 뜻이요, 결코 우연한 일이 아닐 것 같다. 강물이 맑아서 깊이가 천만장이니 마땅히 나의 한낱 뜻과 뼈를 감출 것이다."

하고 강물을 향하여 뛰어들려고 하였다. 유모가 놀라서 사씨의 몸을 부여잡고 울면서 애원하였다.

"저희들이 천신만고하여 부인을 모시고 이곳에 이르렀으매, 부인이 만일 죽으시려면 저희들도 함께 죽어서 지하에서도 모시기를 원합니다."

"그것은 안 된다. 나는 죄인이니까 죽어도 마땅하지만 너희들은 무슨 죄로 나를 따라 죽는다는 말이냐. 도중에서 노자 다 떨어졌으니 너희들은 인가에 의탁하여 일을 해주고 몸조심을 하다가 북방 사람을 만나거든 내가 이곳 강물에 빠져 죽었다는 소식을 고향으로 전해라."

하고 신신당부한 뒤에 거기 선 나무의 껍질을 깎고 큰 글씨로 모년 모월 모일 사씨 정옥은 시가에서 쫓긴 몸 되어 이곳에 이르렀다가 진퇴무로하여 몸을 이 강물에 던졌다고 썼다. 이 유서를 쓴 사씨는 붓을 놓고 통곡하였다. 유모와 시녀가 좌우에서 사씨를 붙잡고 슬피 울매 일월이 빛을 잃고 초목이 시들어서 슬픈 듯하였다. 어느덧 날이 어둡고 달이 떠서 달빛이 강 위에 처량하게 비치매 사면에서 물귀신이 울어대고 황릉묘에서 두견새가 처량하고, 소상강 대밭에서도 귀신 우는 소리가 끊임없이 들려서 악기(惡氣)[32]가 사람을 침노하였다.

"밤기운이 몹시 차가우니 저 악양루에 올라서서 밤을 지내고 내일 다시 앞일을 선처하시기 바랍니다."

유모가 부인에게 권하자 부인이 유모의 말에 따라서 악양루로 올라갔다. 조각으로 된 들보가 하늘에 높이 솟아서 소상강 물에 임하였는데 오색 구름이 구의산에서 피어 와서 악양루를 둘러싸고 달빛이 난간에 은은히 비치매 시인 묵객이 읊어 쓴 글귀의 현판이 벽에 무수히 걸려 있었다. 사씨가 그 광경을 보고 길이 탄

---

32) 악기 - 악한 기운

식하면서,

"이 악양루는 강호의 유명한 곳이지만 영웅호걸과 절부열녀들이 이렇게 많이 이곳에 인연을 맺었을 줄 알았으랴. 내 비록 표박중이나 이곳에 온 것이 또한 우연한 일이 아니다."

하고 노주 세 사람이 그날 밤을 누상에서 지냈다. 그러자 이튿날 새벽에 누 밑에서 소란한 사람의 소리가 나며 수십 명이 누상을 향하여 올라왔다. 그들은 서울 사람들로서 이곳에 왔다가 악양루의 해 뜨는 경치를 구경하려고 일찍 올라온 일행이었다. 사씨 부인은 갑자기 사람들이 나타났으므로 유모를 데리고 뒷문으로 빠져 강변 숲으로 와서 말하였다.

"날이 밝았으나 노자가 없고 우리들이 의탁할 곳이 없으니 장차 어디로 가랴. 아무리 생각하여도 강물 속으로 몸을 감추는 수밖에 없다."

하고 사씨 부인이 또 강물에 몸을 던지려고 하였다. 유모와 시비가 망극하여 통곡하였다. 사씨는 어제 종일과 종야를 굶주리고 잠을 자지 못하여 지칠 대로 지쳤으므로 잠시 유모의 무릎에 기댄 채 깜박 졸았다. 그때 비몽사몽간에 한 소녀가 와서,

"저의 낭랑께서 부인을 모셔오라는 분부로 왔습니다."

하고 어디로인지 인도하여 가고자 하였다.

"너의 낭랑이 누구시냐?"

"저와 함께 가시면 아실 것입니다."

사씨 부인이 그 소녀를 따라서 어떤 곳에 이르니 고대광실의 전각이 강가에 즐비하게 빛나고 있었다. 소녀가 사씨 부인을 인도하여 그 전각 안으로 들어갔다. 중문을 몇 개나 지나서 들어가자 큰 대궐 위에서 이리로 올라오라는 지시가 내렸다. 사씨가 전상으로 올라가서 보니 좌우에 두 분의 낭랑이 황금교의에 앉았고 그 좌우에 고귀한 여러 부인들이 모시고 있었다. 사씨 부인이 예를 마치자 낭랑이 자리를 권하고,

"우리는 다른 사람이 아니라 순 임금의 두 비다. 옥황상제께서 우리의 정사를 측은히 여기시고 이곳의 신령으로 삼으신 고로 여기서 고금의 절부열녀를 보살피면서 세월을 보내고 있다. 그런데 그대가 한때의 화를 만나고 이곳에 오게 된 것은 모두 하늘의 정한 운명이다. 그대가 아무리 죽으려 하여도 아직 죽을 때가 아니므로 허락할 수 없으니 마음을 진정하라."

사씨가 자리에서 일어나서 사례하고 낭랑의 덕을 치하하였다.

"인간계의 미천한 여자로서 항상 책을 통하여 성덕열절을 우러러 사모할 따름이옵더니 이제 여기와서 양배하올 줄 어찌 뜻하였겠나이까?"

"그대를 청한 것은 다름이 아니라 그대가 천금 중신을 헛되게 버려서 굴원의 뒤를 따르려 하니 이는 천도가 아니니라. 그대의 호천 통곡은 천도가 무심함을 한함이니 이는 평일의 총명이 옹폐함이요, 그대의 액운이 비상한 탓이다. 그러므로 특별히 의논하고 오래 쌓인 회포를 듣고 위로해 주고자 한 것이다."

"상랑의 분부가 이러하오니 미첩이 품은 소회를 아뢰겠나이다. 저는 본디 한미한 사람입니다. 일찍 엄부를 잃고 자모 슬하에 자랐으매 배운 바가 없어서 행실이 불미하던 중에 시부가 별세한 뒤에 크게 변하여 남산의 대[竹]를 베고 동해의 물을 기우려도 그 죄를 씻지 못할 누명을 쓰고 낯을 가리고 시가의 문을 하직하고 나왔습니다. 그 후에 눈물을 뿌려 시부의 묘하에 하직하고 강호를 유랑하다가 몸이 소상강에 이르러 진퇴궁전하여 앙천 장탄[33]하였으나 하는 수 없어서 천장수심(千丈水深)에 임하니 한 터럭 같은 일신을 어복(魚腹)에 장사지낼 결심을 하였습니다. 이와 같이 아녀자의 마음이 망령되어 잘못을 깨닫지 못하고 호천통곡하여 낭랑께서 들으시게 됨에 심려를 끼쳤사오니 죽어도 아깝지 않습니다."

"모든 일이 천정한 바로서 인력이 아닌데 그대가 어찌 굴원의 뒤를 따르며 하늘을 원망하겠느냐? 하늘이 이미 나라를 멸망시키고 원한을 시원케 하시니 임금이 죄를 다스리고 충신의 이름이 나타나서 천백 세에 유전된 것이다. 그 옛일을 비겨서 보면 처음에는 곤액하나 장래에는 복록이 무량함이니 어찌 그때를 기다리지 않고 자결하겠느냐? 우리 형제(아황과 여영)는 규중약녀로서 배운 바 없으되 시가를 조심하여 섬김을 옥황상제가 가엾게 여기시고 기특히 여기셔서 이 땅의 신령으로 봉하여 그윽한 음혼을 다스리게 하였으매 이 좌상의 여러 부인은 모두 현부열녀이므로 이따금 풍운의 힘을 빌려 이곳에 모여 서로 위로하매, 세상의 영욕이 어찌 문제가 되랴. 유가는 본디 적선지문(積善之門)인데 오직 유한림이 조달하여 천하사를 통하나 골격이 너무 징청한 고로 하늘이 재앙을 내리사 크게 경계코자 잠깐 이리하다가 좋은 때가 오면 다시 재앙을 없이 하실 것이다.

33) 장탄 - 하늘을 우러러 탄식함

그런데 그대는 어찌 그것을 모르고 조급히 구느냐. 그대를 참소하는 자는 아직 득의하여 방자교만하지만 그것은 마치 똥벌레가 제 몸 더러운 줄을 모르는 것과 같으니 어찌 더러운 것과 곡직을 다루겠느냐? 하늘이 장차 대벌을 내리셔서 보응이 명백해질 것이다."

"어리석은 저를 이처럼 위로하시고 격려하여 주시니 감사하옵니다."

"그대 온 지가 벌써 오래 되었으니 내 말을 알았거든 빨리 돌아가라."

"제 허물을 낭랑께서 더럽다 하시지 않으시고 목숨을 구해 주시려 하오나 돌아가도 의탁할 곳이 없으매 속절없이 강물에 몸을 감추겠사오니, 낭랑께서는 저의 정상을 살피고 이 말재(末才)를 시녀로 삼아서 이곳에 참례케 하여 주십시오."

하고 사씨 부인이 다시 애원하였다. 낭랑이 그 말을 듣고 웃으며,

"그대도 나중에는 이곳에 머무르게 되려니와 아직 때가 마땅치 않으니 빨리 돌아가라. 남해도인이 그대와 인연이 있으니 그에게 잠깐 의탁함이 또한 천의(天意)로다."

"제가 전에 들은 바에 의하면 남해는 하늘 끝이라 길이 요원하다는데 이제 노자 한 푼도 없이 어떻게 거기까지 가겠습니까?"

"연분이 있어서 자연 가게 될 것이니 그런 염려는 말고 어서 돌아가라."

하고 동벽 좌상에 용모가 미려하고 눈이 별같이 빛나는 자를 가리키면서 그는 위국부인이라 하고 또 한 사람을 가리켜서 반첩녀(潘妾女)라 하고 동한 때의 교대가와 양처사의 처맹광이라고 일러주었다. 그리고 그대가 이미 여기 왔으니 옛 사람의 이름을 서로 소개하는 것이라고 웃어 보였다.

"오늘 여기 와서 여러 부인의 면목을 뵈오니 뜻하지 않았던 영광이옵니다."

하고 두루 예하자 여러 부인들도 미소로 답례하였다. 사씨 부인이 하직하고 물러서려고 하자 낭랑이,

"매사를 힘써 하면 오십 후에 이곳에 자연 모이게 될 것이니 그때까지 세상에서 몸을 조심하라."

하고 청의동녀[34]를 명하여 사씨를 모시고 가라 하므로 사씨가 전상에서 계하로 내리며 전상에서 열두 주렴 내리는 소리가 주르르 하고 맑게 울렸다. 그 소리

---

34) 청의동녀 - 푸른옷을 입은 어린 시녀

에 놀라서 정신을 깨우치니 유모와 시녀가 사씨 부인이 오래 기절한 것을 망극히 여기다가 사씨의 소생을 반기며 구원하였다. 사씨가 몸을 움직여서 일어나서 얼마나 잤느냐고 물으니 기절한 뒤 서너 시나 되었다 하면서 소생한 것을 신기하게 여겼다.

"부인께서 기절하셔서 저희들이 당황하여 백방으로 구완하다가 이제야 정신을 차리셨습니다."

하고 그동안의 경위를 고하자 사씨도 낭랑을 만나보고 온 비몽사몽간에 본 이야기를 자세하게 하고,

"아무래도 보통 꿈과는 다르니 내가 그곳으로 가던 길을 찾아가 보자."

하고 소상강 가의 대밭으로 들어가니 과연 한 묘당이 있고 현판에 황릉묘라고 써 있었다. 이것은 아황, 여영 두 비의 사당으로서 사부인의 꿈에 본 장소와 같으나 건물의 단청이 퇴색하고 황량하기 말이 아니었다. 사당 안으로 들어가서 전상을 바라보니 두 비의 화상이 꿈에 보던 용모와 조금도 다름이 없었다. 사씨가 분향하고 축원하는 말이,

"제가 낭랑의 가르치심을 입사와 타일의 길할 때를 기다리겠사오니 낭랑의 성덕을 믿고 잊지 않겠습니다."

축원을 마치고 사당을 물러나서 서편 언덕에 앉아 신세를 생각하고 여전히 슬픈 회포를 탄식하였다. 그리고 묘지기 집에 가서 밥을 얻어 오게 해서 세 사람이 모두 먹었다.

"우리 셋이 방황하여 의지할 곳이 없으나 이것은 신령께서 야속하게 희롱하심이다. 낭랑의 말씀대로 참는 데까지는 참아보자."

하고 탄식하는 동안에 해가 서산에 지고 달빛이 떠서 몽롱하게 주위를 비쳤다. 묘 안에 들어가서 사방을 살펴보니 밤은 깊어만 가고 짐승 소리가 여기저기서 들려왔다. 사씨가 곰곰이 생각하되,

"사람이 세상에 나면 부귀빈천이 팔자소정이나 여자로서 억울한 누명을 쓰고 갖은 고초를 겪으며 이곳에 와서 의탁할 곳이 없으니 아무리 아황, 여영의 영혼의 위로하는 말씀이 있었으나 역시 죽어서 만사를 잊어버리는 것이 상책이다."

하고 또다시 죽을 생각을 하였다. 이때 홀연히 황릉묘의 묘문이 열리고 두 사람이 들어와서 물었다.

"부인이 또한 고초를 당하고 물에 빠지려고 하십니까?"

사씨 부인이 놀라서 바라보니 하나는 여승이요, 하나는 여동(女童)이었다.

"그대들은 어떻게 우리 일을 아는가?"

여승이 황망히 읍하고 합장하면서,

"소승은 동정호 군산사에 있는데 아까 비몽사몽간에

관음보살님이 나타나셔서 '어진 사람이 환란을 만나서 갈 바를 모르고 강물에 빠지려고 하니 빨리 황릉묘로 가서 구하라'

하시므로 급히 배를 저어 왔는데 과연 부인을 만났으니 부처님 영험이 신기합니다."

"우리는 죽게 된 사람이라 존사의 구함을 받으니 실로 감격하나 존사의 암자가 멀고 가더라도 폐가 될까 합니다."

"출가한 사람은 본디 자비를 일삼는 처지이며 하물며 부처님의 지시로 모시려고 왔는데 그게 무슨 말씀이오니까?"

하고 세 사람을 밖으로 인도하여 강가로 내려와서 배를 태우고 여동에게 노를 저어 가게 하자 순풍을 만나서 순식간에 군산사에 이르렀다. 이 섬의 산은 동정호 가운데 솟아 있으므로 사면이 다 물이요, 산은 푸른 대숲으로 덮여서 인적이 없는 한적한 곳이었다. 여승이 배에서 내려서 사씨를 부축이고 길을 찾아 갔으나 사씨의 기운이 파하였고 산길이 험해서 열 걸음에 한 번씩 쉬면서 암자에 이르렀다. 수월암(水月庵)이라는 이 절은 매우 한적하고 정결하여 인세(人世)를 떠난 선경이었다.

사씨는 몸이 피곤해서 곧 잠이 들어 이튿날 아침까지 깨지 못하였다. 여승이 먼저 일어나서 불당을 소제하고 향을 피우며 경자[35]를 치며 부인을 깨워 예불하라고 권하였다. 사씨가 유모들과 함께 불당에 올라 분향배례하고 눈을 들어 부처를 쳐다본 순간에 문득 놀라며 눈물을 흘렸다. 알고 보니 그 부처는 다른 불체가 아니라 사씨가 십육 년 전에 자기가 찬을 지어서 쓴 백의관음의 화상이었다. 그 화상에 쓴 찬의 자기 글씨를 보니 자연 놀라움과 슬픈 회포를 금할 수 없었던 것이다. 그 모양을 본 여승이 또한 깜짝 놀라서,

"부인의 말씀이 그러실진대 분명히 신성현 땅의 사급사 댁 소저가 아니십니까?"

"그렇습니다. 스님이 어찌 내 신분을 아십니까?"

35) 경자 - 밤시간을 알리는 북소리

"부인의 용모와 음성이 본 듯해서 이상하게 생각하였습니다. 소승 역시 그때 저 관음화상의 찬을 당시의 소저에게 받아간 우화암의 묘혜입니다. 소승이 유대감 댁의 명을 받고 부인에게 관음찬을 받아다가 보인즉 크게 칭찬하시고 아드님 유한림과 혼인을 정하셨던 것입니다. 소승도 부인과 혼사를 보려고 하였으나 스승이 급히 부르서서 산으로 돌아왔으므로 참례를 못하였습니다. 그 후에 소승은 스승 밑에서 십 년을 수도하였으나 스승이 입적하신 후에 이곳에 와서 암자를 짓고 고요히 공부하면서 불상을 예배하고 부인이 쓴 글과 필적을 볼 적마다 부인의 옥설 같은 용모를 생각해 왔습니다. 그런데 부인은 어찌하여 이런 고생을 하게 되었습니다."

사씨 부인이 유한림의 부인이 된 이후의 전후사실을 자세히 들려주자 묘혜가 탄식하면서 사씨를 위로하였다.

"세상 일이 항상 이러한 법이니 부인은 너무 슬퍼하지 마십시오."

부인이 감개무량해서 다시 관음불상을 우러러보니 외로운 섬 가운데 있는 한적한 절간에서 생기유동하여 완연히 살아 있는 듯하고 사씨가 소녀 시절에 지은 찬사가 또한 자기유락함을 그린 그 경지와 흡사하였다.

"세상만사가 모두 하늘이 정한 운수이매 인력으로 어찌하랴.

그러나 관음보살을 매일 분향하여 공양 기도하고 떼어놓고 온 어진 인아를 다시 만나야겠다."

고 축원하며 남자로 변복하였던 것을 여자옷으로 갈아입었다.

묘혜가 조용한 때 사씨 부인을 보고,

"부인이 이제 여기 와 계시나 왜 복색을 갈아입으십니까?"

"내가 자비로운 부처님과 스님의 보호를 받고 신변이 안전한데 어찌 어색한 변복으로 지내겠습니까."

"그렇게 마음이 안전되신 것을 소승은 고맙게 여깁니다.

그런데 유한림은 현명한 군자이시니까 한때 참언에 속더라도 멀지 않아서 일월같이 깨닫고 부인을 화거주륜[36]으로 맞아 갈 것입니다. 소승이 일찍이 스승에게 수도하여 주(籌)도 약간 알고

36) 화거주륜 - 화려하고 큰 마차

있으니 부인의 사주를 보아드리겠습니다."

부인이 자기의 생년월일시를 말하자 묘혜는 한동안 침음하며 점을 친 뒤에 크게 기뻐하고 풀이를 하였다.

"부인의 팔자는 앞으로 대길합니다. 초년은 잠깐 재앙이 있으나 나중에는 부부와 모자가 다시 화락하여 복이 무궁하실 것입니다."

"아아, 그 말씀을 믿고는 싶으나 어찌 믿고 안심하겠습니까?

이 박명한 인생이 스님의 과장하신 복을 어찌 받을 수 있겠습니까?"

하고 한담하는 동안에 도중에서 배가 풍랑을 만나고 병도 나서 어떤 인가에 들러서 휴양한 이야기와 그때 어진 주인 여자의 은덕을 입은 일을 칭찬하였다. 그러자 묘혜가 그 말을 듣고,

"그 여자가 소승의 질녀였습니다."

하고 뜻밖의 말을 하였으므로 사씨가 의아해서 물었다.

"스님의 질녀라뇨?"

"이름이 취영이라 하지 않던가요. 제 어미가 그 애를 강보에 두고 죽고 제 아비가 변씨를 후처로 취했는데 그 후 아비가 또 죽으니까 계모 변씨가 취영이를 소승에게 맡겨서 삭발시키라 하지 않았겠어요. 그래서 내가 그 애의 관상을 보니 귀자(貴子)를 많이 두고 복록을 누릴 상이라 변씨에게 데리고 살도록 권하였는데 요사이 들으니 효성이 지극하여 모녀가 잘 산다더니 부인이 이번 도중에서 우연히 만나보셨습니다그려."

"역시 스님의 인연으로 그 질녀의 덕을 보았던 모양입니다. 세상에서 얻기 어려운 것은 사람의 마음이라 나도 사람의 마음을 얻지 못하여 몸에 누명을 쓰고 쫓기는 사람이 되어서 이런 신세가 되었으니 어찌 슬프지 않겠습니까?"

"모두 하늘이 정하신 운수입니다. 부인과 소승이 잠시 인연이 있었으나 어찌 이런 곳에 계시겠습니까?"

사씨 부인이 묘혜의 말을 듣고 슬퍼하며 민망스러운 말로, "내가 이곳으로 온 것을 후회하겠습니까마는 집을 떠나 있으매 집에 남은 인아의 신세가 외로운 것이며 그 생사조차 모르고 또 근자에는 한림의 심정이 변한데다가 집안의 요인(天人)이 있어서 나를 해치고자 하다가 뜻을 이루지 못하였으므로 한림의 신상에 화가 미칠까 염려하던 중 내가 시부님 묘하에 있을 때 시부님 영혼이 현몽하셔서 일러주신 말씀이 육 년 사월 십오 일에 배를 백빈주에 대었다가 급한 사람을 구

하라고 신신당부하셨는데 어떤 사람이 그때 급화를 만날는지 모르겠습니다.”

“유한림은 오복이 구전지상(具全之相)[37]이요, 유문은 적덕지가[38]이매 어찌 요화가 오래 침노하겠습니까? 그리고 백빈주의 급한 사람을 구하라 하신 말씀을 때를 어기지 말고 구하십시오. 유상공은 본디 고명하신 분이었으니까 영혼인들 어찌 범연하시겠습니까?”

사씨 부인도 묘혜의 말이 옳다고 생각하고 그 수월암에 머물러서 세월을 보냈으나 그냥 한가롭게 놀지 않고 바느질과 길쌈을 부지런히 하여 절의 신세를 보답하였으므로 묘혜도 기뻐하고 부인을 극진히 공경하였다.

이때 교씨가 본실의 지위로 정당에 거처하면서 가사를 총괄하매 간악이 날로 더하여 비복들도 교씨의 혹독한 형벌을 견디지 못하고 사씨의 인자한 대우를 그리워하며 슬퍼하였다.

교씨는 아래로는 비복을 학대하고 위로는 간악한 십랑과 공모하여 한림의 총명을 흐리게 하는 요물들을 집안에 끌여들여서 집안을 혼탁하게 만들고 있었다.

교씨는 유한림이 조정에 입번할 때는 그 틈을 타서 동청을 백자당으로 청하여 음란한 추행으로 밤을 새웠다. 교씨가 그날밤에도 동청을 데리고 백자당에서 자고 날이 밝으매 동청은 외당으로 나가고 교녀는 수색으로 피곤하여 늦도록 일어나지 못하고 있었다. 마침 유한림이 출번으로 집에 돌아와서 정당에 이르매, 교씨가 보이지 않았다. 시비에게 물으니 백자당에 있다는 대답이었다. 유한림이 곧 백자당으로 가서 아직도 전날 밤의 난잡한 몸매로 자고 있는 것을 보자 힐문하였다.

“왜 여기서 자는 거요?”

“요즘 정당에서 자면 꿈자리가 뒤숭숭하고 기운이 좋지 않아서 어젯밤에 여기서 잤습니다.”

“그대 역시 그 방에서 자면 몽사가 흉하던가. 나도 잠만 들면 꿈자리가 번잡하여 정신이 혼침하고 입번으로 나가서 자면 편안해서 이상하더니 그대 역시 그렇다니 복술 잘하는 사람을 불러다가 물어보는 것이 어떨까?”

교씨는 백자당으로 숨어서 동청과 간통한 사실을 유한림이 알아챌까 겁내던

37) 구전지상 - 모두 갖춘 인상
38) 적덕지가 - 덕을 쌓은 집안

차에, 유한림이 그런 말을 하므로 안심할 뿐 아니라 굿이라도 하라는 유한림의 뜻이라 좋은 기회라고 기뻐하였다.

이때 황제가 서원에서 기도를 일삼으며 미신에 빠져 있으므로 가의태우 서세가 상소하여 간하고 간신 엄승상을 논핵하자 황제가 대로하여 서세를 삭직하고 멀리 귀양보냈다. 이에 대하여 유한림이 서세의 충성을 변호하고 그를 구하려고 상소하였으나 황제가 역시 질택하시고 신하에게 조서를 내려서,

"이후로 짐의 기도를 막는 자가 있으면 참하라."

고 엄명을 내렸다. 이때 도관에 도진인(都眞人)이라는 사람이 있는데 유한림과 친한 사이였다. 하루는 도진인이 유한림을 문병차 방문해 왔다. 유한림이 사람을 다 보낸 뒤에 진인만 머무르게 하고 내실로 데리고 가서 이 방에서 자면 흉몽을 꾸게 되니 무슨 악귀의 장난이냐고 물었다. 진인이 방 안의 기운을 살펴더니,

"비록 대단치 않으나 역시 기운이 좋지 않소이다."

하고 하인을 시켜서 벽을 뜯고 방예물의 목인(木人) 여러 개를 꺼내서 유한림에게 보였다. 유한림이 대경실색하자 진인이 껄껄 웃고,

"이것은 굳이 사람을 해하려 함이 아니요, 오직 시첩이 유한림의 중총(重寵)을 얻으려는 마음으로 한 소행입니다. 옛날부터 이런 방예로 사람의 정신을 미란케 하는 계교니까 이것만 없애 버리면 다른 염려는 없습니다."

하고 그 목인들을 곧 불살라 버리라고 권하였다.

"유한림의 미간에 혹기가 가득 차 있고 집안의 기운이 또한 좋지 않습니다. 이때는 주인이 집을 떠나라고 술법에 나와 있으니 조심하여 제액(除厄)하십시오."

"삼가 명심하리다."

유한림이 괴이하게 여기고 진인에게 후사하여 보냈다. 유한림은 진인의 신기한 도술에 경탄한 뒤에 문득 깨닫는 바가 있었다. 지금까지는 집안에 이런 일이 있으면 사씨를 의심하게 되어 있었는데 지금은 사씨도 없고 방을 고친 지도 얼마 되지 않았는데 이런 요물이 나왔으니 반드시 집안에 악사(惡事)를 꾸미는 자가 있다고 생각하였다. 그러고 보니 사씨가 억울한 누명을 쓰고 쫓겨난 것이 아닐까 하고 의심하게 되었다.

원래 이 일은 교씨가 십랑과 공모한 계교였는데 교녀가 동청과 백화당에서 동침한 사실을 숨기려고 창졸간에 꾸며댄 핑계인데 그 내실에서 자면 꿈자리가 나쁘다고 한 것이 도진인의 도술로 발각되고 말았던 것이다. 유한림이 비록 교씨

의 짓인 줄 깨닫지 못하고 오랫동안 정신이 흐려졌으나 지금 비로소 전일의 총명이 다시 소생한 셈이었다. 유한림은 머리를 숙이고 과거 사오 년 동안 지낸 일을 곰곰이 반성하고 비로소 악몽을 깬 듯이 스스로 부끄러웠다.

이때 마침 장사로부터 고모 두부인의 편지가 왔다. 그런데 두부인은 아직도 사씨를 집에서 쫓아 내보낸 사실도 모르고 사씨의 일을 신신당부한 사연이 더욱 간절하게 유한림의 반성을 촉구하였다.

'고모께서 사씨를 축출한 지 여러 해가 되었는데 아직도 모르는 것이 의아스럽다. 그리고 사씨가 결코 방탕하지 않으므로 옥지환 사건도 어떤 자의 농간이 아닌가.'

하고 새삼스럽게 의심하게 되었다. 눈치가 빠른 교씨는 유한림의 기색이 전과 달라진 것을 보고 그 기위가 늠름해진 유한림에게 감히 요괴로운 수단을 피우지 못하게 되었다. 그리고 지금까지 사씨를 음해한 계교가 탄로되지나 않을까 두려워하고 동청에게 상의하였다.

"요즘 유한림의 기색을 보니 그전과는 아주 딴 사람이 되었어요. 우리 양인의 관계를 눈치챈 듯하니 어쩌면 좋겠어요?"

"우리 관계를 집안의 비복들이 모를 리 없으되 지금까지 유한림의 귀에까지 들어가지 않은 것은 부인을 두려워했기 때문인데 지금 갑자기 기운을 잃고 약해지면 참소하는 자가 많을테니 그렇게 되면 죽어도 묻힐 땅이 없을 것입니다."

"사세가 이렇게 되었으니 어찌하면 좋아요. 나는 여자라 좋은 궁리가 나지 않으니 당신이 좋은 방법을 생각해서 우리 두 사람의 화를 면하게 해주어요."

교씨가 간부 동청에게 매달려서 애원하였다.

"한 가지 방법이 있습니다. 옛말에 남이 나를 해치기 전에 내가 먼저 그를 해치라 하였으니 좋은 기회를 노려서 한림의 음식에 독약을 섞어서 먹여 죽이고 우리 둘이 백년해로합시다."

간악한 교씨도 이 끔찍한 계획에는 한참 동안 침울하게 생각하였으나 결국 유한림을 죽이지 않으면 제가 잡혀 죽으리라는 두려움에서,

"결국 그럴 수밖에 없군요. 그러나 사전에 누설되면 큰일이니 둘이만 극비로 일을 진행시킵시다."

교씨와 동청이 이런 끔찍스러운 음모를 하는 줄도 모르고 유한림은 마음이 울적해서 친구를 찾아다니며 한담이나 하며 기분을 풀려고 하였다. 하루는 교씨와

동청이 유한림이 없는 틈을 타서 깊은 밤에 숨어서 은근히 정을 나누고 역시 유한림 해칠 계획을 상의하다가 동청이 책상 서랍에서 우연히 유한림이 쓴 글을 얻어 보게 되었다. 동청이 그 글을 읽어 보다가 희색이 만면해지더니,

"하늘이 우리 두 사람으로 백년가우가 되게 해주실 테니 부인은 아무 걱정 말아요."

교씨가 의아하여 동청의 손을 잡아 흔들면서,

"그게 정말이오? 무슨 좋은 징조가 있나요?"

"요전에 황제께서 조서를 내려서 짐의 기도 행사를 금하려고 간하는 자는 참하라 하여 계신데, 지금 다행히 한림이 쓴 이 글을 보니 엄승상을 간악소인에 비하여 비방하고 있습니다. 이 증거가 되는 글을 갖다가 엄승상에게 보이면 엄승상이 황제께 알려서 엄형에 처할 것이 아닙니까? 그러면 우리 양인은 마음 놓고 백 년을 즐겁게 살 수 있지 않습니까?"

"아이 좋아라!"

교녀가 반색을 하고 제 볼을 동청의 볼에 대고 문지르면서 음란한 교태를 부리며 시시덕거렸다.

"이번 계획이 공명정대한 나라의 위엄으로 처치하게 됐어요. 요전에 독살하려던 계획은 위험해서 걱정이더니 참 잘 됐어요. 역시 당신 말처럼 하늘이 우리 사랑을 도와 주신 거지요."

하고 음란한 행색이 더욱 해괴하였다. 동청은 교씨와 껴안고 뒹굴던 몸을 털고 일어서서 소매 속에 유한림의 글을 넣고 곧 엄승상 댁으로 가서 엄승상을 만났다.

"그대는 누군데 왜 왔는가?"

"저는 한림학사 유연수의 문객입니다마는 그 사람이 승상님과 나라에 반역죄인인 것을 알았기 때문에 참지 못하여 그 비행을 알려드리려고 왔습니다."

엄승상은 평소에 못마땅하게 여기던 유한림의 약점을 알리러 왔다는 말에 귀가 번뜩 뜨였다.

"그래 그가 나를 어떻게 모해하던가?"

"그 사람의 의논을 들으면 항상 승상을 해치려고 하더니 어제는 술에 취해서 저에게 하는 말이 엄승상은 군부(君父)를 그르치는 놈이라고 욕하면서 모든 일을 송휘종(宋徽宗) 시절에 비하고, 황제께서 엄명을 내려서 간하는 상소는 못할

지라도 글을 지어서 내 뜻을 풀리라 하고 이 글을 쓰기에, 글 뜻을 제가 물으니 승상을 옛날의 유명한 간신들에게 비유하였으며 짐짓 묘한 풍요(風謠)의 글이라고 자랑하였습니다. 그래서 제가 속으로 분격하고 이 글을 훔쳐서 승상께 드립니다."

하고 동청은 그럴 듯한 거짓말을 붙여서 참소하였다, 엄승상이 그 글 쓴 종이를 받아서 본즉 과연 천서와 옥배의 간악을 풍자해서 지은 글이 분명하였다. 엄승상이 잘 되었다는 듯이 냉소하고,

"흠, 유연수 부자만이 내게 항복하지 않고 음으로 양으로 나를 거역하더니 망령된 아이가 나라를 희롱하고 나를 원망하니 인제 죽고 싶은 모양이로구나."

하고 그 글을 가지고 곧 궁중으로 들어가서 황제를 찾아 만나고,

"근래에 나라의 기강이 풀어져서 젊은 학자가 국법을 두려워하지 않으니 심히 한심하옵니다. 이제 성상께서 법을 세워 계시매 감히 상소치 못하고 불출한 한림 유연수가 왕 흠약의 천서와 진원평의 옥배로 신을 욕하오니 신이야 무슨 욕을 먹어도 참을 수 있사오나 무엄하게도 성주를 기롱하오니 마땅히 국법을 밝혀서 기강을 바로 세워야 할까 하옵니다."

하고 국궁배례하고 유한림 필적의 글을 증거품으로 어전에 바치었다. 황제가 그 글을 받아서 보시고 대로하여 유연수를 잡아서 옥에 가두고 장차 극형에 처하려고 하였다,

이 소문에 놀란 태우 서세가 상소하였다. 그 전에 자기가 억울하게 엄승상에게 몰려서 귀양간 때에 유한림이 그를 구명하려고 상소하였다가 엄승상의 미움을 받던 결과라고 생각한 서세가, 이번에는 죽음을 각오하고 유한림을 구하려는 정의감에서 올린 상서였다.

'성상께서 충신을 죽이려 하시는 그 죄상이 무엇인지 알지 못하오나 청컨대 그 글을 내리셔서 만조 백관에게 알리게 하오.'

황제가 서세의 상소문을 보시고,

"유연수가 천서와 옥배로써 짐을 기롱하니 어찌 사죄를 면하리오?"

이에 대하여 서세가 다시 아뢰되,

"이 글을 보오니 천서 옥배로 비유하여 성상을 기롱함[39]이 분명치 않으며 한

39) 기롱함 - 속이어 농락함

무제의 송인종(宋仁宗)은 태평지주라 유연수 죄를 입더라도 죽일 죄는 아닌데 어찌 밝게 살피지 않사옵니까?"

황제가 이 말에 침음하시자 좌우에서 간언이 일어날 기세를 보고 심중에 불평이 북받쳤으나 여러 조신의 이목을 가리우지 못하여 선심이나 쓰는 척하고,

"서학사의 말이 이러하오니 유연수를 감형하여 귀양보냄이 마땅하옵니다."

황제가 허락하시사, 엄승상은 유한림을 엄중히 경호하여 먼 북방의 행주 땅으로 귀양보내라고 유사에게 명하고 자기 집으로 돌아갔다. 그의 집에서 기다리던 동청이 불만을 품고,

"그런 중죄자를 죽이지 왜 살려서 귀양보내는 경벌에 그치게 하셨습니까?"

"나도 죽이려고 하였는데 조정에서 간언이 많아서 그러지는 못했으나 행주는 수토가 험악한 북방이라 귀양간 자로서 살아 온 자가 없으니 칼로 죽이는 거나 별로 다름이 없다."

동청이 그 말을 듣고서 안심한 듯이 기뻐하면서 교씨에게 알리려고 백자당으로 달려갔다.

유한림이 벼락 같은 흉변을 만나서 귀양길을 떠나는 날 교씨는 비복을 거느리고 성 밖에 나와서 전송하면서 거짓 통곡을 하며 한림에게,

"한림께서 먼 곳으로 고생길을 떠나시는데 첩이 어찌 떨어져서 홀로 살겠습니까? 한림을 따라가서 생사를 같이 하고자 하옵니다."

하고 가장 열녀답게 호소하였다.

"내 이제 흉지로 가서 생사를 기약하지 못하니 그대는 집을 잘 지키고 조상의 제사를 받들고 아이들을 잘 길러서 성취시킬 직책이 있는데 어찌 나를 따라가겠다는 말이오? 인아가 비록 사나운 어미의 소생이나 골격이 비범하니 거두어 잘 기르면 내가 죽어도 눈을 감을 것이오."

"한림의 아들이 곧 제 자식이니 어찌 제 배를 앓고 낳은 봉추와 조금이라도 달리 생각하겠습니까?"

"부디 그렇게 부탁하오."

유한림이 재삼 부탁하였다. 그리고 집사 동청이 보이지 않으므로 어찌된 일이냐고 비복에게 물었다.

"집을 나간 지 삼사 일이 되었습니다."

유한림은 그가 집을 나갔다는 말을 듣고 속으로 잘 되었다고 생각하였다. 이

때 호위하는 관졸이 재촉하므로 비복 약간 명만 데리고 먼 귀양길을 떠났다. 유한림을 음해하여 귀양보내게 한 동청은 그 후에 승상 엄숭의 가인이 되었다가, 엄숭의 세도로 인진되어 진유현 현령으로 출세하여 되었다. 이에 득의양양해진 동청은 교씨에게 사람을 보내서 기별하였다.

"내 이제 진유현령이 되어 재명일 부임하게 되었으니 함께 가도록 차비를 차리시오."

이 기별을 받은 교씨가 기뻐하면서 집안 사람들에게 거짓말로,

"내 사촌 형이 먼 시골에 살다가 병으로 세상을 떠났다는 부고가 왔으므로 가야겠다."

하고 심복 시녀 납매 등 다섯 명과 인아, 봉추 형제를 데리고 남은 비복들은 자기가 다녀올 때까지 집을 잘 지키라고 이르고 집을 떠났다. 이에 인아를 맡아 기르던 유모가 따라가고자 원하였으나,

"인아는 젖 먹지 않아도 아무 관계없으니 내가 장례를 보고 곧 돌아올 테니 너는 가지 않아도 좋다."

하고 꾸짖어 물리쳤다. 그리고 집에 있던 금은 주옥을 비롯한 값진 재물을 모두 꾸려가지고 갔으나, 그 눈치를 아는 사람도 감히 막을 수가 없었다. 집을 떠난 교씨가 사흘 동안 주야로 급행하여 약속한 지점에 이르니 동청이 부임 행차의 의의를 갖추고 벌써 거기 와서 기다리고 있었다. 그들 탕아 음부는 서로 만나서 이제는 저희들 세상이 되었다고 기뻐 날뛰었다.

"인아는 원수 사씨의 자식인데 데려다 무엇하겠소? 빨리 죽여서 화근을 없앱시다."

동청의 말을 옳게 여기고 시비 설매에게,

"인아가 장성하면 너와 내가 보복을 당할 테니 빨리 끌어다가 물에 넣어서 자취를 싹 없애 버려."

하고 명하였다. 설매가 곧 인아를 안고 강가로 가서 물에 던져 버리려고 할 때 천진난만한 어린아이는 금방 죽을 줄도 모르고 악마 같은 설매의 품안에서 색색 잠을 자고 있었다. 이것을 본 설매의 마음에는 자기도 모를 측은한 생각이 들어서 눈물을 흘리고 혼잣말로,

"사씨 부인의 인덕이 저 강물같이 깊은데 내가 억울하게 죽는 데 방조하고 이제 그 자식마저 해치면 어찌 천벌을 받지 않으랴."

하고 차마 죽일 수가 없어서 인아를 강가의 숲속에 감추어 두고 돌아와서 교녀에게 거짓말을 하였다.

"아이를 물 속에 던졌더니 물 속에서 잠깐 들락날락 하다가 가라앉고 보이지 않았습니다."

이 보고를 들은 교녀와 동청이 기뻐하고 채선(彩船)에 진수성찬을 차려서 술을 통음하고 비파를 타고 노래를 하면서 음란하기 형언할 수 없었다. 거기서 배를 내려서 위의를 갖추고 육로로 진유현에 도임하였다.

한편 유한림은 금의옥식으로 생장하여 높은 벼슬을 지내다가 일조에 적객의 몸으로 영락하여 귀양길을 촌촌전진하여 적소에 이르렀다. 그 도중에 고초가 참혹하였으며 북방의 수토가 황량하고 험악할 뿐 아니라 주민들의 습관이 포악무도하였으므로 과거의 일을 회상하고 후회하여 마지 않았다.

'사씨가 동청을 집사로 채용할 때부터 꺼려하더니 그 슬기로운 사람 봄을 이제야 깨달았다. 이는 내가 화근을 자초하고 사씨를 학대하였으니 지하에 가서 무슨 면목으로 선조의 영혼을 대할 것이냐?

하는 생각으로 한숨을 쉬는 동안에 자기도 모르는 눈물이 비오듯 쏟아졌다. 이때부터 주야로 심화(心火)가 가슴을 태워서 병이 되어 눕게 되었다. 그러나 이 지방에서는 약을 구할 길이 없어서 병은 점점 위중해질 뿐이었다. 그러던 중 하루는 비몽사몽간에 노인이 와서,

"한림의 병이 위중하시니 이 물을 잡수시고 쾌차하시기 바랍니다."

하고 권하였다. 유한림이 이상히 여기고 물었다.

"노인은 누구신데 이 외로운 적객의 병을 구해 주시려고 합니까?"

"나는 동차군산에 사는 사람입니다."

그 말만 하고 물병을 마당에 놓고 홀연히 떠나가므로 재차 물으려고 부르는 자기 음성에 깨어 보니 병석에서 꾼 꿈이었다.

유한림은 이상한 꿈이라고 생각하고 있던 차 이튿날 아침에 노복이 뜰을 쓸다가 놀라며 중얼거리는 소리가 유한림에게 들렸다,

"뜨락 마른 땅에서 갑자기 웬 물이 솟아나올까? 참 이상도 하다."

유한림이 목이 타서 신음하다가 창을 열고 내다보니 물나는 곳이 꿈에 나타났던 노인이 물병을 놓고 간 그 장소였다.

유한림이 노복에게 그 물을 떠 오라 해서 먹어 보니 맛이 달고 시원해서 감로

수같이 좋았다. 그 물 먹은 즉시로 유한림의 병이 안개 가시듯이 금방 낫고 기분이 상쾌해졌으므로 보는 사람들이 모두 신기하게 여기고 탄복하였다. 그 소문을 들은 지방 사람들이 모여 와서 먹고 모두 수토병[40]이 나았으며 그 후로 이 행주 지방의 수토병이 근절되고 말았다. 이에 감격한 사람들은 그 우물을 기념하기 위하여 학사천(學士泉)이라고 불러서 후세까지 유명하게 되었다.

한편 동청은 교씨와 함께 진유현에 도임한 후에 백성에 대하여 탐람을 일삼았으며 세금을 가혹하게 받는 등 고혈을 착취하였으나 그래도 부족한 동청은 황제에게 상소하여 승상 엄숭에게 가봉(加俸)을 요청하였다.

'진유현령 동청은 고두재배(叩頭再拜)하옵고 수상 좌하에 이 글을 올리나이다. 소생이 미한한 정성을 다하여 승상을 섬기고자 하되, 이 고을이 산박하며 재화가 없으므로 마음과 같지 못하오니 재정과 산물이 풍부한 남방의 수령을 시켜 주시면 더욱 정성을 다할 수 있을까 하옵니다.'

엄승상이 이 기회에 수단가인 동청을 아주 심복부하로 만들려고 곧 남방의 웅읍(雄邑)의 수령으로 영전시키려고 곧 황제에게 진언하였다.

"진유현령 동청이 재기과인하므로 큰 고을을 감당할 만하오니 성상께서 적소에 써 주시기 바라옵나이다."

"경이 보는 바가 그러하면 각별히 큰 고을의 수령으로 승진시켜서 그의 재능을 발휘하게 하라."

하고 곧 허락하셨다. 이때 마침 계림태수의 자리가 비어 있으므로 엄승상은 곧 동청을 금은보화가 많이 나는 고을로 영전시켰다. 그리하여 제 뜻대로 재물이 풍부한 계림의 태수가 된 동청은 교씨를 데리고 부임하여 더욱 탐관오리의 수완으로 백성의 고혈을 수찰하기에 분망하였다.

때마침 황제가 태자를 책봉하는 나라의 큰 경사가 있었으므로 유학사도 사은(赦恩)을 입었다. 그러나 곧 서울 본집으로 돌아오지 않고 척친[41]이 있는 무창으로 향하였다. 여러 날 길을 가다가 장사 땅을 지나게 되었는데 이때가 마침 여름의 염천이라, 더위로 여행이 어려웠다. 피곤한 몸의 땀을 식히려고 길가의 나무 그늘에서 쉬면서 전후사를 생각하였다.

40) **수토병** - 그 고장의 풍토병
41) **척친** - 가까운 친척

'내 신령의 도움으로 삼 년 동안의 귀양살이에서도 심한 수토병도 면하였고, 또 천사(天赦)를 입어서 돌아가게 되었으니 북경의 처자를 데려다가 고향에 두고 생을 어옹(漁翁)이 되어 성대의 한가한 백성으로 지내면 얼마나 즐거우랴.'

하고 외로운 몸을 스스로 위로하고 있었다. 이때 갑자기 북쪽에서 와자지껄하는 인성이 들리더니 붉은 곤장을 든 관졸과 각색기치를 든 하인들이 쌍쌍이 오면서 길을 치우라고 호통을 하였다. 유한림이 무슨 어마어마한 행차인 줄 짐작하고 몸을 얼른 부근 숲속으로 숨기고 보니 한 고관이 금안백마[42] 위에 높이 타고 수십 명의 부하를 거느리고 지나고 있었다. 유한림이 그 말을 탄 사람을 자세히 본즉, 분명히 자기 집에서 집사로 일하던 그 간악한 동청이었다.

"아니 저놈이 어떻게 높은 벼슬을 하고 이 지방을 행차해갈까?"

의심하고 일행의 거동을 살펴보니, 그 기구가 자사(刺使)가 아니면 태수의 지위임이 분명하였다.

'아하, 저 간통스러운 놈이 천하의 세도가 엄승상에게 아부하여 저런 출세를 하였구나.'

하고 더욱 치밀어오르는 분노를 느꼈다. 동청이 탄 백마가 지나간 뒤에 곧 이어서 길 치우라는 관졸의 호통이 들리더니 채의시녀 십여 명이 칠보금덩을 옹위하고 지나갔다. 그것이 동청의 처의 일행이라고 짐작한 유한림은 그 행렬이 다 지나간 뒤에 다시 큰길로 나와서 한참 가다가 주점에 들러서 점심을 사 먹었다. 이때 맞은편 집에서 여자 한 명이 나오다가 주점에서 점심을 먹는 유한림을 보고 놀라면서 물었다.

"유한림께서 어떻게 이런 곳에 와 계십니까?"

유한림도 놀라서 그 여자의 얼굴을 자세히 보니 그 여자가 다름 아닌 사씨의 시녀였던 설매였다.

"나는 이제 은사를 입고 귀양이 풀려서 황성으로 돌아가는 길이다마는 너는 어떻게 이곳에 왔느냐? 그래 그동안 댁내가 평안하냐?"

"대감님, 이리로 오세요."

설매는 황망히 유한림을 사람 없는 장소로 모시고 가서 눈물을 흘리면서 목멘

42) 금안백마 - 금장식을 한 백마. 화려한 치장

소리로,

"그동안 댁에서 겪은 일을 다 아뢰겠습니다. 한림께서는 아까 지나간 행차가 누구인지 아십니까?"

"동청이 무슨 벼슬을 하고 가는 모양이더라."

"뒤에 가던 가마 행차는 누구로 아셨습니까? 동해수를 기울여도 씻지 못할 원통한 일입니다."

"그야 필경 동청의 내자일 게 아니냐?"

"동태수의 그 내권이 바로 교낭자입니다. 소비도 일행을 따라 가다가 말에서 떨어져서 옷을 갈아입으려고 저 집에 들렀다가 뜻하지 않은 한림을 이렇게 뵈옵게 되었습니다."

유한림이 설매의 말을 듣고 기가 막혀서 한참 말을 못하다가 이윽고 설매에게 다시 물었다.

"세상에 이럴 수가 있느냐! 좌우간 이렇게 된 자초지종을 자세히 말하라."

유한림이 비통한 안색으로 재촉하자, 설매가 흐느껴 울면서 호소하였다.

"소비는 하늘을 속이고 주인을 저버린 죄가 천지에 가득하오니 한림께서 관대히 용서하여 주십시오."

"내 지난 일은 탓하지 않을 테니 사실대로 숨기지 말고 말하라."

"사씨 부인께서는 비복을 사랑하셨는데 불충한 소비가 우둔한 탓으로 교낭자의 시비 납매의 꼬임에 빠져서 사씨 부인의 옥지환을 훔쳐 내었으며 교낭자 소생 장지를 죽였습니다. 그리고 그 죄를 사씨 부인에게 씌워서 축출케 하는 계교에 방조한 것이 모두 소비의 죄올시다. 그 근원은 모두 교낭자가 동청과 사통하여 갖은 추행을 일삼으면서 요녀 십랑과 공모하여 꾸민 간계였습니다. 한림께서 행주로 귀양가시게 된 것도 교낭자가 동청과 함께 엄승상에게 참소하여 꾸민 농간이었습니다. 그리고 한림께서 행주로 귀양가신 뒤에 교낭자는 동청을 따라 도망할 때도 형의 초상을 당하여 조상하러 간다는 거짓말을 하고 댁에 있는 보화를 전부 훔쳐 가지고 갔습니다. 소녀는 비록 배우지 못한 비천한 계집이나 이런 해괴한 변은 꿈에도 생각지 못하던 일입니다. 또 교낭자의 투기와 형벌이 혹독하여 시비들을 악형으로 괴롭혔으매, 소비도 비록 한때 이용은 당했으나 언제 살해될지 모르는 목숨입니다."

하고 설매는 자기 소매를 걷고 팔뚝에 악형당한 흉터를 내보이면서 말을 이었다.

"미천한 제 신세라 어미 품을 떠나서 호구지책으로 종의 몸이 되어서 그런 포악한 상전을 만났으니 누구를 원망하오며 제가 저지른 죄가 끔찍하오니 만 번 죽은들 어찌 속죄하겠습니까."

유한림이 설매의 보고와 참회하는 말을 듣다가 인아도 죽이려고...... 하는 말에 이르러서, 크게 실성하고 아찔해서 정신을 잃고 말았다. 이윽고 정신을 차린 유한림은,

"내가 어리석어서 음부에게 속아 무죄한 처자를 보전치 못하였으니 무슨 면목으로 세상과 조상께 대하랴."

유한림이 탄식하자 설매는 인아를 죽이려던 경과에 대하여 말을 계속하였다.

"교씨가 소비에게 인아 공자를 물에 넣어 죽이라는 명을 받고 강가에까지 갔었으나, 그때 비로소 소비의 잘못을 뉘우치고 차마 교씨 말대로 할 수가 없어서 길가의 숲에 숨겨 두고 가서 물에 넣었다고 거짓 보고하였습니다. 그러니까 혹 어쩌면 그 인아 공자는 어떤 사람이 데려다가 잘 기르고 있을지도 모릅니다. 다행히 그렇게라도 되었으면 제 죄의 만분지 일이라도 덜어질까 하고 공자의 생존을 신명께 빌어 왔습니다."

이 말을 들은 유한림이 약간 미간을 펴고,

"다행히 너의 그 갸륵한 소행으로 인아가 살았다면 너는 그 애의 생명의 은인이다."

"밖에 저를 데리러 온 사람이 있으니 지체하면 의심받을까 겁이 납니다. 떠나기 전에 한 말씀 급히 아뢰고 가겠습니다. 어제 악주에서 행인을 만나서 들은 소식이온데 한림부인께서 장사로 가시다가 풍랑을 만나서 물에 빠져 돌아가셨다는 말도 하고, 다른 사람은 어떤 도움으로 살아 계시다고 풍문이 자자하여 갈피를 잡지 못하겠으니 한림께서 수소문하여 자세히 알아보시고 선처하십소서."

하고 설매는 밖에서 부르는 동행 시비를 따라서 급히 나가 버렸다. 설매가 교씨의 행렬을 쫓아가자 교씨가 의심하고 늦게 온 이유를 추궁하였다.

"낙마한 상처가 아파서 곧 오지 못하였습니다."

하고 핑계하였으나 교씨는 의심이 많고 간특한 인물이라 설매를 데리고 동행해 온 시비에게 다시 물었다.

"설매가 옷을 갈아입고 나오다가 그 앞집의 주점서 어떤 관위를 만나서 한동

안 이야기하느라고 이토록 늦게 되었습니다."

"그 사람이 누구더냐?"

"행주 땅에 귀양갔다가 풀려서 돌아오는 유한림이었습니다."

교씨가 깜짝 놀라서 행차를 멈추고 동청과 함께 선후책을 상의하였다. 동청도 대경실색하고,

"그놈이 죽어서 탸향 귀신이 될 줄 알았는데 살아서 돌아오니 만일 다시 득의하면 우리는 살지 못할 것이다."

하고 건장한 관졸 수십 명을 뽑아서 유한림의 목을 베어 오면 천금의 상을 주리라고 명하였다. 이런 소동이 일어난 것을 본 설매는 교씨에게 맞아 죽을 것을 겁내고 뒤로 가서 나무에 목을 매고 죽었으므로 교씨는 그년 잘 되었다고 기뻐하였다.

이때 유한림은 설매로부터 기막힌 소식을 듣고 힘없는 걸음으로 가면서 생각하였다.

'내가 음부의 간교한 말을 듣고, 현처를 멀리하여 자식을 보전하지 못하고 일신이 이처럼 표박하게 되었으니 만고의 죄인이다. 무슨 면목으로 지하에 가서 처자를 보겠느냐.'

하고 악주에 이르러 강가를 배회하면서 부근 사람들에게 그 강물에 빠져 죽었다는 사씨의 소문을 알아보려고 하였으나 모두 모른다는 대답이었다. 유한림은 그래도 단념하지 않고 끈덕지게 수소문하다가 어떤 노인을 만나 물었더니 어느 해 어느 달 어떤 부인이 시녀 두어 명을 데리고 악양루에서 밤을 지새고 강가로 내려가는 것을 보았으나 그 후의 일은 모르겠다고 알려 주었다.

유한림은 그것이 필경 사씨로서 물에 빠진 것이 틀림없으리라고 더욱 절망하고 슬퍼하였다.

유한림은 그 강가를 떠나지 못하고 사방으로 배회하다가 큰 소나무 껍질을 깎아 거기에 큰 글씨로 쓴 것을 발견하였다.

'모년 모일 사씨 정옥은 이곳에서 눈물을 뿌리고 강물에 몸을 던졌다.'

이 유서를 발견한 유한림은 깜짝 놀라서 통곡하다가 그대로 기절하였다. 시동이 황망히 구원하여 한림은 정신을 차리고 다시 탄식하였다.

"부인이 그 현숙한 덕행으로 비명에 죽었으니 어찌 슬프지 않으랴. 억울한 물귀신에게 제사라도 지내서 위로하리라."

하고 제문을 지으려 하자 마음이 아득하여 눈물이 앞을 가려서 붓이 내려가지 않았다. 이때에 갑자기 밖에서 함성이 진동하였다. 놀라서 문을 열고 보니 장정 수십 명이 칼과 창을 들고서 들이닥치면서 외쳤다.

"유연수만 잡고 다른 사람은 상하지 말라!"

유한림이 놀라서 뒷문으로 도망쳐서 방향도 없이 허둥지둥 달아났다. 마치 그물을 벗어난 물고기 같고 함정에서 뛰어나온 범같이 정신없이 도망하였다. 그러나 얼마 가지 않아서 앞길이 막히고 바다 같은 큰 물이 가로놓였으므로 정신이 아득하여 진퇴가 극히 어려웠다.

"유연수가 이 물가에 숨었으니 샅샅이 뒤져서 잡아라!"

뒤에서 추격하는 괴한들이 호통을 쳤다. 유한림은 이제는 잡혀서 죽을 수밖에 없다고 하늘을 우러러 호소하였다.

"내가 선량한 처자를 애매하게 학대하였으니 어찌 천벌을 받지 않으랴. 남의 손에 죽느니보다는 차라리 물에 빠져서 스스로 죽으리라."

하고 물에 몸을 던지려는 순간 문득 배 젓는 소리가 은은히 들려왔다. 유한림이 그 뱃소리 나는 곳을 찾아 허둥지둥 가면서,

'어떤 사람이 나의 위급한 몸을 구해 주려는 것일까.'

하고 요행이라도 있기를 하늘에 빌었다.

동정호 섬에 있는 수월암의 묘혜 스님은 사씨 부인을 보호하며 세월을 보내고 있었는데 하루는 사씨에게,

"부인, 오늘이 사월 보름날인데 그 전에 하시던 말을 잊으셨나요?"

하고 물었다. 사씨는 세상과 인연이 없는 섬 속의 한가로운 암자에서 세월 가는 줄도 모를 정도로 체력이 필요없는 생활이라, 그 중대한 사월 보름날의 일도 잊고 있었던 것이다.

"금년 사월 보름날에 배를 백빈주에 매고 있다가 급한 사람을 구하라는 예언을 시부님 영혼이 가르치셨다 하셨는데 오늘이 바로 그날입니다. 어서 백빈주로 배를 저어 가십시다."

사씨 부인은 그날 황혼에 배에 올라 백빈주로 저어 가면서 급해서 이 배의 구원을 받은 사람이 어떤 사람일까 궁금히 여기면서도 반가운 사람이면 얼마나 좋으랴 하는 생각이 들자 자연 자기 신세의 슬픈 회포에 사로잡히게 되었다.

유한림이 뱃소리가 가까워 오는 강가로 내려가면서 물 위를 보니 어떤 여자가

일엽편주를 저어 구슬픈 노래를 탄식처럼 부르며 오고 있었다. 그 노래의 귀절이 유한림에게 들려왔다.

창파에 달이 밝으니
남호의 흰 마름[白濱][43]을 캐리로다
꽃이 아름다워 웃고자 하되
배 젓는 사람 슬퍼하는도다

이 노래를 받아서 부르는 또 다른 여자의 노래도 들렸다.

물가의 마름을 캐니
강남의 날이 저물었네
동청에 사람 있어 고인을 만나리로다

유한림이 배를 향하여 빨리 배를 대어서 사람 살려 달라고 구원을 청하였다. 배를 젓던 묘혜가 백빈주 물가로 배를 대려고 하자 사씨가 당황해서 묘혜를 말리면서,

"저 사람의 음성이 남자인데 이상한 남자를 이 배에 태워도 괜찮겠습니까?"

하고 주저하였다. 그러나 묘혜는 조금도 저어하지 않고,

"급한 인명이 천금보다 귀중한데 목전에 죽을 사람을 어찌 구하지 않겠습니까?"

하고 급히 배를 저어서 물가로 대었다. 유한림이 배에 뛰어오르면서 애원하였다.

"도적놈들이 내 뒤를 쫓아오니 빨리 배를 저어 주시오."

조금만 늦었으면 유한림은 추격하던 동청의 부하 관졸에게 잡힐 뻔하였다. 체포 직전에 뜻하지 않은 배를 타고 떠나는 것을 본 괴한들은 호통을 치며 배를 불렀다.

43) 흰 마름 - 수생식물의 일종

"배를 도로 돌려 대라. 그렇지 않으면 전부 죽여 버린다!"

그러나 묘혜는 못 들은 척하고 배를 저어 그들의 추격을 피해갔다.

"그 배에 태운 놈은 살인한 죄인이다. 계림태수께서 잡으라는 놈이니 그놈을 잡아오면 천금 상을 주신다."

유한림은 자기를 잡아 죽이려는 놈들이 보통 도적이 아니고 동청이가 보낸 관졸임을 분명히 알았다. 머리끝이 새삼스럽게 쭈뼛해지고 전신에 소름이 끼친 유한림은 묘혜를 향하여 호소하였다.

"나는 한림학사 유연수로서 살인한 죄가 없는데 저 도적놈들이 공연히 꾸며서 하는 소리입니다."

묘혜는 유한림이 선량한 사람인 줄로 알았으므로 도적들을 비웃는 듯이 닷줄을 치면서 노래를 부르기까지 하였다.

창오산 저문 날에
달빛이 밝았으니
구의산의 구름 개는데
저기 가는 저 속객은
독행 천리 어디를 부질없이 가는가

유한림은 사지(死地)에서 뜻밖에 구해 준 배 안의 두 사람의 여자, 그 중의 늙은 여자가 부르는 이 노래의 의미도 알아들을 경황이 없었다. 이때 배 안에 담장 소복으로 앉아 있던 젊은 여자가 유한림을 보더니 놀랍고 반가워서 울음을 터뜨렸다.

유한림이 이상히 여기고 자세히 보니 자기의 아내 사씨가 분명하지 않은가.

"부인을 여기서 만나다니, 이것이 웬일이오!"

유한림은 뜻밖에 만난 부인에게 인사한 후에 자연 나오는 탄식은 부인에 대한 자기 불찰의 후회와 사과가 아닐 수 없었다.

"내가 이제 무슨 낯을 들어 부인을 대하겠소. 부끄럽고 마음이 괴로워서 할 말이 없소. 그러나 부인은 정신을 진정하고 이 어리석은 연수의 불명을 허물하시오."

하고 설매에게 갓 듣고 온 소식을 마치 자백하듯이 말하였다. 즉 사씨 부인이 집을 떠난 후에 교씨가 십랑과 공모하고 방예로 저주한 일이며 또 설매가 옥지환을 훔쳐 내다가 냉진과 더불어 갖은 흉계를 꾸민 말을 다 하였다. 사씨 부인이 남편의 이런 뉘우치는 말을 듣고 감사하면서 떨리는 음성으로,

"한림께 이런 말씀을 듣지 못하였으면 죽어도 어찌 눈을 감았겠습니까?"

하고 흐느껴 울었다. 한림이 또 설매를 꼬여서 장지를 죽이고 춘방에게 미루던 말과, 동청이 엄승상에게 참소하여 자기가 죽을 뻔하였다는 말과 교씨가 집안의 보물을 전부 가지고 동청을 따라간 경과를 알리자 사씨 부인은 기가 막혀서 묵묵히 울고만 있었다. 유한림은 부인이 아직도 자기의 잘못을 야속히 여기는 분함을 풀지 않고 대답도 않는 것이 아닐까 하고 더욱 가슴이 답답하였다.

"다른 것은 참을 수 있다 하더라도 어린 자식 인아가 죄도 없이 부인의 품을 잃고 아비도 모르게 강물 속의 무주고혼(無主孤魂)이 되었으니 어찌 견딜 수 있겠소."

하고 탄식하는 유한림의 눈에서 눈물이 비오듯이 흘러내렸다. 사씨 부인은 처음부터 너무 놀라워서 말도 못하고 있었다가 유한림의 이런 말을 다 듣자 외마디 비명을 올리고 기절하고 말았다. 한림이 황급히 구호하여 부인이 정신을 차리자 한림은 실의 상태에 빠진 부인을 위로하려는 듯, 또는 요행을 바라는 듯이,

"설매의 말을 들으니 인아를 차마 물에 던져 죽이지 못하고 길가의 숲속에 숨겨 두었다 하니 혹 하늘이 도우셨으면 어떤 고마운 사람이 데려다 길러 주고 있을지도 모르니 만나지 못하더라도 어디서든지 살아 있기만 해도 내 죄가 덜할까 하오."

사씨 부인이 흐느껴 울면서 비로소 입을 열었다.

"설매의 그 말인들 어찌 믿을 수 있습니까? 설사 숲속에 넣어 두었더라도 어린 것이 어찌 살기를 바라겠습니까?"

서로 죽은 줄 알았다가 만난 부부는 반갑기보다도 어린 인아의 생사로, 새로운 슬픔에 사로잡혀서 오열하였다.

"아까 강가의 소나무를 깎고 쓴 필적을 보니 부인이 물에 빠져 죽은 유서가 분명하므로 슬픈 회포를 제문으로 지어 제사를 지내고 고혼이나마 위로하려고 하다가 마침 동청이 보낸 자객놈들을 만나서 데리고 오던 동자의 잠을 깨울 새 없이 쫓겨서 강가까지 왔으나 앞에 물이 막혀서 죽을 지경에 이르렀을 때 뜻밖에 부인의 배로 생명의 구원을 받았으니 감사하여 마지 않는데, 도시 부인은 어떻

게 이곳에 와서 나를 구해 주었소?'

"제가 선산 묘하에 있을 적에 도적이 위조 편지를 하여 제가 속아서 납치될 뻔하였으나 시부님께서 현몽하셔서 모년 모월 모일에 배를 백빈주에 대령하고 있다가 급한 사람을 구하라고 신신당부하셨는데 오늘이 바로 그때 분부하신 날입니다. 그러나 제가 아득히 잊고 있었던 것을 저 스님께서 기억하시고 있어서 오늘 배를 타고 왔더니 과연 한림을 위급에서 구하게 되었으니 저 묘혜 스님은 우리 양인의 생명의 은인입니다. 아까 보셨다는 소나무의 유서를 쓰고 물에 뛰어들려고 했을 때에도 저 묘혜 스님이 구해다가 스님 암자에 지금까지 보호하여 주셨습니다."

유한림이,

"우리 부부는 묘혜 스님의 힘으로 살았으니, 그 태산 같은 은혜에 감사합니다."

하고 묘혜를 향하여 사례한 뒤에,

"지금 생각하니 묘혜 스님은 원래 서울에 계시던 스님이 아니십니까?'

"호호, 소승의 일을 한림께서 기억하고 계십니까?'

"기억만 하겠습니까. 당초에 우리 혼사를 담당해 주시고 이제 또 우리 부부를 구해 주시니 하늘이 우리 부부를 위하여 스님을 이 세상에 내신가 하옵니다."

묘혜가 유한림의 감사에 사양하면서,

"한림과 부인의 천명이 장원(長遠)하시기 때문이지 어찌 소승의 공이라 하겠습니까. 그러나 이곳에서 오래 말씀하고 계실 것이 아니라 빨리 소승의 암자로 가서서 편히 쉬시기 바랍니다."

하고 묘혜가 배를 젓기 시작하자 순풍이 불어서 순식간에 암자 있는 섬에 도달하였다. 수월암에 이르러서 묘혜가 객당을 소제하고 유한림을 맞아들이고 차를 대접할 때 사씨를 모시던 유모와 시녀가 유한림을 뵈옵고 일희일비의 주종(主從)의 회포를 금하지 못하였다. 유한림이 부인을 보고 말하기를,

"이제 호구의 환은 벗어났으나 의지할 곳이 없고 가업이 황폐하였으니 무창으로 가서 약간의 전량을 수습하여 앞일을 정한 후에 서울로 올라가서 가묘를 모시고 전죄(前罪)를 사코자 하니 부인이 나를 버리지 않으면 동행하기 바라오."

"한림께서 저를 더럽다 하시지 않으시면 제가 어찌 역명하겠습니까. 제가 선산을 떠날 적에 친척을 모아서 가묘를 개축하였습니다. 그런데 제가 이제 댁으로 돌아가는 것이 어떨까 합니다. 제가 옛일을 죄로 생각한 것은 없으나 사람을

대하기가 부끄러워서 그럽니다. 출거지인이 다시 입승하는데 예절이 있어야 하지 않을까 합니다."

"아, 내가 너무 급하게 생각한 모양이오. 내가 먼저 가서 묘를 모셔오고 다시 소식을 수소문한 후에 예를 갖추어서 데려 가리다."

"그는 그러하오나 한림의 외로운 몸이 또 도적의 무리를 만나시면 위태하니 조심하여 가십시오. 동청이 폭도를 보내어 잡지 못하였으므로 필연 다시 잡아 죽이려고 할 것이 분명하니 한림은 성명을 바꾸고 변복으로 가십시오."

유한림이 사씨 부인의 염려가 옳다 하고 혼자 떠나서 여러 날만에 고향땅 무창에 이르러서 약간의 재산을 수습하고 선산을 수축하고 노복을 시켜서 농업을 경영하도록 지시하였다.

한편 동청은 교녀를 데리고 계림태수로 도임해 가다가 악양루 부근에서 유한림이 은사를 받고 귀양이 풀려서 행주에서 돌아온다는 소식을 듣고 깜짝 놀라서 장정 수십 명을 급히 보내어 목을 베려고 하였으나 실패로 돌아가자 교씨와 함께 당황해서 어쩔 줄을 몰랐다.

"유연수가 무사히 서울로 가면 우리 죄상을 황제께 아뢰고 원한을 풀 것이니 어찌 방심하겠소?"

하고 심복부하의 관졸들에게 유연수를 극력 수색하여 잡으라고 엄명하였다. 그리고 사씨 학대에 공모하던 냉진도 의지할 곳이 없어서 생각한 끝에 큰 벼슬을 한 동청을 찾아서 도움을 청하자, 동청이 환대하고 심복을 삼고 그의 간교로 갖은 악행을 하여 백성을 가렴주구하고 왕래하는 행인을 유인하여 독주를 먹여 죽이고 재물을 약탈하였다. 이리하여 남방의 사람들은 모두 동청의 학정을 저주하고 그의 고기를 씹으려고 민심이 흉흉해졌다. 교씨는 계림에 간 지 얼마 되지 않아서 데리고 온 아들 봉추가 병들어 죽었으므로 역시 어미의 정으로 번민하였다.

큰 고을 계림에는 자연 관사가 많아서 분망하였다. 따라서 동청이 자주 관하 소현에 순행하여 집을 비우는 날이 많았다.

그리하여 동청이 본아에 없는 동안은 불량배 냉진이 내외사를 다스리게 되어 세도를 부리는 한편 요부 교씨는 동청의 눈을 속이고 냉진과 간통하고 추태를 재연했다. 마치 유한림 집에서 유한림의 눈을 속이고 동청과 간통하던 버릇을 그대로 되풀이하였던 것이다.

동청은 자기의 지위와 재산을 더 얻으려는 수단으로 계림 지방 백성의 재물을 수탈하여 십만보화를 엄승상에게 뇌물로 바치려고 그의 생일축하 선물 명목으로 냉진에게 전달시켜 보냈다. 그런데 냉진이 서울에 와서 보니 이미 엄승상의 세도가 무너진 때였다.

황제도 그의 간악함을 깨닫고 관직을 삭탈하고 가산을 압수하는 소동 중이었다. 냉진은 깜짝 놀라서 그 화가 자기에게도 미칠 것을 두려워하였다. 자기의 보호자요 공모자인 동청의 죄악이 많은 사실은 세상이 다 알고 있었으나 그의 배후에는 엄승상의 세도가 두려워서 감히 말하지 못하였던 것이다. 언제나 제 욕심에서 남을 이용만 하고 의리라고는 추호도 없는 냉진은 자기가 살아날 계교로 동청을 숙청시키는 공을 세우려고 등문고(登聞鼓)를 울려서 법관에게 민정을 호소하였다. 법관이 무슨 소송이냐고 묻자 냉진은 천연스러운 우국양민의 열변으로 진술하였다.

"저는 북방 사람으로서 남방에 다니러 갔다 왔습니다. 계림 지방에서는 태수 동청이 불인무의하여 학정을 일삼을 뿐 아니라 하늘을 속이고 무소불위하여 행인을 겁박하여 재물을 탈취하는 등 열두 죄목을 아룁니다."

법관이 냉진의 진술대로 황제에게 아뢰자 황제께서 대로하고 금오관을 파견하여 동청을 잡아 가두라고 분부하고 따로 순찰관을 보내서 민정을 조사한즉 냉진이 고발한 사실과 조금도 틀리지 않는 학정을 일삼고 있는 사실이 증명되었다. 조정에는 이미 동청의 죄를 비호해 줄 엄승상이 숙청되었으므로 그를 구해 줄 사람은 없었다. 간악한 동청이 아무리 간신의 세도를 믿고 갖은 악행으로 재물을 구산같이 쌓고 살기를 원하였지만 어찌 불의의 뜻대로 되리오. 그는 속절없이 잡혀 와서 장안 네거리에서 요참의 형을 받았으며 백성에게 도적질한 재산을 몰수한 황금이 사만 냥이요, 그밖의 재물은 헤아릴 수 없을 정도로 사람들을 놀라게 하였다.

냉진은 동청을 배반한 덕으로 제 죄를 면하였을 뿐 아니라, 동청이 엄승상에게 보내던 뇌물 십만 냥을 고스란히 착복하게 되었다. 그리고 동청의 덕을 볼 때에 간통하던 교녀를 데리고 당당한 부부행세로 살게 되었다. 그러나 역시 서울에서 살기에는 뒤가 켕겨서 멀리 산동으로 피해 갔다. 산동으로 가는 도중에 어떤 여관에서 탕남음녀는 술에 만취하여 정신없이 자고 있었다.

그들을 태우고 가던 차부 성대관이란 놈이 본디 도적놈이었으므로 냉진의 행장에 큰 돈 냄새를 맡고 기회를 노리고 있다가, 그날밤에 냉진의 재물을 송두리째 훔쳐 가지고 도망해 버렸다. 냉진과 교녀는 함께 잠을 깬 후 도적맞은 것을 알고 애고하고 한탄할 따름이었다.

이때 황제가 조회를 받고 각 읍 수령의 불치를 탐문하시는 중 동청의 죄상 보고를 듣고 통탄하시며,

"이런 도적을 누가 그런 벼슬에 천거하였는고?"

"엄승상의 천거로 진유현령에서 계림태수로 승진시켰던 것입니다."

하고 승상 석가뇌가 보고해 올렸다.

"그렇다면 이 한가지로 미루어 보면 엄승상이 천거한 자는 모두 소인이요, 그가 배격하던 자는 모두 어진 사람임을 가히 알 수 있다."

하시고 엄승상의 잔당은 모두 벼슬을 삭탈하고 엄승상의 질시로 몰려서 귀양 갔거나 좌천되었던 신료를 다시 초용하여 관기를 일신하였다. 이번의 큰 인사이동으로 가의대부 호연세로 도어사를 삼으시고 한림학사 유연수로 이부시랑을 삼으시고 또 과거를 실시하여 인재를 천하에 구하셨다. 이때 외해랑이 급제하여 문벌의 영화를 보전하였으니 그는 유한림의 부인 사씨의 남동생이었다. 사씨 부인이 두부인을 찾아서 남방의 장사로 향할 때 두총관은 이미 이직하고 서울로 돌아갈 때에 두부인도 함께 상경하였다. 사공자는 서울에서 그런 줄도 모르고 또 누님이 장사로 가다가 중간에서 낭패한 사실도 전혀 모르고 배를 얻어 타고 장사로 가려던 참에 서울의 조보를 보고 두총관이 순천부사로 영전된 것을 알았다. 마침 과거 시행의 시일이 멀지 않아 있게 되었으므로 두부인이 상경하기를 기다리며 과거 공부를 하다가 다행히 과거에 급제하였다. 그때 마침 순천부사로 승진된 두총관이 부임준비차 상경하였다.

사공자는 곧 누님의 소식을 물었으나 무사는 소식을 모른다고 눈물을 머금고 슬퍼하였다. 사공자는 누님이 장사로 가다가 중도에서 낭패하고 진퇴유곡하여 마침내 물에 빠져 죽었다는 소문을 듣고 그 누님 소식을 알려고 물가에 가서 두루 찾았으나 생사를 모른다는 소식을 두부인께 보고하였다.

"그때 그곳의 어떤 사람 말로는 어느 해 유한림이 그곳에 와서 사부인이 물에 빠져 죽었다는 필적을 보고 슬퍼하고 제문을 지어 제사를 지내려고 하다가 그날 밤에 도적에게 쫓겨서 어디로 간지 모른다고 합니다. 그러나 이제 조정에서 유한림을 다시 벼슬에 영전시키려고 찾으나 아무도 알지 못한다 하오니 기쁨이 도리어 더욱 슬픔이옵니다."

"그렇다면 한림은 살지 못하였을 듯하다."

하고 두부인이 여러 사람을 보내서 사방으로 탐문하자 유한림은 아직 죽지 않았다는 말이 더 많다는 보고였다. 이에 용기를 얻은 사공자가 행장을 차리고 악양루 근처의 강가에 이르러서 극진히 누님과 유한림의 행방을 찾았다. 그러나 역시 행방이 묘연하여 알 길이 없었다. 그래서 일단 단념은 하였으나 남양 지경이 장사와 멀지 않으니 도임한 후에 찾으려고 생각하였다.

이때에 유한림은 이름을 고치고 모든 행동을 취하였으므로 그의 신분을 알 사람이 없었다. 그리고 유한림은 고향에서 비복에게 농사를 열심히 짓게 하고 그 수확의 일부를 군산사로 사씨 부인에게 보내고 소식을 알아오라고 일러 보내었더니 다녀온 동자가 돌아와서,

"부인께서는 무사하십니다. 그런데 약주관아에서 방을 붙이고 한림을 찾고 있습니다. 그 연고를 물어 보았더니 황제께서 한림을 초용하셔서 이부시랑을 제수하시고 사신을 적소 행주로 보내서 찾았으나 벌써 은사를 입고 돌아가셨으나 종적을 몰라서 각처에 방을 붙이고 한림을 찾는 중이라 합니다. 그래서 소복은 감격하였으나 한림 허락을 받지 못하였으므로 관원에게 고하지 못하고 빨리 소식을 알려드리려고 달려왔습니다."

유한림은 동자의 이 소식을 듣고 속으로 생각하였다.

'엄승상이 천권[44] 하면 내 어찌 이부시랑에 초용되리오. 내가 초용되었다면 엄승상이 쫓겨난 모양이구나.'

하고 무창으로 나가서 관청에 복명하자 관원이 크게 놀라서 급히 맞아 당상으로 인도하면서,

"황제께서 선생을 이부시랑으로 제수하시고 소명이 미급[45] 하시온데 이제 어디로부터 오십니까?"

"소생이 뜻하는 바가 있어서 신분을 숨기고 다니다가 황제께서 엄승상을 조정에서 몰아내시고 현자를 부르시는 말씀을 듣고 왔습니다."

유한림은 무창 관원에게 이렇게 신분을 밝혔다. 그리고 외로운 섬의 암자에서 좋은 소식을 기다리는 부인에게 이 소식을 전달하였다. 그리고 오늘부터 유시랑

44) 천권 - 권력을 부림

45) 미급 - 아직 미치지 못함

의 신분이 된 유연수는 빨리 상경하여 황제께 복명하려고 역마를 몰아 길을 재촉해 갔다.

유시랑이 남창부에 이르자 지방 장관이 명함을 드리고 인사하였다. 유시랑이 명함을 받아서 본즉 성명이 사경(謝敬)으로 되어 있으나 본인의 얼굴은 모르는 사람이었다.

지방 장관은 유시랑을 귀빈으로 영접하고 주찬으로 환대하였다. 그런데 그 관원의 얼굴에 수색이 가득 차 있으므로 이상히 여기고 물으니,

"하관이 심중에 소회가 있어서 자연 기운이 없어 보인 모양이니 실례를 용서하여 주십시오."

하고 자기 누님을 한번 이별한 후에 생사를 모르고 매부 유한림의 종적도 묘연하다는 한탄을 하면서 눈물을 주르르 흘렸다. 유시랑이 비로소 그 지방 장관이 처남 사공자임을 알고 손을 잡고 탄식하였다.

"아 자네가 내 처남 아닌가. 내 얼굴을 자세히 보게."

남창부윤 사경이 놀라서 자세히 보니 분명히 매부 유한림이라, 반갑게 소매를 잡고 누님의 소식을 물었다.

"내가 우암[46] 하여 무죄한 누이를 집에서 내쫓아서 그 후에 갖은 억울한 고생을 시켰으니 자네 대할 면목이 없네."

"지난 일은 하는 수 없습니다. 누님은 지금 어디 계십니까?"

"묘혜 스님의 구원을 받고 지금 군산사에 잘 있으니 염려 말게."

"누님이 생존해 있는 것은 매형님의 복입니다. 묘혜 스님의 은혜는 백골난망입니다."

"자네는 너무나 마음을 상하지 말게. 천은이 호대하시매 다 갚기 어려운데 나의 박덕으로 이런 영복을 당하니 황송하기 그지없네."

하고 서로가 술잔을 나누며 끝없는 이야기를 다하지 못하고 이별하였다. 유시랑은 서울로 나가서 황제께 사은하자 친히 불러 보시고 간신 엄승상에게 속아서 유시랑의 충성을 모르고 고생시킨 존후사를 후회하였다. 유시랑이 황송하여 감격의 눈물을 흘리며,

46) 우암 - 어리석음

"성은이 이렇게 홍대하시니 미신이 황공무지하옵니다."

"경의 뜻이 굳어서 특히 강서백(講書伯)[47]을 삼으니 인심찰직(仁心察職)[48]하기 바라오."

"황공하옵니다."

유시랑이 어전을 하직하고 집으로 돌아오니 비복들이 나와서 맞으며 눈물을 흘렸다. 당사가 황량하고 정자에 잡초가 무성하여 주인이 없음을 여실히 나타내고 있었다. 유시랑이 사당에 참배하고 통곡 사죄하고 고모 두부인을 찾아 사죄하매 부인이 흐느껴 울고,

"이 늙은 몸이 살았다가 현질이 다시 귀달(貴達)함을 보니 죽어도 한이 없다. 그러나 네가 조종향사를 폐한 지 오래니 그 죄가 어찌 가벼우랴."

"제 죄는 만 번 죽어도 부족하오나 다행히 부부가 다시 만났으니 죄를 용서하십소서."

두부인이 질부와 만났다는 말에 놀라운 기쁨을 참지 못하고,

"조카의 액운이 인제야 다하였구나. 옛날에 현인에게는 복을 내리고 악인은 재화를 만난다 하니 너는 이제 회과자책(悔過自責)[49]하겠느냐?"

유시랑이 전후사를 모두 고하고 앞으로 다시는 그런 간악에 속지 않고 근신할 것을 다짐하였다.

"그 같은 대악이 어찌 세상에 용납되겠습니까?"

하고 거듭 사과하였다. 이때에 모든 친척들이 유시랑을 찾아와서 하례하고 위로하였다.

"이것은 모두 가운이매 어찌 인력으로 막았으리오."

유시랑이 친척들과 하직하고 강서로 갈 제 그 위용이 매우 장엄하였다. 이때 사추관이 누님을 데려오겠다고 말하자 유시랑은 허락하고 자기는 강가에 가서 맞을 테니 먼저 떠나가라고 약속하였다.

동생 사추관은 미리 편지를 보내고 동정호의 섬 군산사에 이르니 사씨 부인이 미리 알고 기다리다가 만나서 기쁨을 이기지 못하고 수년 동안 그리던 정회

47) 강서백 - 모범을 삼다

48) 인심찰직 - 어진 마음으로 직책을 맡음

49) 회과자책 - 잘못을 스스로 책망함

를 푼 뒤에 유시랑의 편지를 전하였다. 사씨 부인이 편지를 받아 보니 남편은 방백[50]을 하였는지라 감격하여 묘혜 스님에게 사은하고 유시랑이 보내 온 예물을 전하였다.

"이것은 모두 부인의 복이지 어찌 소승의 공이겠습니까?"

이윽고 작별하게 되자 사부인과 묘혜 스님이 마치 모녀의 이별같이 서로 슬퍼하였다. 사추관이 묘혜에게 재삼 은혜를 치하하자 묘혜 또한 재삼 사양하고 앞으로도 여러분의 복록을 불전에 축원하겠다고 말하였다. 그날 사추관이 객당에서 자고 이튿날 부인과 함께 발정하자 묘혜가 암자의 여러 승니와 산에서 내려와서 떠나는 배를 기쁨과 슬픔으로 전송하였다. 일행이 약속한 지경에 강가에 배를 대니 유시랑이 이미 그곳에 와서 기다리고 있었는데 금수채장(錦繡彩帳)이 강변을 덮고 환영하는 사람이 물가에 정렬하고 기다렸다. 시비가 새 의복을 사씨 부인에게 올리매 부인은 칠 년 동안이나 입었던 소복을 비로소 벗고 화복으로 갈아입고 부부가 상봉하니 세상에 희한한 경사였다. 여기서 뱃길로 강서로 행하여 고향집에 이르니 비복들이 감격으로 환영하였다. 유시랑 부부가 묘에 참배할 제 제문을 지어서 부부가 재합함을 보고하는 사의가 간절하더라. 이 소문을 들은 강서 지방의 대소관원이 모두 유시랑을 찾아와서 예단을 드려 하례하고 또 사추관에게 하례하였으며, 유시랑은 큰 잔치를 베풀어서 빈객을 접대하였다.

사씨 부인은 남편을 만나서 다시 유가의 주부가 되었으나 새로운 슬픔이 있으니 아들 인아의 생사 소식이었다. 사방으로 수소문하였으나 인아의 행적은 묘연하여 알 길이 없었다. 어느덧 신년을 맞으며 부인이 유시랑에게 은근히 술회하였다.

"그전에 제가 사람을 잘못 천거하여 가사가 탁란하였던 일을 회상하면 모골이 송연합니다. 지금은 그때와 다르고 제 나이도 사십에 이르러서 생산하지 못한 지 십 년이라 밤낮으로 큰 걱정입니다. 후손을 위하여 다시 숙녀를 얻어 생남의 길을 마련할까 합니다."

"후손을 위하여 소실을 권하는 부인의 뜻은 고마우나 그 전에 교녀로 말미암아 인아의 생사를 알지 못하매 통입골수(痛入骨髓)[51]한데 어찌 또다시 잡인을

50) 방백 - 관리. 관찰사

51) 통입골수 - 마음속에 새기다

집안에 들여놓겠소?"

부인이 한숨을 짓고,

"제가 시랑과 동서 삼십 년에 일점 혈육이던 인아의 생사를 모르고 아직 사속(嗣屬)이 없으니 지하에 가서 무슨 면목으로 조상을 뵈오리까?"

"그러나 부인의 연기가 아직 단산할 때가 아니니 그런 불길한 말을 하지 마시오."

"상공은 그런 고집은 마시고 제 말을 들으십시오."

하고 묘혜 스님의 질녀가 현숙하고 또 귀자(貴子)를 둘 팔자라 하면서 유시랑의 첩으로 삼으라고 굳이 권하였다. 유시랑은 사씨 부인의 성의에 마지 못하여 묘혜 스님의 질녀라는 여자의 근본을 물은 뒤 부인의 생각에 맡기겠다고 허락하였다.

"또 청할 일이 있습니다."

부인이 말을 바꾸어 남편에게 상의하였다.

"노복이 충성으로 나를 시중하다가 조난한 뱃속에서 죽었으니 그 영혼을 위로해 주어야겠으며, 또 황릉묘가 황폐하였으니 중수해야겠으며, 또 묘혜 스님의 암자가 있는 군산동구에 탑을 세워서 모든 은혜를 갚고자 합니다."

유시랑이 부인의 청은 마땅히 하여야 할 사은의 지성이라 하고 모두 많은 재물을 희사하여 시설하였다. 묘혜 스님은 유시랑 부부가 보낸 후한 금백으로 곧 수월암을 중수하고 군산동구에 탑을 신축하여 부인탑이라고 불렀다. 특히 황릉묘를 장엄하게 중수하고 노복의 영혼을 위로하려고 관곽을 갖추어서 다시 후장을 지내준 데 대하여 사씨 부인의 기특한 뜻을 세상이 칭송하여 마지 않았다.

사씨의 사동이 황릉묘지기에게 중수 비용을 전하고 돌아오는 길에 회룡령 땅에 들러서 묘혜 스님의 질녀를 찾아갔다. 이때 그 낭자가 그 전에 알았던 사씨 부인의 사동을 보고도 채 알지 못하고 물었다.

"총각은 어디서 어떻게 또 이곳에 왔소?"

"낭자는 왜 나를 몰라보십니까? 연전에 사씨 부인을 모시고 장사를 가던 길에 댁에서 수일간 신세를 진 사환입니다."

"아참 그랬군. 내가 몰라뵈서 미안했어요. 사씨 부인은 안녕하신지요?"

사동이 그 후에 지낸 사씨 부인의 사실을 대략 전하자 낭자는 사씨 부인이 누명을 벗고 시가로 돌아가서 잘 계시다는 말과 그것이 모두 낭자의 고모님 묘혜의 공이라는 말을 듣고 매우 기뻐하였다. 인사가 끝난 뒤에 사환은 사씨 부인이 보낸 편지를 낭자에게 내놓았다. 임낭자가 감격하고 봉을 떼어 보니 사연이 매우 간곡하였으므로 사씨 부인을 다시 한 번 만나보고 싶었다.

벌써 칠 년 전에 설매가 인아를 차마 물 속에 던지지 못하고 가만히 강변의 숲 속에 놓고 간 뒤에 인아가 잠을 깨어 아무도 없으므로 큰소리로 앙앙 울고 있었다. 이때 마침 나경으로 장사차 지나가던 뱃사람이 우는 어린아이를 찾아가 보니 얼굴 생김이 비범하고 가엾어서 배에 싣고 가다가 갈 길이 멀고 남경 가서도 누구에게 맡겨야 하겠기로, 도중의 연화촌에서 인아를 사람의 눈에 띄기 쉬운 곳에 내려놓고 갔었다. 이때 마침 임가의 아내 변씨가 꿈을 꾸었는데 문 밖에 이상한 광채가 비치었으므로 놀라서 깨니 꿈이었다. 아내의 꿈 이야기를 들은 남편 임씨가 급히 울 밖으로 나가서 본즉 용모가 잘난 어린아이가 울고 있으므로 안고 집으로 돌아왔다. 아내 변씨가 하늘의 꿈을 통해서 자기에게 준 귀동자라고 기뻐하고 고이 길렀다. 그러다가 변씨가 세상을 떠난 뒤로는 임낭자가 친동생같이 기르고 있었다.

동리 사람들은 효성이 지극하고 용모가 고운 임낭자가 부모를 다 잃고 외롭게 지내게 되자 동정도 하고 탐도 나서 여러 군데서 혼인하기를 청하였다. 그러나 임낭자는 고모 묘혜 스님이 장차 귀한 몸이 되리라던 말만 생각하면서 시골 농부의 집으로 출가하기를 원하지 않고 장차 재상의 부인이 될 것만 믿고 있었다.

사씨 부인은 임낭자의 재덕을 생각하고 유시랑에게 허락을 받은 후 사환을 그 연화촌에 보내고 얼마 지나 다시 시녀와 교부를 보내서 임낭자를 데려오게 하였다. 임낭자가 사부인을 만나려 생각하던 차에 가마로 데리러 왔으므로 감사히 여기고 얻어서 기르던 소년(인아)을 데리고 함께 사씨 부인을 만나 반기고 아이는 동생이라 하였기 때문에 아무도 이상하게 생각하지 않았다. 사씨 부인은 임낭자에게 유시랑의 둘째 부인이 되기를 권하였다. 임낭자는 이것이 꿈인가 의심하면서도 고모 묘혜 스님의 예언을 생각하고 감격하였다. 사씨 부인은 택일하여 친척을 초대하고 잔치를 베풀어 임씨를 성례시키니 그 용모가 아름다운 숙녀였으므로 유시랑이 심중으로 기뻐하고 사씨 부인에게 말하기를 내 그대에게 정이 덜할까 염려하노라 하니 부인은 미소만 보이고 대답하지 않았다.

하루는 인아의 그전 유모가 임씨 방으로 들어가서 눈물을 흘리며 말하기를,

"요전에 시비의 말을 들으니 낭자의 남동생 도련님이 그 전에 제가 시중하던

우리 공자와 얼굴이 꼭같이 생겼다 하기에 한번 보러 왔나이다.”

유모의 말을 의아스럽게 생각한 임씨가 유모에게 물었다.

“댁의 공자를 어디서 잃었던가?”

“북경 순천부에서 잃었습니다.”

임씨가 생각하기를 북경이 천 리인데 어찌 남경 땅에서 잃은 공자를 얻었으랴 하고 의아하였으나 시녀에게 인아 소년을 불러오게 하였다. 유모가 본즉 어렸을 때 자기가 밤낮으로 안고 기른 인아가 틀림없었다. 반가운 생각으로 왈칵 끌어 안으나 한편 의심을 가지지 아니할 수 없었다.

“이 소년은 실로 내 모친이 낳은 친동생이 아니고 ‘모년 모월 모일’에 강가에 버려진 어린아이를 주워다가 길러서 의남매가 되었다네. 만일 얼굴이 댁이 기르 던 공자와 같으면 혹 그런 연고 있는 소년인지도 모르겠네.”

이때 소년이 먼저 유모를 알아보고 깜짝 놀라면서 물었다.

“유모, 왜 나를 몰라보는거야?”

“앗, 도련님!”

유모가 이때 소년을 끌어안고 임씨에게,

“이것 보십시오. 이 댁의 도련님이 아니면 어찌 나를 알아보고 이렇게 반가워 하겠습니까?”

“이 아이의 성명은 비록 모르나 전에 귀한 댁 아들로서 곱게 길렀던 것이 분명 하고 남경으로 가던 뱃군이 어디서 주웠으나 가다가 우리집 근처에 버리고 간 것이니까, 유모가 잘 알아보고 대감 양위께 말씀드리도록 하게.”

유모가 임씨의 말을 듣고 크게 기뻐하면서 곧 사씨 부인에게 그 말을 전하자 부인이 황망히 임씨 방으로 달려와서 그 소년을 보고 반신반의하면서,

“너는 나를 알겠느냐?”

인아가 사씨 부인을 자세히 보다가 울음을 터뜨리고,

“어머니, 어머니는 저를 몰라보십니까? 어머님이 집을 떠나신 후에 소자가 매 양 그렇게 생각하였습니다. 어릴 때 일이라 제 기억이 아득하여 잘 모르나 여자 가 저를 멀리 가다가 제가 잠든 사이에 강변 숲속에 두고 갔기 때문에 잠을 깬 뒤 에 외롭고 무서워서 울 적에 큰 배를 타고 가던 사람이 데리고 가다가 또 어떤 집 울 밑에 놓고 갔습니다. 그때 그 집의 은모(恩母)가 거두어 길러 주어서 전보다 편하게 지내다가 이제 뜻밖에 여기 와서 어머님을 뵈오니 이제는 죽어도 한이

없습니다."

사씨 부인이 인아의 손을 잡고 대성통곡하며,

"이것이 꿈이냐, 생시냐. 꿈이면 이대로 깨지 말아야겠다. 내 너를 다시 보지 못할까 하였더니 오늘날 집에 돌아온 것을 만나니 어찌 하늘의 도움이 아니겠느냐?"

하고 흐느껴 울다가 유시랑에게 인아를 찾은 사실을 고하자, 유시랑이 급히 달려와서 자초지종을 듣고서 임씨를 칭찬하면서 기뻐하였다.

"우리가 오늘 부자, 모자가 이처럼 만나서 즐기는 경사는 모두 그대의 공이니, 그 은덕을 어찌 잊겠는가. 금후로는 나의 가장 큰 슬픔이 없게 되었다."

"과분하신 말씀을 듣자와 황송하옵니다. 오늘날 부자 모자가 상봉하신 것은 모두 존문의 음덕이시지, 어찌 제 공이겠습니까. 사씨 부인의 성덕현심(聖德賢心)에 신명이 감동하신 영험입니다."

"음, 그것도 그렇고 그대 공도 또한 장하지 않은가?"

하고 온 집안이 이 경사를 축하하면서 인아의 모습을 보니 장부의 체격이 발월하고 그 준매함을 칭찬치 않은 사람이 없었다. 원근의 친척이 모두 모여서 치하하는 동시에 임씨에 대한 대우가 두터워지고 비복들도 착한 임씨를 존경으로 섬겼다. 그리고 사씨 부인이 임씨 대하기를 동기처럼 아끼고 임씨 또한 사씨 부인을 형님같이 극진히 섬겼으며 보통 처첩간의 투기 같은 감정은 추호도 없었다.

이 무렵에 교녀는 동청이 죽은 뒤에 냉진과 살다가 마침내 냉진이 역적의 도당을 꾸미다가 괴수로 잡혀 처형되자 도망가서 낙양 술집의 창기가 되어 낙양의 인사에게 웃음을 팔아 재물을 낚으면서 전신이 한림학사의 부인이라고 호언하였으므로 낙양에서 교녀의 교태를 모르는 사람이 없었다. 유시랑 댁의 사환이 마침 낙양에 왔다가 창녀 교씨의 유명한 평판을 듣고 술집에 가서 보니 분명히 본인이라 깜짝 놀라고 돌아와서 교녀의 소식을 전하였다. 이 소식을 들은 유시랑은 부인 사씨에게,

"교녀를 잡지 못할까 걱정했더니 낙양청루에서 행색이 낭자하더니 내가 돌아갈 때에 잡아서 설치(雪恥)[52]하겠소."

52) 설치 - 과거의 부끄러움을 씻음. 설욕

"그러세요. 그년을 잡아서 제 원한을 풀어야겠습니다."

관대한 부인 사씨도 교녀에 대한 철천지한은 풀리지 않았던 것이다. 그러나 사씨는 아들 인아를 만난 후로는 시름이 없었고 유시랑은 사사로운 고민이 없어서 모든 힘을 치민(治民)에 근면하매 모든 백성이 농업과 학업에 힘썼으므로 그의 일읍이 대치(大治)하여 태평성대를 구가하였다. 황제가 그 공적을 들으시고 예부상서로 승탁하시니 유상서가 사은차 상경하게 되었다. 행차가 서주에 이르러서 창녀로 이름난 교녀를 염탐한즉 분명히 그곳 화류계에서 군림하는 존재로 있었다. 유상서는 수단 있는 매파와 상의하고 창녀 교칠랑을 시켜서 이러이러하라고 명하였다. 매파가 교녀를 찾아서,

"이번에 예부상서로 영전되어 상경하시는 대감께서 교낭자의 향명을 들으시고 소실을 맞아 총애코자 하시는데 낭자 의향이 어떤가? 상서벼슬은 거룩한 재상의 지위요, 그 시비의 말을 들은즉 정실부인은 신병으로 치가(治家)도 못한다니까 낭자가 그 대감 댁에 들어만 가면 정실부인과 다름이 없이 집안 실권을 휘두르며 마음대로 호강을 할 것이니 이런 좋은 혼담이 어디 있겠나. 여자의 부귀는 역시 교낭자 같은 미인의 차지야."

교녀가 매파의 달콤한 권고를 듣고 생각하되,

'내 비록 화류계 생활로 의식의 부족은 없지만 나이도 점점 먹어 가니 종신의 탁을 생각하지 않을 수 없으니 이 기회에 상서 부인이 되어서 천한 신분을 면하자.'

하고 매파에게 잘 성사시켜 달라고 쾌락하였다.

"성례는 대감과 본부인이 보시는 데서 할 것이므로 준비가 되면 낭자를 데리고 갈 테니 화장을 곱게 하고 기다려요."

"알겠어요."

하고 교녀가 득의의 미소를 지었다. 매파가 교녀의 승낙을 고하자 유상서는 인부를 갖추어서 교녀를 가마에 태워서 본 행차와 따로 서울로 데려가도록 분부하였다. 유상서는 서울에 이르러 황제 어전에 사은하고 집으로 돌아와서 친척을 모아 놓고 경축 잔치를 크게 베풀었다. 이 자리에서 사씨는 임씨를 불러서 두부인을 뵙게 하고,

"이 사람은 그전의 교녀와 같지 않은 현숙한 사람이니 고모님께서는 그릇 보지 마십시오."

하고 소개하자 두부인은 새사람이 비록 어진 사람이라도 나에게는 상관없는 일이라고 담담한 태도를 취하였다. 이때 유상서는 빙글빙글 웃으며 두부인과 좌중 손님들에게,

"오늘 이 즐거운 잔치에 여흥이 없으면 심심할까 합니다. 노상에서 명창을 얻어 왔으니 한번 구경하시오."

하고 좌우에 명하여 창녀 교칠랑을 부르라 하였다. 이때 교자로 실려서 서울로 왔던 교녀가 사처에서 기다리고 있다가 승명하고 상서 댁으로 데려오자 가마 안에서 내다보고 깜짝 놀라면서,

"이 집은 분명히 유한림 댁인데 왜 이리 가느냐?"

시녀가 시치미를 딱 떼고 하는 대답이,

"유한림은 귀양가시고 우리 대감께서 이 집을 사서 들어 계십니다."

교녀가 시녀의 말에 안심하고 또다시 가증한 교만한 생각을 일으켰다.

'나하고 이 집과는 인연이 깊구나. 마땅히 그 전에 정들었던 백자당에 거처하겠다.'

시비가 그렇게 옛 꿈을 그리워하는 교녀를 인도하고 유상서와 사부인 앞으로 갔다. 교녀가 눈을 들어서 보니 좌우에 있는 수많은 사람들이 전부 낯익은 유연수 문중의 일적이라 벼락을 맞은 듯이 낙담상혼하고 말았다. 교녀는 땅에 엎드려서 목숨만 살려 달라고 애걸하였다. 유상서가 큰 호통을 하며 꾸짖었다.

"네 죄를 아느냐!"

"제 죄를 어찌 모르겠습니까마는 관대히 용서하여 주십시오."

"네 죄는 일륜이니 음부는 들으라. 처음에 부인이 너를 경계하여 음탕한 풍류를 말라 함이 좋은 뜻이어늘 너는 도리어 참소하여 여우의 탈을 썼으니 그 죄 하나요, 요망된 무녀 십랑과 음모하여 해괴한 방법으로 장부를 혹하게 했으니 그 죄 둘이요, 음흉한 종년들과 동청과 간통하여 당을 이루고 악행을 하였으니 그 죄 셋이요, 스스로 저주하고 부인에게 미루었으니 그 죄 넷이요, 동청과 사통하여 가문을 더럽혔으니 그 죄 다섯이요, 옥지환을 도둑질하여 간인(奸人)을 주어 부인을 모해하였으니 그 죄 여섯이요, 제 손으로 자식을 죽이고 그 악을 부인에게 미루었으니 그 죄 일곱이요, 간부와 작하고 부인을 사지에 몰아넣었으니 그 죄 여덟이요, 아들을 강물에 던졌으니 그 죄 아홉이요, 겨우 부지하여 살아가는 나를 죽이려고 하였으니 그 죄 열이다. 너 같은 음부가 천지간의 음악한 대죄를

짓고 아직도 살고자 하느냐?"

교녀가 머리를 땅을 받으면서 울어대고,

"이것이 모두 제 죄이오나 자식을 해친 것은 설매가 한 일이요, 도적을 보낸 것과 엄승상에게 참소한 것은 동청이가 한 일입니다."

하고 사씨 부인을 향하여 울면서 호소하되,

"저는 실로 부인을 저버린 죄인이오나 오직 부인은 대자대비하신 은혜로 저의 잔명을 살려 주시비오."

부인 사씨는 눈물을 머금고 떨리는 음성으로 대답하였다.

"네가 나를 해하려 한 것은 죽을 죄가 아니지만 대감께 죄진 너를 내가 어찌 구하겠느냐?"

유상서는 교녀의 비굴한 행색에 더욱 노하였다. 곧 시동에게 엄명하여 교녀의 가슴을 찢어 헤치고 심장을 꺼내라고 하였다. 이때 사씨 부인이 시동을 만류시키고,

"비록 죄가 중하나 대감을 모신 지 오랜 몸이니 시체는 완전하게 처치하십시오."

유상서는 부인의 권고에 감동하고 동편 언덕으로 끌어내다가 타살한 후에 시체를 그대로 버려서 까막까치의 밥이 되게 하라고 명하니 좌중의 모든 사람이 상쾌하게 여겼다. 유상서는 만고의 간부 교녀를 죽이고 상쾌하게 여겼으나 사씨 부인은 시녀 설매가 억울하게 참사된 것을 가엾이 여겨서 뼈를 찾아서 잘 묻어 주었다. 그리고 십랑을 잡아서 치죄(治罪)하려고 찾았으나 전년에 금령의 옥사에 연좌되어서 죽었다는 사실이 밝혀졌다. 임씨가 유씨 문중에 들어온 지 십 년이 지나는 동안에 계속하여 삼형제를 낳았는데 모두 옥골선풍이요, 천금가사(千金佳士)[53]였다. 장자의 이름은 웅(雄)이요, 차자의 이름은 준(俊)이요, 삼자의 이름은 란(爛)이라 하였는데 모두 부형을 닮아서 세상에서 뛰어난 인재들이었다. 황제는 유상서의 벼슬을 좌승상으로 승진하고 자주 불러서 만나시니, 유씨 가문의 영광이 비할 데 없었고 또 두춘관이 높은 벼슬에 이르니 그 명성의 웅성함이 천하에 으뜸이었다. 유승상 부부는 팔십여 세를 안양(安養)하고, 그 후대의 공자는 병부상서에

53) 천금가사 - 귀하고 빼어난 선비

54) 근고 - 삼가 알림

이르고 유웅은 이부상서를 하고 유준은 호부시랑을 하고 유란은 태상경을 하여 조정에 참열하였으니, 그 모친 임씨도 복록을 누려서 자부와 제손을 거느리고, 사씨 부인을 모시며 안락한 세월을 보냈다. 문필에 능달한 사씨 부인은 내훈 십 편과 열녀전 십 권을 지어서 세상에 전하고 자부들을 가르쳐서 선도를 행토록 권장하였다. 이러므로 착한 사람은 복을 받고 악한 사람은 앙화를 받는 법이니 후인을 징계함직 하나 사정이 기이하므로 대강 기록하여 후세에 전하는 바이니 보시고 사람은 명심하소서. 희로애락을 지성으로 근고(謹告)[54]하옵니다.

8

춘향가

　　숙종대왕 즉위 초에 성덕이 넓으시사 성자성손은 계계승승하사 금고옥적(金鼓玉笛)[1]은 요순시절이요 의관문물은 우탕의 버금이라. 좌우보필은 주석지신이요 용양호위는 간성지장이라. 조정에 흐르는 덕화 향곡에 퍼졌으니 사해 굳은 기운이 원근에 어려 있다. 충신은 만조하고 효자열녀 가가재(家家在)라. 미재미재(美哉美哉)[2]라 우순풍조하니 함포고복(含哺鼓腹)[3]백성들은 처처에 격양가라.

　　이때 전라도 남원부에 월매라 하는 기생이 있으되 삼남의 명기로서 일찍이 퇴기하여 성가라 하는 양반을 데리고 세월을 보내되 연장사순을 당하여 일점혈육이 없이 일로 한이 되어 장탄수심(長嘆愁心)에 병이 되겠구나. 일일은 크게 깨쳐 옛사람을 생각하고 가군을 청입하여 여쭈옵되 공순히 하는 말이

1) 금고(金鼓) - 군중(軍中)에서 치는 쇠붙이와 북. 옥적(玉笛):옥으로 만든 피리

2) 미재미재 - 아름답고 아름답도다

3) 함포고복 - 배불리 먹고 배를 두드리며 즐겁게 지냄

"들으시오. 전생에 무슨 은혜 끼쳤던지 이생에 부부 되어 창기 행실 다 버리고 예모도 숭상하고 여공도 힘썼건만 무슨 죄가 진중하여 일점혈육이 없으니 육친무족 우리 신세 선영향화 누가 하며 사후감장 어이 하리. 명산대찰에 신공이나 하여 남녀 간 낳게 되면 평생 한을 풀 것이니 가군의 뜻이 어떠하오"

성참판 하는 말이

"일생 신세 생각하면 자네 말이 당연하나 빌어서 자식을 낳을진대 무자(無子) 할 사람이 있으리오"

하니 월매 대답하되

"천하대성 공부자도 이구산에 빌으시고, 정나라 정자산은 우형산에 빌어 나계시고, 아동방 강산을 이를진대 명산대천이 없을소냐. 경상도 웅천 주천의는 늦도록 자녀 없어 최고봉에 빌었더니 대명천자 나계시사 대명천지 밝았으니 우리도 정성이나 드려 보사이다."

공든 탑이 무너지며 심은 나무 꺾일소냐. 이날부터 목욕재계 정히 하고 명산승지 찾아갈 제 오작교 썩 나서서 좌우산천 둘러보니 서북의 교룡산은 술해방을 막아 있고 동으로는 장림 수풀 깊은 곳에 선원사는 은은히 보이고 남으로는 지리산이 웅장한데 그 가운데 요천수는 일대 장강벽파 되어 동남으로 둘렀으니 별유건곤 여기로다. 청림을 더위잡고 산수를 밟아 들어가니 지리산이 여기로다. 반야봉 올라서서 사면을 둘러보니 명산대천 완연하다. 상봉에 단을 모아 제물을 진설하고 단하에 복지하여 천신만고 빌었더니 산신님의 덕이신지 이때는 오월 오일 갑자라. 한 꿈을 얻으니 서기 반공하고 오채영롱하더니 일위 선녀 청학을 타고 오는데 머리에 화관이요 몸에는 채의(彩衣)로다. 월패 소리 쟁쟁하고 손에는 계화일지를 들고 당에 오르며 거수장읍하고 공순히 여쭈오되

"낙포의 딸이더니 반도 진상 옥경 갔다 광한전에서 적송자 만나 미진정회 하던 차에 시만함이 죄가 되어 상제 대로하사 진토에 내치시매 갈 바를 모르더니 두류산 신령께서 부인 댁으로 지시하기로 왔사오니 어여삐 여기소서."

하며 품으로 달려들 새 학지고성은 장경고라. 학의 소리(에) 놀라 깨니 남가일몽이라. 황홀한 정신을 진정하여 가군과 몽사를 설화하고 천행으로 남자를 낳을가 기다리더니 과연 그 달부터 태기 있어 십삭(十朔)이 당하매 일일은 향기 만실하고 채운이 영롱하더니 혼미 중에 생산하니 옥녀를 낳았나니 월매의 일구월심 바라던 마음 남자는 못 낳았으되 잠깐 동안 풀리는구나. 그 사랑함은 어찌 다 형

언하리. 이름을 춘향이라 부르면서 장중보옥같이 길러내니 효행이 무쌍이요 인자함이 기린이라. 칠팔 세 되매 서책에 착미(錯味)[4]하여 예모 정절을 일삼으니 효행을 일읍(一邑)[5]이 칭송치 아니할 이 없더라.

이때 삼청동 이한림이라는 양반이 있으되 세대명가요 충신의 후예라. 일일은 전하께옵서 충효록을 올려 보시고 충효자를 택출하사 자목지관 임용하실 새 이한림으로 과천 현감에 금산 군수 이배하여 남원 부사 제수하시니 이한림이 사은 숙배 하직하고 치행차려 남원부에 도임하여 선치민정하니 사방에 일이 없고 방곡의 백성들은 더디 옴을 칭송한다. 강구연월문동요(康衢烟月聞童謠)[6]라. 시화연풍(時和年豊)[7]하고 백성이 효도하니 요순시절이라.

이때는 어느 때뇨. 놀기 좋은 삼춘이라. 호연 비조 뭇 새들은 농초화답 짝을 지어 쌍거쌍래 날아들어 온갖 춘정 다투는데 남산화발북산홍과 천사만사수양지에 황금조는 벗 부른다. 나무나무 성림하고 두견 접동 다 지나니 일년지가절이라.

이때 사또 자제 이도령이 연광은 이팔이요 풍채는 두목지라. 도량은 창해같고 지혜 활달하고 문장은 이백이요 필법은 왕희지라. 일일은 방자 불러 말씀하되

"이 골 경처 어디매냐. 시흥춘흥(詩興春興) 도도하니 절승경처 말하여라."

방자놈 여쭈오되

"글공부 하시는 도련님이 경처 찾아 부질없소."

이도령 이르는 말이

"너 무식한 말이로다. 자고로 문장재사도 절승강산 구경하기는 풍월작문 근본이라. 신선도 두루 놀아 박람(博覽)하니 어이하여 부당하랴. 사마장경이 남으로 강호에 떠있다 대강을 거스를 제 광랑성파에 음풍이 노호하여 예로부터 가르치니 천지간 만물지변이 놀랍고 즐겁고도 고운 것이 글 아닌 게 없느니라. 시중천자 이태백은 채석강에 놀았었고 적벽강 추야월에 소동파 놀았었고 심양강 명월

4) 착미 - 맛을 붙임. 취미를 붙임

5) 일읍 - 온 읍 즉, 읍내 모든 사람들

6) 강구연월 - 태평한 시대 번화한 거리의 평화스러운 모습. 그러한 살기좋은 세월을 노래하는 아이들의 노래소리를 들음

7) 시화연풍 - 나라가 태평하고 해마다 곡식이 잘됨

8) 요헌기구하처 - 아름다운 처마와 서까래가 먼 데서도 빛남

에 백낙천 놀았었고 보은 속리 문장대에서 세조대왕 놀으셨으니 아니 놀든 못하리라.”

이때 방자 도련님 뜻을 받아 사방 경개 말씀하되

“서울로 이를진대 자문 밖 내달아 칠성암 청련암 세검정과, 평양 연광정 대동루 모란봉, 양양 낙선대, 보은 속리 문장대, 안의 수승대, 진주 촉석루, 밀양 영남루가 어떠한 지 모르오나 전라도로 이를진대 태인 피향정, 무주 한풍루, 전주 한벽루 좋사오나 남원 경처 들어보시오. 동문 밖 나가시면 장림 숲 선원사 좋사옵고 서문 밖 나가시면 관왕묘(關王廟)는 천고 영웅 엄한 위풍 어제 오늘 같사옵고 남문 밖 나가시면 광한루 오작교 영주각 좋사옵고 북문 밖 나가시면 청천삭출 금부용 기벽하여 우뚝 섰으니 기암 등실 교룡산성 좋사오니 처분대로 가사이다”

도련님 이르는 말씀이

“아! 말로 들어보더라도 광한루 오작교가 경개로다. 구경가자.”

도련님 거동 보소 사또전 들어가서 공순히 여쭈오되

“금일 일기 화난하오니 잠깐 나가 풍월음영 시 운목도 생각하고자 싶으오니 순성이나 하여이다.”

사또 대희하여 허락하시고 말씀하시되

“남주 풍물을 구경하고 돌아오되 시제를 생각하라.”

도령 대답

“부교(父敎)대로 하오리다.”

물러나와

“방자야 나귀 안장 지워라.”

방자 분부 듣고 나귀 안장 지운다. 나귀 안장 지울 제 홍영 자공 산호편 옥안 금천 황금륵 청홍사 고운 굴레 주락상모 더뻑 달아 층층 다래 은엽등자 호피도담에 전후걸이 줄방울을 염불법사(念佛法師) 염주 매달 듯

“나귀 등대하였소.”

“나귀를 붙들어라.”

광한루 섭적 올라 사면을 살펴보니 경개가 장히 좋다. 아침 늦은 안개 떠 있고 녹수에 저문 봄은 화류동풍 둘러 있다. 자각단루분조요요 벽방금전상영롱은 임고대를 이르는 것이고 요헌기구하처(瑤軒綺構遐處耀)[8] 요는 광한루를 이르는 것이라. 버들잎도 죽죽 훑어 물에 훨훨 띄워 보고 백설같은 흰나비 웅봉자접은 화

수 물고 너울너울 춤을 춘다. 황금같은 꾀꼬리는 숲숲이 날아든다. 광한 진경(珍景) 좋거니와 오작교가 더욱 좋다. 호남의 제일성이로다. 오작교 분명하면 견우 직녀 어디 있나. 이런 승지에 풍월이 없을소냐. 도련님이 글 두귀를 지었으되

고명오작선(高明烏鵲船)이요 광한옥계루(廣寒玉階樓)라.
차문천상수직녀(借問天上誰織女)요 지흥금일아견우(至興今日我牽牛)라.[9)]

이때 내아에서 잡술상이 나오거늘 일배주 먹은 후에 통인 방자 물려주고 취흥이 도도하야 담배 피워 입에다 물고 이리저리 거닐 제 경처의 흥에 겨워 충청도 고마 수영 보련암을 일렀은들 이 곳 경처 당할소냐. 붉을 단 푸를 청 흰 백 붉을 홍 고을고을이 단청 유막 황앵환우성(柳幕黃鶯喚友聲)[10)]은 나의 춘흥 도와 낸다. 황봉백접 왕나비는 향기 찾는 거동이라. 비거비래춘성내요 영주 방장 봉래산이 안하에 가까우니 물은 보니 은하수요 경개는 잠깐 옥경이라. 옥경이 분명하면 월궁항아 없을소냐.

이때는 삼월이라 일렀으되 오월 단오일이렷다. 천중지가절(天中之佳節)[11)]이라. 이때 월매 딸 춘향이도 또한 시서음률이 능통하니 천중절을 모를소냐. 추천을 하려고 향단이 앞세우고 내려올 제 난초같이 고운 머리 두귀를 눌러 곱게 땋아 금봉채를 정제하고 나군을 두른 허리 미양의 가는 버들 힘이 없이 드리운듯 아름답고 고운 태도 아장 걸어 흐늘 걸어 가만가만 나올 적에 장림(長林) 속으로 들어가니 녹음방초 우거져 금잔디 좌르륵 깔린 곳에 황금같은 꾀꼬리는 쌍거쌍래 날아들 제 무성한 버들 백척장고 높이 추천을 하려할 제 수화유문 초록 장옷 남방사 홑치마 훨훨 벗어 걸어두고 자주영초 수당혜를 썩썩 벗어 던져두고 백방사 진솔속곳 턱 밑에 훨씬 추켜올리고 연숙마 추천줄을 섬섬옥수 넌지시 들어 양수에 갈라 잡고 백릉버선 두 발길로 섭적 올라 발구를 제 세류같은 고운 몸을 단정히 놀리는데 뒤 단장 옥(玉)비녀 은죽절과 앞치레 볼 것 같으면 밀화장도 옥

<hr>

9) 높고 밝은 오작의 배에 광한루 옥섬돌 감히 묻노니 하늘의 직녀 누구인가 지극히 흥겨운 오늘 내가 바로 견우일세
10) 유막 황앵환우성 - 버들 장막에서 꾀꼬리가 벗을 부르는 소리
11) **천중지가절** - 단오

장도며 광원사겹저고리 제색 고름에 태가 난다.

"향단아 밀어라."

한 번 굴러 힘을 주며 두 번 굴러 힘을 주니 발밑에 가는 티끌 바람 좇아 펄펄 앞 뒤 점점 멀어가니 머리 위의 나뭇잎은 몸을 따라 흔들흔들 오고갈 제 살펴보니 녹음 속의 홍상자락이 바람결에 내비치니 구만장천백운간(九萬長天白雲間)[12]에 번갯불이 쏘는 듯 첨지재전홀언후(瞻之在前忽焉後)[13]라. 앞으로 얼른 하는 양은 가벼운 저 제비가 도화 일점 떨어질 제 찾으려 하고 좇는 듯 뒤로 번듯 하는 양은 광풍에 놀란 호접 짝을 잃고 가다가 돌이키는 듯 무산선녀 구름 타고 양대 상에 내리는 듯 나뭇잎도 물어보고 꽃도 질끈 꺾어 머리에다 실근실근

"이 애 향단아. 그네 바람이 독하기로 정신이 어찔하냐. 그네줄 붙들어라."

붙들려고 무수히 진퇴하며 한창 이리 노닐 적에 시냇가 반석 상에 옥비녀 떨어져 쟁쟁하고 비녀비녀 하는 소리 산호채를 들어 옥반을 깨뜨리는 듯 그 형용은 세상 인물 아니로다.

연자삼춘비거래라. 이도령 마음이 울적하고 정신이 어찔하여 별 생각이 다 난 것다. 혼잣말로 섬어하되 오호에 편주 타고 범소백을 좇았으니 서시도 올 리 없고 해성 월야에 옥장비가로 초패왕을 이별하던 우미인도 올 리 없고 단봉궐 하직하고 백룡퇴 간 연후에 독류청총하였으니 왕소군도 올 리 없고 장신궁 깊이 닫고 백두음을 읊었으니 반첩여도 올 리 없고 소양궁 아침날에 시측하고 돌아오니 조비연도 올 리 없고 낙포선녀인가 무산선녀인가. 도련님 혼비중천하여 일신이 고단이라 진실로 미혼지인이로다.

"통인아."

"예."

"저 건너 화류 중에 오락가락 희뜩희뜩 어른어른 하는 게 무엇인지 자세히 보아라."

통인이 살펴보고 여쭈오되

"다른 무엇 아니오라 이 고을 기생 월매 딸 춘향이란 계집아이로소이다."

12) **구만장천백운간** - 한없이 높고 넓은 하늘에 떠있는 흰구름 사이

13) **첨지재전홀언후** - 바라보니 앞에 있다가 갑자기 뒤에 가 있다는 뜻

도련님이 엉겁결에 하는 말이

"장히 좋다. 훌륭하다."

통인이 알외되

"제 어미는 기생이오나 춘향이는 도도하여 기생 구실 마다하고 백화초엽에 글자도 생각하고 여공재질이며 문장을 겸전하여 여염처자와 다름이 없나이다.

도령 허허 웃고 방자를 불러 분부하되

"들은 즉 기생의 딸이라니 급히 가 불러오라."

방자놈 여쭈오되

"설부화용이 낭방에 유명키로 방 첨사 병부사 군수 현감 관장님네 엄지발가락이 두 뼘 가웃씩 되는 양반 오입장이들도 무수히 보려 하되 장강의 색과 임사의 덕행이며, 이두의 문필이며 태사의 화순심과 이비의 정절을 품었으니 금천하지절색이요 만고여중군자오니 황공하온 말씀으로 초래하기 어렵나이다."

도령 대소(大笑)하고

"방자야 네가 물각유주(物各有主)[14]를 모르는도다. 형산백옥과 여수황금이 임자 각각 있느니라. 잔말 말고 불러오라."

방자 분부 듣고 춘향 초래 건너갈 제 맵시 있는 방자녀석 서왕모 요지연에 편지 전하던 청조(靑鳥)같이 이리저리 건너가서

"여봐라, 이 애 춘향아."

부르는 소리에 춘향이 깜짝 놀래어

"무슨 소리를 그 따위로 질러 사람의 정신을 놀래느냐."

"이 애야, 말 마라. 일이 났다."

"일이라니 무슨 일."

"사또 자제 도련님이 광한루에 오셨다가 너 노는 모양 보고 불러오란 영이 났다.

춘향이 화를 내어

"네가 미친 자식이로다. 도련님이 어찌 나를 알아서 부른단 말이냐. 이 자식 네가 내 말을 종달새 열씨 까듯 하였나보다."

14) **물각유주** - 물건마다 각기 임자가 있음

"아니다. 내가 네 말을 할 리가 없으되 네가 그르지 내가 그르냐. 너 그른 내력을 들어보아라. 계집아이 행실로 추천을 할 양이면 네 집 후원 담장 안에 줄을 매고 추천하는 게 도리에 당연함이라. 광한루 멀잖고 또한 이곳을 논할진대 녹음방초승화시라. 방초는 푸(르)렀는데 앞 내 버들은 초록장 두르고 뒷 내 버들은 유록장 둘러 한 가지 늘어지고 또 한 가지 펑퍼져 광풍을 겨워 흐늘흐늘 춤을 추는데 광한루 구경처에 그네를 매고 네가 뛸 제 외씨같은 두 발길로 백운간에 노닐 적에 홍상 자락이 펄펄 백방사 속곳 갈래 동남풍에 펄렁펄렁 박속같은 네 살결이 백운간에 희뜩희뜩 도련님이 보시고 너를 부르실 제 내가 무슨 말을 한단 말인가. 잔말 말고 건너가자."

춘향이 대답하되

"네 말이 당연하나 오늘이 단오일이라. 비단 나 뿐이랴. 다른 집 처자들도 예와 함께 추천하였으되 그럴 뿐 아니라 설혹 내 말을 할 지라도 내가 지금 시사가 아니거든 여염(집) 사람을 호래척거(呼來斥去)15)로 부를 리도 없고 부른데도 갈 리도 없다. 당초에 네가 말을 잘 못 들은 바라."

방자 이면에 볶이어 광한루로 돌아와 도련님께 여쭈오니 도련님 그 말 듣고

"기특한 사람이로다. 언즉시야로되 다시 가 말을 하되 이리이리 하여라."

방자 전갈 모아 춘향에게 건너가니 그 새에 제 집으로 돌아갔거늘 저의 집을 찾아가니 모녀간 마주 앉아 점심밥이 방장(方將)16)이라. 방자 들어가니

"너 왜 또 오느냐."

"황송하다. 도련님이 다시 전갈하시더라. 내가 너를 기생으로 앎이 아니라 들으니 네가 글을 잘 한다기로 청하노라. 여가에 있는 처자 불러 보기 청문에 괴이하나 혐의로 알지 말고 잠깐 와 다녀가라 하시더라."

춘향의 도량한 뜻이 연분되려고 그러한 지 홀연이 생각하니 갈 마음이 나되 모친의 뜻을 몰라 침음양구에 말 않고 앉았더니 춘향모 썩 나 앉아 정신 없게 말을 하되

"꿈이라 하는 것이 전수이 허사(虛事)가 아니로다. 간 밤에 꿈을 꾸니 난데없

15) 호래척거 - 사람을 오라고 불러놓고 다시 곧 쫓아 버리는 것

16) **방장** - 곧 장차 시작하려고 한다는 뜻

는 청룡 하나 벽도지에 잠겨 보이거늘 무슨 좋은 일이 있을까 하였더니 우연한 일 아니로다. 또한 들으니 사또 자제 도련님 이름이 몽룡이라 하니 꿈 몽자(夢字) 용 룡자(龍字) 신통하게 맞추었다. 그러나 저러나 양반이 부르시는데 아니 갈 수 있겠느냐. 잠깐 가서 다녀오라."

춘향이가 그제야 못 이기는 체로 겨우 일어나 광한루 건너갈 제 대명전 대들보의 명매기 걸음으로 양지마당의 씨암탉 걸음으로 백모래 바다 금자라 걸음으로 월태화용 고운 태도 완보로 건너갈 새 흐늘흐늘 월서시토성습보하던 걸음으로 흐늘거려 건너올 제 도련님 난간에 절반만 비껴 서서 완완히 바라보니 춘향이가 건너오는데 광한루에 가까운지라. 도련님 좋아라고 자세히 살펴보니 요요정정(夭夭貞靜)[17]하여 월태화용이 세상에 무쌍이라. 얼굴이 조촐하니 청강에 노는 학이 설월에 비침 같고 단순호치 반개하니 별도 같고 옥도 같다. 연지를 품은 듯 자하상 고운 태도 어린 안개 석양에 비치는 듯 취군이 영롱하여 문채는 은하수물결 같다. 연보를 정히 옮겨 천연히 누에 올라 부끄러이 서 있거늘 통인 불러

"앉으라고 일러라."

춘향의 고운 태도 염용하고 앉는 거동 자세히 살펴보니 백색창파 새 비 뒤에 목욕하고 앉은 제비 사람을 보고 놀라는 듯 별로 단장 한일 없이 천연한 국색이라. 옥안을 상대하니 여운간지명월(如雲間之明月)이요 단순을 반개하니 약수중지연화(若水中之蓮花)로다. 신선을 내 몰라도 영주에 놀던 선녀 남원에 적거하니 월궁에(서) 모시던 선녀 벗 하나를 잃었구나. 네 얼굴 네 태도는 세상 인물 아니로다.

이때 춘향이 추파를 잠깐 들어 이도령을 살펴보니 금세의 호걸이요 진세간 기남자라. 천정이 높았으니 소년공명 할 것이요 오악이 조귀(朝歸)하니 보국충신 될 것이매 마음에 흠모하여 아미를 숙이고 염슬단좌 뿐이로다. 이도령 하는 말이

"성현도 불취동성(不取同姓)[18]이라 일렀으니 네 성은 무엇이며 나이는 몇 살이뇨?"

"성은 성(成)가옵고 연세는 십육 세로소이다."

17) **요요정정** - 나이가 젊어 얼굴에 화색이 도는 한편 정숙한 모양

18) **불취동성** - 같은 성끼리는 결혼하지 아니함

이도령 거동 보소

"허허 그 말 반갑도다. 네 연세 들어보니 나와 동갑 이팔이라. 성자(姓字)를 들어보니 천정(天定)[19]일시 분명하다. 이성지합(二姓之合)은 좋은 연분 평생동락 하여 보자. 너의 부모 구존하냐?"

"편모하로소이다."

"몇 형제나 되느냐?"

"육십 당년 나의 모친 무남독녀 나 하나요."

"너도 남의 집 귀한 딸이로다. 천정하신 연분으로 우리 둘이 만났으니 만년락을 이뤄 보자."

춘향이 거동 보소 팔자청산(八字靑山)[20] 찡그리며 주순(朱脣)[21]을 반개하여 가는 목 겨우 열어 옥성으로 여쭈오되

"충신은 불사이군이요 열녀 불경이부절은 옛글에 일렀으니 도련님은 귀공자요 소녀는 천첩이라. 한 번 탁정(託情)[22]한 연후에 인하여 버리시면 일편단심 이내 마음 독수공방 홀로 누워 우는 한은 이내 신세 내 아니면 누구일꼬. 그런 분부 마옵소서."

이도령 이른 말이

"네 말을 들어 보니 어이 아니 기특하랴. 우리 둘이 인연 맺을 적에 금석뇌약 맺으리라. 네 집이 어디메냐."

춘향이 여쭈옵되

"방자 불러 물으소서."

이도령 허허 웃고

"내 너더러 묻는 일이 허황하다. 방자야."

"예."

"춘향의 집을 네 일러라."

방자 손을 넌지시 들어 가리키는데

19) 천정 - 하늘이 정해준 인연

20) 팔자성산 - 미인의 고운 눈썹사

21) 주순 - 붉은 입술

22) 탁정 - 정을 맡김

"저기 저 건너 동산은 울울하고 연당은 청청한데 양어생풍하고 그 가운데 기화요초 난만하여 나무나무 앉은 새는 호사를 자랑하고 암상의 굽은 솔은 청풍이 건듯 부니 노룡이 굼니는 듯 문 앞의 버들 유사무사양유지(有絲無絲楊柳枝)23)요 들쭉 측백 전나무며 그 가운데 행자목은 음양을 좇아 마주 서고 초당문전 오동 대추나무 깊은 산중 물푸레나무 포도 다래 으름 넌출 휘휘친친 감겨 단장 밖에 우뚝 솟았는데 송정 죽림 두 사이로 은은히 보이는 게 춘향의 집입니다."

도련님 이른 말이

"장원이 정결하고 송죽이 울밀하니 여자 절행 가지(可知)로다."

춘향이 일어나며 부끄러이 여쭈오되

"시속인심 고약하니 그만 놀고 가겠습니다."

도련님 그 말을 듣고

"기특하다 그럴 듯한 일이로다. 오늘 밤 퇴령 후에 너의 집에 갈 것이니 괄시나 부디 마라."

춘향이 대답하되

"나는 몰라요."

"네가 모르면 쓰겠느냐. 잘 가거라 금야에 상봉하자."

누에서 내려 건너가니 춘향모 마주 나와

"애고 내 딸 다녀오냐. 도련님이 무엇이라 하시더냐."

"무엇이라 하여요. 조금 앉았다가 가겠노라 일어나니 저녁에 우리 집 오시마 하옵디다."

"그래 어찌 대답하였느냐."

"모른다 하였지요."

"잘 하였다."

이때 도련님이 춘향을 아연히 보낸 후에 미망이 둘 데 없어 책실로 돌아와 만사에 뜻이 없고 다만 생각이 춘향이라. 말소리 귀에 쟁쟁 고운 태도 눈에 삼삼. 해지기를 기다릴 새. 방자 불러

"해가 어느 때나 되었느냐."

23) 유사무사양유지 - 있는 듯 없는 듯한 버들가지

"동에서 아귀 트나이다."

도련님 대노하여

"이 놈 괘씸한 놈. 서쪽으로 지는 해가 동쪽으로 도로 가랴. 다시금 살펴보라."

이윽고 방자 여쭈오되

"일락함지 황혼 되고 월출동령하옵내다."

석반이 맛이 없어 전전반측 어이 하리. 퇴령을 기다리려 하고 서책을 보려 할 제 책상을 앞에 놓고 서책을 상고하는데 중용 대학 논어 맹자 시전 서전 주역 고문진보 통 사략 이백 두시 천자문까지 내어 놓고 글을 읽을 새

"시전이라. 관관저구재하지주(關關雎鳩在河之洲)[24]로다. 요조숙녀(窈窕淑女)는 군자호구(君子好逑)[25]로다. 아서라 그 글도 못 읽겠다."

대학을 읽을 새

"대학지도는 재명명덕하며 재신민 재춘향이로다. 그 글도 못 읽겠다."

주역을 읽는데

"원은 형코 정코 춘향이 코 딱 댄 코 좋고 하니라. 그 글도 못 읽겠다. 등왕각이라. 남창은 고군이요 홍도는 신부로다. 옳다. 그 글 되었다."

"맹자를 읽을 새 맹자 견양혜왕하신대 왕왈 수불원천리이래하시니 춘향이 보시러 오셨습니까."

사략을 읽는데

"태고(太古)라. 천황씨는 이쑥덕으로 왕하여 세기섭제하니 무위이화이라. 하여 형제 십이인이 각 일만팔천세하다."

방자 여쭈오되

"여보 도련님. 천황씨가 목덕으로 왕이란 말은 들었으되 쑥떡으로 왕이란 말은 금시초문이오."

"이 자식 네 모른다. 천황씨 일만팔천 세를 살던 양반이라 이가 단단하여 목덕을 잘 자셨거니와 시속 선비들은 목떡을 먹겠느냐. 공자님께옵서 후생을 생각하사 명륜당에 현몽하고 시속 선비들은 이가 부족하여 목떡을 못 먹기로 물씬물씬

24) 관관저구재하지주 - 암수 정다운 징경이새 물가에 노닐다

25) 군자호구 - 아름다운 여인은 군자의 좋은 짝이로다

한 쑥떡으로 하라 하여 삼백육십주 향교에 통문하고 쑥떡으로 고쳤느니라."

방자 듣다가 말을 하되

"여보. 하느님이 들으시면 깜짝 놀라실 거짓말도 듣겠소."

천자를 읽을 새

"하늘 천 땅 지"

방자 듣고

"여보. 도련님 점잖이 천자는 왠일이요?"

"천자라 하는 글이 칠서의 본문이라. 양(梁)나라 주사봉 주흥사가 하룻밤에 이 글을 짓고 머리가 희었기로 책 이름을 백수문이라. 낱낱이 새겨 보면 뼈똥 쌀 일이 많지야."

"소인놈도 천자 속은 아옵니다."

"네가 알더란 말이냐."

"알기를 이르겠소."

"안다 하니 읽어 봐라."

"예 들으시오. 높고 높은 하늘 천 깊고 깊은 땅 지 홰홰친친 검을 현 불타다 누를 황"

"예 이놈. 상놈은 적실하다. 이놈 어디서 장타령 하는 놈의 말을 들었구나. 내 읽을 게 들어라. 천개자시생천하니 태극이 광대 하늘 천, 지벽어축시(地闢於丑時)[26]하니 오행 팔괘로 땅 (地)지, 삼십삼천 공부공의 인심지시 검을 현, 이십팔 금목수화토지정색(金木水火土之正色)[27] 누를 황, 우주일월 중화하니 옥우 쟁영 집 우, 연대국도 흥 성 쇠 왕고래금에 집 주, 우치홍수 기자 추에 홍범구주 넓을 홍, 삼황오제 붕(崩)하신 후 난신적자 거칠 황, 동방이 장차 계명키로 고고천변 일륜홍 번듯 솟아 날 일, 억조창생 경양가에 강구연월(康衢煙月)에 달 월, 한심미월 시시 불어나 삼오일야에 찰 영 세상만사 생각하니 달빛과 같은지라 십오야 밝은 달이 기망부터 기울 측, 이십팔수 하도낙서 벌인 법 일월성신 별 진, 가련금야숙창가(可憐今夜宿娼家)[28]라 원앙금침에 잘 숙, 절대가인 좋은 풍류 나열춘추

26) 지벽어축시 - 땅은 축시에 열림

27) **금목수화토지정색** - 금목수화토의 정색. 정색은 섞인 것이 없는 순수한 빛 곧, 청(靑), 적(赤), 황(黃), 백(白), 흑(黑)의 오색(五色)을 말함

에 벌일 렬, 의의월색 야삼경에 만단정회 베풀 장, 금일한풍소소래(今日寒風蕭蕭來)[29]하니 침실에 들거라 찰 한, 베개가 높거든 내 팔을 베어라 이만큼 오너라 올 래, 에후로혀[30] 질끈 안고 님 각에 드니 설한풍에도 더울 서, 침실이 덥거든 음풍을 취하여 이리저리 갈 왕, 불한불열 어느 때냐 엽락오동에 가을 추, 백발이 장차 우거지니 소년풍도를 거둘 수, 낙목한풍 찬바람 백설강산에 겨울 동 오매불망 우리 사랑 규중심처에 갈물 장, 부용 작야 세우 중에 광윤유태(光潤有態)[31] 부루[32] , 이러한 고운 태도 평생을 보고도 남을 여, 백년기약 깊은 맹서 만경창파 이룰 성(成), 이리저리 노닐 적에 부지세월 해 세, 조강지처불하당 아내 박대 못하나니 대전통편 법중 율, 군자호구(君子好逑) 이 아니냐 춘향 입 내 입을 한테다 대고 쪽쪽 빠니 법중 려자 이 아니냐 애고애고 보고지고"

소리를 크게 질러 놓(으)니 이때 사또 저녁 진지를 잡수시고 식곤증이 나계옵서 평상에 취침하시다 애고 보고지고 소리에 깜짝 놀래어

(중략)

이때 이도령은 퇴령 놓기를 기다릴 제
"방자야."
"예."
"퇴령 놓았나 보아라."
"아직 아니 놓았소."
조금 있더니 하인 물리라 퇴령 소리 길게 나니
"좋다 좋다. 옳다 옳다. 방자야. 등롱에 불 밝혀라."
통인 하나 뒤를 따라 춘향의 집 건너갈 제 자취없이 가만가만 걸으면서

28) 가련금야숙창가 - 왕발(王勃)의 「臨高臺篇」에 나오는 글. 애닲게도 오늘 밤에는 기생 집에서 자겠구나
29) 금일한풍소소래 - 오늘은 찬바람이 쓸쓸히 불어오니
30) 에후로혀 - 둘러 당겨
31) 광윤유태 - 윤기가 몸에 흐름
32) 부루 - 상추

"방자야 상방에 불 비친다. 등롱을 옆에 껴라."

이때 춘향이 칠현금을 비껴안고 남풍시를 희롱타가 침석에 졸더니 방자 안으로 들어가되 개가 짖을가 염려하여 자취없이 가만가만 춘향 방 영창 밑에 가만히 살짝 들어가서

"이애 춘향아 잠 들었냐."

춘향이 깜짝 놀래어

"네 어찌 오냐."

"도련님이 와 계시다."

춘향이가 이 말을 듣고 가슴이 울렁울렁 속이 답답하여 부끄럼을 못 이기어 문을 열고 나오더니 건넌방 건너가서 저의 모친 깨우는데

"애고 어머니. 무슨 잠을 이다지 깊이 주무시오."

춘향의 모 잠을 깨어

"아가. 무엇을 달라고 부르느냐."

"누가 무엇 달래었소."

"그러면 어찌 불렀느냐."

엉겁결에 하는 말이

"도련님이 방자 모시고 오셨다오."

춘향의 모 문을 열고 방자 불러 묻는 말이

"누가 와야."

방자 대답하되

"사또 자제 도련님이 와 계시오."

춘향 어미 그 말 듣고

"향단아."

"예."

"뒤 초당에 좌석 등촉 신칙하여 포진하라."

당부하고 춘향모가 나오는데 세상 사람이 다 춘향모를 일컫더니 과연이로다. 자고로 사람이 외탁을 많이 하는 고로 춘향같은 딸을 낳았구나. 춘향모 나오는데 거동을 살펴보니 반백이 넘었는데 소탈한 모양이며 단정한 거동이 표표정정하고 기부가 풍영하여 복이 많은지라. 숫접고 점잔하게 발막[33]을 끌어 나오는데 가만가만 방자 뒤를 따라온다.

이때 도련님이 배회고면(徘徊顧眄)[34]하여 무료히 서 있을 제 방자 나와 여쭈오되

"저기 오는 게 춘향의 모로소이다."

춘향의 모가 나오더니 공수하고 우뚝 서며

"그 새에 도련님 문안이 어떠하오."

도련님 반만 웃고

"춘향의 모라지. 평안한가."

"예 겨우 지내옵니다. 오실 줄 진정 몰라 영접이 불민하오니다."

"그럴 리가 있나."

춘향모 앞을 서서 인도하여 대문 중문 다 지나서 후원을 돌아가니 연구한 별초당에 등롱을 밝혔는데 버들가지 늘어져 불빛을 가린 모양 구슬발이 갈고랑이에 걸린 듯하고 우편의 벽오동은 맑은 이슬이 뚝뚝 떨어져 학의 꿈을 놀래는 듯 좌편에 섰는 반송 청풍이 건듯 불면 노룡이 굼니는 듯 창전에 심은 파초 일난초 봉미장은 속잎이 빼어나고 수심여주 어린 연꽃 물 밖에 겨우 떠서 옥로를 받쳐 있고 대접같은 금붕어는 어변성룡하려 하고 때때마다 물결쳐서 출렁 툼벙 굼실 놀 때마다 조롱하고 새로 나는 연잎은 받을 듯이 벌어지고 급연삼봉 석가산은 층층이 쌓였는데 계하(階下)의 학 두루미 사람을 보고 놀래어 두 죽지를 떡 벌리고 긴 다리로 징검징검 끼룩 뚜르르 소리하며 계화 밑에 삽살개 짖는구나. 그 중에 반갑구나 못 가운데 쌍 오리는 손님 오시노라 둥덩실 떠서 기다리는 모양이요 처마에 다다르니 그제야 저의 모친 영을 디디어서 사창을 반개하고 나오는데 모양을 살펴보니 뚜렷한 일륜명월 구름 밖에 솟아난 듯 황홀한 저 모양은 측량키 어렵도다. 부끄러이 당에 내려 천연히 섰는 거동은 사람의 간장을 다 녹인다.

도련님 반만 웃고 춘향더러 묻는 말이

"곤치 아니하며 밥이나 잘 먹었냐."

춘향이 부끄러워 대답치 못하고 묵묵히 서 있거늘 춘향이 모가 먼저 당에 올라 도련님을 자리로 모신 후에 차를 들어 권하고 담배 붙여 올리오니 도련님이

33) 발막 - 신분이 높은 남녀 늙은이가 신는 마른신의 한가지

34) 배회고면 - 이리저리 거닐며 좌우를 돌아봄

받아 물고 앉았을 제 도련님 춘향의 집 오실 때는 춘향에게 뜻이 있어 와 계시지 춘향의 세간 기물 구경 온 바 아니로되 도련님 첫 외입이라 밖에서는 무슨 말이 있을 듯 하더니 들어가 앉고 보니 별로이 할 말이 없고 공연히 천촉기가 있어 오한증이 들면서 아무리 생각하되 별로 할 말이 없는지라.

춘향이 일편단심 일부종사 하려 하고 글 한 수를 지어 책상 위에 붙였으되,

대운춘풍죽(帶韻春風竹)이요 분향야독서(焚香夜讀書)[35]라.

기특하다 이 글 뜻은 목란의 절개로다.

이렇듯 치하할 제 춘향 어미 여쭈오되,

"귀중하신 도련님이 누지에 욕림하시니 황공감격하옵니다.

도련님 그 말 한 마디에 말 궁기가 열리었지.

"그럴 리가 왜 있는가. 우연히 광한루에서 춘향을 잠깐 보고 연련히 보내기로 탐화봉접 취한 마음 오늘 밤에 오는 뜻은 춘향 어미 보러 왔거니와 자네 딸 춘향과 백년언약을 맺고자 하니 자네의 마음이 어떠한가."

춘향 어미 여쭈오되

"말씀은 황송하오나 들어 보오. 자하골 성참판 영감이 보후로 남원에 좌정하였을 때 소리개를 매로 보고 수청을 들라 하옵기로 관장의 영을 못 어기어 모신 지 삼삭만에 올라가신 후로 뜻밖에 포태하여 낳은 게 저 것이라. 그 연유로 고목하니 젖줄 떨어지면 데려가련다 하시더니 그 양반이 불행하여 세상을 버리시니 보내질 못하옵고 저 것을 길러낼 제 어려서 잔병조차 그리 많고 칠세에 소학 읽혀 수신제가 화순심을 낱낱이 가르치니 씨가 있는 자식이라 만사를 달통이요 삼강행실 뉘라서 내 딸이라 하리요. 가세가 부족하니 재상가 부당이요 사서인 상하불급 혼인이 늦어 가매 주야로 걱정이나 도련님 말씀은 잠시 춘향과 백년기약 한단 말씀이오나 그런 말씀 말으시고 놀으시다 가옵소서."

이 말이 참말이 아니라 이도련님 춘향을 얻는다 하니 내두사를 몰라 뒤를 눌러 하는 말이었다. 이도령 기가 막혀

"호사에 다마로세. 춘향도 미혼전이요 나도 미장전이라 피차 언약이 이러하고 육례는 못할 망정 양반의 자식이 일구이언을 할 리 있나."

35) 분향야독서 - 운치를 띠었구나 봄바람의 대나무요, 향을 피워 밤에 책을 읽네

춘향 어미 이 말 듣고

"또 내 말 들으시오. 고서에 하였으되 지신은 막여주요 지자는 막여부라 하니 지녀는 모(母) 아닌가. 내 딸 심곡 내가 알 지. 어려서부터 결곡한 뜻이 있어 행여 신세를 그르칠까 의심이요 일부종사하려 하고 사사이 하는 행실 철석같이 굳은 뜻이 청송, 녹죽, 전나무 사시절을 다투는 듯 상전벽해 될 지라도 내 딸 마음 변할손가. 금은, 오촉지백이 적여구산이라도 받지 아니할 터이요, 백옥같은 내 딸 마음 청풍인들 미치리요. 다만 고의를 효칙코자 할 뿐이온데 도련님은 욕심부려 인연을 맺었다가 미장전 도련님이 부모 몰래 깊은 사랑 금석같이 맺었다가 소문 어려 버리시면 옥결같은 내 딸 신세 문채 좋은 대모 진주 고운 구슬 구멍노리 깨어진 듯 청강에 놀던 원앙조가 짝 하나를 잃었은들 어이 내 딸 같을손가. 도련님 내정이 말과 같을진대 심량하여 행하소서."

도련님 더욱 답답하여

"그는 두 번 염려하지 마소. 내 마음 헤아리니 특별 간절 굳은 마음 흉중에 가득하니 분의는 다를망정 저와 내가 평생기약 맺을 제 전안 납폐 아니 한들 창파같이 깊은 마음 춘향사정 모를손가."

이렇듯이 이같이 설화하니 청실홍실 육례 갖춰 만난대도 이 위에 더 뾰족할까.

"내 저를 초취같이 여길 테니 시하라고 염려 말고 미장전도 염려 마소. 대장부 먹는 마음 박대 행실 있을손가. 허락만 하여 주소."

춘향 어미 이 말 듣고 이윽히 앉았더니 몽조가 있는지라 연분인 줄 짐작하고 흔연히 허락하며

"봉이 나매 황이 나고 장군 나매 용마 나고 남원에 춘향 나매 이화춘풍 꽃다웁다. 향단아 주반 등대하였느냐."

"예."

대답하고 주효를 차릴 적에 안주 등물 볼 것 같으면 괴임새도 정결하고 대(大)양푼 가리찜, 소(小)양푼 제육찜, 풀풀 뛰는 숭어찜, 포도동 나는 매추리탕에 동래 울산 대전복 대모 장도 드는 칼로 맹상군의 눈썹처럼 어슷비슷 오려 놓고, 염통산적, 양볶이와 춘치자명 생치 다리, 적벽 대접 분원기에 냉면조차 비벼놓고 생률 숙률 잣송이며 호도 대추 석류 유자 준시 앵두 탕기같은 청술레를 칫수있게 괴었는데 술병 치레 볼 것 같으면 티끌 없는 백옥병과 벽해수상 산호병과 엽

락금정 오동병과 목 긴 황새병 자라병 당화병 쇄금병 소상동정 죽절병 그 가운데 천은 알안자 적동자 쇄금자를 차례로 놓았는데 구비함도 갖을시고. 술 이름을 이를진대 이적선 포도주와 안기생 자하주와 산림처사 송엽주와 과하주 방문주 천일주 백일주 금로주 팔팔 뛰는 화주 약주 그 가운데 향기로운 연엽주 골라내어 알안자 가득 부어 청동화로 백탄 불에 남비 냉수 끓는 가운데 알안자 둘러 불한불열 데어 내어 금잔 옥잔 앵무배를 그 가운데 데웠으니 옥경 연화 피는 꽃이 태을선녀 연엽선 뜨듯 대광보국 영의정 파초선 뜨듯 둥덩실 띄워놓고 권주가 한 곡조에 일배일배부일배(一杯一杯復一杯)[36]라.

이도령 이른 말이

"금야에 하는 절차 보니 관청이 아니거든 어이 그리 구비한가."

춘향 모 여쭈오되

"내 딸 춘향 곱게 길러 요조숙녀 군자호구 가리어서 금슬우지 평생동락하올 적에 사랑에 노는 손님 영웅호걸 문장들과 죽마고우 벗님네 주야로 즐기실 제 내당의 하인 불러 밥상 술상 재촉할 제 보고 배우지 못하고는 어이 곧 등대하리. 내자가 불민하면 가장이 낯을 깎음이라. 내 생전 힘써 가르쳐 아무쪼록 본받아 행하라고 돈 생기면 사 모아서 손으로 만들어서 눈에 익고 손에도 익히라고 일시 반 때 놓지 않고 시킨 바라. 부족타 말으시고 구미대로 잡수시오."

앵무배 술 가득 부어 도련님께 드리오니 도령 잔 받아 손에 들고 탄식하여 하는 말이

"내 마음대로 할진대는 육례를 행할 터나 그러질 못하고 개구멍 서방으로 들고 보니 이 아니 원통하랴. 이애 춘향아. 그러나 우리 둘이 이 술을 대례 술로 알고 먹자."

일배주 부어 들고

"너 내 말 들어봐라. 첫째 잔은 인사주요 둘째 잔은 합환주라. 이 술이 다른 술 아니라 근원근본 삼으리라. 대순의 아황 여영 귀히귀히 만난 연분 지중타 하였으되 월로의 우리 연분 삼생가약 맺은 연분 천만년이라도 변치 아니할 연분 대대로 삼태육경 지손이 많이 번성하여 자손 증손 고손이며 무릎 위에 앉혀 놓고

---

36) 일배일배부일배 - 한 잔 한 잔에 다시 한 잔이라는 뜻으로 계속해서 술을 마신다는 뜻

죄암죄암 달강달강 백세상수하다가(서) 한날 한시 마주 누워 선후없이 죽게 되면 천하에 제일가는 연분이지."

술잔 들어 잡순 후에

"향단아 술 부어 너의 마누라께 드려라. 장모, 경사 술이니 한 잔 먹소."

춘향 어미 술잔 들고 일희일비하는 말이

"오늘이 여식의 백년지고락을 맡기는 날이라. 무슨 슬픔 있으리까마는 저것을 길러낼 제 애비 없이 설이 길러 이때를 당하오니 영감 생각이 간절하여 비창하여이다."

도련님 이른 말이

"이왕지사 생각 말고 술이나 먹소."

춘향 모 수삼배 먹은 후에 도련님 통인 불러 상 물려 주면서

"너도 먹고 방자도 먹여라."

통인 방자 상 물려 먹은 후에 대문 중문 다 닫치고 춘향 어미 향단이 불러 자리 포진시킬 제 원앙금침 잣베개와 샛별같은 요강 대야 자리포진을 정히 하고

"도련님 평안히 쉬옵소서. 향단아 나오너라. 나하고 함께 자자."

둘이 다 건너갔구나.

춘향과 도련님 마주 앉아 놓았으니 그 일이 어찌 되겠느냐. 사양을 받으면서 삼각산 제일봉 봉학 앉아 춤추는 듯 두 활개를 에구부시 들고 춘향의 섬섬옥수 바듯이[37] 겹쳐 잡고 의복을 공교하게 벗기는데 두 손길 썩 놓더니 춘향 가는 허리를 담쏙 안고

"나삼을 벗어라."

춘향이가 처음 일일 뿐 아니라 부끄러워 고개를 숙여 몸을 틀 제 이리 곰실 저리 곰실 녹수에 홍련화 미풍 만나 굼니는 듯 도련님 치마 벗겨 제쳐놓고 바지 속옷 벗길 적에 무한히 실랑된다 이리 굼실 저리 굼실 동해 청룡이 굽이를 치는 듯

"아이고 놓아요 좀 놓아요."

"에라. 안 될 말이로다."

실랑 중 옷끈 끌러 발가락에 딱 걸고서 끼어 안고 진득이 누르며 기지개 켜니

37) 바듯이 - 겨우

발길 아래 떨어진다. 옷이 활딱 벗어지니 형산의 백옥덩이 이 위에 비할소냐. 옷이 활씬 벗어지니 도련님 거동을 보려하고 슬그머니 놓으면서

"아차차 손 빠졌다."

춘향이가 침금 속으로 달려든다. 도련님 왈칵 좇아 들어 누워 저고리를 벗겨내어 도련님 옷과 모두 한데다 둘둘 뭉쳐 한 편 구석에 던져두고 둘이 안고 마주 누웠으니 그대로 잘 리가 있나. 골즙낼[38] 제 삼승 이불 춤을 추고 샛별 요강은 장단을 맞추어 청그렁 쟁쟁 문고리는 달랑달랑 등잔불은 가물가물 맛이 있게 잘 자고 났구나. 그 가운데 진진(津津)[39]한 일이야 오죽하랴.

하루 이틀 지나가니 어린 것들이라 신맛이 간간 새로워 부끄럼은 차차 멀어지고 그제는 기롱도 하고 우스운 말도 있어 자연 사랑가가 되었구나. 사랑으로 노는데 똑 이 모양으로 놀던 것이었다.

사랑 사랑 내 사랑이야 동정칠백 월하초에 무산같이 높은 사랑, 목단무변수(目斷無邊水)[40]에 여천창해같이 깊은 사랑, 옥산전 달 밝은데 추산천봉 완월 사랑, 증경학무하올 적 차문취소하던 사랑, 유유낙일 월렴간에 도리화개 비친 사랑, 섬섬초월 분백한데 함소함태(含笑含態)[41] 숱한 사랑, 월하에 삼생 연분 너와 나와 만난 사랑, 허물없는 부부 사랑, 화우동산 목단화같이 펑퍼지고 고운 사랑, 연평 바다 그물같이 얽히고 맺힌 사랑, 은하 직녀 직금(織錦)[42]같이 올올이 이은 사랑, 청루미녀 침금같이 혼솔마다 감친 사랑, 시냇가 수양같이 청처지고 늘어진 사랑, 남창북창 노적같이 담불담불 쌓인 사랑, 은장 옥장 장식같이 모모이[43] 잠긴 사랑, 영산홍록 봄바람에 넘노나니 황봉백접 꽃을 물고 즐긴 사랑, 녹수청강 원앙조격으로 마주 둥실 떠 노는 사랑, 연년 칠월 칠석야에 견우직녀 만난 사랑, 육관대사 성진이가 팔선녀와 노는 사랑, 역발산 초패왕이 우미인 만난 사랑,

38) 골즙낼 - 뼈에서 즙을 내다

39) 진진 - 재미가 좋음

40) 목단무변수 - 목단은 시력이 미치지 아니함을, 무변은 끝이 닿은 데가 없음을 뜻함. 즉, 아득하게 끝없이 펼쳐져 있는 물

41) 함소함태 - 미소를 머금고 고운 자태를 지님

42) 직금 - 비단을 짜다

43) 모모이 - 이모저모 다

당나라 당명황이 양귀비 만난 사랑, 명사십리 해당화같이 연연히 고운 사랑, 네가 모두 사랑이로구나, 어화 둥둥 내 사랑아, 어화 내 간간 내 사랑이로구나. 여봐라 춘향아 저리 가거라 가는 태도를 보자. 이만큼 오너라 오는 태도를 보자. 빵긋 웃고 아장아장 걸어라 걷는 태도 보자. 너와 나와 만난 사랑 연분을 팔자 한들 팔 곳이 어디 있어. 생전 사랑 이러하고 어찌 사후 기약 없을소냐. 너는 죽어 될 것 있다. 너는 죽어 글자 되되 땅 지자 그늘 음자 아내 처자 계집 녀자 변이 되고 나는 죽어 글자 되되 하늘 천자 하늘 건 지아비 부 사내 남 아들 자 몸이 되어 계집 녀 변에다 딱 붙이면 좋을 호자로 만나 보자. 사랑 사랑 내 사랑. 또 너 죽어 될 것 있다. 너는 죽어 물이 되되 은하수 폭포수 만경창해수 청계수 옥계수 일대장강 던져두고 칠년대한 가물 때도 일상 진진 추저 있는 음양수란 물이 되고 나는 죽어 새가 되되 두견조도 될라 말고 요지 일월 청조 청학 백학이며 대붕조 그런 새가 될라 말고 쌍거쌍래 떠날 줄 모르는 원앙조란 새가 되어 녹수에 원앙격으로 어화둥둥 떠 놀거든 나인 줄 알려무나 사랑 사랑 내 간간 내 사랑이야.

"아니 그것도 나 아니 될라오."

"그러면 너 죽어 될 것 있다. 너는 죽어 경주 인경도 될라 말고 전주 인경도 될라 말고 송도 인경도 될라 말고 장안 종로 인경 되고 나는 죽어 인경 망치되어 삼십삼천 이십팔수를 응하여 길마재 봉화 세 자루 꺼지고 남산 봉화 두 자루 꺼지면 인경 첫마디 치는 소리 그저 뎅뎅 칠 때마다 다른 사람 듣기에는 인경소리로만 알아도 우리 속으로는 춘향 뎅 도련님 뎅이라 만나 보자꾸나. 사랑 사랑 내 간간 내 사랑이야."

"아니 그것도 나는 싫소."

"그러면 너 죽어 될 것 있다. 너는 죽어 방아 확이 되고 나는 죽어 방아 고가 되어 경신년 경신일 경신시에 강태공 조작 방아 그저 떨거덩 떨거덩 찧거들랑 나인 줄 알려무나. 사랑 사랑 내 간간 사랑이야."

춘향이 하는 말이

"싫소. 그것도 내 아니 될라오."

"어찌하여 그 말이냐."

"나는 항시 어찌 이생이나 후생이나 밑으로만 되라니까 재미없어 못 쓰겠소."

"그러면 너 죽어 위로 가게 하마. 너는 죽어 돌매 윗짝이 되고 나는 죽어 밑짝 되어 이팔청춘 홍안미색들이 섬섬옥수로 맷대를 잡고 슬슬 두르면 천원지방 격으로 휘휘 돌아가거든 나인 줄 알려무나.”

“싫소 그것도 아니 될라오. 위로 생긴 것이 부아 나게만 생기었소. 무슨 년의 원수로서 일생 한 구멍이 더하니 아무것도 나는 싫소.”

“그러면 너 죽어 될 것 있다. 너는 죽어 명사십리 해당화가 되고 나는 죽어 나비 되어 나는 네 꽃송이 물고 너는 내 수염 물고 춘풍이 건듯 불거든 너울너울 춤을 추고 놀아보자. 사랑 사랑 내 사랑이야 내 간간 사랑이지. 이리 보아도 내 사랑 저리 보아도 내 사랑. 이 모두 내 사랑같으면 사랑 걸려 살 수 있나. 어화 둥둥 내 사랑 내 예쁜 내 사랑이야. 방긋방긋 웃는 것은 화중왕 모란화가 하룻밤 세우 뒤에 반만 피고자 한 듯 아무리 보아도 내 사랑 내 간간이로구나. 그러면 어쩌잔 말이냐. 너와 나와 유정하니 정자로 놀아보자. 음상동(音相同)[44]하여 정자 노래나 불러보세.”

(중략)

춘향이 반만 웃고

“그런 잡담은 말으시오.”

“그게 잡담 아니로다. 춘향아 우리 둘이 업음질[45]이나 하여보자.”

“애고 참 잡상스러워라. 업음질을 어떻게 하여요.”

업음질 여러 번 한성부르게 말하던 것이었다.

“업음질 천하 쉬우니라. 너와 나와 활씬 벗고 업고 놀고 안고도 놀면 그게 업음질이지야.”

“애고 나는 부끄러워 못 벗겠소.”

“에라 요 계집아이야 안 될 말이로다. 내 먼저 벗으마.”

버선 대님 허리띠 바지 저고리 활씬 벗어 한 편 구석에 밀쳐 놓고 우뚝 서니 춘향이 그 거동을 보고 뺑긋 웃고 돌아서며 하는 말이

“영락없는 낮도깨비 같소.”

44) **음상동** - 소리를 한 가지로

45) **업음질** - 번갈아 서로 업어주는 짓

"오냐 네 말 좋다. 천지만물이 짝 없는게 없느니라. 두 도깨비 놀아보자."

"그러면 불이나 끄고 노사이다."

"불이 없으면 무슨 재미있겠느냐. 어서 벗어라 어서 벗어라."

"애고 나는 싫어요."

도련님 춘향 옷을 벗기려 할 제 넘놀면서 어룬다. 만첩청산 늙은 범이 살찐 암캐를 물어다 놓고 이는 없어 먹든 못하고 흐르릉 흐르릉 아웅 어루는 듯 북해흑룡이 여의주를 입에다 물고 채운간에 넘노는 듯 단산 봉황이 죽실 물고 오동 속에 넘노는 듯 구고 청학이 난초를 물고서 오송간에 넘노는 듯 춘향의 가는 허리를 후리쳐다 담쏙 안고 기지개 아드득 떨며 귓밥도 쪽쪽 빨며 입술도 쪽쪽 빨면서 주홍같은 혀를 물고 오색단청 순금장 안에 쌍거쌍래 비둘기같이 꿍꿍 끙끙 으흥거려 뒤로 돌려 담쏙 안고 젖을 쥐고 발발 떨며 저고리 치마 바지 속곳까지 활씬 벗겨놓으니 춘향이 부끄러워 한편으로 잡치고 앉았을 제 도련님 답답하여 가만히 살펴보니 얼굴이 복짐하여 구슬땀이 송실송실 앉았구나.

"이애 춘향아 이리 와 업히거라."

춘향이 부끄러하니

"부끄럽기는 무엇이 부끄러워. 이왕에 다 아는 바니 어서 와 업히거라."

춘향을 업고 치키시며

"어따 그 계집아이 똥집 장히 무겁다. 네가 내 등에 업히니까 마음이 어떠하냐?"

"한껏나게 좋소이다."

"좋냐?"

"좋아요."

"나도 좋다. 좋은 말을 할 것이니 네가 대답만 하여라."

"말씀 대답하올테니 하여 보옵소서."

"네가 금이지야?"

"금이라니 당치 않소. 팔년풍진 초한시절에 육출기계(六出奇計)[46] 진평이가 범아부를 잡으려고 황금 사만을 흩었으니 금이 어이 남으리까."

46) 육출기계 - 여섯 번의 기이한 계책

“그러면 진옥(眞玉)이냐?”

“옥이라니 당치 않소. 만고영웅 진시황이 형산의 옥을 얻어 이사의 명필로 수명우천기수영창이라. 옥새를 만들어서 만세유전을 하였으니 옥이 어이 되오리까.”

“그러면 네가 무엇이냐. 해당화냐?”

“해당화라니 당치 않소. 명사십리 아니거든 해당화가 되오리까.”

“그러면 네가 무엇이냐? 밀화 금패 호박 진주냐?”

“아니 그것도 당치 않소. 삼태육경 대신재상 팔도방백 수령님네 갓끈 풍잠 다 하고서 남은 것은 경향의 일등명기 지환[47] 벌 허다히 다 만드니 호박 진주 부당하오.”

“네가 그러면 대모 산호냐?”

“아니 그것도 내 아니오. 대모 간 큰 병풍 산호로 난간하여 광리왕[48] 상량문에 수궁보물 되었으니 대모 산호가 부당이오.”

“네가 그러면 반달이냐?”

“반달이라니 당치 않소. 금야 초생 아니거든 벽공에 돋은 명월 내가 어찌 기오리까.”

“네가 그러면 무엇이냐. 날 호려 먹는 불여우냐? 네 어머니 너를 낳아 곱도 곱게 길러내어 나만 호려 먹으라고 생겼느냐. 사랑 사랑 사랑이야 내 간간 내 사랑이야. 네가 무엇을 먹으려느냐. 생률(生栗) 숙률(熟栗)을 먹으려느냐. 둥글둥글 수박 웃봉자[49] 대모장도 드는 칼로 뚝 떼고 강릉 백청을 두루 부어 은수저 반간자로 붉은 점 한 점을 먹으려느냐.”

“아니 그것도 내사 싫소.”

“그러면 무엇을 먹으려느냐. 시금털털 개살구를 먹으려느냐?”

“아니 그것도 내사 싫소.”

“그러면 무엇을 먹으려냐. 돝[50] 잡아 주랴 개 잡아 주랴. 내 몸 통째 먹으려느

47) 지환 - 가락지

48) 광리왕 - 남해의 해신

49) 수박 웃봉자 - 수박 윗부분에 딸린 꽁지

50) 돝 - 돼지

냐."

"여보 도련님. 내가 사람 잡아먹는 것 보았소?"

"예라 요것 안될 말이로다. 어화 둥둥 내 사랑이지. 이 애 그만 내리려무나. 백사만사가 다 품앗이가 있느니라. 내가 너를 업었으니 너도 나를 업어야지."

"애고 도련님은 기운이 세어서 나를 업었거니와 나는 기운이 없어 못 업겠소."

"업는 수가 있느니라. 나를 돋워 업으려 말고 발이 땅에 자운자운하게 뒤로 잦은 듯 하게 업어다오."

도련님을 업고 툭 추어 놓으니 대중이 틀렸구나.

"애고 잡상스러워라."

이리 흔들 저리 흔들

"내가 네 등에 업혀 놓으니 마음이 어떠하냐. 나도 너를 업고 좋은 말을 하였으니 너도 나를 업고 좋은 말을 하여야지."

"좋은 말을 하오리다 들으시오. 부열이를 업은 듯, 여상이를 업은 듯, 흉중대략 품었으니 명만일국 대신되어 주석지신 보국충신 모두 헤아리니 사육신을 업은 듯, 생육신을 업은 듯, 일(日)선생 월(月)선생 고운 선생을 업은 듯, 제봉을 업은 듯, 요동백을 업은 듯, 정송강을 업은 듯, 충무공을 업은 듯, 우암 퇴계 사계 명재를 업은 듯, 내 서방이지 내 서방. 알뜰 간간 내 서방. 진사급제 대 받쳐 직부주서 한림학사 이렇듯이 된 연후 부승지 좌승지 도승지로 당상하여 팔도방백 지낸 후 내직으로 각신 대교 복상 대제학 대사성 판서 좌상 우상 영상 규장각하신 후에 내삼천 외팔백 주석지신 내 서방 알뜰 간간 내 서방이지."

제 손수 농즙나게 문질렀구나.

"춘향아 우리 말놀음이나 좀 하여보자."

"애고 참 우스워라. 말놀음이 무엇이오?"

말놀음 많이 하여 본 성부르게.

"천하 쉽지야. 너와 나와 벗은 김에 너는 온 방바닥을 기어다녀라. 나는 네 궁둥이에 딱 붙어서 네 허리를 잔뜩 끼고 볼기짝을 내 손바닥으로 탁 치면서 이리하거든 흐흥거려 퇴김질로 물러서며 뛰어라. 알심있게 뛰게 되면 탈 승자(乘字) 노래가 있느니라."

타고 놀자 타고 놀자. 헌원씨 습용간과 능작대무 치우 탁녹야에 사로잡고 승전고를 울리면서 지남거를 높이 타고, 하우씨 구년지수 다스릴 제 육행승거 높이 타고, 적송자 구름 타고 여동빈 백로 타고, 이적선 고래 타고, 맹호연 나귀 타고, 태을선인 학을 타고, 대국천자 코끼리 타고, 우리 전하는 연을 타고, 삼정승은 평교자를 타고, 육판서는 초헌 타고, 훈련대장은 수레 타고, 각읍 수령은 독교 타고, 남원부사는 별연을 타고, 일모장강 어옹들은 일엽편주 도도[51] 타고, 나는 탈 것 없었으니 금야 삼경 깊은 밤에 춘향 배를 넌짓 타고 홑이불로 돛을 달아 내 기계로 노를 저어 오목섬을 들어가되 순풍에 음양수(陰陽水)를 시름없이 건너갈 제 말을 삼아 탈 양이면 걸음걸이 없을소냐. 마부는 내가 되어 네 구종을 넌지시 잡아 구종걸음 반부새로 화장으로 걸어라. 기총마 뛰 듯 뛰어라. 온갖 장난을 다 하고 보니 이런 장관이 또 있으랴. 이팔(二八) 이팔(二八) 둘이 만나 미친 마음 세월 가는 줄 모르던가 보더라.

이때 뜻밖에 방자 나와

"도련님. 사또께옵서 부르시오."

도련님 들어가니 사또 말씀하시되

"여봐라 서울서 동부승지 교지가 내려왔다. 나는 문부사정하고 갈 것이니 너는 내행을 배행하여 명일로 떠나거라."

도련님 부교 듣고 일변은 반갑고 일변은 춘향을 생각하니 흉중이 답답하여 사지에 맥이 풀리고 간장이 녹는 듯 두 눈으로 더운 눈물이 펄펄 솟아 옥면을 적시거늘. 사또 보시고

"너 왜 우느냐. 내가 남원을 일생 살 줄로 알았더냐. 내직으로 승차되니 섭섭히 생각 말고 금일부터 치행등절을 급히 차려 명일 오전으로 떠나거라."

겨우 대답하고 물러나와 내아에 들어가 사람이 무론상중하고 모친께는 허물이 적은지라. 춘향의 말을 울며 청하다가 꾸중만 실컷 듣고 춘향의 집을 나오는데 설움은 기가 막히나 노상에서 울 수 없어 참고 나오는데 속에서 두부장 끓듯 하는지라. 춘향 문전 당도하니 통 채 건더기 채 보[52] 채 왈칵 쏟아져 놓으니

"어푸 어푸 어허."

춘향이 깜짝 놀래어 왈칵 뛰어 내달아

51) 도도 - 거칠 것 없이

52) 보 - 작은 사발

"애고 이게 웬일이오. 안으로 들어가시더니 꾸중을 들으셨소. 노상에 오시다가 무슨 분함 당하여 계시오. 서울서 무슨 기별이 왔다더니 중복(重複)[53]을 입어 계시오. 점잖으신 도련님이 이것이 웬 일이오."

춘향이 도련님 목을 담쏙 안고 치맛자락을 걷어 잡고 옥안에 흐르는 눈물 이리 씻고 저리 씻으면서

"울지 마오. 울지 마오."

도련님 기가 막혀 울음이란 게 말리는 사람이 있으면 더 울던 것이었다. 춘향이 화를 내어

"여보 도련님 입 보기 싫소. 그만 울고 내력 말이나 하오."

"사또께옵서 동부승지하여 계시단다."

춘향이 좋아하여

"댁의 경사요. 그래서, 그러면 왜 운단 말이오?"

"너를 버리고 갈 터이니 내 아니 답답하냐."

"언제는 남원 땅에서 평생 살으실 줄로 알았겠소. 나와 어찌 함께 가기를 바라리요. 도련님 먼저 올라가시면 나는 예서 팔 것 팔고 추후에 올라갈 것이니 아무 걱정 말으시오. 내 말대로 하였으면 군색잖고 좋을 것이요. 내가 올라가더라도 도련님 큰 댁으로 가서 살 수 없을 것이니 큰 댁 가까이 조그마한 집 방이나 두엇 되면 족하오니 염탐하여 사 두소서. 우리 권구(眷口)[54] 가더라도 공밥 먹지 아니할 터이니 그렁저렁 지내다가 도련님 나만 믿고 장가 아니 갈 수 있소. 부귀영총 재상가의 요조숙녀 가리어서 혼정신성(昏定晨省)[55]할지라도 아주 잊든 마옵소서. 도련님 과거하여 벼슬 높아 외방 가면 신래마마 치행할 제 마마로 내세우면 무슨 말이 되오리까. 그리 알아 조처하오."

"그게 이를 말이냐. 사정이 그렇기로 네 말을 사또께는 못 여쭈고 대부인전 여쭈오니 꾸중이 대단하시며 양반의 자식이 부형 따라 하향에 왔다 화방작첩(花房作妾)[56]하여 데려간단 말이 전정(前程)에도 괴이하고 조정에 들어 벼슬도 못한

53) 중복(重複) - 대공친(大功親) 이상의 경우에 입는 상복(喪服)

54) 권구(眷口) - 한집에 같이 사는 식구

55) 혼정신성(昏定晨省) - 조석으로 부모의 안부를 물어서 살핌

다더구나. 불가불 이별이 될 밖에 수 없다.”

춘향이 이 말을 듣더니 고대 발연변색(勃然變色)[57]이 되며 요두전목(搖頭轉目)[58]에 붉으락 푸르락 눈을 간잔지런하게 뜨고 눈썹이 꼿꼿하여지면서 코가 발심발심하며 이를 뽀드득 뽀드득 갈며 온몸을 쑤신 입 틀 듯하며 매 꿩 차는 듯 하고 앉더니

“허허 이게 웬 말이오.”

왈칵 뛰어 달려들며 치맛자락도 와드득 좌르륵 찢어 버리며 머리도 와드득 쥐어뜯어 싹싹 비벼 도련님 앞에다 던지면서

“무엇이 어쩌고 어째요. 이것도 쓸데없다.”

명경 체경 산호죽절을 두루 쳐 방문 밖에 탕탕 부딪치며 발도 동동 굴러 손뼉 치고 돌아앉아 자탄가(自嘆歌)로 우는 말이

“서방 없는 춘향이가 세간살이 무엇하며 단장하여 뉘 눈에 괴일꼬. 몹쓸 년의 팔자로다. 이팔청춘 젊은 것이 이별될 줄 어찌 알랴. 부질없는 이내 몸을 허망하신 말씀으로 전정 신세 버렸구나. 애고 애고 내 신세야.”

천연히 돌아앉아

“여보 도련님 이제 막 하신 말씀 참말이요 농말이요. 우리 둘이 처음 만나 백년언약 맺을 적에 대부인 사또께옵서 시키시던 일이오니까. 빙자가 웬 일이요. 광한루서 잠깐 보고 내 집에 찾아와서 침침무인 야삼경에 도련님은 저기 앉고 춘향 나는 여기 앉아 날더러 하신 말씀 구맹불여천맹(丘盟不如天盟)[59]이요 산맹불여천맹(山盟不如天盟)[60]이라고 전년 오월 단오야에 내 손길 부여잡고 우둥퉁퉁 밖에 나와 당중에 우뚝 서서 경경히 맑은 하늘 천 번이나 가리키며 만 번이나 맹세키로 내 정녕 믿었더니 말경에 가실 때는 톡 떼어 버리시니 이팔청춘 젊은 것이 낭군 없이 어찌 살꼬. 침침공방 추야장에 시름 상사 어이할꼬. 모질도다 모

56) 화방작첩(花房作妾) - 기생집에서 첩을 얻음

57) 발연변색(勃然變色) - 갑자기 와락 성이 나서 얼굴빛이 변함

58) 요두전목(搖頭轉目) - 행동이 침착하지 아니함

59) 구맹불여천맹(丘盟不如天盟) - 언덕을 두고 맹세하는 것은 하늘을 두고 맹세하는 것만
　　같지 못함

60) 산맹불여천맹 - 산을 두고 맹세하는 것은 하늘을 두고 맹세하는 것만 같지 못함

질도다 도련님이 모질도다. 독하도다 독하도다 서울 양반 독하도다. 원수로다 원수로다 존비귀천 원수로다. 천하에 다정한 게 부부정 유별컨만 이렇듯 독한 양반 이 세상에 또 있을까. 애고 애고 내 일이야. 여보 도련님 춘향 몸이 천타고 함부로 버리셔도 그만인 줄 알지 마오. 첩지박명 춘향이가 식불감 밥 못 먹고 침불안 잠 못 자면 며칠이나 살 듯하오. 상사로 병이 들어 애통하다 죽게 되면 애원한 내 혼신 원귀가 될 것이니 존중하신 도련님이 근들 아니 재앙이요. 사람의 대접을 그리 마오. 인물 거천하는 법이 그런 법이 왜 있을꼬. 죽고지고 죽고지고. 애고 애고 설운지고."

한참 이리 자진하여 설이 울 제 춘향모는 물색도 모르고

"애고 저것들 또 사랑 싸움이 났구나. 어 참 아니꼽다. 눈 구석 쌍 가래톳 설 일 많이 보네."

하고 아무리 들어도 울음이 장차 길구나. 하던 일을 밀쳐 놓고 춘향 방 영창 밖으로 가만가만 들어가며 아무리 들어도 이별이로구나.

"허허 이것 별일 났다."

두 손뼉 땅땅 마주 치며

"허 동네 사람 다 들어 보오. 오늘날로 우리 집에 사람 둘 죽습네."

어간 마루 섭적 올라 영창문을 뚜드리며 우루룩 달려들어 주먹으로 겨누면서

"이년 이년 썩 죽어라. 살아서 쓸데없다. 너 죽은 시체라도 저 양반이 지고 가게. 저 양반 올라가면 뉘 간장을 녹이려냐. 이년 이년 말 듣거라. 내 일상 이르기를 후회되기 쉽느니라. 도도한 마음 먹지 말라고 여염 사람 가리어서 형세 지체 너와 같고 재주 인물이 모두 너와 같은 봉황의 짝을 얻어 내 앞에 노는 양을 내 안목에 보았으면 너도 좋고 나도 좋지. 마음이 도고(道高)[61]하여 남과 별로 다르더니 잘 되고 잘 되었다."

두 손뼉 꽝꽝 마주 치면서 도련님 앞에 달려들어

"나와 말 좀 하여 봅시다. 내 딸 춘향을 버리고 간다 하니 무슨 죄로 그러시오. 춘향이 도련님 모신 지 거진 일 년 되었으되 행실이 그르던가 예절이 그르던가 침선(針線)이 그르던가 언어가 불순턴가 잡스런 행실 가져 노류장화 음란턴가.

---

61) 도고(道高) - 도덕이 높은 체하여 교만함

무엇이 그르던가. 이 봉변이 웬 일인가. 군자 숙녀 버리는 법 칠거지악 아니면은 못 버리는 줄 모르는가. 내 딸 춘향 어린 것을 밤낮으로 사랑할 제 안고 서고 눕고 지며 백년 삼만육천일에 떠나 살지 말자 하고 주야장천 어루더니 말경에 가실 제는 뚝 떼어 버리시니 양류천만사(楊柳千萬絲)인들 가는 춘풍 어이 하며 낙화낙엽되게 되면 어느 나비가 다시 올까. 백옥같은 내 딸 춘향 화용신도 부득이 세월에 장차 늙어져 홍안이 백수되면 시호시호부재래(時乎時乎不再來)[62]라. 다시 젊든 못 하나니 무슨 죄가 진중하여 허송 백년 하오리까. 도련님 가신 후에 내 딸 춘향 님 그릴 제 월정명 야삼경에 첩첩수심 어린 것이 가장 생각 절로 나서 초당전 화계상 담배 피워 입에다 물고 이리저리 다니다가 불꽃같은 시름 상사 흉중으로 솟아나 손 들어 눈물 씻고 후유 한숨 길게 쉬고 북편을 가리키며 한양 계신 도련님도 나와 같이 그리워하신지 무정하여 아주 잊고 일장 편지 아니 하신가. 긴 한숨에 듣는 눈물 옥안홍상 다 적시고 저의 방으로 들어가서 의복도 아니 벗고 외로운 베개 위에 벽만 안고 돌아누워 주야장탄 우는 것은 병 아니고 무엇이오. 시름 상사 깊이 든 병 내 구(救)치 못하고서 원통히 죽게 되면 칠십 당년 늙은 것이 딸 잃고 사위 잃고 태백산 갈가마귀 게발 물어다 던지듯이 혈혈단신 이 내 몸이 뉘를 믿고 살잔 말고. 남 못할 일 그리 마오. 애고 애고 설운지고. 못하지요. 몇 사람 신세를 망치려고 아니 데려가오. 도련님 대가리가 둘 돋쳤소. 애고 애고 무서워라 이 쇠 띵띵아."

왈칵 뛰어 달려드니 이 말 만일 사또께 들어가면 큰 야단이 나겠거든

"여보소 장모. 춘향만 데려갔으면 그만 두겠네."

"그래 아니 데려가고 견뎌낼까."

"너무 거세우지 말고 여기 앉아 말 좀 듣소. 춘향을 데려간대도 가마 쌍교 말을 태워 가자 하니 필경에 이 말이 날 것인즉 달리는 변통할 수 없고 내 이 기가 막히는 중에 꾀 하나를 생각하고 있네마는 이 말이 입 밖에 나서는 양반 망신만 하는 게 아니라 우리 선조 양반이 모두 망신할 말이로세."

"무슨 말이 그리 좌뜬[63] 말이 있단 말인가."

"내일 내행이 나오실 제 내행 뒤에 사당이 나올 테니 배행은 내가 하겠네."

---

62) 시호시호부재래(時乎時乎不再來) - 시절이여 시절이여 다시 오지 않는구나
63) 좌뜬 - 생각하는 것이 남보다 월등하다

"그래서요."

"그만하면 알지."

"나는 그 말 모르겠소."

"신주는 모셔내어 내 창옷 소매에다 모시고 춘향은 요여(腰輿)[64]에다 태워 갈 밖에 수가 없네. 걱정 말고 염려 마소."

춘향이 그 말 듣고 도련님을 물끄러미 바라보더니

"마소 어머니. 도련님 너무 조르지 마소. 우리 모녀 평생 신세 도련님 장중에 매었으니 알아 하라 당부나 하오. 이번은 아마도 이별할 밖에 수가 없네. 이왕에 이별이 될 바에는 가시는 도련님을 왜 조르리까마는 우선 갑갑하여 그러하지. 내 팔자야. 어머니 건넌방으로 가옵소서. 내일은 이별이 될 텐가 보오. 애고 애고 내 신세야. 이별을 어찌할꼬. 여보 도련님."

"왜야."

"여보 참으로 이별을 할 테요."

촛불을 돋우어 켜고 둘이 서로 마주앉아 갈 일을 생각하고 보낼 일을 생각하니 정신이 아득 한숨질 눈물겨워 경경오열하여 얼굴도 대어보고 수족도 만져보며

"날 볼 날이 몇 밤이오. 애달파 나쁜 수작 오늘 밤이 망종이니 나의 설운 원정 들어보오. 연근육순 나의 모친 일가친척 바이 없고 다만 독녀 나 하나라. 도련님께 의탁하여 영귀할까 바랐더니 조물이 시기하고 귀신이 작해(作害)[65]하여 이 지경이 되었구나. 애고 애고 내 일이야. 도련님 올라가면 나는 뉘를 믿고 사오리까. 천수만한(千愁萬恨)[66] 나의 회포 주야 생각 어이 하리. 이화 도화 만발할 제 수변행락(水邊行樂)[67] 어이 하며 황국(黃菊) 단풍 늦어갈 제 고절숭상(孤節崇尚)[68] 어이할꼬. 독숙공방 긴긴 밤에 전전반측 어이하리. 쉬느니 한숨이요 뿌리느니 눈물이라. 적막강산 달 밝은 밤에 두견성(杜鵑聲)을 어이 하리. 상풍고절

(64) 요여(腰輿) - 장사 뒤에 혼백과 신주를 모시고 돌아오는 상여

(65) 작해(作害) - 해를 입힘

(66) 천수만한(千愁萬恨) - 겹겹이 쌓인 근심과 한

(67) 수변행락(水邊行樂) - 물가에서의 놀이

(68) 고절숭상(孤節崇尚) - 높은 절개를 숭상함

(霜風高節)[69] 만리변에 짝 찾는 저 홍안성(鴻雁聲)[70]을 뉘라서 금하오며 춘하추동 사시절에 첩첩이 쌓인 경물 보는 것도 수심이요 듣는 것도 수심이라.”

애고 애고 설이 울 제 이도령 이른 말이

“춘향아 울지 마라. 부수소관첩재오(夫戍蕭關妾在吳)라. 소관의 부수들과 오나라 정부들도 동서 님 그리워서 규중심처 늙어 있고 정객관산로기중에 관산의 정객이며 녹수부용 채연녀도 부부신정 극중타가 추월강산 적막한데 연을 키워 상사하니 나 올라간 뒤라도 창전에 명월커든 천리 상사 부디 마라. 너를 두고 가는 내가 일일 평분 십이시를 낸들 어이 무심하랴. 울지 마라 울지 마라.”

춘향이 또 우는 말이

“도련님 올라가면 행화춘풍 거리거리 취하는 게 장진주요 청루미색 집집마다 보시느니 미색이요 처처에 풍악소리 간 곳마다 화월이라. 호색하신 도련님이 주야 호강 놀으실 제 나 같은 하방천첩이야 손톱만큼이나 생각하오리까. 애고 애고 내 일이야.”

“춘향아 울지 마라. 한양성 남북촌에 옥녀가인 많건마는 규중심처 깊은 정 너밖에 없었으니 이 아무리 대장부인들 일각이나 잊을소냐.”

서로 피차 기가 막혀 연연(戀戀) 이별 못 떠날지라. 도련님 모시고 갈 후배사령이 나올 적에 헐떡헐떡 들어오며

“도련님 어서 행차하옵소서. 안에서 야단났소. 사또께옵서 도련님 어디 가셨느냐 하옵기에 소인이 여쭙기를 놀던 친구 작별차로 문밖에 잠깐 나가셨노라 하였사오니 어서 행차하옵소서.”

“말 대령하였느냐.”

“말 마침 대령하였소.”

백마욕거장시(白馬欲去長嘶)하고 청아석별견의(靑娥惜別牽衣)[71]로다. 말은 가자고 네 굽을 치는데 춘향은 마루 아래 툭 떨어져 도련님 다리를 부여잡고

---

69) 상풍고절(霜風高節) - 바람과 서리 즉, 어떠한 어려운 곤경에 처해도 굽히지 않는 높은 절개

70) 홍안성(鴻雁聲) - 기러기 울음소리

71) 청아석별견의(靑娥惜別牽衣) - 백마는 떠나자고 길게 우는데 여인은 안타까운 이별에 옷을 이끄는구나

“날 죽이고 가면 가지 살리고는 못 가고 못 가느니.”

말 못하고 기절하니 춘향모 달려들어

“향단아 찬물 어서 떠오너라. 차를 달여 약 갈아라. 네 이 몹쓸 년아 늙은 어미 어쩌려고 몸을 이리 상하느냐.”

춘향이 정신 차려

“애고 갑갑하여라.”

춘향의 모 기가 막혀

“여보 도련님 남의 생때같은 자식을 이 지경이 웬 일이오. 절곡한 우리 춘향 애통하여 죽게 되면 혈혈단신 이내 신세 뉘를 믿고 살잔 말인고.”

도련님 어이없어

“이봐 춘향아 네가 이게 웬 일이냐. 나를 영영 안 보려느냐. 하량낙일수운기는 소통국의 모자 이별, 정객관산로기중에 오희월녀 부부 이별, 편삽수유소일인은 용산의 형제 이별, 서출양관무고인은 위성의 붕우 이별. 그런 이별 많아도 소식 들을 때가 있고 생면할 날이 있었으니 내가 이제 올라가서 장원급제 출신하여 너를 데려갈 것이니 울지 말고 잘 있거라. 울음을 너무 울면 눈도 붓고 목도 쉬고 골머리도 아프니라. 돌이라도 망두석은 천만년이 지나가도 광석¹될 줄 모르고 나무라도 상사목은 창 밖에 우뚝 서서 일년춘절 다 지나되 잎이 필 줄 모르고 병이라도 훼심병(毁心病)⁷²⁾은 오매불망 죽느니라. 네가 나를 보려거든 설워 말고 잘 있거라.”

춘향이 할 길 없어

“여보 도련님. 내 손에 술이나 망종 잡수시오. 행찬(行饌)⁷³⁾ 없이 가실진대 나의 찬합 갊아다가⁷⁴⁾ 숙소참 잘 자리에 날 본 듯이 잡수시오. 향단아 찬합 술병 내오너라.”

춘향이 일배주 가득 부어 눈물 섞어 드리면서 하는 말이

“한양성 가시는 길에 강수 청청 푸르거든 원함정(遠含情)⁷⁵⁾을 생각하고 천시가절(天時佳節) 때가 되어 세우(細雨)가 분분커든 노상행인욕단혼(路上行人欲

72) 훼심병(毁心病) - 너무 슬퍼하야 마음에 생긴 병

73) 행찬(行饌) - 여행 또는 소풍 갈 때 집에서 가지고 가는 반찬

74) 갊아다가 - 간직하다

斷魂)[76]이라. 마상에 곤핍하여 병이 날까 염려(되)오니 방초무초(芳草茂草)[77] 저 문 날에 일찍 들어 주무시고 아침날 풍우상(風雨上)에 늦게야 떠나시며 한 채찍 천리마에 모실 사람 없사오니 부디부디 천금귀체(千金貴體) 시사 안보(安保)하옵소서. 녹수진경도(綠樹秦京道)[78]에 평안히 행차하옵시고 일자 음신(音信)[79] 듣사이다. 종종 편지나 하옵소서."

도련님 하는 말이

"소식 듣기 걱정 마라. 요지의 서왕모도 주목왕을 만나려고 일쌍 청조 자래하여 수천리 먼먼 길에 소식 전송하였었고 한무제 중랑장은 상림원 군부전에 일척 금서 보았으니 백안 청조 없을망정 남원 인편 없을소냐. 슬퍼 말고 잘 있거라."

말을 타고 하직하니 춘향 기가 막혀 하는 말이

"우리 도련님이 가네 가네 하여도 거짓말로 알았더니 말 타고 돌아서니 참으로 가는구나."

춘향이가 마부더러

"마부야. 내가 문 밖에 나설 수가 없는 터니 말을 붙들어 잠깐 지체하여 서라. 도련님께 한 말씀 여쭐란다."

춘향이 내달아

"여보 도련님. 인제 가시면 언제나 오시려오. 사절, 소식 끊어질 절, 보내나니 아주 영절, 녹죽 창송 백이숙제 만고충절, 천산에 조비절, 와병에 인사절, 죽절, 송절, 춘하추동 사시절, 끊어져 단절, 분절, 훼절, 도련님은 날 버리고 박절히 가시니 속절없는 나의 정절, 독수공방 수절할 제 어느 때에 파절할꼬. 첩의 원정 슬픈 고절 주야 생각 미절할 제 부디 소식 돈절마오.

대문 밖에 거꾸러져 섬섬한 두 손길로 땅을 꽝꽝 치며

"애고 애고 내 신세야."

애고 일성 하는 소리 황애산만풍소삭(黃埃散漫風蕭索)이요 정기무광일색박

75) 원함정(遠含情) - 먼 곳에서 정을 품고 있는 사람
76) 노상행인욕단혼(路上行人欲斷魂) - 길가는 사람의 애를 태운다
77) 방초무초(芳草茂草) - 풀이 향기롭고 무성함
78) 녹수진경도(綠樹秦京道) - 푸른 나무가 있는 진나라 서울이라는 뜻으로 한양을 말함
79) 음신(音信) - 소식

(旌旗無光日色薄)[80]이라. 엎더지며 자빠질 제 서운찮게 갈 양이면 몇 날 며칠 될 줄 모를레라. 도련님 타신 말은 준마가편이 아니냐. 도련님 낙루하고 훗 기약을 당부하고 말을 채쳐 가는 양은 광풍(狂風)에 편운(片雲)일레라.

이때 춘향이 하릴없어 자던 침방으로 들어가서

"향단아. 주렴 걷고 안석 밑에 베개 놓고 문 닫아라. 도련님을 생시는 만나보기 망연하니 잠이나 들면 꿈에 만나 보자. 예로부터 이르기를 꿈에 와 보이는 님은 신(信)이 없다고 일렀건만 답답히 그릴 진댄 꿈 아니면 어이 보리. 꿈아 꿈아. 네 오너라. 수심 첩첩 한이 되어 몽불성(夢不成)에 어이하랴. 애고 애고 내 일이야. 인간 이별 만사 중에 독수공방 어이하리. 상사불견(相思不見)[81] 나의 심경 그 뉘라서 알아 주리. 미친 마음 이렁저렁 흐트러진 근심 후려쳐 다 버리고 자나 누우나 먹고 깨나 님 못 보아 가슴 답답 어린 양기 고운 소리 귀에 쟁쟁. 보고지고 보고지고 님의 얼굴 보고지고. 듣고지고 듣고지고 님의 소리 듣고지고. 전생에 무슨 원수로 우리 둘이 생겨나서 그린 상사 한데 만나 잊지 말자 처음 맹세, 죽지 말고 한데 있어 백년기약 맺은 맹세 천금주옥 꿈 밖이요 세사일관 관계하랴. 근원 흘러 물이 되고 깊고 깊고 다시 깊고 사랑 모여 뫼가 되어 높고 높고 다시 높아 끊어질 줄 모르거든 무너질 줄 어이 아리. 귀신이 작해하고 조물이 시기로다. 일조 낭군 이별하니 어느 날에 만나 보리. 천수만한 가득하여 끝끝내 느끼워라. 옥안운빈 공로한이 일월이 무정이라. 오동추야 달 밝은 밤은 어이 그리 더디 새며 녹음방초 비낀 곳에 해는 어이 더디 간고. 이 상사 알으시면 님도 나를 그리련만 독수공방 홀로 누워 다만 한숨 벗이 되고 구곡간장 굽이 썩어 솟아나니 눈물이라. 눈물 모여 바다 되고 한숨지어 청풍 되면 일엽주 물어 타고 한양낭군 찾으련만 어이 그리 못 보는고. 우수명월 달 밝은 때 설심조군 느끼오니 소연한 꿈이로다. 현야월 두우성은 님 계신 곳 비치련만 심중에 앉은 수심 나 혼자뿐이로다. 야색 창망한데 경경이 비치는 게 창외의 형화로다. 밤은 깊어 삼경인데 앉았은

80) 정기무광일색박(旌旗無光日色薄) - 누른 티끌이 흩어지니 바람은 쓸쓸하고 깃발에 빛이 없으니 햇빛조차 엷도다

81) 상사불견(相思不見) - 서로 사모하나 만나보지 못함

들 님이 올까 누웠은들 잠이 오랴. 님도 잠도 아니온다. 이 일을 어이하리. 아마도 원수로다. 흥진비래 고진감래 예로부터 있건마는 기다림도 적지 않고 그린 지도 오래건만 일촌간장 굽이굽이 맺힌 한을 님 아니면 뉘라 풀꼬. 명천은 하감하사 수이 보게 하옵소서. 미진인정 다시 만나 백발이 다 진토록 이별 없이 살고 지고. 묻노라 녹수청산 우리 님 초췌행색 애연히 일별 후에 소식조차 돈절하다. 인비목석이어든 님도 응당 느끼리라. 애고 애고 내 신세야.”

앙천자탄(仰天自嘆)에 세월을 보내는데 이때 도련님은 올라갈 제 숙소마다 잠 못 이뤄 보고지고 나의 사랑 보고지고 주야불망(晝夜不忘) 우리 사랑 날 보내고 그린 마음 속히 만나 풀으리라. 일구월심(日久月心) 굳게 먹고 등과 외방(外方) 바라더라.

이때 수삭만에 신관 사또 났으되 자하골 변학도라 하는 양반이 오는데 문필도 유여하고 인물 풍채 활달하고 풍류 속에 달통하여 외입 속이 넉넉하되 한갓 흠이 성정 괴팍한 중에 사증을 겸하여 혹시 실덕도 하고 오결하는 일이 간다(間多)[82]. 고로 세상에 아는 사람은 다 고집불통이라 하것다. 신연하인 하인 현신할 제

“사령 등 현신이요.”

“이방이요.”

“감상이요.”

“수배요.”

“이방 부르라.”

“이방이요.”

“그새 너희 골에 일이나 없느냐.”

“예. 아직 무고합니다.”

“네 골 관노가 삼남에 제일이라지.”

“예. 부림직하옵니다.”

“또 네 골에 춘향이란 계집이 매우 색이라지.”

“예.”

82) 간다(間多) - 간간이 많음

"잘 있냐."

"무고하옵니다."

"남원이 예서 몇 린고."

"육백 삽십 리로소이다."

마음이 바쁜지라

"급히 치행하라."

신연하인 물러나와

"우리 골에 일이 났다."

이때 신관 사또 출행 날을 급히 받아 도임 차(次)로 내려올 제 위의도 장할시고. 구름같은 별연 독교 좌우 청장 떡 벌이고 좌우편 부축 급창 물색 진한 모시 천익 백저전대 고를 늘여 엇비슷이 눌러 매고 대모관자 통영갓을 이마 눌러 숙여 쓰고 청장 줄 검쳐 잡고

"에라 물러섰다 나 있거라."

혼금(閽禁)[83]이 지엄하고

"좌우 구종 긴경마에 뒷채잡이 힘써라."

통인 한쌍 책 전립에 행차 배행 뒤를 따르고 수배 감상) 공방이며 신연이방 가선하다. 노자 한쌍 사령 한쌍 일산보종 전배하여 대로변에 갈라서고 백방수주 일산 복판 남수주 선을 둘러 주석 고리 어른어른 호기있게 내려올 제 전후에 혼금소리 청산이 상응하고 권마성 높은 소리 백운이 담담이라. 전주에 득달하여 경기전 객사 연명하고 영문에 잠깐 다녀 좁은목 썩 내달아 만마관 노구바위 넘어 임실 얼른 지나 오수 둘러 중화하고 즉일 도임할 새 오리정으로 들어갈 제 천총이 영솔하고 육방 하인 청도도로 들어올 제 청도 한쌍, 홍문기 한쌍, 주작 남동각 남서각 홍초남문 한쌍, 청룡 동남각 서남각 남초 한쌍, 현무 북동각 북서각 흑초홍문 한쌍, 등사 순시 한쌍, 영기 한쌍, 집사 한쌍, 기패관 한쌍, 군노 열두 쌍, 좌우가 요란하다. 행군 취타 풍악 소리 성동에 진동하고 삼현육각 권마성은 원근에 낭자하다. 광한루에 포진하여 개복하고 객사에 연명차로 남여 타고 들어갈 새 백성 소시 엄숙하게 보이려고 눈을 별양 궁글궁글 객사에 연명하고 동헌에

---

83) **혼금** - 관청에서 볼 일 없는 사람이 들어오는 것을 금하던 일

좌기하고 도임상을 잡순 후

　"행수는 문안이요."

　행수, 군관 집례받고 육방, 관속 현신 받고 사또 분부하되

　"수노 불러 기생 점고(點考)[84]하라."

　호장이 분부 듣고 기생 안책 들여 놓고 호명을 차례로 부르는데 낱낱이 글귀로 부르던 것이었다.

　"우후동산 명월이."

　명월이가 들어를 오는데 나군 자락을 걷음걷음 걷어다가 세요흉당에 딱 붙이고 아장아장 들어를 오더니

　"점고 맞고 나오."

　"어주축수애산춘에 양편 난만 고운 춘색이. 이 아니냐. 도홍이."

　도홍이가 들어를 오는데 홍상 자락을 걷어 안고 아장아장 조촘 걸어 들어를 오더니

　"점고 맞고 나오."

　"단산에 저 봉이 짝을 잃고 벽오동에 깃들이니 산수지영이요 비충지정이라. 기불탁속 굳은 절개 만수문전 채봉이."

　채봉이가 들어오는데 나군 두른 허리 맵시 있게 걷어 안고 연보를 정히 옮겨 아장아장 걸어 들어와

　"점고 맞고 좌부진퇴로 나오."

　"청정지연 불개절에 묻노라 저 연화 어여쁘고 고운 태도 화중군자 연심이."

　연심이가 들어오는데 나상을 걷어 안고 나말 수혜 끌면서 아장 걸어 가만가만 들어오더니

　"좌부진퇴로 나오."

　"화씨같이 밝은 달 벽해에 들었나니 형산백옥 명옥이."

　명옥이가 들어오는데 기하상 고운 태도 이행이 진중한데 아장 걸어 가만가만 들어를 오더니

　"점고 맞고 좌부 진퇴로 나오."

84) 점고(點考) - 일일이 표를 찍어 가며 사람의 수효를 조사함

사또 분부하되

"한숨에 열 두서넛씩 불러라."

호장이 분부 듣고 자주 부르는데

"양대선 월중선 화중선이."

"예. 등대하였소."

"금선이 금옥이 금련이."

"예. 등대하였소."

"농옥이 난옥이 홍옥이."

"예. 등대하였소."

"바람맞은 낙춘이."

"예. 등대 들어를 가오."

"점고 맞고 나오."

연연(娟娟)히 고운 기생 그 중에 많건마는 사또께옵서는 근본 춘향의 말을 높이 들었는지라 아무리 들으시되 춘향 이름 없는지라 사또 수노 불러 묻는 말이

"기생점고 다 되어도 춘향은 안 부르니 퇴기냐."

수노 여쭈오되

"춘향모는 기생이되 춘향은 기생이 아닙니다."

사또 문왈

"춘향이가 기생이 아니면 어찌 규중에 있는 아이 이름이 높이 난다?"

수노 여쭈오되

"근본 기생의 딸이옵고 덕색(德色)이 장한 고로 권문세족 양반네와 일등재사 한량들과 내려오신 등내(等內)[85]마다 구경코자 간청하되 춘향모녀 불청(不聽)키로 양반 상하 물론하고 액내지간(額內之間)[86] 소인 등도 십년 일득대면(一得對面)[87]하되 언어수작 없었더니 천정하신 연분인지 구관 사또 자제 이도련님과 백년기약 맺사옵고 도련님 가실 때에 입장후에 데려가마 당부하고 춘향이도 그리 알고 수절하여 있습니다."

85) 등내(等內) - 벼슬아치가 그 벼슬에 있는 동안

86) 액내지간(額內之間) - 한 집안의 사람, 한 패에 든 사람

87) 일득대면(一得對面) - 십년에 한 번 정도 대면

사또 분을 내어

"이놈 무식한 상놈인들 그게 어떠한 양반이라고 엄부시하요 미장전 도련님이 화방에 작첩하여 살자 할꼬. 이놈 다시는 그런 말을 입 밖에 내어서는 죄를 면치 못하리라. 이미 내가 저 하나를 보려다가 못 보고 그저 말랴. 잔말 말고 불러 오라."

춘향을 부르란 청령(廳令)[88]이 나는데 이방 호장 여쭈오되

"춘향이가 기생도 아닐 뿐 아니오라 구등(舊等)[89] 사또 자제 도련님과 맹약이 중하온데 연치는 부동이나 동반(同班)[90]의 분의(分義)[91]로 부르라기 사또 정체(政體)가 손상할까 저어하옵니다."

사또 대노하여

"만일 춘향을 시각 지체하다가는 공형 이하로 각청 두목을 일병태거할 것이니 빨리 대령 못 시킬까."

육방이 소동, 각청 두목이 넋을 잃어

"김번수야 이번수야. 이런 별일이 또 있느냐. 불쌍하다 춘향 정절 가련케 되기 쉽다. 사또 분부 지엄하니 어서 가자 바삐 가자."

사령 관노 뒤섞여서 춘향 문전 당도하니 이때 춘향이는 사령이 오는지 관노가 오는지 모르고 주야로 도련님만 생각하여 우는데 망칙한 환(患)을 당하려거든 소리가 화평할 수 있으며 한때라도 공방살이할 계집아이라 목성에 철성이 끼어 자연 슬픈 애원성이 되어 보고 듣는 사람의 심장인들 아니 상할소냐. 님 그리워 설운 마음 식불감(食不甘) 밥 못 먹어 침불안석 잠 못 자고 도련님 생각 적상되어 피골이 모두 다 상련이라. 양기가 쇠진하여 진양조란 울음이 되어

"갈까보다 갈까보다. 님을 따라 갈까보다. 천리라도 갈까보다 만리라도 갈까보다. 풍우도 쉬어 넘고 날진, 수진, 해동청, 보라매도 쉬어 넘는 고봉정상(高峰頂上) 동선령 고개라도 님이 와 날 찾으면 나는 발 벗어 손에 들고 나는 아니 쉬어 가지. 한양 계신 우리 낭군 나와 같이 그리워하는가. 무정하여 아주 잊고 나의

88) 청령(廳令) - 관청의 명령

89) 구등(舊等) - 전번 수령

90) 동반(同班) - 같은 양반 처지

91) 분의(分義) - 제 신분에 맞는 도리

사랑 옮겨다가 다른 님을 괴이는가."

한참 이리 설이 울 제 사령 등이 춘향의 애원성을 듣고 인비목석(人非木石) 아니거든 감심(感心) 아니 될 수 있냐. 육천 마디 사대삭신이 낙수춘빙(落水春氷) 얼음 녹듯 탁 풀리어

"대체 이 아니 참 불쌍하냐. 이애 외입한 자식들이 저런 계집을 추앙 못 하면은 사람이 아니로다."

이때에 재촉 사령 나오면서

"오너라."

외치는 소리에 춘향이 깜짝 놀래어 문틈으로 내다보니 사령 군노 나왔구나.

"아차차 잊었네. 오늘이 그 삼일점고라 하더니 무슨 야단이 났나 보다."

밀창문 여닫으며

"허허 번수님네 이리 오소 이리 오소. 오시기 뜻밖이네. 이번 신연 길에 노독이나 아니 나며 사또 정체 어떠하며 구관댁에 가 계시며 도련님 편지 한 장도 아니 하던가. 내가 전일은 양반을 모시기로 이목이 번거하고 도련님 정체 유달라서 모르는 체 하였건만 마음조차 없을손가. 들어가세 들어가세."

김번수며 이번수며 여러 번수 손을 잡고 제 방에 앉힌 후에 향단이 불러

"주안상 들여라."

취토록 먹인 후에 궤문 열고 돈 닷냥을 내어 놓으며

"여러 번수님네. 가시다가 술이나 잡숫고 가옵소. 뒷말 없게 하여 주소."

사령 등이 약주에 취하여 하는 말이

"돈이라니 당치 않다. 우리가 돈 바라고 네게 왔냐."

하며

"들여 놓아라."

"김번수야. 네가 차라."

"불가(不可)타마는 입 수(數)나 다 옳으냐."

돈 받아 차고 흐늘흐늘 들어갈 제 행수기생이 나온다. 행수기생이 나오며 두 손뼉 땅땅 마주 치면서

"여봐라 춘향아. 말 듣거라. 너만한 정절은 나도 있고 너만한 수절은 나도 있다. 너라는 정절이 왜 있으며 너라는 수절이 왜 있느냐. 정절부인 애기씨 수절부인 애기씨 조그마한 너 하나로 만연(萬緣)[92]하여 육방이 소동, 각 청 두목이 다

죽어난다. 어서 가자 바삐 가자."

춘향이 할 수 없어 수절하던 그 태도로 대문 밖 썩 나서며

"형님 형님 행수형님. 사람의 괄시를 그리 마소. 거기라고 대대 행수며 나라고 대대 춘향인가. 인생일사도무사(人生一死都無事)[93]지 한 번 죽지 두 번 죽나."

이리 비틀 저리 비틀 동헌에 들어가

"춘향이 대령하였소."

사또 보시고 대희하여

"춘향일시 분명하다. 대상로 오르거라."

춘향이 상방에 올라가 염슬단좌(斂膝端坐) 뿐이로다. 사또 대혹하여

"책방에 가 회계 나리님을 오시래라."

회계 생원이 들어오던 것이었다. 사또 대희하여

"자네 보게. 저게 춘향일세."

"하 그 년 매우 예쁜데. 잘 생겼소. 사또께서 서울 계실 때부터 춘향 춘향 하시더니 한 번 구경할 만하오."

사또 웃으며

"자네 중신 하겠나."

이윽히 앉았더니

"사또가 당초에 춘향을 부르시지 말고 매파를 보내어 보시는 게 옳은 것을 일이 좀 경(輕)히 되었소마는 이미 불렀으니 아마도 혼사할 밖에 수가 없소."

사또 대희하여 춘향더러 분부하되

"오늘부터 몸단장 정히 하고 수청으로 거행하라."

"사또 분부 황송하나 일부종사 바라오니 분부시행 못하겠소."

사또 웃어 왈

"미재미재(美哉美哉)라. 계집이로다. 네가 진정 열녀로다. 네 정절 굳은 마음 어찌 그리 어여쁘냐. 당연한 말이로다. 그러나 이수재(李秀才)는 경성 사대부의 자제로서 명문귀족 사위가 되었으니 일시 사랑으로 잠깐 노류장화하던 너를 일분 생각하겠느냐. 너는 근본 정절 있어 전수일절(專守一節)[94]하였다가 홍안이

92) 만연(萬緣) - 온갖 인연

93) 인생일사도무사(人生一死都無事) - 사람은 한 번 죽으면 그만

낙조되고 백발이 난수하면 무정세월약유파를 탄식할 제 불쌍코 가련한 게 너 아니면 뉘가 그랴. 네 아무리 수절한들 열녀 포양누가 하랴. 그는 다 버려두고 네 골 관장에게 매임이 옳으냐 동자(童子)놈에게 매인 게 옳으냐. 네가 말을 좀 하여라.”

춘향이 여쭈오되

“충신불사이군(忠臣不事二君)이요 열녀불경이부(烈女不更二夫) 절(節)을 본받고자 하옵는데 수차 분부 이러하니 생불여사(生不如死)이옵고 열불경이부(烈不更二夫)오니 처분대로 하옵소서.”

이때 회계 나리가 썩 하는 말이

“네 여봐라. 어 그년 요망한 년이로고. 부유일생소천하에 일색(一色)이라. 네 여러번 사양할 게 무엇이냐. 사또께옵서 너를 추앙하여 하시는 말씀이지 너 같은 창기배에게 수절이 무엇이며 정절이 무엇인가. 구관은 전송하고 신관 사또 연접함이 법전에 당연하고 사례에도 당연커든 괴이한 말 내지 말라. 너희 같은 천기배(에)게 충렬 이자 왜 있으리.”

이때 춘향이 하 기가 막혀 천연히 앉아 여쭈오되

“충효열녀 상하 있소. 자상히 들으시오. 기생으로 말합시다. 충효열녀 없다 하니 낱낱이 하리리다. 해서 기생 농선이는 동선령에 죽어 있고, 선천 기생 아이로되 칠거학문 들어 있고, 진주 기생 논개는 우리 나라 충렬로서 충렬문에 모셔 놓고 천추향사하여 있고, 청주 기생 화월이는 삼충각에 올라 있고, 평양 기생 월선이도 충렬문에 들어 있고, 안동 기생 일지홍은 생열녀문 지은 후에 정경 가자 있사오니 기생 해폐(害弊) 마옵소서.”

춘향 다시 사또 전에 여쭈오되

“당초에 이수재 만날 때에 태산 서해 굳은 마음 소처의 일심정절(一心貞節) 맹분같은 용맹인들 빼어내지 못할 터요, 소진 장의 구변인들 첩의 마음 옮겨가지 못할 터요, 공명 선생 높은 재조 동남풍은 빌었으되 일편단심 소녀 마음 굴복치 못하리라. 기산의 허유는 부족수요거천하고 서산의 백숙 양인은 불식주속하였으니 만일 허유 없었으면 고도지사 누가 하며 만일 백이 숙제 없었으면 난신

94) 전수일절(專守一節) - 오로지 한가지 정절만 지킴

적자 많으리라. 첩신이 수 천한 계집인들 허유 백숙을 모르리까. 사람의 첩이 되어 배부기가(背夫棄家)[95] 하는 법이 벼슬하는 관장님네 망국부주(忘國負主)[96]같사오니 처분대로 하옵소서."

사또 대노하여

"이년 들어라. 모반대역하는 죄는 능지처참하여 있고, 조롱관장하는 죄는 제서율에 율 써 있고, 거역관장하는 죄는 엄형정배하느니라. 죽노라 설워마라."

춘향이 포악하되

"유부녀 겁탈하는 것은 죄 아니고 무엇이오."

사또 기가 막혀 어찌 분하시던지 연상을 두드릴 제 탕건이 벗어지고 상투고가 탁 풀리고 대마디에 목이 쉬어

"이년 잡아 내리라."

호령하니 골방에 수청통인

"예."

하고 달려들어 춘향의 머리채를 주루루 끄어내며

"급창."

"예."

"이년 잡아 내리라."

춘향이 떨치며

"놓아라."

중계에 내려가니 급창이 달려들어

"요년 요년. 어떠하신 존전이라고 대답이 그러하고 살기를 바랄소냐."

대뜰 아래 내리치니 맹호같은 군노 사령 벌떼같이 달려들어 감태같은 춘향의 머리채를 정정시절(正丁時節)[97] 연실 감 듯 뱃사공이 닻줄 감 듯 사월팔일 등(燈) 대 감 듯 휘휘친친 감아쥐고 동당이쳐 엎지르니 불쌍타 춘향 신세 백옥같은 고운 몸이 육자배기로 엎더졌구나. 좌우 나졸 늘어서서 능장, 곤장, 형장이며, 주장 짚고

95) 배부기가(背夫棄家) - 남편을 배반하고 가정을 저버림

96) 망국부주(忘國負主) - 나라를 잊고 임금을 등짐

"아뢰라. 형리 대령하라."

"예. 숙여라. 형리요."

사또 분이 어찌 났던지 벌벌 떨며 기가 막혀 허푸허푸 하며

"여보아라. 그년에게 다짐이 왜 있으리. 묻도 말고 형틀에 올려매고 정치[98]를 부수고 물고장을 올려라."

춘향을 형틀에 올려매고 쇄장(鎖匠)[99]이 거동 봐라. 형장이며 태장이며 곤장이며 한 아름 담쏙 안아다가 형틀 아래 좌르륵 부딪치는 소리 춘향의 정신이 혼미한다. 집장사령 거동 봐라. 이 놈도 잡고 능청능청 저 놈도 잡고서 능청능청 등심 좋고 빳빳하고 잘 부러지는 놈 골라 잡고 오른 어깨 벗어 메고 형장 집고 대상청령(臺上廳令) 기다릴 제

"분부 모셔라. 네 그년을 사정 두고 허장하여서는 당장에 명을 바칠 것이니 각별히 매우 치라."

집장사령 여쭈오되

"사또 분부 지엄한데 저만한 년을 무슨 사정 두오리까. 이년 다리를 까딱 말라. 만일 요동하다가는 뼈 부러지리라."

호통하고 들어서서 검장 소리 발 맞추어 서면서 가만히 하는 말이

"한두개만 견디소. 어쩔 수가 없네. 요 다리는 요리 틀고 저 다리는 저리 틀소."

"매우 치라."

"예잇. 때리오."

딱 붙이니 부러진 형장개비는 푸르르 날아 공중에 빙빙 솟아 상방 대뜰 아래 떨어지고 춘향이는 아무쪼록 아픈 데를 참으려고 이를 복복 갈며 고개만 빙빙 두르면서

"애고 이게 웬 일이어."

97) 정정시절(正丁時節) - 직접 군역에 나아가는 사람을 정정이라 함. 정정시절은 그러한 젊고 당당한 젊은 시절을 뜻함. 그렇게 힘찬 사람이 감는 연줄같이 단단히 감아쥐는 것을 말함.

98) 정치 - 정강이

99) 쇄장(鎖匠) - 옥에 갇혀 있는 사람을 지키던 사령

곤장 태장 치는 데는 사령이 서서 하나 둘 세건마는 형장부터는 법장이라 형리와 통인이 닭싸움하는 모양으로 마주 엎더서 하나 치면 하나 긋고 둘 치면 둘 긋고 무식하고 돈 없는 놈 술집 바람벽에 술값 긋 듯 그어 놓으니 한 일자(一字)가 되었구나.

춘향이는 저절로 설움겨워 맞으면서 우는데

"일편단심 굳은 마음 일부종사 뜻이오니 일개 형벌 치옵신들 일년이 다 못가서 일각인들 변하리까."

이때 남원부 한량이며 남녀노소없이 모여 구경할 제 좌우의 한량들이

"모질구나 모질구나. 우리 골 원님이 모질구나. 저런 형벌이 왜 있으며 저런 매질이 왜 있을까. 집장사령놈 눈 익혀 두어라. 삼문 밖 나오면 급살을 주리라."

보고 듣는 사람이야 누가 아니 낙루하랴. 둘째 낱 딱 붙이니

"이비절(二妃節)을 아옵는데 불경이부 이내 마음 이 매 맞고 영 죽어도 이도령은 못 잊겠소."

세째 낱을 딱 붙이니

"삼종지례(三從之禮)[100] 지중한 법 삼강오륜(三綱五倫) 알았으니 삼치형문(三致刑問) 정배(定配)를 갈지라도 삼청동 우리 낭군 이도령은 못 잊겠소."

네째 낱을 딱 붙이니

"사대부 사또님은 사민공사(四民公事) 살피잖고 위력공사(威力公事) 힘을 쓰니 사십팔방 남원 백성 원망함을 모르시오. 사지를 가른대도 사생동거(死生同居) 우리 낭군 사생간에 못 잊겠소."

다섯 낱 채 딱 붙이니

"오륜 윤기 그치잖고 부부유별 오행으로 맺은 연분 올올이 찢어낸들 오매불망 우리 낭군 온전히 생각나네. 오동추야 밝은 달은 님 계신 데 보련마는 오늘이나 편지 올까 내일이나 기별 올까. 무죄한 이 내 몸이 악사(惡死)[101]할 일 없사오니 오결죄수(誤決罪囚)[102] 마옵소서. 애고 애고 내 신세야."

여섯 낱 채 딱 붙이니

100) **삼종지례(三從之禮)** - 집에서는 아버지를, 시집가서는 남편을, 남편이 죽은 후에는 자식을 좇음

"육육은 삽십육으로 낱낱이 고찰하여 육만번 죽인대도 육천 마디 어린 사랑 맺힌 마음 변할 수 전혀 없소."

일곱 낯을 딱 붙이니

"칠거지악 범하였소. 칠거지악 아니거든 칠개 형문 웬 일이오. 칠척검 드는 칼로 동동이[103] 장(杖) 질러서 이제 바삐 죽여주오. 치라 하는 저 형방아 칠 때마다 고찰 마소. 칠보홍안(七寶紅顔) 나 죽겠네."

여덟 째 낯 딱 붙이니

"팔자 좋은 춘향 몸이 팔도 방백 수령 중에 제일 명관 만났구나. 팔도 방백 수령님네 치민(治民)하러 내려왔지 악형(惡刑)하러 내려왔소."

아홉 낯 채 딱 붙이니

"구곡간장 굽이 썩어 이 내 눈물 구년지수(九年之水) 되겠구나. 구고 청산 장송 베어 청강선(淸江船) 무어[104] 타고 한양성중 급히 가서 구중궁궐 성상전에 구구원정 주달하고 구정(九庭) 뜰에 물러나와 삼청동을 찾아가서 우리 사랑 반가이 만나 굽이굽이 맺힌 마은 저근듯[105] 풀련마는."

열째 낯 딱 붙이니

"십생구사(十生九死)할 지라도 팔십년 정한 뜻을 십만번 죽인대도 가망없고 무가내(無可奈)[106]지. 십육세 어린 춘향 장하원귀 가련하오."

열 치고는 짐작할 줄 알았더니 열다섯 채 딱 붙이니

"십오야 밝은 달은 띠구름에 묻혀 있고 서울 계신 우리 낭군 삼청동에 묻혔으니 달아 달아 보느냐. 님 계신 곳 나는 어이 못 보는고."

스물 치고 짐작할까 여겼더니 스물 다섯 딱 붙이니

"이십오현탄야월에 불승청원 저 기러기 너 가는 데 어디메냐. 가는 길에 한양성 찾아들어 삼청동 우리 님께 내 말 부디 전해다오. 나의 형상 자세(히) 보고 부

101) 악사(惡死) - 비명에 죽음

102) 오결죄수(誤決罪囚) - 죄인을 잘못 처결함

103) 동동이 - 동아리 동아리. 몸의 각 부분대로 토막 쳐서

104) 무어 - 쌓아올리다

105) 저근듯 - 잠깐 동안

106) 무가내(無可奈) - 어찌할 수 없음

디부디 잊지 마라."

삼십삼천(三十三天) 어린 마음 옥황전(玉皇前)에 아뢰고저. 옥 같은 춘향 몸에 솟느니 유혈이요 흐르느니 눈물이라. 피 눈물 한데 흘러 무릉도원(武陵桃源) 홍류수(紅流水)라. 춘향이 점점 포악하는 말이

"소녀를 이리 말고 살지능지하여 아주 박살 죽여 주면 사후 원조라는 새가 되어 초혼조 함께 울어 적막강산 달 밝은 밤에 우리 이도련님 잠든 후 파몽(破夢)[107]이나 하여지다."

말 못하고 기절하니 엎였던 통인 고개 들어 눈물 씻고 매질하던 저 사령도 눈물 씻고 돌아서며

"사람의 자식은 못 하겠네."

좌우에 구경하는 사람과 거행하는 관속들이 눈물 씻고 돌아서며

"춘향이 매 맞는 거동 사람 자식은 못 보겠다. 모질도다 모질도다 춘향 정절이 모질도다. 출천열녀로다."

남녀노소 없이 서로 낙루하며 돌아설 때 사또인들 좋을 리가 있으랴.

"네 이년 관정에 발악하고 맞으니 좋은 게 무엇이냐. 일후에 또 그런 거역관장 할까."

반생반사 저 춘향이 점점 포악하는 말이

"여보 사또 들으시오. 일념포한(一念抱恨) 부지생사(不知生死) 어이 그리 모르시오. 계집의 곡한[108] 마음 오뉴월 서리 치네. 혼비중천(魂飛中天) 다니다가 우리 성군 좌정하에 이 원정을 아뢰오면 사또인들 무사할까. 덕분에 죽여주오."

사또 기가 막혀

"허허 그년 말 못할 년이로고. 큰칼 씌워 하옥하라."

(중략)

애고 애고 설이 울다 홀연이 잠이 드니 비몽사몽간에 호접이 장주 되고 장주 가 호접 되어 세우같이 남은 혼백 바람인 듯 구름인 듯 한 곳을 당도하니 천공지

107) 파몽(破夢) - 꿈에서 깨어나게 함

108) 곡한 - 간절한

활하고 산령수려한데 은은한 죽림간에 일층 화각이 반공에 잠겼거늘 대체 귀신 다니는 법은 대풍기하고 승천입지하니 침상편시춘몽중에 행진강남수천리라. 전면을 살펴보니 황금대자로 만고정렬황릉지묘라 뚜렷이 붙였거늘 심신이 황홀하여 배회터니 천연한 낭자 셋이 나오는데 석숭의 애첩 녹주 등총을 들고 진주 기생 논개, 평양 기생 월선이라. 춘향을 인도하여 내당으로 들어가니 당상에 백의한 두 부인이 옥수를 들어 청하거늘 춘향이 사양하되

"진세간(塵世間) 천첩이 어찌 황릉묘를 오르리까."

부인이 기특히 여겨 재삼 청하거늘 사양치 못하여 올라가니 좌(座)를 주어 앉힌 후에

"네가 춘향인가? 기특하도다. 일전에 조회차로 요지연(瑤池宴)에 올라가니 네 말이 낭자키로 간절히 보고 싶어 너를 청하였으니 심히 불안토다."

춘향이 재배주왈

"첩이 비록 무식하나 고서를 보옵고 사후에나 존안을 뵈올까 하였더니 이렇듯 황릉묘에 모시니 황공비감하여이다."

상군부인(湘君夫人)[109]이 말씀하되

"우리 순군 대순씨가 남순수하시다가 창오산에 붕하시니 속절없는 이 두 몸이 소상죽림에 피눈물을 뿌려놓으니 가지마다 아롱아롱 잎잎이 원한이라. 창오산 붕상수절이라야 죽상지루내가멸을 천추에 깊은 한을 하소할 곳 없었더니 네 절행 기특키로 너더러 말하노라. 송관기천년에 청백은 어느 때며 오현금 남풍시(南風詩)를 이제까지 전하더냐."

이렇듯이 말씀할 제 어떠한 부인

"춘향아. 나는 기주명월음독성에 화선하던 농옥이다. 소사의 아내로서 태화산 이별 후에 승룡비거 한이 되어 옥소로 원을 풀 제 곡종비거부지처하니 산하벽도 춘자개라.

이러할 제 또 한 부인 말씀하되

"나는 한궁녀 소군이라. 호지에 오가하니 일배청총뿐이로다. 마상 비파 한 곡

109) 상군부인(湘君夫人) - 아황(娥皇)과 여영(女英)을 말함. 요(堯)임금의 딸로서 순(舜)임금의 아내가 되었음. 순이 죽자 상강(湘江)에 투신하여 아황은 상군(湘君)이 되고 여영은 상부인(湘夫人)이 되었다고 함.

조에 화도성식춘풍면이요, 환패공귀월야혼이라. 어찌 아니 원통하랴.”

한참 이러할 제 음풍이 일어나며 촛불이 벌렁벌렁하며 무엇이 촛불 앞에 달려 들겨늘 춘향이 놀래어 살펴보니 사람도 아니요 귀신도 아닌데 의의한 가운데 곡성이 낭자하며

“여봐라 춘향아 네가 나를 모르리라. 나는 뉜고 하니 한고조 아내 척부인이로다. 우리 황제 용비 후에 여후의 독한 솜씨 나의 수족 끊어 내어 두 귀에다 불지르고 두 눈 빼어 음약 먹여 측간 속에 넣었으니 천추에 깊은 한을 어느 때나 풀어보랴.”

이리 울 제 상군부인 말씀하되

“이곳이라 하는 데가 유명이 노수하고 행위자별하니 오래 유(留)치 못할지라.”

여동 불러 하직할 새 동방 실솔성은 시르렁 일쌍 호접은 펄펄. 춘향이 깜짝 놀라 깨어보니 꿈이로다. 옥창 앵도화 떨어져 보이고 거울 복판이 깨어져 뵈고 문 위에 허수아비 달려 보이거늘

“나 죽을 꿈이로다.”

수심 걱정 밤을 샐 제 기러기 울고 가니 일편 서강 달에 행안남비 네 아니야. 밤은 깊어 삼경이요, 궂은비는 퍼붓는데 도깨비 삑삑, 밤새 소리 붓붓, 문풍지는 펄렁펄렁, 귀신이 우는데 난장 맞아 죽은 귀신, 형장 맞아 죽은 귀신 결령치사 대롱대롱 목 매달아 죽은 귀신 사방에서 우는데 귀곡성이 낭자로다. 방 안이며 추녀 끝이며 마루 아래서도 애고 애고 귀신 소리에 잠들 길이 전혀 없다. 춘향이가 처음에는 귀신 소리에 정신이 없이 지내더니 여러 번을 들어나니 파겁이 되어 청승 굿거리 삼잡이 세악 소리로 알고 들으며

“이 몹쓸 귀신들아. 나를 잡아 가려거든 조르지나 말려무나.”

진언 치고 앉았을 때 옥 밖으로 봉사 하나 지나가되 서울 봉사 같을 진대

“문수하오.”

외련마는 시골봉사라

“문복하오.”

하고 외고 가니 춘향이 듣고

“불러주오.”

춘향 어미 봉사를 부르는데

8
작자미상

춘향가

"여보 저기 가는 봉사님."

불러 놓으니 봉사 대답하되

"게 뉘기. 게 뉘기니."

"춘향 어미요."

"어찌 찾나."

"우리 춘향이가 옥중에서 봉사님을 잠깐 오시라 하오."

봉사 한번 웃으면서

"날 찾기 의외로세. 가지."

봉사 옥으로 갈 제 춘향 어미 봉사의 지팡이를 잡고 인도할 제

"봉사님 이리 오시오. 이것은 돌다리요 이것은 개천이요. 조심하여 건너시오."

앞에 개천이 있어 뛰어볼까 무한히 벼르다가 뛰는데 봉사의 뜀이란 게 멀리 뛰진 못하고 올라가기만 한 길이나 올라가는 것이었다. 멀리 뛴단 것이 한가운데 가 풍덩 빠져 놓았는데 기어 나오려고 짚는 게 개똥을 짚었지.

"어뿔싸. 이게 정녕 똥이지."

손을 들어 맡아 보니 묵은 쌀밥 먹고 썩은 놈이로고. 손을 내뿌린 게 모진 돌에 다가 부딪치니 어찌 아프던지 입에다가 훌 쓸어 넣고 우는데 먼눈에서 눈물이 뚝뚝 떨어지며

"애고 애고 내 팔자야. 조그마한 개천을 못 건너고 이 봉변을 당하였으니 수원수구(誰怨誰咎)[110] 뉘더러 하리. 내 신세를 생각하니 천지만물을 불견이라. 주야를 내가 알랴. 사시(四時)를 짐작하며, 춘절(春節)이 당해온들 도리화개 내가 알며, 추절이 당해온들 황국단풍 어찌 알며, 부모를 내 아느냐, 처자를 내 아느냐, 친구 벗님을 내 아느냐. 세상천지 일월성신과 후박장단(厚薄長短)[111]을 모르고 밤중같이 지내다가 이 지경이 되었구나. 진소위(眞所謂)[112] 소경이 그르냐 개천이 그르냐. 소경이 그르지 아주 생긴 개천이 그르랴."

애고 애고 설이 우니 춘향 어미 위로하되

"그만 우시오."

110) 수원수구(誰怨誰咎) - 누구를 원망하고 누구를 탓하랴 즉, 남을 원망하거나 꾸짖을 것
　　　이 없다는 뜻

봉사를 목욕시켜 옥으로 들어가니 춘향이 반기면서

"애고 봉사님. 어서 오오."

봉사 그 중에 춘향이가 일색이란 말은 듣고 반가와하며

"음성을 들으니 춘향 각씨인가부다."

"예. 기옵니다."

"내가 벌써 와서 자네를 한번이나 볼 터로되 빈즉다사(貧則多事)[113]라. 못 오고 청하여 왔으니 내 수인사가 아니로세."

"그럴 리가 있소. 안맹(眼盲)하옵고 노래(老來)에 기력이 어떠하시오."

"내 염려는 말게. 대체 나를 어찌 청하였나."

"예. 다름 아니라 간밤에 흉몽을 하였삽기로 해몽도 하고 우리 서방님이 어느 때나 나를 찾을까 길흉 여부 점을 하려고 청하였소."

"그러게."

봉사 점을 하는데, 산통을 철겅철겅 흔들더니

"어디 보자, 일이삼사오륙칠. 허허 좋다. 상괘로고. 칠간산이로구나. 어유피망(魚游避網) 소적대성(小積大成)[114]이라. 옛날 주무왕이 벼슬할 제 이 괘를 얻어 금의환향하였으니 어찌 아니 좋을손가. 천리상지(千里相知) 친인유면(親人有面)[115]이라. 자네 서방님이 불원간에 내려와서 평생 한을 풀겠네. 걱정 마소. 참 좋거든."

춘향이 장탄수심으로 세월을 보내니라.

이때 한양성 도련님은 주야로 시서(詩書) 백가어(百家語)를 숙독하였으니 글로는 이백이요, 글씨는 왕희지라. 국가에 경사 있어 태평과를 보이실 새 서책을 품에 품고 장중에 들어가 좌우를 둘러 보니 억조창생 허다 선비 일시에 숙배한

110) 수원수구(誰怨誰咎) - 누구를 원망하고 누구를 탓하랴 즉, 남을 원망하거나 꾸짖을 것이 없다는 뜻

111) 후박장단(厚薄長短) - 두터움과 엷음, 길고 짧음

112) 진소위(眞所謂) - 참으로 이른바

113) 빈즉다사(貧則多事) - 가난하면 일이 많다

114) 소적대성(小積大成) - 고기가 물에서 놀되 그물을 피하니 작은 것이 쌓이어 큰 것이 이루어진다는 말

다. 어악풍류 청아성에 앵무새가 춤을 춘다. 대제학 택출하여 어제를 내리시니 도승지 모셔내어 홍장 위에 걸어 놓으니 글 제에 하였으되 '춘당춘색고금동(春塘春色古今同)'[116]이라. 뚜렷이 걸었거늘 이도령 글 제를 살펴보니 익히 보던 배라. 시지(試紙)를 펼쳐놓고 해제를 생각하여 용지연에 먹을 갈아 당황모 무심필을 반중동 덤벅 풀어 왕희지 필법으로 조맹부체를 받아 일필휘지 선장하니 상시관이 이 글을 보고 자자이 비점(批點)[117]이요 구구이 관주(貫珠)[118]로다. 용사비등하고 평사낙안이라 금세의 대재(大才)로다. 금방(金榜)[119]의 이름을 불러 어주 삼배 권하신 후 장원급제 휘장이라. 신래(新來)의 진퇴를 나올 적에 머리에는 어사화요 몸에는 앵삼이라. 허리에는 학대로다. 삼일 유가(遊街)[120]한 연후에 산소에 소분(掃墳)[121]하고 전하게 숙배하니 전하께옵서 친히 불러 보신 후에

"경의 재조 조정에 으뜸이라."

하시고 도승지 입시(入侍)하사 전라도 어사를 제수하시니 평생의 소원이라.

수의, 마패, 유척을 내주시니 전하께 하직하고 본댁으로 나갈 때 철관 풍채는 심산맹호 같은지라. 부모전 하직하고 전라도로 행할 새 남대문 밖 썩 나서서 서리, 중방, 역졸 등을 거느리고 청파역 말 잡아 타고 칠패, 팔패, 배다리 얼른 넘어 밥전거리 지나 동작이를 얼픗 건너 남대령을 넘어 과천읍에 중화하고 사근내, 미륵당이, 수원 숙소하고 대황교, 떡전거리, 진개울, 중미, 진위읍에 중화하고 칠원, 소사, 애고다리, 성환역에 숙소하고 상류천, 하류천, 새술막, 천안읍에 중화하고 삼거리, 도리치, 김제역 말 갈아 타고 신구, 덕평을 얼른 지나 원터에 숙소하고 팔풍정, 화란, 광정, 모란, 공주, 금강을 건너 금영에 중화하고 높은 한길 소

115) 친인유면(親人有面) - 천리나 먼 곳에 떨어져 있어도 서로 마음을 아니 친한 사람을 만날 것이라

116) 춘당춘색고금동(春塘春色古今同)- 춘당대(臺)의 봄빛은 예나 지금이나 같다. 춘당대는 창경궁에 있는 누대로서 옛날에 과거를 보이던 곳

117) 비점(批點) - 시문의 잘된 곳에 찍는 점

118) 관주(貫珠) - 글이나 글자가 잘 되었을 때 글자 옆에 치는 고리같은 둥근 표

119) 금방(金榜) - 과거에 급제한 사람의 이름을 써서 건 방

120) 유가(遊街) - 과거의 급제자가 좌주(座主), 선진자(先進者), 친척들을 찾아보는 일

121) 소분(掃墳) - 경사가 있을 때 조상의 산소에 가서 제사지내는 일

개문, 어미널티, 경천에 숙소하고 노성, 풋개, 사다리, 은진, 간치당이, 황화정, 장애미고개, 여산읍에 숙소참하고 이튿날 서리 중방 불러 분부하되

"전라도 초읍 여산이라. 막중국사(莫重國事) 거행불명즉(擧行不明則)[122] 죽기를 면치 못하리라."

추상같이 호령하며 서리 불러 분부하되

"너는 좌도로 들어 진산, 금산, 무주, 용담, 진안, 장수, 운봉, 구례로 이 팔읍을 순행하여 아무 날 남원읍으로 대령하고, 자, 중방 역졸 너희 등은 우도로 용안, 함열, 임피, 옥구, 김제, 만경, 고부, 부안, 홍덕, 고창, 장성, 영광, 무장, 무안, 함평으로 순행하여 아무 날 남원읍으로 대령하고, 종사 불러 익산, 금구, 태인, 정읍, 순창, 옥과, 광주, 나주, 평창, 담양, 동복, 화순, 강진, 영암, 장흥, 보성, 홍양, 낙안, 순천, 곡성으로 순행하여 아무 날 남원읍으로 대령하라."

분부하여 각기 분발하신 후에

어사또 행장을 차리는데 모양 보소. 숱 사람을 속이려고 모자 없는 헌 파립에 벌이줄 총총 매어 초사갓끈 달아 쓰고 당만 남은 헌 망건에 갓풀관자 노끈당줄 달아 쓰고 의뭉하게 헌 도복에 무명실 띠를 흉중에 둘러 매고 살만 남은 헌 부채에 솔방울 선추달아 일광을 가리고 내려올 제 통새암, 삼례 숙소하고 한내, 주엽쟁이, 가리내, 싱금정 구경하고 숩정이, 공북루 서문을 얼른 지나 남문에 올라 사방을 둘러보니 소강남여기로다. 기린토월이며 한벽철연, 남고창종, 건지망월, 다가사후, 덕진채련, 비비락안, 위봉폭포, 완산팔경을 다 구경하고 차차로 암행하여 내려올 제 각읍 수령들이 어사 났단 말을 듣고 민정을 가다듬고 전공사를 염려할 제 하인인들 편하리요. 이방, 호장 실혼(失魂)하고 공사회계하는 형방, 서기 얼른 하면 도망차로 신발하고 수다한 각 청상(廳上)이 넋을 잃어 분주할 제 이때 어사또는 임실 국화들 근처를 당도하니 차시 마침 농절(農節)이라. 농부들이 농부가하며 이러할 제 야단이었다.

"저 농부 말 좀 물어보면 좋겠구면."

"무슨 말."

"이 골 춘향이가 본관에 수청들어 뇌물을 많이 먹고 민정(民政)에 작폐(作

122) 거행불명즉(擧行不明則) - 더할 수 없이 주요한 나랏일을 분명하게 거행하지 않으면

弊)[123] 한단 말이 옳은지."

저 농부 열을 내어

"게가 어디 사나."

"아무데 살든지."

"아무데 살든지라니. 게는 눈콩알 귀꽁알이 없나. 지금 춘향이를 수청 아니든다 하고 형장 맞고 갇혔으니 창가(娼家)에 그런 열녀 세상에 드문지라. 옥결같은 춘향몸에 자네 같은 동냥치가 누설(陋說)[124]을 시키다간 빌어먹도 못하고 굶어 뒤어지리. 올라간 이도령인지 삼도령인지 그놈의 자식은 일거후 무소식하니 인사 그렇고는 벼슬은커니와 내쫓도 못하지."

"어 그게 무슨 말인고."

"왜. 어찌 되나."

"되기야 어찌 되랴마는 남의 말로 구습(口習)[125]을 너무 고약히 하는고."

"자네가 철모르는 말을 하매 그렇지."

수작을 파하고 돌아서며

"허허 망신이로고. 자 농부네들 일 하오."

"예."

하직하고 한 모롱이를 돌아드니 아이 하나 오는데, 주령 막대 끌면서 시조 절반 사설 절반 섞어 하되

"오늘이 며칠인고. 천리길 한양성을 며칠 걸어 올라가랴. 조자룡의 월강하던 청총마가 있었다면 금일로 가련마는 불쌍하다 춘향이는 이서방을 생각하여 옥중에 갇히어서 명재경각 불쌍하다. 몹쓸 양반 이서방은 일거 소식 돈절하니 양반의 도리는 그러한가."

어사또 그 말 듣고

"이애. 어디 있니."

"남원읍에 사오."

"어디를 가니."

123) 작폐(作弊) - 폐를 끼침

124) 누설(陋說) - 더럽고 추한 말

125) 구습(口習) - 말버릇

“서울 가오.”

“무슨 일로 가니.”

“춘향의 편지 갖고 구관댁에 가오.”

“이애. 그 편지 좀 보자꾸나.”

“그 양반 철모르는 양반이네.”

“웬 소린고.”

“글쎄 들어보오. 남아(男兒) 편지 보기도 어렵거든 황(況)[126] 남의 내간을 보잔
단 말이오.”

“이애 들어라. 행인이 임발우개봉(行人臨發又開封)[127]이란 말이 있느니라. 좀
보면 관계하랴.”

“그 양반 몰골은 흉악하구만 문자속은 기특하오. 얼른 보고 주오.”

“호노자식이로고.”

편지 받아 떼어 보니 사연에 하였으되

일차 이별후 성식(聲息)[128]이 적조하니 도련님 시봉 체후만안하옵신지 원절복
모하옵니다. 천첩 춘향은 장대뇌상(杖臺牢上)[129]에 관봉치패(官逢致敗)[130]하고
명재경각이라. 지어사경(至於死境)[131]에 혼비황릉지묘하여 출몰귀관하니 첩신
이 수유만사(雖有萬死)[132]나 단지 열불이경이요 첩지사생과 노모 형상이 부지하
경(不知何境)[133]이오니 서방님 심량처지(深諒處之)[134]하옵소서.

편지 끝에 하였으되

거세하시군별첩(去歲何時君別妾)고 작이동설우동추(昨已冬雪又動秋)라.

광풍반야누여설(狂風半夜淚如雪)하니 하위남원옥중수(何爲南原獄中囚)

126) 황(況) - 하물며

127) 행인이 임발우개봉(行人臨發又開封) - 곧 길을 떠나려는 순간에도 편지의 겉봉을 떼어
　　　본다는 말

128) 성식(聲息) - 소식

129) 장대뇌상(杖臺牢上) - 곤장을 맞고 감옥에 갇힘

130) 관봉치패(官逢致敗) - 관으로부터 재난을 당하고 모든 것이 결단 남

131) 지어사경(至於死境) - 죽을 지경에 이름

132) 수유만사(雖有萬死) - 비록 죽을 수밖에 없으나

라.¹³⁵⁾

혈서로 하였는데 평사낙안 기러기 격으로 그저 툭툭 찍은 것이 모두 다 애고로다. 어사 보더니 두 눈에 눈물이 듣거니 맺거니 방울방울 떨어지니 저 아이 하는 말이

"남의 편지 보고 왜 우시오."

"엇다 이애. 남의 편지라도 설운 사연을 보니 자연 눈물이 나는구나."

"여보 인정있는 체하고 남의 편지 눈물 묻어 찢어지오. 그 편지 한장 값이 열 닷냥이오. 편지 값 물어내오."

"여봐라. 이도령이 나와 죽마고우 친구로서 하향에 볼 일이 있어 나와 함께 내려오다 완영에 들렀으니 내일 남원으로 만나자 언약하였다. 나를 따라 가 있다가 그 양반을 뵈어라."

그 아이 반색하며

"서울을 저 건너로 알으시오."

하며 달려들어

"편지 내오."

상지할 제 옷 앞자락을 잡고 실랑하며 살펴보니 명주 전대를 허리에 둘렀는데 제기(祭器) 접시같은 것이 들었거늘 물러나며

"이것 어디서 났소. 찬 바람이 나오."

"이놈 만일 천기누설하여서는 생명을 보전치 못하리라."

당부하고 남원으로 들어올 제 박석치를 올라서서 사면을 둘러보니 산도 예 보던 산이요 물도 예 보던 물이라. 남문 밖 썩 내달아

"광한루야 잘 있더냐. 오작교야 무사하냐."

이때 춘향모는

"천지지신 일월성신은 화위동심하옵소서. 다만 독녀 춘향이를 금쪽같이 길러

133) 부지하경(不知何境) - 어떤 지경에 이를 지 알지 못함

134) 심량처지(深諒處之) - 깊이 헤아려 처리함

135) 하위남원옥중수(何爲南原獄中囚) - 작년 어느 때에 님이 첩과 이별했던고. 엊그제 이미 겨울눈이 내리더니 또 가을이 왔도다.
　　미친 바람 깊은 밤에 눈물이 눈같으니, 어찌하여 남원 옥중의 죄수가 되었던고.

내어 외손봉사 바라더니 무죄한 매를 맞고 옥중에 갇혔으니 살릴 길이 없삽니다. 천지지신은 감동하사 한양성 이몽룡을 청운에 높이 올려 내 딸 춘향 살려지이다."

빌기를 다한 후

"향단아 담배 한 대 붙여 다오."

춘향의 모 받아 물고 후유 한숨 눈물 질새, 이때 어사 춘향모 정성 보고

"나의 벼슬한 게 선영음덕으로 알았더니 우리 장모 덕이로다."

하고

"그 안에 뉘 있나."

"뉘시오."

"내로세."

"내라니 뉘신가."

어사 들어가며

"이서방일세."

"이서방이라니. 옳지 이풍헌 아들 이서방인가."

"허허 장모 망령이로세. 나를 몰라, 나를 몰라."

"자네가 뉘기여."

"사위는 백년지객라 하였으니 어찌 나를 모르는가."

춘향의 모 반겨하여

"애고 애고 이게 웬일인고. 어디 갔다 이제 와. 풍세대작터니 바람결에 풍겨 온가. 봉운기봉터니 구름 속에 싸여온가. 춘향의 소식 듣고 살리려고 와 계신가. 어서 어서 들어가세."

손을 잡고 들어가서 촛불 앞에 앉혀 놓고 자세히 살펴보니 걸인 중에는 상걸인이 되었구나. 춘향의 모 기가 막혀

"이게 웬일이오."

"양반이 그릇되매 형언할 수 없네. 그때 올라가서 벼슬 길 끊어지고 탕진가산하여 부친께서는 학장질 가시고 모친은 친가로 가시고 다 각기 갈리어서 나는 춘향에게 내려와서 돈 천이나 얻어 갈까 하였더니 와서 보니 양가 이력 말 아닐세."

춘향의 모 이 말 듣고 기가 막혀

"무정한 이 사람아. 일차 이별후로 소식이 없었으니 그런 인사가 있으며 후긴지 바랐더니 이리 잘 되었소. 쏘아 논 살이 되고 엎질러진 물이 되어 수원수구(誰怨誰咎)할까마는 내 딸 춘향 어쩔라나."

횟김에 달려들어 코를 물어 뗄려 하니

"내 탓이지 코 탓인가. 장모가 나를 몰라 보네. 하늘이 무심태도 풍운조화와 뇌성뇌기는 있느니."

춘향모 기가 차서

"양반이 그릇되매 간롱(奸弄)[136]조차 들었구나."

어사 짐짓 춘향모의 하는 거동을 보려 하고

"시장하여 나 죽겠네. 나 밥 한 술 주소."

춘향모 밥 달라는 말을 듣고

"밥 없네."

어찌 밥 없을꼬마는 횟김에 하는 말이었다. 이때 향단이 옥에 갔다 나오더니 저의 아씨 야단 소리에 가슴이 우둔우둔 정신이 울렁울렁 정처없이 들어가서 가만히 살펴보니 전의 서방님이 와 계시구나. 어찌 반갑던지 우루룩 들어가서

"향단이 문안이오. 대감님 문안이 어떠하옵시며 대부인 기후 안녕하옵시며 서방님께서도 원로에 평안히 행차하시니까."

"오냐. 고생이 어떠하냐."

"소녀 몸을 무탈하옵니다. 아씨 아씨 큰 아씨. 마오 마오 그리 마오. 멀고 먼 천리 길에 뉘 보려고 와계(시)관대 이 괄시가 왠 일이오. 애기씨가 알으시면 지레 야단이 날 것이니 너무 괄시 마옵소서."

부엌으로 들어가더니 먹던 밥에 풋고추 저리김치 양념 넣고 단간장에 냉수 가득 떠서 모반에 받쳐 드리면서

"더운 진지 할 동안에 시장하신데 우선 요기하옵소서."

어사또 반겨하며

"밥아 너 본지 오래로구나."

여러가지를 한데다가 붓더니 숟가락 댈 것 없이 손으로 뒤져서 한편으로 몰아

136) 간롱(奸弄) - 남을 농락하는 간사한 짓

치더니 마파람에 게 눈 감추 듯 하는구나.

춘향모 하는 말이

"얼씨구 밥 빌어먹기는 공성이 났구나."

이때 향단이는 저의 애기씨 신세를 생각하여 크게 울든 못하고 체읍하여 우는 말이

"어찌할꺼나 어찌할꺼나. 도덕 높은 우리 애기씨 어찌하여 살리시려오. 어찌꺼나요 어찌꺼나요."

실성으로 우는 양을 어사또 보시더니 기가 막혀

"여봐라 향단아. 울지 마라 울지 마라. 너의 아기씨가 설마 살지 죽을소냐. 행실이 지극하면 사는 날이 있느니라."

춘향모 듣더니

"애고 양반이라고 오기는 있어서 대체 자네가 왜 저 모양인가."

향단이 하는 말이

"우리 큰 아씨 하는 말을 조금도 괘념 마옵소서. 나 많아야 노망한 중에 이 일을 당해 놓으니 홧김에 하는 말을 일분인들 노하리까. 더운 진지 잡수시오."

어사또 밥상 받고 생각하니 분기탱천하여 마음이 울적, 오장이 울렁울렁 석반이 맛이 없어

"향단아. 상 물려라."

담뱃대 툭툭 털며

"여보소 장모. 춘향이나 좀 보아야지."

"그러지요. 서방님이 춘향을 아니 보아서야 인정이라 하오리까."

향단이 여쭈오되

"지금은 문을 닫았으니 파루치거든 가사이다."

이때 마침 파루를 뎅뎅 치는구나. 향단이는 미음상 이고 등롱 들고 어사또는 뒤를 따라 옥문간 당도하니 인적이 고요하고 쇄장이도 간 곳 없네.

이때 춘향이 비몽사몽간에 서방님이 오셨는데 머리에는 금관이요, 몸에는 홍삼이라. 상사일념에 목을 안고 만단정회하는 차라

"춘향아."

부른들 대답이 있을소냐.

어사또 하는 말이

"크게 한번 불러 보소."

"모르는 말씀이오. 예서 동헌이 마주치는데 소리가 크게 나면 사또 염문할 것이니 잠깐 지체하옵소서."

"무에 어때, 염문이 무엇인고. 내가 부를 게 가만 있소. 춘향아."

부르는 소리에 깜짝 놀래어 일어나며

"허허 이 목소리 잠결인가 꿈결인가. 그 목소리 괴이하다."

어사또 기가 막혀

"내가 왔다고 말을 하소."

"왔단 말을 하게 되면 기절담락할 것이니 가만히 계옵소서."

춘향이 저의 모친 음성을 듣고 깜짝 놀래어

"어머니 어찌 오셨소. 몹쓸 딸자식을 생각하와 천방지방 다니다가 낙상하기 쉽소. 일후일랑은 오실라 마옵소서."

"날랑은 염려말고 정신을 차리어라. 왔다."

"오다니 뉘가 와요."

"그저 왔다."

"갑갑하여 나 죽겠소. 일러 주오. 꿈 가운데 님을 만나 만단정회하였더니 혹시 서방님께서 기별 왔소. 언제 오신단 소식 왔소. 벼슬 띠고 내려온단 노문(路文)[137] 왔소. 답답하여라."

"너의 서방인지 남방인지 걸인 하나가 내려왔다."

"허허. 이게 왠 말인가. 서방님이 오시다니 몽중에 보던 님을 생시에 본단 말(인)가."

문틈으로 손을 잡고 말 못하고 기색하며

"애고 이게 누구시오. 아마도 꿈이로다. 상사불견 그린 님을 이리 수이 만날손가. 이제 죽어 한이 없네. 어찌 그리 무정한가. 박명하다 나의 모녀. 서방님 이별 후에 자나 누우나 님 그리워 일구월심 한이더니 내 신세 이리 되어 매에 감겨 죽게 되는 날 살리려 와 세시오."

한참 이리 반기다가 님의 형상 자세 보니 어찌 아니 한심하랴.

"여보 서방님. 내 몸 하나 죽는 것은 설운 마음 없소마는 서방님 이 지경이 웬 일이오.."

"오냐 춘향아. 설워 마라. 인명이 재천인데 설만들 죽을소냐."

춘향이 저의 모친 불러

"한양성 서방님을 칠년대한 가문 날에 갈민대우(渴民待雨)[138] 기다린 들 나와 같이 자진턴가. 심은 나무 꺾어지고 공든 탑이 무너졌네. 가련하다 이내 신세 하릴없이 되었구나. 어머님 나 죽은 후에라도 원이나 없게 하여 주옵소서. 나 입던 비단 장옷 봉장 안에 들었으니 그 옷 내어 팔아다가 한산세저 바꾸어서 물색 곱게 도포 짓고 백방사주 긴 치마를 되는대로 팔아다가 관, 망, 신발 사드리고 절병, 천은비녀, 밀화장도, 옥지환이 함 속에 들었으니 그것도 팔아다가 한삼, 고의 불초찮게 하여 주오. 금명간 죽을 년이 세간 두어 무엇할까. 용장, 봉장, 빼닫이를 되는대로 팔아다가 별찬 진지 대접하오. 나 죽은 후에라도 나 없다 말으시고 날 본 듯이 섬기소서. 서방님 내 말씀 들으시오. 내일이 본관 사또 생신이라. 취중에 주망 나면 나를 올려 칠 것이니 형문 맞은 다리 장독(杖毒)이 났으니 수족인들 놀릴손가. 만수운환 흐트러진 머리 이렁저렁 걷어 얹고 이리 비틀 저리 비틀 들어가서 장폐하여 죽거들랑 삯군인 체 달려들어 둘러업고 우리 둘이 처음 만나 놀던 부용당의 적막하고 요적한 데 뉘어 놓고 서방님 손수 염습하되 나의 혼백 위로하여 입은 옷 벗기지 말고 양지 끝에 묻었다가 서방님 귀히 되어 청운에 오르거든 일시도 둘라 말고 육진장포 개렴하여 조촐한 상여 위에 덩그렇게 실은 후에 북망산천 찾아갈 제 앞 남산 뒷 남산 다 버리고 한양성으로 올려다가 선산 발치에 묻어주고 비문에 새기기를 수절원사춘향지묘라 여덟자만 새겨 주오. 망부석이 아니 될까. 서산에 지는 해는 내일 다시 오련마는 불쌍한 춘향이는 한 번 가면 어느 때 다시 올까. 신원이나 하여주오. 애고 애고 내 신세야. 불쌍한 나의 모친 나를 잃고 가산을 탕진하면 하릴없이 걸인 되어 이집 저집 걸식타가 언덕 밑에 조속조속 졸면서 자진하여 죽게 되면 지리산 갈가마귀 두 날개를 떡 벌리고 둥덩실 날아 들어 까옥까옥 두 눈을 다 파먹은들 어느 자식 있어 후여 하고 날려 주리."

애고 애고 설이 울 제

어사또

137) 노문(路文) - 옛날 벼슬아치가 당도할 때 날짜를 미리 갈 곳에 알리던 공문

138) 갈민대우(渴民待雨) - 가뭄에 지친 백성들이 비를 기다림

"울지 마라. 하늘이 무너져도 솟아날 구멍이 있느니라. 네가 나를 어찌 알고 이렇듯이 설워하느냐."

작별하고 춘향 집에 돌아왔지.

춘향이는 어둠침침 야삼경에 서방님을 번개같이 얼른 보고 옥방에 홀로 앉아 탄식하는 말이

"명천(明天)은 사람을 낼 제 별로 후박(厚薄)이 없건마는 나의 신세 무슨 죄로 이팔청춘에 님 보내고 모진 목숨 살아 이 형문 이 형장 무슨 일인고. 옥중고생 삼사삭에 밤낮없이 님 오시기만 바라더니 이제는 님의 얼굴 보았으니 광채 없이 되었구나. 죽어 황천에 돌아간들 제왕전에 무슨 말을 자랑하리."

애고 애고 설이 울 제 자진하여 반생반사(半生半死)하는구나.

육방(六房) 염문 다 한 후에 춘향집 돌아와서 그 밤을 샌 연후에 이튿날 조사(朝仕)[139] 끝에 근읍(近邑) 수령이 모여든다. 운봉영장, 구례, 곡성, 순창, 옥과, 진안, 장수 원님이 차례로 모여든다. 좌편에 행수, 군관 우편에 청령, 사령 한가운데 본관은 주인이 되어 하인 불러 분부하되

"관청색 불러 다담을 올리라. 육고자 불러 큰 소를 잡고, 예방 불러 고인(鼓人)[140]을 대령하고, 승발 불러 차일을 대령하라. 사령 불러 잡인을 금하라."

이렇듯 요란할 제 기치, 군물(軍物)이며 육각풍류 반공에 떠 있고 홍의홍상 기생들은 백수 나삼 높이 들어 춤을 추고 지화자 둥덩실 하는 소리 어사또 마음이 심란하구나.

"여봐라 사령들아 . 너의 원 전에 여쭈어라. 먼 데 있는 걸인이 좋은 잔치에 당하였으니 주효 좀 얻어 먹자고 여쭈어라."

저 사령 거동 보소.

"어느 양반이건데, 우리 안전님 걸인 혼금하니 그런 말은 내도 마오."

등 밀쳐내니 어찌 아니 명관인가. 운봉이 그 거동을 보고 본관에게 청하는 말이

"저 걸인의 의관은 남루하나 양반의 후예인 듯하니 말석에 앉히고 술잔이나 먹여 보냄이 어떠하뇨."

---

139) 조사(朝仕) - 하급 벼슬아치가 날마다 아침에 으뜸 벼슬아치에게 뵈는 일문

140) 고인(鼓人) - 공인(工人). 옛날에 악기를 연주하던 사람. 악공(樂工). 공생(工生)

본관 하는 말이
"운봉 소견대로 하오마는."
하니, 마는 소리 후 입맛이 사납겠다. 어사 속으로
"오냐. 도적질은 내가 하마. 오라는 네가 져라."
운봉이 분부하여
"저 양반 듭시래라."
어사또 들어가 단좌하여 좌우를 살펴보니 당상의 모든 수령 다담을 앞에 놓고 진양조가 양양할 제 어사또 상을 보니 어찌 아니 통분하랴. 모 떨어진 개상판에 닥채 젓가락, 콩나물, 깍두기, 막걸리 한 사발 놓았구나. 상을 발길로 탁 차 던지며 운봉의 갈비를 직신
"갈비 한대 먹고지고."
"다라도 잡수시오."
하고 운봉이 하는 말이
"이러한 잔치에 풍류로만 놀아서는 맛이 적사오니 차운(次韻)[141] 한 수씩 하여 보면 어떠하오."
"그 말이 옳다."
하니 운봉이 운을 낼 제 높을 고(高)자, 기름 고(膏)자 두 자를 내어 놓고 차례로 운을 달 제 어사또 하는 말이
"걸인이 어려서 추구권(抽句卷)[142]이나 읽었더니 좋은 잔치 당하여서 주효를 포식하고 그저 가기 무렴하니 차운 한 수 하사이다."
운봉이 반겨 듣고 필연(筆硯)을 내어주니 좌중이 다 못하여 글 두귀를 지었으되 민정을 생각하고 본관 정체를 생각하여 지었것다.
금준미주(金樽美酒)는 천인혈(千人血)이요
옥반가효(玉盤佳肴)는 만성고(萬姓膏)라
촉루낙시(燭淚落時) 민루낙(民淚落)이요
가성고처(歌聲高處) 원성고(怨聲高)라

141) 차운(次韻) - 남이 지은 시의 운자(韻字)를 따서 시를 지음
142) 추구권(抽句卷) - 유명한 글귀를 뽑아 적은 책

이 글 뜻은

금동이의 아름다운 술은 일만 백성의 피요, 옥소반의 아름다운 안주는 일만 백성의 기름이라. 촛불 눈물 떨어질 때 백성 눈물 떨어지고 노랫소리 높은 곳에 원망소리 높았더라.

이렇듯이 지었으되 본관은 몰라 보고 운봉이 글을 보며 내념(內念)[143]에

"아뿔싸. 일이 났다."

이때 어사또 하직하고 간 연후에 공형 불러 분부하되

"야야. 일이 났다."

공방 불러 포진 단속, 병방 불러 역마 단속, 관청색 불러 다담 단속, 옥 형방 불러 죄인 단속, 집사 불러 형구 단속, 형방 불러 문부 단속, 사령 불러 합번 단속, 한참 이리 요란할 제 물색없는 저 본관이

"여보 운봉은 어디를 다니시오."

"소피하고 들어오오."

본관이 분부하되

"춘향을 급히 올리라."

고 주광(酒狂)[144]이 난다.

이때에 어사또 군호할 제 서리 보고 눈을 주니 서리, 중방 거동 보소. 역졸 불러 단속할 제 이리 가며 수군 저리 가며 수군수군. 서리, 역졸 거동 보소. 외올 망건 공단 쓰개 새 평립 눌러 쓰고 석 자 감발 새 짚신에 한삼 고의 산뜻 입고 육모 방망이 녹피 끈을 손목에 걸어 쥐고 예서 번뜻 제서 번뜻 남원읍이 우꾼우꾼. 청파역졸 거동 보소. 달같은 마패를 햇빛같이 번뜻 들어

"암행어사 출또야."

외(치)는 소리 강산이 무너지고 천지가 뒤눕는 듯 초목금수(草木禽獸)인들 아니 떨랴. 남문에서

"출또야."

북문에서

143) 내념(內念) - 속 마음

144) 주광(酒狂) - 술주정이 심함

"출또야."

동서문 출또 소리 청천(靑天)에 진동하고

"공형(公兄) 들라."

외(치)는 소리 육방이 넋을 잃어

"공형이오."

등채[145]로 휘닥딱

"애고 중다[146]."

"공방 공방."

공방이 포진 들고 들어오며

"안하려던 공방을 하라더니 저 불 속에 어찌 들랴."

등채로 휘닥딱

"애고 박 터졌네."

좌수 별감 넋을 잃고 이방 호방 실혼(失魂)하고 삼색나졸 분주하네. 모든 수령 도망할 제 거동 보소. 인궤 잃고 과줄 들고 병부 잃고 송편 들고 탕건 잃고 용수 쓰고 갓 잃고 소반 쓰고 칼집 쥐고 오줌누기. 부서지니 거문고요 깨지느니 북 장고라. 본관이 똥을 싸고 멍석구멍 새앙쥐 눈 뜨듯 하고 내아로 들어가서

"어 추워라. 문 들어온다 바람 닫아라. 물 마르다 목 들여라."

관청색은 상을 잃고 문짝 이고 내달으니 서리 역졸 달려들어 후닥딱

"애고 나 죽네."

이때 수의사또 분부하되

"이 골은 대감이 좌정하시던 골이라. 훤화(喧譁)[147]를 금하고 객사(客舍)로 도처(到處)[148]하라."

좌정 후에

"본관은 봉고파직하라."

분부하니

145) 등채 - 옛날 전쟁에서 군인들이 쓰던 채찍

146) 중다 - 죽는다

147) 훤화(喧譁) - 지껄여 떠듦

148) 도처(到處) - 옮겨감

"본관은 봉고파직이오."

사대문에 방 붙이고 옥 형리 불러 분부하되

"네 골 옥수(獄囚)[149]를 다 올리라."

호령하니 죄인을 올리거늘 다 각각 문죄 후에 무죄자(無罪者) 방송할 새

"저 계집은 무엇인고."

형리 여쭈오되

"기생 월매 딸이온데 관정에 포악한 죄로 옥중에 있삽내다."

"무슨 죄인고."

형리 아뢰되

"본관 사또 수청으로 불렀더니 수절이 정절이라 수청 아니 들려 하고 관전에 포악한 춘향이로소이다."

어사또 분부하되

"너만 년이 수절한다고 관정 포악하였으니 살기를 바랄소냐. 죽어 마땅하되 내 수청도 거역할까."

춘향이 기가 막혀

"내려오는 관장마다 개개이 명관이로구나. 수의사또 들조시오. 층암절벽 높은 바위 바람 분들 무너지며 청송녹죽 푸른 나무가 눈이 온들 변하리까. 그런 분부 마옵시고 어서 바삐 죽여주오."

하며

"향단아 서방님 어디 계신가 보아라. 어젯밤에 옥 문간에 와 계실 제 천만 당부하였더니 어디를 가셨는지 나 죽는 줄 모르는가."

어사또 분부하되

"얼굴 들어 나를 보라."

하시니 춘향이 고개 들어 대상(臺上)을 살펴보니 걸객으로 왔던 낭군 어사또로 뚜렷이 앉았구나. 반 웃음 반 울음에

"얼씨구나 좋을씨고 어사낭군 좋을씨고. 남원읍내 추절 들어 떨어지게 되었더니 객사에 봄이 들어 이화춘풍 날 살린다. 꿈이냐 생시냐 꿈을 깰까 염려로다."

149) 옥수(獄囚) - 감옥에 갇혀 있는 죄인

한참 이리 즐길 적에 춘향모 들어와서 가없이 즐겨하는 말을 어찌 다 설화(說話)하랴. 춘향의 높은 절개 광채 있게 되었으니 어찌 아니 좋을손가. 어사또 남원 공사 닦은 후에 춘향 모녀와 향단이를 서울로 치행할 제 위의 찬란하니 세상 사람들이 누가 아니 칭찬하랴. 이때 춘향이 남원을 하직할 새 영귀하게 되었건만 고향을 이별하니 일희일비가 아니 되랴.

놀고 자던 부용당아. 너 부디 잘 있거라. 광한루 오작교며 영주각도 잘 있거라. 춘초는 연년녹하되 왕손은 귀불귀라[150] 날로 두고 이름이라. 다 각기 이별할 제 만세무량하옵소서. 다시 보기 망연이라.

이때 어사또는 좌우도 순읍하여 민정을 살핀 후에 서울로 올라가 어전에 숙배하니 삼당상 입시하사 문부를 사정 후에 상이 대찬하시고 즉시 이조참의 대사성을 봉하시고 춘향으로 정렬부인을 봉하시니 사은숙배하고 물러나와 부모 전에 뵈온대 성은을 축수하시더라. 이때 이판 호판 좌우영상 다 지내고 퇴사 후에 정렬부인으로 더불어 백년동락할 새 정렬부인에게 삼남삼녀를 두었으니 개개이 총명하여 그 부친을 압두하고 계계승승하여 직거일품(職居一品)[151]으로 만세유전하더라.

---

150) 귀불귀라 - 춘초연년록(春草年年綠) 왕손귀불귀(王孫歸不歸) : 봄풀은 해마다 푸르른데 왕손은 돌아가서는 돌아오지 않네

151) 직거일품(職居一品) - 벼슬살이함에 있어 첫째 품계를 차지함

9
구운몽

천하에 이름난 산이 다섯이 있다. 동쪽에는 동악, 즉 태산(泰山)이 있고, 서쪽에는 서악, 즉 화산(華山)이 있고, 남쪽에는 남악, 즉 형산(衡山)이 있으며, 북쪽에는 북악, 즉 항산(恒山)이 있는데, 가운데 산을 일컬어 중악, 즉 숭산(嵩山)이라고 하니 이들이 이른바 오악(五岳)이다.

오악 중에서 오직 형산이 중토(中土)[1]에서 가장 멀어 구의산(九疑山)이 그 남쪽에 있고, 동정호(洞庭湖)가 그 북쪽을 지나며, 소상강(瀟湘江)의 물이 그 삼 면을 두르고 있어 마치 조상이 의젓하게 가운데 있고 자손들이 그 주위에 벌여 서서 손을 모아 읍(揖)하고 있는 것과 같았다. 칠십이 봉우리가 혹은 우뚝 솟아 하늘을 향해 곤두서 있고, 혹은 가파르고 험준해 구름을 자를 듯하며 기이하고 준수한 풍채의 대장부와 같아, 구석구석이 수려하고 맑고 시원하여 원기(元氣)가 스미지 않는 곳이 없었다.

1) 중토 - 황화유역. 중원

그 중 제일 높은 봉우리를 가리켜서 축융(祝融), 자개(紫盖), 천주(天柱), 석름, 연화(蓮花)의 다섯 봉우리라고 한다. 그 모습이 유별나게 우뚝 솟아 있으며, 산세가 매우 높아서 구름이 그 참모습을 가려 있고 안개가 그 허리를 감싸고 있어 날씨가 깨끗하고 햇빛이 맑지 않으면, 사람들이 그 비슷한 모습조차도 볼 수가 없었다.

엣적에 우(禹)임금이 홍수를 다스리고 산 위에 올라 비석을 세워 공덕을 기록했는데, 하늘 글과 구름 전자(篆字)[2]가 수많은 세월이 지났지만 아직도 남아 있었다. 진(晉)나라 시절에 선녀 위부인(魏夫人)이 수련하여 도를 깨우치고서, 옥황상제(玉皇上帝)가 맡긴 직분을 받들어 선동(仙童)과 옥녀(玉女)를 거느리고 와 이 산을 평정(平定)하니, 곧 이른바 남악위부인(南岳魏夫人)이다. 대개 예로부터의 신령스럽고 이상한 자취와 신기한 일을 이루 다 적을 수가 없다.

당(唐)나라 시절에 어느 고승이 서역 천축국(天竺國)에서 중국에 들어왔다. 형산의 빼어난 경치를 사랑하여 연화봉 위에 나아가 띠로 엮은 암자를 지어 살며, 대승(大乘)의 불법(佛法)을 강론하여 중생을 교화하고 귀신을 제어하니, 이에 서역 종교[불교]가 크게 행해져 사람들이 모두 공경하여 믿고 '산 부처께서 세상에 다시 나셨다' 하였다. 부자는 재물을 바치고 가난한 자는 힘을 내어서 첩첩이 쌓인 산봉우리를 깎고 끊어진 골짝에 다리를 세우며, 재목을 모으고 공인(工人)을 고용하여 법당을 활짝 여니, 그윽하고 아름다우며 고요하여 뛰어난 경치가 대단히 훌륭하였다.

두보(杜甫)의 시에 이른바,

寺門高開洞庭野	절문은 동정호의 들을 향해 높이 열리고,
殿脚插入赤沙湖	법당 기둥은 적사호(赤沙湖)에 박히었다.
五月寒風冷佛骨	오월의 찬 바람이 부처의 뼈를 시리게 하고,

2) 전자 - 전체의 한 종류. 전서

六時天樂朝香爐　　　온종일 하늘의 음악이 향로(香爐)에서 피어나누나.

이 네 구의 글이 그 참 모습을 이미 다 말하였다. 산세의 빼어남과 도량의 웅대함이 남방의 으뜸이라고 일컬을 만하였다. 그 화상(和尙)은 오직 손에 《금강경(金剛經)》 한 권만을 지녔는데, 혹은 육여화상(六如和尙), 혹은 육관대사(六觀大師)라고 불렀다.

제자 육백 명 가운데 계행(戒行)을 닦아 신통력을 얻은 자가 삼십여 명이었는데, 그 가운데 성진(性眞)이라고 하는 어린 중이 있었다. 용모는 얼음이나 눈처럼 밝고 정신은 가을물처럼 맑아서, 나이 겨우 스물에 삼장경문(三藏經文)을 통달하지 않은 것이 없고 총명하고 지혜롭기가 여러 중들 가운데서 유독 뛰어나니, 대사가 지극히 사랑하고 소중히 여겨서 장차 그에게 의발(衣鉢)[3]을 전하고자 하였다.

대사가 늘 제자들과 더불어 큰 법을 강론할 때, 동정호의 용왕이 흰 옷을 입은 노인의 모습으로 법석에 참석하여 진지하게 경문을 듣곤 하였다.

하루는 대사가 제자들에게 말하였다.

"내가 늙고 병들어 산문(山門)을 나서지 않은 지 이미 십여 년이 되어 이제 가벼이 거동할 수가 없다. 너희들 가운데 누가 능히 나를 위하여 수부(水府)에 들어가 용왕에게 인사를 올리고 감사를 돌리는 예를 행할 수 있겠느냐?"

성진이 가기를 청하니 대사가 크게 기뻐하여 그를 보냈다. 성진이 일곱 근이나 되는 무거운 가사(袈裟)를 걸치고 육환장(六環杖)을 끌면서 표연히 동정호를 향하여 떠났다.

얼마 후에 문을 지키는 도인(道人)이 들어와 대사께 아뢰었다.

"남악 위진군(衛眞君) 낭랑(娘娘)께서 팔 선녀를 보내어 문에 이르렀습니다."

대사가 들여보내라 하니, 팔선녀가 차례로 들어와 대사의 자리를 세 번 돌며 신선의 꽃을 뿌리고 나서 무릎을 꿇고 위부인의 말씀을 전하였다.

"상인(上人)께서는 산 서쪽에 계시고 저는 산 동쪽에 있어 기거하는 곳이 서로

3) 의발 - 스승이 제자에게 주는 가사와 바리

가깝고 먹고 마시는 것도 서로 접해 있지만, 천한 무리들이 많아 저를 수고롭고 번민케 하여 아직 한번도 법석(法席)에 나아가 오묘한 말씀을 듣지 못하였으니, 사람을 대하는 지혜가 부족하고 이웃을 사귀는 도리를 어겼습니다. 이에 시비들을 보내어 안부를 여쭙고, 아울러 신선 과일과 칠보와 비단을 드려 보잘것없는 정성을 표합니다.”

드디어 각자 가지고 있는 선과(仙果)와 보물을 대사에게 드리니 대사는 친히 이들을 받아 시자(侍者)에게 주어 부처님께 공양케 하고 몸을 굽혀 합장하면서 사례하여 말하었다.

“노승이 무슨 공덕이 있기에 상선(上仙)의 이같은 많은 선물을 받겠는가?”

이에 재(齋)를 베풀어 팔선녀를 대접하고 그들이 돌아감에 고마운 뜻을 표하여 보냈다.

팔선녀가 함께 산문을 나와 손을 맞잡고 가며 서로 상의하여 말하었다.

“이 남악 형산의 한 물과 한 언덕도 우리 집의 경계가 아닌 것이 없는데, 화상께서 도량을 연 후로는 홍구(鴻溝)⁴의 나누임이 되어서 연화봉의 빼어난 경치가 지척에 있지만 여지껏 구경하지 못하였다. 오늘 우리가 낭랑의 명령으로 다행히 이곳에 왔고 봄빛도 아주 아름다우며 날이 아직 저물지 아니 하였으니, 이 좋은 계절을 타 저 가파른 산 언덕에 올라 연화봉에서 옷을 훌훌 벗어 던지고, 폭포수에 갓끈을 씻고, 시를 지어 읊조리며 흥을 타 그대로 지닌 채 돌아가 궁중 여러 자매들에게 자랑하는 것이 또한 즐겁지 아니하겠는가?”

모두가 좋다 하였다. 드디어 서로 천천히 걸어 올라가 폭포의 근원을 굽어보고 언덕을 따라 물줄기를 좇아 내려가다가 돌다리 위에서 잠시 쉬니, 이때는 바로 춘삼월이었다. 수풀 꽃은 일제히 피고 안개는 자욱하여 바라보니 마치 비단을 펴놓은 듯하였고, 골짜기의 새들은 다투어 지저귀니 그 아름다운 소리가 마치 관현악을 연주하는 듯 하였으며, 봄바람은 사람을 들뜨게 하는 등 경치가 사람의 마음을 끌어 오래 머물게 하였다.

4) 홍구 - 단가의 하나. 초 항우와 한 유비가 홍구에서 가진 잔치. 홍문연가

팔선녀는 이에 감동되어 즐거워하였다. 돌다리 위에 걸터 앉아 계곡물을 굽어보니 여러 곳의 흐르는 물이 모여 맑은 연못을 이룬 것이 하도 깨끗하고 맑아서 마치 광릉(廣陵)에서 새로 간 거울 같았다. 푸른 눈썹과 붉은 단장도 물 속에 비쳐 마치 한 폭의 미인도가 용면(龍眠)[5]의 손에서 새로 나온 것 같았다. 스스로 그 그림자를 사랑하여 차마 즉시 자리에서 일어나지 못하고, 저녁노을이 산고개를 넘고 땅거미가 수풀에서 일어나는 줄 깨닫지 못하였다.

이날 성진이 동정호에 이르러 유리같이 고운 파도를 헤치고 수정궁(水晶宮)에 들어갔다. 용왕이 크게 즐거워하여 궁문 밖에까지 나아가 그를 전상(殿上)으로 맞이하여 자리를 나누어 앉으니, 성진이 엎드려 대사의 감사하는 말씀을 아뢰었다. 용왕이 공손히 듣고 드디어 큰 잔치를 베풀어 대접하니, 진귀한 과일과 신선의 나물들은 풍요롭고 깨끗하여 먹을 만하였다.

용왕이 몸소 잔을 잡아 성진에게 권하니, 성진이 굳이 사양하여 말하였다.
"술이란 것은 성품을 망가뜨리는 약이나 마찬가지여서 선가(仙家)에서 크게 경계하는 것이니, 천승(賤僧)은 감히 마시지 않겠습니다."
용왕이 말하였다.
"불가의 오계(五戒) 중 술 금하는 것을 내가 어이 모르겠소마는, 과인의 술은 인간의 광약(狂藥)과는 크게 달라서 능히 사람의 기를 고르게 할 뿐 일찍이 사람의 마음을 방탕케 한 적이 없으니, 상인(上人)은 어찌 과인의 성의를 생각지 않는가?"
성진이 그 성의에 감동되고 거절할 수가 없어서 연거푸 석 잔을 기울여 마셨다. 성진이 용왕을 하직하고 수부(水府)를 나와 바람을 타고 연화봉을 향하여 오다가 산 밑에 이르러 자못 술기운이 얼굴에 나타나고 눈앞이 어른거리고 어지러워 자책(自責)해 말하였다.
"사부께서 만약 내 얼굴에 가득 찬 술기운을 보신다면, 어찌 놀라 꾸짖지 않으시겠는가?"

5) **용면** - 북송의 문인화가. 이공린

즉시 냇가로 가 앉아 가사(袈裟)를 벗어 맑은 모래 위에 놓고 손으로 맑은 물을 움켜쥐어 취한 얼굴을 씻는데, 문득 이상한 향내가 코를 스쳐 지나가거늘 난초나 사향의 냄새도 아니고 풀과 대나무의 냄새도 아니었다. 정신이 자연 호탕해지고 더러움과 인색함이 문득 사라지며 그윽이 부드러워져서 가히 말로 표현할 수 없었다.

이에 스스로 말하였다.

"이 계곡 위에 어떤 기이한 꽃이 있기에 이와 같은 강열한 향내가 물을 따라 올까? 내 마땅히 올라가 찾아보리라."

다시 옷을 가다듬고 물결을 따라 올라갔다.

이때 팔선녀가 아직도 석교에 있다가 성진과 서로 마주치니, 성진이 석장(錫杖)을 놓고 합장하고 절하여 말하였다.

"여보살(女菩薩)님들은 빈승(貧僧)의 말씀을 들어보십시오. 빈승은 연화도량 육관대사의 제자인데 스승의 명을 받아 산을 내려갔다가 이제 절로 돌아오는 길입니다. 석교가 매우 좁은데다가 보살님들이 앉아 계셔 남녀가 길을 나누어 지나가지 못하니, 바라건대 보살님들은 잠시 연꽃 같은 걸음을 옮겨 특별히 돌아가는 길을 빌려주십시오."

팔선녀가 대답해 절하고 말하였다.

"첩들은 위부인 낭랑의 시녀인데 위부인의 명을 받아 육관대사께 안부를 묻고 돌아가다가 마침 여기에 잠시 머물게 되었습니다. 첩들이 듣건대, 《예기(禮記)》에 '길은 갈 때 남자는 왼쪽으로 가고, 여자는 오른쪽으로 간다.' 합니다. 이 다리가 원래 좁은데다가 첩들이 먼저 앉았고, 이제 도인(道人)께서 다리를 통해 가는 것은 예에 맞지 않으니, 청컨대 다른 길을 찾아 가십시오."

성진이 말하였다.

"계곡물이 깊고 다른 길이 없으니 소승(小僧)으로 하여금 어느 곳으로 가라 하십니까?"

선녀들이 말하였다.

"옛날 달마존자(達磨尊者)는 갈댓잎을 타고 큰 바다를 건넜는데, 화상께서 육관대사께 도를 배웠으면 반드시 신통한 술법이 있을 것이니, 이 작은 냇물을 건너기에 무슨 어려움이 있어 아녀자들과 길을 다투십니까?"

성진이 웃으며 대답하였다.

"여러 낭자(娘子)의 뜻을 보니 아마 행인에게서 길값을 받으려고 하시는 것 같은데 빈승은 본래 돈이 없고 마침 여덟 개의 밝은 구슬이 있으니, 청컨대 여러 낭자에게 이를 바쳐 길값을 사고자 합니다."

말을 마치고 복숭화꽃 한 가지를 꺾어 선녀들 앞에 던지니, 네 쌍의 붉은 꽃봉우리가 즉시 밝은 구슬이 되어 상서로운 빛이 땅과 하늘을 가득 채우고 비추어 마치 조개의 태(胎)에서 나온 진주 같았다. 팔선녀가 각각 한 개씩을 주어서 성진을 돌아보며 빙그레 웃고 몸을 솟구쳐 바람을 타고 하늘로 올라갔다. 성진이 석교에 우두커니 서서 머리를 들어 멀리 바라보니, 한참 있다가 구름은 흩어지고 향기로운 바람은 모두 사라져 마치 무엇을 잃은 듯 멍하였다.

급히 돌아와 용왕의 말씀을 대사께 보고하는데, 대사가 늦게 돌아옴을 꾸짖으니 성진이 대답하였다.

"용왕이 심히 후하게 대접하고 만류하는 것이 하도 간절하여 인정상 감히 옷을 떨치고 나올 수가 없었습니다."

대사가 대답지 않고 물러가 쉬게 하였다.

성진이 선방(禪房)으로 돌아오니, 날은 이미 어두워졌는데 팔선녀를 본 후부터는 고운 음성이 아직도 귓가에 머물러 있고, 아름다운 모습이 눈앞에 아른아른하여 잊으려 해도 잊을 수가 없으며, 생각지 않으려 해도 저절로 생각이 났다. 정신이 황홀하여 어찌할 수가 없어서 단정히 앉아 눈을 감고 마음속으로 생각하였다.

'남자가 세상에 태어나 어려서는 공맹(孔孟)의 글을 읽고 자라서는 요순(堯舜) 같은 임금을 만나 싸움터에 나가면 삼군(三軍)의 총수(總帥)가 되고, 조정에 들어서면 백관(百官)의 우두머리가 되어 몸에 비단 도포를 입고 허리엔 자수(紫綬)를 띠며, 임금에게 충성하고 백성을 이롭게 하며, 눈으로는 고운 빛을 보고 귀로는 오묘한 소리를 들어 당대에 영화를 누릴 뿐 아니라, 죽은 후에도 공명을 남겨 놓는 것이 진실로 대장부의 일인데, 슬프다! 우리 불가의 도는 다만 한 바리 밥과 한 병의 물과 수삼 권의 경문(經文)과 백팔염주뿐이구나. 그 도가 비록 높고 깊지만 적막하기가 너무 심하고 그러니 상승(上乘)의 법을 깨닫고 대사의 도통(道統)을 이어 받아 연화봉 위에 꼿꼿이 앉았다한들, 삼혼구백(三魂九魄)[6]이 한번 불꽃 속에 흩어지면 어느 누가 성진이 세상에 났던 줄 알 수 있겠는가?

이리저리 생각하면서 잠을 이루지 못하고 밤은 이미 깊었다. 잠시 눈을 감으면 팔선녀가 갑자기 앞에 늘어 서 있고, 놀라 깨어 눈을 뜨면 이미 보이지 않았다.

드디어 크게 깨달아 생각하였다.

'불가(佛家)의 공부는 마음과 뜻을 바로잡는 것이 으뜸이다. 내가 출가한 지 십 년이 되었지만 일찍부터 반 점도 구차한 마음이 없었는데, 갑자기 부정한 마음이 생겨 이제 이 지경까지 이르렀으니, 어찌 나의 앞길에 방해가 되지 않겠는가?

드디어 포단(蒲團)에 꿇어앉아 정신을 바로 잡고 목에 건 염주(念珠)를 다 굴리면서 고요히 천불(千佛)을 외었다.

이때 갑자기 동자가 창 밖에 서서 불러 말하였다.

"사형(師兄)은 주무십니까? 사부께서 부르십니다."

성진이 크게 깨달아 생각하였다.

'깊은 밤에 재촉해 부르시니 반드시 까닭이 있다.'

이에 동자와 함께 바삐 방장(方丈)으로 가니, 대사가 모든 제자들을 모아놓고 엄숙하게 정좌하고 있다가 큰소리로 꾸짖었다.

"성진아! 너는 네 죄를 아느냐?"

성진이 층계 아래로 엎어지며 대답하였다.

"제가 사부를 섬긴 지 십 년이 되었지만 아직껏 불순하고 공손치 못한 일이 없어서 스스로 지은 죄를 실로 알지 못하겠습니다."

대사가 말하였다.

"행실을 닦는 방법에 세 가지가 있으니 몸과 말과 뜻이다. 네가 용궁에 가서 술 마시고 취하여 석교에 이르러 여자들과 만나 말을 주고받았고, 꽃가지를 꺾어 주며 희롱을 하였으며, 돌아와서까지도 연연하여 처음에는 미색을 탐하다가 드디어는 세속의 부귀와 영화에 마음을 빼앗겨 불가의 적막함을 싫어하니, 이는 세 가지 행실이 일시에 무너진 것이다. 죄가 진실로 크다 하지 않을 수 없으니, 이 땅에는 머무를 수가 없다."

6) 삼혼구백 - 사람의 혼백을 통칭

성진이 머리를 조아려 울며 호소하였다.

"스승님! 스승님! 저에게 진실로 죄가 있습니다. 그렇지만 술 마시지 말라는 계율을 스스로 깨뜨린 것은 주인의 강권(強勸)으로 일어난 마지 못한 일이요, 팔선녀와 언어를 수작한 것은 단지 길을 빌리기 위함이지 본래 다른 뜻은 없었는데 무슨 부정한 일이 있었겠습니까? 그리고 선방에 돌아와서도 비록 나쁜 생각이 싹텄지만, 곧바로 스스로 그릇되었음을 깨달아 미친 마음이 마구 날뛰는 것을 두려워하고, 착한 마음이 온화하게 절로 일어나 잠깐만에 후회하여 마음을 바로잡았으니, 이는 유가의 이른바 '머지않아 선(善)으로 돌아온다.'는 것과 같습니다. 진실로 제자가 죄 있다고 할지라도 사부께서 종아리 쳐 경계하는 것도 가르침의 한 도리인데, 어찌하여 물리쳐 쫓아내서서 스스로 새로워질 수 있는 길을 끊게 하십니까? 성진이 열두 살에 부모를 버리고 친척을 떠나 사부께 귀의하고자 머리를 깎았으니 의리로 말한다면 저를 낳으시고 키워주신 것이나 진배 없고, 정으로 말한다면 이른바 자식이 없지만 자식이 있는 것이나 다름없습니다. 부자(父子)의 은혜가 깊고 사제(師弟)의 인연이 무거워 연화도량이 곧 저의 집이오니, 여기를 버리고 어디로 가라고 하십니까?"

대사가 말하였다.

"네 스스로 가고자 하기에 내가 가게 하는 것이지 네가 진실로 여기에 머물고자 한다면 누가 너를 가게 하겠느냐? 네 스스로 '전 어디로 갑니까?'라고 하지만, 네가 가고자 하는 곳이 즉 네가 돌아갈 수 있는 곳이다."

이어 큰 소리로 말하였다.

"황건역사(黃巾力士)야, 어디 있느냐?"

별안간에 공중으로부터 신장(神將)이 내려와 명을 듣자, 대사가 분부하여 말하였다.

"너는 이 죄인을 거느려 풍도(風途)[7]에 가서 염라대왕(閻羅大王)에게 내어 주고 오너라."

성진이 이 말을 듣자 눈물을 비같이 흘리며 말하였다.

"스승님, 성진의 말씀을 들어주십시오. 옛날 아란존자(阿難尊者)는 창녀의 집

7) 풍도 - 지옥

에 가서 창녀와 잠자리를 함께 하여 몸을 섞었지만, 석가모니 부처님께서는 죄로 여기지 않으시고 다만 설법하여 가르치셨습니다. 제자가 비록 죄 있다 할지라도 아난존자에게 비하면 가벼운데 어찌하여 풍도로 가게 하십니까?"

대사가 말하였다.

"아란존자는 요술을 억제치 못하여 창녀와 가까이 하였지만 마음은 어지럽히지 않았는데, 너는 속세와 부귀를 흠모하는 생각을 가졌으니 어찌 한번 윤회의 괴로움을 면하겠느냐?"

성진이 울부짖기만 할 뿐 저승으로 갈 뜻이 없자, 대사가 위로하였다.

"마음이 깨끗하지 않으면 비록 산중에 있을지라도 도를 이루기가 어렵다. 근본을 잊지 않는 한 비록 진세에 간다 할지라도 돌아올 길이 있으리니, 네가 만약 돌아오고자 하면 내 몸소 데려올 것이니 의심치 말고 떠나거라."

성진이 할 수 없이 불상과 스승에게 절하고 여러 동문(同門)들과 이별한 후 황건역사를 따라 저승을 향하였다. 음혼관(陰魂關)을 들러 망향대(望鄕臺)를 지나 풍도성에 이르니 성문을 지키던 귀졸이 어찌 왔는가를 물었다. 황건력사가 육관대사의 법지(法旨)를 받들어 죄인을 데려왔노라고 하자, 귀졸이 즉시 길을 열어 주었다. 곧바로 삼라전(森羅殿)에 이르러서도 이와 같이 말하자, 염라대왕이 공사(公事)로 바빠 이를 황건역사에게 주어 되돌려 보내려 하였다. 이에 성진이 전각(殿閣) 아래에 나아가 무릎을 꿇으니 염라대왕이 물었다.

"성진 상인(上人)아, 상인의 몸은 비록 남악에 있지만, 이름은 이미 지장왕(地藏王) 향안(香案) 위에 기록되어 있어 얼마 가지 않아 큰 도를 얻어 연좌(蓮座)에 높이 오르면 중생들이 모두 은덕을 입을까 하였는데, 어찌하여 이 땅에 이르렀는가?"

성진이 크게 부끄러워하며 염라대왕에게 말하였다.

"제가 버릇없이 멋대로 굴어 길에서 우연히 남악 선녀를 만나 한때 마음을 억제치 못하고 스승께 죄를 지어 이에 대왕의 명령을 기다리고 있습니다."

염라대왕이 곁에 있는 사람들을 시켜 지장왕에게 말씀을 올려 말하였다.

"남악 육관대사께서 제자 성진을 보내어 명사(冥司)에게 처벌하라 하오나 다른 죄인과는 다르니 어찌 했으면 좋겠습니까?"

지장보살(地藏菩薩)이 말하였다.

"수행(修行)하는 사람의 오며 가기는 오직 그 원대로 되는 것인데 어찌 구태여

묻습니까?'

염왕이 바로 성진의 죄를 결단하려 할 때 귀졸이 들어와 아뢰었다.

"문 밖에 황건역사가 육관대사의 명령을 받아 여덟 죄인을 잡아 왔습니다."

성진이 이 말을 듣고 매우 놀랐다. 염왕이 죄인들을 불러들이자, 남악 선녀 여덟 사람이 들어와 마루 아래에 무릎을 꿇으니 염왕이 물었다.

"남악 선녀야, 선가(仙家)에 무궁한 경치와 쾌락이 있는데 어찌하여 이 땅에 이르렀느냐?"

팔선녀가 부끄러워하며 대답하였다.

"첩들은 위부인의 명령을 받아 육관대사께 문안드리고 돌아가다가 성진 화상을 만나 말을 주고 받은 일이 있었는데, 대사께서는 저희들이 부처님의 맑은 땅을 더럽혔다 하여 저희 부중(府中)에 기별하여 첩들을 이리로 압송하였습니다. 첩들의 승침고락(昇沈苦樂)[8]은 오직 대왕의 수중에 달렸으니, 바라건대 대자대비(大慈大悲)께서는 좋은 땅에 태어나게 해 주십시오."

염왕이 사자(使者) 아홉 사람을 불러 각각에게 면밀히 분부하여 인간계로 보내니, 갑자기 전각(殿閣) 아래 큰 바람이 일어나 모든 사람들을 공중으로 올려 사면팔방으로 흩어지게 하였다.

성진이 사자를 따라 바람에 실려 표연히 가다가 한 곳에 이르니 바람이 그치며 발이 땅에 닿았다. 정신을 가다듬고 보니 여러 산들이 사방으로 둘러 있고 계곡물이 감싸 흐르고 대나무 울타리와 초가집들이 수풀 사이에 십여 채 있었다. 사자가 성진을 끌고 한 집에 이르러 문 밖에 세워두고 안으로 들어갔다. 얼마 있다가 성진이 들으니 이웃 사람들이 서로 말하였다.

"양처사(楊處士) 부부가 오십에 비로소 아이를 배니 세상에 드문 일이라. 아이를 낳은 지 이미 오래 되었는데도 아이 울음 소리가 나지 않으니 걱정이에요."

성진이 이 말을 듣고 마음으로 분명하게 양처사의 자식이 되어 태어난 것을 알게 되자 갑자기 생각하였다.

'내가 이미 인간 세상에 태어나 여기에 왔지만 단지 정신뿐이요, 육신은 마땅히 연화봉에서 화장되었을 것이다. 내 나이 어려 아직 제자가 없으니 누가 나의

8) 승침고락 - 흥함과 쇠함. 괴로움과 즐거움

사리(舍利)를 거두어 주겠는가?

마음이 자못 처량하더니 사자가 나와 손을 휘저어 불러 말하였다.

"여기는 대당국(大唐國) 회남도(淮南道) 수주(壽州) 땅이고, 너의 부친은 양처사(楊處士)요, 모친은 유씨(柳氏)다. 너는 전생의 인연으로 이 집에 태어났으니 속히 들어가 좋은 때를 잃지 말라."

성진이 들어가 보니 양처사는 갈건야복(葛巾野服)[9]으로 당상(堂上)에 앉아 있고, 약 탕관이 앞에 놓여 있는데 향내가 코를 찔렀다. 방안에는 부인의 신음소리가 나는데 사자가 성진을 재촉하여 들여 보내니, 성진이 염려스러워 머뭇거려 들어가지 않자 사자가 뒤에서 등을 밀치는 바람에 마당 가운데 엎어졌다. 정신이 아득하여 마치 천지가 뒤집히는 것 같아 소리를 질렀다.

"사람 살려."

그러나 말을 이루지 못하고 단지 소리가 목구멍에서 나오는데 곧 아이 울음소리였다.

산파가 축하하여 말하였다.

"아이 울음소리가 크니 작은 낭군입니다."

처사가 약주발을 들고 들어와 부부가 크게 즐거워하였다.

성진이 이후에는 배고프면 울고 울면 젖먹으니, 처음은 연화봉을 기억하였지만 점점 자라면서 부모의 은정을 알게 되자 전생의 일은 이미 막연해졌다.

양처사 떠난 후에 모자 두 사람이 서로 의지하여 세월을 보냈다. 몇 해가 지나자 소유의 재주와 명성이 크게 일어나 고을 태수가 신동이라고 조정에 천거하였다. 그러나 소유는 모친을 떠나기가 어려워 나아가지 아니하였다. 소유가 열네 살에 이르러 용모는 반악(潘岳)[10] 같고, 기상은 청련(青蓮) 같으며, 문장은 연허(燕許)와 같고, 필법은 종요(鍾繇)[11]와 왕희지(王羲之) 같아서 제자백가(諸子百家)와 구류삼교(九流三敎)[12]와 천문지리(天文地理)와 육도삼략(六韜三略)과 활쏘기와 칼쓰기 등에 정통치 않음이 없으니, 진실로 전생부터 수행한 사람으로서

9) 갈건야복 - 갈건과 베옷. 은사들의 의관

10) 반악 - 진나라 시인

11) 종요 - 위나라 서예가

12) **구류삼교** - 유 · 불 · 도교 및 기타 종교

세상의 속된 사람에 비할 바가 아니었다.

하루는 양소유가 모친에게 아뢰었다.

"부친께서 하늘로 돌아가실 때에 저에게 문호(門戶)를 맡기셨는데, 지금 집안이 가난하고 모친께서 힘들여 살림하시니 제가 만일 집 지키는 개나 되고 공명을 구하지 아니하면, 이는 부친께서 기대하신 뜻이 아닙니다. 이제 서울에서 과거를 베풀어 선비를 뽑는다고 하니 제가 잠시 모친 슬하를 떠나 한번 서울을 다녀올까 합니다."

유씨가 자식의 기상이 만만치 않음을 보고 비록 먼 길의 이별을 애석히 여겼지만 만류하지 못하였다.

양생이 서동 한 사람과 나귀 한 필로 모친을 떠나 여러 날 만에 화주(華州) 화음현(華陰縣)에 이르니 장안(長安)이 점점 가까워지며 산천의 경치가 매우 화려하였다. 양생이 과거 볼 날짜가 아직 넉넉하므로 하루 수십 리씩 행하여 산수를 찾고 고적도 물어 나그네 길이 무료하지 않았다. 문득 바라보니 버들 수풀이 푸릇푸릇한 사이로 작은 누각이 비치어 매우 그윽하였다. 말에서 내려 천천히 나아가니 푸른 버드나무 줄기들이 풀어 흩어져 그윽히 바람에 나부껴 볼 만하여 생각하였다.

'우리 초(楚) 땅에도 비록 아름다운 나무들이 많지만, 이같은 버들은 보지 못하였다.'

하고, 드디어 〈양류사((楊柳詞)〉를 지어 읊었다.

楊柳靑如織	버들 푸르러 베를 짠 것 같으니,
長條拂畫樓	긴 가지 그림 같은 누각에 드리웠구나.
願君勤栽植	원컨대 그대는 부지런히 심으세요.
此樹最風流	이 나무 가장 멋지다오.
楊柳何靑靑	버들은 어찌하여 푸르고 푸른가!
長條拂綺楹	긴 가지 비단 기둥에 드리웠구나.
願君莫漫折	원컨대 그대는 쓸데없이 꺾지마오.
此樹最多情	이 나무 가장 정이 많다오.

시를 읊는 소리가 맑고 기이하며 깨끗하고 밝아서 마치 금석 한 덩어리에서 나

는 듯하였다. 봄바람이 이를 거두어 누각으로 올리니, 누각 위의 미인이 한참 봄잠에 빠졌다가 시를 읊는 소리에 놀라 깨어 창문을 열고 난간에 의지하여 두루 바라보다가 양생의 눈과 우연히 마주쳤다. 그 미인의 구름 같은 머리가 귀밑까지 드리웠고 옥비녀는 반쯤 기울어졌으며 아직 봄잠이 부족해 하는 모습이 하도 천연스럽게 아름다워 이루 말로 형용할 수 없고 비슷하게조차 그릴 수 없었다.

두 사람이 서로 보기만 하고 말이 없는데, 양생의 서동이 와서 말하였다.

"저녁밥이 준비되었습니다."

미인이 곧 창문을 닫자, 천연한 향내가 코를 스칠 뿐이었다. 양생이 서동을 크게 원망하였지만, 다시 만나기가 어려운 줄 짐작하고 서동을 따라 객점(客店)으로 돌아왔다.

원래 이 미인의 성은 진(秦)씨로 진어사(秦御使)의 딸이며, 이름은 채봉(彩鳳)이었다. 일찍이 어머니를 여의고 다른 형제가 없어 홀로 부친을 모시고 있었는데 아직 결혼 전이었다. 이때 진어사는 직책상 서울에 가 있어 소저(小姐)가 혼자 집을 지키고 있다가 천만 뜻밖에 양생을 만나보고 마음 속으로 생각하였다.

'여자가 장부를 좇는 것은 평생의 큰 일로 일생의 영욕과 고락이 장부에게 달렸다. 탁문군(卓文君)은 과부라도 오히려 사마상여(司馬相如)를 좇았으니, 이제 나는 처녀의 몸이라 비록 스스로 중매하는 혐의는 피할 수 없지만 부녀자의 절행(節行)에 해롭지는 않을 것이다. 하물며 이 사람의 성명과 거주지를 알지 못하니, 부친께 여쭈어 의논해 정한 후 매파(媒婆)를 보내고자 한들 동서남북 어느 곳에서 찾겠는가?

급히 화전(花箋)을 펴 두어 줄 글을 쓰고 봉하여 유모를 불러 주며 말하였다.

"이를 가지고 객점으로 가, 나귀를 타고 내 집 누각 아래에 와 〈양류사〉를 읊던 상공(相公)을 찾아 전하여라. 나와 인연을 맺어 일생을 의탁하려는 뜻을 알리되, 이는 나의 종신 대사이니 자네는 삼가 허술히 하지 말아라. 이 선비는 용모가 아름답기 옥 같아 무리 속에 섞이지 않을 것이니, 자네는 부디 친히 보고 전하여라."

유랑(乳娘)이 말하였다.

"삼가 소저의 명대로 전하겠지만, 이후 노야(老爺)[13]께서 들으시면 무엇이라

13) 노야 - 늙은이

하시겠습니까?'

소저가 말하였다.

"이는 내가 당할 일이니 자네는 염려치 말게."

유랑이 이어 말하였다.

"이 낭군이 만약 이미 장가를 들었거나 혹시 결혼하기로 정한 곳이 있다면 어찌 하시겠습니까?'

소저가 한참 생각하다가 말하였다.

"불행히도 장가를 들었으면 부실(副室)[14]되기도 꺼리지 않겠지만, 이 사람이 나이가 젊어 장가 들지 않았을 것이다."

유랑이 객점에 가 〈양류사〉 읊던 수재(秀才)를 찾았다. 양생이 마침 객점 밖에 나섰다가 노파가 자기를 찾는 것을 보고 바삐 물었다.

"〈양류사〉를 지은 수재가 곧 소생인데 노파가 어찌 물으시오?'

유랑이 양생의 모습을 보고 다시 의심치 않고 말하였다.

"여기는 말씀드릴 곳이 아니옵니다."

양생이 절하고 유랑을 객방(客房)으로 안내하여 찾아 온 뜻을 물으니 유랑이 되물었다.

"낭군(郎君)께서는 〈양류사〉를 어디에서 읊으셨습니까?'

양생이 대답하였다.

"소생은 먼 지방 사람이라 처음으로 서울에 와 풍경을 구경하다가 큰 길 북쪽 작은 누각 앞에 수양버들이 하도 아름다워서, 우연히 시를 읊었는데 노파는 어찌 물으시오?'

유랑이 말하였다.

"낭군께서는 그때 누구를 보셨습니까?'

양생이 대답하였다.

"소생이 다행히 신선이 강림한 때를 만나 요염하고 아름다운 모습이 아직도 귀와 눈에 남아 있고 향내가 옷 속에 풍기고 있소이다."

유랑이 말하였다.

14) 부실 - 첩

"낭군께 바로 이르겠습니다. 그 집은 우리 진어사의 댁이요, 그 여자는 우리집 소저입니다. 소저가 총명하고 지혜로워 사람을 알아내는 명감(明鑑)[15]이 있어 낭군을 한번 보고 문득 일생을 맡기고자 하지만 진어사 어른께서 서울에 계셔 품명(稟命)[16]하는 사이에 낭군께서 떠나신다면 큰 바다의 부평(浮萍)을 어디에서 찾겠습니까? 이러므로 부끄러움을 무릅쓰고 종신 대사를 위하여 저를 보내 낭군의 성씨와 고향을 묻고 혼인 여부를 알아오라 하셨습니다."

양생이 이 말을 듣고 기쁜 빛이 얼굴에 가득차 고마워하며 말하였다.

"소생이 소저의 청안(靑眼)에 드니 은혜를 어이 잊겠소. 소생은 초나라 사람이요, 집에는 노모가 계시니 화촉의 예는 양가 부모에게 아뢰고 행하겠지만, 혼인의 언약은 당장 정하리니 화산(華山)이 영원히 푸르고 위수(渭水)가 끊어지지 않듯 마음 변치 않겠소."

유랑이 매우 즐거워하며 소매에서 작은 봉투를 꺼내 양생에게 주거늘 떼어 보니 〈양류사〉 한 수였다.

그 시는 다음과 같았다.

樓頭種楊柳	누각 앞에 버들 심어,
擬繫卽馬住	낭군의 말을 매어 머물게 하려 하였더니,
如何折作鞭	어찌하여 꺾어 채를 만들어,
催下章臺路	재촉하여 장대(章臺)[17] 길로 내려가십니까?

양생이 보고 나서, 그 글의 청신하고 완곡함에 감복하여 기려 말하였다.

"비록 옛날 시를 잘하던 왕우승(王右丞)과 최학사(崔學士)라도 이보다 낫지 못할 것이다."

즉시 화전을 꺼내 한 수를 지어 유랑을 주었다.

그 시는 다음과 같았다.

15) 명감 - 뛰어난 식견

16) 품명 - 명령을 받음

17) 장대 - 넓은 세상

楊柳千萬絲　　　버들 천만 실,
絲絲結心曲.　　실마다 곡진한 마음이 맺혔구나.
願作月下繩,　　원컨대 달 아래 노끈[月下繩][18]을 만들어,
係定春消息.　　봄 소식을 정할까 합니다.

유랑이 이를 받아 몸에 감추고 점문(店門)을 나가는데 양생이 도로 불러 말하였다.

"소저는 진(秦)나라 사람이요, 소생은 초(楚)에 있어 한번 헤어진 후에는 산천이 떨어져 소식을 통하기가 어려운데, 하물며 오늘 일은 중매가 없고 소생의 마음은 마침내 의지할 것이 없으니 오늘 밤 달빛을 타 소저의 얼굴을 볼 수 있을런지요? 소저의 시에도 또한 이 뜻이 있으니 유모는 소저에게 이를 아뢰시오."

유랑이 갔다가 즉시 돌아와 말하였다.

"우리 소저 낭군의 화답한 시를 보시고 매우 감격하시기에, 낭군께서 달빛 아래에서 만나자는 약속을 전하자 소저가 말하였습니다. '남녀가 혼례 전에 서로 만남은 예가 아닌 줄 알지만, 이제 상공께 의탁하려 하니 어찌 그 뜻을 순종치 않겠습니까? 그러나 밤에 서로 만나면 사람의 의심을 받을 것이요, 부친께서 아시면 또한 그릇 여기실 것이니 밝은 날 중당(中堂)에서 잠깐 보고 언약을 이루었으면 합니다.'"

양생이 감탄하여 말하였다.

"소저의 밝은 소견과 옳은 뜻은 내 미칠 바 아니오."

하고, 거듭 당부하며 유랑을 보냈다.

이날 객점에서 묵는데 삼월(三月)의 밤이 유난히 긴 것을 한탄하였다. 이제 막 새벽이 되려 하는데 갑자기 천만인의 들끓는 소리가 물 끓듯 들려와 놀라 일어나 가두에 나가보니, 도로가 막히고 우는 소리가 진동하였다. 행인에게 물으니 서울에 변(變)이 나 신책장군(神策將軍) 구사량(仇士良)이 황제라 일컬어 천자(天子)께서는 양주(梁州)로 피란하고 관중(關中)이 어지러워 적병들이 사방으로 흩어져 사람과 말을 겁략(劫略)한다 하였다. 이윽고 다시 전하여 말하였다.

---

18) 아래 노끈 - 월하노인의 끈. 부부의 연을 이어준다는 끈

"함곡관(函谷關)을 닫아 사람들을 출입치 못하게 하고, 양민(良民)과 천민(賤民)을 헤아리지 아니하고 군사에 충당한다 합니다."

하거늘, 양생이 크게 놀라 급히 서동을 데리고 남전산(藍田山)을 바라보며 깊이 절정(絶頂)으로 올라가니 한 초옥(草屋)이 있었다. 그 초옥에 흰 구름이 자욱이 끼어 있고, 학 우는 소리가 매우 맑기에, 양생이 고인(高人)이 있을 것이라 생각하고 선가(仙家)를 찾았다. 한 도인(道人)이 궤를 기대고 누웠다가 양생을 보고 일어나 앉아 말하였다.

"그대는 피란하는 사람이구나."

양생이 그렇다고 하자, 다시 말하였다.

"그대는 회남(淮南) 양처사(楊處士)의 아드님이 아닌가? 모습이 매우 닮았구나."

양생이 눈물을 머금고 사실이라고 대답하자, 도인이 웃고 말하였다.

"그대의 부친이 나와 함께 사흘 전에 자각봉(紫閣峰)에서 바둑을 두고 갔는데 심히 평안하니, 자네는 슬퍼하지 말게. 자네가 이미 여기에 왔으니 머물러 길이 트이거든 돌아가도 늦지 않을 것일세."

양생이 감사하고 모시고 앉았는데, 도인이 벽 위의 거문고를 보고 물었다.

"자네는 이를 탈 수 있겠는가?"

양생이 대답하였다.

"매우 좋아하지만 아직껏 어진 스승을 만나지 못하였습니다."

도인이 동자를 불러 거문고를 가져 오게 해 양생에게 주어 타게 하니, 생이 풍입송(風入松)이란 곡을 탔다.

도인이 웃으며 말하였다.

"손 쓰는 법이 매우 능란하니 가히 가르칠 만하구나."

이어 거문고를 들고 스스로 세상에 전하지 않는 곡을 타니, 맑고 그윽하여 인간 세상에서 듣지 못한 바였다. 생이 평소 음률(音律)을 좋아하고 총명이 과인(過人)하여 한번 들으면 일일이 전하니 도인이 기꺼워하며, 또 벽옥통소(碧玉洞簫)를 내어 한 곡을 불어 생을 가르쳐 말하였다.

"지음(知音)을 만나기란 예부터 어려운 바이나, 이제 거문고와 통소를 자네에게 주니 뒷날 반드시 쓸 곳이 있을 게다."

생이 절하여 받고 아뢰었다.

"소생이 선생을 만나게 된 것은 응당 가친(家親)이 길을 지시해 주심입니다. 원컨대 궤장(机杖)¹⁹⁾을 모셔 제자가 되고자 합니다."

도인이 웃으며 말하였다.

"인간 부귀는 자네가 면치 못할 것이니, 어찌 이 늙은이를 좇아 바위구멍에서 살겠는가? 하물며 마침내는 돌아갈 곳이 있으리니 그대는 나의 무리가 아니다. 비록 그러나 은근(慇懃)한 뜻을 저버리지 못하겠구나."

하고, 팽조(彭祖)의 방서(方書)²⁰⁾ 한 권을 내어 주며 말하였다.

"이를 익히면 비록 수명을 연장하지는 못하겠지만, 병이 없고 늙음을 물리칠 수는 있을 것이다."

생이 다시 절하고 물었다.

"선생이 인간 부귀로 소자(小子)에게 기약하시니, 원컨대 인간의 일을 묻습니다. 소자가 화음현(華陰縣)에서 진(秦)씨 딸을 만나 바야흐로 혼인을 의논하였는데 난병(亂兵)에 쫓겨 이곳에 이르렀으니 이 혼인이 이루어질 수 있겠습니까?"

도사(道士) 크게 웃고 말하였다.

"혼인의 길이 어둡기가 밤 같으니, 어찌 가히 미리 천기(天機)를 말하겠는가? 비록 그러나 그대의 아름다운 인연이 여러 곳에 있으니, 모름지기 진녀(秦女)만을 편벽되게 연모하지 말거라."

이날 도인을 모시고 석실(石室)에서 자는데, 하늘이 채 밝지 않아서 도인이 생을 깨워 말하였다.

"길이 이미 트였고 과거(科擧)는 내년으로 미루어졌다. 대부인(大夫人)께서 문에 기대어 기다리시니 모름지기 속히 돌아가거라."

이어 여비를 주었다. 생이 도인에게 백배(百拜) 사례하고, 거문고와 퉁소를 거두어 산을 내려오며 돌아보니 도인의 집은 간 곳이 없었다.

생이 어제 산을 들어올 적엔 버들꽃이 아직 지지 않았는데 하룻밤 사이에 물색(物色)이 홀쩍 변하여 바위 사이에 국화가 피었기에, 생이 크게 이상히 여겨 사람을 만나 물으니 이미 팔월이 되었다. 전에 묵었던 객점을 찾아가니, 난리를 겪은 후에 인가(人家)가 쓸쓸하고 옛날 서울을 구경하려 모여든 선비들이 어지

19) 궤장 - 오나라 황제. 손호

20) 방서 - 술책을 적은 책

러이 내려오기에 물어보니, 천자가 여러 도의 병마(兵馬)를 모아 다섯 달 만에 비로소 역적(逆賊)을 평정하고 과거는 명춘(明春)[21]으로 연기되었다고 하였다.

양생이 진어사의 집을 찾아 가니 버들 수풀은 뚜렷하였지만 아름다웠던 다락과 어여뻤던 담은 불에 타 없어졌고, 사방이 황량하여 닭 우는 소리 하나 들리지 않았다. 얼마 있다가 버들가지를 붙들고 진소저의 〈양류사(楊柳詞)〉를 읊고 눈물을 흘렸지만 이미 어찌할 바가 없어 객점에 와 주인에게 물었다.

"큰 길 건너편 진어사의 집 사람들이 지금 어디로 갔는가?"

주인이 탄식하며 말하였다.

"상공(相公)께서는 알지 못하시는군요. 진어사께서 서울에 가시고 소저가 늙은 종을 거느리고 집에 있었는데, 어사는 [역적(逆賊)의 벼슬을 받았다 하여] 처형(處刑)되었고 소저는 서울로 잡혀 갔습니다. 혹은 참변을 면치 못하였다고도 하고 혹은 적몰(籍沒)을 당하여 액정(掖庭)[22]에 들어갔다고도 합니다. 오늘 아침에 죄 지은 가족들이 영남(嶺南) 땅의 노비가 되어 이 앞을 많이 지났는데 진소저도 그 중에 들었다고 하더군요."

양생이 이 말을 듣고 눈물을 비같이 떨어뜨리며 마음 속으로 '남전사 도인이 진씨와의 혼인이 어둡기가 밤 같다고 하더니 소저 이미 죽었을 것이다.' 라 생각했다.

이날 종일 방황하고 밤에 한잠도 이루지 못하였다. 다시 물을 곳이 없어서 행장(行裝)을 차려 수주(壽州)로 돌아가니, 유(柳)씨가 집에 있으면서 서울이 요란(擾亂)하다는 것을 듣고 아들이 이미 죽었으리라 하다가 만나자 서로 붙들고 울기를 다시 태어난 사람같이 하였다.

경홍과 섬월이 들어온 후에 승상을 모시는 사람이 점점 많아졌기에 승상은 각기 거처를 정해주었다. 정당의 이름은 경복당(慶福堂)이니 유부인이 거처하는 곳이다. 그 앞 연희당(燕喜堂)에는 좌부인 영양공주가 살고, 경복당 서쪽 봉소궁(鳳簫宮)에는 우부인 난양공주가 산다. 연희당의 앞쪽 응향각(凝香閣)과 그 앞 청하루(淸霞樓), 이 두 채는 승상이 평소에 거처하면서 궁중 잔치를 여는 곳이다. 청하루 앞 최사당(催事堂)과 그 앞 외당인 예현당(禮賢堂), 이 두 채는 승상이

21) 명춘 - 다음해 봄
22) 액정 - 고려시대 관청

손을 접대하고 공무를 보는 곳이다. 봉소궁 앞에 희진원(希秦院)이 있는데 숙인 진채봉의 집이다. 연희당의 동남쪽으로 별당이 있으니 이름은 영춘각(迎春閣)이고 가춘운의 집이다. 청하루의 동서에 각각 소루(小樓)가 있는데 푸른 창에다 붉은 난간이 지극히 화려하고 행각(行閣)이 청하루와 응향각에 잇따라 통해 있다. 동쪽을 산화루(山花樓)라 하고 서쪽을 대월루(待月樓)라 하니 계섬월과 적경홍의 거처이다.

궁중의 풍악하는 기생 팔백여 명은 재주와 태깔을 천하에서 잘 가려뽑아 좌우부(左右部)로 나누었다. 좌부 사백 명은 계섬월이 이끌고 우부 사백 명은 적경홍이 이끌면서 가무와 관현(管絃)을 가르쳤다. 매월 세 번 청하루에 모여 조련하면서 재주를 견주는데, 때때로 승상과 부인이 대부인을 모시고 친히 등급을 매겨 양쪽 교사를 상 주고 벌 주었다. 승자는 상으로 술 석잔을 주고 채화(彩花) 한 가지를 머리에 꽂아 주었으며, 진 쪽은 벌로 물 한 그릇을 주고 이마에 먹으로 점 하나를 찍으니, 이때문에 재주가 점점 능숙해 갔다. 위부(魏府)[23]와 월왕궁(越王宮)의 여악(女樂)이 천하에 유명하여 비록 현종(玄宗) 황제의 배우들이라도 미치지 못하였다.

하루는 두 부인이 유부인을 모시고 이야기를 하고 있었다. 승상이 손에 한 봉의 편지를 들고 들어와서 난양공주에게 주면서 말하였다.

"이는 월왕의 편지입니다."

난양공주가 펴서 보았다.

"전에는 나라에 일이 많아 공사(公私)가 고달프고 해이해져서 낙유원(樂遊原)과 곤명지(昆明池)에도 놀러오는 사람이 끊어지고, 가무하던 땅에도 거친 풀만 우거지게 된 지도 오래 되었습니다. 지금은 성상의 위엄과 덕을 힘 입고 승상이 부지런히 노력하시어 천하가 태평하고 백성이 안락하니 개원(開元)과 천보(天寶)적 번성함을 회복하였습니다. 봄빛은 늦어가고 꽃과 버들이 한창이니, 바라건대 승상과 함께 낙유원에서 사냥 모임을 가져 태평한 기상에 일조를 하고자 합니다. 승상이 좋다고 생각하시면 날짜를 정해 보내 주십시오."

공주가 웃으며 승상에게 물었다.

23) 위부 - 조정. 대궐

"월왕 오라버니의 편지 뜻을 아시겠습니까?"

승상이 말하였다.

"무슨 깊은 뜻이 있겠습니까. 꽃 피고 버들 흩날리는 계절에 즐기자는 것에 불과하니, 한가한 귀공자의 항상 하는 일이지요."

공주가 말하였다.

"승상께서 상세히 아시지 못하시는군요. 이 오라버니가 좋아하는 것은 미인과 풍악입니다. 궁중에 절색가인이 한둘이 아닌데 근래 총애하는 한 미인을 얻으니 무창(武昌) 사람으로 이름은 옥연(玉燕)입니다. 제가 비록 보지는 못했지만 재주와 태깔이 천하에 으뜸이라고 합니다. 제 생각에는 월왕이 우리 궁중에 미인이 있다는 말을 듣고 왕개(王愷)와 석숭(石崇)이 겨루듯 해보자는 것 같습니다."

승상이 말하였다.

"나는 대강 보고 지나쳤는데 월왕의 뜻을 공주가 아셨군요."

정부인이 말하였다.

"비록 즐기는 일이라도 남에게 질 수 있겠습니까?"

경홍과 섬월 두 사람을 쳐다보면서 말하였다.

"'군사는 십년을 길러서 하루아침에 쓴다.' 했다. 오늘의 일은 모두가 그대들 두 사람에게 달렸으니 힘을 좀 써줘야겠다."

섬월이 말하였다.

"천첩은 감당치 못하겠습니다. 월궁의 풍악은 천하에 유명합니다. 특히 무창(武昌) 기생 옥연(玉燕)의 이름은 그 누가 들어보지 못했겠습니까. 첩이 남에게 비웃음을 당하는 것은 관계없으나, 진실로 두려운 것은 우리 위부(魏府)가 욕됨을 당할까 하는 것입니다."

승상이 말하였다.

"내가 낙양에서 처음 계랑을 만났을 때 강남의 만옥연(萬玉燕)이 청루(靑樓)의 삼절(三絶)이란 말을 들었는데 필시 그 사람인 듯하다. 비록 그렇다고 하나 내가 이미 청루의 복룡(伏龍)과 봉추(鳳雛)를 얻었으니 항우(項羽)의 범증(范增) 한 사람을 어찌 두려워하겠는가?"

공주가 말하였다.

"월왕의 희첩(姬妾) 중에 미색이 많다고 하니 옥연뿐만 아닐 것입니다."

섬월이 말하였다.

"첩은 진실로 그 승부를 정할 수 없으니 홍랑에게 물어 보십시오. 첩은 본래 섬약한 사람이라서 이 말을 들으니 목구멍이 간질거려 노래도 부를 수 없을 것 같고, 얼굴가죽이 화끈거려 분뾔루지가 날 것만 같습니다."

경홍이 벌컥 화를 내며 말하였다.

"섬낭자, 거짓말이요, 참말이요? 우리 두 사람이 관동 칠십여 주를 횡행하면서 유명하다는 미색과 탁월하다는 풍악을 보지 않은 것이 없었고, 다른 사람에게 진 적도 없었는데 왜 옥연에게만 양보한단 말이오. 지금 세상에 나라와 성을 위태롭게 할 정도로 아름다웠다는 이부인(李夫人)이나 구름이 되었다가 비도 되었다 한다는 초대(楚臺)의 신녀(神女)가 있다면 한 푼 사양할 수도 있지만, 그렇지 않다면 우리가 왜 그녀를 두려워해야 하오."

섬월이 말하였다.

"섬낭자는 무슨 말을 그렇게 쉽게 하시오. 우리가 관동에 있을 적에야 오고 가고 하던 곳이 태수나 방백의 모임에 불과했으니 따라서 강적도 겪어 보지 못했고, 지금 월왕 전하께서는 황실에서 나고 자라서서 눈이 높으시기가 산과 같고, 또 옥연은 이름있는 사람이니 어찌 작게 볼 수 있겠소."

이어서 승상에게 아뢰어 말하였다.

"홍랑이 이와 같이 우쭐거리니 첩이 또한 홍랑의 단점을 말씀드리겠습니다. 홍랑이 처음에 승상을 따를 때에 연왕(燕王)의 천리마를 타고 마치 한단(邯鄲)[24] 땅의 소년인 체 했는데, 그러고도 승상을 속일 수 있었습니다. 얼마간이라도 가볍고 한들거리는 자태가 있었다면 남자로 아실 수 있으셨습니까? 그녀가 또 승상께 처음 은혜를 받을 때 어두운 밤에 첩의 몸인 양 가탁하였으니, 이것이 말 그대로 '다른 사람의 힘으로 일을 이룬 자' 입니다. 그런데도 지금은 도리어 첩을 향해 큰 소리를 치니 어찌 우스운 일이 아니겠습니까?"

경홍이 말하였다.

"사람 마음은 헤아리기가 매우 어렵습니다. 천첩이 아직 승상을 따르기 전에는 섬랑이 저를 높이기를 천인(天人)인 듯하더니, 이제는 험담하기를 한푼어치도 안되는 듯합니다. 이것은 승상께서 첩을 천하게 여기지 않으시니 섬랑이 총

<hr>

24) 한단 - 중국 남서부의 도시. 감단

애를 독차지하지 못하여 투기하는 것에 불과한가 합니다."

여러 낭자들이 모두 크게 웃었다.

정부인이 말하였다.

"홍랑이 섬약하지 않은 것은 아닙니다. 승상의 두 눈동자가 본래 청명하지 못하니, 그때문에 홍랑의 가치가 내려갈 수는 없지요. 홍랑의 말은 역시 확실한 말입니다. 여자가 남복을 하고 다른 사람을 속이는 것은 반드시 여자로서의 태깔이 부족해서이고, 남자가 여장을 하고 사람을 속인 자도 반드시 장부로서 기골이 없는 무리일 것입니다."

승상이 웃으며 말하였다.

"부인의 말은 나를 기롱(譏弄)하는 것인데 이것도 또한 두 눈동자가 청명하지 못한 까닭입니다. 부인이 내 용모가 잔망(屛妄)25)하다고 비난하나 능연각에 가 보면 그렇게 하지 못할 것입니다."

뭇사람이 크게 웃었다.

섬랑이 말하였다.

"강적과 대진(對陣)했는데 단지 농담만 하시렵니까? 저희 두 사람만 믿을 수는 없으니 가유인도 또한 함께 갔으면 합니다. 월왕은 외인(外人)이 아니시니 숙인이 무슨 일로 못가시겠습니까."

진씨가 말하였다.

"경홍과 섬월 두 낭자가 여진사 과장(科場)에 들어 가면서 저를 같이 가자고 하면 한끝이나마 돕겠지만, 가무(歌舞)하는 판에다 저를 데려다가 어디에 쓰려오?'

춘운이 말하였다.

"제가 노래하고 춤 출 줄 몰라서 단지 제 한 몸 남에게 비웃음만 살 뿐이라면 굉장한 모임에 어찌 구경하고픈 마음이 없겠습니까만, 첩이 간다면 승상께서 다른 사람에게 비웃음을 당할 것이요, 공주낭랑께 근심을 드릴 것이니 저는 감히 가지 못하겠습니다."

난양공주가 웃으며 말하였다.

"춘랑이 가면 무슨 비웃음을 사며 또 어떻게 나에게 근심을 준단 말인가?'

25) 잔망 - 행동이 경박하다

춘운이 말하였다.

"비단 행보석(行步席)을 펼쳐 놓고 구름 장막은 걷었는데 '양승상의 총애하는 첩 가유인(賈孺人)이 나온다.' 해놓고, 쑥대머리에 귀신 형용으로 사람을 놀라게 하면 우리 승상이 등도자(登徒子)의 병이 있다 할 것이며, 월왕 전하가 천인(天人)으로 일생 동안 추악한 물건을 보지 않고 지내시다가 속이 뒤집혀 토하신다면 공주낭랑께서 어찌 근심하시지 않으시겠습니까?"

공주가 말하였다.

"춘랑의 겸손함이 지나치구나. 춘랑은 사람으로 귀신이 되어 본 사람인데, 지금 서시(西施)[26] 같은 미인이면서 무염(無鹽) 같은 추녀라고 하니 춘랑의 말은 믿지 못하겠다."

승상에게 물었다.

"답장에 어느 날로 기약하셨습니까?"

승상이 말하였다.

"내일 아침에 만나기로 했습니다."

경홍이 말하였다.

"양부 교방(兩部敎坊)에 미리 영을 내려놓겠습니다."

영이 한번 내리니 위부의 제자 팔백여 명이 용모를 다듬고 풍악을 연습하며 거문고 줄을 고쳐 메우고 치마끈도 질끈 매면서 다른 사람에게 지지 않으려 하였다.

다음날 승상이 일찍 일어나 융복(戎服)을 입고 좌우에 활과 화살을 매어 달고는 눈빛 숙상마를 타고 사냥꾼 삼천 명을 가려 뽑아 성남(城南) 쪽으로 나갔다. 섬월과 경홍은 신선처럼 차려입고 비룡처럼 뛰는 말에 올라 앉아 수놓은 신발로 은등자(銀鐙子)[27]를 밟고 옥 같은 손으로 구슬 고삐를 잡고서 승상 뒤에서 모셨으며, 여기(女妓) 팔백 명도 극히 화려하게 단장하고 뒤를 따랐다.

가는 길에 바로 만난 월왕과 승상은 말을 나란히 하고 함께 갔다.

월왕이 물었다.

"승상이 타신 말은 어느 땅에서 난 것입니까?"

26) 서시 - 월나라 미녀

27) 은등자 - 말을 탔을 때 두 발을 딛는 제구

승상이 말하였다.

"대완국(大宛國)에서 난 것인데 대왕께서 타신 것도 또한 대완마인 듯합니다."

월왕이 말하였다.

"바로 맞추셨습니다. 이 놈의 이름은 천리부운총(千里浮雲聰)이라고 합니다. 지난 가을 천자를 모시고 상림원(上林苑)에서 잔치할 때, 만 마리 말이 바람처럼 달렸어도 한 마리도 이 놈을 따라 오지 못했습니다. 장부마(張駙馬)의 도화총(桃花聰)이나 이장군(李將軍)의 오추마(烏騅馬)도 세상에 없다고 자랑들했지만 모두 이 말을 따르지 못했습니다."1

승상이 말하였다.

"작년에 토번국을 정벌할 때에 험한 길 깊은 구렁에서 사람도 발을 못 붙이는데 이 말은 평지처럼 지나갔습니다. 제가 공을 세운 것은 실로 이 말의 힘입니다. 제가 돌아온 후에 관직이 갑자기 높아져 날이면 날마다 평교자(平較子)를 타고 느릿느릿 조정에 나가니 사람이나 말이나 오래도록 한가하게 지내느라 생병이 날 지경입니다. 청컨대 대왕과 함께 한번 채찍을 들어 걸음을 겨뤄보고 싶습니다."

월왕이 아주 기뻐하면서 말하였다.

"나의 생각도 또한 같습니다."

이에 심부름하는 사람에게 말하였다.

"두 집의 빈객과 여악(女樂)은 미리 막차(幕次)[28]에 가서 기다리게 하라."

막 채찍을 가하려고 할 때 문득 사슴 한 마리가 군병들에게 쫓겨 월왕의 곁을 뛰어 지나갔다. 월왕이 장사들에게 쏘게 했더니 여러 명이 쏘았으나 맞지 않았다. 왕이 노하여 말을 달리며 화살 하나를 쏘아 사슴의 겨드랑이를 맞춰 쓰러뜨리니 뭇장사들이 천세(千歲)를 불렀다.

승상이 칭하하면서 말하였다.

"대왕의 신통한 활솜씨는 옛날의 양왕도 미치지 못할 것입니다."

월왕이 말하였다.

"저야 말할 거리나 됩니까? 승상의 활쏘는 법을 보고 싶습니다."

이렇게 말할 때에 고니 한 쌍이 높이 구름사이로 날아갔다.

뭇장사들이 말하였다.

28) 막차 - 임금이 임시로 머무는 곳

"이 새가 제일 잡기 어려우니 해동청을 날려야 할 것입니다."

승상이 웃으며 말하였다.

"잠깐 멈추어라"

허리에서 천자가 하사한 보조궁(寶雕弓)과 금곤전을 빼어 몸을 비끼면서 화살 하나로 고니의 머리를 맞춰 말 앞에 떨어뜨렸다.

월왕이 매우 칭찬하면서 말하였다.

"승상의 신묘한 재주는 사람의 미칠 바가 아닙니다."

두 사람이 함께 산호백옥편(珊瑚白玉鞭)을 들어 한번 내리치니 두 마리 말이 마치 별똥별이 흐르고 번개가 내리치듯 순식간에 넓은 들을 지나 높은 언덕에 올랐다. 두 사람이 함께 갈대에 서서 나란히 산천풍경을 바라보며 활 쏘고 칼 쓰는 법을 논하였다. 심부름하는 사람이 그제야 땀을 흘리면서 따라와 친히 쏘아 잡은 짐승의 고기를 구워 옥쟁반에 담아 드렸다. 두 사람이 소나무 숲에서 떨기 222를 나눠 깔고 앉아 패도(佩刀)를 빼어 고기를 잘라 먹으면서 몇 잔의 술을 기울였다. 멀리 보니 붉은 옷을 입은 관원이 성중에서 바쁘게 말을 달려왔다.

심부름 하는 사람이 고하였다.

"양궁(兩宮)의 선온(宣醞)입니다."

승상과 월왕이 천천히 장막으로 나가서 기다리는데 양궁의 태감(太監)이 황봉어주(黃封御酒)를 따라 권하였다. 천자가 친히 지은 시를 내리니 두 사람이 머리를 조아려 사배(四拜)를 하고 술을 받아 마셨다. 각각 화답하는 시를 지어 친필로 써서 태감에게 주어 보냈다.

이윽고 두 집의 빈객들이 차례대로 앉으니 술과 안주가 나오는데 낙타의 등과 성성이의 입술은 푸른 가마에서 내오고 월왕의 여지(荔枝)며 영가(永嘉)의 누른 귤이 옥쟁반에 벌였으니 서왕모(西王母)의 요지연(瑤池宴)이라면 모르되, 인간 세상에서 진기한 요리는 없는 것이 없었다. 두 집안의 여악 천 명이 자리를 빙 둘러 앉았는데 빛난 얼굴은 천 그루 꽃나무 버드나무보다 곱고 풍악소리는 곡강(曲江)의 물을 끓어오르게 하였으며 종남산(終南山)을 움직이는 듯하였다. 술이 반쯤 돌아갔을 때 월왕이 승상에게 말하였다.

"승상의 사랑하심을 입고도 잘고 구차한 마음이나마 나타내지도 못했기에 소첩 몇 명을 데려 왔으니, 청컨대 불러다가 노래며 춤을 시켜 승상께 헌수(獻壽)코자 합니다."

승상이 사양하며 말하였다.

"저는 감당하지 못할 듯합니다만 혼인한 사이기에 또한 사양할 수도 없습니다. 저의 첩 중에서 또한 구경코자 따라온 자가 있으니 대왕께 보여 답례하고자 합니다."

경홍과 섬월 및 월궁의 네 미인이 명을 받들고 장막에서 나와 머리를 조아리고 알현하니 각기 자리를 주었다.

승상이 말하였다.

"예전에 영왕(寧王)께 한 미인이 있어 이태백이 겨우 그 노랫소리만 듣고 그 모습은 보지 못했다 하는데, 내가 하루 사이에 네 신선을 보니 얻은 것이 이태백보다 열 배나 더하군. 여러 미인의 꽃 같은 이름은 어떻게들 되는지?"

네 사람이 일어나서 대답하였다.

"첩 등은 금릉(金陵) 두운선(杜雲仙), 진류(陳留) 설교오(薛嬌五), 무창(武昌) 만옥연(萬玉燕), 장안(長安) 해연연(海燕燕)이라 합니다."

승상이 월왕에게 말하였다.

"제가 선비일 때에 두 서울 사이를 다니면서 옥연낭자의 이름을 마치 천인(天人)처럼 들었는데 지금 보니 모습이 이름보다 더합니다."

월왕도 또한 경홍과 섬월 두 사람의 이름을 묻고 말하였다.

"두 미인은 천하가 똑같이 추앙하는데 지금 승상을 따랐으니 진정 주인을 얻었다 하겠습니다. 승상께서 언제 얻으셨는지 모르겠습니다."

승상이 말하였다.

"계씨는 제가 과거를 보러 낙양을 지나갈 때에 원하여 따랐고, 적씨는 연(燕)나라 궁중에 들어가 있었는데 제가 명을 받들고 연나라에 갔을 때 도망쳐 중로(中路)²⁹⁾에 따라왔습니다."

월왕이 손을 치면서 웃으며 말하였다.

"홍랑의 의협심은 홍불기(紅拂妓)도 따르기 어렵겠습니다. 그러나 적낭자가 승상을 만났을 때는 곧 한림학사로 옥절(玉節)을 세운 다음이니 봉황, 기린을 알아보기 쉬웠으나, 계낭자가 승상을 따랐을 때는 궁곤한 때였으니 더욱 기특합니다. 무슨 인연으로 만났는지 모르겠습니다."

29) 중로 - 중간. 도중

승상이 웃으며 말하였다.

"제가 그때 일을 말씀드리자니 실로 웃음이 나옵니다. 먼 길을 나귀 타고 온 서생이 촌주막에서 막걸리를 과하게 마시고 천진(天津)의 술집을 지나갔습니다. 낙양의 재자(才子) 수십 명이 노래하는 기생을 끼고 그 위에서 술을 마시면서 시를 짓는데 소첩도 또한 그 중에 있었습니다. 제가 떨어진 옷과 비 맞은 두건으로 술 힘을 빌려 좌석에 나가니, 여러 선비의 말 고삐 잡은 종들도 저와 같이 추레한 사람은 없었습니다. 제가 취중이라 원래 어리석게도 주제를 파악하지도 못하고서 황잡한 글귀를 무엇이라 지었는지 모르겠습니다만 여러 시 중에서 소첩이 저의 시를 택해서 부르니, 여러 사람이 이미 약속했기 때문에 감히 섬월을 놓고 다투지 못했습니다. 이것 또한 인연인가 합니다."

월왕이 큰 소리로 웃으며 말하였다.

"승상께서 두 번이나 장원이 되신 것을 천하의 통쾌한 일로 알았는데, 이날의 통쾌함은 장원하신 것보다 더합니다. 그 시가 오묘할 듯하니 들어볼 수 있겠습니까?"

승상이 말하였다.

"한때의 취한 말이라 잊은 지 이미 오래 되었습니다."

왕이 섬랑을 돌아보며 말하였다.

"승상께서는 비록 기억을 못한다 하시나 낭자는 생각할 수 있을 듯하다만……"

섬월이 말하였다.

"첩은 기억하고 있습니다. 종이에다 붓으로 써서 올려야 할지, 노래로 불러 드려야 할지 모르겠습니다."

월왕이 매우 기뻐하며 말하였다.

"만약 미인의 소리를 겸해 듣는다면 또한 통쾌한 일일 것이다."

섬랑이 옥을 부수는 듯한 소리로 삼장(三章)의 시를 차례차례 읊으니 자리에 앉은 사람들이 모두 감동하였다.

월왕이 칭찬하며 말하였다.

"승상의 시와 계랑의 태깔과 소리가 진정 삼절(三絶)[30]이라 할 만합니다. 두 번째 시에 '꽃가지가 미인의 단장을 부끄러워하니, 고운 노래를 내뿜기도 전에 기운이 이미 향기를 품었도다.' 한 것은 완연히 계랑을 그려낸 듯합니다. 승상은 이태백과 같은 등급의 시인인데 낙양의 범상한 무리가 어찌 감히 바라기나 하겠습니까."

금 술잔에 술을 따라 섬월에게 상으로 내렸다.

경월과 섬월 두 사람이 월궁의 네 미인과 함께 맑은 노래와 정묘한 춤으로 빈객에게 헌수하니 마치 봉황이 쌍쌍이 울고 청란(靑鸞)[31]이 마주 보고 춤추는 듯 진정한 호적수를 이루어 한푼도 어그러짐이 없었다. 하물며 옥연의 자색이 경홍, 성월과 대등한데다 그 나머지 세 사람도 옥연에는 미치지 못했지만 역시 희세(稀世)의 미인이라 피차가 서로 공경하였다. 월왕 또한 위부에 뒤지지 않음을 보고 마음 속으로 기뻐하였다.

술이 반쯤 취하자 잔 돌리는 것을 멈추고 빈객과 함께 장막 밖으로 나가서 무사들이 짐승을 쏘아 잡는 모습을 구경하였다.

월왕이 말하였다.

"미녀가 말 타고 활 쏘는 것도 또한 좋은 구경거리입니다. 내 궁중의 여기(女妓) 중에서 궁마에 능통한 자가 수십 인입니다. 승상의 부중에도 마침 북방의 여자가 있을 것이니, 모두 선발하여 꿩을 쏘게 하고 구경하십시다."

승상이 아주 좋다고 말하고 활 잘 쏘는 자 이십 명을 뽑아서 재주를 겨루게 하였다.

적경홍이 승상께 아뢰었다.

"첩이 비록 활쏘기를 배우지는 않았으나, 일찍이 다른 사람이 하는 것을 보았으니 시험 삼아 쏘아보기를 청합니다."

승상이 활과 화살을 풀어 그에게 주었다.

경홍이 여러 사람을 보고 말하였다.

"맞지 않더라도 여러 낭자들은 웃지 마십시오."

나는 듯 말에 올라 장막 앞을 두루 다니는데 까투리 한 마리가 개에게 쫓겨 높이 날아 올랐다. 경홍이 가는 허리를 비틀면서 활을 퉁기니 오색 깃털이 흩어지며 공중에서 떨어지자, 승상과 월왕이 큰 소리로 웃었다. 경홍이 되돌아와서 장막 앞에서 말에서 내려 남자식으로 절을 하며 활과 화살을 승상에게 돌려주고는

30) 삼절 - 세가지 뛰어난 것

31) 청란 - 푸른 난새

조용히 자리에 앉자, 여러 낭자들이 모두 칭하하였다.

이때 사냥하여 얻은 짐승이 구름처럼 쌓였는데, 여자들도 또한 꿩과 토끼를 많이 잡았다. 월왕과 승상이 그 공을 등급을 매겨 금과 비단을 상으로 내리고 돌아와 장막 안으로 들어가니 모든 연주가 그치었다. 손과 주인이 자리에 앉아 여섯 미인에게 교대로 관현을 튕기게 하고 술잔을 나누었다.

섬월이 생각해 보았다. '우리 두 사람이 비록 월궁의 여자에게 뒤지지는 않는다 해도 저들은 네 사람이고 우리는 둘밖에 안되니 아주 외롭구나. 춘랑을 데려오지 않은 것이 애석하다. 춘랑이 노래하고 춤추기는 비록 장기가 아니지만, 태깔과 말 상대야 어찌 운선(雲仙) 무리들에게 눌리겠는가?

문득 내다보니 건너편 길어귀에서 두 사람이 유벽거(油壁車)[32]를 몰고 꽃 떨어진 방초(芳草) 위를 굴러 점점 가까이 왔다. 문지키는 사람이 물으니 수레를 모는 종이 말하였다.

"양승상의 소실이 일이 있어 한번에 오지 못했습니다."

군중에서 승상에게 고하였다.

승상이 생각하였다.

'필시 춘랑이 구경하러 온 것일게다. 한데 행색이 어찌 그리 간략할까?

불러들이라 하니 수레가 들어와 장막 앞까지 와 주렴을 거두니 두 여자가 나와 서는데 앞 사람은 바로 심요연이요, 뒷 사람은 완연히 꿈속에서 만난 동정용녀였다. 승상의 앞으로 나아와 머리를 조아려 절하며 알현하였다.

승상이 월왕을 가리키며 말하였다.

"이 분이 월왕 전하이시니 그대들은 예를 갖추어 알현(謁見)하도록 하라."

예가 끝나고 자리를 주어 경홍, 섬월과 같은 자리에 앉게 하였다.

승상이 월왕에게 말하였다.

"이 두 사람은 제가 서번(西蕃)을 정벌할 때에 얻은 첩들입니다. 미처 집안에 데려오지 못했는데 제가 대왕을 모시고 즐긴다는 말을 듣고 구경하러 왔는가 봅니다."

월왕이 두 사람을 보니 용모 수려하기는 경홍, 섬월에 처지지 않는데, 출중한

32) 유벽거 - 기름칠을 한 여성용 수레

기상은 더욱 뛰어나 보였다. 월왕은 아주 기이하게 여기고 월나라 왕궁의 미인들은 기세가 꺾였다.

월왕이 물었다.

"두 미인의 성명은 어떻게 되는가?"

두 사람이 대답하였다.

"첩 요연은 성이 심씨이고 서량주(西凉州) 사람입니다."

"첩 능파는 성이 백씨이고 집은 동정호와 소상강 사이에 있는데, 환란을 만나 서변(西邊)으로 이사 갔다가 변방에서 양승상을 따라 왔습니다."

월왕이 말하였다.

"두 낭자의 용모와 기질이 진정 천인(天人)이니 놀이 하는 재주를 가진 것이 있는가?"

요연이 대답하였다.

"첩은 변방 사람이라서 아직 사죽(絲竹)[33]이니 관현이니 하는 것의 소리를 들어보지도 못했으니 무엇으로 대왕을 즐겁게 해드리겠습니까? 오직 어릴 적부터 멋대로 검무를 배웠는데, 이것은 군대 가운데의 오락이지 귀인의 볼거리는 아닙니다."

월왕이 황홀해 하며 승상에게 말하였다.

"현종조(玄宗朝)에 공손대랑(公孫大娘)의 검무가 천하에 유명하였는데 지금은 곡조도 전해지지 않고 있습니다. 매번 두보의 시를 읊을 때마다 직접 못 본 것을 안타까워 했는데, 이 낭자가 검무를 한다면 진정 통쾌한 일일 것입니다."

이에 각기 허리에 찬 보검을 풀어 요연에게 주었다. 요연이 소매를 걷어부치고 허리띠를 풀어낸 다음 비단자리 위에서 한 곡을 추었다. 붉은 단장과 흰 햇살이 서로 비춰 마치 삼월의 새하얀 눈이 붉은 복사꽃 숲에 뿌려진 듯하였다. 점점 급히 추니 칼빛이 장막 가운데 가득차고 사람은 보이지 않았다. 이윽고 흰 무지개가 하늘을 쏜 듯 찬 바람이 장막을 찢으니 좌중 사람치고 뼈가 시리고 머리털이 솟구치지 않은 이가 없었다. 요연이 가진 재주를 다 부리면 월왕을 놀라게 할까봐 칼을 던지고 머리를 조아려 물러났다.

33) **사죽** - 사-현악기, 죽-관악기. 음악의 다른 이름

월왕이 비로소 정신을 수습하고 요연에게 물었다.

"인간 세상의 검무가 어떻게 여기에 이를 수가 있겠는가? 내 들으니 신선 중에 검술을 하는 자가 있다더니 낭자가 그 사람이 아닌가?"

요연이 말하였다.

"서방의 풍속이 병기(兵器)를 오락으로 삼는 까닭에 어릴 때부터 보고 배운 것이지 무슨 도술이 있겠습니까?"

월왕이 말하였다.

"내가 돌아가거든 궁중에서 몸이 가볍고 춤 잘 추는 여자를 뽑아서 보낼 것이니, 낭자는 사양 말고 가르치는 데 힘을 쓰라."

요연이 말하였다.

"삼가 하교를 받들겠습니다."

월왕이 또 능파를 보고 말하였다.

"낭자는 어떤 재주가 있는가?"

능파가 대답하였다.

"첩의 집은 옛적 아황(娥皇), 여영(女英)이 놀던 땅에 있습니다. 바람이 맑고 달빛 흰 밤이면 풍류 소리가 지금도 구름과 물 소리 사이에 있어 첩이 어릴 때부터 그 소리를 따라 모방하면서 때때로 즐겼습니다. 대왕께서 들으실 만한 것이 못 될까 두렵습니다."

왕이 말하였다.

"과인이 비록 책 중에서 상령(湘靈)이 거문고를 탄다는 것은 보았으나 그 곡조가 전한다는 말은 듣지 못했다. 낭자가 이것을 할 줄 안다면 백아(伯牙)나 사광(師曠) 같은 사람도 말할거리가 못된다 하겠구나."

능파가 수레 속에서 이십오현 비파를 꺼내 한 곡을 타는데 슬피 원망하는 듯 맑고도 절절하니, 삼협(三峽)의 물이 떨어지고 구월 기러기가 울고 가는 듯, 온 자리가 모두 초연히 슬픈 기색이 있었다. 이윽고 모든 숲에 바람이 쌀쌀하게 부니 가을 소리가 돌고 병든 잎이 어지럽게 떨어졌다.

월왕이 아주 기이하게 생각하면서 말하였다.

"인간의 곡조라고 믿지 못하겠다. 하늘과 땅의 조화를 끌어들였다 하겠구나. 생각건대 낭자는 이 세상 사람이 아닌 듯하다. 이 곡조를 세상 사람도 배울 수 있겠는가?"

능파가 대답하였다.

"첩은 옛 곡조를 전한 데 불과할 뿐입니다. 무슨 기이한 것이 있으며 어찌 배우지 못하겠습니까?"

문득 옥연이 월왕에게 아뢰었다.

"첩이 비록 재주 없으나 시험 삼아 첩이 가진 풍류로 백랑자의 상령곡(湘靈曲)을 전하여 볼까 합니다."

옥연이 진(秦)나라 쟁(箏)을 안고 십삼 현으로 이십오 현의 소리를 하나하나 전하여 내는데 손을 쓰는 수법이 정묘하고 미끄러지는 듯하여 조금도 틀림이 없었다.

능파가 놀라 말하였다.

"이 낭자의 총명함은 채문희(蔡文姬)라도 미칠 수 없겠습니다."

승상과 경홍, 섬월이 모두 칭찬을 그치지 않으니, 월왕이 제일 기뻐하였다.

부마[34]가 벌로 금잔의 술을 마시고, 성주(聖主)가 은혜롭게도 취미궁을 빌려주다

駙馬罰飮金?酒　聖主恩借翠薇宮

이날 낙유원에서 열린 잔치는 요연과 능파 두 사람이 뒤따라 와서 손님과 주인의 즐거움을 도왔다. 흥이 넉넉해지자 해가 이미 저물었다. 잔치를 파하고 두 집안에서 각각 금은과 비단을 내어 전두(纏頭)[35]를 하니 진주를 섬으로 헤고 비단 쌓인 것이 자각봉 높이와도 같았다. 월왕과 승상이 말에 올라 달빛을 받으며 성문으로 들어왔다. 두 집안의 여악(女樂)이 길을 다투어 오는데 패옥(佩玉)소리는 흐르는 물 소리 같고 향기로운 바람은 천리에 이어졌으며, 떨어진 비녀와 깨어진 진주가 길에 깔려서 말이 밟아 소리가 날 정도였다. 장안의 남녀들은 집을 비우고 거리를 메워 구경들 하는데 백세 늙은이가 눈물을 흘리면서 말하였다.

"어릴 적 현종 황제께서 화청궁(華淸宮)에 거동하시는 것이 바로 이와 같았다.

34) 부마 - 임금의 사위

35) 전두 - 가무가 끝났을 때 상으로 주는 물건

뜻밖에 늘그막에 다시 태평한 기상을 보는구나.”

이때 두 부인이 진씨, 가씨와 함께 유부인을 모시고 승상의 귀환을 기다리고 있었다. 승상이 심요연과 백능파를 데리고 유부인과 두 부인께 뵈었다.

정부인이 말하였다.

“승상께서 매번 두 낭자가 승상의 위험을 구했을 뿐 아니라 국가에도 공이 있다고 말씀하시기에 날마다 만나기만 기다렸는데, 어찌 오는 길이 이렇게 늦었오?”

능파가 대답하였다.

“첩 등은 먼 변방 시골 사람입니다. 승상께서 버리지는 않으셨으나 오히려 두 분 부인께서 그릇되다 여기실까 하여 오래도록 주저하다가 서울에 이르렀습니다. 사람들 하는 말을 들으니 부인의 덕화(德化)가《시경(詩經)》관저(關雎)편의 ‘규목(樛木)’의 뜻과 같다고 칭송하지 않는 이가 없었습니다. 이 때문에 비로소 문 아래에 나아가 뵐 마음이 들었는데, 마침 승상께서 교외에 나가시는 때를 만나 다행히 훌륭한 잔치에 참여하게 되었습니다.”

난양공주가 승상을 보고 웃으며 말하였다.

“우리 궁중의 꽃 태깔이 한창 성하니 상공께서는 상공의 풍채를 따른다고 여기시는가 본데 모름지기 우리 형제의 공인 줄이나 아십시오.”

승상이 크게 웃으며 말하였다.

“귀인은 칭송하는 말을 좋아한다더니 과연 그렇습니다.”

정부인이 경홍과 섬월을 보고 물었다.

“오늘의 승부가 어떻게 되었는가?”

섬월이 대답하였다.

“간신히 위부(魏府)의 욕은 면했습니다.”

홍랑이 말하였다.

“섬랑이 비록 천첩의 장담을 꺾었지만 첩이 화살 하나로 월왕의 기운을 꺾었으니, 첩의 말이 헛말이었는가 섬랑에게 물어보십시오.”

섬랑이 말하였다.

“홍랑의 군마(軍馬) 타는 재주는 가히 영특하다 할 만합니다만, 월땅 사람들의 기세를 꺾은 것은 새로 오신 두 낭자의 신선 같은 모습과 재주이지 어찌 홍랑의 공이라고 하겠습니까. 제가 또 홍랑에게 옛날 일 하나를 이야기하겠습니다. 춘추(春秋) 시절에 가대부(賈大夫)가 추레하기로 천하에 유명했는데 첩을 얻은 지 삼 년이 되어도 그 처가 웃지를 않았습니다. 가대부가 첩을 데리고 교외로 나가 꿩을 쏘아 잡으니 그 첩이 그제야 웃었다 합니다. 오늘 홍랑이 꿩을 쏘아 잡은 것을 혹시 가대부와 같다고 할 수 있겠는지요?'

홍랑이 말하였다.

"가대부와 같은 추남도 활 쏘는 재주로 자기의 처를 웃게 했으니 만약 자도(子都)와 같은 미남이 꿩을 쏘아 맞췄다면 어찌 다른 사람이 더욱 사랑하지 않을 수 있겠습니까?'

섬랑이 말하였다.

"홍랑이 자기 자랑이 더욱 심하니 이것은 모두가 승상이 홍랑으로 하여금 교만하게 하신 때문입니다."

승상이 웃으며 말하였다.

"오래 전에 섬랑이 재주있다는 것은 알았지만 경술(經術)에도 조예가 있는 줄 몰랐군. 어느 때《춘추좌전(春秋左傳)》도 익혔는가?'

섬랑이 말하였다.

"한가한 때에 인진원(因眞院)에 가서 들었습니다."

다음날 승상이 조정에서 물러나와 집에 돌아오려 하는데 태후낭랑이 승상과 월왕을 함께 불러 보았다. 두 사람이 들어가니 영양공주와 난양공주도 이미 불려와 있었다.

태후가 월왕에게 물었다.

"우리 아이들이 '어제 승상과 봄빛을 다투었다.' 하니, 승부가 과연 어떠했는가?'

월왕이 아뢰었다.

"매부의 복록(福綠)은 사람이 대적할 바가 아니었습니다. 다만 승상의 이러한 복이 누이에게도 복이 되는가 여부는 승상에게 물어보십시오."

승상이 아뢰었다.

"월왕이 신에게 이기지 못했다 말씀하시는 것은 바로 이백이 최호(崔顥)에게 기세가 꺾였다 하는 것과 같습니다. 공주에게도 복이 되는가 여부는 공주에게 물어보십시오."

태후가 돌아보자 두 공주가 대답하였다.

"부부는 한 몸이니 영욕과 고락을 달리할 수가 없습니다. 승상에게 복이 되면 또한 저희들에게도 복이 됩니다."

월왕이 말하였다.

"누이들의 말이 비록 좋으나 진짜 마음은 아닙니다. 자고로 부마 중 양승상같이 방자한 사람이 없었으니, 이것은 또한 나라법에 관계된 것입니다. 청컨대 양소유를 유사(有司)³⁶⁾에게 넘기시어 조정을 두려워하지 않은 죄를 다스리게 하십시오."

태후가 크게 웃으며 말하였다.

"양부마가 진정 죄가 있으나 만약 법으로 다스린다면 우리 딸들이 근심할 것이니 사세(事勢)가 왕법(王法)을 좀 굽혀야겠구나."

월왕이 말하였다.

"비록 그렇다 하나 양소유를 어전에서 심문하시어 그 대답을 듣고 처리하십시오."

태후가 이를 따라 따져 물었다.

"옛날 부마된 자는 감히 희첩을 두지 못하였으니 조정을 경외하기 때문이었다. 더구나 영양과 난양, 두 공주는 용모와 재덕이 천인(天人)과 같다. 제가 삼가며 받들려고 생각지 않고 미인을 구하고 모으기를 그치지 않으니 신하된 자의 도리에 매우 그릇되었다. 숨기지 말고 바로 아뢰라."

승상이 관을 벗고 아뢰었다.

"신 소유가 나라에 은혜를 입어 관직은 삼태(三台)에 이르렀으나 나이 아직 젊은지라 소년 풍정을 참지 못하고 집안에 약간의 풍악하는 사람을 두었기에 황공하여 죄를 기다리옵니다. 비록 그렇다고 하나 가만히 나라와 집안의 법과 령을 살피건대 사건이 명령에 앞서 일어났으면 죄를 용서하게 되어 있습니다. 신의 집에 비록 여인네가 많으나 숙인 진씨는 황상께서 사혼(賜婚)³⁷⁾하신 사람이니 의논하는 중에 넣을 수 없고, 첩 계씨는 신이 서생 때 얻은 사람이며, 가씨, 적씨, 심씨, 백씨, 이 네 사람이 신을 따른 것은 모두 신이 부마가 되기 이전입니다. 후에 집안에 같이 지내게 된 것도 공주들의 권함을 따른 것이지 신이 멋대로 한 것

36) 유사 - 사무를 맡은 직책

37) **사혼** - 혼인을 허락함

은 아닙니다."

태후가 용서하라고 명하자 월왕이 아뢰었다.

"공주가 비록 권했다 하나 양소유의 도리로는 집에서 같이 지내는 것이 합당치 않으니 청컨대 다시 심문하십시오."

승상이 급히 머리를 조아리며 말하였다.

"신의 죄는 만번 죽을 만합니다만 자고로 죄를 지은 자라도 공을 논하는 법도가 있습니다. 신이 황상의 사신을 맡아 동쪽으로 삼진(三鎭)[38]을 항복받고, 서쪽으로는 토번을 평정했으니 공이 또한 적지 않습니다. 이것으로 속죄가 될 듯합니다."

태후가 크게 웃으며 말하였다.

"양랑은 사직의 신하이니 내가 어찌 사위로만 대접하겠는가?"

사모(紗帽)를 쓰라 하자, 월왕이 말하였다.

"비록 공이 무거워 죄를 줄 수 없다 하시나 아주 용서해 주는 것은 아니 됩니다. 마땅히 벌주(罰酒)를 받아야 합니다."

태후가 웃으며 그 말에 따랐다. 궁녀가 백옥잔을 받들고 오자 월왕이 말하였다.

"승상은 주량이 고래 같으니 어찌 작은 잔으로 벌주를 삼겠느냐?"

친히 지휘하여 한 말 들이 금잔에다 가득히 따라서 승상에게 벌주로 주었다. 승상이 네 번 절하고 단숨에 마셨다. 승상의 주량이 비록 크다고 하나 갑자기 말술을 마셨으니 어떻게 취하지 않을 수 있겠는가. 머리를 조아려 아뢰었다.

"견우가 직녀를 너무도 사랑하자 장인이 노했다더니 제가 집안에 희첩이 있다고 장모님께서 벌을 주시니 과연 황실의 사위 되기 어렵습니다. 신이 크게 취했으니 청컨대 물러갈까 합니다."

하고, 일어나다가 바로 엎어졌다.

태후가 크게 웃으며 궁녀를 시켜 부축하여 나가게 하고 두 공주를 보고 말하였다.

"양랑이 술에 눌려서 몸이 불편하니 너희들은 함께 나가서 옷도 벗기고 차도 달이고 해라."

38) 삼진 - 세 지역

두 공주가 웃으며 말하였다.

"비록 소녀 등이 하지 않아도 옷 벗길 사람은 부족하지 않습니다."

태후가 말하였다.

"비록 그렇다고 해도 부녀자의 도리는 행하지 않을 수 없는 것이다."

두 공주가 승상을 따라 집으로 돌아왔다.

유부인이 당상에 촛불을 밝히고 기다리고 있다가 승상이 대취한 것을 보고 물었다.

"그 전엔 선온이 있어도 과하게 취한 때는 없었는데, 오늘은 무슨 일로 이렇게 취했는가?"

승상이 취한 눈으로 난양공주를 오랫동안 쳐다보다가 아뢰었다.

"공주의 오라비가 저의 죄를 태후께 얽어 매었습니다. 태후께서 진노하셔서 사세가 장차 헤아리기 어렵게 돌아가는데, 제가 잘 말씀드려서 간신히 풀려났습니다. 월왕이 여전히 저를 해하려고 하여 태후를 권하여 독주를 벌로 마시게 하시니 거의 죽을 뻔했습니다. 이것은 비록 월왕이 미인을 겨뤘다가 이기지 못한 것에 유감을 품고 보복하려는 계책이기도 하지만, 난양공주가 제 희첩들을 투기하여 월왕과 공모하여 저를 괴롭힌 것입니다. 이전에 도리에 맞는 말을 한 것을 어찌 믿을 수 있겠습니까. 어머님은 청컨대 난양에게 벌주를 마시게 하여 아들을 위하여 분풀이를 하여 주십시오."

부인이 웃으며 말하였다.

"난양의 죄가 명백하지 않고 평소 술을 마시지 않으니 진짜로 벌하려면 차로 대신하도록 하라."

승상이 말하였다.

"반드시 벌주로 해야 합니다."

공주가 벌주를 마시지 않으면 취객이 화를 풀지 않게 생겼기에 시녀를 시켜 난양공주에게 벌잔을 내렸다. 받아서 술을 마시려고 하는데, 승상이 의심을 내어 잔을 빼앗아 마시려고 하였다. 난양공주가 급히 땅에 떨어뜨렸으나 잔밑에 남은 술찌꺼기가 있어 승상이 손가락으로 찍어 맛을 보니 사탕물이었다. 승상이 소리를 지르면서 술을 가져오게 하여 직접 한 잔을 따라 난양에게 건네니 부득이하여 받아 마셨다.

승상이 유부인에게 아뢰었다.

"저를 벌한 것은 비록 난양의 계교였다 하나 정씨도 또한 거들지 않은 것은 아닙니다. 제가 태후의 앞에서 괴로움을 받을 때 난양과 함께 눈짓을 하면서 서로 웃었으니 그 마음을 헤아리기 어렵습니다. 청컨대 벌을 주십시오."

부인이 웃으며 한 잔을 정씨에게 건네니 자리를 옮겨 받아 마시고 다시 자리에 돌아왔다.

유부인이 이에 말하였다.

"태후낭랑께서 소유의 희첩 있는 것을 벌하셨다 하니 이 때문에 주모(主母) 두 사람이 모두 벌주를 마셨는데 희첩들이 어찌 편안하게 있을 수 있겠느냐? 경홍과 섬월과 요연과 능파를 다 한 잔씩 벌하라."

네 사람이 꿇어 앉아 받아 마셨다.

섬월과 경홍이 부인에게 아뢰었다.

"태후낭랑께서 승상을 벌하신 것은 희첩이 있음을 책망하신 것이지 낙유원의 잔치 때문은 아닙니다. 요연과 능파 두 사람은 아직 금침(衾枕)도 덮어보지 못해서 부끄러워 얼굴도 들지 못하는데 첩 등과 함께 술을 마셨습니다. 가유인은 승상을 모신 지가 이토록 오래되었고 은총을 이토록이나 독차지하고 있으면서도 낙유원에 오지도 않았고 홀로 벌도 면했으니 아랫사람의 마음이 불평스럽습니다."

부인이 옳다 하고 큰 잔으로 춘운에게 벌주를 주니 춘운이 미소를 머금고 벌주를 마셨다.

이때 여러 사람들이 모두 벌주를 하느라 부산하고 난양공주는 술에 눌려 이기지 못하는데, 오직 진숙인만이 말도 않고 웃지도 않고 있었다.

승상이 말하였다.

"진씨가 자기만 참된 체하고 남의 흥된 것만 보고 있으니 벌하지 않을 수 없습니다."

하고, 한 잔을 건네니 진씨가 웃고 마셨다.

유부인이 물었다.

"공주의 몸은 어떠한가?"

난양공주가 대답하였다.

"두통에 괴롭습니다."

부인이 진씨를 시켜 공주를 부축하여 침실로 가게 하였다. 그리고 춘운을 시

켜 술을 따라오게 하여 잔을 들고,

"나의 두 며느리는 천상의 신선이라서 내가 항상 복을 잃을까 두려운데, 지금 소유가 주정을 함부로 하여 난양을 불안하게 하였으니 태후낭랑께서 들으시면 반드시 매우 걱정하실 것이다. 신하가 되어서 군부(君父)에게 매우 걱정을 드리게 되었으니, 이것은 이 늙은이가 아들을 잘못 가르친 죄이다. 이 잔으로 내가 스스로를 벌하겠다."

하고 모두 마셨다.

승상이 황공하여 무릎을 꿇고 아뢰었다.

"어머니께서 스스로를 벌하심으로 가르치시니 아들의 죄가 깊습니다."

경홍을 시켜 큰 그릇에 술을 따라오게 하여 일어나 절하고 말하였다.

"제가 어머님의 가르침을 순종하지 못했으니 벌주를 마시겠습니다."

모두 들이키자 대취해서 앉아 있지도 못하고 응향각(凝香閣)으로 가려고 하기에 정부인이 춘운을 시켜 부축하여 가게 하였다.

춘운이 말하였다.

"천첩은 감히 가지 못하겠습니다. 계낭자와 적낭자가 저를 꾸짖었으니 경홍과 섬월 두 사람에게 시켜 가게 하십시오."

섬월이 말하였다.

"운낭자가 나의 말 때문에 가지 못하겠다 하니 천첩은 더욱 불만스럽습니다."

홍랑이 웃으면서 일어나 승상을 모시고 가니 여러 낭자들이 모두 흩어졌다.

승상은, 요연과 능파 두 사람의 천성이 산수를 좋아하기 때문에 화원 가운데에 거처를 청해주었는데 맑은 물이 넓기가 호수 같았다. 그 가운데에 채색한 누각이 있으니 이름은 영아루라 하는데 능파의 거처로 삼게 하였다. 호수의 북쪽에 가산(假山)이 있는데 많은 옥돌들이 울쑥불쑥하고 늙은 소나무와 마른 대나무가 서로 그늘을 드리우고 있었다. 그 사이에 정자가 있으니 이름은 빙설각(氷雪閣)이라 하는데 요연의 거처로 삼게 하였다. 여러 부녀들이 화원에서 노닐 때는 이 두 사람을 주인으로 삼았다.

여러 부인들이 용녀(龍女)에게 조용히 물었다.

"낭자의 신통변화하는 모습을 구경할 수 있겠습니까?"

용녀가 말하였다.

"이것은 첩이 이전의 몸으로 하던 일입니다. 첩이 천지조화의 힘을 입어 사람의 몸을 얻을 때 몸이 빠져 나오니 뼈와 비늘이 마치 산같이 쌓였습니다. 참새가 조개로 변한 후에도 어찌 두 날개로 높이 날 수 있겠습니까.”

요연도 비록 부인이나 승상의 앞에서 때때로 검무를 추면서 오락거리로 삼곤 했지만 또한 자주 하지는 않았는데 그 이유를 이렇게 말하였다.

“처음에는 검술을 빌어 승상을 만났지만 살벌한 일은 항상 볼 만한 것이 아닙니다.”

이후에 두 부인과 여섯 낭자가 서로 수족같이 친했고 승상의 은정도 너나없이 똑같았다. 이것은 비록 여러 사람의 덕성이 좋아서 그렇기도 했지만, 실은 당초에 남악(南嶽)에서 아홉 사람의 발원(發願)이 이와 같았기 때문이었다.

하루는 두 부인이 상의한 후에 말하였다.

“옛적에는 자매가 많이들 한나라에 시집들을 갔는데 그 중에는 처도 있었고 첩도 있었소. 지금 우리 두 처와 여섯 첩은 비록 성은 다르지만 당연히 결의형제 하여 자매라 하면서 사는 것이 좋겠소이다.”

여섯 사람이 모두 감당할 수 없다고 말하였다. 특히 춘운과 경홍, 섬월이 더욱 고사(苦謝)하자 정부인이 말하였다.

“유비럭 장비는 군신(君臣)이면서도 형제의 의리를 배신하지 않았고, 나와 춘랑은 본래 규중의 친구간이니 어찌 형제가 될 수 없겠소. 야수부인(耶輸夫人)은 세존(世尊)의 처였고, 등가여자(登伽女子)는 음란한 창녀였지만 함께 불제자(佛弟子)가 되어서 끝내는 정과(正果)[39]를 얻었으니, 처음에 미천했다고 어찌 스스로 꺼리겠소?”

두 부인이 육낭자를 데리고 관음상 앞에 나아가 분향하고 아뢰었다.

유(維) 년월일(年月日) 제자 정씨(鄭氏) 경패(瓊貝), 소화(簫和) 이씨(李氏), 채봉(彩鳳) 진씨(秦氏), 춘운(春雲) 가씨(賈氏), 섬월(蟾月) 계씨(桂氏), 경홍(驚鴻) 적씨(狄氏), 요연 심씨(沈氏), 능파(凌波) 백씨(白氏)는 삼가 남해대사(南海大師)께 아룁니다. 제자 여덟 사람은 비록 다른 집안에서 났지만 자라서는 한 사람을 섬기게 되었으며 마음은 서로 하나입니다. 마치 한 나무에 달린 꽃이 바람에 날리어 어떤 것은 구중궁궐에 떨어지고, 어떤 것은 규중에 떨어지고, 어떤 것은 시골에 떨어지고, 어떤 것은 길거리에 떨어지고, 어떤 것은 변방에 떨어지고, 어떤

39) 정과 - 법문. 진리

것은 강남에 떨어졌으나, 그 근본을 따진다면 어찌 다를 것이 있겠습니까. 오늘부터 맹세컨대 형제가 되어 죽고 살고 괴롭고 즐거운 모든 것을 함께 하고자 합니다. 혹시 다른 마음을 품은 자는 곧 천지가 용서치 않을 것입니다. 엎드려 바라건대 대사께서는 복을 내려 주시고 재앙을 제거하여 주셔서 백년 뒤에 함께 극락세계로 돌아가게 하여 주십시오.

이후로도 여섯 사람은 비록 명분을 지켜 감히 형제라고 부르지 못했으나, 두 부인은 항상 서로를 누이라고 부르니 은혜로운 마음씀이 매우 지극하였다. 여덟 사람이 각각 자녀를 두었는데 두 부인과 춘운, 요연, 경홍, 섬월은 아들을 두었고, 진숙인과 용녀는 딸을 두었다. 모두 한번 낳아 기른 뒤에는 다시 잉태하지 않았으니 이것도 또한 보통 사람과 다른 점이었다.

이때에 천하가 태평하고 조정에 큰 일이 없었다. 승상이 나가면 천자를 모시고 상림원에서 사냥하고, 들어오면 대부인을 모시고 북당에서 잔치하면서 보내니, 춤추는 소매는 세월을 날려보내고 풍류소리는 세월을 재촉하는 듯하여 승상이 재상의 자리에 있은 지 이미 여러 십 년이 흘렀다.

유부인과 정사도 부처는 연세가 상수(上壽)[40]에 이른 후 별세하고, 승상의 여러 아들들은 이미 조정에 참례하였다. 육남이녀(六男二女)가 모두 부모의 풍채를 닮아서 옥수(玉樹)요 지란(芝蘭)이 대문과 정원에 비춘 듯하였다.

큰 아들은 이름이 대경(大卿)이니 정부인의 아들인데 예부상서(禮部尙書)가 되었고, 둘째 아들 차경(次卿)은 적씨 소생인데 경조윤(京兆尹)이 되었으며, 셋째 아들 숙경(叔卿)은 가씨 소생인데 어사중승(御史中丞)이 되었으며, 넷째 아들 계경(季卿)은 난양공주의 아들인데 이부시랑(吏部侍郎)이 되었고, 다섯째 아들 유경(有卿)은 계씨 소생인데 한림학사(翰林學士)가 되었고, 여섯째 아들 치경(致卿)은 심씨 소생인데 나이 열다섯에 용력(勇力)이 절륜(絕倫)하니 천자가 사랑하여 금오상장군(金吾上將軍)이 되어 경영군(京營軍) 십 만을 통솔하여 대궐을 호위하였다.

큰딸의 이름은 전단(全丹)이니 진숙인의 소생으로 월왕의 아들 낭야왕(瑯王耶

40) 상수 - 많은 나이

王)의 부인이 되었고, 작은 딸의 이름은 영락(永樂)인데 동정용왕의 외손으로 황태후의 첩이 되어 양제에 봉해졌다.

양승상이 한 서생으로 자신을 알아주는 임금을 만나 무공으로 국가의 화란을 평정하고 문으로써 태평세상을 이루었다. 곽분양과 부귀공명이 똑같았지만 분양은 나이 육십에 비로소 장상(將相)이 되었으나 양소유는 이십에 승상이 되었으며, 전후로 재상의 직위를 누린 햇수가 분양의 이십사고(二十四考)보다 더하였다. 임금과 신하가 함께 태평을 누리니 복록의 완전함은 진실로 천고에 없던 바였다.

승상이 성은에 감격하여 머리를 조아려 사은하고 온 집안이 취미궁으로 이사하였다. 이 궁전은 종남산 가운데 있는데 누대(樓臺)가 장려하고 경치가 뛰어난 것이 영락없는 봉래산 선경이었다. 왕유(王維)의 시에 '신선의 집도 반드시 이곳보다 낮지는 못하리니, 무엇 때문에 퉁소를 불면서 푸른 하늘로 향해 가리오' 라고 한 것이 있는데, 이 한 구절로 그 경개를 엿볼 수 있다.

승상이 정전(正殿)을 비워 조서(詔書)와 임금이 지은 시와 문장들을 모셔 두고 나머지 누각과 망루(望樓)를 여러 낭자들이 나누어 살게 하였다. 날마다 승상을 모시고 물가에 가거나 매화를 따르면서 시를 지어 구름 두른 절벽에 새기거나 거문고를 타면서 소나무에 바람 스치는 소리에 화답하니, 맑고 한가로운 복은 다른 사람이 더욱 부러워 하는 바였다.

승상이 한가롭게 지낸 지도 어언 몇 해가 지났다. 팔월 스무 날께는 승상의 생일이었다. 여러 자녀들이 모두 모여 십 일 동안 계속해서 잔치를 여니 번화한 모습과 아름다움은 옛날에도 듣지 못한 것이었다. 잔치가 끝나고 여러 자녀들이 모두 흩어져 돌아간 뒤에 국추(菊秋) 좋은 계절이 돌아왔다. 국화꽃 무늬는 누렇게 되고 산수유 열매는 검붉게 열리니 바로 등고(登高)하는 때였다. 취미궁의 서쪽에 높다란 대(坮)가 있었다. 그 위에 올라가면 팔백리 진천(秦川)이 마치 손바닥 들여다 보듯 보이니 승상이 가장 사랑하는 곳이었다.

이날 두 부인과 육낭자가 대에 올라 국화를 머리에 꽂고 가을 경치를 즐겼다. 입은 팔진미도 물렸고 귀는 관현 소리가 싫증난 터라, 단지 춘운에게 과일 함을 들게 하고 섬월에게는 옥호리병을 가져오게 하여 조용하게 국화주를 마시면서 처첩이 차례로 헌수하였다.

이윽고 지는 해는 곤명지(昆明池)⁴¹⁾에 떨어지고 구름 그림자가 진천에 드리웠다. 눈을 들어 한번 바라보니 가을 빛이 아득히 펼쳐졌다. 승상이 스스로 옥퉁소를 쥐고 두어 소리를 부니 흐느끼는 듯 애원하고 호소하는 듯 사념에 잠기고 한숨 쉬는 듯하였다. 마치 형경(荊卿)이 역수(易水)를 건너면서 고점리(高漸離)를 이별하는 듯하고, 초패왕(楚覇王)이 장막 중에서 일어나 술을 마시면서 우미인(虞美人)을 돌아보는 듯하였다. 여러 미인들이 처연히 슬픈 기색을 띠었다.

두 부인이 옷자락를 감아쥐고 물었다.

"승상은 공훈과 명성이 이미 성취되었고 부귀도 이미 극에 이르렀으니 만민이 부러워하고 천고에 듣지 못한 일입니다. 좋은 시절을 만나 풍경을 감상하면서 향기로운 술을 가득 붓고 미인도 옆에 있으니, 이것은 또한 인생의 즐거운 일인데 퉁소 소리가 이와 같으니 오늘의 퉁소 소리는 전날에 듣던 것이 아닙니다."

승상이 퉁소를 던지고 부인과 낭자들을 불러 난간에 의지하여 손을 들어 가리키면서 말했다.

"북쪽을 바라보면 평평한 들판에 무너진 언덕이 있는데 석양이 마른 풀을 비추었으니, 이곳이 바로 진시황의 아방궁(阿房宮) 터라오. 서쪽을 바라보면 바람이 구슬피 찬 숲에 불고 저녁 구름이 빈산을 덮었으니, 이곳이 바로 한무제(漢武帝)의 무릉(茂陵)이오. 동쪽을 바라보면 분칠한 성첩(城疊)이 청산을 둘렀고 붉은 용마루가 반공 중에 은은한데 밝은 달은 제 홀로 왔다갔다하되 옥난간에 의지해 보는 사람이 없으니, 이곳이 현종 황제가 양태진(楊太眞) 귀비와 놀던 화청궁(華淸宮)이라오. 이 세 임금은 천고의 영웅으로 사해를 한 집으로 만들고 억조창생을 신하로 삼았으니 호방한 마음은 백년을 오히려 짧다고 여겼는데 지금은 어디에 있소이까? 나는 회남(淮南) 땅의 베옷 입은 선비로서 성스러운 천자의 은혜를 입어 벼슬이 장수요 재상에 이르렀고, 또 여러 낭자와 서로 따르는 은정(恩情)은 백년이 하루같이 똑같았으니, 만약 전생의 인연이 아니면 어찌 이렇게까지 할 수 있겠소? 사람살이는 인연으로 만났다가 인연이 다하면 각각 제 갈 데로 돌아가는 것이 천지간의 항상된 이치입니다. 우리들 백년 뒤에 높은 대는 이미 무너지고 굽은 연못은 이미 메워지며 노래하고 춤추던 곳은 마른 풀에다 황폐한 안개 서린 곳으로 변해 나무꾼이며 소 치는 아이들이 오르내리면서 '이곳이 양

---

41) 곤명지 - 해가 진다는 호수

승상이 여러 낭자와 노닐던 곳이다. 승상의 부귀와 풍류며 여러 낭자의 옥 같은 모습과 꽃 같은 태깔은 지금 어디에 있는가' 라고 한탄한다면 인생이 어찌 잠깐이지 않겠소이까? 내가 생각건대 천하에는 유도와 선도와 불도가 가장 높으니 이것을 삼교라고 부릅니다. 유도는 살았을 때 사업이니 죽은 뒤에는 이름만 흐를 뿐이오. 신선은 옛부터 얻기가 어려우니 얻은 사람으로 진시황과 한무제, 현종 황제를 볼 수 있소. 내 나이 들어 벼슬에서 물러난 뒤에 밤에 자려고 할 때는 반드시 부들 방석 위에서 참선하였으니, 이로 보면 반드시 불가와 인연이 있는 듯합니다. 내 이제 장자방(張子房)이 적송자(赤松子)를 따르기를 바랬듯이 하려고 하오. 집을 버리고 스승을 구하려 남해를 건너 관음(觀音)을 찾고 오대산(五臺山)에 올라 문수보살(文殊菩薩)을 예방하여 나지도 않고 죽지도 않는 도를 얻어 티끌세상의 괴로움과 즐거움을 뛰어넘으려고 하오. 여러 낭자와 반평생을 함께 했는데 하루아침에 이별하려 하니 슬픈 마음이 저절로 곡조에 나타났는가 봅니다."

여러 낭자들도 모두 전생에 근기(根氣)[42]가 있는 사람들이요, 또한 세속의 인연이 다했는지라, 이 말을 듣고 자연히 감동된 것이 있어 말했다.

"상공께서 부귀하고 번화한 가운데서도 이렇게 청정한 마음을 얻으셨으니 장자방이 무슨 말할 거리나 되겠습니까. 첩들 자매 여덟 사람은 마땅히 규중 깊은 곳에서 분향하고 부처께 예배하면서 상공께서 돌아오시길 기다리겠습니다. 상공께서는 이번 길에 마땅히 밝은 스승과 은혜로운 친우를 만나 큰 도를 얻으시고, 도를 얻은 후에는 청컨대 먼저 첩 등을 제도하여 주십시오."

승상이 매우 기뻐하며 말했다.

"아홉 사람의 뜻은 진정 통쾌한 일입니다. 내가 마땅히 내일 길을 떠날 것이니, 오늘은 여러 낭자와 함께 만취해 보도록 합시다."

여러 낭자들이 말했다.

"첩 등이 각각 한 잔씩을 받들어 상공을 전송(餞送)하겠습니다."

잔을 씻어 다시 따르려고 하는데 갑자기 돌길에서 지팡이 두드리는 소리가 나기에 '어떤 사람이기에 올라왔을까?' 하고, 이상하게 생각하였다.

42) 근기 - 근본

한 호승(胡僧)이 오는데 눈썹이 훌륭하고 눈은 맑아 모습이 뛰어나 보였다. 위엄스레 자리에 다가와 승상을 향하여 예를 올리고 말했다.

"산야(山野) 사람이 대승상께 뵙니다."

승상이 이인(異人)임을 알아보고 황망히 답례하면서 말했다.

"사부(師父)께서는 어디에서 오셨습니까?"

호승이 웃으며 말했다.

"승상이 평생 본 사람을 알아보지 못하니 귀인은 잘 잊는다는 말이 옳습니다 그려."

승상이 자세히 보니 과연 낯이 익었다. 갑자기 깨달아 알아보고는 능파낭자를 돌아보며 말했다.

"소유가 전에 토번을 정벌할 때 동정용궁에 갔다가 잔치를 파하고 돌아오는 길에 남악(南岳)에 놀러 간 적이 있습니다. 한 화상이 법좌(法座)에 앉아 경문(經文)을 강론하고 있었는데 사부가 바로 그 화상(和尙)이 아니십니까?"

호승이 손뼉을 치고 큰 소리로 웃으면서 말했다.

"옳습니다. 옳아요. 비록 옳긴 하나 꿈 속에 잠깐 본 일은 생각하면서도 십 년을 함께 산 일은 알지 못하니, 누가 양장원을 총명하다 말하겠습니까?"

승상이 어리둥절하여 말했다.

"소유가 십오륙 세 전에는 부모의 슬하를 떠나본 적이 없고 십육 세에 급제하여 계속하여 맡은 벼슬 자리에 있었습니다. 동으로는 연(燕)나라에 사신을 갔고 서쪽으로 토번을 정벌한 이외에는 오랫동안 서울을 떠나본 적이 없습니다. 언제 사부와 십년이나 함께 지냈단 말입니까?"

호승이 웃으며 말했다.

"상공이 아직도 봄꿈이 깨지 않았는가 봅니다."

승상이 말했다.

"어떻게 하면 사부께서 소유로 하여금 봄꿈을 깨게 하실 수 있겠습니까?"

호승이 말했다.

"이것은 어렵지 않습니다."

손에 든 석장(錫杖)[43]을 들어 몇 번 난간을 두드리니 갑자기 사면의 산골짜기 가운데서 구름이 일어나 대를 둘러 감자, 어둡고도 어두워서 지척도 분간이 안 되었으며 승상은 마치 취하여 꿈 속에 있는 것 같았다.

한참만에 큰 소리로 급히 불러 말하였다.

"사부께서는 바른 방법으로 소유를 가르치시지 않으시고 환술(幻術)로 놀리십니까."

말이 다하기도 전에 구름 기운이 모두 걷혔는데 호승과 두 부인, 육낭자는 모두 종적도 없었다. 매우 놀라고 당황해서 눈동자를 바로 하고 자세히 살펴보니 층층 누각이며 겹친 돈대, 틈 성긴 발이며 빽빽한 발들을 도대체 볼 수가 없었고, 제몸을 돌아보니 홀로 작은 암자 가운데 부들방석 위에 있는데 향로에는 불도 식고 해는 서산에 걸려 있었다. 자기 머리를 만져보니 머리칼은 새로 깎아서 남은 뿌리가 삐쭉삐쭉하고 백팔염주가 이미 목 앞에 늘어져 영락없는 소화상(小和尙)의 모습이요, 다시는 대승상의 위의(威儀) 있는 모습이 아니었다. 정신이 아득하고 가슴이 뛰었다. 한참만에 갑자기 깨달았는데 자기는 연화도량(蓮花道場)의 성진 소화상(小和尙)이었다.

기억을 더듬으니 처음에 사부(師傅)의 견책을 입어 역사(力士)를 따라 풍도(?都)로 갔다가 사람 세상으로 환생해 양씨집 아들이 되어 일찍이 장원하여 한림학사의 관직에 올랐고 나가면 삼군(三軍)의 장수요 들어오면 백관(百官)을 총괄하였다. 상소하여 물러나기를 청하여 만사를 떠나 한가롭게 지내면서 두 부인, 육낭자와 함께 노래하고 춤추는 것을 보고 거문고 타는 것을 들으면서 단란하게 술을 즐겼다. 새벽부터 저물 때까지 놀던 것이 모두 한바탕 봄꿈 속의 일일 뿐이어서, 이에 말했다.

"이것은 필시 사부께서 한순간의 내 마음이 그릇됨을 아시고 인간 세상의 꿈을 빌어 성진에게 부귀와 번화한 일이며 남녀의 정욕이 모두 허망한 것임을 알게 하려 하심이었구나."

급히 돌샘으로 가서 얼굴을 깨끗이 씻고 납의(衲衣)를 단정히 입고 방장(方丈)에 나아가니 여러 사리들이 이미 모두 모여 있었다.

대사가 큰 소리로 물었다.

"성진아! 인간 세상의 재미가 과연 어떻더냐?"

성진이 머리를 조아리고 눈물을 흘리면서 말했다.

43) 석장- 지팡이

"성진은 이미 크게 깨달았습니다. 제자가 무례하여 마음을 바르지 못하게 잡았으니 스스로 지은 죄라 누구를 원망하며 누구를 탓하겠습니까. 응당 흠 많은 세상을 탓하면서 영원히 윤회의 재앙을 받았을텐데, 사부께서 하룻밤의 꿈을 불러 일으켜 성진의 마음을 깨닫게 하셨으니, 사부의 큰 은덕은 비록 천만 겁(劫)[44]의 시간을 지내더라도 갚을 길이 없습니다."

대사가 말했다.

"네가 흥을 타고 갔다가 흥이 다하여 돌아왔으니 내가 무슨 간여한 일이 있겠느냐? 또한 네가 '제자가 인간 세상의 윤회하는 일을 꿈으로 꾸었다.' 고 하는데, 이것은 네가 꿈과 인간세상을 나누어서 둘로 보는 것이다. 너의 꿈은 오히려 아직 깨지 않았다. 장주(莊周)[45]가 꿈에 나비가 되었다가 나비가 또 변하여 장주가 되었다고 하니, 나비가 꿈에 장주가 된 것인가, 장주가 꿈에 나비가 된 것인가 하는 것은 끝내 구별할 수 없었다. 누가 어떤 일이 꿈이고 어떤 일이 진짜인 줄 알겠느냐. 지금 네가 성진을 네 몸으로 생각하고, 꿈을 네 몸이 꾼 꿈으로 생각하니 너도 또한 몸과 꿈을 하나로 생각지 않는구나. 성진과 소유가 누가 꿈이며 누가 꿈이 아니냐?"

성진이 말했다.

"제자가 몽매하여 꿈에 것이 진짜가 아닌지, 진짜 것이 꿈이 아닌지 구별하지 못하겠습니다. 바라건대 사부께서 설법해 주서서 제자가 깨닫게 해 주십시오."

대사가 말했다.

"내 마땅히《금강경(金剛經)》 대법(大法)을 설법하여 너의 마음을 깨닫게 해 주겠다만 마땅히 새로 오는 제자가 있을 터이니 너는 조금만 기다려라."

말이 채 끝나기도 전에 대문을 지키는 도인(道人)이 들어와 고했다.

"어제 왔던 위부인 아래의 선녀 여덟 사람이 또 와서 대사께 뵙기를 청합니다."

대사가 명하여 불러오게 했다.

팔선녀가 대사 앞에 나와 합장하고 머리를 조아리고 말했다.

"제자 등이 비록 위부인을 좌우에서 모셨으나 진실로 배운 것이 없습니다. 아

44) 겁 -천지개벽에서 다음 개벽까지 시간. 오랜 시간

45) 장자 - 장주지몽. 호접몽

직 그릇된 마음을 버리지 못하고 정욕이 잠깐 움직여 엄한 견책이 따랐습니다. 속세의 한 꿈을 불러 깨우쳐 주는 이 없었는데 다행히 사부의 자비를 입어 친히 오셔서 이끌어 주셨습니다. 어제 위부인의 궁중에 갔다가 전날의 죄를 깊이 사죄하였습니다. 돌이켜 부인을 하직하고 영원히 불문(佛門)에 돌아오려 하오니, 엎드려 바라건대 사부께서는 옛 잘못을 흔쾌히 용서하시고 특별히 밝은 가르침을 내려 주십시오.”

대사가 말했다.

“여선(女仙)들의 뜻은 비록 좋으나 불법은 깊고도 멀어서 별안간에 배울 수 없는 것이다. 너그럽고 어진 도량으로도 큰 발원이 없으면 도를 이룰 수 없다. 선녀들은 스스로를 헤아려서 처신하라.”

팔선녀가 곧 물러나서 온 얼굴의 연지분을 씻고 몸에 두른 비단옷을 벗어 버리고 금전도(金剪刀)를 꺼내어 스스로 푸른 구름 같은 머리채를 잘라버리고 다시 들어가 아뢰었다.

“제자들은 이미 모습을 변화시켰으니, 맹세컨대 사부의 교훈을 게을리 하지 않겠습니다.”

대사가 말했다.

“좋구나, 좋아! 너희 여덟 사람아. 지극한 정성이 이와 같으니 어찌 감동하지 않겠느냐.”

드디어 법좌에 올라 경문을 강설(講說)하였다. 그 경에 ‘백호(白毫)의 광채가 세계에 퍼져 나가고, 하늘 꽃이 마치 소낙비처럼 내리더라’ 등의 말이 있었다. 설법이 끝날 즈음 네 구절의 게(偈)를 외우자, 성진과 여덟 비구니가 모두 본성을 단박에 깨닫고 적멸(寂滅)의 도를 크게 얻었다. 대사가 성진의 계행(戒行)이 순수하고 원숙해진 것을 보고 이에 여러 제자를 모아놓고 말했다.

“나는 본래 전도(傳道)하기 위하여 멀리서 중국에 들어왔다. 지금 이미 법을 전할 만한 사람을 얻었으니 나는 이제 떠나야겠다.”

하고, 가사(袈裟)와 바리때 하나와 정병과 석장(錫杖)과 금강경 한 권을 성진에게 주고, 드디어 서천(西天)을 향하여 떠났다.

이후로 성진이 연화도량의 대중을 이끌고 크게 교화를 펴니 신선과 귀신이며 인간과 귀물(鬼物)이 성진을 높이기를 마치 육관대사에게 하듯 하였다. 여덟 비구니도 모두 성진을 스승으로 섬겨 보살의 큰 도를 깊이 체득하여 마침내 모두 극락세계로 돌아갔다.
　아아! 신기하구나!

10
어우야담
— 김인복 설화

김인복(金仁福)이 소시에 노상에서 한 시골 선비를 만났는데 수정 갓끈을 달고 있었다. 그 갓끈이 너무 짧아서 겨우 턱 밑을 돌아갔다. 인복이 말을 세우고 채찍을 들어 읍하고 말하였다.

"아, 아름답구나, 저 수정 갓끈이여! 천하일품이구려. 나의 가산을 기울여서라도 당신의 갓끈을 갖고 싶소."

그 사람이 묻기를

"당신 집이 어디요?"

"내 집은 숭례문 밖 청파리라오. 내일 아침에 배다리만 찾아오우. 게서 김인복이를 물으면 행길에 누군들 모르겠소."

서로 언약을 하고 헤어졌다.

이튿날 인복이 잠자리에서 일어나기도 전에 그 사람이 대문으로 들어섰다. 인복이 마루 끝으로 나와 채마밭 머리에 평상을 내놓고 앉게 하였다. 인복이 말을 꺼내었다.

"우리집 논이 동성(東城) 홍인문(興仁門)밖에 있는데 한 말을 뿌리면 곡식 석 섬을 먹는다오. 우리 집에 크기가 실로 낙산(落山) 봉우리만한 소가 두 필이라

구. 봄 이삼월 토양이 살풀리고 산골의 얼음이 녹아 시냇물이 졸졸 흐르기 시작하면 두 필 소에 쟁기를 달아 논을 갈고 써레질을 하여서 물을 싣는다오. 한 필지에 보통 15두(斗)를 파종하는 논이 여러 자리라. 팔월이 되어 논에 황금 물결이 일면 초승달 같은 낫을 대어 베어다가 타작을 하고 방아를 찧고 키질을 해서 옥처럼 닦이고 구슬처럼 정한 쌀이 솥에 넣고 불을 때어 밥을 지으면 기름이 자르르 밥술에 흐르고 구수한 맛이 혀끝을 감도는구만.

지금 당신이 앉았는 채마밭은 또 좀 기름지고 걸어야지. 상추가 얼마나 잘 되는지. 삼사월경에 갈아서 거름을 흡족히 주면 이슬을 머금고 비를 맞아 잎이 파초처럼 너푼너푼 자라서 연하고 싱그러운 모양이라니. 그걸 대바구니에 넘치도록 따 담는단 말씀야. 봄볕이 따뜻한 날 양지 바른 곳에 장독을 두고 장을 담그면 영락 달기가 벌꿀이요. 색깔이 말피라. 인천(仁川), 안산(案山) 바다에서 그물로 잡은 밴댕이가 장에 나오면 그 놈을 사다가 석쇠에 구울 제, 기름간장을 바르면 냄새가 코를 진동하것다. 그러면 상추를 물기를 탈탈 털어 손바닥 위에 벌여 놓고 기름이 흐르는 올벼 쌀밥 한 숟갈을 뚝 떠서 달고 고소한 된장을 얹은 위에 노릿노릿 구워진 밴댕이를 올려 혜임령(惠任嶺) 장사꾼 짐 들어올리듯 두 손으로 들어올려, 종루(鐘樓)에 파루(罷漏)친 후에 남대문 열리듯 입을 떡 벌리고 밀어 넣는데…".

이 때에 그 사람도 따라서 입을 벌리다가 짧은 갓끈이 그만 뚝 끊어져 수정알들이 땅으로 굴러 떨어졌다.

"우리 집에 함경도의 세포(細布), 충청·전라도의 종면(綜綿), 평안도의 좋은 명주, 남경(南京)의 팽금(彭錦), 요동(遼東)의 모단(帽緞)이 일곱 간 다락에 채곡채곡 쌓였지만 나는 갓끈을 살 수가 없소."

그 사람은 여기까지 이야기를 듣다가 자기도 모르게 입이 절로 혜 벌어져서 군침을 줄줄 흘리며 돌아갔다.

11
홍길동전

조선조 세종 때에 한 재상이 있었으니, 성은 홍씨요 이름은 아무였다. 대대 명문거족의 후예로서 어린 나이에 급제해 벼슬이 이조판서에까지 이르렀다. 물망이 조야[1]에 으뜸인데다 충효까지 갖추어 그 이름을 온 나라에 떨쳤다. 일찍 두 아들을 두었는데, 하나는 이름이 인형으로서 본처 유씨가 낳은 아들이고, 다른 하나는 이름이 길동으로서 시비 춘섬이 낳은 아들이었다.

그 앞서, 공이 길동을 낳기 전에 한 꿈을 꾸었다. 갑자기 우레와 벽력이 진동하며 청룡이 수염을 거꾸로 하고 공을 향하여 달려들기에, 놀라 깨니 한바탕 꿈이었다. 마음 속으로 크게 기뻐하여 생각하기를, '내 이제 용꿈을 꾸었으니 반드시 귀한 자식을 낳으리라.' 하고, 즉시 내당으로 들어가니, 부인 유씨가 일어나 맞이하였다. 공은 기꺼이 그 고운 손을 잡고 바로 관계하고자 하였으나, 부인은 정색을 하고 말했다.

1) 조야 - 조정과 재야

"상공께서는 위신을 돌아보지도 않은 채 어리고 경박한 사람의 비루한 행위를 하고자 하시니, 첩은 따르지 않겠습니다."

하며 말을 마치고는 손을 떨치고 나가 버렸다. 공은 몹시 무안하여 화를 참지 못하고 외당으로 나와 부인의 지혜롭지 못함을 한탄하였다.

그때 마침 시비 춘섬이 차를 올리기에, 그 고요한 분위기를 틈타 춘섬을 이끌고 곁방에 들어가 바로 관계하였다. 그 무렵 춘섬의 나이는 열여덟이었는데, 한번 몸을 허락한 후에는 문밖에 나가지 아니하고 타인과 접촉할 마음도 먹지 않기에, 공이 기특하게 여겨 애첩으로 삼았다.

과연 그 달부터 태기가 있더니 10달만에 일개 옥동자를 낳았는데, 생김새가 비범하여 실로 영웅호걸의 기상이었다. 공은 한편으로 기뻐하면서도 부인의 몸에서 태어나지 못한 것을 안타깝게 여겼다.

길동이 점점 자라 8살이 되자, 총명하기가 보통이 넘어 하나를 들으면 백 가지를 알 정도였다. 그래서 공은 더욱 귀여워하면서도 출생이 천해, 길동이 늘 아버지니 형이니 하고 부르면, 즉시 꾸짖어 그렇게 부르지 못하게 하였다. 길동이 10살이 넘도록 감히 부형을 부르지 못하고, 종들로부터 천대받는 것을 뼈에 사무치게 한탄하면서 마음 둘 바를 몰랐다.

"대장부가 세상에 나서 공맹을 본받지 못할 바에야, 차라리 병법이라도 익혀 대장인을 허리춤에 비스듬히 차고 동정서벌하여 나라에 큰 공을 세우고 이름을 만대에 빛내는 것이 장부의 통쾌한 일이 아니겠는가. 나는 어찌하여 일신이 적막하고, 부형이 있는데도 아버지를 아버지라 부르지 못하고 형을 형이라 부르지 못하니 심장이 터질지라, 이 어찌 통탄할 일이 아니겠는가!'

하고. 말을 마치며 뜰에 내려와 검술을 익히고 있었다.

그때 마침 공이 또한 달빛을 구경하다가, 길동이 서성거리는 것을 보고 즉시 불러 물었다.

"너는 무슨 흥이 있어서 밤이 깊도록 잠을 자지 않느냐?'

길동은 공경하는 자세로 대답했다.

"소인은 마침 달빛을 즐기는 중입니다. 그런데, 만물이 생겨날 때부터 오직 사람이 귀한 존재인 줄 아옵니다만, 소인에게는 귀함이 없사오니, 어찌 사람이라 하겠습니까?'

공은 그 말의 뜻을 짐작은 했지만, 일부러 책망하는 체하며,

"네 무슨 말이냐?" 했다. 길동이 절하고 말씀드리기를,

"소인이 평생 설워하는 바는, 소인이 대감 정기를 받아 당당한 남자로 태어나고, 또 낳아 길러 주신 부모님의 은혜를 입었음에도 불구하고, 아버지를 아버지라 못 하옵고, 형을 형이라 못 하오니, 어찌 사람이라 하겠습니까?"

하고, 눈물을 흘리며 적삼을 적셨다. 공이 듣고 나자 비록 불쌍하다는 생각은 들었으나, 그 마음을 위로하면 마음이 방자해질까 염려되어, 크게 꾸짖어 말했다.

"재상 집안에 천한 종의 몸에서 태어난 자식이 너뿐이 아닌데, 네가 어찌 이다지 방자하냐? 앞으로 다시 이런 말을 하면 내 눈앞에 서지도 못하게 하겠다."

이렇게 꾸짖으니 길동은 감히 한 마디도 더 하지 못하고, 다만 당에 엎드려 눈물을 흘릴 뿐이었다. 공이 물러가라 하자, 그제서야 길동은 침소로 돌아와 슬퍼해 마지 않았다. 길동이 본래 재주가 뛰어나고 도량이 활달한지라 마음을 가라앉히지 못해 밤이면 잠을 이루지 못하곤 했다.

하루는 길동이 어미 침소에 가 울면서 아뢰었다.

"소자가 모친과 더불어 전생연분이 중하여, 금세에 모자가 되었으니, 그 은혜가 지극하옵니다. 그러나 소자의 팔자가 기박하여 천한 몸이 되었으니 품은 한이 깊사옵니다. 장부가 세상에 살면서 남의 천대를 받음이 불가한지라, 소자는 자연히 설움을 억제하지 못하여 모친 슬하를 떠나려 하오니, 엎드려 바라건대 모친께서는 소자를 염려하지 마시고 귀체를 잘 돌보십시오."

그 어미가 듣고 나서 크게 놀라 말했다.

"재상가의 천생이 너뿐이 아닌데, 어찌 마음을 좁게 먹어 어미 간장을 태우느냐?"

길동이 대답했다.

"옛날, 장충의 아들 길산은 천생이지만 열세 살에 그 어미와 이별하고 운봉산에 들어가 도를 닦아 아름다운 이름을 후세에 전하였습니다. 소자도 그를 본받아 세상을 벗어나려 하오니, 모친은 안심하고 후일을 기다리십시오. 근간에 곡산댁의 눈치를 보니 상공의 사랑을 잃을까하여 우리 모자를 원수같이 알고 있습니다. 큰 화를 입을까 하오니 모친께서는 소자가 나감을 염려하지 마십시오."

하니, 그 어머니 또한 슬퍼하더라.

원래 곡산댁은 곡산 지방의 기생으로 상공의 첩이 되었던 것인데, 이름은 초란이었다. 아주 교만하고 자기 마음에 맞지 않으면 공에게 고자질을 하기에, 집안

에 폐단이 무수하였다. 자신은 아들이 없는데, 춘섬은 길동을 낳아 상공으로부터 늘 귀여움을 받게 되자, 속으로 불쾌하여 길동을 없애 버릴 마음만 먹고 있었다.

하루는 초란이 흉계를 꾸미고 무녀[2]를 청하여 말하기를,

"내가 편안하게 살려면 길동을 없애는 방법 밖에는 없다. 만일 나의 소원을 이루어 주면 그 은혜를 후하게 갚겠다."

고 하니, 무녀가 듣고 기뻐서 대답했다.

"지금 흥인문밖에 일류 관상녀[3]가 있는데, 사람의 상을 한번 보면 전후 길흉을 판단합니다. 그 사람을 청하여 소원을 자세하게 말하고, 공께 소개하여 그녀로 하여금 전후사를 자신이 본 듯이 이야기하게 하면, 공이 속아 넘어가 길동을 없애고자 할 것이니, 그때를 틈타 이리이리하면 어찌 묘한 방법이 아니겠습니까?"

이에 초란이 크게 기뻐서 먼저 은돈 오십 냥을 주고 관상녀를 청해 오도록 하자, 무녀가 하직하고 갔다.

이튿날 공이 내실에 들어와 부인과 더불어 길동이 비범함을 화제로 이야기하면서 다만 신분이 천함을 안타까워하고 있던 중, 문득 한 여자가 들어와 마루 아래서 인사를 하기에, 공이 이상하게 여겨 물었다.

"그대는 어떠한 여자인데 무슨 일로 왔소?"

그 여자가 말했다.

"소인은 관상 보는 사람이온데, 우연히 상공댁에 이르렀습니다."

공이 이 말을 듣고 길동의 장래를 알고 싶어 즉시 길동을 불러서 보이니, 관상녀가 이윽히 보다가 놀라 말하기를,

"이 공자의 상을 보니 천고 영웅이요 일대 호걸이지만, 지체가 부족하니 다른 염려는 없을 듯합니다."

하고는 말을 하고자 하다가 주저하기에, 공과 부인이 크게 의심이 나서 말했다.

"무슨 말인지 바른 대로 이르라."

관상녀가 마지 못하는 체하며 주위 사람들을 내보내고 말했다.

"공자의 상을 보니, 가슴 속에 조화가 무궁하고 미간[4]에 산천 정기가 영롱하

2) 무녀 - 무당

3) 관상녀 - 관상쟁이

4) 미간 - 눈썹과 눈썹사이

오니 실로 왕이 될 기상입니다. 장성하면 장차 온 집안이 멸망하는 화를 당할 것이오니, 상공께서는 유념하십시오."

공이 듣고 나서 놀란 나머지 한참 동안이나 묵묵히 있다가 마음을 진정시키고 이르기를,

"사람의 팔자는 피하기 어려운 것이니, 너는 이런 말을 누설하지 말라."

당부하고는, 돈푼이나 주어 보내었다.

그 후로는 공이 길동을 산에 있는 정자에 머물게 하고 행동 하나하나를 엄격하게 감시했다. 길동은 이런 일을 당하자 설움이 더욱 북받쳤지만 어쩔 수가 없어 육도삼략[5]이라는 병법과 천문지리를 공부하고 있었다. 공이 이 사실을 알고는 크게 근심하여 말했다.

"이 놈이 본래 재주가 있으니, 만일 과분한 마음을 품게 되면 관상녀의 말과 같을 것이니, 이를 장차 어찌하랴?"

이때 초란이 무녀 및 관상녀와 내통하여 공을 놀라게 하고는 길동을 없애고자 거금을 들여 자객을 매수했는데, 그 이름은 특재였다. 초란은 특재에게 전후 내막을 자세히 일러 주고는 공에게 가서 아뢰었다.

"며칠 전 관상녀가 아는 일이 귀신 같으니, 길동의 앞일을 어떻게 처리하려 하십니까? 저도 놀랍고 두려우니 일찍 길동을 없애 버리는 것이 나을듯하옵니다."

공은 이말을 듣고 눈썹을 찡그리면서,

"이 일은 내 손바닥 안에 있으니, 너는 번거롭게 굴지 말라."

하고 물리치기는 했으나, 마음이 자연 산란하여 밤이면 잠을 이루지 못해 병이 나고 말았다. 부인과 좌랑 인형이 크게 근심이 되어 어쩔 줄을 모르고 있는데, 초란이 곁에서 모시고 있다가 아뢰었다.

"상공의 병환이 위중하심은 길동으로 인한 것입니다. 저의 좁은 소견으로는 길동을 죽여 없애면 상공의 병환도 완쾌되실 뿐 아니라, 가문도 보존할 것이온데, 어찌 이점을 생각하지 않으시는지요?"

부인이 이르기를,

"아무리 그렇다 한들 천륜이 지중한데 차마 어찌 그런 짓을 하겠나."

5) 육도삼략 - 중국의 병서

고 하자, 초란이 말했다.

"들자오니 특재라는 자객이 있는데, 사람 죽이기를 주머니 속의 물건 잡듯히 한답니다. 그에게 거금을 주고 밤에 들어가 해치게 하면, 상공이 아서도 어쩔 수 없을 것이오니 , 부인은 재삼 생각하십시오."

부인과 좌랑이 눈물을 흘리면서 말했다.

"이는 차마 못할 바이로되, 첫째는 나라를 위함이요, 둘째는 상공을 위함이며, 셋째는 홍씨 가문을 보존하기 위함이니, 너의 생각대로 하려무나."

그러자 초란이 크게 기뻐하면서, 다시 특재를 불러 사정을 자세히 이야기하고, 오늘 밤에 급히 행하라 하니, 특재가 그렇게 하겠다 하고 밤 들기를 기다렸다.

한편, 길동은 그 원통한 일을 생각하니 잠시를 머물지 못할 바이지만, 상공의 엄령이 지중하므로 어쩔 수가 없어 밤마다 잠을 설치고 있었다. 그런데 그날 밤, 촛불을 밝혀 놓고 〈주역〉을 골똘히 읽고 있는데, 까마귀가 세 번 울고 갔다. 길동은 이상한 예감이 들어 혼잣말로,

"저 짐승은 본래 밤을 꺼리거늘, 이제 울고 가니 심히 불길하도다."

하면서 잠시 〈주역〉의 팔괘로 점을 쳐 보고는, 크게 놀라 책상을 밀치고 둔갑법으로 몸을 숨긴 채 동정을 살피고 있었다. 사경6)쯤 되자 한 사람이 비수를 들고 천천히 방문으로 들어오는지라, 길동이 급히 몸을 감추고 주문을 외니, 홀연한 줄기의 음산한 바람이 일어나면서, 집은 간 데 없고 첩첩산중에 풍경이 굉장하였다. 크게 놀란 특재는 길동의 조화가 무궁한 줄 알고 비수를 감추며 피하고자 했으나, 갑자기 길이 끊어지면서 층암절벽이 가로막자, 오도가도 못하는 처지가 되었다. 사방으로 방황하다가 피리 소리를 듣고서야 정신을 차리고 살펴보니, 한 소년이 나귀를 타고 오며 피리 불기를 그치고 꾸짖었다.

"너는 무엇 때문에 나를 죽이려 하는가? 무죄한 사람을 해치면 어찌 천벌이 없으랴?"

하고 주문을 외니, 홀연히 검은 구름이 일어나며 큰 비가 물을 퍼붓듯이 쏟아지고 모래와 자갈이 날리었다. 특재가 정신을 가다듬고 살펴보니 길동이었다. 재주가 대단하다고는 여기면서도 '어찌 나를 대적하리오.' 하고 달려들면서 소

6) 사경 - 1~3시. 축시

리쳤다.

"너는 죽어도 나를 원망하지 말라. 초란이 무녀와 관상녀로 하여금 상공과 의논하게 하고, 너를 죽이려 한 것이니, 어찌 나를 원망하랴."

칼을 들고 달려드는 특재를 보자, 길동은 분함을 참지 못해 요술로 특재의 칼을 빼앗아 들고 호통을 쳤다.

"네가 재물을 탐내어 사람 죽이기를 좋아하니, 너같이 무도한 놈은 죽여서 후환을 없애겠다."

하고 칼을 드니, 특재의 머리가 방 가운데 떨어졌다. 길동은 분노를 이기지 못해 그날 밤에 바로 관상녀를 잡아 와 특재가 죽어 있는 방에 들이쳐 박고 꾸짖기를,

"네가 나와 무슨 원수 졌다고 초란과 짜고 나를 죽이려 했나?"

하고 칼로 치니, 처참하기 그지없었다.

이때 길동이 두 사람을 죽이고 하늘을 살펴보니, 은하수는 서쪽으로 기울어지고 달빛은 희미하여 마음은 더욱 울적해졌다. 분통이 터져 초란마저 죽이고자 하다가, 상공이 사랑하는 여자라는 데 생각이 미치자, 칼을 던지고 달아나 목숨이나 건지기로 마음먹었다. 바로 상공 침소에 가 하직 인사를 올리고자 하는데, 마침 공도 창 밖의 인기척을 듣고서 창문을 열고 살폈다. 공은 길동임을 알고 불러 말했다.

"밤이 깊었거늘 네 어찌 자지 않고 이렇게 방황하느냐?"

길동은 땅에 엎드려 아뢰었다.

"소인이 일찍 부모님께서 낳아 길러 주신 은혜를 만분의 일이나마 갚을까 하였더니, 집안에 옳지 못한 사람이 있어 상공께 참소하고 소인을 죽이고자 하기에, 겨우 목숨은 건졌으나 상공을 모실 길이 없기로 오늘 상공께 하직을 고하옵니다."

하기에, 공이 크게 놀라 물었다.

"너는 무슨 일이 있어서 어린아이가 집을 버리고 어디로 가겠다는 거냐?"

길동이 대답했다.

"날이 밝으면 자연히 아시게 되려니와, 소인의 신세는 뜬 구름과 같사옵니다. 상공의 버린 자식이 어찌 갈 곳이 있겠습니까?"

길동이 두 줄기의 눈물을 감당하지 못해 말을 이루지 못하자, 공은 그 모습을

보고 불쌍한 마음이 들어 타일렀다.

"내가 너의 품은 한을 짐작하겠으니, 오늘부터는 아버지를 아버지라 부르고 형을 형이라 불러도 좋다."

길동이 절하고 아뢰었다.

"소자의 한 가닥 지극한 한을 아버지께서 풀어 주시니 죽어도 한이 없습니다. 엎드려 바라옵건대, 아버지께서는 만수무강하십시오."

이렇게 말하고 하직하니, 공이 붙잡지 못하고 다만 무사하기만을 당부하더라. 길동이 또 어머니 침소에 가서,

"소자는 지금 슬하를 떠나려 하오나 다시 모실 날이 있을 것이니, 모친은 그 사이 귀체를 아끼십시오."

하고 작별 인사를 하였다. 춘섬이 이 말을 듣고 무슨 까닭이 있음을 짐작하나 굳이 묻지는 않고 하직하는 아들의 손을 잡고 통곡하면서 말했다.

"네 어디로 가려 하느냐? 한 집에 있어도 거처하는 곳이 멀어 늘 보고 싶었는데, 이제 너를 정처없이 보내고 어찌 잊으랴. 부디 쉬 돌아와 만나기를 바란다."

길동이 절하고 문을 나와 멀리 바라보니 첩첩한 산중에 구름만 자욱한데 정처없이 길을 가니 어찌 가련치 않으랴.

한편, 초란은 특재의 소식이 없자 이상하다 싶어 사정을 알아 보라 했더니, 길동은 간 데가 없고 특재와 관상녀의 시신만 방 안에 있더라고 했다. 이에 혼비백산하여 급히 부인에게 알리니, 부인은 크게 놀라 좌랑을 불러 이 일을 이야기하고 상공에게도 알렸다. 이 소식에 접한 상공은 대경실색하며 말했다.

"길동이 밤에 와 슬피 하직하기에 이상하다 여겼더니, 결국 이런 일이 벌어졌구나."

이에 좌랑이 감히 숨기지 못하여 초란이 그 동안에 한 일을 아뢰었더니, 공은 더욱 분노하여 초란을 내쫓고 슬그머니 그들의 시체를 없앤 후, 종들을 불러 이런 말을 내지 말라고 당부하였다.

그 무렵, 길동은 부모와 이별하고 정처없이 떠돌다가, 어떤 경치 좋은 곳에 이르렀다. 인가를 찾아 점점 들어가니 큰 바위 밑에 돌문이 닫혀 있었다. 가만히 그 문을 열고 들어가자 평원광야가 나타나는데, 거기에는 수백 호의 인가가 즐비하고, 여러 사람이 모여 잔치를 하며 즐기고 있었으며, 알고 보니 그곳은 도적의 소굴이었다. 한 사람이 길동을 보고 예사롭지 않다는 듯 반겨 말했다.

"그대는 어떤 사람이기에 이곳에 찾아 왔소? 이곳에는 영웅이 모여 있으나, 아직 우두머리를 정하지 못하고 있으니, 그대가 만일 용력[7]이 있어 참여할 마음이 나면 저 돌을 들어 보시오."

길동이 이 말을 듣고 다행히 여겨 절하고 말했다.

"나는 경성 홍판서의 서자 길동인데, 집에서 천대받기가 싫어서 아무데나 정처없이 다니다가, 우연히 이곳에 들어왔소. 마침 모든 호걸들이 동료되기를 바라니 대단히 감사하거니와, 장부가 어찌 저만한 돌 들기를 근심하리오."

하고, 그 돌을 들어 수십 보를 걷다가 던졌는데, 그 돌 무게는 천 근이었다. 여러 도적들이 일시에 칭찬하기를,

"과연 장사로다. 우리 수천 명 중에 이 돌 드는 자가 없더니, 오늘 하늘이 도와 장군을 내려 주셨도다."

하고, 길동을 윗 자리에 앉힌 뒤, 차례로 술을 권하며 옛날 의례대로 흰말을 잡아 맹서하면서 언약을 굳게 맺었다. 이에 많은 사람들이 일시에 응락하고 온 종일 즐기며 놀았다. 그 후 길동은 여러 사람과 더불어 무예를 연습해 수개월 안에 군법을 엄히 세웠다.

하루는 여러 사람들이 하나의 제의를 했다.

"우리가 벌써부터 합천 해인사를 쳐 그 재물을 빼앗고자 하였으나, 지략이 부족하여 실천에 옮기지 못했는데, 이제 장군님 의견은 어떠하신지요?"

길동은 웃으며,

"내가 장차 출동한 터이니, 그대들은 내 지휘대로만 하라."

하고는, 푸른 도포에 검은 띠를 띠고 나귀 등에 올랐다. 부하 몇 명도 데리고 갔다.

"내가 그 절에 가서 동정을 살펴보고 오겠다."

고 하며 가는 뒷모습이 완연한 재상가 자제였다. 그 절에 들어가 주지에게 먼저 말했다.

"나는 경성 홍판서댁 자제다. 이 절에 공부를 하려고 왔는데, 내일 백미 이십 석을 보낼 것이니, 음식을 깨끗이 장만하라. 너희들과 함께 먹겠다."

7) 용력 - 용맹스런 힘

하고는, 절 안을 두루 살펴보며 뒷날을 기약하고 동구를 나오니 모든 중들이 기뻐하였다.

길동이 돌아와 백미 수십 석을 보내고 부하들을 불러 놓고 말했다.

"내가 아무 날 그 절에 가 이리이리 할 것이니, 그대들은 뒤를 따라와 이리이리 하라."

그날이 다가와 부하 수십 명을 데리고 해인사에 이르렀더니, 중들이 맞이해 들어갔다. 길동이 노승을 불러,

"내가 보낸 쌀로 음식이 부족하지 않던가?"

하니 노승이,

"어찌 부족하겠습니까. 너무 황감하였습니다."

고 하였다. 길동이 맨 윗 자리에 앉아, 모든 중을 일제히 청해 각기 상을 받게 하고는, 먼저 술을 마시며 차례로 권하니 , 모든 중이 황감해 하였다. 길동이 상을 받고 먹다가 모래를 슬그머니 입에 넣고 깨무니, 소리가 크게 났다. 중들이 듣고 놀라 사과를 했지만, 길동은 일부러 화를 내어 꾸짖었다.

"너희들이 음식을 어찌 이다지 깨끗하지 않게 했느냐? 이는 반드시 나를 깔보고 업신여기는 짓이다."

하고, 부하들을 시켜 모든 중을 한 줄에 결박하여 앉히니, 모두가 겁이나서 어쩔 줄을 몰랐다. 이윽고 수백 명이 일시에 달려들어 모든 재물을 제 것 가져가듯 하니, 중들이 보고 다만 입으로 소리만 지를 따름이었다. 외출했던 불목하니[8] 마침 그때 돌아오다가 이 일을 보고 관가에 알리니, 합천 원이 관군을 뽑아 그 도적을 잡게 했다. 장교 수백 명이 도적을 쫓다가 문득 보니 송낙[9]을 쓰고 장삼을 입은 중이 산에 올라가 외쳤다.

"도적이 저 북쪽의 작은 길로 가니 빨리 가 잡으시오."

관군들은 그 절 중이 가르치는 줄 알고, 풍우같이 북쪽의 작은 길로 찾아 가다가 잡지도 못하고 날이 저문 후에 돌아갔다. 길동은 부하들을 남쪽의 큰길로 보내고 홀로 중의 차림으로 관군을 속여 무사히 소굴로 돌아오니, 모든 부하들이 이미 재물을 가져다 놓고 있었다. 그들이 함께 사례하기에 길동은 웃으며,

8) 불목하니 - 절에서 잡일을 하는 사람

9) 송낙 - 소나무 겨우살이로 엮은 중들의 모자

"장부가 이만한 재주 없대서야 어찌 여러 사람의 우두머리가 되리오."

했다.

그 후, 길동은 스스로 호를 활빈당이라고 하면서 조선 팔도로 다니며 각읍 수령이 불의로 모은 재물이 있으면 탈취하고, 혹시 가난하고 의지할 데 없는 사람이 있으면 구제하되, 백성은 침범하지 않고 나라의 재산에는 추호도 손을 대지 않았다. 그래서 부하들은 그 뜻에 감복하였다.

"이제 함경 감사가 탐관오리로 백성을 착취해 견딜 수 없게 되었는지라, 우리가 그대로 둘 수 없으니, 그대들은 나의 지휘대로 하라."

하고는, 아무 날 밤으로 약속을 하고, 하나씩 흘러 들어가 남문밖에 불을 질렀다. 감사가 크게 놀라 불을 끄라 하니, 관리며 백성들이 한꺼번에 달려나와 불을 끄는데, 길동의 부대 수백 명이 함께 성중에 달려들어 창고를 열고 곡식과 무기를 찾아 내어 북문으로 달아나니, 성중이 물 끓듯이 요란해졌다. 감사가 뜻밖의 변을 당하여 어쩔 줄을 모르다가 날이 밝은 후 살펴보고서야 창고의 무기와 곡식이 없어졌음을 알고 크게 놀라 도적 잡기에 전력을 기울였다. 그런데 홀연 북문에 방이 붙기를 '아무 날 돈과 곡식을 도적한 자는 활빈당 당수 홍길동이라' 하였기에, 감사가 군사를 징발하여 도적을 잡으려 하였다.

한편, 길동이 여러 부하와 함께 곡식을 많이 훔쳤으나, 행여 길에서 잡힐까 염려하여 둔갑법과 축지법을 써서 처소에 돌아오니, 날이 새려 하였다.

하루는 길동이 여러 부하를 모으고 말했다.

"이제 우리가 합천 해인사에 가 재물을 탈취하고 또 함경 감영에 가 돈과 곡식을 훔쳐서 소문이 파다하려니와, 나의 이름을 써서 감영에 붙였으니 오래지 않아 잡히기 쉬울 것이다. 그러나 그대들은 나의 재주를 보라."

하고 즉시 초인[10] 일곱을 만들어 주문을 외며 혼백을 붙였다. 일곱 길동이 한꺼번에 팔을 뽑내며 크게 소리치고 한 곳에 모여 야단스럽게 지껄이니, 어느 것이 진짜 길동인지 알 수가 없었다. 팔도에 하나씩 흩어지되, 각각 사람 수백 명씩 거느리고 다니니, 그 중에서도 어느 것이 진짜인지 알 수가 없었다. 여덟 길동이 팔도에 다니며 바람과 비를 마음대로 불러오는 술법을 부려 각읍 창고에 있던

---

10) 초인 - 풀로 엮어 만든 사람인형

곡식을 하룻밤 사이에 종적없이 가져가며, 지방에서 서울로 올려 보내는 선물 보퉁이들을 하나도 놓치지 않고 탈취하니, 팔도의 각읍이 시끄러워져서 사람들이 밤에는 잠을 설치고 낮에는 길에 나다니지 못하였다. 이 때문에 팔도가 요란해지자, 감사가 공문을 올렸는데, 그 내용은 대개 이러했다.

"난데없는 홍길동이라는 대적이 신통한 술법을 부려 각읍의 재물을 탈취하고 서울로 보내는 물품을 가로막아 폐단이 자심하니, 그 도적을 잡지 않으면 장차 어느 지경에 이를지 알지 못할 정도이오니, 엎드려 바라건대 성상께서는 좌우 두 포도청에 명하여 잡게 하옵소서."

임금이 보고 크게 놀라 포도대장을 부르고 있는데, 계속 팔도에서 공문이 올라왔다. 연이어 떼어 보니 도적의 이름을 다 홍길동이라 하였고, 돈과 곡식 잃은 날짜를 보니 한 날 한 시였다. 임금이 크게 놀라 말하기를,

"이 도적의 용맹과 술법은 옛날 중국의 도적 치우[11]라도 당하지 못하겠도다. 아무리 신기한 놈인들 한 몸이 팔도에 있어서 한 날 한 시에 어떻게 도적질을 하리오? 이는 보통 도적이 아니어서 잡기 어렵겠으니, 좌포장과 우포장이 군사를 내어서 잡으라."

하니, 이때 우포장 이흡이 아뢰었다.

"신이 비록 재주는 없으나 그 도적을 잡아 오겠사오니, 전하께서는 근심하지 시 마십시오. 이제 좌우포장이 어찌 한꺼번에 출전하겠습니까?'

임금이 옳다고 여겨 급히 출발하기를 재촉하니, 이흡이 하직한 후 수많은 관졸을 거느리고 출발하면서, 각각 흩어져 아무 날 문경에 모이기로 약속하였다. 이흡은 약간의 포졸들을 데리고 변복한 채 다니고 있었다.

하루는 날이 저물어 주점을 찾아 쉬고 있는데, 갑자기 어떤 소년이 나귀를 타고 들어와 인사를 하였다. 포장이 답례를 하니, 그 소년은 갑자기 한숨을 지으면서 말했다.

"온 천하가 임금의 땅 아님이 없고, 모든 땅의 백성이 임금의 신하 아님이 없으니, 소생이 비록 시골에 있으나 나라를 위해 근심을 하고 있습니다."

포장이 일부러 놀라는 체하며 물었다.

11) 치우 - 중국과 한국 신화에 나오는 전쟁의 신

"그게 무슨 말이오?"

소년이 말했다.

"이제 홍길동이라는 도적이 팔도로 다니며 소란을 피워 인심이 동요하고 있는데, 그 놈을 잡아 없애지 못하니 어찌 분하지 않겠습니까?"

포장이 이 말을 듣고 말했다.

"그대가 기골이 장대하고 말씀이 충직하니, 나와 함께 그 도적을 잡는 것이 어떻겠소?"

소년이 말했다.

"내가 벌써 잡고자 하면서도 용력 있는 사람을 만나지 못하여 그냥 있었는데, 이제 그대를 만났으니 어찌 다행이 아니겠소? 그러나 그대의 재주를 알 수 없으니 그윽한 곳에 가서 시험합시다."

하고 가다가, 한 곳에 이르러 높은 바위 위에 올라앉으면서 말했다.

"그대는 힘을 다하여 두 발로 나를 차 떨어뜨리라."

하고, 벼랑 끝에 나가 앉았다. 포장이 생각하되, '제 아무리 용력이 있은들 한 번 차면 어찌 떨어지지 않으리오.' 하고, 평생 힘을 다하여 두 발로 힘껏 차니 그 소년이 갑자기 돌아앉으며 말했다.

"그대는 정말 장사로다. 내가 여러 사람을 시험해 보았지만, 나를 움직이게 한 자가 없었는데, 그대에게 차이어 오장이 울린 듯하도다. 그대가 나를 따라 오면 길동을 잡을 것이오."

하고 첩첩산중으로 들어가기에, 포장이 생각하되 '나도 힘을 자랑할 만 하더니 오늘 저 소년의 힘을 보니 어찌 놀랍지 않은가! 그러나 이곳까지 왔으니 설마 저 소년 혼자인들 길동 잡기를 근심하리오.' 하고 따라갔다. 그 소년이 갑자기 돌아서면서,

"이곳이 길동의 소굴인데, 내가 먼저 들어가 탐지할 것이니, 그대는 여기서 기다리라."

고 했다. 포장은 속으로 의심은 되었으나, 빨리 잡아 오라고 당부하고는 앉아 있었다. 이윽고 홀연히 계곡으로부터 수십 명의 군졸들이 요란하게 소리를 지르며 내려오고 있었다. 포장이 크게 놀라 피하고자 하는데, 점점 가까이 와 포장을 묶으면서 꾸짖었다.

"네가 포도대장 이흡인가? 우리들이 저승의 왕명을 받아 너를 잡으러 왔다."

하고, 쇠사슬로 목을 옭아 풍우같이 몰아가니, 포장이 혼이 빠져 어쩔 줄을 몰랐다. 한곳에 이르러 소리를 지르며 꿇어 앉히기에, 포장이 정신을 가다듬어 쳐다보니, 궁궐이 광대한데 무수한 신장들이 주위에 벌여서 있고, 전상에 하나의 임금이 앉아 성난 목소리로 말했다.

"네 하찮은 놈이 어찌 홍장군을 잡으려 하는가? 너를 잡아 지옥에 가두겠다."

포장이 겨우 정신을 차려,

"소인은 인간 세상의 보잘것없는 사람인데, 죄도 없이 잡혀 왔으니, 살려보내 주시기 바랍니다."

하고 몹시 애걸하니, 전상에서 웃으며 꾸짖었다.

"이 사람아. 나를 자세히 보라. 나는 곧 활빈당 우두머리 홍길동이다. 그대가 나를 잡으려 하기에 그 용력과 뜻을 알고자, 어제 내가 푸른 도포 입은 소년처럼 꾸며 그대를 인도해 이곳에 와서 나의 위엄을 보여 주는 것이다."

말을 마치자, 부하들을 시켜 묶은 것을 끌렀다. 마루에 앉히고 술을 내어와 권하면서 다시 말했다.

"그대는 부질없이 다니지 말고 빨리 돌아가되, 나를 보았다 하면 반드시 죄를 추궁당할 것이니, 부디 그런 말은 내지 말라."

이렇게 말하고는, 다시 술을 부어 권하면서 부하들에게 내어 보내라 하였다.

포장이 생각하되 '내가 이것이 꿈인가 생시인가? 여기에는 어찌하여 왔을까?' 하며 길동의 신기한 조화에 놀라 일어나 가고자 했다. 그러나 홀연 팔다리를 움직일 수 없었다. 괴이하다는 생각이 들어 정신을 차리고 살펴보니, 자신이 가죽 부대 속에 들어 있었다. 간신히 나와 보니 부대 셋이 나무에 걸려 있었다. 차례로 끌러 내어 보니, 처음 떠날 때 데리고 왔던 부하들이었다. 서로 이르기를,

"이게 어찌된 일인고? 우리가 떠날 때는 문경으로 모이자 하였는데, 어찌 이곳에 왔을까?"

하고 두루 살펴보니, 다른 곳도 아니고 서울의 북악산이었다. 네 사람이 어이없어 성 안을 굽어보며 하인에게 물었다.

"너는 어째서 여기 왔느냐?"

세 사람이 아뢰었다.

"소인들은 주점에서 자고 있었는데, 갑자기 바람과 구름에 싸이어 이리 왔사오니, 어찌된 까닭인지 알지를 못하겠습니다."

포장이,

"이 일이 너무나 허무맹랑하니 남에게 말하지 말라. 그러나 길동의 재주는 헤아릴 수 없으니 사람의 힘으로써야 어찌 잡겠는가? 우리가 이제 그저 들어가면 반드시 죄를 면치 못할 것이니, 아직 몇 달을 기다리다가 들어가자."

하고 나왔다.

이때, 임금이 팔도에 공문을 내려 길동을 잡도록 하였지만, 그 조화가 무궁하여 서울의 큰길에 혹은 수레를 타고 왕래하고, 혹은 각 고을에 도착 날짜를 미리 공문으로 알려 놓고는 가마를 타고 왕래하기도 하며, 혹은 어사의 모습을 꾸며 탐관오리의 목을 자르고 임금에게 보고하되 임시어사 홍길동이 올리는 공문이라 했다. 이에 임금은 더욱 진노하여,

"이 놈이 각도에 다니며 이런 난리를 치는데도 아무도 잡지 못하니, 이를 장차 어찌하리오?"

하면서 삼정승과 육판서를 모아 놓고 의논을 하고 있었다. 그때 연이어 공문이 올라왔는데, 다 팔도에 홍길동이 작란[12]한다는 내용의 공문이었다. 임금이 차례대로 보고는 크게 근심하여 주위를 돌아보면서 물었다.

"이 놈이 아마 사람은 아니고 귀신인 것 같소. 조신 중에서 누가 그 근본을 짐작할 수 있겠소?"

한 사람이 나와서 아뢰었다.

"홍길동은 전임 이조판서 홍아무개의 서자요, 병조좌랑 홍인형의 서제[13]이오니, 이제 그 부자를 잡아 와서 친히 문초하시면 자연히 아실까 하옵니다."

임금이 더욱 화를 내어.

"이런 말을 어찌 이제야 하는가?"

하고는, 즉시 그렇게 하도록 명령했다. 홍아무개는 의금부에 가두고, 먼저 인형을 잡아들여 임금이 몸소 문초를 하였다. 임금이 진노하여 책상을 치며 꾸짖었다.

"길동이라는 도적이 너의 서제라는데, 어찌 조치하지 않고 그냥 두어 국가에 큰 재앙이 되게 한단 말인가? 네가 만일 잡아들이기 않으면, 네 부자의 충효도 돌

12) 작란 - 어지럽게 만듦

13) 서제 - 서모에게서 난 아우

아보지 않을 것이니, 빨리 잡아들여 나라에 대변이 없게 하라."

인형이 황공하여 관을 벗고 머리를 조아리며 아뢰었다.

"신의 천한 아우가 있어 일찍 사람을 죽이고 달아난 지 몇 년이나 지났으되, 그 생사를 알지 못하여 신의 늙은 아비 그 때문에 신병이 위중한 나머지 목숨이 끊어질 지경에 이르렀습니다. 길동이 착하지 못하여 성상께 근심을 끼쳤으니, 신의 죄는 만 번 죽어도 애석하지 않사옵니다. 그러나 엎드려 바라옵건대, 전하께서는 자비로운 은택을 내려 신의 아비 죄를 용서하시와, 집에 돌아가 조리하게 하시면, 신이 죽음으로써 맹서하고 길동을 잡아 저희 부자의 죄를 면하올까 하옵니다."

임금이 다 듣고 나자 감동하여 즉시 홍아무개를 사면하고, 인형에게 경상 감사를 제수하면서 말했다.

"경이 만일 길동을 잡지 못하면 감사로서의 능력이 없다고 볼 것이니라. 기한을 1년으로 정하여 주니 쉬 잡아 들이라."

인형이 수없이 절하며 은혜를 감사하고 임금께 하직하였다. 바로 그날 출발을 하여 감영에 도착하여, 감사로 부임해서는 각읍에 공고문을 붙였다. 그 내용은 길동을 달래는 것이었는데, 다음과 같았다.

"사람이 세상에 남에, 오륜이 으뜸이요, 오륜이 있음으로써 인의예지가 분명하거늘, 이를 알지 못하고 임금과 부모의 명을 거역해 불충불효가 되면 어찌 세상에 용납하리요. 우리 아우 길동은 이런 일을 알 것이니 스스로 형을 찾아와 사로잡히라. 아버지께서 너로 말미암아 고칠 수 없는 병환이 들고, 성상께서 크게 근심하시니, 너의 죄악은 가득 차서 넘치는 셈이다. 이 때문에 나를 특별히 감사로 임명하여 너를 잡아 들이라 하신다. 만일 잡지 못하면 우리 홍씨 집안의 여러 대에 걸친 깨끗한 덕이 하루 아침에 없어지리니, 어찌 슬프지 않으랴. 바라나니 아우 길동은 이를 생각하여 일찍 자

수하면 너의 죄도 덜릴 것이요, 우리 가문도 보존할 것이니, 너는 만번 생각하여 자수하라."

감사가 이 공문을 각읍에 붙인 뒤 공무를 전폐한 채 길동이 자수하기만 기다리고 있었다.

하루는 나귀를 탄 소년 하나가 하인 수십 명을 거느리고 병영 문 밖에와 뵙기를 청한다 하기에, 감사가 들어오라 하니, 그 소년이 당상에 올라와 인사를 했다.

감사가 눈을 들어 자세히 보니 그토록 기다리던 길동인지라, 기쁘고도 놀라와 주위 사람들을 물러가게 하고, 손을 잡고 흐느껴 울면서 말했다.

"길동아, 네가 한 번 집을 떠난 뒤 생사를 알지 못하여 아버지께서는 고칠 수 없는 병을 얻으셨다. 너는 갈수록 불효를 끼칠 뿐 아니라 나라에 큰 근심이 되게 하니, 무슨 마음으로 불충불효를 하며 또한 도적이 되어 세상에 비할 데 없는 죄를 짓느냐? 이 때문에 성상께서 진노하시어 나로 하여금 너를 잡아들이도록 하셨다. 이는 피치 못할 죄이니 너는 일찍 서울로 올라가 왕명에 순종해라."

하고 말을 마치며 눈물을 비오듯 흘렸다. 길동은 머리를 숙이고 말했다.

"제가 여기에 이른 것은 부형을 위태로움으로부터 구하기 위한 것이니, 어찌 다른 말이 있겠습니까? 대감께서 당초에 천한 길동을 위하여 아버지를 아버지라 부르게 하고 형을 형이라 부르게 하셨던들 어찌 여기까지 이르렀겠습니까? 지나간 일은 말해 봐야 쓸데없거니와, 이제 소제를 묶어 서울로 올려보내십시오."

하고는 다시 말이 없었다. 감사는 이 말을 듣고 한편 슬퍼하면서 한편 공문을 쓰고는 길동의 목에 칼을 채우고 발에 차꼬[14]를 채워 죄인 호송용 수레에 태웠다. 건장한 장교 십여 명을 뽑아 호송하게 한 뒤, 주야로 갑절의 길을 가도록 시켜 올려 보냈다. 각 읍 백성들은 길동의 재주를 들었는지라, 잡아 온다는 소문을 듣고 길에 모여 구경을 하였다.

이때, 팔도에서 다 길동을 잡아 올리니, 조정과 서울 사람들이 어찌된 영문인지를 아무도 몰랐다. 임금이 놀라서 온 조정의 신하들을 모으고, 몸소 죄인을 다스리는데, 여덟 명의 길동을 잡아 올리니 그들이 서로 다투면서 말하기를,

"네가 진짜 길동이지 나는 아니다."

하며 서로 싸우니, 어느 것이 진짜 길동인지 분간할 수가 없었다. 임금이 괴이히 여겨 즉시 홍아무개를 불러 말했다.

"자식을 알아 보는 데는 아비만한 자가 없다 하니, 저 여덟 중에서 경의 아들을 찾아 내라."

홍공이 황공하여 머리를 조아리면서 아뢰었다.

"신(臣)의 천한 자식 길동은 왼편 다리에 붉은 혈점이 있사오니, 그것으로써

14) 차꼬 - 죄인의 두 발을 고정시키는 형구 : 족쇄

알 수 있을 것입니다."

또 여덟 길동을 꾸짖기를,

"지척에 임금님이 계시고 아래로 아비가 있는데, 네가 이렇듯 천고에 없는 죄를 지었으니 죽기를 아끼지 말라."

하고 피를 토하면서 엎어져 기절을 하였다. 임금이 크게 놀라 궐내의 약국에 지시해 치료하게 하였으나, 효험이 없었다. 여덟 길동이 이를 보고 일시에 눈물을 흘리면서 주머니에서 환약 한 개씩을 내어 입에 드리우니, 홍공이 잠시 후 정신을 차렸다.

길동 등이 임금에게 아뢰었다.

"신의 아비가 나라의 은혜를 많이 입었사온데, 신이 어찌 감히 나쁜 짓을 하오리까마는, 신은 본래 천한 종의 몸에서 났는지라, 그 아비를 아비라 못하옵고 그 형을 형이라 못하와, 평생 한이 맺혔기에 집을 버리고 도적의 무리에 참여하였사옵니다. 그러나 백성은 추호도 범하지 않고 각 읍 수령이 백성들을 들볶아 착취한 재물만 빼앗았을 뿐입니다. 이제 십년이 지나면 조선을 떠나 갈 곳이 있사오니, 엎드려 빌건대 성상께서는 근심하지 마시고 신을 잡으라는 공문을 거두어 주십시오."

하고, 말을 마치며 여덟 명이 한꺼번에 넘어지므로, 자세히 보니 다 풀로 만든 허수아비였다. 임금이 더욱 놀라며 진짜 길동을 잡으라는 공문을 다시 팔도에 내렸다.

길동이 허수아비를 없애고 두루 다니다가 사대문에 글을 써 붙였는데, 그 글에다,

"소신 길동은 아무리 하여도 잡지 못할 것이오니, 병조판서 벼슬을 내리시면 잡히겠습니다."

고 하였다. 임금이 그 글을 보고 신하들을 모아 의논하니, 여러 신하들이 말했다.

"이제 그 도적을 잡으려 하다가 잡지 못하고 도리어 병조판서를 제수하심은 이웃 나라에도 창피스러운 일입니다."

임금이 옳다고 여기고 다만 경상 감사에게 길동 잡기를 재촉하니, 경상 감사가 왕명을 받고는 황공하고 죄송하여 어쩔 줄을 몰랐다.

하루는 길동이 공중으로부터 내려와 절하고 말했다.

"제가 지금은 진짜 길동이오니, 형님께서는 아무 염려 마시고 결박하여 서울로 보내십시오."

감사가 이 말을 듣고는 손을 잡고 눈물을 흘리면서 말했다.

"이 철없는 아이야. 너도 나와 동기인데 부형의 가르침을 듣지 않고 온 나라를 떠들썩 하게 하니, 어찌 애닲지 않으랴. 네가 이제 진짜 몸이 와서 나를 보고 잡혀 가기를 자원하니 도리어 기특한 아이로다."

하고, 급히 길동의 왼쪽 다리를 보니, 과연 혈점이 있었다. 즉시 팔다리를 단단히 묶어 죄인 호송용 수레에 태운 뒤, 건장한 장교 수십 명을 뽑아 철통같이 싸고 풍우같이 몰아 가도, 길동의 안색은 조금도 변치 않았다. 여러 날만에 서울에 다다랐으나, 대궐 문에 이르러 길동이 한 번 몸을 움직이자, 쇠사슬이 끊어지고 수레가 깨어져, 마치 매미가 허물 벗듯 공중으로 올라가며, 나는 듯이 운무에 묻혀 가 버렸다. 장교와 모든 군사가 어이없어 다만 궁중만 바라보며 넋을 잃을 따름이었다. 어쩔 수 없이 이 사실을 보고 하니, 임금이 듣고,

"천고에 이런 일이 어디 있으랴?"

하며, 크게 근심을 했다. 이에 여러 신하 중 한 사람이 아뢰기를,

"길동의 소원이 병조판서를 한 번 지내면 조선을 떠나겠다는 것이라 하오니, 한 번 제 소원을 풀면 제 스스로 은혜에 감사하오리니, 그때를 타 잡는 것이 좋을까 하옵니다."

고 했다. 임금이 옳다 여겨 즉시 길동에게 병조판서를 제수하고 사대문에 글을 써 붙였다.

그때 길동이 이 말을 듣고 즉시 고관의 복장인 사모관대에 서띠를 띠고 덩그런 수레에 의젓하게 높이 앉아 큰 길로 버젓이 들어오면서 말하기를,

"이제 홍판서 사은(謝恩)하러 온다."

고 했다. 병조의 하급 관리들이 맞이해 궐내에 들어간 뒤, 여러 관원들이 의논하기를,

"길동이 오늘 사은하고 나올 것이니 도끼와 칼을 쓰는 군사를 매복시켰다가 나오거든 일시에 쳐 죽이도록 하자."

하고 약속을 하였다. 길동이 궐내에 들어가 엄숙히 절하고 아뢰기를,

"소신이 죄악이 지중하온데, 도리어 은혜를 입사와 평생의 한을 풀고 돌아가면서 전하와 영원히 작별하오니, 부디 만수무강하소서."

하고, 말을 마치며 몸을 공중에 솟구쳐 구름에 싸여 가니, 그 가는 곳을 알 수가 없었다. 임금이 보고 도리어 감탄을 하기를,

"길동의 신기한 재주는 고금에 드문 일이로다. 제가 지금 조선을 떠나노라 하였으니, 다시는 폐 끼칠 일이 없을 것이요, 비록 수상하기는 하나 일단 대장부다운 통쾌한 마음을 가졌으니 염려 없을 것이로다."

하고, 팔도에 사면(赦免)의 글을 내려 길동 잡는 일을 그만두었다.

한편, 길동이 제 곳에 돌아와 부하들에게 명령하기를,

"내가 다녀 올 곳이 있으니, 너희들은 아무데도 출입하지 말고 내가 돌아오기를 기다리라."

하고, 즉시 몸을 솟구쳐 남경으로 향하여 가다가 한 곳에 다다르니, 거기는 소위 율도국이었다. 사면을 살펴보니 산천이 깨끗하고 인물이 번성하여 편안하게 살 만한 곳이었다. 남경에 들어가 구경한 뒤, 또 제도라 하는 섬에 들어가 두루 다니면서 산천도 구경하고 인심도 살피다가 오봉산에 이르니, 정말 제일 강산이었다. 둘레가 칠백 리요, 기름진 논이 가득하여 살기에 정말 합당하였다. 마음 속으로 생각하기를 '내 이미 조선을 하직하였으니, 이곳에 와 은거하였다가 큰 일을 꾀하리라.' 하고 가벼운 걸음으로 본 곳에 돌아와 여러 부하에게 말했다.

"그대는 아무 날 양천강변에 가서 배를 많이 만들어 몇월 며칠 경성 한강에서 기다리라. 내 임금께 청해 벼 일천 석을 구해 올 것이니, 약속을 어기지 말라."

한편, 홍공은 길동의 작란이 없으므로 신병이 쾌차하고, 임금 또한 근심없이 지내게 되었다. 당시는 구월 보름께였는데, 임금이 달빛을 받으며 후원을 배회하고 있을 때, 갑자기 한 줄기의 맑은 바람이 일어나며 공중에서 피리 소리가 맑게 울려오는 가운데, 한 소년이 내려와 임금 앞에 엎드렸다. 임금은 놀라서 물었다.

"선동(仙童)이 어찌 인간 세상에 내려왔으며 무엇을 하려 하느뇨?"

소년은 땅에 엎드려 아뢰기를,

"신은 전임 병조판서 홍길동이옵니다."

임금이 놀라 물었다.

"네가 깊은 밤에 어찌 왔느냐?"

길동이 대답해 가로되,

"신이 전하를 받들어 만세를 모실까 했으나, 제가 천한 종의 몸에서 태어났기 때문에 문(文)으로는 홍문관이나 예문관 벼슬 길이 막혀 있고, 무(武)로는 선전

관 벼슬 길에 막혀 있습니다. 이런 까닭으로 사방을 멋대로 떠돌아다니면서 관청에 폐를 끼치고 조정에 죄를 지었던 것이온데, 이는 전하로 하여금 아시게 하려 함이었습니다. 엎드려 바라건대 전하께서는 만수무강하십시오.”

하고, 공중으로 올라가 나는 듯이 가거늘, 임금이 그 재주를 못내 칭찬하였다. 그 후로는 길동의 폐단이 없으니, 사방이 태평하였다.

길동이 조선을 하직하고, 남경 땅 제도라는 섬으로 들어가, 수천 호의 집을 지은 뒤, 농업에 힘쓰고 무기 창고를 지으며 군법을 연습하니, 병사는 잘 훈련되고 양식은 풍족하게 되었다.

하루는 길동이 화살 촉에 바를 약을 구하러 망당산으로 가다가 낙천 땅에 이르렀다. 그곳에는 부자 백룡이라는 사람이 딸 하나를 두고 있었는데, 재질이 비상하여 애중하게 여기는 터였으나, 어느 날 광풍이 크게 불면서 그 딸이 없어져 버렸다. 그러자 백룡 부부는 슬퍼하면서 많은 돈을 들여 사방으로 찾았으나 종적이 없었다. 부부는 슬픔에 젖어 말을 퍼뜨리기를 ‘누구라도 내 딸을 찾아 주면, 재산의 반을 주고 사위를 삼으리라.’ 고 하였다.

길동은 이 말을 듣고 마음에 측은하였으나 하릴없어 망당산에 가서 약초를 캐며 들어가다가 날이 저물어 주저하고 있는데, 갑자기 사람 소리가 나며 등불이 밝게 비쳤다. 그곳을 찾아가니 사람이 아닌 미물이 앉아 지껄이고 있었다. 원래 이 짐승은 울동이라는 짐승인데, 여러 해를 묵어 변화가 무궁하였다. 길동이 몸을 감추고 활로 쏘니, 그 중 괴수가 맞았다. 그러자 모두 소리를 지르며 달아나기에, 길동은 나무에 의지하여 밤을 지내고 두루 돌아다니면서 약을 캐더니, 갑자기 괴물 몇이서 길동을 보고 물었다.

“그대는 무슨 일로 이 깊은 곳에 이르렀소?”

길동이 대답했다.

“내가 의술을 아는 고로 이 산에 들어와 약을 캐는 중인데, 그대들을 만났으니 다행이오.”

그것이 대답하기를,

“나는 이곳에 산 지 오래더니, 우리 왕이 부인을 새로 정하고 어제 밤에 잔치를 하다가 하늘에서 내린 살[惡氣]을 맞아 위중한지라, 그대가 명의라하니 선약(仙藥)으로 왕의 병을 고치면 중상을 받으리라.”

하였다. 길동이 생각하되 ‘이 놈이 어제 밤에 상한 놈이로다.’ 하고 허락하였다. 그것이 길동을 인도하여 문에 세우고 돌아가더니, 이윽고 청하기에 길동이 들어가 보니 그림으로 장식한 집이 넓고도 아름다운데, 그 가운데 흉악한 것이 누워 신음하다가 길동을 보자 몸을 움직이면서 말했다.

"내가 우연히 천살[15]을 맞아 위독했는데, 애들의 말을 듣고 그대를 청하였으니, 이는 하늘이 나를 살린 것이라. 그대는 재주를 아끼지 말라."

길동이 감사의 뜻을 표하고 말했다.

"먼저 몸의 내부를 치료할 약을 쓰고, 다음으로 외부를 치료할 약을 쓰는 것이 좋을까 하노라."

그것이 응락하거늘, 길동이 약주머니에서 독약을 내어 급히 온수에 타서 먹이니, 한참만에 한 마디 소리를 지르고 죽는지라, 모든 요괴가 일시에 달려들었다. 길동은 신통술을 부려 모든 요괴를 후려치는데, 갑자기 두 젊은 여자가 애걸하였다.

"저희는 요괴가 아니라 세상 사람인데 잡혀 왔사오니, 남은 목숨을 구하여 세상으로 나가게 하소서."

길동은 백룡의 일을 생각하고 거주지를 물었더니, 하나는 백룡의 딸이요, 하나는 조철의 딸이었다. 길동의 요괴를 깨끗이 없애 버리고, 두 여자를 구출해 각각 제 부모에게 돌려 주니, 그 부모들은 크게 기뻐하면서 그날로 홍생을 맞아 사위를 삼았는데, 첫째 부인은 백소저요, 둘째 부인은 조소저였다. 길동이 하루 아침에 두 아내를 얻은 후, 두 집 가족을 거느리고 제도섬으로 가니, 모든 사람이 반기며 치하하였다.

하루는 천문을 보다가 놀라 눈물을 흘리기에, 주위에서 무슨 까닭으로 슬퍼하느냐고 물으니, 길동이 탄식하면서 말하기를,

"내가 부모의 안부를 하늘의 별을 보고 짐작하더니, 지금 하늘을 본즉 부친의 병세가 위중하신지라, 그러나 나의 몸이 먼 곳에 있어 거기에 이르지 못할까 하노라."

하니 모든 사람들이 슬퍼하였다. 이튿날 길동은 월봉산에 들어가 하나의 훌륭한 묘터를 구한 후, 일을 시작하여 석물(石物)을 국릉[16]과 같이 하였다. 그러고는

15) **천살** - 화살
16) **국릉** - 임금의 무덤

한 척의 큰 배를 준비하여 부하들에게 조선국 서강 강변으로 몰고 가서 기다리라 하였다. 자신은 즉시 머리를 깎고 중의 모습을 갖춘 뒤, 작은 배 한 척을 타고 조선을 향하였다.

이 무렵, 홍판서는 홀연히 병을 얻어 위중해지자, 부인과 인형을 불러 말하기를,

"내가 죽어도 다른 한이 없으나, 길동의 생사를 알지 못하는 것이 한스럽구나. 제가 살아 있으면 찾아올 것이니, 적서를 구분하지 말고 제 어미를 잘 대접해라."

하고, 숨이 끊어지니, 온 집안이 슬픔에 잠겨 장사를 치르고자 하나, 묘터를 구하지 못해 난처하였다.

하루는 문지기가 알리기를,

"어떤 중이 와서 영위(靈位)[17]에 조문(弔問)하려 합니다."

고 했다. 이상하게 여겨 들어오라 했더니, 그 중이 들어와 목을 놓아 크게 우니, 모든 사람이 곡절을 몰라 서로 얼굴만 돌아보았다. 그 중이 상주에게 한 번 통곡한 뒤 말하기를,

"형님께서 어찌 아우를 몰라보십니까?"

고 했다. 상주가 자세히 보니, 곧 길동이라 붙잡고 통곡하며,

"아우냐. 그 사이 어디 갔더냐? 아버지께서 평소에 유언이 간절하셨는데, 이제 오니 어찌 자식의 도리이겠는가?"

하며, 손을 이끌고 내당에 들어가 모부인을 뵈옵고 춘섬을 상면케 하였다. 한바탕 통곡한 뒤 묻기를,

"네가 어찌 중이 되어 다니느냐?"

했다. 길동이 대답했다.

"소자가 조선을 떠나 머리 깎고 중이 되어 지술(地術)[18]을 배웠지요. 이제 부친을 위하여 좋은 터를 구했으니, 모친은 염려 마십시오."

인형이 크게 기뻐하면서 말했다.

"너의 재주 기이한지라, 좋은 터를 구했다니 무슨 염려가 있으랴."

다음날 길동이 운구하여 제 모친을 모시고 서강 강변에 이르니, 지휘해 놓은 배가 기다리고 있었다. 배에 올라 화살같이 빨리 저어 한 곳에 다다르니, 여러 사

17) 영위 - 신주 · 신위 등을 총칭

18) **지술** - 풍수지리

람이 수십 척의 배를 대기시켜 놓고 있었다. 서로 반기며 호위하여 가니 그 광경이 대단하였다. 어언간 산 위에 다다르매, 인형이 자세히 본즉 산세가 웅장한지라, 길동의 지식을 못내 탄복하였다. 일을 마치고 함께 길동의 처소로 돌아오니, 백씨와 조씨가 시어머니와 시숙을 맞아 뵈옵는 한편, 인형과 춘랑은 못내 길동의 지식을 탄복하고, 또한 춘섬은 길동이 장성하였음을 칭찬하였다.

여러 날이 되자, 인형은 길동과 춘섬을 이별하면서 산소를 극진히 모시라 당부한 후, 산소에 하직하고 출발했다. 본국에 이르자, 모부인을 뵈옵고 전후 사실을 말씀 드리니, 부인이 신기하게 여겼다.

한편, 길동이 제사를 극진히 받들어 삼년상을 마치고 나서는, 모든 영웅을 모아 무예를 익히며 농업에 힘을 쓰니, 병사는 잘 조련되고 양식도 풍족했다. 남쪽에 율도국이라는 나라가 있었으니, 기름진 평야가 수천 리나 되어 실로 살기 좋은 나라라, 길동이 매양 마음 속으로 생각해 오던 바였다. 모든 사람을 불러 말하기를,

"내가 이제 율도국을 치고자 하니 그대들은 최선을 다하라."

하고는 그날 진군을 하였다. 길동은 스스로 선봉장이 되고, 마숙으로 후군장을 삼아, 잘 훈련된 병사 오만을 거느리고 율도국 철봉산을 다다라 싸움을 걸었다. 율도국 태수 김현충이 난데없는 군사가 이름을 보고 크게 놀라, 왕에게 보고하는 한편 한 부대의 군사를 거느리고 내달아 싸웠다. 길동이 이를 맞아 싸워 한 번의 접전에 김현충을 베고 철봉을 얻어 백성을 달래어 위로하였다. 정철로 철봉을 지키게 하고, 대군을 지휘해 움직여 바로 도성을 치는데, 격서(檄書)를 율도국에 보냈으니, 그 내용은 이러하였다.

"의병장 홍길동은 글을 율도왕에게 부치나니, 대저 임금은 한 사람의 임금이 아니요, 천하 사람의 임금이라. 내 하늘의 명을 받아 병사를 일으켜 먼저 철봉을 파하고 물밀 듯 들어오고 있으니, 왕은 싸우고자 하거든 싸우고, 그렇지 않으면 일찍 항복하여 살기를 도모하라."

왕이 다 보고 나서 소리쳐 말하기를,

"우리 나라가 철봉을 굳게 믿거늘, 이제 잃었으니 어찌 대항하랴."

하고는, 모든 신하를 거느리고 항복했다.

길동이 성중에 들어가 백성을 달래어 안심시키고 왕위에 오른 후, 전의 율도왕으로 의령군을 봉했다. 마숙과 최철로 각각 좌의정과 우의정을 삼고, 나머지

여러 장수에게도 각각 벼슬을 내리니, 조정에 가득 찬 신하들이 만세를 불러 하례하였다. 왕이 나라를 다스린 지 삼년에 산에는 도적이 없고, 길에서는 떨어진 물건을 주워 가지지 않으니, 태평세계라고 할 만하였다. 왕이 백룡을 불러,

"내가 조선 성상께 표문(表文)[19]을 올리려 하니, 경은 수고를 아끼지 말라."

하고 당부를 했다. 그 후 길동은 표문과 편지를 홍씨 집안으로 부쳤다. 백룡이 조선에 도착하여 먼저 표문을 올리니, 임금이 표문을 보고 크게 칭찬해,

"홍길동은 진실로 기이한 인재로다."

하고는, 홍인형을 위로 사신을 삼아 유서(諭書)[20]를 내렸다. 인형이 임금의 은혜에 감사한 후 돌아와 모부인에게 임금과 이야기한 바를 말씀 드리니, 부인이 또한 가려 하였다. 인형이 마지 못해 부인을 모시고 출발하여 여러 날만에 율도국에 이르렀다. 왕이 맞이해 향안을 배설하고 유서를 받은 후 모부인과 인형을 환대하였다. 산소를 찾아본 후 대연을 베풀어 즐겼다. 여러 날이 되자 유씨가 홀연 병을 얻어 죽으매, 선능에 쌍장(雙葬)하였다. 인형이 왕을 하직하고 본국에 돌아와 임금까지 보고하니, 임금이 모친상 당했음을 위로하였다.

율도왕이 삼년상을 마치니, 대비도 이어 세상을 떠나 선능에 안장하고, 삼년상을 마쳤다. 왕이 삼자이녀를 낳으니, 장자와 차자는 백씨 소생이고, 삼자와 차녀는 조씨 소생이었다. 장자 현으로 세자를 봉하고 그 나머지는 다 군으로 봉하였다. 왕이 나라를 다스린 지 삼십년에 갑자기 병이 들어 별세하니 나이 72세였다. 왕비도 이어 죽으니 선능에 안장한 후, 세자가 즉위하여 대대로 이으면서 태평스럽게 살아 가더라.

---

19) 표문 - 임금께 올리는 글
20) 유서 - 왕이 내리는 명령서

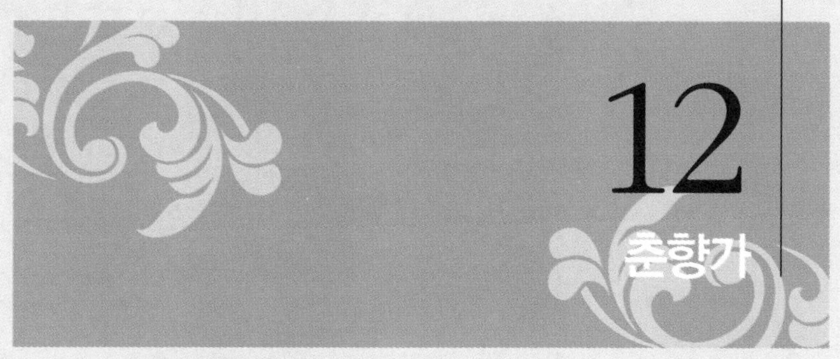

★ 춘향가는 1995년과 1999년에 중복 출제되었기 때문에

1995년의 춘향가 전문은

321~391면의 전문을 참고하시기 바랍니다.

13
양반전

'양반'은 사족(士族)을 높
여서 부르는 말이다. 정선 고
을에 한 양반이 살고 있었는데, 그는 어질면서도 글읽기를 좋아하였다. 그래서 군수가
새로 부임할 때마다 반드시 그 집에 몸소 나아가서 경의를 표하였다.

그러나 그는 살림이 가난해서, 해마다 관가에서 환자[1]를 타 먹었다. 그렇게 여
러 해가 쌓이고 보니, 천 석이나 되었다. 관찰사가 여러 고을들을 돌아다니다가 이
곳에 이르러 관청 쌀의 출납을 검열하고는 매우 노하였다.

"어떤 놈의 양반이 군량을 이렇게 축냈단 말이냐?"

명령을 내려 그 양반을 가두게 하였다. 군수는 그 양반이 가난해서 갚을 길이
없는 것을 불쌍히 여겼다. 차마 가두고 싶지 않았지만, 그렇다고 해서 가두지 않
을 수도 없었다. 그 양반은 밤낮으로 훌쩍거리며 울었지만, 아무런 대책도 나지
않았다. 그래서 그의 아내가 이렇게 욕하였다.

"당신이 한평생 글읽기를 좋아했지만, 관가의 환곡을 갚는데 아무런 도움도
못 되는구려. 쯧쯧, 양반 양반 하더니 한푼 어치도 못 되는구려."

1) 환자 - 각 고을의 사창에서 백성에게 곡식을 꾸어주던 제도(환곡)

그 마을의 부자가 가족들과 서로 의논하였다.

"양반은 아무리 가난해도 언제나 높고 영광스럽건만, 우리들은 아무리 부자가 되어도 언제나 낮고 천하거든. 감히 말을 탈수도 없고, 양반만 보면 저절로 기가 죽어서 굽실거리며 엉금엉금 기어가서 뜰 밑에서 절해야 하지. 코가 땅에 닿도록 무릎으로 기다시피 하면서, 우리네는 줄창 이렇게 창피를 당해야 하거든. 마침 저 양반이 가난해서 환자를 갚지 못해 몹시 곤란해질 모양이야. 참으로 그 양반이라는 자리도 지닐 수 없는 형편이 되었지. 내가 그것을 사서 가져야겠어."

부자는 곧 양반의 집을 찾아가서 그 환자를 대신 갚겠다고 청하였다. 양반은 크게 기뻐하면서 허락하였다. 그래서 부자가 곧 그 곡식을 관가에 보내어 갚았다. 군수는 매우 놀라면서도 이상하게 생각하였다. 직접 양반에게 찾아가 위로하면서, 환자를 갚은 사정을 물으려 하였다. 그러자 양반은 벙거지[2]를 쓰고 베잠방이[3]를 입은 채로 길바닥에 엎드려, '쇤네' 라고 칭하면서 감히 올려다보지를 못하였다. 군수가 깜짝 놀라 내려가서 그를 부축하며,

"선생께서 어찌 이다지도 스스로를 욕되게 하시는지요."

하였다. 양반은 더욱 황송하여 어쩔 줄 몰라하며, 머리를 조아리고 엎드렸다.

"황송하옵니다. 쇤네가 감히 일부러 이런 짓을 하는 것은 아니옵니다. 쇤네는 벌써 스스로 양반을 팔아 환자를 갚았으니, 마을의 부자가 바로 양반이옵니다. 쇤네가 어찌 다시금 뻔뻔스럽게 옛날처럼 양반 행세를 하면서 스스로 높이겠습니까?"

군수가 감탄하면서 말하였다.

"군자답구려 부자시여. 양반답구려 부자시여. 부유하면서도 아끼지 않으니 정의롭고, 남의 어려움을 돌봐 주니 어질도다. 낮은 신분을 싫어하고 높은 자리를 그리워하니 슬기롭도다. 이야말로 참된 양반이로다. 아무리 그렇더라도 소송이 일어날 꼬투리가 되리다. 내가 그들과 더불어 고을 사람들을 모아 놓고 증인을 세운 뒤에, 증서를 만들어 주리다. 군수인 내 자신이 마땅히 서명해야지."

군수가 곧 동헌으로 돌아와서 온 고을 사족과, 농민, 공장(工匠), 장사치까지 모두들 불러 뜰에 모았다. 부자는 향소(鄕所)의 오른쪽에 앉히고 양반은 공형(公

---

2) 벙거지 - 주로 병졸이나 하인이 쓰던 털로 두껍게 만든 모자

3) 잠방이 - 무릎까지 내려오는 남자용 홑바지

兄)의 아래에 세운 뒤에, 바로 증서를 제작하였다.

"건륭(乾隆)[4] 10년 9월 몇 일에 아래와 같이 문권을 밝힌다.

양반을 팔아서 관가의 곡식을 갚은 일이 생겼는데, 그 곡식은 천 섬이나 된다. 이 양반의 이름은 여러 가지다. 글만 읽으면 '선비' 라 하고, 정치에 종사하면 '대부(大夫)[5]' 라 하며, 착한 덕이 있으면 군자(君子)라고 한다. 무관의 계급은 서쪽에 벌여 있고, 문관의 차례는 동쪽에 자리 잡았으며, 이들을 통틀어 '양반' 이라고 한다. 이 여러 가지 양반 가운데서 그대 마음대로 골라잡되, 오늘부터는 지금까지 하던 야비한 일들을 깨끗이 끊어 버리고, 옛 사람을 본받아 뜻을 고상하게 가져야 한다.

오경(五更)[6]이 되면 언제나 일어나서 성냥을 그어 등불을 켜고, 정신을 가다듬어 눈으로 코끝을 내려다보며, 두 발굽을 한데다가 모아 볼기를 괴고 앉아서 "동래박의[7]" 처럼 어려운 글을 얼음 위에 박 밀듯이 외워야 한다. 굶주림을 참고 추위를 견디며, 입에서 가난하다는 말을 내지 않아야 한다. 아래 윗니를 맞부딪쳐 똑똑 소리를 내며, 손가락으로 뒤통수를 튕긴다. 가는 기침이 나면 가래침을 씹어 넘기고, 털 감투를 쓸 때에는 소맷자락으로 털어서 티끌 물결을 일으킨다. 세수 할 때에는 주먹의 때를 비비지 말 것이며, 양치질할 때에는 지나치게 하지 말아야 한다. 긴 목소리로 '아무개야' 계집종을 부르고, 느리게 걸으면서 신뒤축을 끌어야 한다. {고문진보}나 {당시품휘} 같은 책들을 깨알처럼 가늘게 배껴 쓰되, 한 줄에 백 자씩 써야 한다. 손에 돈을 지니지 말 것이며, 쌀값을 묻지도 말아야 한다. 날씨가 더워도 버선을 벗지 말며, 밥을 먹을 때에도 맨상투 꼴로 앉지 말아야 한다. 식사하면서 국물부터 먼저 마셔 버리지 말며, 마시더라도 훌쩍거리는 소리를 내지 말아야 한다. 젓가락을 내리면서 밥상을 찧어 소리 내지 말며, 생파를 씹지 말아야 한다. 막걸리를 마신 뒤에 수염을 빨지 말며, 담배를 태울 때에도 볼이 오목 파이도록 빨아들이지 말아야 한다.

아무리 분하더라도 아내를 치지 말며, 화가 나더라도 그릇을 차지 말아야 한

4) 건륭10년 - 1745년(영조21)

5) 대부 - 벼슬의 품계에 붙이는 칭호

6) 오경 - 하룻밤을 다섯으로 나눈 중 다섯 번째에 해당하는 시간

7) 동래박의 - 송나라 여조겸이 지은 책. 춘추좌씨전에 대한 사평

다. 맨주먹으로 아녀자들을 때리지 말며, 종들이 잘못하더라도 족쳐 죽이지 말
해야 한다. 말이나 소를 꾸짖으면서 팔아먹은 주인을 들추지 말아야 한다. 병이
들어도 무당을 불러오지 말고, 제사하면서 종을 불러다 재(齋) 들이지 말아야 한
다. 화롯가에 손을 쬐지 말며, 말할 때에 침이 튀지 말아야 한다. 소백정 노릇을
하지 말며, 돈치기 놀이도 하지 말아야 한다.

이러한 여러 가지 행위 가운데 부자가 한 가지라도 어기면, 양반은 이 증서를
가지고 관청에 와서 송사하여 바로잡을 수 있음을 증명한다.

　　성주(城主) 정선 군수 화압(花押)
　　좌수(座首) 별감(別監) 증서(證署)

증서를 다 쓰고는 통인(通引)이 인(印)[8]을 받아서 찍었다. 뚜욱뚜욱하는 그 소
리는 마치 엄고(嚴鼓)[9] 치는 소리 같았고, 그 찍어 놓은 모습은 마치 북두칠성이
세로 놓인 듯, 삼성(參星)이 가로놓인 듯 벌렸다. 호장(戶長)이 읽기를 마치자, 부
자가 한참 동안이나 멍하게 있다가 말했다.
　“양반이 겨우 요것뿐이란 말씀이오? 나는 ‘양반은 신선과 같다’ 고 들었지요.
정말 이것뿐이라면, 너무 억울하게 곡식만 빼앗긴 기지유. 아무쪼록 좀 더 이롭
게 고쳐 주시오.”
　그래서 다시 증서를 만들었다.

　“하늘이 백성을 낳으실 때에, 그 갈래를 넷으로 나누셨다. 이 네 갈래 백성들
가운데 가장 존귀한 이가 선비이고, 이 선비를 양반이라고 부른다. 이 세상에서
양반보다 더 큰 이문은 없다. 그들은 농사 짓지도 않고, 장사하지도 않는다. 옛글
이나 역사를 대략만 알면 과거를 치르는데, 크게 되면 문과(文科)요, 작게 이르
더라도 진사(進士)다.
　문과의 홍패(紅牌)는 두 자도 채 못 되지만, 온갖 물건이 이것으로 갖추어지니

8) 인 - 도장
9) 엄고 - 시간을 알리는 북

돈 자루나 다름없다. 진사는 나이 서른에 첫 벼슬을 하더라도 오히려 이름난 음관(蔭官)[10]이 될 수 있다.

훌륭한 남인(南人)에게 잘 보인다면, 수령 노릇을 하느라고 귓바퀴는 일산(日傘)[11] 바람에 해쓱해지고, 배는 동헌(東軒) 사령(使令)들의 '예이' 하는 소리에 살찌게 되는 법이다. 방안에서 귀고리로 기생이나 놀리고, 뜰 앞에 곡식을 쌓아 학을 기른다.

(비록 그렇지 못해서) 궁한 선비로 시골에 살더라도, 마음대로 행동할 수 있다. 이웃집 소를 몰아다가 내 밭을 먼저 갈고, 동네 농민을 잡아내어 내 밭을 김 매게 하더라도, 어느 놈이 감히 나를 괄시하랴. 네 놈의 코에 잿물을 따르고 상투를 범벅이며 수염을 뽑더라도 원망조차 못하리라."

부자가 그 증서 만들기를 중지시키고, 혀를 빼면서 말하였다.

"그만 두시오. 제발 그만 두시오. 참으로 맹랑합니다[12] 그려. 당신네들이 나를 도둑놈이 되라 하시는군유."

하고는 머리채를 흔들면서 달아났다. 그 뒤부터는 죽을 때까지 '양반' 이란 소리를 입에 담지도 않았다.

10) **음관** - 과거에 의지하지 아니하고 조상의 덕으로 벼슬길에 나아가는 것

11) **일산** - 자루가 긴 양산으로 감사 수령등이 부임할 때 받던 의장

12) **맹랑하다** - 생각하던 바와 아주 달라 허망하다

13-1
심청전

13-1 심청전

황주 도화동에 심학규라는 봉사가 있으니, 대대로 내려오며 벼슬하던 거족으로 명망이 자자하더니 가운이 기울어 가난하여지고 어려서 눈을 못 보게 되니 시골에서 곤궁하게 지내었다.

도와주는 일가 친척도 없고 아울러 눈까지 멀고 보니 그 누구 하나 대접하는 이 없건마는 본래 양반의 후손으로서 행실이 청렴하고 정직하며 지조와 기개가 고상하여 일동일정[1]을 경솔히 하지 아니하므로 그 동네의 눈뜬 사람은 모두 칭찬을 마지 아니하였다.

심봉사의 아내 곽씨 부인도 또한 현철하여 덕과 아름다움과 절개를 갖추었고, 예서와 시경 중에 본받을 대목은 모르는 것이 없고 제사를 받드는 법이나 손님을 대접하는 법을 비롯하여 동네 사람과 화목하고 가장을 공경하고 살림하는 솜씨며 무슨 일이고 못하는 것이 없이 다 잘하였다.

그러나 가세가 빈한하니 곽씨 부인은 몸을 아끼지 않고 품팔이를 했다. 삯바느질, 삯빨래, 삯길쌈, 삯마전[2], 염색일이며, 혼상대사에 음식 만들기, 술 빚기, 떡 찧기 하며, 일년 삼백예순 날을 잠시라도 놀지 아니하고 품을 팔아 모으는데, 푼을 모아 돈이 되면 돈을 모아 냥을 만들고, 냥을 모아 관이 되면 이 동네 저 동네에서 실수없이 받아들여 춘추로서 시제와 집안 제사를 받드는 것이며, 앞 못 보는 가장을 공경하고 시중드는 것이 한결같으니 가난과 병신은 조금도 허물됨이 없고 먼 마을 사람들까지도 부러워하고 칭찬하는 중에 재미나게 세월을 보내었다.

그러나 그같이 지내는 중에도 심학규의 가슴에는 한 가지 품은 억울한 한이 있으니, 슬하에 혈육이 하나도 없음이었다. 하루는 심봉사가 마누라를 곁에 불러 앉히고 말한다.

"여보 마누라, 거기 앉아 내 말 좀 들어 보오. 나는 편하다 하려니와 마누라의 고생살이 도리어 불안하니 괴로운 일일랑 너무 하지 말고 사는 대로 삽시다. 그러나 내 마음에 매우 원통한 일 하나 있소. 우리 양주 이미 나이 사십이나 슬하에 혈육이라고는 하나도 없어 조상의 향화를 끊게 되니 죽어 저승으로 돌아간들 무슨 면목으로 조상을 대할 것이며, 우리 양주 죽은 후에 장사치레와 소대상[3]이며, 해마다 돌아오는 기제사에 뉘 있어 밥 한 그릇 물 한 모금 떠 놓겠소? 병신 자식일망정 남녀 간에 낳아 본다면 평생 한을 풀 듯하니 어찌하면 좋을는고 명산대천에 치성이나 들여 보오"

"지성껏 하오리다."

이렇게 대답하고 그날부터 품을 팔아 모은 재물로, 온갖 정성을 다들인다. 이렇게 치성을 다 지내니 그 어찌 공든 탑이 무너지며 힘든 나무 부러지랴.

갑자년 사월 초파일에 꿈 하나를 얻었는데 이상할 뿐 아니라 맹랑 기괴하였다. 천지가 명랑하고 서기가 허공에 서리며 오색 꽃구름이 피더니 선인옥녀가 하늘에서 내려오는데 머리에는 화관이요, 몸에는 하의(노을로 만들어진 옷)로다. 둥근 옥패를 그 몸에 차고 옥패 소리 쟁쟁하며, 계화 가지를 손에 들고 내려오더니 부인 앞에 재배하고 곁으로 와서,

"소녀는 다른 사람이 아니라 서왕모의 딸인데 상제께 죄를 받아 인간계로 정배되어 갈 바를 모르던 중 태상 노군과 후토 부인, 제불 보살 석가님이 댁으로 지시하기로 지금 찾아왔사오니 어여삐 여기소서."

1) 일동일정 - 모든 행동이나 동작

2) 삯마전 - 피륙을 빨아서 돈 받는 일

3) 소대상 - 크고 작은 제사

하고 품에 와 안기기에 곽씨 부인이 놀라서 잠을 깨었다.

심봉사 내외가 꿈 이야기를 의논하니, 둘의 꿈이 똑같았다. 태몽인 줄 짐작하고 마음에 희한하여 못내 기쁘게 여기는데 그달부터 태기가 있으니 이는 신불의 힘인가 하늘의 도움인가? 아마도 부인의 정성이 지극하므로 역시 하늘이 감동하심이렷다.

하루는 해산할 기미가 있어 순산하기를 바랄 때 향기가 진동하며 꽃구름이 비끼더니 얼떨결에 아이를 낳으니 선녀같은 딸이다.

"아가 아가 내 딸이야! 아들 겸 내 딸이야! 금을 준들 너를 사며 옥을 준들 너를 사랴? 어둥둥 내 딸이야! 은하수 직녀성이 네가 되어 내려왔나? 어둥둥 내 딸이야!"

심학규는 이같이 주야로 즐거워하는데 마음에서 우러나 이렇듯이 좋아하였다. 슬프다, 세상사여. 슬픔과 즐거움에 수가 있고 죽고 삶에 명이 있는지라. 운수가 다하면 가련만 몸을 용서치 않는다. 뜻밖에 곽씨 부인에게 산후 탈이 일어나 호흡을 헐떡이며 식음을 전폐하고 정신없이 앓는데,

"애고 머리야, 애고 허리야!"

하는 소리에 심봉사 겁을 먹고 의원을 찾아 약을 쓰며 경도 읽고 굿도 하여 백 가지로 서둘러도 죽기로 든 병이라 인력으로 어찌 구하리오?

심봉사는 기가 막혀 부인 곁에 앉아서 온 몸을 만져 보며 말했다.

"여보, 여보 마누라, 정신 차려 말을 하오. 식음을 전폐하니 속이 비어 어찌하오. 삼신님께 탈이 되어 제석님4)이 탈이 났나? 도리없이 죽게 되었으니 이게 웬 일이오?

만일 불행하여 마누라가 죽게 되면 눈 어두운 이놈의 팔자, 일가 친척 하나 없는 혈혈단신 외로운 이내 몸은 올 데 갈 데 없어지니 그도 또한 원통한데 강보에 싸인 딸아이는 어찌한단 말이오?"

곽씨 부인 생각하여 보니 스스로 아는 병세라 살아나지 못할 줄을 짐작하며 봉사에게,

"여보 서방님, 내 말씀 들어 보오. 우리 부부 같이 늙어 백년을 같이 살자 하였거늘 명한5)을 못 이기고 필경은 죽을 테니, 죽는 나는 서럽지 아니하나 장차로 가군의 신세 어찌하면 좋으리오. 내 평생 마음 먹기를 앞 못 보는 가장님을 내가 조심 아니하면 고생되기 쉽겠기로 더위 추위 비바람을 가리지 아니하고 동네방

네 품을 팔아 밥도 받고 반찬 얻어 식은 밥은 내가 먹고 더운 밥은 가군 드려 곯지 않고 춥지 않게 극진 공경하였는데 천명이 이뿐인지 인연이 끊겼는지 도리없이 죽게 되었네. 내가 만일 죽게 되면 의복치레 뉘 거두며 조석공궤뉘[6]라 할까? 사고무친 외로운 몸이니 의탁할 곳 전혀 없는지라, 지팡막대 거머잡고 더듬더듬 다니다가 도랑에 떨어지고 돌에도 발길 채어 넘어져 신세를 자탄하여 우는 모양이 눈으로 보는 듯하고 기한을 못 이기어 이 집 저 집 다니면서 '밥 좀 주오!' 슬픈 소리가 귀에 쟁쟁이 들리는 듯하니 죽은 혼이 차마 어찌 듣고 보며, 밤낮없이 바라다가 사십 후에 낳은 자식 젖 한 번 못 먹이고 죽다니 무슨 일일고! 어미없는 어린것을 뉘 젖 먹여 길러내며, 춘하추동 사시절을 무엇 입혀 길러내리! 이 몸이 뜻밖에 죽게 되면 머나먼 황천길을 눈물이 가려 어찌 가며, 앞이 막혀 어찌 갈고! 여보시오 봉사님, 저 건너 김동지 댁에 돈 열 냥을 맡겼으니 그 돈일랑 찾아다가 내 죽은 초상에 쓰시고, 항아리에 넣은 양식 해산 쌀로 두었다가 못 먹고 죽어가니 장사나 치른 다음 양식으로 쓰시고, 진어사댁 관대 한 벌, 흉배에 수놓다가 끝내지 못하고 보에 싸 농 안에다 넣었으니 남의 귀중한 의복일랑 나 죽기 전에 보내시고, 뒷마을 귀덕 어미는 나와 친한 사람이니 내가 죽은 뒤에라도 어린아이 안고 가서 젖 좀 먹여 달라 하면 괄시는 아니하리다. 하늘이 도와 저 자식이 죽지 않고 살아나서 제 발로 걷거들랑 앞세우고 길을 물어 내 무덤에 찾아와서 '아가 아가, 이 무덤이 너의 모친 무덤이다' 라고 또렷하게 가르쳐서 모녀 상봉 시켜 주오. 천명을 못 이겨 앞 못 보는 가장에게 어린 자식 떼쳐 두고 영이별로 돌아가니 가군의 귀하신 몸 애통하여 상치 말고 천만보중하소서. 이승에서 미진한 일 후생에서 다시 만나 이별 없이 살고 싶소."

유언하고 한숨 쉬며 돌아누워 어린 아이에게 낯을 대고 혀를 찬다.

"아차 내가 잊었구료. 이애 이름을 청이라 불러 주오. 이 애 주려고 만든 굴레 진 옥판 붉은 술에 진주 드림 붙여 달아 함 속에 넣었으니, 아기가 엎치락뒤치락 하거들랑 나 본 듯이 씌워주오."

말을 마치매 딸꾹질 두세 번에 숨이 덜컥 그쳤다. 슬프다, 곽씨 부인은 이미 다

4) 제석님 - 불교의 신. 제석천

5) 명한 - 목숨의 한도

6) 조석공궤뉘 - 아침 저녁 식사

시 이승 사람이 아니었다. 슬프다. 사람의 수명을 어찌 하늘이 돕지 못하는가! 심 봉사는,

"애고 마누라, 참으로 죽었는가?"

가슴을 쾅쾅, 머리를 탕탕 치며 발을 동동 그르면서 울며 부르짖는다.

울다가 기가 막힌 심봉사는 머리를 방바닥에 부딪치며 몸부림치니 이리 덜컥 저리 덜컥, 치둥글 내리둥글 엎어져 슬피 통곡하니 이때 도화동 사람들이 이 소식을 듣고 남녀노소 할 것 없이 누가 아니 슬퍼할리!

비록 가난한 집안의 초상이라도 동네가 힘을 모아 정성껏 차렸으니 상여 치례는 매우 현란하였다. 상두꾼을 두건, 제복, 행전까지 생포[7]로 호사하게 차려 입고 상여를 얼메고 갈지자로 운구한다.

"댕그렁 댕그렁 어화 넘차 너호."

그때 심봉사는 어린아이 강보에 싸 귀덕 어미에게 맡겨두고, 제복을 얻어 입고 상여 뒤체를 거머잡으며 미친 듯 취한 듯 겨우 부축을 받아 나아간다.

"애고 여보 마누라, 날 버리고 어디로 간단 말인가? 나도 갑세, 나와 가! 만 리라도 나와 가세! 어찌 그리 무정한가? 이제는 자식도 귀하지 않소. 얼어서도 죽을 테고, 굶어서도 죽을 것이니 나와 함께 갑세다."

"어화 넘차 너호!"

그럭저럭 건너가 안산으로 돌아 들어 양지바른 자리를 가려서 깊이 안정한 후에 평토제[8]를 지내는데, 심봉사가 본래부터 맹인이 아니라 이십 후의 실명이라 머리 속에는 들어 있는 학식이 많으므로 원한이 사무치는 축문을 지어 몸소 읽는다.

"슬프다 부인이여! 이토록 요조한 숙녀를 맞아 좋을 때에 짝으로 삼고서 백 년을 같이 늙자 하였거늘, 이제 갑자기 죽으니 부인의 혼백은 아주 갔노라. 젖먹이를 남겨 두고 영이별 하니 장차 내 무슨 수로 기를 수 있으리오? 돌아오지 못할 길을 부인이 떠나가니 어느 때고 다시는 오지 못하겠기에 소나무와 가래나무가 무성한 언덕에 깊이 묻었으니 푸른 묏부리와 더불어 길이 쉴지어다. 생전에 들

7) 생포 - 생 베. 좋은 베
8) 평토제 - 장터에서 무덤에 흙을 채우는 일. 봉분제

던 음성과 모습이 아득히 멀어지니 슬프다! 이제는 보지도 듣지도 못하리라. 백양나무 가지 밖으로 달이 지니 산이 적적하고 밤은 깊은데, 어디서 귀신 우는 소리가 들리는 듯하니 무슨 말씀이든 하소연한들 저승과 이승이 가로막혀 길이 다르니 그 뉘라서 위로할 수 있으리오? 후유! 주과와 포혜[9]로 간략히 차려 놓았으니, 부인이여 부디 많이 먹고 돌아가 주소서.”

심봉사는 부인을 매장하여 공산야월 쓸쓸한 곳에 혼자 두고 허둥지둥 돌아 오니, 부엌 안은 쓸쓸하고 방안은 텅 비었는데 분향은 그저 피어 있었다. 휑뎅그렁한 빈 방안에 벗도 없이 혼자 앉아 온갖 슬픔을 짓씹고 있을 때 이웃집 귀덕 어미가 사람 없는 동안에 아기를 데려다 돌보아 주었다가 건너와 아기를 주고 가는지라,

심봉사는 이를 받아 품안에 안고서 지리산 갈가마귀 게 발 물어다 던진 듯이 혼자 우뚝 앉았으니 슬픔이 하늘에 사무치거늘 품안에 어린 것은 자지러져 울어댄다.

그렁그렁 그날 밤을 넘기는데 아기는 젖 못 먹어 기진하니 심봉사는 어두운 눈이 더욱 침침하여 어찌할 바를 모를 때, 동녘이 밝아지매 우물가에 두레박 소리가 귀에 얼른 들리기에 날이 새었음을 짐작한지라, 문을 활짝 열어 젖히며 단숨으로 우둥퉁 밖에 나가 애걸한다.

“우물가에 오신 부인 뉘신 줄은 모르나 칠 일만에 어미 잃고 젖 못 먹어 죽게 된 이 아기를 젖 좀 먹여 주오.”

그러나 그 부인 대답한다.

“나는 젖이 없소마는 젖 있는 여인네가 이 동네에 많으므로 아기 안고 찾아 가서 좀 먹여 달라 하면 누가 괄시하겠소?”

심봉사는 그 말을 듣자 품속에다 아기 안고 한 손에는 지팡이를 거머 잡고 더듬더듬 동네로 걸어가서 젖먹이 있는 집을 찾아 사립문을 밀치고 안으로 들어서며 애걸복걸 빈다.

“이 댁이 뉘시온지 사뢸 말씀 있나이다.”

“어쩐 일로 오셨소?”

9) 포혜 - 포와 식혜

"현철하던 우리 아내 인심으로 생각하나 눈 먼 나를 보더라도 어미 잃은 우리 아기 이 아니 불쌍하오! 댁의 아기 먹고 남은 젖이 있거들랑 이 애 젖 좀 먹여 주오."

근방의 부인네들 심봉사의 사정을 알므로 한없이 측은히 여겨서 아기 받아 젖을 먹이고 돌려주며 말한다.

"여보시오 봉사님, 어렵게 생각말고 내일도 안고 오고, 모레도 안고 오면 이 애를 설마 굶게 하겠소."

백배로 치하하고 아기를 품에 안고 집으로 돌아와서는 요를 덮어 뉘어 놓고, 아기가 노는 사이에 심봉사는 동냥을 다닌다. 이렇듯이 구걸하여 매월 초하루 보름의 삭망[10]과 소상[11]을 빠뜨리지 아니하며 지나갈 때, 심청이는 크게 될 사람이라 천지신명이 도와주어 잔병없이 자라나니 흐르는 물 같은지라, 그의 나이 육칠 세가 되어가니 소경 아비의 손을 잡고 앞에 서서 인도한다.

다시 심청의 나이 십여 세가 되어가니 얼굴은 일색이요, 효행이 지극하였다. 소견도 능통하고 재주도 매우 빼어나서 부친께 바치는 조석 반찬과 모 친의 기제사에 지극한 정성을 기울이므로 어른을 넘어설 지경이니 아니 칭찬하는 이 없다.

세상에 덧없는 것은 세월이요, 무정한 것은 가난이라. 심청의 나이 열한 살이 되었을 무렵에는 가세도 군색하고 늙은 부친은 병으로 시달리니, 어리고 연약한 몸이 무엇을 의지하고 살리오.

하루는 심청이 부친께 여쭙는다.

"아버님 들으십시오. 눈 어두우신 아버지가 험한 큰 길을 다니시면 다치기 쉬우며, 비바람을 무릅쓰고 나다니시면 병환 나실까 염려되오니, 오늘부터 아버지는 집에 앉아 계시오면 소녀 혼자 밥을 얻어 조석 걱정 덜겠습니다."

심청이는 그날부터 밥을 빌러 나섰다. 이렇듯이 봉양하여 춘하추동 사시절을 쉬는 날이 없이 밥을 빌어왔고 나이 점점 들수록 바느질과 길쌈으로 삯을 받아 부친 공경을 한결같이 하였다.

세월은 흐르는 물 같아서 심청이가 열다섯 살이 되니 얼굴이 나라에서 첫손 꼽는 국색[12]이요, 효행이 극진한데 재질마저 비범하고 문필도 넉넉하니 여자 중

10) 삭망 - 음력 초하루나 보름

11) 소상 - 일년 전 제사

12) 국색 - 나라안에서 제일 예쁜 여자

에 군자요, 새 무리 중에 봉황이요, 꽃 중에서는 모란에 비길 만했다.

원근에 이 소문이 퍼지매 저 건너마을 무릉촌의 장승상 부인이 심소저를 청하니 시비를 따라갈 때 천천히 발을 옮겨 승상 댁에 당도한다.

"네가 틀림없는 심청이냐? 과연 듣던 말과 같이 아름답구나."

자리를 주어 앉힌 후에 승상부인이 자세히 살펴보니 별로 단장한 바도 없거늘 타고난 자태가 아리따워 나라에서 으뜸가는 미녀였다.

"심청아 내 말 듣거라. 승상이 이미 세상을 떠나시고 아들은 삼 형제 이나 모두 다 황성에 가 객지에 벼슬살이요, 다른 자식과 손자는 없다.

슬하에 말벗이 없으니 자나 깨나 적적한 빈 방에서 대하느니 촛불이요, 기나긴 겨울 밤에 보는 것이 고서로다. 네 신세를 생각하니 양반의 후예로서 저렇듯 빈곤하니, 내 집의 수양딸 되면 여공도 손 익히게 하고 문자도 학습시켜 친딸같이 출가시켜 말년 재미를 보고자 하는데 너의 뜻이 어떠하냐?"

심청이 여쭙기를,

"팔자가 기구하여 저 낳은 지 칠일 만에 모친이 세상을 뜨셨기로 앞못 보는 늙은 부친이 저를 싸안고 다니면서 동냥 젖을 얻어 먹여 겨우 겨우 길러 내어 이토록 컸으나, 모친의 모습과 몸가짐을 전혀 몰라 철천의 한이 되어 그칠 날이 없기로 내 부모를 생각하여 남의 부모 공경하였거늘 오늘날 승상 부인 존귀하신 처지로서 미천함을 불구하시고 은혜입으면 이 몸은 부귀영화 누리겠지만 앞 못 보는 우리 부친 사철 의복, 조석 공양 뉘 있어 하오리까? 길러 내신 부모 은덕 사람마다 있거니와 이 몸은 더욱 부모 은혜 견줄 바 없으니 잠시라도 슬하를 떠날 수 없습니다." 심청이는 목이 메어 말을 잇지 못하고, 눈물이 흘러내려 옥 같은 얼굴을 적시니, 봄바람 보슬비에 복사꽃 떨어지듯 하는지라, 부인이 가상히 듣고 이른다.

"네 말 들으니 과연 하늘이 낸 효녀로다. 망령된 이 늙은이 미처 그 일을 생각지 못하였구나."

부인이 애틋이 여겨 비단과 패물이며 양식을 후히 주고 시비와 함께 보내며 말씀하신다.

"심청아 내 말 듣거라. 너는 나를 잊지 말고 모녀 간의 굳은 의를 지켜라."

이리하여 심청이는 하직하고 돌아왔다. 그 무렵 심봉사는 무릉촌에 딸을 보내고 말벗 없이 홀로 앉아 딸 오기만 기다리는데, 아무리 기다려도 발자취는 전혀 없다. 심봉사는 갑갑하기에 지팡막대 거머잡고 딸 마중 나가본다.

더듬더듬 주춤주춤 사립문 앞에 나가다가 비탈에 발이 삐긋 밀려 개천물에 풍덩하고 떨어지니, 얼굴에는 진흙이요 의복이 다 젖었다. 두 눈을 희번덕, 두 팔을 허위적, 나오려면 빠지고 사방 물이 출렁출렁 물소리만 요란하니, 심봉사 겁을 먹고 외친다.

"아무도 거기 없소? 사람 살리시오!"

몸은 점점 깊이 빠져 허리 위로 물이 돈다.

"아이고 나 죽는다!"

차츰 물이 올라와서 목덜미를 감돈다.

"허푸 허푸, 아이고 사람 죽소!"

아무리 소리를 친들 오가는 사람이 그쳤으니 뉘 있어 건져 줄까. 이때 몽운사의 화주승[13]이 지나가다가 소리 나는 곳을 찾아가니 어떤 사람이 개천물에 떨어져 거의 죽게 되었으므로 그 중은 깜짝 놀라 굴갓.장삼을 훨훨 벗어 되는 대로 버려두고, 짚고 있던 구절죽장은 되는 대로 내던지고, 행전.대님을 다 벗고 누비바지 아래를 똘똘 말아올려 붙이고는 백로가 고기 새끼 노리듯 징검징검 들어가서 심봉사의 가는 허리를 후려쳐 담쑥 안고 '어뚜름 이어차!' 끌어내어 밖에다 앉힌 후에 자세히 보니 낯이 익은 심봉사였다.

"허허 이게 웬일이오?"

"나 살린 이 뉘시오?"

"소승은 몽운사 화주승이올시다."

그 중이 손을 잡고 심봉사를 인도하여 방안으로 들어가서 젖은 의복을 벗겨 놓고 마른 옷을 입힌 후에 물에 빠진 내력을 물으매 심봉사가 신세를 한탄하며 전후 사정을 말하니 중이 일러준다.

"우리 절 부처님은 영검이 많은지라, 빌어서 아니 되는 일 없고 구하면 응하시니 부처님께 공양미 삼백 석을 시주로 올리고 지성으로 비시면 살아 생전에 눈을 떠서 천지 만물 두루 보고 성한 사람 됩니다."

심봉사는 그 말을 듣더니 신세 처지는 생각지 않고 눈 뜬다는 말이 반갑다.

13) 화주승 - 절에 양식을 대는 중

"여보시오 대사! 공양미 삼백 석을 권선문(불가에서 선을 권하는 글발)에 적어 가소."

그 중은 허허 웃는다.

"적기는 적겠으나 댁의 가세를 둘러보니 삼백 석을 주선할 길 없을듯 합니다."

심봉사가 화를 낸다.

화주승이 다시 허허 웃으며 권선문에,

'심학규 미 삼백 석.'

이라 대서특필하고는 하직하고 돌아갔다. 심봉사가 중을 보내놓고 곰곰히 생각하니, 이는 긁어 부스럼이요 도리어 후환이라 홀로 앉아 스스로 탄식한다.

"내가 공을 드리려다 만약에 죄가 되면 이를 장차 어찌하잔 말인고?"

묵은 근심 새 걱정이 불같이 일어나 신세를 탄식하며,

"천지가 아주 공평하여 별로 치우침이 없건마는 이내 팔짜 어찌하여 형세없고 눈도 멀어 해 달같이 밝은 것을 분별할 수 전혀 없고, 처자 같은 정든 사이도 마주 대하여 못 보는가? 우리 망처 살았으면 조석 근심 없을 것을,

다 커가는 딸자식이 동네 품을 팔아 겨우 풀칠하는 중에 공양미 삼백 석이 어디 있어 호기있게 적어 놓고 백 가지로 궁리하나 방책이 전혀 없으니 이 를 어찌한단 말인가? 장독, 그릇 다 팔아도 한 되 곡식 못 살 것이며,

장롱, 함을 방매[14]해도 단돈 닷 냥에도 사지 않으리라. 집이라도 팔자 하나 비바람을 못 가리니 나라도 아니 사리라. 내 몸이나 팔자 한들 눈 못 보는 이 잡것을 어느 누가 사가리오? 애고 애고 서러워라, 애고 애고 서러워라."

한동안 이렇게 슬피 울고 있을 때에 심청이가 급히 돌아와서 닫힌 방문을 벌떡 열고,

"아버님!"

하고 부르더니, 저의 부친의 모양 보고 깜짝 놀라 달려든다.

"애고 이게 웬일이시오?"

승상 댁 시비에게 방에 불을 때달라고 부탁하고 치마를 걷어쥐고 눈물을 씻으면서 얼른 밥을 지어 부친 앞에 상을 놓는다.

14) 방매 - 팔다

"아버지 진지 잡수시오."

"나 밥 안 먹으련다."

"무슨 근심이라도 계시오?"

"네 알 일 아니로다."

"아버지 무슨 말씀이오? 소녀 비록 불효이나 말씀을 속이시니 마음이 서럽습니다."

"아가 아가 울지 마라. 너 속일 리 없지마는 네가 만일 알고 보면 지극한 네 효성이 걱정이 되겠기로 진작 말 못하였다. 아까 너 오는가 문밖에 나가 다가 개천 물에 빠져 죽게 되었더니 몽운사 화주승이 나를 건져 살려놓고

'몽운사 부처님이 영검하기 다시 없으니 공양미 삼백 석을 부처님께 시주하면 생전에 눈을 떠서 성한 사람이 된다' 기로 형편은 생각지 아니하고 홧김에 적었으니 이 어찌 될 말이냐? 도리어 후회로다."

심청이 그 말 듣고 반기어 웃으면서 대답한다.

"이제 새삼 후회하시면 정성이 못 되니 아버님 어두우신 눈 정녕 밝혀보게 공양미 삼백 석을 아무쪼록 마련하여 보겠습니다."

심청이는 부친의 소원을 듣고 그날부터 뒤뜰을 정히 하고 황토로 단을 모아 좌우로 금줄 매고 정화수 한 동이를 소반 위에 받쳐 놓고 북두칠성 호반(정 화수 떠 놓는 소반)에 향 피우고 재배한 다음에 공손히 두 무릎 꿇고 두 손 모아 빈다.

이렇듯이 밤낮으로 빌었더니 도화동 심소저는 하늘이 아는 바라 흠향(신명 이 제물을 받음)하시고 앞 일을 인도하시었다. 하루는 유모 귀덕 어미가 오더니,

"아가씨, 이상한 일 보았나이다."

"무슨 일이 이상하오?"

"어떠한 사람인지 십여 명씩 다니면서, 값은 고하간에 15세 처녀를 사겠다고 다니니 그런 미친 놈들이 있소?"

심청이 속마음으로 반겨 듣고,

"여보, 그 말 진정이오? 정말로 그리 될 양이면, 그 다니는 사람 중에 노숙[15]하고 점잖은 사람을 불러오되, 말이 밖에 나지 않게 조용히 데려오오." 귀덕 어미

15) 노숙 - 식견이 깊은 사람

대답하고 과연 데려왔는지라, 처음은 유모를 시켜 사람 사려는 까닭을 물은즉 그 사람의 대답이,

"우리는 본디 황성 사람으로서 장사차로 배를 타고 만 리 밖에 다니더니, 배 갈 길에 인당수라 하는 물이 있어 변화 불측하여 자칫하면 몰사를 당하는데, 15세 처녀를 제수[16]로 제사를 지내면, 수로만리를 무사히 왕래하고, 장사도 흥왕[17] 하옵기로 생애가 원수로 사람 사러 다니오니, 몸을 팔 처녀가 있사오면 값을 관계치 않고 주겠나이다."

심청이 그제야 나서며,

"나는 본촌 사람으로, 우리 부친 안맹하여 세상을 분별 못하기로 평생에 한이 되어 하나님 전에 축수하던 중, 몽운사 화주승이 공양미 삼백 석을 불전에 시주하면 눈을 떠서 보리라 하되, 가세가 지빈하여 주선할 길 없삽기로 내 몸을 방매하여 발원하기 바라오니 나를 삼이 어떠하오? 내 나이 15세라 그 아니 적당하오?"

선인이 그 말 듣고 심소저를 보더니 마음이 억색[18]하여 다시 볼 정신이 없이, 고개를 숙이고 묵묵히 섰다가,

"낭자 말씀 듣자오니 거룩하고 장한 효상 비할 데 없삽내다."

이렇듯이 치하한 후에, 저의 일이 긴한지라,

"그리하오."

하고 허락하니 심소저가 묻기를,

"행선 날이 언제이니까?"

"내월 15일이 행선할 날이오니, 그리 아옵소서." 피차에 상약[19]하고, 그 날로 선인들이 공양미 삼백 석을 몽운사에 보냈다.

심소저는 귀덕 어미를 백 번이나 단속하여 말 못나게 한 연후에, 집으로 돌아와 부친 전에 여쭈오되,

"아버지."

"왜 그러느냐?"

16) 제수 - 제물

17) 흥왕 - 번성. 크게 일어남

18) 억색 - 원통하고 답답함

19) 상약 - 서로 약속함

"공양미 삼백 석을 몽운사로 올렸나이다."

심봉사 깜짝 놀라서,

"그게 어쩐 말이냐? 삼백 석이 어디 있어 몽운사로 보냈어?"

심청이 같은 효성으로 거짓말을 하여 부친을 속일까마는, 사세 부득[20]이라 잠간 속여 여쭙는다.

"일전에 만나뵈온 무릉촌 장승상댁 부인께서 소녀보고 말씀하기를 '수양딸 노릇하라' 하되 아버지 계시기로 허락을 아니 하였는데, 사세 부득하여 이 말씀 사뢰었더니 부인이 반겨 듣고 쌀 삼백 석 주시기로, 몽운사로 보내옵고 수양딸로 팔렸습니다."

심봉사 물정 모르고 소리내어 웃으며 즐겨한다.

"어허, 그 일 잘 되었다. 언제 데려간다더냐?"

"내월 15일에 데려간다 하옵니다."

"네가 게 가서 살더라도, 나 살기 관계찮지! 어, 참으로 잘 되었다."

부녀 간에 이같이 문답하고, 부친을 위로한 후, 심청이는 그 날부터 선인을 따라갈 일을 곰곰 생각하니, 사람이 세상에 생겨나서, 한때를 못 보고 이팔 청춘에 죽을 일과 안맹하신 부친 영결하고 죽을 일이, 정신이 아득하여 일에도 뜻이 없어 식음을 전폐하고 시름없이 지내다가 다시 생각하여 보니 엎질러진 물이 되고 쏘아 놓은 살이었다.

"내 몸이 죽어지면, 춘하추동 사시절에 부친 의복 뉘라 다 할까? 아직 살아 있을 때에, 아버지 사철 의복 망종[21] 지어 드리리라."

하고, 춘추 의복과 하동 의복을 보에 싸서 농에 넣고, 갓·망건도 새로 사서 걸어 두고 행선 날을 기다릴 제, 하룻밤이 격한지라.

밤은 깊어 삼경인데, 은하수는 기울어져 촛불이 희미할 제, 두무릎을 쪼그리고 아무리 생각한들 심신이 난정이라. 부친의 벗은 버선볼이나 망종 받으리라, 바늘에 실을 꿰어 손에 들고, 하염없는 눈물이 간장에서 솟아올라, 복받쳐 오르는 울음을 부친 귀에 들리지 않게 속으로 느껴 울며 부친의 낯에다가 얼굴을 가만히 대어 보고 수족도 만지면서,

20) 사세 부득 - 형편이 되지 않음

21) 망종 - 마지막

"오늘 밤 모시면 다시는 못 뵐 테지. 내가 한 번 죽어지면 여단수족[22] 우리 부친, 누굴 믿고 살으실까? 애닯도다, 우리 부친. 내가 철을 안 연후에 밥 빌기를 하였더니, 이제 내 몸이 죽어지면 춘하추동 사시절을 동네 걸인 되겠구나. 눈총인들 오죽하며, 괄시인들 오죽할까?

부친 곁에 내가 모셔 백 세까지 공양하다가 이별을 당하여도 망극한 이 설움이 측량할 수 없을 텐데, 하물며 이러한 생이별이 고금천지간 또 있을까? 우리 부친 곤한 신세, 적수단신[23] 살자한들 조석 공양 뉘라 하며, 고생하다 죽사오면 또 어느 자식 있어 머리 풀고 애통하며,

초종장례 소대기며 연년 오는 기제사에 밥 한 그릇 물 한 그릇 뉘라서 차려 놓을까? 몹쓸 년의 팔자로다, 칠일만에 모친 잃고 부친마저 이별하니 이런 일이 또 있는가? 우리 부녀 이 이별은, 내가 영영 죽어 가니 어느 때 소식 알며 어느 날에 만나 볼까?

돌아가신 우리 모친 황천으로 들어가고 나는 인제 죽게 되면 수궁으로 갈 터이니, 수궁에 들어가서 모녀 상봉 하자 한들 황천 가기 몇 천 리나 된다는지? 황천을 묻고 불원천리 찾아간들 모친이 나를 어이 알며, 나는 모친 어이 알리?

만일 알고 뵈옵는 날, 부친 소식 묻자오면 무슨 말로 대답할꼬? 오늘 밤 오경 시를 함지(해 넘어가는 곳)에 머무르고, 내일 아침 돋는 해를 부상(해 뜨는 곳)에 매었으면 하늘같은 우리 부친 한번 더 보련마는 밤 가고 해 돋는 일 그 뉘라서 막을손가?"

천지가 사정 없어 이윽고 닭이 우니, 심청이 기가 막혀,

"닭아 닭아, 우지 마라. 네가 울면 날이 새고, 날이 새면 나 죽는다. 나 죽기란 섧지 않으나, 의지없는 우리 부친 어찌 잊고 가잔 말가?"

밤새도록 섧게 울고 동방이 밝아 오니, 부친 진지 지으려고 문을 열고 나서 보니 벌써 선인들이 사립문 밖에서 주저주저하며,

"오늘 행선 날이오니, 빨리 가게 하옵소서."

심청이 그 말 듣고, 대번에 두 눈에서 눈물이 빙 돌아 목이 메어 사립문 밖에

22) 여단수족 - 손발이 잘리다. 주변에 요긴한 사람이 없음

23) 적수단신 - 맨손과 홀몸. 의지할 곳이 없음

나가서,

"여보시오 선인네들, 오늘 행선하는 줄은 내가 이미 알거니와 부친이 모르오니 잠깐 지체하옵시면, 불쌍하신 우리 부친 진지나 하여 상을 올려 잡순 후에 말씀 여쭈옵고 떠나게 하오리다."

선인들이 불쌍하고 가엾게 여기어,

"그리하오."

허락하니, 심청이 들어와서 눈물 섞어 밥을 지어 부친 앞에 상을 올리고, 아무쪼록 진지 많이 잡수시도록 하느라고 상머리에 마주앉아 자반도 뚝뚝 떼어 수저 위에 올려 놓고 쌈도 싸서 입에 넣어,

"아버지, 진지 많이 잡수시오."

"오냐, 많이 먹으마. 오늘은 각별하게 반찬이 매우 좋구나. 뉘집 제사 지냈느냐?"

심청이 기가 막혀 속으로만 느껴 울며 훌쩍훌쩍 소리나니, 심봉사는 물색없이 귀 밝은 체 말을 한다.

"아가, 너 몸 아프냐? 감기가 들었나 보구나. 오늘이 며칠이냐? 오늘이 열 닷새지, 응?"

부녀의 천륜이 중하니 몽조[24]가 어찌 없을소냐? 심봉사가 간밤 꿈 이야기를 하되,

"간밤에 꿈을 꾸니 네가 큰 수레를 타고 한없이 가 보이니, 수레라 하는 것은 귀한 사람 타는 것이라. 아마도 오늘 무릉촌 승상 댁에서 너를 가마 태워 가려나 보다."

심청이 들어 보니 분명히 자기 죽을 꿈이로다. 속으로 슬픈 생각 가득하나, 겉으로는 아무쪼록 부친이 안심하도록,

"그 꿈이 장히 좋소이다."

대답하고, 진지상을 물려내고 담배 피워 물려드린 후에, 사당에 하직차로 세수를 정히하고 눈물 흔적 없앤 후에 정한 의복 갈아입고 후원에 들어가서, 사당

24) 몽조 - 꿈자리

25) 사궁지수 - 매우 딱한 네가지 처지 중 첫째, 늙은 홀애비, 늙은 홀어미, 부모없는 자식, 자식없는 늙은이

문 가만히 열고 주과를 차려 놓고 통곡 재배 하직할 제,

"불효 여식 심청이는 부친 눈뜨게 하오려고 남경 장사 선인들께 삼백 석에 몸을 팔려 인당수로 떠나오니, 소녀가 죽더라도 아비의 눈 뜨게 하고 착한 부인 작배하여 아들 낳고 딸을 낳아 조상향화 전하게 하소서."

이렇게 축원하고 문 닫으며 우는 말이,

"소녀가 죽사오면 이 문을 누가 여닫으며, 동지, 한식, 단오, 추석 사 명절이 온들 주과포혜를 누가 다시 올리오며, 분향 재배 누가 할고? 조상의 복이 없어 이 지경이 되옵는지, 불쌍한 우리 부친 강근지친 전혀 없고, 앞 못 보고 형세 없어 믿을 곳이 없이 되니 어찌 잊고 죽어갈까?"

우르르 나오더니 자기 부친 앉은 앞에 철썩 주저앉아 '아버지!' 부르더니 말 못하고 기절한다. 심봉사 깜짝 놀라,

"아가, 웬일이냐? 봉사의 딸이라고 누가 정가하더냐? 이것이 회가 동하였구나. 어쩐 일이냐? 말 좀 하여라."

심청이 정신 차려,

"아버지!"

"오냐."

"제가 불효 여식으로 아버지를 속였소. 공양미 삼백 석을 누가 저를 주오리까? 남경 장사 선인들께 삼백 석에 몸을 팔아 인당수 제수로 가기로 하와, 오늘 행선 날이오니 저를 오늘 망종 보오."

사람의 슬픔이 극진하면 가슴이 막히는 법이라, 심봉사 하도 기가 막혀 놓으니 울음도 아니 나오고 실성을 하는데,

"애고, 이게 웬말이냐, 응? 참말이냐 농담이냐? 말 같지 아니하다. 나더러 묻지도 않고 네 마음대로 한단 말가?

네가 살고 내 눈 뜨면 그는 응당 좋으려니와 자식 죽여 눈을 뜬들 그게 차마 할 일이냐? 너의 모친 너를 낳고 칠일 만에 죽은 후에 눈조차 어둔 놈이 품안에 너를 안고, 이 집 저 집 다니면서 동냥 젖 얻어 먹여 그만큼이나 자랐기로 한시름 잊었더니,

이게 웬말이냐? 눈을 팔아 너를 살지언정 너를 팔아 눈을 산들 그 눈 해서 무엇하랴? 어떤 놈의 팔자로서 아내 죽고 자식 잃고 사궁지수[25]가 되단 말가? 네 이 선인놈들아! 장사도 좋거니와, 사람 사다 제수하는 걸 어디서 보았느냐?

눈먼 놈의 무남독녀 철모르는 어린 것을 나 모르게 유인하여 산단 말이 웬말이냐? 쌀도 싫고 돈도 싫고, 눈 뜨기 내 다 싫다. 네 이 독한 상놈들아! 생 사람 죽이면 대전통편(정조 때 편찬한 법전) 율에 걸리렷다!'

이렇듯이 심봉사는 홀로 큰소리하더니 이를 갈며 죽기로 기를 쓰는지라, 심청이가 허겁지겁 부친을 붙잡는다. "어버지! 아버니! 이 일은 남의 탓이 아니오니 그리 마소서." 부녀가 서로 붙잡고 뒹굴며 통곡하니 도화동의 남녀노소 뉘 아니 슬퍼하리오. 뱃사람들도 모두 눈물진다. 그 중의 한 사람이,

"여보시오 영좌(수령 곧 선장) 영감! 하늘이 낸 큰 효심소저는 말할 것도 없거니와 심봉사 저 영감이 참으로 불쌍하니, 우리 선인 삼십 명이 밥 열 숟가락 모아 한 그릇 밥이 된다 하니 저 양반 남은 여생일랑 우리들이 굶지 않도록 주선하여 주도록 하세."

하고 발설하니 모두들 고개를 끄덕이며,

"그 말 옳소!'

하고 돈 삼백 냥, 백미 백 석, 무명 삼베 각 한 바리를 동중으로 들여 놓으며 말한다.

"삼백 냥은 논을 사서 착실한 사람 주어 토지를 경작하고, 백미 열닷 섬은 당년 양식하게 하고, 나머지 팔십여 섬은 해마다 풀어 놓고 장리로 추심하면 양미가 풍족하니 그렇게 하시고 무명 삼베 각 한 바리는 사철 의복 짓게 하소서."

종중에서 의논하여 그리하고 그 연유를 통문 내어 균일하게 구별하였다. 이때 무릉촌의 장승상 부인은 심청이가 몸을 팔아 인당수로 간다는 말을 그제서야 듣고 시비를 시켜 심청을 불렀다.

"이 무정한 인간아. 내가 너를 안 후로는 자식으로 여겼는데 너는 나를 잊었느냐? 말을 들으니 선인들에게 몸을 팔아 죽으로 간다 하니 너의 효심은 지극하나 네가 죽어 될 일이냐?

그토록 일이 되었거든 나에게 건너와서 그 연유를 말했던들 이 지경을 당하지는 않았을 것을! 어찌 그리 철없이 굴었느냐?'

하며 손을 잡아 이끌고 방안으로 들어가서 심청이를 앉힌 다음에 타이른다.

"쌀 삼백 석 내줄 터이니 선인 불러 도로 주고 망녕된 생각일랑 다시는 품지 마라."

심청이는 이 말 듣고 한동안 생각하더니 천연스레 여쭙는다.

"당초에 아뢰지 못한 일을 이제 와서 후회한들 어찌하며 또 이 한 몸 어버이를 위해 정성을 다하자면 어찌 명색 없는 남의 재물을 바라리까?

이제 와서 백미 삼백 석을 돌려준다면 선인들도 뜻하지 않은 낭패가 될 것이니 그도 또한 어렵고, 한편 사람이 남에게다 한 몸을 허락하여 값을 받고 팔았다가 수삭이 지난 다음 차마 어찌 낯을 들고 보리까?

늙은 아비 두고 죽는 것이 도리어 불효됨을 모르는 바 아니로되 그것이 천명이니 할 수 없습니다. 부인의 높은 은혜와 어질고 자별하신 말씀 황천에 돌아가 결초보은 하겠습니다."

승상 부인은 이 말을 듣고 애석한 마음에 차마 놓지 못하고 통곡한다.

"네가 잠깐 지체하면 화공을 불러들여 네 얼굴 네 태도를 그대로 그려두고 내 생전에 두고 두고 볼 것이니 잠시 머물러 있어라."

화공이 그림을 그리니 심소저가 둘이었다. 심청이 울며 여쭙는다.

"정녕 부인께서는 전생에 내 부모였으니 오늘날 물러가면 언제 다시 모실 수 있으리까? 소녀 글 한 수 지어 내어 부인 앞에 바치리니 걸어두면 증험이 있으오리다."

부인이 매우 반겨 붓과 벼루를 내놓는다.

살아 있고 죽어감이 한 토막 꿈이라.
정이 그립다고 하필이면 눈물을 흘리는가?
세상에 가장 애를 끓는 것이라면
강남이 푸르러도 돌아오지 않음이리.

부인이 또한 두루마리 한 축을 끌러내어 글 한 수를 단숨에 내리쓴다.

까닭 모를 비바람에 양대(무산 신녀에서 인용)의 넋은
이름난 꽃을 불어 보내어 바다 어귀에 떨어뜨리더라.
인간계로 귀양살이 온 것을 하늘도 보시겠거늘
죄없는 부녀가 사랑 어린 은혜를 끊는도다.

심청이는 두 손으로 그 글을 받고 눈물로 이별하니, 무릉촌의 남녀노소 뉘 아니 통곡하랴. 심청이가 돌아오니 심봉사 달려들어 딸아이의 목을 껴안고 뛰며 통곡한다.

"나도 가자, 나하고 가! 혼자 가지는 못한다. 이제는 죽어도 같이 죽고 살아도 같이 살자! 나 버리고 못 간다. 고기밥이 되려거든 너와 나와 같이 되자!"

"우리 부녀간에 천륜을 끊고 싶어 끊고, 죽고 싶어 죽습니까? 불효 여식 청이는 생각지 마시고 아버지 눈을 떠서 광명 천지 다시 보고 착한 사람 배필로 삼아 아들 낳고 후사를 전케 하소서."

심봉사 펄쩍 뛴다.

"애고 애고, 그 말 하지 마라. 처자 있을 팔자라면 이런 일을 당하겠느냐? 나 버리고는 못 간다."

심청이는 사람을 시켜 부친을 붙들어 앉혀 놓고 울며 당부한다.

"동네 어른님들, 혈혈단신 우리 부친을 내맡기고 죽으로 가는 이 몸은 오직 동중²⁶⁾만 믿사오니 굽어 살피소서."

이렇듯이 하직할 때 하느님이 아셨는지 백일은 어디 가고 검은 구름 자욱하다.

이따금 빗방울이 눈물같이 떨어지고 휘늘어져 곱던 꽃은 이울고자 빛이 없고 청산에 초목 수색을 띠어 있고 녹수에 드리운 버들 수심을 돕는 듯, 우짖는 저 꾀꼬리 너 무슨 회포던가? 너의 깊은 한을 내가 알지 못하여도 통곡하는 내 심사는 네가 혹시 짐작할까?

한 걸음에 눈물지고 두 걸음에 돌아보며 드디어 떠나가니 명도²⁷⁾의 풍파가 이제부터 험난하다. 강가에 다다르니 뱃사람이 몰려들어 뱃머리에 좌판 놓고 심소서를 모셔 올려 빗장 안에 앉힌 다음 닻 감고 달아 소리하며 북을 둥둥 울리면서 지향없이 떠나간다. 배 타고 한가운데 떠서 흘러가니 망망한 창해 중에 가없는 물결이다.

한 곳에 당도하여 닻을 주고 돛을 내리니 이곳이 인당수다. 고기와 용이 싸우는 듯 큰 바다 한 가운데 돛도 잃고 닻도 끊기며, 노도 잃고 키도 빠지며,

바람 불고 물결치고 안개마저 자욱한 날에 아직도 갈 길은 천만 리가 넘으며 사면이 검게 어둑 저물어 천지와 지척이 똑같이 막막한데 산 같은 파도가 뱃전

26) **동중** - 동네 사람

27) **명도** - 불교에서 말한 영혼의 세계

을 땅땅치니 당장에 위태로운지라, 도사공 이하가 크게 겁을 먹고 어쩔 바를 몰라하며 혼비백산하여 고사 절차를 차린다.

섬쌀로 밥을 짓고 큰 돼지를 잡아 큰 칼 꽂아서 정하게 받쳐 놓고 삼색사와 오색 당속(설탕에 조려서 만든 음식)에 큰 소 잡고 동이술을 곁들이어 방향을 가리어 갖다 놓고서 심청이를 목욕시켜 의복을 정히 입히고 뱃머리에 앉힌 다음 도사공이 고사를 올리는데, 북채를 갈라 쥐고 북을 둥둥 둥둥 두리 둥둥 울린다.

"헌원[28] 씨가 배를 만들어 가지 못하던 길을 통하게 한 후로 뒷 사람들이 본받아 저마다 이로써 업을 삼으니 막대한 공이 아닙니까? 하우씨(우왕)는 구년 치수에 배를 타고 다스려 오복(서울을 중심으로 다섯 지방)을 구제하고 다시 구주(중국 땅은 아홉 주)로 돌아들 때 배를 타고 기다렸으며,

제갈공명의 높은 조화도 동남풍을 불러 일으켜 조조의 백만 수군을 주유를 시켜 불을 질러 적벽 대전할 적에 배 아니면 어찌하였으리오? 우리 동무 스물네 명상가(장사)로 업을 삼아 15세에 배를 타서 여러 해를 거듭하여 서남방을 떠돌다가 오늘날 인당수에 제물을 바치오니 동해신 아명이며, 남해신 축융이며, 서해신 거승이며,

북해신 우강이며 모두 강물의 신과 모두 냇물의 신이 이 제물을 드시고 여러 신령께서 한결같이 굽어 살피시어 비렴(바람 신)으로 하여금 바람주시고 해약(바다 신)으로 하여금 인도케 하여 황금더미로 우리의 소망을 이루어주소서. 고수레[29]! 둥둥."

빌기를 마치고 심청이더러 물에 들라 하며 뱃사공들이 재촉하니, 심청이는 뱃머리에 우뚝 서서 두 손을 합장하고 하느님께 빈다.

"비나이다 비나이다. 심청이 죽는 것은 추호도 서럽지 않으나 앞 못보는 우리 부친 천지에 사무치는 원한을 살아 생전에 풀어 드리려고 죽음을 당하오니 하나님이 굽어 살피시어 우리 부친 어두운 눈을 불원간 밝게 하시어 광명천지를 보게 하소서."

다시 뒤로 펄썩 주저앉더니 도화동을 향하면서,

"아버지 나 죽소! 어서 눈을 뜨소서!"

28) 헌원 - 중국 신화에 나오는 제왕. 배를 만들기도 함

29) 고수레 - 굿이나 제사를 할 때 귀신에게 먼저 음식을 바친다며 하는 소리

손을 짚고 일어서서 사공들에게,

"여러 선인 상가님네들, 평안히 가시고 억만금의 이를 얻어 이 물가를 지날 때면 나의 혼백 넋을 불러 떠돌이 귀신을 면케 하여 주오."

이르고 빛나는 눈을 감고 치마폭을 뒤집어 쓰고 이리저리 저리이리 뱃머리로 와락 나가 푸른 물에 풍덩 빠지니, 물은 인당수요, 사람은 심봉사의 딸 심청이라. 인당수 깊은 물에 힘없이 떨어진 꽃 헛되이 고기 뱃속에 장사 지냈단 말인가?

그 배의 영좌는 한숨 지며 통곡하고 삿대잡이는 엎드려 운다.

"하늘이 낸 큰 효 심소저는 아깝고 불쌍하다. 부모 형제가 죽었다 한들 이에서 더할소냐?'

이 무렵 한편 무릉촌의 장승상 부인은 심소저를 이별하고 애석한 마음을 이기지 못하여 심소저의 화상 족자를 벽 위에 걸어두고 날마다 살펴보는데, 하루는 족자 빛이 검어지며 화상에서 물이 흐르므로 부인이 놀란다.

"이제는 죽었구나!'

슬픔을 못 이기어 애간장이 끊어지는 듯, 가슴이 터지는 듯 기막혀 슬피 우는데 이윽고 족자 빛이 완연히 새로워지니 마음에 괴이쩍게 여기었다.

"누가 건져 내어 목숨을 부지하였는가? 푸른 바다 만리 밖 소식 어찌 알리?'

그날 밤 삼경 초(밤11시)에 제물을 갖추어 시비에게 들리고 강가에 나가 백사장 정한 곳에 주과포를 벌어놓고 승상 부인은 몸소 축문을 크게 읽어 심소저의 넋을 위로하며 제사를 지냈다. 강촌에 밤이 깊어 사면이 고요한데,

"심소저야 심소저야! 아깝도다 심소저야! 앞 못 보는 부친 눈을 뜨게 하려 평생 한이 되는지라. 네 효성이 죽기로써 갚으려고 실낱 같은 목숨을 스스로 내던져 고기 뱃속 넋이 되니 가련하고 불쌍코나!

하느님은 어찌하여 너를 내고 죽게 하며, 귀신은 어찌하여 죽는 너를 못 살리나? 네가 나지 말았거나 내가 너를 몰랐거나 할 것이지 생리사별이 웬말인고? 그믐이 되기 전에 달이 먼저 기울었고, 모춘[30]이 되기 전에 꽃이 먼저 떨어지니 오동에 걸린 달은 뚜렷한 네 얼굴이 다시 온 듯, 이슬에 젖은 꽃은 천연한 네 몸가짐 눈앞에 내리는 듯,

---

30) 모춘 - 늦봄

대들보에 앉은 제비 아름다운 네 소리로 무슨 말을 하소연할 듯, 두 귀밑의 머리털은 이로하여 희여지고 인간계에 남은 세월 너로 인해 재촉되니 무궁한 나의 수심을 너는 죽어 모르거니와 나는 살아 고생이렷다. 한 잔 술로 위로하니 꽃다운 넋이여, 오호라 슬프구나! 상향."

부인이 눈을 씻고 제물을 조금씩 뜯어 물에 띄울 때 술잔이 뒹구니 심소저의 혼이 온 듯하여 부인은 그지없이 서러워하며 집으로 돌아갔다. 대저 이 세상같이 억울하고 고르지 못한 것은 없으리라. 가난하고 약한 사람은 그 부모가 낳은 몸과 하늘이 주신 귀중한 목숨도 보전치 못하고 심청이 같은 하늘이 낸 큰 효가 필경에는 인당수 물에 가련한 몸이 잠기게 되었다.

그러나 그가 잠긴 곳은 물 속이 아니라 이 인간계를 영 이별하고 간 하늘의 상계이니, 하느님의 능력이 한없이 큰 세상이다. 이욕에 눈이 어두운 인간계의 사람들과 말 못하는 부처는 심청이를 돕지 못하였으나 인당수의 물귀신이야 심청이를 알아보지 못하리오?

그때 옥황상제께서는 사해 용왕에게 분부를 내리시었다.

"명일[31] 오시[32] 초각에 인당수 바닷속으로 하늘이 낸 큰 효 심청이가 떨어질 터이니, 그대들은 등대하였다가 수정궁에 영접하고, 다시 영을 기다려 도로 그를 인간계로 보내되 만일에 시각을 어기는 날에는 사해의 수궁제신들이 죄를 면치 못하리라."

이렇듯 분부가 지엄한지라 사해의 용왕들이 황겁하여 원참군 별주부와 백만의 철갑제강(게나 조개 따위)이며 무수한 시녀들로 하여금 백옥 교자를 채비하고 그 시각을 기다릴 때 오시 초각이 되자 백옥같은 한 소저가 바다 위로 떨어지매 여러 선녀들이 이를 옹위하여 심소저를 고이 모셔 교자에 앉히니, 심소저는 정신을 가다듬고 사양한다.

"나는 속세의 천한 몸이니 어찌 황공하여 용궁의 교자를 탈 수 있겠습니까?" 여러 시녀가 여쭙는다.

"옥황상께서 분부를 내리셨습니다. 만약에 지체하시면 사해 수궁에 탈이 나니 지체 마시고 타십시오."

31) 명일 - 오늘

32) 오시 - 11~13시

심청이는 사양하다 못하여 교자에 올라앉으니, 여러 선녀들이 옹위하여 수정궁으로 들어갈 때 위의가 굉장하다. 옥황상제의 명이거늘 어찌 거행함이 범연하랴. 사해의 용왕들이 각기 선녀를 보내어 조석으로 문안하고 번갈아 가며 시위할 때 삼일에 소연이요, 오일에 대연으로 극진히 위로한다.

심소저가 이렇듯이 수정궁에 머무를 때 하루는 하늘에서 옥진 부인이 오신다 하나, 심소저는 누구인지 모르고 일어서 바라보니 오색 구름이 푸른 하늘에 서리며 요란한 풍악이 궁중에 낭자하더니, 머리 바른쪽에는 단계화[33]요 왼쪽에는 벽도화[34]로,

청학과 백학이 옹위하고 공작새는 춤을 추고 안비는 인도하며 천상 선녀 앞을 서서 용궁 선녀 뒤를 서서 엄숙하게 내려오니 보던 중 처음이다. 이윽고 다다르자 교자에서 옥진 부인이 내려 안으로 들어온다.

"청아, 너의 어미 내가 왔다."

"애고 어머니!"

심소저는 우르르 달려들어 모친 목을 덥썩 잡고 웃다 울다 하면서 말한다.

"변변치 못한 소녀 몸이 부친 덕에 아니 죽고, 15세를 다하도록 모녀간에 어머니가 중하거늘 이날 이때껏 얼굴을 모르기로 평생에 한이 되어 잊을 날이 없더니, 오늘에야 모녀가 상봉하여 나는 한이 없거니와 외로우신 아버지는 누구 보고 반기실까?"

그러구러 모녀가 어울려서 여러 날을 수정궁에 머물러 있더니 하루는 옥진 부인이 심청이한테 말한다.

"반가운 마음이야 한량없건마는 옥황상제의 처분으로 맡은 직분이 허다하므로 오래 지체를 못하겠구나. 오늘은 너와 이별하고 네가 장차 부친을 만나게 될 줄 네 어찌 알랴만, 후일에 서로 반길 때가 있으리라."

옥진 부인 일어서서 손을 잡고 작별하더니, 공중을 향하여 홀연 삽시간에 사라지니 심청이는 할 수 없이 눈물로 하직하고 계속 수정궁에 머물러 있었다.

이럴 즈음 옥황상제께서는 심낭자의 출천대효[35]를 가상히 여기시고, 수정궁

33) 단계화 - 계수나무 꽃

34) 벽도화 - 푸른 복숭아 꽃

35) 출천대효 - 하늘이 낸 큰 효

에 오래 둘 도리가 없는지라 사해 용왕에게 다시 전교를 내리셨다.

"대효 심낭자를 옥정연화 꽃봉오리 속에 아무쪼록 고이 모셔 오던 길인 인당수로 도로 내보내라."

꽃봉오리 속의 심낭자는 가는 바를 모르는데 수정문 밖 떠날적에 하늘에서 사나운 비바람이 없이 맑게 개었으며 바다 또한 잔잔하여 파도가 일지 않는다. 때는 봄이라 해당화는 바닷물에 피어 있고, 동풍에 푸른 버들은 바닷가에 가지를 디리웠는데 고기 낚는 저 어부는 시름없이 앉았구나.

한 곳에 다다르니 날씨가 명랑하고 사면이 광활하다. 심청이가 정신을 가다듬고 둘러보니 용궁 가던 인당수라, 슬프다 이 역시 꿈을 꿈이 아닐까? 바로 그 무렵, 남경으로 장사 하러 갔던 선인들이 심낭자를 제수로 바친 덕에 그 행보에 이[36]를 남겨 돛대 끝에 큰 기 꽂고 웃음으로 지껄이며 춤추고 돌아 오다 인당수에 다다르니,

큰 소 잡고 동이 술에 각종 과실 차려놓고 북을 치며 제를 지내던 참이다. 해상을 바라보니 난데없는 꽃 한 송이 물 위로 덩실덩실 떠내려 오기에 선원들이 내다르며 말한다.

"이 애야, 저 꽃이 웬 꽃이냐? 천상의 월계화냐, 요지의 벽도화냐? 천상꽃도 아니요, 세상꽃도 아닌데 해상에 홀로 있을진대 아마도 심낭자의 넋인가 보다."

이같이 공론이 분분할 때 백운이 자욱한 가운데 산뜻하게 푸른 옷을 떨쳐입은 선관 하나가 공중에 학을 타고 외쳐 이른다.

"해상에 떠 있는 선인들아, 꽃보고 떠들지 마라. 그 꽃은 천상의 귀한 꽃이니 타인은 일체 접근치 말 것이며 각별 조심하여 고이 모셔다가 천자께 진상토록 하라. 만일 그리 아니하면 뇌성보화천존으로 하여금 생벼락을 내리도록 하련다."

뱃사람들 그 말 듣고 황겁하여 벌벌 떨면서 그 꽃을 고이 건져 빈칸에 모신 후에 청포[37]을 둘러치고 내외 제례가 분명하였다. 닻을 감고 돛을 다니 순풍이 절로 일어 서울 남경을 순식간에 당도하여 해안에 배를 대었다.

때는 바로 경진년 삼월이라. 당시 송나라 천자께옵서는 황후의 상사를 당하였으니, 억조 창생 만민들은 이를 것도 없거니와 조공하는 열두 나라 사신들은 황

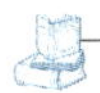

36) 이 - 이익. 이문

37) 청포 - 푸른 비단

황급급 분주한데, 천자는 마음이 어지러워 슬픔을 가라앉히려고 각색 화초를 고루고루 구하여서 상림원에 채우고 황극전 앞뜰에 골고루 심었으니, 기화요초가 아니랴!

이렇듯 여러 가지 화초가 만발한데 꽃 사이로 쌍쌍이 범나비는 꽃을 보고 반기며 너울너울 춤을 출 때 천자는 슬픔을 잠시 잊고 마음에 기꺼워 꽃을 보고 즐거워하시었다.

마침 이때 남경 장사 선인들이 희귀한 꽃 한 송이를 진상하니, 천자는 이를 보고 매우 기꺼워하시며 옥쟁반에 받쳐놓고 진종일 그 꽃을 사랑하시니 구름같은 황극전에 날이 가고 밤이 들어도 들리는 것은 시각을 알리는 경점소리뿐이었다.

천자가 잠자리에 드시니 비몽사몽 간에 봉래산 선관이 학을 타고 분명히 내려와서 천자 앞에 돌연히 이른다.

"황후가 돌아가셨음을 상제께서 아시고 인연을 보내셨으니 폐하께서는 어서 바삐 살피소서."

천자가 잠을 깨시고 자리에서 일어나 천천히 거닐다가 궁녀를 급히 불러 옥쟁반의 꽃을 살피시니, 보던 꽃이 없고 한 낭자가 앉아 있으매 천자는 매우 기꺼워한다.

이튿날 아침에 삼태육경[38]을 비롯하여 만조 백관 문무 제신을 불러 놓고 천자께서 이르신다. "짐이 간밤에 꿈을 꾼 후 기이하기로, 어제 선인들이 진상한 꽃을 보니 그 꽃은 간 곳이 없고 다만 한 낭자가 앉았는데 황후의 기상인지라 짐은 이를 하늘이 정한 연분으로 여기거니와 경들의 뜻은 어떠한가?"

문무 제신이 일제히 아뢴다.

"황후께서 승하하셨음을 상천이 아시고 인연을 보내셨으니 국운이 무궁하여 하늘이 보호하심입니다. 국가의 경사 이에 더함이 없는 줄로 아뢰오." 이리하여 대례를 마친 다음 심낭자를 금덩(귀부인이 타던 가마)에 고이 모셔 황후전에 들게 하니 위의와 예절이 거룩하고 화사했다.

이로부터 심황후의 어진 덕이 천하에 고루 퍼지니, 조정의 문무 백관과 각 성자사와 열읍 태수와 만백성이 엎드려 축원한다.

38) 삼태육경 - 삼정승과 육조 필서

"우리 황후 어진 성덕 만수무강하소서."

이즈음 심봉사는 딸을 잃고 실성하여 날마다 탄식할 때 봄이 가고 여름 되니 녹음방초도 원망스럽고 자연을 노래하는 새도 심봉사를 비웃는 듯하여 눈물지며 허송 세월하였다.

인간에 있어 가장 절실한 정은 천륜이라, 심황후는 귀한 몸이 되었으나 앞 못 보는 부친 생각이 무시로 솟아올라 홀로 앉아 근심과 탄식하는 날이 많았다.

이럴 즈음 천자께서 내전에 들어와 황후를 보시니, 눈에 눈물이 서려있고 얼굴에 수심이 가득하기에 천자께서 물으신다.

"황후는 미간에 수심이 가득하니 어인 일이오?"

황후가 꿇어 앉으며 나직이 여쭙는다.

"신첩은 본래 용궁인이 아니라 황주 도화동에 사는 심학규의 딸인데, 첩의 부친이 앞을 보지 못하는지라 철천지 한이더니, 부처님께 공양미 삼백 석을 시주하면 감은 눈을 뜬다 하기로 남경 장사 선인들에게 이 몸을 팔아 인당수에 빠졌습니다. 하늘이 굽어 살피시어 몸은 귀하게 되었으나 천지인간 병신 중에는 소경이 제일 불쌍하니 맹인 불러 음식을 내려 주시면 첩의 천륜을 찾을까 합니다."
황제가 즉시 근신을 불러 연유를 하교하시며 금월 말일 황성에서 맹인잔치를 배푼다는 칙지를 선포하여 모든 맹인들을 상경토록 하였다.

그러나 심봉사는 어디 갔기로 이 경사를 모르는가?

이때 심학규는 몽운사 부처가 영험이 없었는지 딸 잃고, 쌀 잃고, 눈도 뜨지 못해 지금껏 심봉사는 봉사 그대로 있는지라. 그 중에서 눈만 못 떴을 뿐 아니라 생애의 고생이 세월을 따라 더욱 깊어간다.

도화동 사람들은 당초의 남경 장사 부탁도 있고 곽씨 부인을 생각하든지 심청의 정곡을 생각하여도 심봉사를 위하여 마음 극진히 써서 돕는 터라. 그 때 선인이 맡길 전곡을 착실히 이삭을 늘여 가며 심봉사의 의식을 넉넉케 하고 행세도 차차 늘어 가더니,

이때 마침 본촌에 뺑덕 어미라 하는 계집이 있어 행실이 간악한데, 심봉사의 가세 넉넉한 줄 알고 자원하여 첩이 되어 심봉사와 사는데 이 계집의 버릇은 아주 인중지말(사람 가운데 제일 못난 사람)이라. 그렇듯 어두운 중에도 심봉사를 더욱 고생되게 가세를 결단내는데, 쌀을 주고 엿사먹기,

벼를 주고 고기사기, 잡곡으로 돈을 사서 술집에서 술먹기와 이웃집에 밥부치

기, 빈 담뱃대 손에 들고 보는 대로 담배청하기, 이웃집에 욕 잘하고 동무들과 싸움 잘하고 정자 밑에 낮잠 자기, 술 취하면 한밤중 긴 목놓고 울음 울고, 동리 남자 유인하기, 일년 삼백육십 일을 입 잠시 안 놀리고는 못 견디어 집안의 살림살이를 홍시감 빨듯 홀짝 없이하되,

심봉사는 다년간 공방으로 지내던 터라 기중 실가지락(부부 사이의 금슬)이 있어 삯 받고 관가 일을 하듯 하되, 뺑덕 어미는 마음 먹기를 형세를 털어 먹다 이삼 일 양식할 만큼 남겨놓고 도망할 작정으로, 유월 까마귀 곤 수박 파먹듯 불쌍한 심봉사의 재물을 주야로 퍽퍽 파던 터라.

하루는 심봉사 뺑덕 어미를 불러,

"여보소, 우리 형세가 매우 착실하더니 지금 남은 살림 얼마 아니 된다 하니, 내 도로 빌어먹기 쉬운즉 차라리 타관에 가 빌어먹세. 본촌에는 부끄럽고 남의 책망 어려우니 이사하면 어떠한가?"

"매사를 가장 하라는 대로 하지요."

"당연한 말이로세. 동리 사람에게 빚이나 없나?"

"내가 줄 것 조금 있소."

"얼마나 되나?"

"뒷 동리 높은 주막에 가 해정주³⁹⁾ 한 값이 마흔 냥."

심봉사 어이없어,

"잘 먹었다. 또 어데?"

"저 건너 불똥이 함씨에게 엿값이 서른 냥."

"잘 먹었다. 또."

"안촌 가서 담배값이 쉰 냥."

"이것 참 잘 먹었네."

"기름 장사한테 스무 냥."

"기름은 무엇했나?"

"머리 기름 했지."

심봉사 기가 막히고 하도 어이가 없어,

39) 해정주 - 속 풀이 술. 해장술

"실상 얼만큼 아니 되네."

"고까짓 것 무엇이 많소?"

한참 이렇듯 문답하더니 심봉사는 그 재물을 생각할 적이면 그 딸의 생각이 더욱 뼈가 울리며 간절한지라.

여광여취(매우 기뻐서 미친 듯도 하고 취한 듯도 함)한 듯 홀로 뛰어나와 심청 가던 길을 찾아 강변에 홀로 앉아 딸을 불러 우는 말이,

"내 딸 심청아, 너는 어이 못 오느냐. 인당수 깊은 물에 네가 죽어 황천 가 서 너의 모친 뵈옵거든 모녀간의 혼이라도 나를 어서 잡아가거라."

이렇듯이 눈물을 흘리고 있을 때, 관차가 심봉사 강변에서 운단 말을 듣고 강변으로 쫓아와서,

"여보 봉사, 관가님께서 부르시니 어서 바삐 가십시다."

심봉사 이 말 듣고 깜짝 놀라,

"나는 아무 죄가 없소"

"황성 맹인 잔치 한다니 어서 급히 올라가라."

심봉사 대답하되,

"옷 없고 노자 없이 황성 천 리 못 가겠소." 관가에서도 심봉사 일을 다 아는지라 노자를 내어주고 옷 일습을 내어주며 어서 바삐 올라가라 하니, 심봉사 하릴없어 집으로 돌아와 마누라를 부른 다.

"뺑덕이네."

뺑덕 어미는 심봉사가 홧김에 물에 빠진 줄 알고 남은 살림 내 차지라고 속으로 은근히 좋아하더니 심봉사가 들어오니까 급히 대답하되,

"네, 네."

"여보 마누라, 오늘 관가에 갔더니 황성서 맹인 잔치를 한다고 날더러 가라하니 내 갔다 올 터이니 집안을 잘 살피고 나 오기를 기다리시오."

"여필종부라니 가군 가는데 나 아니갈까? 나도 같이 가겠소."

"자네 말이 하도 고마우니 같이 가볼까? 건넌말 김장자에게 돈 삼백 냥 맡겼으니 그 돈 중에 오십 냥 찾아 가지고 가세."

"애그 봉사님 딴소리 하네. 그 돈 삼백 냥 벌써 찾아 이 달의 살구값으로 다 없앴소."

심봉사 기가 막혀, "삼백 냥 찾아온 지 며칠 아니되어 살구값으로 다 없앴단

말이야?"

"고까짓 돈 삼백 냥을 썼다고 그같이 노여워 하나?"

"네 말하는 꼴 들어본즉 귀덕이네 집에 맡긴 돈도 또 썼겠구나."

뺑덕 어미 또 대답하되,

"그 돈 백 냥 찾아서는 떡값, 팥죽값으로 벌써 다 썼소."

심봉사 더욱 기가 막혀,

"애고 이 몹쓸 년아, 천출 대효 내 딸 심청이 인당수에 망종 갈 때 사후에 신세라도 의탁하라 주고 간 돈, 네년이 무엇이라고 그 중한 돈을 떡값 살구값 팥죽값으로 다 녹여단 말이냐?"

"그러면 어찌하여요? 먹고 싶은 것 안 먹을 수 있소?"

뺑덕 어미가 살망[40]을 푸이며,

"어쩐 일인지 지난달에 몸 구실을 거르더니, 신 것만 구미에 당기고 밥은 아주 먹기가 싫어요."

그래도 어리석은 사내라 심봉사 이 말을 듣고 깜짝 놀라,

"여보게, 그러면 태기가 있나보오. 그러하나 신 것을 많이 먹고 그애를 나면 그놈의 자식이 시큰둥하여 쓰겠나? 남녀간에 하나만 낳소. 그도 그러려니와 서울 구경도 하고 황성 잔치 같이 가세."

이렇듯 말하여 행장을 차릴 적에, 심봉사 거동 보소. 제주 양태, 굵은 베로 중추막에 목전대 둘러 띠고, 노수 냥을 보에 싸서 어깨 너머 둘러메고, 소 상반죽 지팡이를 왼손에 든 연후에, 뺑덕 어미 앞세우고 심봉사 뒤를 따라 황성으로 올라간다.

한 곳에 다달아서 한 주막에서 자노라니, 그 근처에 황봉사라 하는 소경이 뺑덕 어미가 잡것인 줄 인근 읍에 자자하여 한 번 보기를 원하였는데, 뺑덕 어미네가 으레히 그곳에 올 줄 알고 그 주인과 의논하고 뺑덕 어미를 유인할 제 뺑덕 어미 속으로 생각하되,

'심봉사 따라 황성 잔치 간다 해도 눈뜬 계집이야 참례도 못 할 터이요, 집으로 가자니 외상 값에 졸릴 테니 집에 가 살 수 없은 즉, 황봉사를 따라가면 일신

40) 살망 - 어울리지 않는 몸짓

41) 벽제 - 귀인 행차 시 잡인의 통행을 막는 일

도 편코 한철 살구는 잘 먹을 터이니 황봉사를 따라가리라.'

하고 심봉사의 노자 행장까지 도적해 가지고 밤중에 도망을 하였더라.

불쌍한 심봉사는 아무것도 모르고 식전에 일어나서,

"여보소 뺑덕 어미, 어서 가세. 무슨 잠을 그리 자나."

하며 말을 한들 수십 리나 달아난 계집이 대답이 있을 수 있나.

"여보소 마누라."

아무리 하여도 대답이 없으니 심봉사 마음에 괴이하여 머리맡을 더듬은즉 행장 노자 싼 보가 없는지라 그제야 도망한 줄 알고,

"애고, 이 계집 도망하였나?"

심봉사 탄식한다.

"여보게 마누라, 나를 두고 어데 갔나? 나도 가세 마누라, 나를 두고 어데 갔나? 황성 천 리 먼먼 길을 누구와 함께 동행하며 누구를 믿고 가잔 말인 가. 나를 두고 어데 갔나? 애고 애고, 내 일이야."

이렇듯 탄식하다가 다시 생각하고,

"아서라, 그년 생각하니 내가 잡놈이다. 현철하신 곽씨 부인 죽은 양도 보았으며, 출신 대효 내 딸 심청 생이별도 하였거든, 그 망할 년을 다시 생각하면 내가 또 잡놈이다. 다시는 그년을 생각하면 말도 아니하리라."

하더니 그래도 또 못 잊어,

"애고, 뺑덕 어미."

부르며 그곳에서 떠났더라.

외로운 나그네로 그렁그렁 가노라니 때는 마침 오뉴월 더운 때라 무더위는 불같은데 비지땀 흘리면서 한 곳에 당도하니 희맑은 시냇가에 멱감는 아이들이 저희끼리 재담하며 물소리를 내는지라 심봉사,

"애라, 나도 목욕이나 하여야겠다."

하고 고의 적삼 활활 벗고 시냇물에 들어앉아 목욕을 한참 하고 물가로 나오면서 옷을 찾아 더듬으니 심봉사보다 더 궁한 도둑놈이 집어 들고 달아났다.

벌거벗은 심봉사가 불같이 따가운 볕에 땀을 뻘뻘 흘리면서 홀로 앉아 탄식한들 그 뉘가 옷을 주랴?

그럴 즈음 무릉 태수가 황성 갔다 오는 길에 벽제[41] 소리 요란하다. 벌거벗은 알봉사가 불두덩만 감싸쥐고 소리친다.

"아뢰어라! 아뢰어라! 급창[42]아 아뢰어라! 황성 가는 봉사다. 진정(사정을 진술하는 것)차로 아뢰어라."

행차가 머물렀다.

"소맹은 황주 도화동에 사는데, 맹인 잔치에 가다가 하도 덥기로 이 물가에 목욕하던 사이에 의복과 행장 일체를 잃었으니 세세히 두루 찾아 주시오."

옷을 얻어 입고 심봉사가 겨우 황성에 당도하니 각도 각읍 소경들이 들거니 나거니로 객사마다 들끓었다. 소경이란 소경들은 장안에 그득하니 눈이 성한 사람마저 병신으로 보였다. 분부받은 군사들이 푸른 영기 둘러메고 골 목 골목 두루 돌며 큰소리로,

"각도 각읍 소경님네, 맹인 잔치 끝막이니 바삐 가서 참례하오."

알리며 지나가매 객사에서 한숨 쉬던 심봉사 바삐 떠나 대궐로 찾아드니 수문 장이 좌기[43]하고 낱낱이 오는 소경 점고하여 들이었다.

이때에 심황후는 나날이 오는 소경들의 거주 성명을 받아 보나 목을 늘여 고대하는 부친 성명 없는지라 눈물 흘리며 탄식했다. 삼천 궁녀 시위하니 크게 울지 못하고 옥 난간에 나앉아서 문설주에 옥면을 대고 혼잣말로,

"불쌍하신 우리 부친 세상에 사셨나 죽으셨나? 부처님이 영검하여 그동안에 눈을 떠서 맹인 잔치 빠지셨나? 당년 칠십 노환으로 병이 들어 못오시나? 오시다가 멀고 먼 길 노중에서 무슨 낭패 보셨는가? 이 몸이 살아나서 귀하 게 되었음을 아실 리가 만무하니 안타깝고 원통하다."

이렇듯 탄식하는데, 이윽고 모든 소경들이 궁중으로 들어와서 벌려 앉거늘 말석에 앉은 소경을 유심히 바라보니 머리는 백발이나 귀 밑에 검은 때가 있는 것이 부친이 분명했다.

심황후 시녀를 불러 분부한다.

"저기 앉은 늙은 소경 이리로 데려 와서 거주 성명을 아뢰게 하라." 심봉사는 더듬더듬 일어나서 시녀를 쫓아 조심조심 탑전으로 들어가서,

"소생은 본래 황주 도화동에 거주하는 심학규라 합니다. 이십에 소경이 되고 사십에 상처하여 강보에 싸인 딸을 동냥젖을 얻어 먹여 근근히 키워 내어 15세

42) 급창 - 사내종
43) 좌기 - 관리가 사무를 보던 일

가 되었는데 이름은 심청이요, 효성이 지극하였습니다.

그것이 밥을 빌어 연명하며 살아갈 때 몽운사 부처님께 공양미 삼백 석을 지성으로 시주하면 감은 눈을 뜬다기로 남경 장사 선인들께 공양미를 얻으려고 아주 영영 팔려가서 인당수에 죽었으나 딸만 죽고 눈 못 뜨니 못쓸 놈의 팔자소관 진작 죽자 하다가 탑전에서, 세세한 연유를 낱낱이 아뢰고 죽 어 갈 모양으로 불원천리 왔습니다.”

원통한 신세 사연을 낱낱이 아뢰고 엎어져 백수풍진 고루 겪은 두 눈에서 피눈물 흐르더니,

“애고, 내 딸 청아!

하고 땅을 치고 통곡함을 마지 않았다.

심황후는 이 말을 들으시매 말을 다 마치지도 아니하여 눈에서는 피가 돋고 뼈는 녹는 듯 하기에 부친을 부축하여 일으켰다.

“애고 불쌍한 아버지! 어서 눈을 떠서 나를 보소서.”

이 말을 들은 심봉사가 어찌나 반갑던지,

“으흐흐! 이게 웬일일고? 출천 대효 내 딸 청이 살았다니 그게 웬말이냐? 내 딸이면 어디 보자!’

하는데 흰 구름이 자욱하며 청학, 백학, 난봉, 공작이 운무 중에 오고가며 심봉사의 머리 위로 안개마저 서리며, 심봉사의 두 눈이 번쩍 뜨이매 천지 일월 밝아진다.

심봉사 마음에 흐뭇하나 어찌할 바 모르면서 큰 소리를 질렀다.

“애그머니! 애고, 어쩐 일로 양쪽 눈이 환하더니 온 세상이 허전하구나! 감았던 눈 번쩍 뜨니 천지일월 반갑도다!’

딸의 얼굴 쳐다보니 칠보화관이 황홀하여 뚜렷하고 어여쁘다.

심봉사는 그제서야 눈 뜬 줄을 알아차려 사방을 둘러보니 형형색색 반갑도다. 어찌나 반갑던지 심봉사는 와락 달려들었다.

“이분이 누구뇨? 갑자 시월 초파일날 꿈에 보던 얼굴일세. 음성은 같다마는 얼굴은 초면일세. 허허 세상 사람들아 고진감래 홍진비래는 나를 두고 한 말일세.

얼씨구 좋을씨구 지화자 좋을씨구! 어두컴컴한 빈 방안에 불 켠 듯이 반가우며 산양수 큰 싸움에 조자룡 본듯 반갑도다! 어둡던 두 눈 뜨니 황성 대궐이 웬말이며, 궁중을 살펴보니 죽은 몸이 한 세상에 황후되고 사십여년 긴긴 세월 앞 못

보던 내 눈을 홀연히 다시 뜨니 이는 모두 옛글에도 없는 일.

허허 세상 이런 말을 들었는가? 얼씨구 좋을씨구 지화자 좋을씨구! 이런 경사 어디 있나? 칠십 평생 처음일세!'

삼황후도 진심으로 기뻐하며 부친 손을 이끄시고 삼천 궁녀 옹위하여 내전으로 들어가니 황제 또한 기꺼움을 못 이기며 소경 아닌 심학규를 부원군[44]에 봉하시고 저택이며 전답이며 남녀 종을 내리셨다.

심부원군이 선영과 과씨 부인 산소에 영분을 한 연후에 황성 올라오다 중로에서 인연 맺은 안씨 맹인을 맞아들여 그에게서 칠십에 생남하고, 심황후의 어진 성덕 천하에 가득하니 만백성들 천세 만세를 부른다. 그리하여 만백성이 심황후를 본받으니 효자 열녀가 곳곳에서 나왔다.

---

44) 부원군 - 왕비의 부친에게 주는 작호

14
흥부전

형제는 오륜의 하나요, 한 몸을 쪼갠 것이다. 그러므로 부귀와 화복을 같이 하는 것이다. 그런데 형제도 형제 나름이다.충청. 전라. 경상의 삼도가 만 나는 어름에 사는 연생원이라는 양반이 아들 형제를 두었는데 형의 이름 놀 부요, 동생의 이름은 흥부였다.

틀림없는 한 어머니 소생이건만 흥부는 마음씨 착하고 효행이 지극하며 동기간의 우애가 극진한데, 놀부는 부모에게는 불효이고 동기간에 우애가 조금도 없으니, 그 마음 쓰는 것이 괴상하였다. 모든사람, 오장에 육부[1]를 가졌지만 놀부는 당초부터 오장에 칠부였다. 말하자면 심술보가 하나 더 있어 심술보가 한번만 뒤집히면 심사를 야단스럽게도 피웠다.

술 잘먹고, 욕 잘하고 거드름 빼고, 싸움 잘하고, 초상난 데 춤추기, 불난 데 부채질하기, 해산한 데 개잡기, 장에 가면 억지 흥정, 우는 아기 똥 먹이기, 죄없는 놈 뺨치기, 빚값으로 계집 뺏기, 늙은 영감 덜미잡기, 아이 밴 아낙네 배차기, 우

---

1) 오장에 육부 - 내장의 총칭

물 곁에 똥누어 놓기, 올벼논[2]에 물 터놓기,

잦힌 밥에 흙 퍼붓기, 패는 곡식 이삭빼기, 논두렁에 구멍뚫기, 애호박에 말뚝 박기, 곱사등이 엎어놓고 밟아 주기, 똥누는 놈 주저앉히기, 앉은뱅이 턱살 치기, 옹기장수 작대기 치기, 면례[3]하는데 뼈 감추기, 남의 양주[4] 잠자 는데 소리 지르 기,수절과부 겁탈하기, 통혼한 데 간혼[5]놀기,

만경창파에 배 뚫기, 닫는 말에 앞발 치기, 목욕하는데 흙 뿌리기, 담 붙은 놈 코침 주기, 얼굴에 종기 난 놈 쥐어박기, 눈 앓는 놈 눈에 고춧가루 넣기, 이 앓는 놈 뺨치기, 어린아이 꼬집기, 다 된 흥정 깨뜨리기,중을 보면 대테메기, 남의제사 에 닭 울리기, 큰 한길에 허망 파기, 비 오는 날에 장독 열기 등이었다.

이놈의 심사가 이렇듯 모과나무같이 뒤틀리고 동풍 안개 속에 수숫잎 같이 꼬 여 그 흉악함을 헤아릴 수 없었다. 그러나 흥부는 충실, 온후, 인자하였으니, 형 이 하는 짓을 탄식하고 때로는 충고할 마음을 가져보았으나 말해 보아야 쓸데없 으므로 말없이 주면 먹고 시키는 일이나 공손히 하였다.

놀부의 악한 마음은 부모가 물려준 많은 재산을 독차지하고 아우 흥부를 구박 하나 흥부의 어진 마음은 조금도 변함이 없었다. 놀부는 부모 제삿날이 와도 제 물은 장만하지 않고 돈으로 대신 놓고 지내면서, "이번 제사에도 황초 값 닷 푼 은 온데간데 없구나." 하는 식이었다.

그런 천하에 몹쓸 놈이라 아우를 내쫓을 궁리를 하게 된 것이다.

"형제란 것은 어려서는 같이 살아도 처자를 갖춘 다음엔 각각 따로 사는 것이 떳떳 한 법이다. 너는 처자를 데리고 나가 살아라."

처음엔 사정도 해보았으나 놀부는 듣지 않았다. 흥부는 하는 수 없이 아내와 어린 것들을 이끌고 대문을 나섰다.

건너산 언덕 밑에 가서 움막을 파고 온 식솔이 모여앉아 밤을 새웠다. 이튿날 그 자리에 수숫대를 모아다가 한나절에 얼기설기 집을 지어놓으니, 방에 누어 다리를 뻗어 보면 발목이 벽 밖으로 나가고 팔을 뻗어보면 또한 손목이 벽 밖으

2) 올벼논 - 철 이르게 익는 벼 : 올벼

3) 면례 - 무덤을 옮겨 장사를 다시 지내는 것

4) 양주 - 바깥주인과 안주인이라는 뜻. 부부

5) 간혼 - 남의 혼인을 이간질시킴

로 나갔다. 기막힌 노릇이었다.

　게다가 가지고 나간 양식이 한 톨도 없이 사흘에 한 끼니도 메울 수가 없게 되니 살아갈 계책이 없었다. 이 판국에 굴비 두름 같은 연년생 자식들이 밥 달라고 젖 달라고 보챈다. 하는 수 없이 홍부는 놀부를 찾아갔다.

　"형님 전 앞에 뵙니다. 세 끼를 굶어 누운 자식 살려 낼 길 없어 염치코치 불구하고 찾아왔으니 동기간 정을 생각하여 무엇이든지 좀 주시면 품을 판들 못 갚으며 일을 한들 공으로 가져가겠습니까? 모쪼록 죽는 목숨 살려주십시오". 이렇듯 애걸하였으나 놀부는 차디차기만 하였다.

　오히려 맹호[6] 같이 날뛰며 모진 눈을 부릅뜨고 핏대를 올리는 것이었다. "너도 염치없는 놈이다. 내 말을 들어 보아라. 하늘이 내지 않은 자는 벼슬에 못 오르고 땅이 내지 않은 자는 이름없는 인간이다. 너는 어찌하여 복이 없어 날 보고 이렇게 보채느냐? 잔말은 듣기 싫다."

　홍부는 울며 사정하였다. "양식이 못 되거든 돈 서 돈 주시면 하루라도 살 겠습니다." "이놈아 들어 보아라. 쌀이 많다 한들 너 주자고 섬을 헐며, 벼가 많다 한들 너 주자고 노적 헐며, 돈이 많다 한들 너 주자고 궤돈 헐며, 가루 되나 주자 한들 너 주자고 큰 독에 가득한 것을 떠내며, 의복 가지나주자 한들 너 주자고 행랑 것들 벗기며, 찬 밥술이나 주자 한들 너 주자고 마루 아래 청삽사리 굶기며, 지게미나 주자 한들 너주자고 새끼 낳은 돼지를 굶기며, 콩 섬이나 주자 한들 큰 농우가 네 필이니 너를 주고 소 굶기랴? 정말 염치없고 속이 없는 놈이로구나."

　"아무리 그러시더라도 죽는 동생 살려주오." 놀부는 화를 더럭 내어 벼락같은 소리로 하인 마당쇠를 부르는 것이었다. "이놈아, 뒷광문 열고 들어가면 저편에 보리 쌓은 담불이 있지?" 거기 있는 도끼 자루 묶음을 내오게 하고는 손에 닿는 대로 골라잡더니 그만 달려들어 홍부의 뒤꼭지를 잔뜩 움켜 쥐고 사정없이 친다. 마치 손 잰 중이 비질하듯, 상좌중이 법고 치듯이다.

　"이놈 내 눈앞에 뵈지마라." 홍부는 어찌나 맞았던지 온 몸이 나른하여 그만 돌아가고 싶었다. 그러나 형수나 보고 가려고 엉금엉금 부엌으로 기어갔다. 놀부 아내가 마침 밥을 푸고 있었다. 홍부는 굶은 창자에 밥 냄새를 맡으니 오장이

6) 맹호 - 사나운 짐승

뒤집혔다. "애고 형수님, 밥 한 술만 떠주오. 이 동생을 살려주 오." 그러나 이년 또한 몹쓸 년이었다. "남녀가 유별한데 어디를 들어오노?"

밥 푸던 주걱으로 흥부의 마른 뺨을 우지끈 때리니 흥부는 두 눈에 불이 화끈 일고 정신이 아찔한 중에도 얼떨결에 손을 슬쩍 뺨 위로 밀어보니 밥이 볼때기에 붙어 있는 것이었다. 얼른 입으로 쓸어 넣는다. "아주머님은 뺨을 쳐도 먹여 가며 치시니 감사한 말을 어찌 다 하겠습니까? 수고스럽지만 이쪽 뺨마저 쳐주 십시오. 밥 좀 많이 붙은 주걱으로요. 그 밥 갖다가 아이들 구경 이나 시키겠소."

이 몹쓸 년이 주걱은 내려놓고 부지깽이로 흥부를 실컷 때리니, 흥부는 아프 단 말도 못하고 할 수 없이 통곡하며 돌아오는 것이었다. 이때 우는 애 젖 물리고 큰 아이 달래면서 칠년 가뭄에 큰비 기다리듯,

구년 홍수에 볕발을 기다리듯, 어린아이가 굿에 간 어미 기다리듯, 굶은 자식 들과 흥부 오기만 기다리고 있는데, 흥부가 매에 취하여 비틀비틀 걸어오니 흥 부 아내는 남의 속도 모르고 반겨 마중을 나갔다.

"큰댁에 가더니 술에 잔뜩 취해 오시는 구료. 어서 들어갑시다. 쌀이거든 밥짓 고 돈이거든 저 건너 김동지 집에 가서 한 끼라도 늘려먹을 것을 팔아 옵시다." 그러나 흥부는 형의 행패를 바로 말하지 못하고서 꾸며 말하는 것 이었다.

"형님 집에 갔더니 주안상이 나오고 더운 점심밥이 나오데. 상을 물리고 나니 형님과 형수께서 돈과 쌀을 주시더군. 큰 고개를 넘어오다가 도둑놈을 만나 다 빼앗기고 빈 손으로 왔네."

말은 그런데 얼른 보니 유혈이 낭자하며 얼굴이 부었고 온 몸을 만져보니 성 한 곳이 없다. 흥부 아내가 기가 막혀 땅에 주저앉아 버린다. "여보 마누라, 슬퍼 마오. 가난 구제는 나라에서도 못한다 하니 형님인들 어찌하시겠소? 우리 양주 가 품이나 팔아 살아갑시다." 흥부 아내는 이 말에 순종하여 서로 나가서 품을 팔았다.

흥부 아내는 방아 찧기, 술집의 술 거르기, 시궁발치의 오줌 치기, 얼음이 풀릴 때면 나물캐기, 봄보리를 갈아 보리 놓기. 흥부는 이월 동풍에 가래질 하기, 삼사 월에 부침질 하기, 일등 전답의 무논 갈기, 이집 저집 돌아가며 이엉 엮기, 궂은 날에는 멍석 맺기 등 이렇게 내외가 온갖 품을 다 팔았다.

그러나 역시 살기는 막연하였다. 하루는 생각다 못해 나랏곡식이나 한 섬 얻 어 먹으리라 마음먹고서 흥부는 어슷비슷 갈짓자로 걸어 읍내로 들어가 관청을

찾았다.

"이방, 나랏곡식이나 좀 얻어 먹고자 하는데 처분이 어떨는지?"

"가난한 사람이 막중한 나랏곡식을 어찌달라 할까? 그러나 연생원은 매를 더러 맞아 보았소?"

"매는 왜? 나랏곡식이나 얻어주면 배고파 죽겠다는 어린 자식들을 살리겠구먼."

"나랏곡식 얻을 생각 말고 매를 맞으시오. 고을 김부자를 어느 놈이 영문에 없는 일을 꾸며 고소했소.

김부자를 압송하라는 공문이 왔는데 김부자는 마침 병이 나고 친척도 병이 있어 누구를 대신보내고자 찾고 있소. 연생원이 김부자 대신 영문에 가서 매를 맞으면 그 값으로 돈 삼십 냥을 줄겁니다. 그 돈 삼십 냥은 예서 증서를 줄테니 영문에 가서 대신 매를 맞고 오는 것이 어떻소?"

"이방은 돈 닷 냥을 먼저 주고, 영문으로 보내는 보고장을 흥부에게 주었다.

어서 다녀오시오. 내 편지 한 장 갖다 영문 사령에게 주면 혹시 매를 쳐도 가볍게 칠지 모르며, 또한 김부자가 뒤로 감영 관리에게 돈 백이나 보낼 테니 염려 말고 어서가오."

흥부는 어찌나 좋던지 여태까지 반말하던 사이 갑자기 변하여 존대말을 쓰는 것이었다.

"여보 이방님, 다녀오리다."

집으로 돌아온 흥부로부터 이 말을 들은 흥부 아내의 놀라움은 컸다. "여보 아이 아버지, 매 품팔이가 웬말이오! 남의 죄를 어찌알고 대신이라니 웬말 이오? 살인죄를 범했는지 강도죄를 범했는지 사기죄를 범했는지 남의 죄를 어찌 알고 그런 말을 하시오? 만일 영문에 올라갔다가 여러 날을 굶은 몸에 영문 곤장 맞게 되면 몇 대를 맞지 않아 쓰러져 죽을 것이니, 어서 가서 그일 일랑 거절하오. 마오 마오 가지 마오. 만일에 갈 생각이면 나를 죽여 묻고 가오. 나 죽여 세상 모르면 가려니와 나를 살려두고는 못 가리다. 가지 마오, 가지 마오, 제발 내 말 듣고 가지 마오. 만일 매맞다가 아이 아 버지 죽게 되면 뭇초상이 날 테니 부디 내 말 괄시 마오."

아내가 두 손으로 구들장을 쾅쾅 치고 눈물을 흘리며 이렇듯 강권하자, 흥부는 슬며시 마누라를 얼러 보는 것이었다.

"여보 마누라, 한 번 높은 곳에 앉아 보지도 못할 쓸데없는 이 볼기짝, 감영으로 올라가서 삼십 대만 매를 맞고 나면 돈 삼십 냥이 생길 테니 열 냥으로 고기 사서 매맞은 상처 고치고, 열 냥으로는 쌀을 팔아 온 식구가 포식 하고 열 냥으로는 소를 사서 스물넉 달 배내기 주었다가 그 소를 팔아 만아 들 장가들이고, 그놈이 아들 낳으면 우리에게 손자되니 그 아니 경사인가?"

말을 듣고 생각하니 사리는 맞는 것 같았으나 그러나 역시 사람 갈길이 아니므로 흥부 아내는 한사코 말리는 것이었다. 이렇게 되고 보니 흥부는 영문에 갈 마음은 속으로만 혼자 먹고 겉으로는 얼렁뚱땅 얼버무릴 수 밖에 없었다.

"그리하오. 아니 가리다. 짚신이나 삼아 신게 저 건너 김동지네 가 서 짚 한 단 얻어 가지고 오리다."

그리고 나와서 영문으로 올라가는데 삯말이나 타고 가는 것이 아니라 돈 삼 십 냥을 한 몫으로 받아 쓸 작정으로 하루에 일백칠십 리씩을 걸어서 갔다. 며칠 만에 영문에 다다르니 도사령이 흥부를 보더니 아래 사령들에게 이르 는 것이었다.

"저 양반이 김부자 대신으로 왔으니 아랫방에 들여앉히고 만일 문초를 당하여 매를 치게 되더라도 아무쪼록 가볍게 칠 것을 잊지 마소. 우리 청에 편 지와 돈 백 냥이 왔다네."

여러사람이 흥부를 위로하고 있을때, 마침 청령 소리가 나더니 이윽고 영이 내렸다.

"죄인 중에 살인죄를 범한 자 외에는 모두 석방하라."

흥부는 낙심 전만이었나.

"여보시오 도사령, 나는 매를 맞아야만 수가 생기오. 그저 가면 나는 낭패요."

"여보 연생원, 이번에 김부자 일로 여기 왔는데 매 안 맞았다고 만약 돈을 안 주거든 두말 말고 곧장 영문으로만 오면 우리가 무슨 수를 쓰든지 돈 백은 받아 줄 테니 염려 말고 어서 가시오." 도사령의 말을 듣고 흥부는 할 수 없이 노자에서 남은 돈 한 냥으로 떡을 사서 짊어지고 집으로 왔다.

이무렵 흥부 아내는 남편이 감영에 갔음을 알고는 뒤뜰에다 단을 모으고 정화수를 길어다가 단 위에 올려놓고 두 손 모아 빌며 눈물로 나날을 보내고 있었다. 이런 참에 흥부가 거적 문을 열어젖히고 들어섰다. 뛸듯이 반갑지 않을 수 없었다.

"아이 아버지 다녀오시오? 죄가 없어 놓여오나? 태장 맞고 돌아오나? 형장 맞고 돌아오나? 상처는 어떠하오?"

홍부는 매도 못 맞고 돌아오는 참에 이 말을 들으니 화가 치밀어 올랐다.

"나더러 상처를 묻지 말고 네 친정 할아비한테 물어 보아라. 매 한대 맞지 못하고 건성으로 돌아오는 사람더러 이 년아, 장처는 뭐고 상처는 다 뭐냐?"

"좋다 좋다. 얼씨구 좋다! 지화자 좋을씨고! 매 맞으러 갔던 낭군 안 맞고 돌아오니 이런 경사가 또 어디 있는가!"

홍부는 마누라의 좋아하는 거동을 기가 막혀 어이없이 바라보고 있다가 어린 자식들 살릴 생각을 하니, 슬픈 감회가 치밀어서 눈물이 비오듯 하며 통곡이 터져나와 두 손으로 가슴을 쾅 쾅 두드렸다.

이때 마침 김부자의 조카가 지나다가 홍부가 돌아왔다는 말을 듣고 찾아 들어와서 묻는 것이었다.

"연서방, 주린 사람이 영문에 가서 그 매를 맞고 어 떻게 돌아왔나?"

홍부는 마음이 곧은 사람이라 바른 대로 털어놓았다.

"맞 았으면 해롭지 않을 것을 그것도 복이라고 못 맞았다네."

"자네가 마음씨만은 착한 사람일세. 나도 어디서 들었네만, 무사히 오고서야 돈 달랄 수 있나? 내가 마침 지닌 돈이 칠팔 냥 있으니 쌀말이나 팔아먹소."

홍부는 그 돈으로 쌀 팔고 반찬 사서 며칠은 살았으나 굶기는 역시 마찬가지라 어찌하면 좋을 것인가? 그래 짚신 장사나 해보리라 하고 김동지 집으로 짚을 얻으러 갔다.

"자네 불쌍도 하이! 형은 부자건만 자네는 그렇듯 가난하니 어찌 아니 측은 한가?" 이러면서 김동지가 내주는 짚단을 얻어다가 짚신을 삼아 장에 내다 팔고 그것으로 끼니를 이었으나 그도 한두 번이지 짚인들 매양 얻을 염치가 있으랴?

홍부는 탄식하며 또한 어린 자식들을 어루만지며 통곡하니 홍부 아내도 기가 막혀 땅을 치고 우는 모양이란 차마 눈 뜨고 볼 수 없는 정경이었다. 이렇게 세월을 보내고 춘삼월 좋은 계절을 맞이하니, 홍부는 이왕에 배운 바 있어 약간의 식자는 있는 터라 수숫대로 지은 집에 입춘을 써 붙였다.

삼월 삼일이 되니 소상강의 떼기러기는 가노라 하직하고 강남의 제비 왔노라 하고 나타날 때였다. 고대광실 다 버리고 오락가락 넘돌다가 홍부를 보고 반기면서 좋다고 지저귀니, 홍부가 제비보고 경계하는 말이었다.

"고당화각 많건만 수숫대로 지은 집에 와서 네 집을 지었다가 오뉴월 장마 철에 집이 만일 무너진다면 그 아니 낭패이랴? 아무리 짐승일망정 내 말을 듣고 좋은 집 찾아가서 실팍하게 집을 짓고 새끼를 치려므나."

이같이 충고해도 제비가 듣지 않고 흙을 물어다 집을 짓고 첫배 새끼를 길러 내어 날기 공부에 힘을 쏟을 때 날아 올랐다 날아 내렸다 하면서 이를 사랑하는 것이었다. 그런데 하루는 큰 구렁이 한 놈이 별안간 달려들어 제비 새끼를 모조리 잡아 먹으니 흥부는 보고 깜짝 놀랐다.

"흉악한 저 짐승아, 고량진미가 많겠건만 하필이면 죄없는 제비 새끼를 모조리 잡아 먹으니 악착 같구나. 제비가 불쌍하구나. 저 제비 새끼를 모조리 잡아 먹으니 악착 같구나. 제비가 불쌍하구나. 저 제비 곡식을 먹지 않고 자라나서 인간에게 해를 끼치지 않고 옛 주인을 찾아오니 그 뜻이 정다운데 제 새끼를 보전치 못하고 일시에 다 죽이니 어찌 가련치 않은가?"

그리고는 칼을 들어 그 짐승을 잡으려 할 때 제비 새끼 한 마리가 허공으로 뚝 떨어져서 피를 흘리며 발발 떠는 것이었다. 흥부는 이를 보자 펄쩍 뛰어 달려들어 제비 새끼를 두 손으로 고이 잡고 애처롭게 여겨 부러진 다리를 조기 껍질로 찬찬 감고 아내를 불렀다.

"당사실 한 바람만 주소, 제비 다리 동여매게."

흥부 아내가 시집 올 때 가지고 온 당사실을 급히 찾아내어 주니 흥부는 얼른 받아 제비 새끼의 상한 다리를 곱게 감아매어 찬 이슬에 얹어 두었다.

그랬더니 하루 지나고 이틀지나고 이리하여 십여 일이 지나자 상한 다리가 제대로 소생되어 날아다니게 되니, 줄에 앉아 재잘거리며 울고 둥덩실 떠서 날아갈 때 소상강 기러기는 왔노라 하고 강남가는 제비는 가노라 하직하는 것이었다. 이리하여 제비가 강남 수천 리를 훨훨 날아가서 제비왕께 입시하니 제비왕이 물었다.

"경은 어찌하여 다리를 절며 들어오느냐?" "신의 부모가 조선국에 나가 흥부의 집에 깃들었는데 뜻밖에 큰 구렁이의 화를 입어 다리가 부러져 죽을 것을 흥부의 구조를 받아 살아서 돌아왔습니다. 흥부의 가난을 면케 해주신다면 그로써 소신은 그 은공의 만분의 일이라도 갚을까 합니다."

"흥부는 과연 어진 사람이다. 공 있는 자에게 보은함은 군자의 도리이니, 그 은혜를 어찌 아니 갚으랴? 내가 박씨 하나를 줄 테니 경은 가지고 나가 은혜를 갚도록 하라."

제비가 왕께 감사드리고 물러나와서 그럭저럭 그 해 를 넘기고 이듬해 춘삼월을 맞으니 모든 제비가 타국으로 건너갈 때였다.

그 제비 허공 중천에 높이 떠서 박씨를 입에 물고 너울너울 자주자주 바삐 날아 흥부네 집동네를 찾아들어 너울너울 넘노는 거동은 마치 북해 흑룡이 여의주를 물고 오동나무에서 노니는 듯, 황금같은 꾀꼬리가 봄빛을 띠고 수양버들 사이를 오가는 듯하였다.

이리 기웃 저리 기웃 넘노는 거동을 흥부 아내가 먼저 보고 반긴다. "여보 아이 아버지, 작년에 왔던 제비가 입에 무엇을 물고 와서 저토록 넘놀고 있으니 어서 나와 구경하오." 흥부가 나와 보고 이상히 여기고 있으려니 그제 비가 머리 위를 날아 들며 입에 물었던 것을 앞에다 떨어뜨린다. 집어 보니 한가운데 '보은박' 이란 글 석 자가 쓰인 박씨였다.

그것을 동편 울타리 밑에 터를 닦고 심었더니 이삼 일에 싹이 나고, 사오 일에 순이 뻗어 마디마디 잎이 나고, 줄기마다 꽃이 피어 박 네 통이 열린 것이다. 추석날 아침이었다. 배가 고파 죽겠으니 영근 박 한 통을 따서 박 속이나 지져 먹자 하고 박을 따서 먹줄을 반듯하게 긋고서 흥부 내외는 톱 을 마주잡고 켰다.

이렇게 밀거니 당기거니 켜서 툭 타 놓으니 오색 채운이 서리며 청의 동자 한 쌍이 나오는 것이었다. 왼손에 병을 들고 오른손에 쟁반을 눈 위로 높이 받쳐들고 나온 그 동자들은,

"이것을 값으로 따지면 억만 냥이 넘으니 팔아서 쓰십시오."

하고 홀연히 사라져 버렸다.

박 한 통을 또 따놓고 슬근슬근 톱질이다. 쓱삭 쿡칵 툭 타놓으니 속에서 온갖 세간붙이가 나왔다. 또 한 통을 따서 먹줄 쳐서 톱을 걸고 툭 타놓으니 순금 궤가 하나 나왔다. 금거북 자물쇠를 채웠는데 열어 보니 황금.백금 밀화.호박.산호.진주.주사.사향 등이 가득 차 있었다. 그런데 쏟으면 또 가득 차고 또 가득 차고 해서 밤낮 엿새를 쏟고 나니 큰 부자가 된 것이다.

다시 한 통을 툭 타놓으니 일등 목수들과 각종 곡식이 나왔다. 그 목수들은 우선 명당을 가려 터를 잡고 집을 지었다. 그 다음 또 사내종, 계집종, 아이종이 나며 들며 온갖 것을 여기저기 쌓고 법석이니 흥부내외는 좋아하고 춤을 추며 돌아다녔다.

그러다가 덤불 밑에 있는 마지막 박 한통을 따서 슬근슬근 툭 타놓으니 박 속

에서 꽃같은 한 미인이 나와 흥부에게 나붓이 큰 절을 하는 것이었다.

"나는 월궁의 선녀입니다. 강남국 제비왕이 나더러 그대 부실이 되라 하시기에 왔습니다."

이리하여 흥부는 좋은 집에서 처첩을 거느리고 향락으로 세월을 보내게 되었다. 이런 소문이 놀부 귀에 들어가니,

"이놈이 도둑질을 했나? 내가 가서 욱대기면[7] 반 재산을 뺏어낼 것이다."

하고 벼락같이 건너가 닥치는 대로 살림살이를 쳐부수는 것이었다. 한참 이렇게 소란을 피우고 있을때 마침 출타 중이던 흥부가 들어왔다.

"네 이놈, 도둑질을 얼마나 했느냐?"

"형님 그 말씀이 웬 말씀이오?"

흥부가 앞뒷일을 자세히 말하자, 그럼 네 집 구경을 자세히 하자고 놀부는 나섰다. 흥부가 형을 데리고 돌아다니며 집 구경을 시키는데 월궁 선녀가 다시 나타나니 놀부는 그 계집을 자기에게 달라고 하였다.흥부가 거절하자 이번은 화초장[8]이나 달라고 한다.

그리고는 흥부가 화초장을 하인을 시켜 보내주겠다는 것도 마다하고 스스로 짊어지고 가서 집에 이르니 놀부 아내는 눈이 휘둥그래진다. 그리고 그 출처와 흥부가 부자가 된 연유를 알게 되자,

"우리도 다리 부러진 제비 하나만났으면 그 아니 좋겠소?"

하고는 그해 동지 섣달부터 제비를 기다렸다.

그럭저럭 섣달 정월 다 넘기고 봄철이 돌아오니 제비 한 쌍이 놀부집에와 흙과 검불을 물어다 집을 지었다. 어미 제비가 알을 낳아 품을 무렵에는 놀부놈은 주야로 제비집 앞에 대령하여 가끔가끔 집어내어 만지작거리니 알이 모두 곯았다. 그러나 천행으로 한 개가 남아서 새끼를 까게 되었다.

차차 자라나 바야흐로 날기를 배울 때 주야로 기다리는 구렁이는 그림자도 보이지 않자 놀부는 답답함을 참지 못하여 하루는 뱀을 찾아 나갔다. 아무리 찾아도 뱀 한 마리 못 보고 돌아오는 길에 홍두깨만한 까치 독사를 만났 다.

"얼씨구 이 짐승아, 내 집으로 가서 제비집으로 올라가면 제비 새끼 떨어지고

7) 욱대기면 - 억지를 부리다

8) 화초장 - 문짝에 화초그림을 그려 만든 옷장

나는 부자가 될 것이니, 네 은혜는 병아리 한 뭇에 계란 한 줄 더 얹어 갚을 것이다. 그러니 사양 말고 어서 가자."

이러고 막대기로 툭툭 건드리다 놀부는 발가락을 물리고 나자빠졌다.

그러나 빨리 집으로 돌아와 침을 맞고 약을 바른 끝에 살아나자, 제가 이무 기인 양 제비 새끼 잡아 두 발목을 지끈둥 분지르고는 흥부가 했던 것같이 조기 껍질로 발목을 싸고 청올치로 찬찬 동여매어 제비집에 얹어 두었다.

그 제비가 겨우 살아남아 남으로 돌아갈 때 하는 말이,

"원수 같은 놀부놈아, 명년 춘삼월에 다시 와서 원수를 갚을 것이니 잘 있거라. 지지위 지 지."

이듬해 춘삼월에 그 제비는 '보수박[9]'이라 쓰인 박씨를 물고 돌아왔다.

놀부가 보고 풀밭에 떨어지면 잃어버릴까 겁이 나서 삿갓을 뒤집어들고 따라다녔다. 제비는 그 삿갓 속에 떨어뜨렸다. 한 치나 되는 박씨에 보수박이라 쓰였으나 무식한 놀부는 그것을 모르고 처마밑에 심었다.

며칠이 안 가서 순이 나고 덩굴이 뻗고 이윽고 박이 주렁주렁 열리게 되었다. 놀부는 큰 박 하나를 우선 따다 놓고 제 계집과 켜려 하다가 그 박이 쇠같이 딱딱하므로 저희끼리는 할 수 없게되자 목수와 힘깨나 쓰는 장정들을 불러 잘 먹인 후에, 이십 냥씩 선금 후히 주고 박을 켜게 하였다.

그리하여 슬근슬근 툭 타놓으니 박 속에서 글 읽는 소리가 나면서 이윽고 관을 쓴 늙은 양반, 갓을 쓴 젊은 양반, 초립 쓴 새 서방님, 도포입은 도련 님이 달아매고 참나무 절굿공이로 짓찧었다.

"이놈 놀부야! 네 아비 개불이와 네 어미 똥녀가 댁종으로 드난살이 하다가 오밤중에 도망한 지 수십 년이 되는데 이제야 찾았구나. 네 어미와 아비 몸값이 삼천 냥이다. 당장에 바쳐라."

놀부놈이 돈 삼천 냥을 들여 바치며 사죄하니 그 생원님 못 이기는체하고 놀부에게,

"이 돈 삼천 냥 용전으로 쓰겠거니와 떨어질만 하면 내 다시 오리라."

하고 사라졌 다.

9) 보수박 - 원수를 갚는 박

다시 두번째 박을 타보았다. 이번에 가야금 든 놈, 소고든 놈, 징, 꽹과리 든 놈들이 우루루 몰려 나오더니,

"우리가 놀부 인심 좋다는 말 듣고 일부러 찾아왔으니 한바탕 놀고 가세."

하고 쌀 섬 내놔라, 돈 백 내놔라라며 정신없이 날뛰니, 놀부는 돈 백 냥에 쌀 한 섬을 주어 보낸 후 또 한 통을 탔다.

이번엔 노승이 나오고 뒤따라 상좌승이 나왔다.

"놀부야, 우리 스승님이 네 집을 위하여 사십구 일 정성을 드렸으니 돈 오천 냥만 바쳐라."

이 이상 패가 망신하지 말고 그만 켜자는 놀부 계집의 말을 어기고 또켜니 이번엔 상여 한 채가 나오고 뒤따라 각양각색의 병신 상제들이 나왔다.

"야 이놈 놀부야, 소 잡고 잘 차려라. 돈 만 냥만 내놓아라."

놀부가 전답을 선 자리에서 헐값으로 팔아 돈 삼천 냥을 주고 빌며사정하니 상두꾼들이 상여를 메고 갔다. 놀부는 따라가며 물어 보았다.

"여보, 다른 통에 보물 아니 들었소?"

상두꾼이 대답하였다.

"어느 통에 들었는지 모르나 생금 한 통이 들기는 들었소."

놀부놈이 옳다 하고 슬근슬근 박 한 통을 다시 툭 타놓으니 박 속에서 팔도 무당들이 뭉게 뭉게 나오는데, 징과 북을 두드리며 각색 소리다하더니 장고통을 들어 놀부 놈의 가슴팍과 배때기를 벼락치듯 후려쳤다. 놀부놈은 눈에서 번갯불이 나는지라 분한 가운데서도 슬피 울며 비는 것이었다.

"이 어찌된 곡절이오? 매 맞아 죽을지라도 죄명이나 알고 죽으면 한이 없겠으니 제발 덕분에 말해주오."

"이놈 놀부야, 다름 아니라 우리가 네 집을 위하여 굿을 많이 했으니 오천 냥을 바쳐라. 만일 거역하는 날엔 네 머리가 온전치 못하리라."

놀부놈은 기겁을 하여 돈 오천 냥을 내주고 겨우 그들을 보내고 나니 열이 치받쳤다.

"될테면 되고 망할 테면 망해라. 남은 박을 또 계속 타보리라."

슬근슬근 툭 타놓으니 이게 웬일인가? 박속에서 수천 명 등짐 장수들이 누런 농을 지 고 꾸역꾸역 나오더니 정신없이 떠들어댔다. 놀부놈이 기가 막혀 다른 박이 나 타보려고 돈 삼천 냥을 내놓으니 그들은,

"뒷 박통에는 금과 은이 많이 들었을 것이니 정성 들여 켜보아라."

하고 일시에 물러나 사라졌다.

그 다음 또 한 통을 따다놓고 슬근슬근 툭 타놓으니 이번엔 박 속에서 수천 명 초라니 탈이 나오면서 오도방정을 다 떨었다. 그러고는 일시에 달려들어 놀부놈의 덜미를 잡고 메다꽂으니, 놀부는 거꾸로 서서,

"애고 애고 초라니 형님, 이게 웬일이오? 뭐든지 말씀만 하시면 분부대로 하겠습니다." 하고 손이 발이 되도록 애걸하였다. 그러자 초라니가 호령하였다.

"이놈 놀부야, 돈이 중하냐 목숨이 중하냐?"

"사람 생기고 돈이 났으니 돈이 어찌 중하겠습니까?"

초라니가 다시 꾸짖었다.

"이놈, 그러면 돈 오천 냥만 시각 내로 바쳐라."

놀부는 할 수 없이 돈 오천 냥을 내주었다. 그리고 물어 보았다.

"다음 박통 속 일이나 자세히 일러 주소."

"어느 통인지 분명히 생금이 들었으니 다 타보아라."

슬근슬근 툭 다음 박을 타놓으니 박 속에서 수백 명 사당걸사들이 나오면서 작은 북을 두드리며 저희끼리 야단스럽게 놀아나며 소리를 하더니 놀부를 보고 달려들었다.

"옳지! 이놈 이제야 만났구나!"

여러 놈이 놀부의 사지를 갈라 잡고 헹가래를 치니 놀부놈 눈이 뒤집히고 오장이 나오는 듯하였다.

"네 놈이 목숨을 조전하려면 전답 문서 다 바쳐라."

문서 뭉치를 다 내주고 또 다음 박이다. 슬근슬근 툭 타놓으니 박 속에서 수백 명의 왈패들이 밀거니 뛰거니 뛰쳐나왔다.

누구 누구냐? 이죽이 · 떠죽이 · 난죽이 · 바금이 · 딱정이 · 군평이 · 태평이 · 여숙이 · 무숙이 · 하거니 · 보거니 · 난쟁이 · 몽둥이 · 아귀쇠 · 악착이 · 조각쇠 · 섭섭이 · 든든이 등이다. 그들은 차례로 앉더니 놀부를 잡아 빨랫줄로 찬찬 동여 나무에 동 그마니 달아매고 매질 잘하는 왈패 한 놈을 가려 뽑아 분부하는 것이었다.

"저놈을 사정 두지 말고 세게 쳐라!"

여러 놈이 한쪽으로 놀부를 잡아 내어 이 뺨 치며 발로 차고, 뒹굴리며 주 무르고 잡아뜯고, 한편으로 주리를 틀며, 매질을 하며, 두 발목을 도지개에 넣고 트니

복숭아뼈가 우직우직하는 것을 용심지에 불 을 당겨 발샅에 끼어 당근질을 하며, 온갖 형벌을 쉴 새 없이 갈아들며 하니 쇠공이의 아들인들 어찌 견뎌내리오?

"살려 주오! 살려 주오! 제발 덕분에 살려 주오. 돈 바치라면 돈 바치고 쌀 바치라면 쌀 바치고 계집 바치라면 바칠 것이니 남은 목숨 살려 주오!"

여러 왈패들이 돌아가며 한 번씩 생주리를 틀더니, 그제서야 한 놈이 분부 하였다.

"이놈 놀부야, 들어라! 우리가 금강산 구경을 가는데 노자돈이 떨어졌으니, 돈 오천 냥을 바치되 만약에 지체하면 된급살을 내리리라!"

놀부놈은 어찌나 혼이 났던지 감히 한 말도 대꾸하지 못한 채 돈 오천 냥을 주어 보낸 후에 사지를 제대로 쓰지 못하는 중에도 끝내 허욕을 버리지 못 해 당장에 수가 터질 줄로 알고, 엉금엉금 동산으로 기어 올라가서 다시 박 한 통을 따가지고 내려오는 것이었다. 그리고 주춤거리는 인부를 달래어,

"슬근슬근 톱질이야. 당기어라 톱질이야."

슬근쓱싹 박을 쪼개어 놓고 보니 팔도 소경이란 소경은 다 뭉치어 막대기를 닥닥거리며 눈을 희번덕거리고 내달아 꾸짖었다.

"이놈 놀부야! 날려느냐? 기려느냐? 네놈이 어디로 갈 거냐? 너를 잡으려고 안남산, 밖남산, 구계동, 쌍계동, 면면촌촌을 얼레빗으로 샅샅이, 이 참빗 으로 틈틈이, 굴뚝 차례로 두루 널리 찾아 다녔는데 오늘에야 이곳에서 만났구나! 네 우리들의 수단을 한 번 보렷다!"

그러고는 지팡막대를 들어 휘두르니 놀부놈 어찌할 바를 몰라 이리 저리 피하나 여러 수경들은 점을 치며 눈 뜬 사람보다 더 잘 찾아 붙잡는다. 그러니 놀부놈은 달아나지도 못하고 애걸하는 것이었다.

"여보 장님네들, 이게 웬일이오? 사람을 살려 주오. 무슨 일이든 분부대로 하리다."

소경들이 그제서야 놀부를 놓아 주고 북을 두드리며 경을 읽더니, 놀부놈을 지팡이 두드리듯 함부로 치니 놀부놈을 견디다 못해 돈 오천 냥을 내어주고 생각하는 것이었다.

"집안에 돈이라곤 한 푼도 남은 게 없이 가산을 탕진했으니 이젠 살아갈 길이 막연하구나! 이왕 시작한 일이니 끝까지 해보면 설마하니 끝에 가서야 길한 일이 없으랴?"

그러고는 다시 동산으로 올라가서 박 한 통 따다놓고,

"이번 박은 겉을 보건대 빛이 희고 좋으니 이 속엔 응당 보화가 들었을 것 이니 정성 들여 타보자!"

하고 한동안 켜보다가 궁금증이 나서 귀를 기울여 가만히 들어보니 박속에 서 우뢰같은 소리가 진동하며,

"비로라! 비로라!"

하므로 무더기로 큰 탈이 또 나는 줄 알고서 톱을 내던지고 달아나려하자 다 시 박 속에서 우뢰같은 호령이 터져 나왔다.

"너희가 왜 박을 아니 타느냐. 내가 답답하여 한때를 못 견디겠으니 어서 켜 라!"

놀부가 겁을 먹고 물었다.

"'비'라 하시니 무슨 비인지 자세히 말씀하시오."

"이놈, 비로라.!"

놀부가 다시 물었다.

"비라 하시니 양귀비입니까? 누구신 줄이나 먼저 알고 박을 마저 켜겠습니 다."

"나는 그런 '비'가 아니라 연나라 사람 장비거니와 네가 만일 박을 아니켜면 무사하지 못하리라."

놀부가 장비라는 말을 듣더니 매우 놀란 듯 목안의 소리로 말하는 것이었다.

"이를 장차 어찌하면 좋은가? 이번엔 바칠 돈도 없으니 죽는 도리밖에 없나 보 다."

박을 타던 인부가 비웃으며 말을 받는다. "너는 네 죄로 죽거니와 내야 무슨 죄로 죽는단 말이냐? 그런 말 다시 하다 가는 내 손에 먼저 죽을 줄 알아라!"

"허튼 소리 말고 어서 타던 박이나 마저 타서 하회나 보세."

놀부가 할 수 없이 마저 타고 보니 별안간 대장군 한 사람이 와락 뛰어 나오는 데 얼굴은 숯먹을 갈아 끼얹은 듯이 꺼먼 것이 제비 턱에 고리 눈을 부릅뜨고서 장팔 사모 큰 창을 눈 위로 번쩍 들고 인경같은 소리를 우뢰같이 질렀다.

"이놈 놀부야, 네가 세상에 태어나 부모께 불효요, 형제에게 불목하고 친척과 불화하니 죄악이 네 털을 빼어 세어도 당치 못할 것이다. 천도가 어찌 무심할까 보냐. 옥황상제께서 나를 시켜 너를 '모든 방법으로 한없는 죄를 씻게 하라' 하시

기에 내가 특별히 왔으니 견뎌보아라.”

그리고는 움파같은 손으로 놀부의 덜미를 달려들어 잡고서 공기 놀리 듯하니, 놀부놈은 정신을 잃었다가 다시 깨어나 울며 애걸 복걸 하였다. 장군은 그 정상을 불쌍히 여겨 꾸짖고 떠나갔다.

“응당 너를 여러 토막 낼 것이지만 십분 생각하고 용서하는 것이니 이후는 어진 동생을 구박 말고 형제 화목하게 살도록 하라.”

놀부는 생짜로 경을 치르고 겨우 정신을 수습하자, 다시 동산으로 올라가 보니 박 두 통이 남아 있으므로 한 통을 또 따가지고 내려왔다.

“슬근슬근 톱질이야, 당겨 주소 톱질이야. 이 박 켜거들랑 금은보화 사태같이 나오너라. 흥부같이 살아 보리라.”

놀부 계집이 곁에 서 있다가 한 마디 던지는 것이었다.

“다른 보화는 많이 나오되 흥부 아주버니같이 첩만은 나오지 마소서.”

놀부는 당장에 꾸짖었다.

“가산을 탕진하고 살림이 결단나서 상거지가 된 것이 샘이 어디서 나오는 고. 소란스럽게 굴지 말고 한편 구석에 가 있거라!”

밀거니 당기거니 슬근슬근 타며 귀를 기울여도 이번에는 아무 소리도 들리지 않으므로 놀부놈 매우 기꺼워하며 인부에게 말하는 것이었다.

“이번엔 다 켜도 아무 소리가 없으니 아마 수가 터질 박이렷다!”

그리고는 급히 타며 안을 들여다보니 아무것도 없고 다만 평평할 뿐이므로 놀부가 기꺼워할 즈음이다. 인부는 속으로, ‘여러 박통마다 탈이 났으니 이 박이라고 어찌 무사하랴?’ 하고는 소피하러 가는[10] 체하며 도망쳤다.

놀부는 인부를 기다리다 못해 박통을 도끼로 쪼개고 보니 아무것도 없고 다만 허연 박속이 먹음직하므로 제 계집 시켜 끓이게 하였다. 그리하여 온 집 안 식구가 한 사발씩 달게 먹고 나니 놀부는 배가 붕긋하여 게트림을 하며 계집에게 말하였다.

“그 국맛이 매우 좋아, 당동!”

“글쎄요, 그 국맛이 매우 유명하오. 당동!”

10) 소피하러 가는 체 - 화장실 가는 체(소변보러 가는 체)

놀부의 자식들이 제 어미를 부르면서 말하였다.

"이 국맛이 좋소, 당동!"

놀부가 다시 말하였다.

"글쎄요? 나도 그 국을 먹고 나니 당동 소리가 절로 나오. 당동!"

놀부의 자식이 말하였다.

"어머니 우리들도 그 국을 먹고 나니 당동 소리가 절로 나오. 당동!"

"오냐 글쎄 그렇구나. 당동!"

놀부놈은 은근히 화가 치받쳐서 꾸짖었다.

"너무 요망스럽게 굴지 마라! 당동. 무슨 국을 먹었다고 당동하노? 당동."

놀부 계집이 맞장구를 쳤다.

"그 말이 옳소! 당동."

놀부의 딸도 당동, 아들도 당동, 머슴놈도 당도, 놀부 마누라도 당동, 온집 안 식구가 저마다 당동거리니 무슨 가야금이라도 뜯으며 풍류하는 것 같았다.

'부자가 되려고 박을 심었다가 허다한 재산을 다 없애고 전후에 없는 고생을 하고 매를 맞고, 끝판에 와서는 온 집안 사람이 당동 소리로 병신이 되었으니 이런 분하고 원통한 일이 어디 있으리오? 당동.'

놀부는 홀로 신세를 생각하니 분한 김에 낫을 들고 단숨에 동산으로 치달아 올라갔다. 그리고 박덩굴을 노려보며 헤치니 덩굴 밑에 박 한통이 남아 있었다. 자세히 보니 크기는 인경(조선시대 통행 금지를 알리기 위해 치던 종)만하고 무게가 천 근이나 될 것 같았다. 그것을 본 놀부놈은 치받치던 분한 생각은 깨끗이 잊어버리고 허욕이 번쩍 나서 혼자 지껄이는 것이었다.

"그러면 그렇지. 이제야 보물이 든 박을 얻었구나! 무게로 쳐도 금이 많이 든 모양이요, 재물도 많이 들어 있으므로 남의 눈에 띄지 않으려고 덩굴 속에 숨어 있는 것을 모르고 공연히 한탄만 했구나! 먼저 박통에서 나온 초라니 말이 '금이 들기는 어느 박통에 들었다' 하더니, 그 양반 말이 과연 옳다. 황금이 든 박이 예 있을 줄 알았더라면 다른 박은 타지 말고 이 박 먼저 켰을 것을...."

그러고는 기꺼움을 스스로 이기지 못해 그 박을 따 가지고 내려오며 흥얼거렸다.

"좋을 좋을 좋을씨고? 지화자 좋을씨고!"

슬근슬근 타다가 반쯤 켜고 우선 궁금증이 나서 박 속을 기웃이 들여다보니 그 속이 아주 싯누런 것이 온통 황금 같으므로 놀부놈 좋아라 한다.

"수 났구나! 그럼 그렇지! 마누라, 자네도 이 박 속을 들여다 보게. 저 누 런 것이 온통 황금일세."

놀부 아내가 한동안 코를 훌쩍거리더니 되물었다.

"누런 것을 보니 금인가 싶소만 그 속에서 구린내가 물큰물큰 나니 그게 웬 일이오?"

놀부가 말하였다.

"자네도 어리석은 소리 작작하게. 박이 더 익고 덜 익은 것이 있을 거아닌 가. 이 박은 아주 무르익었으므로 구린내가 나는 것을 모른단 말인가? 어서 타고 보세."

슬근슬근 거의 타다가 놀부 양주 궁금증이 또 나므로 톱을 멈추고 양편에 마주앉아 들여다보는데 별안간 박 속으로부터 모진 바람이 쏟아져 나오며 벼락같은 소리가 나더니 똥줄기가 무자위에서 나오는 물줄기처럼 쏟아져 나 오는 것이었다.

놀부 양주는 피할 사이도 없이 똥벼락을 맞으며 나동그라졌다. 똥줄기는 천군만마가 달려오듯 태산을 밀치고 바다를 메울 듯 터져나와 삽시간에 놀부 집 안팎채가 똥으로 그득하게 되자 놀부 양주는 온 몸이 황금덩이가 되어 달아났다. 멀찍이 물러나서 뒤돌아보니 온 집안이 똥에 묻혀있는 것이었다.

놀부가 기가 막혀 발을 동동 구르며 탄식하였다.

"여보 마누라, 이 노릇을 어찌하면 좋단 말이오? 재물을 얻으려다 재물을 탕진하고 끝장은 똥더미로 의복 한 가지 없게 되었으니 앞으로 어떻게 살아 간단 말이오? 애고 답답 서러워라."

이때 앞뒷집에 사는 양반네들 제 집까지 똥이 밀려와서 그득하게 쌓이게 되자 그 양반들이 고두쇠를 벼락같이 부르더니 분부하는 것이었다.

"빨리 가서 놀부놈을 잡아오너라!"

고두쇠가 새총알같이 달려가서 놀부놈의 덜미를 퍽퍽 눌러 짚고 풍우같이 몰아다가 생원님들 앞에 꿇어 앉혔다.

"이놈 놀부야, 들어라! 양반댁에 쌓인 똥을 해지기 전에 다 쳐내지 못하면 죽을 줄을 알아라!"

놀부놈은 기왓장 위에 꿇어앉은 채 계집을 시켜 돈 오백냥을 갖다놓고 거름

장사들을 닥치는 대로 불러다가 삯전을 후히 주고 똥을 쳐낸 다음에야 겨우 풀려났다.

놀부 내외 서로 붙들고 갈 곳이 없어 통곡하는데, 이때 건너 마을 흥부가 형이 패가망신했다는 말을 듣고 급히 노복을 거느리고 와서 놀부 양주와 조카들을 데리고 제 집으로 돌아왔다.

그리고 흥부는 안방을 치우고 형님 내외를 거처케 한 다음 의식을 후히 내어 대접하며 위로하고, 한편으로 좋은 터를 잡아 수만금을 아낌없이 들여 집을 짓되 제 집과 같게 하고 세간이며 의복 음식을 똑같게 하여 그 형을 살게 하여 주었다.

그러자 비록 놀부같은 몹쓸 놈일망정 흥부의 어진 덕에 감동하여 전날의 잘못을 뉘우치고 형제가 서로 화목하게 지내게 되었다. 흥부 내외는 부귀다남 하여 나이 팔순에 이르도록 장수하며 자손이 번성했는데 모두가 사람됨이 빼어나서 대대로 풍족하니, 그 후로 사람들이 흥부의 덕을 칭소하여 그 이름이 백 년이 지나도록 사라지지 않았다.

14-1

사복불언(蛇卜不言)

─ 불교 설화

서울 만선북리(萬善北里)에 있는 과부가 남편도 없이 태기가 있어 아이를 낳았는데 나이 십이 세가 되어도 말도 못하고 일어나지도 못하므로 사동(蛇童)[혹은 사복(蛇卜)이라고도 하고, 또 사파(蛇巴)·사복(蛇伏)이라고도 하지만, 모두 사동(蛇童)을 말한다.]이라고 불렀다. 어느 날 그의 어머니가 죽었다. 그 때 원효(元曉)가 고선사(高仙寺)에 있었다. 원효(元曉)는 그를 보고 맞아 예를 했으나 사복(蛇福)은 답례도 하지 않고 말했다.

"그대와 내가 옛날에 경(經)을 싣고 다니던 암소가 이제 죽었으니 나와 함께 장사지내는 것이 어떻겠는가."

원효(元曉)는,

"좋다."

하고 함께 사복(蛇福)의 집으로 갔다. 여기에서 사복(蛇福)은 원효(元曉)에게 포살(布薩) 시켜 계(戒)를 주게 하니, 원효(元曉)는 그 시체 앞에서 빌었다.

1) 포살 - 계율을 범한 자들을 참회시키는 불교 의식

"세상에 나지 말 것이니 그 죽는 것이 괴로우니라. 죽지 말 것이니 세상에 나는 것이 괴로우니라."

사복(蛇福)이 사(詞)가 너무 번거롭다고 하여 원효(元曉)는 고쳐서 말했다.

"죽는 것도 사는 것도 모두 괴로우니라."

이에 두 사람은 상여를 메고 활리산(活里山) 동쪽 기슭으로 갔다. 원효(元曉)가 말했다.

"지혜 있는 범을 지혜의 숲 속에 장사지내는 것이 또한 마땅하지 않겠는가."

사복(蛇福)은 이에 게(偈)를 지어 말했다.

옛날 석가모니 부처께서는,
사라수[2] 사이에서 열반(涅槃)하셨네.
지금 또한 그 같은 이가 있어,
연화장(蓮花藏)[3] 세계로 들어가려 하네.

말을 마치고 띠풀의 줄기를 뽑았으니, 그 밑에 명랑하고 청허(晴虛)한 세계가 있는데, 칠보(七寶)로 장식한 난간에 누각(樓閣)이 장엄하여 인간의 세계는 아닌 것 같다. 사복(蛇福)이 시체를 업고 속에 들어가니 갑자기 그 땅이 합쳐 버린다. 이것을 보고 원효(元曉)는 그대로 돌아왔다.

후세 사람들이 그를 위해서 금강산(金剛山) 동남쪽에 절을 세우고 절 이름을 도장사(道場寺)라 하여, 해마다 삼월 십사일이면 점찰회(占察會)를 여는 것을 상례(常例)로 삼았다.

2) 사라수 - 보리수
3) 연화장 - 비로자나불이 계신 불교의 세계

부 록

신영재 · 임성옥 · 채대일 · 최수정 편집

1. 핵심 정리
2. 등장 인물의 성격
3. 작품 개관
4. 수능 기출 문제 / 정답 및 해설

차　례

유충렬전_작자 미상

1. 핵심 정리

* 갈래 : 국문소설, 군담소설, 영웅소설
* 배경 : 시간적 : 중국 명나라 시대
    공간적 : 중국 명나라 조정과 중국 대륙
* 성격 : 전기적, 비현실적, 우연적
* 시점 : 3인칭 전지적 작가 시점
* 주제 : 유충렬의 고난과 영웅적인 행위

2. 등장 인물의 성격

* 유충렬 : 자미성이란 이름을 가진 천상의 인물로 백옥루 잔치 때 익성
    과 대결하다 죄를 지어 지상으로 내려와 유심의 아들이 되었
    다. 정의를 위해 싸우는 전형적인 영웅의 모습이다.
* 유심 : 개국공신 후예로 정직하고 충성스러운 인물
* 장희주 : 충직한 성격의 소유자
* 정한담 : 익성이란 이름을 가진 천상의 인물로 지상으로 유배되어 명나
    라 간신이 된다. 적과 내통하여 역모를 꾀하다 유충렬에게 퇴
    치된다.
* 최일귀 : 미걸이란 이름을 가진 천상의 인물로 악인을 대표하는 인물
    이다.

3. 작품 개관

조웅전과 함께 조선후기 영웅소설과 군담소설의 대표적인 작품이다. 유
충렬 전은 충신과 간신의 대립을 통하여 조선시대 충신상을 표현한 작품
이다. 그러나 무능한 왕권에 대한 규탄과 역경에 처한 왕가의 비굴함이 함
께 나타나고 있고 권좌에서 권력을 잃은 계층의 권력을 만회하고자 하는
소망이 투영되어 있음을 알 수 있다. 또 유충렬이 호국을 정벌하고 통쾌한
설욕을 하는 장면은 병자호란 이후 생긴 민중들의 청나라에 대한 강한 적

개심을 반영하는 것으로 볼 수 있다. 천상계의 신선이었던 유충렬이 지상으로 하강하여 간신의 반역으로 위기에 처한 나라를 구한다는 대표적인 영웅소설이다.

4. 수능 기출 문제 (2006년도)

(가) 정한담과 최일귀 두 사람이 이때를 타서 천자께 여쭈오되,

"폐하 즉위하신 후에 은덕이 온 백성에게 미치고 위엄이 온 세상에 진동하여 열국 제신이 다 조공을 바치되, 오직 토번과 가달이 강포함만 믿고 천명을 거스르니, 신 등이 비록 재주 없사오나 남적을 항복 받아 충신으로 돌아오면 폐하의 위엄이 남방에 가득하고 소신의 공명은 후세에 전하리니, 엎드려 바라옵건대 폐하는 깊이 생각하옵소서."

천자 매일 남적이 강성함을 근심하더니, 이 말을 듣고 대희 왈,

"경의 마음대로 기병하라."

하시니라.

이때 유 주부 조회하고 나오다가 이 말을 듣고 천자 앞에 들어가 엎드려 주왈,

"듣사오니 폐하께옵서 남적을 치라 하시기로 기병하신단 말씀이 옳으니이까?"

천자 왈,

"한담의 말이 여차여차하기로 그런 일이 있노라."

주부 여쭈오되,

"폐하, 어찌 망령되게 허락하였습니까? 왕실은 미약하고 외적은 강성하니, 이는 자는 범을 찌름과 같고 드는 토끼를 놓침이라. 한낱 새알이 천 근의 무게를 견디리까? 가련한 백성 목숨 백 리 사장(沙場) 외로운 혼이 되면 그것인들 아니 적악(積惡)이리오. 엎드려 바라옵건대 황상은 기병치 마옵소서."

천자 그 말을 들으시고 여러 가지로 생각하던 차에, 한담과 일귀 일시에 합주하되,

“유심의 말을 듣사오니 죽여도 애석하지 않으니, 오국 간신과 같은 무리로소이다. 대국을 저버리고 도적놈만 칭찬하여 개미 무리를 대국에 비하고 한낱 새알을 폐하에게 비하니, 일대의 간신이요 만고의 역적이라. 신 등은 저어하건대 유심의 말이 가달을 못 치게 하니 가달과 동심하여 내응이 된 듯하니 유심의 목을 먼저 베고 가달을 치사이다.”

천자가 허락하니,

한림 학사 왕공렬이 유심 죽인단 말을 듣고 땅에 엎드려 주왈,

“주부 유심은 선황제 개국 공신 유기의 자손이라. 위인이 정직하고 일심이 충직하오니 남적을 치지 말자는 말이 사리에 당연하옵거늘, 그 말을 죄라 하와 충신을 죽이시면 태조 황제 사당 안에 유 상공을 배향하였으니 춘추로 제사 지낼 때에 무슨 면목으로 뵈오며, 유심을 죽이면 직간할 신하 없사올 것이니, 황상은 생각하와 죄를 용서하옵소서.”

천자 이 말 듣고 한담을 돌아보니, 한담이 여쭈오되,

“유심을 죄하실진대 만 번 죽여도 애석하지 않으나 공신의 후예이오니, 죄목대로 다 못하오나 정배나 하사이다.”

천자

“옳다.”

하시고,

“황성 밖에 멀리 유배 보내라.”

[중간 줄거리]

유심이 유배된 후, 아들 유충렬은 정한담의 박해로 고난을 겪다가 영웅적 능력을 갖추게 된다. 정한담이 황제를 내쫓고 도성을 차지하자, 유충렬은 위기에 처한 천자를 구하고 대원수가 된다. 유충렬이 도성을 비운 사이, 천자는 다시 위기에 처하게 된다.

(나) 이때 대원수가 금산성에서 적 십만 병을 한칼에 무찌르고 바로 호산대에 득달하여 적병을 씨 없이 함몰코자 행하더니, 뜻밖에 월색이 희미하며 난데없는 빗방울이 원수 얼굴에 내리거늘, 원수 괴이히 여겨

말을 잠깐 머무르고 천기를 살펴보니, 도성에 살기 가득하고 천자의 자미성(紫微星)이 떨어져 번수 가에 비쳤거늘, 크게 놀라 발을 구르며 왈,

 "이게 웬 변이냐?"

 갑옷과 투구, 창검을 갖추고 천사마 위에 바삐 올라 산호 채찍을 높이 들어 채질하며 말에게 단단히 부탁하여 왈,

 "천사마야, 너의 용맹 두었다가 이런 때에 아니 쓰고 어디 쓰리오. 지금 천자 도적에게 잡히어 목숨이 경각에 달려 있는지라. 순식간에 득달하여 천자를 구원하라."

 천사마는 본디 천상에서 타고 온 비룡이라. 채질을 아니 하고 단단히 부탁하여 말해도, 비룡의 조화라 제 가는 대로 두어도 순식간에 몇 천 리를 갈 줄 모르는데, 하물며 제 임자 급한 말로 부탁하고 산호채로 채질하니, 어찌 아니 급히 갈까. 눈 한 번 깜짝이며 황성 밖을 얼른 지나 번수 가에 다다르니,

 이때 천자는 백사장에 엎어지고 한담은 칼을 들고 천자를 치려 하거늘, 원수 이때를 당하매 평생에 있는 기력과 일생에 지를 호통을 힘을 다해 지르고, 천사마도 평생 용맹을 이때에 다 부리고, 변화 좋은 장성검도 삼십삼천 어린 조화 이때에 다 부리니, 원수 닫는 앞에 귀신인들 아니 울며, 강산도 무너지고 하해도 뒤엎는 듯 혼백인들 아니 울리오. 온몸이 불빛 되어 벽력같이 소리하며 왈,

 "이놈 정한담아, 우리 천자를 해치지 말고 내 칼을 받으라."

 하는 소리에 나는 짐승도 떨어지고 강신 하백(江神河伯)도 넋을 잃어 용납지 못하거늘, 정한담의 혼백인들 아니 가며 간담인들 성할쏘냐. 호통 소리 지나는 곳에 두 눈이 캄캄하고 두 귀가 먹먹하여 탔던 말 둘러 타고 도망하여 가려다가, 형산마 거꾸러져 백사장에 떨어지니 창검을 갈라 들고 원수를 겨누거늘, 구만 청천 구름 속에 번개칼이 번쩍 하며 한담의 장창 대검이 부서지니, 원수 달려들어 한담의 목을 산 채로 잡아들고 말에서 내려 천자 앞에 엎드리니, 이때 천자 백사장에 엎어져서 반생반사 기절하여 누워 있거늘, 원수 붙잡아 앉히고 정신을 진정한 후에 엎

543

드려 주왈,

"소장이 도적을 함몰하고 한담을 사로잡아 말에 달고 왔나이다."

– 작자 미상, 「유충렬전」–

48. (가)와 (나)를 대비할 때, 서술상 특징에 대한 설명으로 바르지 않은 것은?

(가)	(나)
① 사건의 진행 속도가 느리다.	① 사건의 진행 속도가 빠르다.
② 사건이 액자식으로 구성되어 있다.	② 사건이 병렬적으로 구성되어 있다.
③ 배경이 되는 공간이 고정되어 있다.	③ 배경이 되는 공간이 변화하고 있다.
④ 서술자가 직접적으로 개입하지 않는다.	④ 서술자가 직접적으로 개입한다.
⑤ 주로 대화를 통해 인물의 성격을 드러낸다.	⑤ 주로 묘사를 통해 인물의 행동을 드러낸다.

49. (가)의 내용을 〈보기〉와 같이 정리해 보았다. ㄱ~ㄹ에 들어갈 말을 바르게 배열한 것은?

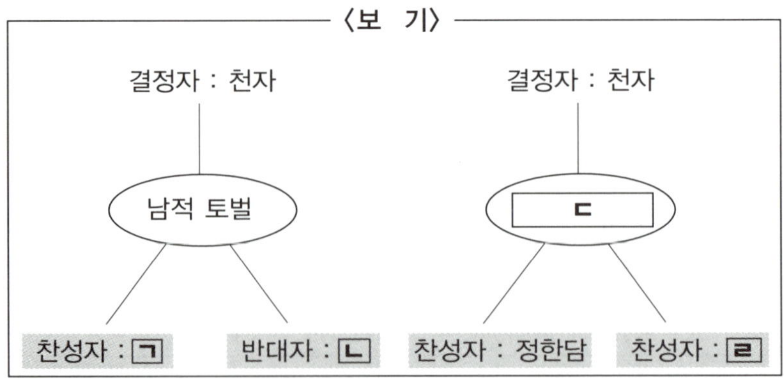

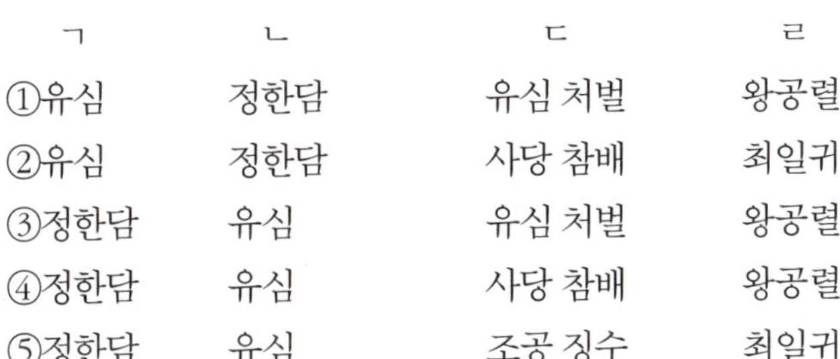

50. (나)의 내용을 바탕으로 삽화를 그리려고 한다. 〈보기〉에서 (나)의 내용을 잘 반영한 것을 골라 바르게 묶은 것은?

〈보 기〉

ㄱ. 유충렬이 천기를 살펴보는 호산대의 배경을 밝고 명랑한 분위기로 표현하여 앞으로의 승리를 예감할 수 있도록 한다.

ㄴ. 쓰러져 있는 천자에게서 무력함 또는 나약함을 느낄 수 있도록 한다.

ㄷ. 정한담을 향해 달려가는 천사마는 역동적이면서 용맹스러운 모습으로 그린다.

ㄹ. 장성검을 들고 진격하는 유충렬의 모습에서 천자를 구하고자 하는 강인한 의지가 엿보이도록 한다.

ㅁ. 달려오는 유충렬을 보고 도망가는 정한담의 표정에서 여유와 의연함이 드러날 수 있도록 그린다.

① ㄱ, ㄴ, ㅁ　　　② ㄱ, ㄷ, ㄹ　　　③ ㄱ, ㄷ, ㅁ
④ ㄴ, ㄷ, ㄹ　　　⑤ ㄷ, ㄹ, ㅁ

51. (가)를 고려할 때, (나)의 '천자'의 처지를 가장 적절하게 표현한 것은? [1점]

① 믿는 도끼에 발등 찍혔군.　　　② 목마른 놈이 샘 판다더니.
③ 가는 날이 장날이라더니.　　　④ 되로 주고 말로 받았군.
⑤ 그 나물에 그 밥이네.

5. 해설

지문 해설 : 이 작품은 주몽 신화의 전통을 잇는 '영웅의 일생'이라는 유형적 구조를 잘 유지한 소설로, 일상적 현실로부터 멀리 떨어진 시간과 공간을 배경으로 삼아, 주인공이 일시적인 고난을 극복하고 가문과 나라를 위기에서 구한다는 전형적인 배경과 구조를 보여 주는 조선 후기의 대표적인 영웅 소설이다. (가) 부분은 간신 정한담에·의해 유충렬의 아버지인 유심이 귀양을 가는 장면이고, (나) 부분은 대원수가 된 유충렬이 정한담에게서 죽임을 당할 처지에 있는 천자를 구하는 장면이다.

48. ②

(가)는 전지적 작가 시점으로 서술자가 모든 것을 인물의 행동이나 대사를 그대로 보여주고 있기 때문에 액자식 구성이라고 할 수 없다. (나)는 천기를 살펴본 유충렬이 천자를 구하는 장면으로 병렬적이 아니라 인과적으로 구성되어 있다고 할 수 있다.

[오답 피하기] ① (가)는 대화 위주의 장면, (나)는 요약 서술 ③ (가)는 궁궐이라는 공간, (나)는 금산성과 황성 밖 ④ (가)는 인물의 대화와 행동만 제시되어 있고, (나)는 편집자의 논평이 있다. ⑤ (가)는 대화, (나)는 묘사 위주로 되어 있다

49. ③

(가)에는 남적 토벌하는 것에 대한 내용과 유심을 처벌하는 내용이 나와 있다. 이에 대한 결정권자는 천자가 된다는 점에서 일치하지만 각각에 대해서 찬성자와 반대자는 다르다. 우선 남적 토벌에 대해서 찬성하는 사람은 정한담과 최일귀이고, 반대하는 사람은 유심이다. 유심의 처벌에 대해서 찬성하는 사람은 역시 정한담과 최일귀이고, 반대하는 사람은 왕공렬이다.

50. ④

대원수 유충렬이 적병과 싸우고 있는 때 빗방울이 내려 천기를 살피니

도성에 살기 가득하고 자미성이 떨어지는 변고가 있다. 이것은 밝고 명랑한 분위기가 아니라 오히려 암울한 분위기가 된다고 할 수 있다. 유충렬이 천사마를 타고 번수 가에 이르러서 천자를 살해하려는 정한담을 쫓아가 목을 산 채로 잡아온다. 이런 장면으로 볼 때 정한담이 도망가면서 여유와 의연함을 드러낸다는 것은 전혀 맞지 않는다고 할 수 있다.

51. ①

(가)에서는 정한담과 최일귀 두 사람의 말을 듣고 남적을 치도록 기병하라고 명령을 내리자 유심이 이를 반대한다. 이에 대해서 천자는 유심을 신뢰하지 않고 정한담과 최일귀를 신뢰하여 유심을 귀양 보낸다. 하지만 (나)에서는 정한담이 오히려 백사장에 엎어진 천자를 칼로 쳐서 죽이려고 한다. 이것은 천자의 입장에서 보면 유심의 말을 듣지 않고 정한담의 말을 들었건만 자기를 죽이려고 한 것이니 믿고 있는 사람에게 오히려 봉변을 당하는 것으로, 속담에 빗대면 믿는 도끼에 발등을 찍히게 된 꼴이라고 할 수 있다.

[오답 피하기] ② 제일 급하고 일이 필요한 사람이 그 일을 서둘러 하게 되어 있다는 말 ③ 어떤 일을 하려고 하는데 뜻하지 않은 일을 공교롭게 당함을 비유적으로 이르는 말? ④ 조금 주고 그 대가를 많이 받는다는 말 ⑤ 서로 격이 어울리는 것끼리 짝이 되었을 경우를 이르는 말.

최고운전_ 작자 미상

1. 핵심 정리

* 갈래 : 고전 소설, 전기체 소설
* 배경 : 신라시대
* 성격 : 영웅적, 도술적, 설화적
* 시점 : 3인칭 전지적 작가 시점
* 주제 : 최고운의 일대기와 당대 중세적 질서 위기

2. 등장 인물의 성격

* 최고운 : 금돼지의 아들이라는 의심을 받기도 했지만 성장해서 신라
        와 당나라를 넘나드는 영웅이 되었다.
* 최　충 : 최고운의 아버지, 처음에는 아들을 의심했으나 선녀의 보호
        를 받은 것을 보고 다시 데려와 길렀다.
* 어머니 : 금돼지에게 끌려갔다가 최치원을 낳는다.

3. 작품 개관

대부분의 군담소설이 전쟁을 소재로 하여 민족의 영웅을 창조하나 이 작품은 뛰어난 문재(文才)를 과시하기 위한 의도가 엿보인다.

최고운이 태어나자 부모가 금돼지의 새끼로 알고 내다버리지만 선녀와 연꽃 백조들이 최고운을 돌보자 데려다 키워 학문과 문장을 크게 떨치는 인물이 된다.

앞 부분의 줄거리

금돼지의 아들이라 하여 외딴 섬에 버려진 최치원은 하늘에서 내려온 선비들에게 글을 배운다. 최치원이 12세가 되었을 때, 중국 황제가 신라를 공격할 구실을 찾기 위해 함에 달걀을 넣고 봉한 다음, 그 안에 무엇이 들어 있는지 알아내어 시를 지어 올리라 한다. 최치원이 시를 지어 올리자, 중국 황제는 최치원이 장차 중국에 위협이 될 것을 우려하여 그를 죽이려고 신라 왕에게 조서를 보내 중국으로 부른다. 최치원은 50자나 되는 기다란 모자를 마련하여 중국으로 떠난다.

낙양 성문에 들어서니, 어떤 학사가 치원에게 묻기를,

"해와 달은 하늘에 매달려 있는데, 하늘은 어느 곳에 매달려 있는가?"

하니, 치원이 말했다.

"산과 내는 땅에 실려 있는데, 땅은 어느 곳에 실려 있는가? 당신이 땅이 실린 곳을 말하면 내가 하늘이 매달린 곳을 말하겠소."

이에 학사가 대답하지 못했다.

이때 황제가 최 문장이 도착했다는 말을 듣고 그를 속이고자 삼문(三門) 안에 몇 길이나 되는 깊은 구덩이를 판 후, 악공들을 그 안에 매복시키고 경계하여 말했다.

"만약 최 문장이 들어오면 일제히 음악을 연주하여 그의 마음을 어지럽히도록 하여라."

또 사문(四門) 안에는 ⓐ장막을 설치하여 코끼리와 사람을 장막 안에 매복시킨 다음 치원을 불렀다.

치원이 느린 걸음으로 궐문에 들어서니 쓰고 있던 모자가 문 꼭대기에 닿았다. 치원이 탄식하며 말하기를,

㉠"비록 우리 소국의 궐문이라도 내 모자가 닿지 않았건만 하물며 대국의 궐문에 내 모자가 닿는단 말인가?"

하고, 오래도록 들어가지 않았다.

황제가 그 말을 듣고 몹시 부끄러워하며 즉시 궐문을 부수게 한 연후에 치원을 다시 불렀다. 치원이 궐문을 지나 얼마쯤 걸어 들어가니 지하에서 음악 소리가 들렸다. 치원이 즉시 청색 부적을 던지자 그 소리가 그쳤다. 삼문에 들어서니 또 음악 소리가 들려 흰색 부적을 던지자 그 소리가 곧 그쳤다. 사문에 들어서니 흰 코끼리가 장막 안에 숨어 있는 것이 보였다. 치원이 황색 부적을 던지자 그 부적이 변해 누런 벌이 되어 코끼리 입을 둘러싸니, 코끼리가 감히 입을 열지 못했다. 그래서 무사히 들어갈 수 있었다.

이때 황제는 치원이 여러 문을 아무런 탈이 없이 태연하게 들어왔다는 말을 듣고 크게 놀라 말했다.

"이는 진실로 천지(天地)가 알고 있는 사람이다."

치원이 오문(五門)에 들어서니 학사들이 좌우로 쭉 늘어서서 서로 경쟁하듯 질문을 던졌다. 치원이 전혀 응답하지 않고 오직 시를 지어 주었는데, 순식간에 많은 시를 지었는지라 학사들이 그 시들을 다 기억할 수가 없었다. 이에 학사들이 감히 다시 말을 하지 못했다.

치원이 어전에 이르니 황제가 용상에서 내려와 그를 맞이하였다. 이내 인사말을 마치고 황제가 물었다.

"경이 함 안에 있는 물건을 알아내어 시를 지었소?"

치원이 대답하기를,

"그렇습니다."

하니, 황제가 물었다.

"어떻게 알고 시를 지었소?"

대답하기를,

"신이 듣자오니 무릇 현자는 비록 천상에 있는 물건이라도 통달해 안다고 합니다. 신이 비록 불민하지만 어찌 함 안에 있는 물건을 알아내어 시 짓는 것쯤 못하겠습니까?"

하니, 황제가 마음속으로 기이하게 여기고 또 물었다.

"경이 삼문 안으로 들어올 때 음악 소리를 듣지 못했소?"

치원이 대답하길,

"듣지 못했습니다."

하였다. 이에 황제가 삼문 안에 매복해 있던 악공들을 불러들여 꾸짖으니, 악공들이 모두 아뢰었다.

"우리들이 함께 음악을 연주할 때 청의와 백의를 입은 자들 수천 명이 와서 우리를 묶으며, '대빈(大賓)께서 오시니 음악을 연주하지 말라.' 라고 하면서 몽둥이로 때리기에 감히 연주할 수가 없었습니다."

황제가 크게 놀라 사람을 시켜 가 보게 하니 구덩이 안에는 큰 구렁이들이 가득 차 있었다. 황제가 감탄하여 말하길,

"이는 보통 사람이 아니니 소홀히 할 수 없다."

하고, ⓑ 장막을 쳐 황제가 먹는 음식을 올리게 하고 시중드는 관리들을 배치하는 등 모두 황제의 거처와 같게 하였다.

– 작자 미상,「최고운전」 –

※ 위 작품의 서사 구조를 아래와 같이 도식화하였다. 이를 참조하여 20번과 21번의 두 물음에 답하시오.

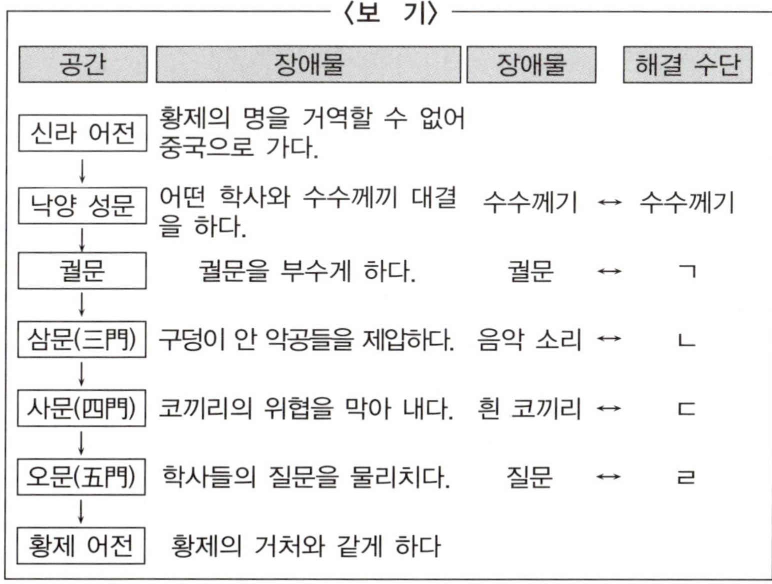

20. 해결 수단의 ㄱ~ㄹ에 들어갈 내용을 바르게 짝지은 것은?

	ㄱ	ㄴ	ㄷ	ㄹ
①	50자 모자	구렁이	누런 벌	시
②	50자 모자	누런 벌	시	용상
③	구렁이	악공	50자 모자	누런 벌
④	구렁이	50자 모자	용상	시
⑤	누런 벌	악공	용상	구렁이

21. 사건에 대한 해석으로 바르지 않은 것은?

　① 버려진 영웅이 자신의 신분을 확인해 가는 과정이다.

　② 대국에 대한 소국의 자존을 확인해 가는 과정이다.

　③ 주인공의 비범한 능력을 입증해 가는 과정이다.

　④ 학식과 지혜로 위기를 극복해 가는 과정이다.

　⑤ 개인이 부당한 위협에 맞서 가는 과정이다.

22. ㉠과 〈보기〉에 공통적으로 나타나는 화자의 태도로 가장 적절한 것은?

> ──────── 〈보 기〉 ────────
>
> 신기한 계책은 천문을 환히 알고　　　　神策究天文
> 오묘한 헤아림은 지리를 꿰뚫었네.　　　妙算窮地理
> 싸움에 이겨 그 공이 이미 높으니　　　　戰勝功旣高
> 만족할 줄을 알고 부디 그만두시오.　　　知足願云止
> 　　　　　　　　　 - 을지문덕, 「우중문에게 보내는 시」 -

　① 상대를 높이는듯하면서 우회적으로 조롱하고 있다.

　② 사실을 과장하여 상대를 자만에 빠지게 하고 있다.

　③ 재치를 발휘해 상대의 모순된 행위를 비판하고 있다.

　④ 영웅적인 기개로 상대의 잘못을 준엄하게 꾸짖고 있다.

　⑤ 싸움에서 승리한 사실을 강조하면서 상대의 위선을 꼬집고 있다.

23. 황제가 최치원을 대하는 태도와 관련하여 ⓐ와 ⓑ를 적절하게 설명한 것은?

① ⓐ는 열등감을, ⓑ는 자신감을 표현한다.
② ⓐ는 보호의 효과가, ⓑ는 은폐의 효과가 있다.
③ ⓐ는 시험의 의미를, ⓑ는 예우의 의미를 띤다.
④ ⓐ는 상대에 대한 포용을, ⓑ는 회유를 뜻한다.
⑤ ⓐ는 상대에 대한 위협을, ⓑ는 용서를 뜻한다.

5. 해설

지문 해설

이 작품은 '황금 돼지 이야기, 아기 장수 설화, 최치원의 일대기' 등 여러 이야기를 바탕으로 하여 만들어진 것으로 영웅의 일대기 형식을 취하고 있다. 신라 말기의 대학자인 고운 최치원을 주인공으로 하여 그가 뛰어난 문재(文才)를 발휘해 중국 황제와 학사들을 탐복시키고 두려움과 열등감에서 나온 그들의 괴롭힘에 당당히 맞선다는 내용이다. 이는 중화 사상에서 벗어나 민족의 자부심과 문화적 우월성을 표출하고자 하는 의도에서 나온 것으로 임진왜란 때 명의 지나친 간섭과 횡포에 대한 민중의 울분을 반영한 것이라 할 수 있다.

주제 : 최고운의 일대기를 통한 민족의 문화적 자긍심 고취

20. ①

최치원이 중국으로 떠날 때 50자 되는 모자를 마련하여 떠났고, 궐문을 들어설 때 대국의 궐문에 '모자'가 닿는다며 한동안 들어가지 않았다고 했다. 그래서 결국은 궐문을 부수게 하였다. 또한 중국 황제는 악사들을 매복하여 최치원의 마음을 어지럽히려고 하였으나 치원이 청색과 흰색의 부적을 던져 제압한다. 나중에 확인해 보니 구덩이에는 '구렁이'가 가득했다고 했다. 이어서 황제가 준비한 코끼리를 황색 부적으로 제압했는데 그 부적이 '누런 벌'로 변해서 코끼리의 입을 막았다고 했다.

마지막으로 학사들이 수없이 많은 질문을 던졌으나 치원이 이에 수없이

많은 '시'를 지어 줌으로써 이를 해결하였다.

21. ①

이 이야기의 핵심 사건은 황제가 중국에 위협이 될 것을 우려하여 최치원을 불러 죽이려고 했으나, 최치원이 지혜와 재능을 통해 위기를 극복하고 결국에는 황제의 인정을 받게 된다는 것이다. 이는 결국 소국이라고 업신여기며 부당하게 억압하는 대국의 횡포에 맞서는 것이며, 이를 극복하는 과정은 소국의 자존을 확인해 가는 과정이라 할 수 있다. 최치원의 행동에서 영웅적인 면모는 보이나 이것이 자신의 신분을 확인해 가는 과정이라고는 할 수 없다.

22. ①

㉠에서 화자는 중국을 '대국'이라 칭함으로써 상대를 높이는 듯하지만, 대국의 궐문이 겨우 이 정도밖에 되지 않느냐는 의도를 담고 있는 것이기에 이는 결국 상대를 조롱하는 것이라 할 수 있다. 보기의 시에서도 1행과 2행에서는 상대의 행동을 칭찬하고 있는 듯하다. 하지만 3행에서 '그 공이 이미 높다'고 했고, 4행에서 만족함을 알고 그만 두라 한 것으로 보아 이는 결코 칭찬이 아니라 조롱이었음을 알 수 있다. 그만큼 자신감이 있기에 나올 수 있는 말인 것이다.

[오답 피하기] : ④ 보기의 시나 ㉠에서 화자의 영웅적인 기개는 엿볼 수 있으나 '상대의 잘못을 준엄하게 꾸짖고' 있지는 않다. 우회적으로 조롱한다는 것은 꾸짖고 있는 것 같지 않으면서도 꾸짖는 것이지만, 준엄하게는 매우 엄격하게 꾸짖는 것이기 때문이다.

23. ③

ⓐ와 ⓑ는 동일한 어휘지만 어휘가 담고 있는 문맥적 의미는 다르다. 즉, ⓐ에서의 장막은 최치원이 오는 길에 방해를 주기 위해 설치한 것으로 이는 최치원이 어느 정도의 능력을 가지고 있는가를 시험하고자 하는 의미가 강하다. 하지만 최치원이 모든 장애물들을 비범한 능력으로 해결해

나오자 결국 ⓑ의 장막을 쳤다. 그리고는 황제가 먹는 음식을 올리게 하고, 거처도 같게 했다. 이는 황제가 최치원을 자신과 같은 대접을 받을만한 사람으로 인정해 준다는 것이다.

[오답 피하기] : ⑤ ⓐ는 최치원을 위협하기 위해 설치한 것이기에 인정할 수 있으나 ⓑ는 용서와는 거리가 멀다. 용서는 한 자가 약한 자에게 내리는 관용의 의미를 담고 있지만, 황제는 최치원을 인정하고 예를 갖추고 있기 때문이다.

3 심생전_ 이 옥*

1. 핵심 정리

* 갈래 : 고전소설
* 배경 : 조선시대 서울
* 성격 : 비극적, 애정적
* 시점 : 3인칭 전지적 작가 시점
* 주제 : 신분제의 속박으로 인해 빚어지는 비극적 사랑

2. 등장 인물의 성격

* 심생 : 양반의 자제로 중인 처녀를 사랑했으나 비극적 결말을 맞는다.
* 안처녀 : 중인 가정의 처자, 사랑을 이루지 못하고 죽음을 선택한다.

3. 작품 개관

신분의 차이 때문에 사랑을 이루지 못하는 비극적 소설이다, 임금의 행차를 구경하고 돌아오다 계집종에게 업혀가는 한 여자를 보고 반해 매일같이 그 집을 찾은 심생의 진실한 사랑을 알게 된 안처녀는 그와 함께 사랑을 나눈다. 이후, 심생은 부모님의 권유로 절간으로 공부를 위해 떠났고, 안처녀의 유서를 받는다. 안처녀의 죽음으로 심생도 슬픔에 쌓여 일찍 죽고 만다.

심생(沈生)은 서울의 양반이다. 약관의 나이에 용모가 매우 준수하고, 풍정(風情)이 넘쳤다.

어느 날 운종가(雲從街)*에 나가 임금님의 거둥을 구경하고 돌아오던 길이었다. 건장한 여종이 자주색 명주(明紬) 보자기로 한 처녀를 덮어씌워 등에 업고, 머리를 땋은 여종은 주홍색 비단신을 들고 뒤를 따르는 모습이 눈에 들어왔다.

어림짐작으로 보자기 안의 몸을 재어 보니 어린 여자 아이는 아니었다. 드디어 심생은 바짝 붙어 뒤를 쫓았다. 멀찍이 따르다가 소매로 스치며 지나가기도 하면서 눈은 한순간도 그 보자기를 떠나지 않았다. 걸음이 소광통교(小廣通橋)*에 이르렀을 때, 갑자기 회오리바람이 앞에서 일어나 자주색 보자기를 반이나 들추었다. 아니나 다를까 처녀가 나타나는데 복숭아 빛 발그레한 뺨에 버들가지 같은 가는 눈썹, 초록 저고리에 다홍치마, 연지분이 몹시 고와 설핏 보아도 절색이었다.

[A] 처녀도 보자기 속에서 어렴풋하게 아름다운 소년이 쪽빛 두루마기에 초립(草笠)을 쓰고, 좌우 이쪽저쪽으로 따라오는 것을 보고 있었다. 추파(秋波)를 들어 보자기 밖의 소년을 한참 주시하던 중에 보자기가 걷히고 버들 같은 눈과 별 같은 눈동자 네 개가 부딪쳤다. 놀라기도 하고 부끄럽기도 했다. 보자기를 당겨 다시 덮어쓰고 자리를 떴다.

심생이 어찌 그대로 놓치겠는가! 곧장 뒤를 쫓아갔다. 소공주동(小公主洞)* 홍살문 안에 이르러 처녀는 중문 안으로 들어가 버렸다. 심생은 망연자실하여 한참을 배회하다가 이웃 노파를 붙들고 자세히 알아보았다. 늙어서 은퇴한 호조(戶曹) 계사(計士)*의 집이요, 딸 하나만을 두었고, 나이는 열 예닐곱이요, 아직 시집가지 않았다는 등등. 처녀가 거처하는 곳을 물었더니

파는 손가락으로 가리키며 말했다.

3

"좁은 골목을 따라가다 보면 회칠한 담이 하나 나올 거유. 담 안에 작은 집이 한 채 있는데 바로 처자(處子)가 거처하는 곳이라우."

노파의 말을 듣고 난 심생은 아무리 해도 잊을 수가 없었다. 저녁이 다가오자 집에다 거짓말을 꾸며 댔다.

"서당 친구가 저랑 밤을 같이 보내자고 하니 오늘 밤부터 가 볼게요."

드디어 인정(人定)이 되기를 기다려 그 집으로 가서 담을 넘었다. 초승달이 어스름 빛을 드리운 창밖에는 꽃과 나무들이 제법 아담하게 가꾸어져 있고, 창호지에 비치는 등불은 아주 환하였다. 벽에 등을 대고 처마 밑에 앉아서 숨을 죽이고 기다렸다. 방 안에는 여종 둘이 함께 있었다. 처녀는 나직한 목소리로 언문 소설을 읽는 중이었는데 꾀꼬리 새끼가 우는 듯 낭랑하게 들려왔다.

삼경(三更) 무렵, 여종들은 깊은 잠에 빠져 들었다. 처녀는 그제야 "훅!" 등불을 끄고서 잠자리에 들었다. 하지만 오랫동안 잠을 이루지 못하고 무슨 고민이라도 하는 듯 몸을 뒤척거렸다. 심생은 잠이 들 리도 없었고 숨소리를 낼 수도 없었다. 새벽종이 울릴 때까지 그대로 있다가 담을 타고 나왔다.

그로부터 일과로 날이 저물면 가서 파루가 치면 돌아오곤 했다. 그렇게 한 지 스무날이 되었어도 심생은 조금도 게으름을 피우지 않았다. 처녀는 처음에는 소설도 읽고 바느질도 하며, 한밤에 등불이 꺼지면 잠도 잤으나, 번민하며 잠을 이루지 못하기도 하였다. 예니레를 넘기자 "몸이 편치 않다."라고 말하고 겨우 초경(初更)인데도 베개를 베고 누워서는 자주 손을 던져 벽을 쳤고, 긴 한숨 짧은 탄식이 창을 넘어 들려왔다.

[B] 하루하루 밤을 보낼 적마다 심해지던 스무날째 저녁, 처녀는 홀연히 마루 뒤쪽으로 나와서 벽을 따라 돌아 심생이 앉아 있는 장소에 이르렀다. 심생은 깜깜한 어둠 속에서 불쑥 일어나 처녀를 잡았다. 처녀는 조금도 놀라지 않고 낮은 목소리로 말했다.

"도련님은 소광통교에서 만났던 분이 맞지요? 소녀는 도련님이 여기

를 찾아오신 지 벌써 스무날인 것을 잘 알아요. 저를 잡지 마세요. 소리
를 지르기만 하면 다시는 여기를 나가지 못해요. 저를 놓아주시면 제가
틀림없이 이 문을 열어 맞이할 거예요. 어서 저를 놓아요.”

　심생은 곧이듣고 뒤로 물러서서 기다렸다. 처녀는 다시 빙 돌아서 방
에 들어갔고, 그 다음에 여종을 불러 분부하였다.

　“어머니한테 가서 큰 주석 자물쇠를 달래서 갖고 오너라. 밤이 아주
캄캄하여 겁이 난다.”

　여종이 안방으로 가더니 오래지 않아 자물쇠를 갖고 왔다. 처녀는 드
디어 약속한 뒷문에다 문고리를 아주 분명하게 걸고 손으로 자물쇠를
채우되 일부러 “철거덕!” 거는 소리를 냈다. 그리고는 바로 등잔불을 껐
다. ㉠ 정적에 쌓여 잠이 깊이 든 듯했으나 실은 잠을 이루지 못했다.

- 이 옥, 심생전(沈生傳) -

　* 운종가, 소광통교, 소공주동 : 서울의 지명.

　* 계사 : 회계원.

25. [A]의 주된 기능으로 적절한 것은?

　① 이야기의 전개 과정에 속도감을 준다.

　② 긴장된 분위기를 부드럽게 이완시킨다.

　③ 여자 주인공의 성격을 직접적으로 제시한다.

　④ 전개될 사건을 짐작할 수 있는 단서를 제공한다.

　⑤ 작중 인물의 시점으로 바뀌어 변화의 묘미를 준다.

26. [B]에서 ‘처녀’의 언행이 갖는 의미에 대해 의견을 교환한다고 할 때,
　　적절하지 않은 것은?

　① 처음부터 차분하게 행동한 것은 '심생'에 대한 호감이 없는 것처럼 보
　　이기 위한 것일거야.

　② ‘심생’이 붙잡았을 때 놀라지 않은 것은 그가 거기에 있다는 것을 알
　　고 있었기 때문일거야.

③ 겁이 난다고 한 것은 여종에게 자신의 의도를 감추기 위해서일 거야.

④ 여종을 안방으로 보낸 것은 마음을 가라앉힐 시간을 벌기 위해서일 거야.

⑤ 문을 소리 내어 잠근 것은 자신의 거절 의사를 분명하게 전달하기 위해서일 거야.

27. ㉠의 상황에서 읊었을 만한 노래로 가장 적절한 것은?

　① 마음 속의 끝없는 사연을 세세하게 옮겨다가
　　달빛 비친 사창과 비단 휘장에 님 계신 곳 전하고자
　　그제야 알뜰히 그리워하는 줄 짐작이나 하실까

　② 꿈이 날 위하여 먼 데 님 데려왔거늘
　　간절하고 반갑게 여겨 꿈 깨어 일어나 보니
　　그 님이 성나서 갔는지 간 곳이 없어라

　③ 각시네 꽃을 보소 피는 듯 시드나니
　　옥 같은 얼굴인들 청춘을 매었을까
　　늙은 후 찾는 이 없으면 뉘우칠까 하노라

　④ 꿈에 다니는 길이 발자취 날작시면
　　님의 집 창밖이 돌길이라도 닳으리라
　　꿈길이 자취 없으니 그를 슬퍼하노라

　⑤ 아아 내 일이여 그릴 줄을 몰랐더냐
　　있으라 하였더면 갔으랴만 제 구태여
　　보내고 그리는 정은 나도 몰라 하노라

28. 위 글에 대한 감상으로 적절하지 않은 것은?

　① 섬세하면서도 생동감 있는 묘사가 돋보인다.

　② 간결한 문장으로 장면을 빠르게 전환시켜 박진감을 준다.

　③ 당시에도 자유로운 사랑에 대한 욕구가 있었음을 짐작하게 한다.

　④ 당시의 생활상을 엿볼 수 있어 선인들의 삶을 이해하는 데 도움을 준다.

　⑤ 남자 주인공의 순수한 집념과 성공이 지닌 교훈적 의미를 찾아볼 수 있다.

5. 해설

25. ④

[A]는 심생만 보자기 속의 처녀에게 관심을 보인 게 아니라 처녀도 심생이 자신에 대해 관심을 갖고 따라오고 있음을 알고 있고, 심생에게 관심이 있다는 걸 알려주는 부분이다. 그러니까 이를 통해 앞으로 처녀와 심생 사이에 어떤 사건이 발생할 것임을 추측할 수 있다. 따라서, '전개될 사건을 짐작할 수 있는 단서를 제공한다.'라고 한 ④가 [A]의 주된 기능으로 적절하다.

26. ④

[B]에서 처녀가 여종을 안방으로 보낸 것은 여종에게 자물쇠를 가져오게 하기 위한 것일 뿐, 마음을 가라앉힐 시간을 벌기 위해서는 아니다. 여종이 가져온 자물쇠로 뒷문을 소리 내어 잠가서 심생에게 자신의 거절의 뜻을 분명히 전했기 때문에 '여종을 안방으로 보낸 것은 마음을 가라앉힐 시간을 벌기 위해서일 거야.'라고 한 ④는 교환할 의견으로 적절하지 않다.

27. ⑤

㉠의 앞부분에서 처녀는 심생에게 호감이 있음에도 불구하고, 뒷문을 소리 나게 잠금으로써 거절의 뜻을 전했다. 그런데 불은 껐지만 잠을 이루지 못하고 있다. 즉, 처녀는 자신의 속마음과는 달리 심생을 거절하고는 잠 못 이루고 있는 것이다. ⑤를 보자. 이 시조의 화자는 사랑하는 임을 잡지 않고 그냥 보내 버리고 그리워하는 자신을 한탄하고 있다. 따라서 ㉠의 상황에서 읊었을 만한 노래로 적절하다.

28. ⑤

이 글에서 남자 주인공인 심생의 처녀에 대한 순수한 사랑과 이를 알면서도 심생의 사랑을 거절하고 마는 처녀의 안타까운 마음이 나타나 있다. 즉, 심생은 매일 처녀의 집을 찾아갔지만 그 사랑이 성공하지는 못했다. 그러니까 '남자 주인공의 순수한 집념과 성공이 지닌 교훈적 의미를 찾아볼 수 있다.'라고 한 ⑤는 이 글에 대한 감상으로 적절하지 않다.

4. 창선감의록_ 조성기*

1. 핵심 정리

* 갈래 : 고전소설, 가문소설
* 배경 : 중국 명나라
* 성격 : 유교적, 교훈적
* 시점 : 3인칭 전지적 작가 시점
* 주제 : 충효 사상의 고취

2. 등장 인물

* 화욱 : 조정에서 간신이 득세 하는 것을 보고 고향으로 되돌아오는 강
직한 인물
* 화진 : 화욱과 정부인 사이의 아들로 매우 영특하다.
* 화춘 : 화욱과 심부인 사이의 아들로 성격이 용렬하다.
* 심부인 : 화욱의 부인, 화춘의 어머니로 화진 부부를 구박했으나 후에
착한 사람이 된다.

3. 작품 개관

『창선감의록』은 김만중의 『사씨남정기』와 함께 가정소설의 대표적인
작품으로 조선 소설의 일반적인 주제인 권선징악을 잘 보여주고 있다.
조정에서 간신이 득세하는 것을 보고 벼슬에서 물러나 고향으로 돌아온
화욱은 심부인, 요부인, 정부인을 두었으나 요부인과 정부인이 일찍 죽는
다. 심부인은 아들 화춘과 함께 화진 부부를 괴롭히다 화진이 해적을 토벌
하여 공을 세우고 돌아오자 개과천선하여 착한 사람이 된다.

[인물 사이의 관계] 화욱에게는 세 부인이 있었는데, 심씨에게서 장자 화춘을, 정씨에게서 차자 화진을, 그리고 요씨에게서 딸 화빙선을 얻었다. 요씨는 일찍 죽었고, 후에 화욱과 정씨가 잇달아 죽었다. 성 부인은 화욱의 누이로, 과부가 되어 친정에서 지내고 있다.

하루는 요 부인의 유모 취선이 빙선 소저를 대하여 흐느끼며 이르기를, "어르신과 정 부인의 은덕으로 소저와 둘째 공자(公子)에 대해 염려하지 않았더니, 두 분이 돌아가시매 문득 독수(毒手)에 들었으니 이 늙은이가 차라리 먼저 죽어 그 일을 아니 보고자 하나이다." 소저가 눈물을 삼키며 대답하지 않더니, 취선이 또 말하기를, "정 부인이 돌아가신 후에 그분이 거하시던 수선루(壽仙樓)의 시녀들이 가혹한 형벌을 받은 자 많으니, 아아, 정 부인이 어찌 남에게 해악을 끼쳤으리오?" 하니, 소저 또 대답하지 않더라.

이를 난향이 창밖에서 엿듣고 심씨에게 고한대, 심씨 시비(侍婢)를 시켜 소저를 잡아 와서 꾸짖기를, "네 년이 감히 흉심(凶心)을 품고 진이와 함께 장자(長子)의 자리를 빼앗고 나를 제거하고자 천한 종 취선과 모의한 것이 아니냐?" 하니, 소저가 당혹하여 말도 못하고 구슬 같은 눈물만 흘릴 따름이라. 심씨 또 화진 공자를 오라 하여 마당에 꿇리고 큰 소리로 죄를 묻기를, "네 이놈 진아, 네가 성 부인의 위세를 빙자하고 선친(先親)을 우롱하여 적장자(嫡長子) 자리를 빼앗고자 하나 하늘이 돕지 않아 대사(大事)가 틀어졌더니, 도리어 요망한 누이와 흉악한 종과 함께 불측(不測)한 일을 꾀하였도다." 하니,

공자가 통곡하며 우러러 여짜오되, "사람이 세상에 나매 오륜(五倫)이 중하고 오륜 중에 부자지간이 더욱 중하니, 부친과 모친은 한 몸이라, 소자 선친의 혈육으로 모부인을 가까이 모시고 있는데 어찌 이런 말씀을 하시나이까? 누이가 비록 취선과 말하긴 하였으나 사사로운 정을 나눔이 큰 죄 아니고, 혹 원망의 말이 있었어도 취선이 하였지 누이가 하지

는 않았으니, 바라건대 모친은 측은지심(惻隱之心)을 베푸소서.” 소저
여짜오되, “큰집 작은집이 모두 혈육이니 이 자리를 빼앗고 저 사람과
협력한다는 말씀은 만만부당하나이다.” 하니, 심씨 크게 노하여 쇠채찍
을 잡고 소저를 치려 하니, 공자는 방성대곡(放聲大哭)한대, 화춘의 부
인 임씨가 심씨 손을 붙들고 눈물을 흘리며 만류하니 심씨 더욱 노하여
노비로 하여금 공자를 잡아 내치라 하고, 임씨를 꾸짖어, “너도 악한 무
리에 들어 나를 없애려 하느냐?” 하더라.

　이때 비복(婢僕)들이 황황히 중문 밖에 모여 흐느끼더니, 마침 빙선의
약혼자 유생이 화씨 집으로 오다가 공자가 찢어진 베옷에 머리를 풀어
헤치고 나오는 것을 보고 크게 놀라 물으니 공자가 부끄러워 대답을 못
하는지라. 유생이 큰 변이 있는 줄 알고 화춘을 만나려고 시묘(侍墓)하
는 곳에 가니 춘이 없는지라. 동자가 한송정(寒松亭)에서 낮잠이 드셨다
고 아뢰니, 유생이 그곳에 올라 보니 과연 대공자(大公子)란 자가 창틀
에 다리를 높이 얹고 코를 골며 옷을 풀어 헤치고 자고 있거늘, 유생이
탄식하기를, “쯧쯧, 도척(盜蹠)과 유하혜(柳下惠)*가 세상에 항상 있는
것이 아니라더니, 어찌 오늘 다시 이런 형제를 보는가?” 하고 발로 차서
깨우면서, “그대의 집에 큰 변란이 일어났으니 빨리 가 보라.” 하니라.

　화춘이 놀라 급히 내당에 들어가니 심씨 바야흐로 계향으로 하여금
빙선 소저를 매질하고 취선은 이미 6, 70대를 맞고 다 죽어 가는지라. 심
씨 화춘이 오자 손뼉 치고 펄쩍펄쩍 뛰면서 소저와 취선의 말을 더욱 꾸
며서 화춘을 격노케 하니,

　[A] 화춘이 이르기를, “소자 이미 진이 남매가 이 같은 마음을 품었음
을 알고 있었으나, 둘이 고모와 합심하였으니 형세로는 지금 당장 제거
하지 못하옵고, 아까 유생이 이미 이 변을 알고는 얼굴빛이 좋지 않았나
이다. 또 고모께서 머지않아 돌아오시면 반드시 크게 꾸짖으실 것이니
이번은 의당 참고 때를 기다리소서.” 심씨가 땅을 두드리며 발악하기를,
“성씨 집 늙은 과부가 내 집에 웅거하여 생각이 음흉하니 반드시 우리
모자를 죽일지라. 내 비록 힘이 모자라나 그 늙은이와 한판 붙어 보리라.

또 유생은 남의 집 자식이라, 어찌 우리 집안의 일을 알리오. 필시 진이 유생에게 알려 나의 부덕함을 누설하였으리니 내가 응당 네 앞에서 결단하리라." 하니,

화춘이 부득이 화진 공자를 붙들어 와 가혹한 매를 가하니, 공자가 이미 그 모친과 형을 어찌할 수 없음을 알고 한 마디 변명도 없이 20여 장(杖)에 혼절(昏絶)하는지라.

– 조성기, 창선감의록(彰善感義錄) –

* 도척 : 중국 춘추 시대의 유명한 도적.

* 유하혜 : 도척의 형. 어진 인물.

32. 윗글에 그려진 갈등의 근본 원인은?

① 심씨와 화춘이 화진과 빙선의 도덕성을 시험해 보고자 한다.

② 심씨가 자기 가문의 일에 간섭하는 성 부인을 축출하고자 한다.

③ 심씨가 가문 내에서 화춘이 지닌 장자로서의 권한을 확고히 하고자 한다.

④ 심씨가 남편과 다른 두 부인이 죽은 후, 두 부인의 소생(所生)들을 배척한다.

⑤ 심씨가 화진과 빙선이 자기를 친모(親母)로 대접하지 않는 데에 대해 보복하고자 한다.

33. 〈보기〉의 관점에서 윗글의 화진과 화춘에게 해 줄 말로 적절한 것은?

— 〈보 기〉 —

부모의 뜻이 의리(義理)에 해가 되지 않는다면 마땅히 먼저 그 뜻을 받들어 따르고 조금이라도 소홀히 하여 어긋나서는 안 된다. 그 뜻이 만약 이치를 해치는 것이라면 곧 기운을 화평하게 하고 얼굴빛을 온화하게 하여 부드러운 음성으로 간(諫)하여 반복 개진(開陳)함으로써 끝내는 이치에 따르도록 할 것이다.

– 이 이, 격몽요결 –

① 진아, 네 어머니로 인해 애통한 심정이겠지만 끝까지 희망을 잃지 말고 어머니께서 의리를 깨닫도록 기회 있을 때마다 정성껏 아뢰어라.

② 춘아, 너에게는 집안의 분란을 바로잡을 책임이 있으니 분란을 일으킨 진과 빙선을 훈계하여 어머니의 마음을 위로해 드려라.

③ 진아, 네 어머니 앞에서 통곡만 한다고 문제가 해결되지 않을 것이니 당당하게 네 어머니의 잘못을 지적하여 고치시게 하여라.

④ 춘아, 네 어머니의 심정과 처지를 잘 이해하여서 그 뜻이 이루어지도록 네가 먼저 나서서 일을 주선하도록 하여라.

⑤ 진아, 네 어머니께서 비록 너를 미워하기는 하시지만 본뜻이 잘못되지는 않았으니 그 뜻을 받들어 묵묵히 따라라.

34. [A]에서 심씨와 화춘이 나눈 대화의 특성을 바르게 설명한 것은?

① 화춘은 감정을 앞세워 말하였고, 심씨는 그에 대해 논리적으로 대응하였다.

② 화춘은 사태에 대해 긍정적인 태도로 말하였고, 심씨는 사태의 심각성을 경고하였다.

③ 화춘은 두 가지 관점을 대조적으로 제시하였고, 심씨는 그 중의 하나를 받아들였다.

④ 화춘은 정황을 근거로 의견을 말하였고, 심씨는 그것을 자기대로 해석하면서 반박했다

⑤ 화춘은 과거의 일을 예로 들어 주장하였고, 심씨는 미래의 가능성을 예측하여 화춘을 설득하였다.

35. 윗글을 읽고 나서 보인 학생의 반응으로 적절하지 않은 것은?

① 갈등의 양상이 역동적으로 전개되어 있어서 흥미가 있군.

② 시공간적 배경을 구체적으로 묘사하고 있어서 인상이 선명하군.

③ 윤리적 덕목을 내세워 독자에게 교훈을 주려는 의도가 강한 것 같아.

④ 당대의 사람들이 복잡한 가족 관계 속에서 어떻게 살아갔는지 짐작할 만해.

⑤ 정도는 다르지만 이와 비슷한 갈등은 다른 고전 소설 작품에서도 찾
   아볼 수 있을 거야

36. 윗글에 나온 인물들에 대해 할 수 있는 말로 거리가 가장 먼 것은?
   ① 화춘은 화진에게 면종복배(面從腹背)하고 있어.
   ② 화진과 빙선은 동병상련(同病相憐)의 처지로군.
   ③ 심씨가 화진에게 한 말은 견강부회(牽強附會)로군.
   ④ 형제라 하더라도 화진과 화춘은 천양지차(天壤之差)야.
   ⑤ 빙선은 심씨로 인해 각골지통(刻骨之痛)을 느꼈을 거야.

5. 해설

32. ③

이 글에서는 인물 간의 갈등이 대화를 통해 나타나고 있다. 심씨의 대화
에서, "진이와 함께 장자(長子)의 자리를 빼앗고", "적장자 자리를 빼앗고
자 하나" 등을 근거로 추리할 때, 결국 심씨가 화춘이 지닌 장자의 권한을
확고히 하고자 함이 갈등의 근본 원인임을 알 수 있다. ④는 지문에 뚜렷한
단서가 없으므로, 갈등의 원인으로 볼 수 없다.

33. ①

〈보기〉는 부모의 뜻이 이치를 해치는 것이라 해도 자식은 간곡하게 간
(諫)하고 반복해서 개진함으로써 부모가 끝내 이치를 따르도록 하라고 가
르치고 있다. 심씨는 화진의 친어머니가 아니라 해도, 봉건 시대의 윤리에
의하면 친어머니와 같은 존재이므로, ①처럼 심씨가 의리를 깨달을 수 있
도록 정성껏 아뢰라고 권유할 수 있다.

34. ④

[A]에서 화춘은 화진과 화빙선이 고모인 성 부인과 합심하였으므로 형
세가 당장은 불리하고, 화빙선의 약혼자 유생이 사정을 알고 있으며, 고모
인 성 부인이 곧 돌아와 크게 꾸짖을 것이라는 점을 들어 당장은 참고 때를

기다리자고 제안하고 있다. 이는 화춘이 정황을 근거로 의견을 말한 것이다. 화춘의 말에 대해 심씨는, 성 부인이 심씨 모자를 죽이려 한다고 비난하고, 유생이 집안 사정을 모를 것이고 화진이 유생에게 심씨를 비난하였으므로 결단을 내겠다고 하고 있다. 이는 심씨가 아들의 말을 나름대로 해석하여 이해하고는 반박을 한 것임.

35. ②

구체적인 시공간적 배경이 묘사되어 있지 않아서 정확히 어느 시대인지, 어디에서 발생한 갈등인지 알기 어렵다. ① 심씨, 화춘이라는 축과 화진, 화빙선, 취선, 유생이라는 축이 벌이는 갈등의 양상이 대화와 행동을 중심으로 생생하게 제시되어 있다 ③ 집안의 화평이라는 윤리적 덕목과 연관될 수 있다. ④ 지문에 제시된 갈등은 한 남자가 세 명의 여인과 한 집안에서 살 수 있었던 당대의 사정과 관련이 깊다. ⑤는 비교론적 감상으로 한 남자와 사는 여러 여인들 사이의 갈등은 당대의 일반적인 갈등이므로, 다른 고전 소설 작품에서도 얼마든지 등장할 수 있다.

36. ①

면종복배(面從腹背)는 겉으로는 복종하는 체하면서도 속으로는 등지거나 배반한다는 뜻이므로, ①과 같은 말은 지문의 내용과 맞지 않다. 화춘은 화진을 괴롭히고 있다. ②'동병상련(同病相憐)'은 어려운 처지에 있는 사람끼리 서로 딱하게 여기며 돕는다는 뜻이므로, 심씨의 학대를 함께 받고 있는 화진과 화빙선의 처지를 나타낼 수 있다. ③ '견강부회(牽强附會)'는 자기 입장을 유리하게 내세우기 위해 어떤 말을 끌어다가 억지 논리에 맞추는 것을 뜻하므로, 심씨가 명확한 증거 없이 화진이 화빙선과 음모를 꾸몄다고 힐난하는 것을 나타낼 수 있다. ④ '천양지차(天壤之差)'는 하늘과 땅같이 엄청난 차이를 뜻하므로 표독스러운 화춘과 성정이 여린 화진을 가리킬 수 있다. ⑤ '각골지통(刻骨之痛)'은 잊을 수 없을 만큼 마음속에 깊이 사무치는 것을 뜻하므로 심씨의 학대로 인한 화빙선의 심리적 고통을 나타낼 수 있다.

1. 핵심 정리

* 갈래 : 고전소설, 판소리계 소설, 우화소설
* 배경 : 옛날 옛적, 용궁, 바닷가, 산속
* 성격 : 해학적, 풍자적, 우화적, 교훈적
* 시점 : 3인칭 전지적 작가 시점
* 주제 : 허욕에 대한 경계, 임금에 대한 충성

2. 등장 인물의 성격

* 토끼 : 재주가 있음에도 불구하고 그 재주가 화근이 되어 수난을 당하는 인물
* 별주부 : 출중한 소신과 언변에도 불구하고 실패하는 인물
* 용왕 : 왕이라는 자리가 부여해 주는 권위도 없고, 토끼의 달변에 쉽게 넘어가 버리는 무능한 인물

3. 작품 개관

이 작품은 '구전계설화'가 '판소리 사설', '고대 소설'로 정착해 가는 판소리계 소설 중의 한 작품이다. 자라와 토끼를 내세워 수궁과 육지의 공간 이동에 따라 위기와 그것을 극복하는 기지가 반복됨으로써 흥미 유발과 함께 극적 효과를 높여준다.

자라에게 보여지는 충과 토끼의 신분 상승 욕구가 유교사회의 모습을 잘 보여준다. 아울러 집권층의 무능이나 집권층의 대립을 풍자한 우화소설로 인간의 본성과 세태를 잘 보여주는 소설이다.

4. 수능 기출 문제 (2002년도)

모임을 파한 후에 토끼 뒤에 따라가며 한 번 불러, "여보 토생원(兔生員)." 토끼의 근본 성품 무겁지 못한 것이 겸하여 몸집도 작으니 ⓐ온 산중이 멸시하여 누가 대접하겠느냐. 쥐와 여우, 다람쥐도 '토끼야 토끼야.' 아이 부르듯 이름 불러 어른 대접 못 받다가 천만 뜻밖 누가 와서 생원이라 존칭하니, 좋아 아주 못 견디어, "게 뉘랄게. 게 뉘랄게. 날 찾는 게 뉘랄게." 요리 팔팔 조리 팔팔 깡장깡장 뛰어오니, 별주부(鼈主簿)가 의뭉하여 토끼의 동정 보자 긴 목을 옴뜨리고 가만히 엎뎠으니 토기가 주부 보고 의심을 매우 하여, "이것이 무엇인고? 쇠똥이 말랐는가. 이 산중에 무슨 솥 깨어진 부등감이 어찌 저리 묘하게 깨져, 애고. 이것 큰일났다. 사냥 왔던 총(銃)장이가 질음승 끌러놓고 똥 누러 갔나 보다. 바비바비 도망하자."

주부가 생각한즉 그대로 두어서는 ⓑ저리 방정맞은 것이 이리저리 한없이 내달리겠거든, 또 한 번 크게 불러, "여보 토생원." 토기가 가다 듣고, "누가 나를 또 부르노?" 아장아장 도로 오며 주부를 바라보니, 아까 없던 목줄기가 돌담 틈에 배암같이 슬금이 나오거든, 의심 나고 겁이 나서 멀찍이 서서 보며 문자(文字)로 수작 내어, "내가 이 산중에 생어사(生於斯) 장어사(長於斯) 유어사(遊於斯) 노어사(老於斯)하여 몇 해가 되었으되 오늘 처음 보는 터에, 나를 어찌 알고 무엇 하러 불렀느뇨?" 주부가 대답하되, "유붕(有朋)이 자원방래(自遠方來)하면 불역낙호(不亦樂乎)가 공자님 말씀인데, 어이 그리 무식하여 처음 본다 괄시하니 인사가 틀렸는데."

토끼가 들어 본즉 ⓒ생긴 것과 말하는 게 만만히 볼 수 없거든, 옆에 와 썩 앉으며, "뉘라 하시오?" "예, 나는 수궁(水宮)에서 주부 벼슬하여 먹는 자라요." "산수(山水)가 서로 다른데 산중은 어찌 왔소?" "우리 용왕 장한 가르침 팔천 리를 다스리니, 하루에도 수없이 몸소 일을 하옵는데 신하가 재주 없어 찬양하기 어렵기로, 용왕의 분부 모시어 임금 보좌할 인재를 구하기로, 천하 명산 다니다가 오늘날 모족(毛族) 모임 천만다행 만났기로, 자리를 다 보아도 임금 보필할 인물은 곰도 아니요 범도

아니요 선생 하나뿐이기로 선생을 모서 가자 뒤를 따라 왔사오니, 바라
건대 선생은 나를 따라 가사이다.”

　(가) 토끼가 제 인물에 ⓓ하 감사한 말이어든, 제 소견에도 의심하여,
“어떻기로 내 형용이 곰보다도 나을 테요? 범보다도 나을 테요?” 주부가
대답하되, ㉠“곰의 몸이 비록 크나 눈이 작고 털이 덮여 태양 정기 부족
하니 미련하여 못 쓸 테요, 범이 비록 용맹하나 코 짧고 줄기 없어 얼굴
가운데가 움푹하니 단명(短命)하여 못 쓸 테요. 몸이 작고 발이 빨라 산
도 넘고 물을 뛰어 따라갈 이 없을 테니, 민첩한 저 구변(口辯)이 소진
(蘇秦)의 합종(合從)인지, 가끔 가끔 조는 것이 공명(孔明)의 춘수(春睡)
런지, 볼수록 모두, 짐승 중 제일이니, 우리 수궁 갈사오면 출장입상, 부
귀공명 따라갈 이 뉘 있을까?
　토끼가 들어본 즉 주부의 하는 말이 저 생긴 형용하고 낱낱이 똑같거
든, 가만히 생각한즉, ⓒ형용은 무던하나 속에 글이 없었으니, 수궁에
글하는 이 있는지 알아야 할 테여든, 또 물어, “수궁의 조관(朝官) 중에
문장이 몇이오?” “문장 조관이 있으며는 영덕전(靈德殿) 지을 적에 상
량문을 못 지어서 인간 세상까지나와 구했겠소?” 또 물어, “수궁에 훨씬
키 큰 조관 있소?” “영덕전 상량할 제, 키 큰 조관 가리는데 내가 상량하
였지요. 그리 큰 수궁에서 나만한 키도 없소. 선생이 들어가면 거인이 들
어왔다 모두 깜짝 놀라지요.”
　토끼가 생각한즉, “너른 의사(意思) 좋은 구변 내 속에 흠뻑 들고, 글
잘하고 키 큰 조관 수궁에 없다 하니, 나 지닌 신언서판(身言書判) 눌릴
데가 없건마는 땅에 안주하여 옮기기 어려우니 이 형편에 썩 떠나기가
어렵구나.

─ 신재효, 토별가(兎鼈歌) ─

＊부등감 : 질그릇 깨진 조각으로, 아궁이의 불을 담아낼 때 부삽 대신 쓰는 것.

＊질음승 : 화약의 심지

＊소진의 합종, 공명의 춘수 : 토끼의 말솜씨와 조는 모습을 각각 소진의 위엄
　과 제갈공명의 여유에 비긴 말.

571

42. 윗글에 나타난 토끼의 태도에 대한 설명으로 적절하지 않은 것은?

　①자라가 칭찬하는 말을 반신반의(半信半疑)하고 있다.

　②다른 짐승의 위세를 빌려 호가호위(狐假虎威)하고 있다.

　③사냥감이 될 봐 전전긍긍(戰戰兢兢)하면서 살고 있다.

　④처음 만난 자라에게 허장성세(虛張聲勢)를 부리고 있다.

　⑤자신의 용모와 학식에 대해 자격지심(自激之心)을 갖고 있다.

43. (가)에 나타난 별주부의 말하기 방식은?

　①해학적 표현을 통해 자기 내면의 갈등을 우회적으로 드러내고 있다.

　②환심을 얻기 위해 상대방 마음에 드는 말을 쓰고 있다.

　③상대방을 은근히 조롱하면서 자기를 과시하고 있다.

　④상대방의 허점을 논리적으로 반박하고 있다.

　⑤모호한 말을 써서 논점을 흐리고 있다.

44. ㉠에 대한 설명으로 적절한 것은? (1.8점)

　①동물의 외모를 현실감 있게 그리고 있다.

　②동물의 동적인 모습을 포착하여 묘사하고 있다.

　③동물의 외모로부터 그 특성을 이끌어 내고 있다.

　④동물을 인간에게 주는 효용에 따라 구분하고 있다.

　⑤동물을 인간 세상의 신분 관계로 의인화하고 있다.

45. ⓐ～ⓔ 중, 등장 인물의 생각이 아닌 것은?

　①ⓐ　　　　　②ⓑ　　　　　③ⓒ

　④ⓓ　　　　　⑤ⓔ

46. 〈보기〉는 윗글과 관련된 설화를 채록한 것이다. 〈보기〉와 비교하여 윗글의 특징을 말한 내용으로 적절하지 않은 것은?

〈 보 기 〉

- 채록 일시 : 2001년 ○월 ○일
- 채록 장소 : 경기도 ○○군 ○○면 ○○리
- 제보자 : 정○○(여, 75세)
- 체록자 : 김○○

　자라가 육지에 나와서 토끼를 찾느라고 여기저기 돌아다니는데, 한 짐승이 있길래 목을 집어넣고 발을 움츠리고 가만히 있었어? 그러자 그 짐승이 와서 만져 보며, "이게 뭐냐? 쇠똥 같은데?" 하며 발로 툭 차 봤겠지. 자라는 그 짐승이 별로 헤치지 않는 것을 보고 목을 쭉 내밀고, "너는 뭐냐?" 하고 물어. "나는 토끼라고 하는 것인데 너는 뭐냐?" 하고 되물었겠다.　자라는 "나는 용궁에 사는 자라인데, 이 세상에 토끼란 것이 재간이 많다고 하는 말을 듣고서 용궁에서 데려다가 귀한 벼슬을 주고 재미있는 세월을 보내게 하겠다고 나를 내보내서 여기 왔다. 그러니까 너는 나하고 같이 용궁에 가지 않겠니?" 하며, 이런 말 저런 말로 토끼를 꾀는 것이야. 토끼는 그 말을 듣고서 용궁에 가고픈 맘이 생겼지.

① 수정 : 사건의 인과성을 드러내기 위해 장면을 전환시켰군.

② 종섭 : 설화에는 별로 없는 한문투 어구나 표현이 사용되었어.

③ 우성 : 서술자가 토끼의 심리 변화를 더 자세히 서술하였군.

④ 진희 : 설화보다 서술된 분량이 많지만 서사 진행의 속도는 느리군.

⑤ 현성 : 토끼와 자라의 대화가 훨씬 길어서 인물의 성격이 잘 드러나 있어.

5. 해설

42. ②

②의 '호가호위(狐假虎威)'는 '남의 권세를 빌려 허세를 부린다'는 뜻이다. 하지만 이 글에는 별주부를 사냥꾼이 끌러 놓은 화약 심지로 착각하고 놀라서 도망가는 토끼의 모습만 있을 뿐, 토끼가 '다른 짐승의 위세를 빌려 호가호위하고 있는' 모습은 없다.

43. ②

(가)에서 별주부는, 토끼가 곰이나 범보다 더 낫다고 하면서 행동이 민첩하고 말솜씨가 좋고 여유가 있는 것이 짐승 중 제일이라 했다. 즉, (가)에서 별주부는 토끼의 환심을 얻기 위해 듣기 좋은 말을 하고 있는 것이다.

44. ③

㉠을 보면, 곰의 작은 눈과 털로 덮여 있는 모습을 통해 미련하다고 했고, 범의 짧은 코와 얼굴 가운데 움푹한 점을 들어 단명할 것이라 했다. 즉, ㉠은 동물의 외모를 통해 그 특성을 설명하고 있는 것이다.

45. ①

ⓐ의 앞뒤 내용을 읽어보자. 토끼를 '근본 성품 무겁지 못한 것이 겸하여 몸집도 작다'고 하면서, 그러니 '온 산중이 멸시하여 누가 대접하겠느냐'라고 했다. 이것은 등장인물의 생각이 아니라, 서술자가 토끼에 대해 말하고 있는 것이다. 이런 서술자의 개입은 고대 소설의 특징이다. 따라서 등장인물의 생각이 아닌 것은 ⓐ.

46. ①

〈보기〉의 설화에 비해 〈토별가〉에는 한문 어구나 표현이 많이 사용되었고(②), 등장 인물들의 긴 대화를 통해 인물들의 성격이 보다 잘 드러나 있으며(⑤), 서술자가 토끼나 주부의 심리를 더 자세히 말해주고 있다(③). 따라서 같은 내용임에도 불구하고 이 글은 설화보다 분량이 길고 이야기의 진행 속도는 느려진다(④). 하지만 〈토별가〉에서 장면의 전환이 이루어지는 부분은 없다. 따라서 답은 ①.

1. 핵심 정리

* 갈래 : 한문소설, 전기소설
* 성격 : 전기적, 낭만적, 비극적
* 시점 : 3인칭 전지적 작가시점
* 주제 : 죽음을 초월한 남녀 간의 사랑

2. 등장 인물의 성격

* 이생 : 최랑을 사랑하는 남자
* 최랑 : 의지적이고 절개 있는 여인

3. 작품 개관

‘이생이 담장 안을 엿보다’란 뜻으로 "금오신화"에 실린 전기소설이다. 이야기는 전반부와 후반부로 나뉘는데 홍건적의 난을 기점으로 한 현실세계와 비현실적 세계의 이야기이다. 전반부는 온갖 시련을 겪고 최씨와 이생이 혼인을 하게 되고 후반부는 홍건적의 난으로 인한 최랑의 죽음, 죽은 아내와의 재회, 영원한 이별로 이어진다.

인간 현실의 법칙은 삶과 죽음이라는 장벽을 넘지 못하지만 이생과 여인의 강렬한 사랑이 생사를 넘는다.

4. 수능 기출 문제 (2001년도)

이생은 황폐한 들에 숨어서 목숨을 보전하다가 도적의 무리가 떠났다는 소식을 듣고 부모님이 살던 옛집을 찾아갔다. 그러나 집은 이미 병화(兵火)에 타 버리고 없었다. 다시 처가에 가 보니 행랑채는 쓸쓸하고 집 안에는 쥐들이 우글거리고 새들만 지저귈 뿐이었다. 이생은 슬픔을 이기지 못해 작은 누각에 올라갔다. 눈물을 거두고 길게 한숨을 쉬며 날이 저물도록 앉아서 지난날을 생각해 보니 완연히 한바탕 꿈만 같았다.

밤중이 거의 되자 희미한 달빛이 들보를 비춰 주는데 낭하에서 발자국 소리가 들려왔다. 그 소리는 먼 데서 차차 가까이 다가왔다. 살펴보니 사랑하는 최씨가 거기 있었다. 이생은 그녀가 이미 이승에 없는 사람임을 알고 있었으나 너무나 사랑하는 마음에 반가움이 앞서 의심도 하지 않았다.

〈중략〉

이튿날 최씨가 이생과 함께 옛날 살던 개령동을 찾아가니 거기에는 금·은 덩어리와 재물이 약간 있었다. 그들은 두 집 부모님의 유골을 거두어 금·은 재물을 팔아서 각각 오관산 기슭에 합장하고는, 나무를 세우고 제사를 드려 모든 예절을 다 마쳤다.

그 후 이생은 벼슬을 구하지 않고 최씨와 함께 살았다. 도망하여 목숨을 부지했던 하인들도 돌아왔다. 이생은 이후로 인간사를 싫어하여 친척이나 귀한 손님의 길흉사에도 가지 않고 늘 최씨와 함께 시를 주고받으면서 ㉠금실 좋게 함께 즐거워하였다.

그렇게 몇 해가 훌쩍 흘렀다. 어느 날 저녁, 최씨가 이생에게 이르기를,

"세 번씩이나 가약(佳約)을 맺었으나, 세상일이 서로 어긋나기만 합니다. 아직 실컷 즐기지도 못했는데 슬픈 이별이 문득 닥쳐왔군요."

하고는 오열하였다. 이생이 깜짝 놀라 물었다.

"어찌하여 이러는 거요?" 최씨가 말했다.

"저승길 가는 운명은 피할 수가 없습니다. 천제(天帝)께서는 첩과 낭

군의 연분이 끊어지지 않았고 또 죄도 없었기에, 저를 잠시 머물게 하여 낭군과 근심을 풀도록 했던 것입니다. 인간 세상에 오래 머물면서 이승 사람을 미혹시킬 수는 없습니다."

이어 하녀에게 명하여 술을 올리게 하고는 '옥루춘(玉樓春)' 한 곡을 노래하면서 이생에게 술을 권했다.

도적떼 밀려와서 온 세상이 싸움터인데,
구슬 꽃 흩어지고 원앙도 짝 잃었네.
여기저기 널린 유해(遺骸)는 묻어 주는 이 없고
얼룩진 유혼(遊魂)은 하소연할 곳도 없구나.
고당루(高唐樓)에 한번 내려온 무산(巫山) 선녀
깨진 거울이 다시 갈라지니 마음이 참담하도다.
이제 한번 이별하면 두 세계가 아득히 멀어
저승과 이승 사이 소식조차 막히리.

한 마디 부를 때마다 삼킨 눈물이 흘러내려 거의 곡조를 이루지 못하였다. 이생도 참담한 심정을 걷잡지 못하면서 말했다.

"차라리 부인과 함께 저승에 들어갈지언정 어찌 무료히 홀로 남아 목숨을 보전하겠소? 지난번 난리를 겪고 난 후에 친척과 하인들이 뿔뿔이 흩어지고, 돌아가신 부모님 유골이 들판에 널려 있을 때, 부인이 아니었더라면 누가 능히 장사 지내고 매장하였겠소? 고인(古人)의 말씀에 부모님이 살아 계실 때는 예(禮)로써 섬기고, 돌아가신 후에는 예로써 장사 지내야 한다했는데, 이를 부인이 다 한 것은 천성이 순수하고 효성스러우며, 나 스스로는 부끄러움을 이기지 못하였소. 부인은 이승에서 좀 더 오래 머물다가 백 년 후에 함께 흙으로 돌아갑시다." 최씨가 대답했다.

"낭군의 수명은 아직 남아 있으나, 첩은 이미 귀신의 명부(名簿)에 실려 있으니 오래 볼 수 없습니다. 만약 굳이 인간 세상에 연연하면 명부(名簿)의 법에 위배되어 죄가 저만 아니라 낭군께도 미칠 것입니다. 다만 첩의 유골이 모처(某處)에 흩어져 있으니, 만약 은혜를 베푸시겠다면 유골을 거두어 비바람이나 맞지 않게 해 주십시오.”

　두 사람은 서로 바라보며 하염없이 눈물을 흘렸다.

　“낭군님, 부디 안녕히 계십시오.”

　최씨는 말을 마치자 점점 사라지더니 마침내 종적을 감추었다.

　ⓛ 이생은 그녀의 유골을 거두어 부모의 무덤 곁에 장사 지내 주었다. 장례를 마치고 나서 이생도 최씨를 지극히 생각한 나머지 병을 얻어 서너 달만에 세상을 떠났다.

　이 이야기를 들은 사람들은 슬퍼하고 탄식하면서 그 절의(節義)를 사모하지 않는 이가 없었다.

– 김시습, 「이생규장전」

32. 윗글의 주인공 ‘이생’에 대한 설명으로 거리가 먼 것은?

　① 영웅적인 삶을 살고자 했다.

　② 생사를 초월한 진정한 사랑을 했다.

　③ 최씨와 해로하는 데 끝내 실패했다.

　④ 한시를 짓고 즐길 수 있는 교양을 갖추었다.

　⑤ 벼슬도 구하지 않고, 세상일에도 관심이 없었다.

33. 윗글로 미루어 알 수 있는 글쓴이의 생사관(生死觀)은?

　① 사람이 죽더라도 영혼은 사람 곁에 영원히 머물게 된다.

　② 사람이 죽으면 바로 육신과 영혼으로 분리되어 사라져 버린다.

　③ 사람은 죽더라도 업보에 따라 사람이나 동물로 새로 태어나서 살아 간다.

　④ 사람이 죽으면 영혼이 잠시 이승에 머물 수도 있지만 끝내는 사라진다.

　⑤ 사람은 죽으면 바로 천국에 가 행복을 누리거나 지옥에 가 벌을 받으며 지낸다.

34. ㉠의 상황에서 '최씨'가 불렀음직한 노래로 가장 적절한 것은? [2.2점]

① 못난 대로 외로이 앓은 뒤의 몸
　　굶주리고 떨면서 사십 년을 살아왔네
　　묻노라, 인생이란 진정 얼마이던고.
　　가슴속에 맺힌 설움 언제나 눈물일세.　　　　　(계생,「빈방」)

② 하늘은 삼산산 같은 수명을 주시고
　　까치는 날아와 백세 영화 알려 주네.
　　만 이랑의 좋은 밭이 내 소원 아니거니
　　원앙처럼 즐겁게 한평생 보내리라.　　　　　(송씨,「새집」)

③ 밤 연기 속에 오동 꽃 떨어지고
　　바닷물에는 봄 구름 횅하구나.
　　꽃다운 풀밭 위의 한잔 술이여
　　서울서 우리 다시 만나세.　　　　(이달,「이예장과 이별하며」)

④ 산위의 꽃 피었고 꽃 아래는 산인데
　　한 곡조로 그치려니 눈물이 흐르네.
　　낙동강 물은 끝날 날이 없고
　　한 머금은 푸른 물결 가서는 오지 않네.　　　　(이유원,「산유화」)

⑤ 밤비에 앞 강물이 모래밭에 넘쳐
　　만 리에 같은 마음 돛배가 떴네.
　　생각하면 고향에도 봄은 이미 왔으련만
　　부질없이 하늘 끝에 쓸쓸히 앉아 있네.

　　　　　　　　　　　(김운초,「황강 노인을 기다리며」)

35. ㉡을 〈보기〉와 같이 바꾸어 쓰기 위해 나눈 생각들이다. 적절하지 않
은 것은?

〈보 기〉

이 생이 슬픔에 겨워 통곡을 했더니 최씨가 다시 살아났다.

---

① 성근 : 이렇게 되면 행복한 결말이 될 것 같아.
② 혜숙 : 그래, 최씨가 다시 살아나면 사랑을 이룰 수 있을 테 니 참좋겠
　　　　 어.
③ 경연 : 최씨가 살아나는 대목을 이생이 무덤 앞에서 통곡하는 장면으
　　　　 로 하는 것은 어떻겠어?
④ 기범 : 이번에는 최씨가 함께 오래도록 살아가는 것으로 하자.
⑤ 은정 : 그건 너무 비현실적이지. 그렇게 만들면 누가 믿겠어. 소설은
　　　　 현실을 그려야 하잖아.

36. 윗글로 알 수 있는 전체 사건의 줄거리를 요약하여 한자성어와 연결해
　　보았다. 한자 성어의 쓰임이 잘못된 것은?

▶ 두 차례의 이별과 해후
　불행의 연속　　　　　→　　① 설상가상(雪上加霜)
　집이 병화에 불탐
　부모와 최씨가 죽음
▶ 회상 : 꿈 같은 과거　　→　　② 일장춘몽(一場春夢)
　〈최씨와의 생활〉
▶ 최씨 혼령의 등장
▶ 행복한 생활　　　　　→　　③ 결초보은(結草報恩)
　집밖에도 나가지 않음
　시를 주고 받으며 사랑을 나눔
▶ 행복한 상황의 파국　　→　　④ 흥진비래(興盡悲來)

이생과 최씨의 인연이 다함

▶ 최씨 사라짐   →   ⑤ 회자정리(會者定離)

최씨의 유골을 거두어 장사 지냄

▶ 이생의 죽음

▶ 이생과 최씨의 사랑을 사람들이 기림

5. 해설

32. ①

주인공 이생은 최씨와 생사를 초월한 진정한 사랑을 나눈 순정적 인물로 설정되어 있지, 비범한 영웅적 인물로 설정되 있지는 않다. ② "첩은 이미 귀신의 명부에 실려 있으니~"에서 최씨가 이 세상 사람이 아님을 알 수 있다. ④, ⑤ "이생은 이후로 인간사를 싫어하여 친척이나 귀한 손님의 길흉사에도 가지 않고 늘 최씨와 함께 시를 주고 받으면서~"에서 알 수 있다.

33. ④

지은이는 유교적 인생관을 갖고 있다. "낭군의 수명은 아직 남아 있으나, 첩은 이미 귀신의 명부에 실려 있으니 오래 볼 수 없습니다. 만약 굳이 세상에 연연하면~"라는 최씨의 말에서 즉 이미 귀신의 몸으로 일시 인간 세상에서 이생과 사랑을 나누었으나 명부로 돌아가야 함을 말하는 대목에서 글쓴이의 생사관을 알 수 있다.

34. ②

시의 주제를 파악하는 문제이다. ㉠의 "금실 좋게 함께 즐거워하는" 상황과 ②의 "원앙처럼 즐겁게 한평생 보내는" 상황은 서로 일치한다. ①은 고달픈 삶의 한과 무상감을, ③은 이별의 아쉬움과 재회에 대한 기대를, ④는 아름답고 영원한 자연에 대비되는 인간의 유한성을, ⑤는 고향에 대한 그리움을 각각 노래하고 있다.

35. ⑤

　　허구적 상상력으로 결말을 변형해서 감상할 수 있는 상상력을 물은 것인데 ⑤는 소설을 사실적 사건으로 보고 있다. 따라서 〈보기〉와 같이 바꾸었을 때 결말을 해피엔딩으로 추리하는 것이 무난하며, 이런 측면에서 ①~④는 적절한 생각이라 할 수 있다.

36. ③

　　한자성어의 이해, 즉 어휘력을 묻는 문제이다. ①설상가상(雪上加霜) : "어려운 일이 연거푸 일어남"을 비유하여 이르는 말, ② 일장춘몽(一場春夢) : "헛된 영화나 덧없는 일"을 비유하여 이르는 말, ③ 결초보은(結草報恩) : 죽어 혼령이 되어서라도 은혜를 잊지 않고 갚는다는 뜻, "행복한 생활"에는 결초보은 대신 "부부 사이의 다정하고 화목한 즐거움"이란 뜻의 "금실지락"이 어울린다. ④ 흥진비래(興盡悲來) : 즐거운 일이 다하면 슬픈 일이 온다는 뜻으로 "세상 일이 돌고 돎"을 이르는 말 ⑤ 회자정리(會者定離) : 만난 사람은 반드시 헤어진다는 뜻

1. 핵심 정리

* 갈래 : 국문소설, 가정소설
* 배경 : 중국 명나라 초기 북경금릉 순천부
* 성격 : 가정적
* 시점 : 3인칭 전지적 작가 시점
* 주제 : 처첩 간의 갈등과 사씨의 고행

2. 등장 인물의 성격

* 사씨 : 현모양처로서 성품이 곱고 착한 여인의 전형
* 교씨 : 위선적이며 교활하고 표독스러운 악인의 전형
* 유연수 : 본성은 착하나 판단력이 없고 양반 사대부가의 가부장적 사
  회에서 봉건적 사고방식을 지닌 인물

3. 작품 개관

이 작품은 가부장제 사회에서 여성의 문제를 다룬 작품이다. 교씨의 모략으로 고생하던 사씨가 고생 끝에 남편의 사랑을 되찾는다는 권선징악적 주제를 담고 있다.

소설에서 사씨는 현모양처로서 성품이 곱고 착한 여인의 전형이며, 교씨는 위선적이고 교활한 악인의 전형이어서 선악의 대립이 분명하게 전개된다.

작가는 인형왕후를 옹호하다 귀양을 가게 되었는데 인현왕후의 폐위의 부당성을 풍자한 것으로 볼 수 있다.

4. 수능 기출 문제 (2000년도)

(가) 각설 이 때 한림[유연수]이 물가를 따라 점점 가며 탄식하되, "내 당초에 혼미하고 용렬(庸劣)하여 요사한 말을 귀담아 들어 현인(賢人)을 방출하고, 위로 조상 제사를 받들지 못하고 아래로 처자의 성명을 보전치 못하고 또 신세 만 리에 떠돌고 문호(門戶) 하루 아침에 몰락하니, 이 또한 만고의 우부(愚夫)요 천지간 죄인이라. 부부의 정이 사씨에게 멀어지고 부자의 정이 인아(麟兒)에게 단절하니 살아 무엇하리오."

무수히 탄식하며 악주(岳州)에 이르러 강가에 방황하며 어부를 만나면 문득 사씨의 소식을 탐문하되 종적이 막연하고 소식이 묘연하니 한림이 더욱 원통하고 울적함을 이기지 못하여 강촌에 가 곳곳에 묻더니 촌사람이 말하되,

"그 때 사씨 회사정(懷沙亭)으로 향한다 하더니다."

오래 듣다가 황망히 행하여 회사정 아래 이르니, 고목의 잎이 누렇게 떨어진 가운데 인적이 끊어지고 여러 짐승들이 좌우로 울되, 다만 눈앞에 보이는 바는 동정호(洞庭湖), 구의산(九疑山)과 소상(瀟湘)의 저물 무렵의 구름이라. 한림이 방황하며 탄식하더니 홀연 벽 위의 글을 보니 크게 썼으되, '모년 모월 모일에 사씨 정옥은 물에 빠져 죽노라.' 하였거늘 한림이 크게 놀라 대성통곡 왈,

"무죄한 부인을 이 지경에 이르게 하였으니, 슬프다, 나의 용렬함이여. 비록 후회한들 어찌 부인을 위로하리오. 내 이미 황천에 가지 못하고 물에 몸을 던지지 못하니 이 죄를 어찌 면하리오. 슬프고 슬프다. 부인이 무슨 죄로 만경창파(萬頃蒼波)에 죽었느뇨?"

굽어보며 방성대곡(妨聲大哭)하니 물결이 흐느끼고 천지가 참담하더라. 이때 해는 서산에 지고 안개는 동정호에 일어나니 한림의 무한한 비회(悲懷)와 부인의 구천(九泉)에 사무치는 애원(哀怨)이 전후(前後)가 똑같더라.

(나) 한림이 이에 원혼을 위로하고자 하여 강촌에 내려가 술상을 갖추

고 등불 밑에 앉아 제문을 지으며 슬픈 감회 가슴에 가득하여 피눈물 흘러 지필(紙筆)을 적시니 밤늦도록 지으나 한 자도 이루지 못하고 앉아 탄식만 하더니, 문득 함성 소리 진동하거늘 한림이 대경하여 창을 열고 보니, 한 떼 도적이 창검을 가지고 들어오며 크게 소리하여 왈,

"유연수는 가지 말라."

하거늘 한림이 크게 놀라 북쪽 창을 열고 나와 급히 도망하여 동서를 분별치 못하고 달아나니, 황급한 말을 어찌 다 기록하리오. 겨우 백여 걸음 가다가 뒤를 보니 불빛이 점점 가까워 오고 함성이 더욱 진동하니 한림이 당황하여 초목 사이로 살기를 바라 달리더니 의관이 다 부서지더라. 급히 가매 수풀이 다하고 큰 강이 닥치니 몸에 날개 없으니 어찌 능히 달아나리오. 적당(賊黨)이 외쳐 왈,

"유연수 비록 살고자 하나, 팔랑개비라 하늘로 오르며 두더지라 땅으로 들랴?"

하며 급히 쫓아오거늘 한림이 하늘을 보고 탄식 왈,

"내 어찌 이 곳에서 죽을 줄을 알았으리오. 차라리 강에 던져 부인의 혼맥을 의지하리라."

하고 강을 향하고 달리더니, 홀연 바람결에 사람 소리 들리거늘 한림이 생각하되 이곳에 혹 어선인가 하고 황망히 달리더니 달빛은 희미하고 적적한데 멀리 바라보니 조각배 하나 떠오고 푸른 옷을 입은 여동(女童)이 뱃머리에 의지하여 손으로 물결을 희롱하며

낭랑한 소리로 시를 읊고 있거늘.

(— 중략 —)

한림이 급히 불러 왈,

"여동은 인명을 구하라."

하거늘 이 때 묘희와 부인이 배의 창문을 반쯤 열고 여동을 명하여 가로되,

“급히 배를 대어 저 상공을 구하라.”

하니 여동이 급히 배를 저어 언덕에 대니 한림이 급히 오르며 왈,

“뒤에 강도들이 급히 따라오니 바삐 행하여 수중의 어육(魚肉)을 면하게 하라.”

말을 마치지 못하여 도적 등이 이미 강가에 이르러 대성 왈,

“여동은 바삐 배를 대라. 그 배 안의 행인이 살인한 도적이매 계림 태수께서 우리를 보내어 급히 잡아 오라 하여 왔으니 만일 놓치면 너희 등이 그 도적과 같이 죽을 죄를 당하리라. 바삐 배를 대라.”

하니 한림이 비로소 동청(董青)의 적당인 줄 알고 더욱 두려워하여 여동에게 왈,

“나는 경성의 유한림이요, 저 놈들은 다 도적이니 급히 배를 건너 화를 면하게 하라.”

하니 여동이 적당하게 이르되,

“너희 무리 지어 죄 없는 군자를 해코자 하니 우리 어찌 군자를 구치 아니 하리오.”

모든 도적이 왈,

“감히 관청의 명령을 어기니 장차 어디로 가리오.”

여동이 크게 웃고 배의 창문을 의지하고 돛대를 쳐 노래하며 돛을 달아 배를 저어가니 적당이 하릴없이 돌아가더라.

– 김만중, 〈사씨남정기〉

*악주, 동정호, 구의산, 소상 : 중국의 지명

50. (가), (나)에 대한 설명으로 적절하지 않은 것은?

　① (가) : 한림의 정서와 공간적 배경이 상응하고 있다.

　② (가) : 시간의 흐름에 따라 한림의 회한이 깊어지고 있다

　③ (나) : 한림의 내면 갈등이 대화를 통해 드러나고 있다.

　④ (나) : 급박한 상황 전개가 시간적 배경과 상응하고 있다.

　⑤ (나) : 한림의 비통한 심리에 극도의 위기감이 부가되고 있다.

51. 윗글을 읽고 사건 전개의 필연성과 관련하여 재기할 수 있는 의문은?

　① 유한림은 왜 회사정에 갔을까?

　② 유한림은 왜 물에 빠져 죽을 생각을 했을까?

　③ 도적의 무리는 왜 퇴로도 차단하지 않고 달려들었을까?

　④ 묘희와 부인의 배가 어떻게 해서 그 순간에 나타났을까?

　⑤ 유한림은 촌사람들에게 사씨에 대해 어떻게 물어 보았을까?

52. (가)의 밑줄 친 부분에 담긴 사씨의 심정과 가장 가까운 것은?

　① 까마귀 싸우는 골에 백로야 가지 마라

　　 성낸 까마귀 흰 빛을 시샘할세라

　　 청강에 기껏 씻은 몸을 더럽힐까 하노라

　② 묻노라 멱라수야 굴원이 어찌 죽다터니

　　 참소에 더럽힌 몸 죽어 묻힐 땅이 없어

　　 청파에 골육을 씻어 고기 뱃속에 감추니라

　③ 산은 옛 산이로되 물은 옛 물이 아니로다

　　 밤낮으로 흐르거든 옛 물이 있을소냐

　　 사람도 물과 같도다 가고 아니 오는도다

　④ 천만리 머나먼 길에 고운 님 여의옵고

　　 내 마음 둘 데 없어 냇가에 앉았으니

　　 저 물도 내 안 같아서 울어 밤길 예놋다

　⑤ 욕심 난다 하고 몹쓸 일을 하지 말라

　　 나는 잊어도 남이 내 모습 보느니라

　　 한 번을 악명을 얻으면 어느 물로 씻으리

53. (나)에서 유한림이 못 쓴 '제문'을 독자가 대신 쓰려고 한다. 〈보기〉처럼 초안을 작성하였을 때 (   )에 들어갈 내용으로 가장 적절한 것은?[2점]

> ─────── 〈보 기〉 ───────
>
> 사월 보름날, 연수는 부인에게 조촐한 음식을 차려 놓고 고하오. 부인이 죽었다니 그것이 정말이오? 아직도 그것이 믿어지지 않소. 돌이켜 보니 우리 처음 혼인했을 때가 제일 화평했던 때가 아니었던가 싶소. 그 좋았던 시절도 이제는 추억이 되고 말았구려.
> (   ) 내 잠시 혼미하고 용렬하여 요망한 말을 듣고 부인을 쫓아냈으니 차마 볼 면목이 없소. 생각해 보면 얼마나 어리석은 일이었는지. 그러나 이제 후회한들 어쩌겠소. 부인이 이제 세상에 없으니 내 무슨 낯으로 살겠소.
> 부인을 따라 죽고 싶은 심정이오. 저승에서 다시 만날 때까지 명복을 비오.

① 부인의 현숙한 덕행을 칭송함
② 부인이 쫓겨난 후의 행적을 기술함
③ 부인을 모함한 자에 대한 분노를 표출함
④ 부인과 헤어진 후의 경제 사정을 회고함
⑤ 부인을 죽도록 한 불합리한 제도를 비판함

54. 위 소설을 '우리 고전 다시 읽기 운동'의 대상 작품으로 추천하고자 한다. 윗글을 바탕으로 할 때, 추천의 이유로 가장 설득력이 있는 것은?[2점]

① 가족의 소중함을 일깨우는 전통적인 가치 인식과 함께 속도감과 박진감을 한 축으로 삼는 현대적 서사성을 두루 갖추고 있다.
② 한국 문학의 세계화를 지향해야 하는 시점에서, 중국을 공간적 배경으로 삼은 국제적 감각과 권선징악이라는 보편적 주제가 돋보인다.
③ 당대의 풍속을 사실적으로 반영하며, 유교적 가치관을 실감 있게 형상화하고 있다는 점에서 '온고이지신(溫故而知新)'의 대상으로 적절하다.

④독백을 통한 인물의 내면 묘사가 탁월하고, 집단의 고뇌와 갈등을 다루고 있다는 점에서 고전 소설의 특징을 잘 보여 주고 있다.

⑤쫓고 쫓기는 행위, 위기 일발의 상황, 극적인 조력자의 출현 등 활극을 연상케 하는 장면들은 요즘의 대중 소설과 견줄 만한 경쟁력을 지니고 있다.

5. 해설

50. ③

(가)에서는 가을 물가의 황혼녘이라는 배경이 한림의 비탄을 깊게 하며, 그 비탄의 정도는 시간이 지날수록 고조되고 있다. 특히, 벽 위에 남겨진 사 씨의 글을 발견하면서 한림은 과거에 대한 회한에 젖어들고 있다. (나)에서는 밤이라는 시간적 배경 때문에 도적들에게 쫓기는 한림의 위기 상황이 더욱 급박하게 느껴진다. 윗글에서 한림의 갈등을 찾아보기 힘들며 자신의 잘못에 대한 회한이 (가)의 주된 내용이며 동청의 군사들에게 쫓기다 묘희와 사씨에게 구제되는게 (나)의 주된 내용이다.

51. ④

유한림이 회사정에 간 이유(①)와 물에 빠져 죽으려는 동기(②)는 지문에 직접 제시되어 있다. ⑤의 질문 내용은 촌사람들의 대답과 문맥에서 추측할 수 있다. ③의 도적의 행동은 사건의 전개에서 중요하지 않은 사항이다. 그러나 구원자(묘희와 부인)의 배가 위기 상황에서 홀연히 나타난 것은 사건의 우연성과 관계 깊다. 사씨의 꿈에 시아버지가 나타나 모년 모일에 배를 백번주에 대어 급한 사람을 구하라고 한다. 그날이 바로 유한림이 동청에게 쫓기는 날이었다.

52. ②

사씨의 글은 누명을 쓰고 방랑하다가 비탄을 이기지 못하고 자결하려할 때 남긴 것이다. ②는 초나라의 굴원이 참소에 의해 쫓겨났다가 자결한 심경을 읊은 시조이다. ①은 지조를 지키겠다는 결의를 표현한 것이며, ④

는 임(단종)을 유배지에 호송하고 돌아오는 슬픔을 무심히 흐르는 물에 의탁하여 표현한 것이다. ⑤는 남에게 좋지 않은 일을 하지 말고 착하게 살라는 내용이다.

53. ①

〈보기〉의 제문은 한림의 심경, 추억, 자기 행동에 대한 회한, 명복을 비는 내용으로 되어 있다. 이 제문의 중간에 내용을 덧붙일 때 적당한 요소는, 부인이 평상시　　　　에 보이던 품행과 덕성 등이다. 특히, 뒤에 이어지는 내용이 요망한 참언에 속아서 부인을 쫓아냈다는 것이므로, 그 앞에는 부인의 진실한 모습이 와야 한다.

54. ①

(가)에서는 잃어버린 부인과 자식을 찾아 헤매는 비통한 심정이 그려지고 있으므로 가족의 가치에 대한 전통적 인식을 발견할 수 있고, (나)에서는 쫓기는 상황의 급박함을 잘 느낄 수 있다. 이는 사건의 바른 진행을 특징으로 하는 현대적 입장에서 필요한 요소라고 할 수 있다. ②는 국제 감각이, ③은 풍속의 사실적 반영이, ④는 집단의 고뇌가, ⑤는 대중 소설과의 경쟁력이 적당하지 않다.

1. 핵심 정리

* 갈래 : 판소리 사설
* 배경 : 조선시대 남원과 한양
* 성격 : 운문적, 해학적, 풍자적
* 시점 : 3인칭 전지적 작가 시점
* 주제 : 계급을 초월한 사랑과 여인의 정절

2. 등장인물의 성격

* 성춘향 : 신분 제약을 극복하고 사랑을 성취하는 적극적인 성격의 인물
* 이몽룡 : 호탕하고 풍류적인 인물 다소 경솔한 면도 있으나 나중에는 의리있고 사려 깊은 인물로 변함
* 월매 : 이해타산이 밝으며 상황에 따라 변하는 기회주의적 인물
* 변사또 : 인물 풍채가 활달하고 풍류도 있으나 성질이 괴팍하고 급하며 고집이 세다.

3. 작품 개관

춘향가는 판소리 다섯마당 가운데 하나로 뒤에 판소리계 소설로 정착되었다. 판소리가 소설로 정착되면서 완판본, 경판본, 안성판본 등과 다양한 필사본으로 분화되었고 판소리 자체의 전승도 다양한 분화를 거쳐 온 것이다. 이 작품에 나타난 춘향의 신분상승의지와 탐관오리에 대한 저항정신은 조선후기 민중의식의 성장을 대변하고 있다. 이몽룡의 암행어사 출도는 억압받는 민중들에게 카타르시스를 준다. 춘향과의 영원한 사랑은 민중들의 소망이 이루어짐을 보여준다.

4. 수능 기출 문제 (1999년도)

(가) (자진모리) 좌우 나졸 쌍교(雙轎)를 옹위하여 부운(浮雲)같이 나오는데, 그 뒤를 바라보니, 그 때에 이 도령은 비룡(飛龍)같은 노새 등에 뚜렷이 올라앉아 재상(在喪) 만난 사람 모양으로 훌쩍훌쩍 울며 나오는데, 동림 숲을 당도하니 춘향의 울음소리가 귀에 언뜻 들리거늘,

"이애 방자야, 이 울음이 웬 울음 소리냐."

"도련님은 귀도 밝소. 웬 울음 소리가 나요."

"이 자식아 사정 없는 소리 말고 춘향이가 나와 우는지 어서 좀 가보고 오너라."

방자 하릴없이 충충충충충 갔다 나오는데, 이 놈이 도련님보다 더 섧게 울며 나오는데,

"어따, 우는데 우는데."

"이 자식아, 누가 그렇게 운단 말이냐!'

"누가 그렇게 울겠소. 춘향이가 나와 우는데, 도련님 오시면 둘이 들어간다고 땅을 한 길은 넘게 파 놓고, 잔디를 어찌 쥐어 뜯었던지 밥을 하면 세 끼니는 해 먹게 뜯어 놓고 우는데, 사람의 눈으로는 못 보겠습디다."

(나) (중몰이) 도련님이 이 말 듣고, 말 아래 급히 내려 우루루루루 뛰어 들어가 춘향의 목을 안고,

"춘향아, 네가 이것이 웬일이냐. 네가 천연히 집에 앉아 날더러 잘 가라고 말을 하여도 장부 간장이 다 녹는데, 삼도(三道) 네거리 떡 벌어진 데서 네가 이 울음이 웬일이냐."

춘향이 기가 막혀,

"아이고 도련님 참으로 가시오그려. 못 하지 못 가지요.

나를 죽여 이 자리에 묻고 가면 갔지 살려 두고는 못 가리다. 향단아 술상 이리 가져오너라."

술 한 잔을 부여 들고,

"옛소, 도련님. 약주 잡수. 금일송군수진취(今日送君須盡醉)*니 술이

나 한 잔 잡수시오.”

　도련님이 받아들고,

　“세상에 못 먹을 술이로다. 합환주는 먹으려니와 이별주라 주는 술을 내가 먹고 어이 살잔 말이냐.”

　춘향이 지환(指環) 벗어,

　“도련님 지환 받으오.　여자의 굳은 마음 지환 빛과 같은 지라, 이토(泥土)에 묻어 둔들 변할 리가 있으리까. 날 본듯이 두고 보오.”

　도련님이 받아 놓고, 대모 석경(玳瑁石鏡)을 내어 주며,

　“장부의 맑은 마음 거울 빛과 같을지니 날 본 듯이 두고 보아라.”

　서로 받아 품에 넣고 꼭 붙들고 떨어지지 못하는구나.

　(다) (아니리) 방자 답답하여,

　“여보시오 도련님, 어쩌려고 이러시오. 점잖으신 도련님이 이별을 하실려면, ‘춘향아 잘 있거라.’ ‘도련님 잘 가시오.’ 그 단 두 마디만 해도 그 속이 천지위낭장만물(天地爲囊藏萬物)* 속인데, 이것이 벌써 며칠이요. 바로 명춘이 떠나셔도 가시는 날은 평생 이러실 것이니 고만 가십시다. 향단아 너의 아가씨 좀 붙들어라. “

　도련님은 방자에게 붙들리어 말 위에 올라앉으며,

　(라) (중몰이) “춘향아 나는 간다. 너는 부디 우지 말고 노모 하에 잘 있거라.”

　춘향이도 일어나서 한 손으로 말고삐를 잡고 도 한 손으로는 도련님 등자 디딘 다리를 잡고,

　“아이고 여보 도련님. 한양이 멀다 말고 소식이나 종종 전하여 주오.”

　[　　　　　㉠　　　　　]

　(마) (잦은몰이)저 방자 미워라고 이랴 툭 쳐 말을 몰아 따랑 따랑 따랑 따랑 따랑 휠휠 달려가니, 그 때에 춘향이는 따라갈 수도 없고 높은 데 올라서서 이마 위에 손을 얹고 도련님 가는 데만 물끄러미 바라보니,

가는 대로 작게 뷘다. 이만큼 보이다가 저만큼 보이다가, 달만큼 별만큼 나비만큼 불티만큼 망중 고개 아주 깜박 넘어가니 우리 도련님 그림자도 못 보겠구나.

– 「춘향가」

*금일송군수진취(今日送君須盡醉) : 오늘 그대를 보내니 실컷 취해야지.
*천지위낭장만물(天地爲囊藏萬物) : 천지는 만물을 담는 주머니이다.

45. (가)의 밑줄 친 부분에 대한 설명으로 적절하지 않은 것은?

① 춘향의 처지를 과장하여 표현하고 있다.

② 상황에 대한 방자의 객관적인 판단이다.

③ 청자인 이 도령에게 전달하는 정보이다.

④ 청자인 이 도령을 격동시키는 역할을 한다.

⑤ 청자인 이 도령에게 춘향의 말을 중개하는 역할도 한다.

46. (나)에서 이 도령과 춘향이 반지와 거울을 주고받는 부분을 중심으로 토의를 하고자 한다. 〈보기〉의 견해에 동의하는 맥락에서 벗어난 것은?[2점]

〈 보 기 〉

"나는 반지와 거울이 두 사람의 영원한 사랑을 상징하는 것으로 이해했어."

① "그래, 헤어져 있어도 늘 자기 생각만 해 달라는 염원의 표현인 거야"

② "서로 떨어져 있는 동안 반지와 거울은 이별의 아픔을 달래주는 역할도 하겠지?"

③ "옛날에는 인정을 중시했으니까 관습에 딸라 이별의 선물을 주고받은 정도일거야."

④ "서로 애정이 변함없다고 강조하는 것으로 보아 사랑은 신의의 문제일 수도 있겠어."

⑤ "헤어진 뒤 상황이 바뀌면 마음도 변할 수 있으니까 그것을 경계하는 뜻도 있을 거야."

47. (라)의 ㉠에 들어갈 사설로, 이 도령의 처지를 잘 드러낸 표현은?

① 죽자 하니 청춘이요 살자 하니 고생이라.

② 말은 가자 네 굽을 치는데 임은 꼭 붙들고 아니 놓네.

③ 조자룡의 청총마 없으니 천리 먼 길 한양을 어이 가리.

④ 내가 이리 살지 말고 임 타신 말고삐에 목을 매어 죽고지고.

⑤ 높다란 상상봉이 평지가 되거든 오시려오. 사해 넓은 물이 육지가 되거든 오시려오.

48. (마)에 대한 설명으로 적절하지 않는 것은?

① 말이 달려가는 속도감이 자진모리장단으로 잘 표현된다.

② 사설의 운율과 잦은 몰이 장단이 어울려 분위기를 고조시킨다.

③ 길을 재촉하는 이 도령의 심정이 경쾌한 잦은 몰이 장단과 조화를 이룬다.

④ 화자는 춘향의 시점으로 옮겨 가 이 도령이 떠나는 모습을 서술하고 있다.

⑤ 멀어져 가는 거리에 대응하는 이 도령의 모습이 비유적으로 잘 표현되어 있다.

49. (가)~(마)를 연극으로 공연할 때, 새로운 내용을 첨가한 것은? [2점]

① (가) : 이 도령은 등장하면서 무대 한 편에 서고, 방자는 춘향을 찾아간다.

② (나) : 무대 중앙에서는 이 도령과 춘향이 이별을 슬퍼하고, 무대 한쪽에서는 방자와 향단이도 이별을 아쉬워한다.

③ (다) : 이 도령은 말을 타지 않으려는 몸짓을 두어 번 한 뒤 끌리듯 말에 오른다.

④ (라) : 춘향은 말을 탄 이 도령을 따라 두어 걸음 움직이면서 당부의

말에 오른다.

⑤ (마) : 이 도령은 무대의 대각선 방향으로 퇴장하면서 자주 뒤돌아보고, 춘향은 멀어져 가는 이도령의 모습을 망연히 바라본다.

50. (나)에서 밑줄 친 부분의 '간장이 녹다'를 대신할 수 없는 것은?
  ① 애꿎다   ② 애긇다   ③ 애긇다   ④ 애타다   ⑤ 애터지다

5. 해설

45. ②

사실적 사고 ② '밥을 하면 ~ 사람의 눈으로는 못 보겠다.'는 본문의 표현은 주관적 판단이다.

46. ③

비판적 사고 〈보기〉의 내용을 잘 파악해야 한다. 〈보기〉의 핵심은 영원한 사랑이다. 그런데 ③은 사랑이라고 보지 않고 '관습에 따른 인정'으로 보고 있기 때문에 〈보기〉의 관점에서 벗어난다.

47. ②

추리 · 상상적 사고 상황에 따른 인물의 심리를 파악하기 위해서는 먼저 인물이 처한 상황을 살펴보아야한다. 이도령은 춘향과 헤어지고 있다. 특히 (나)의 후반부에서 떨어지기 싫어하고 있다는 점을 참고하면 ②가 답이 된다. ① ④ ⑤는 춘향의 말로 ①는 생사의 귀로에 처한 상황에서 나올 수 있는 말이며 ③은 가야 할 길이 멀음을 걱정하는 말로 이별의 상황과는 어울리지 않는다. ⑤는 결코 돌아오지 못할 것이라는 춘향의 탄원을 담고 있는 말이다.

48. ③

비판적 사고 (마)에서는 이별의 아쉬움이 주된 정조를 이룬다. 이로 미루어 이 도령의 발길도 쉽게 떨어지지 않을 것임을 알 수 있다. '자진모리

장단은 말을 내몰고 달려가는 상황과 서로 조응하는 가락이다. 사설 또한 대구와 점층이 서로 누적됨으로써 분위기를 고조시킨다. 또한 춘향의 관점에서 서술함으로써 떠나보내는 이의 애틋한 심정을 잘 드러내고 있고 이도령의 모습 역시 점점 작아져 깜빡 넘어가게 함으로써 잘 표현하고 있다. 그러나 이도령의 심정 또한 무겁고 애틋하다는 점에서 경쾌함과는 거리가 멀다.

49. ②

추리 · 상상적 사고 ② (나)에는 방자와 향단이에 대한 내용이 나타나 있지는 않으나, (나)의 내용을 연극으로 공연할 경우의 극적 효과를 위해 이들에 대한 내용을 첨가하고 있다.

50. ①

어휘력 ② ~ ⑤는 '창자가 끊어질 듯이 마음을 아프게 하다'의 의미로, '간장이 녹다'와 의미가 통하나, ①는 '아무런 잘못도 없이 횡액에 걸리어 억울하다'의 뜻으로 이와는 거리가 멀다.

6. 수능 기출 문제 (1995년도)

> [아니리] "어, 차마 못 보겠다. 내가 어사 된 것이 선영 덕택인 줄 알았더니, 예 와 보니 춘향 모 정성이 반이나 되겠구나. 저러헌 형상에 이 모양으로 들어가면, 저 늙은이 성질에 괴변이 날 테니 잠시 속일 수밖에 없지."
>
> (가) 어사또가 춘향 모를 속여 부르는디, 꼭 이렇게 부르것다.
> | "이로너라, 이로너라, 게 아무도 없느냐?"
> | 춘향 모 울다가 깜짝 놀라,
> | "향단아, 이것이 뭔 소리다냐?"
> | 향단이도 어찌 놀랬던지,
> | "비 올라고 천동헝개비요."

8

ㅣ“너의 애기씨 돌아가시게 되니, 성조 지신이 발동을 하였는가, 어
  느 놈이 술 담뿍 먹
ㅣ고 와서 오뉴월 장마에 토담 무너지는 소리를 허는지, 나가서 좀
  보고 오너라.” (중략)

  [중모리] 어사또 목이 메여 춘향 손을 @부여잡더니 눈물이 듣거니 맺
거니,

  “네가 이것이 웬일이냐. 부드럽고 곱던 손길이 피골(皮骨)이 상연(相
連)쿠나.”

  ㉠“나는 이게 내 죄요마는, 서방님은 웬일이요?”

  “나도 역시 팔자로다.”

  “서방님을 잠시라도 뵈오니 이제 죽어 한이 없나이다. 내일 본관 사또
생신 잔치 끝에 나를 올려 죽인다니, 서방님은 먼 데 가지 말고 옥문 밖
에 서졌다가, 날 올리라 영(令)이 내리거든 ⓑ칼머리나 들어 주오. 나를
죽여 내어 놓거든 다른 사람 손대기 전에, 싹군인 체 달려 들어 나를 업
고 물러나와, 우리 둘이 인연 맺던 부용당(芙蓉堂)에 나를 누이고 서방
님 속옷 벗어 입혀 주고 나를 묻어주되, 신산(新山) 구산(舊山) 다 버리
고 서울로 올라가서, 선대감(先大監) 제절 하(除節下)에 ⓒ은근히 묻어
주고, 정조 한식(正朝寒食) 단오 추석 선 대감 시제(時祭) 잡순 후, 주과
포혜(酒果脯醯) 따로 차려 놓고 술 한 잔 부어 들고, 나의 무덤 우에 올라
서서 발 툭툭 세 번 구르고, ‘춘향아’ 부르시고, ‘청초(靑草)는 우거진디
앉었느냐 누었느냐? 내가 와 주는 술이니 ⓓ퇴(退)치 말고 많이 먹어라.’
그 말씀만 하여 주오. 그 말밖에 할 말 없오.“

  어사또 목이 메어 눈물이 ⓔ듣거니 맺거니,

  “오냐, 춘향아 우지 마라, 우지 마라, 우지를 말어라. 이에 춘향아, 우
지 마라, 상여(喪輿) 탈지 가마를 탈지 그것이야 누가 알겠느냐마는, 천
붕우출(天崩牛出)이라 하였느니 솟아날 굼기가 있느니라. 오늘 밤만 죽
지를 말고 내일 날로 상봉하자.”

[아니리] "춘향아, 내가 너더러 할 말이 있다마는렁렁렁."

춘향모 이 말 듣더니,

ⓛ"자네 누구 뗌세 말 허는가, 나 있다고 말 못허는가?"

"향단아, 마나님 잘 모시고 어서 집으로 가거라."

"서방님, 마나님 하시는 말씀 곡해(曲解) 마시고 집으로 가사이다."

"그런 게 아니다. 나는 볼일이 있어 같이 못 가니, 내일 아침이나 잘 지어 놓아라."

향단이와 춘향 모는 울며불며 집으로 돌아가고, 어사또는 객사(客舍)로 들어가 거사(擧事)할 일을 생각할 제 날이 차차 밝아 오니,

(하략)

– 정정렬 판「춘향가」에서

25. 글을 통해 알 수 있는 춘향의 심리 상태는?

　　① 과거를 뉘우친다.

　　② 더 살기를 단념한다.

　　③ 모친의 안부를 걱정한다.

　　④ 모든 것을 사회 탓으로 돌린다.

　　⑤ 이 도령의 모습을 보고 분노한다.

26. (가)의 기능에 대한 설명으로 가장 적절한 것은?

　　① 해학을 통해 심리적 긴장을 이완시킨다.

　　② 화제를 바꿈으로써 조바심을 갖게 한다.

　　③ 함축적 대화를 통해 사건의 결말을 암시한다.

　　④ 위기 상황을 조성하여 극적 흥미를 유발시킨다.

　　⑤ 방언 구사하여 인물의 내면 심리를 알게 한다.

27. ㉠을 근거로 춘향의 인물됨을 적절히 말한 것은?

① 춘향이야말로 심성이 고운 인물이지. 이 도령에게 자신의 죄를 고백하고 있잖아.

② 춘향이야말로 의지가 강한 인물이지. 이 도령에게 자신을 구원해 줄 것을 믿고 있잖아.

③ 춘향이야말로 현실적인 인물이지. 이 도령의 몰락한 모습에 실망감을 나타내고 있어.

④ 춘향이야말로 자기희생적인 여인이지. 자기 처지보다 이 도령의 신세를 걱정하고 있어

⑤ 춘향이야말로 정절의 여인이지. 이 도령과의 사랑을 위하여 본관사또의 명을 거역하고 있잖아.

28. ㉡의 어조로 적절한 것은? (0.8점)

① 은근하게　　　② 반기면서　　　③ 슬퍼하면서

④ 기대에 차서　　⑤ 못마땅해 하며

29. ⓐ～ⓔ의 뜻풀이로 바른 것은?

① ⓐ- 살며시 잡더니

② ⓑ - 칼자루나 잡아주고

③ ⓒ - 남몰래 묻어 주고

④ ⓓ - 물러서지 말고

⑤ ⓔ - 나올 듯 말듯

7. 해설

25. ②

춘향의 심리 상태는 사후(死後)에 대한 당부의 내용이 담긴 '중모리' 부분의 대사에 잘 나타나 있다.

26. ①

향단의 엉뚱한 대답과 춘향 모의 사설을 통해 희극미를 창조하여 긴장 상황을 완화 시키고 있다.

27. ④

희생심이 강한 여인으로 모든 것을 자신의 탓으로 돌리며, 자신보다 이 도령에 대한 염려가 드러난 대목이다.

28. ⑤

이도령의 언행에 대해 춘향모의 못마땅해 하는 심리가 반말투 속에 담겨 있다. ③ ⓐ - 붙들어 잡더니, ⓑ - 조그만 고통이라도 덜게 도와주오, ⓓ - 거역하지 말고, ⓔ - (눈물이) 글썽글썽하거나 맺히어

29. ③

ⓐ - 붙들어 잡더니 ⓑ - 조그만 고통이라도 덜게 도와주오. ⓓ - 거역하지 말고 ⓔ - (눈물이) 글썽글썽하거나 맺히어

구운몽_ 김만중*

1. 핵심 정리

  * 갈래 : 염정소설, 양반소설, 몽자류 소설
  * 배경 : 중국 당나라 남악 형산 연화봉
  * 성격 : 전기적, 이상적, 불교적
  * 시점 : 3인칭 전지적 작자 시점
  * 주제 : 인생무상과 허무의 극복

2. 등장 인물의 성격

  * 성진 : 인간세상의 부귀영화를 소망하나 꿈을 꾼 후, 세속적 부귀의 무
          상함을 깨닫고 불도에 정진한다.
  * 양소유 : 성진의 세속화된 모습, 세속적 욕망을 달성하고 만년에 인생
           무상을 느껴 불도에 정진하다가 꿈에서 깨어난다.
  * 팔선녀 : 위부인의 시녀 양소유의 2처 6첩으로 환생. 육관대사의 영험
          한 힘으로 꿈을 꾼 후 불문에 귀의한다.
  * 육관대사 : 성진의 스승으로 성진의 꿈과 현실을 넘나들며 성진에게
            깨달음을 준다.

3. 작품 개관

  조선 숙종 때 서포 김만중이 지은 고전 소설로 유배 전날 밤 모친과의
이별을 앞두고 모친을 위로하기 위해 지었다는 소설이다. 현실 속의 성진
은 팔선녀와 수작을 나눈 후 불도에 회의를 느낀다. 이 후 꿈에서 양소유로
환생하여 세속적 욕망을 이룬다. 세속적 욕망실현의 무상함을 깨달은 후
불도에 정진하려다 꿈에서 깨어나 현실로 되돌아온다는 환몽구조의 소설
이다.

　양 상서(楊尙書) 군대를 이끌고 전쟁에 나간 후로 승전보가 계속 날아오자 황제께서 태후를 뵙고 양 상서의 공을 칭찬하여 가라사대,

　"양소유의 공은 곽분양* 이래 제일인이라. 돌아오기를 기다려 마땅히 승상을 시키려니와 오직 어매(御妹)*의 혼사를 오히려 정하지 못했으니, 마음을 돌이켜 순종하면 매우 좋겠으나 만일 다시 고집하면 공신(功臣)을 매양 죄주기도 어렵고 달리 처치할 길이 없으니 이로써 염려하나이다."

　태후 가라사대,

　"내 들으니 정씨 여자 매우 곱다 하고 양 상서와 서로 보았다 하니 상서 어이 즐겨 버리리요. 상서 나간 때를 타 정가(鄭家)에 조서(詔書)를 내려 다른 사람과 혼인하게 함만 같지 못하도다."

　황제께서 침음하여 결정하지 못하시다가 가시거늘, 이 때 난양 공주 태후를 모셨더니,

　"낭랑(娘娘)*의 말씀이 도에 어긋나오니 정씨 여자를 다른 집안에 보내고 안 보내고를 조정에서 지휘할 일이옵니까?"

　태후 가라사대,

　"이 일은 너의 종신대사(終身大事)이니 본디 너와 의논하고자 하더니라. 양 상서의 풍류와 문체는 조정 신하 중에 비할이 없을뿐더러 통소 한 곡조로 인연을 점지 받은 지 오래니 결코 양 상서를 버리고 타인에게 구혼은 못할 것이요, 상서와 정씨 여자의 혼인 논의가 평범한 것이 아니고 정분이 중하여 서로 버리지 못할 듯하니 이 일이 극히 난처한지라. 내 뜻에는 상서가 조정에 돌아오면 너와 혼인한 뒤에 정씨 여자로 첩을 취하는 것을 허락하면 상서 말이 없을 듯하되 다만 네가 원치 아닐까 하노라."

　공주 아뢰디,

　"소녀는 평생토록 투기를 알지 못하니 어이 정씨 여자를 용납지 못하리이꼬. 다만 양 상서가 처음에는 처로 폐백을 들였다가 뒤에 첩으로 취함이

603

예에 어긋나는 듯하고, 정 사도는 여러 대(代) 제상을 한 집이라 그 딸이 첩이 되는 것을 원하지 않을 듯하니 이 일이 마땅치 아닐까 하나이다."

태후 가라사대,

"이도 마땅치 않으면 네 뜻에는 어찌코자 하나뇨?"

공주 아뢰되,

"제후(諸侯)에게는 세 부인이 있다고 했으니, 양 상서가 공을 세우고 돌아오면 크게는 왕이 되고 적어도 제후라, 두 부인을 둠이 외람치 아닐 듯하니 이로써 정씨 여자를 허락함이 어떠하니이꼬?"

태후가라사대,

"이는 불가하니, 같은 여염집 여자는 한가지로 부인이 됨이 방해롭지 아니하거니와 너는 바로 선제(先帝)의 끼치신 몸이라, 하물며 상이 사랑하시는 누이요 일신이 가볍지 아니하니 어찌 여염의 소소한 여자로 더불어 나란히 설 수 있으리요."

공주 아뢰되,

"소녀 또한 소녀의 몸이 존중한 줄 아오되 옛 성스럽고 밝은 제왕(帝王)도 어진 사람을 공경하며 천자(天子)도 필부(匹夫)로 벗한 이 있으니, 소녀 물으니 정씨 여자가 얼굴 재조와 덕이 다 갖추어져 옛사람에게 내리지 아니니라 하니, 진실로 그러할진대 저와 더불어 어깨를 나란히 함이 무슨 혐의 있으리이꼬. 비록 그러하나 전문(傳聞)이 실상에 지나기 쉬우니 소녀의 뜻에는 아무 길로나 정씨 여자를 보아 용모 재덕이 소녀보다 나으면 마땅히 몸이 다하도록 우러러 섬기려니와, 만일 직접 보아 소문과 같지 못할 양이면 첩으로 삼으나 종으로 삼으나 낭랑의 임의로 처치하소서."

태후 이 말을 들으시고 차탄(嗟歎)하여 가라사대,

"여자는 본디 남의 재주를 꺼리거늘 너는 남의 재주를 사랑하니 가히 아름답도다. 너의 재덕이 옛사람에 지나도다. 내 또한 정씨 여자를 보고자 하나니 명일에 당당히 정씨 여자를 불러들여 보리라."

– 김만중의 〈구운몽(九雲夢)〉에서

* 곽분양 : 중국 당나라 장군

* 어매(御妹) : 황제의 누이

* 낭랑(娘娘) : 공주가 '태후'를 부르는 말

45. 윗글의 중심 화제는?

  ① 전공(戰功)을 세운 양 상서의 포상 문제

  ② 정씨 여자에 대한 태후와 황제의 의견 대립

  ③ 공주의 혼인과 관련된 정씨 여자의 처리 문제

  ④ 여러 부인을 두는 제후(諸侯)의 결혼 풍습 문제

  ⑤ 양 상서와 공주 사이의 원만하지 못한 애정 문제

46. 윗글에서 '공주'가 '정씨 여자'를 평가하는 기준은?

  ① 용모와 재덕   ② 세상의 평판

  ③ 학문적 소양   ④ 가문의 지위

  ⑤ 종교적 배경

47. '공주'에 대한 '태후'의 태도를 잘 지적한 것은? (2점)

  ① 공주를 과신(過信)하고 있다.

  ② 공주의 의견을 존중하고 있다.

  ③ 공주에 대해 연민을 보이고 있다.

  ④ 공주의 언행을 회의적으로 보고 있다.

  ⑤ 공주에 대한 맹목적 애정을 보이고 있다.

48. 윗글에서 '태후'와 '공주'가 주고받은 대화의 특징은? (2점)

  ① 태후와 공주는 각자의 명분에 입각하여 주장하고 있다.

  ② 태후는 상황 논리를, 공주는 권위를 앞세워 주장하고 있다.

  ③ 태후와 공주는 각자의 상황을 합리화하는 주장을 하고 있다.

  ④ 태후는 인정에 호소하고, 공주는 상식을 내세워 주장하고 있다.

  ⑤ 태후는 비유를 중심으로, 공주는 증거를 중심으로 주장하고 있다.

49. 윗글의 표현상 특징은?

① 다채로운 수사로 화려한 느낌을 받게 한다.

② 재치 있는 언어 사용으로 미소를 띠게 한다.

③ 법도에 맞는 언어를 사용하여 기품을 느끼게 한다.

④ 어두운 느낌의 어휘를 사용하여 비장함을 느끼게 한다.

⑤ 시정(市井)의 언어를 적절히 사용하여 질박함을 느끼게 한다.

5. 해설

45. ③

윗부분은 주로 태후와 난양 공주의 대화에 의해 전개된다. 대화에서 거론되고 있는 일이 무엇인지 읽어 내는 것이 이 문제를 푸는 관건이다. 대화의 내용은 전공을 세우고 돌아온 양 상서의 혼인과 관련된 것으로, 거론되는 여자가 황제의 누이인 난양 공주와 '정씨 여자' 두 명이라는 것이 문제이다. 이와 같은 상황을 염두에 두고 이 문제를 거론하고 있는 여자가 난양 공주라는 것에 주목하면 '정씨 여자'의 처리 문제가 중심 화제임을 알 수 있고, 이 문제는 난양 공주의 넓은 아량으로 해결의 실마리를 찾는다.

46. ①

난양 공주는 황실의 사람임에도 '정씨 여자'와 더불어 양상서의 부인이 되겠다고 한다. '정씨 여자'를 높이 샀기 때문인데, 그러한 평가의 원칙은 난양 공주의 말 속에 잘 드러나 있다. 즉, 소문을 확인해 만약에 '용모, 재덕'이 자신보다 나으면 우러러 섬기고 그렇지 못하면 첩이나 종으로 삼아도 관계치 않는다고 하였다. "소년 물으니~, 비록그러하나 전문이 실상에 지나기 쉬우니~, 만일 직접 보아 소문과 같지 못할 양이면~" 등에서 ②번의 세상의 평판을 답으로 생각하기 쉬우나 이는 공주의 정씨 여자에 대한 평가 기준의 정보 입수 경로로 보아야 한다.

47. ②

대화의 전개 양상에 주목한다. 난양 공주의 대사가 주가 되는데, 태후는 처음에 '정씨 여자'를 다른 사람과 혼인하도록 조서를 내리라고 황제에게 이야기 했으나 공주의 의견을 듣고 이를 종중하여 찬성하고 있다. 이와 같은 사실은 난양 공주의 생각과 달랐던 태후가 난양 공주의 말에 설득된 결과이며, 이러한 결과가 가능하려면 대화 상대자의 의견을 존중하는 태도가 있어야 한다.

48. ①

이 대화는 의견이 달랐던 태후가 난양 공주의 의견을 받아들이는 것으로 끝난다. 의견이 달랐던 까닭은 이 지문에서 찾아보면, 태후는 난양 공주가 황실의 사람임을 들어 황실의 사람이 여염의 여자와 함께 한 남자의 부인이 될 수 없음을 주장한다. 반면에 난양 공주는 천자가 그와 벗할만한 사람이라면 필부와 벗을 해야 한다는 사실을 들어, 재덕과 용모를 갖춘 '정씨 여자'이기 때문에 함께 한 남자의 아내가 될 수 있음을 피력한다. 나름대로 각각의 명분을 얻고 있는 의견이라 할 수 있다.

49. ③

대화 참여자들의 신분과 태도에 주목하여 표현상의 특징을 찾아본다. 계층에 따른 적절한 언어 사용과 예법에 어긋나지 않으면서도 의견을 개진하는 방법이 특징적이다. 이 글은 상류 사회, 특히 궁중에서 사용되는 어휘와 어미를 써서 전체적으로 격조 높은 분위기를 형성하고 있다. 그러나 화려한 수사 기교가 사용된 것은 아니다.

어우야담_ 유몽인

1. 핵심 정리

* 갈래 : 수필, 야담
* 성격 : 풍자적, 교훈적, 서사적
* 주제 : 사람을 차별하는 세태비판

2. 작품 개관

항간에 떠도는 이야기를 기록한 글이다. 손님을 상중하로 구별하여 차등을 두어 대접하는 주인의 모습을 통해 당시 부유층들의 몰염치한 행태를 풍자하고 있다. 주인의 푸대접을 받고 주인을 직접적으로 비난하지 않고 은근히 정곡을 찔러 말한 부분에서 부유층에 도덕성을 갖출 것을 요구하는 비판적인 의식이 드러난다.

3. 수능 기출 문제 (1997년도)

김인복(金仁福)이 소시에 노상에서 한 시골 선비를 만났는데 수정 갓끈을 달고 있었다. ㉠ 그 갓끈이 너무 짧아서 겨우 턱을 밑을 돌아갔다. 인복이 말을 세우고 채찍을 들어 읍하고 말하였다.

㉡ "아, 아름답구나, 저 수정 갓끈이여! 천하일품이구려. 나의 가산을 기울여서라도 당신의 갓끈을 갖고 싶소."

그 사람이 묻기를,

"당신 집이 어디요?"

"내 집은 숭례문 밖 청파리라오. ㉢내일 아침에 배다리만 찾아오우. 게서 김인복이를 물으면 행길에 누군들 모르겠소."

서로 언약을 하고 헤어졌다.

㉣이튿날 인복이 잠자리에서 일어나기도 전에 그 사람이 대문으로 들어섰다.

㉤ 인복이 마루 끝으로 나와 채마밭 머리에 평상을 내놓고 앉게 하였

다. 인복이 말을 꺼내었다.

　　"우리집 논이 동성(東城) 흥인문(興仁門) 밖에 있는데 한 말을 뿌리면 곡식 석 섬을 먹는다오. ⓐ우리 집에 크기가 실로 낙산(駱山) 봉우리만 한 소가 두 필이라구. 봄 이삼월 토양이 살풀리고 산골의 얼음이 녹아 시냇물이 졸졸 흐르기 시작하면 두 필 소에 쟁기를 달아 논을 갈고 써레질을 하여서 물을 싣는다오. 한 필지에 보통 15두(斗)를 파종하는 논이 여러 자리라. 팔월이 되어 논에 황금 물결이 일면 초승달 같은 낫을 대어 베어다가 타작을 하고 방아를 찧고 키질을 해서 옥처럼 닦이고 구슬처럼 정한 쌀을 솥에 넣고 불을 때어 밥을 지으면 기름이 자르르 밥술에 흐르고 구수한 맛이 혀끝을 감도는구만.

　　《(가) 당신이 앉았는 채마밭은 또 좀 기름지고 걸어야지. 상추가 얼마나 잘 되는지. 삼사월경에 갈아서 거름을 흡족히 주면 이슬을 머금고 비를 맞아 잎이 파초처럼 너푼너푼 자라서 연하고 싱그러운 모양이라니. 그걸 대바구니에 넘치도록 따 담는단 말씀야. 봄볕이 따뜻한 날 양지바른 곳에 장독을 두고 장을 담그면 영락 달기가 벌꿀이요, 색깔이 말피라. 인천(仁川) 안산(安山) 바다에서 그물로 잡은 밴댕이가 장에 나오면 그놈을 사다가 석쇠에 구울 제, 기름간장을 바르면 냄새가 코를 진동하것다. 그러면 상추를 물기를 탈탈 털어 손바닥 위에 벌여 놓고 기름이 흐르는 올벼 쌀밥 한 숟갈을 뚝 떠서 달고 고소한 된장을 얹은 위에 노릿노릿 구워진 밴댕이를 올려 왜화(倭貨)[*]를 싸듯 쌈을 싼단 말씀이야. 그래설랑 혜임령(惠任領)[*] 장사꾼 짐 들어올리듯 두 손으로 들어올려, 종루(鐘樓)에파루(罷漏)친 후에 남대문 열리듯 입을 떡 벌리고 밀어 넣는데…….》

　　이 때에 그 사람도 따라서 입을 벌리다가 짧은 갓끈이 그만 뚝 끊어져 수정알들이 땅으로 굴러 떨어졌다.

　　《(나) 우리 집에 함경도의 세포(細布), 충청·전라도의 종면(綜綿)[*], 평안도의 좋은 명주, 남경(南京)의 팽금(彭錦), 요동(遼東)의 모단(帽緞)[*]이 일곱 간 다락에 채곡채곡 쌓였지만 나는 갓끈을 살 수가 없소." 》

　　그 사람은 여기까지 이야기를 듣다가 자기도 모르게 입이 절로 헤벌어져서 군침을 줄줄 흘리며 돌아갔다.

> * 왜화(倭貨) : 일본 무역품.
> * 혜임령(惠任領) : 서울에서 서북 지역으로 갈 때 넘는 고개
> * 종면(綜綿), 팽금(彭錦), 모단(帽緞) : 각각 포목, 비단, 우단의 일종으로 당
>   시 값나가던 옷감들.

18. (가)에 대한 설명으로 적절하지 않은 것은?

① 사실과 과장을 적절히 안배하고 있다.

② 감각을 자극하는 묘사를 반복하고 있다.

③ 특정한 장면을 극대화시켜 부각하고 있다.

④ 개개의 사건을 인과 관계를 중심으로 엮고 있다.

⑤ 서로 연관된 일들을 특정한 곳으로 집중시키고 있다.

19. (나) 와 같은 발상으로 이루어진 표현은? (2점)

① 양덕 맹산 철산 가산 나린 물은 부벽루로 감돌아 들고, 임 그려 우는
   눈물은 베갯모로 돌아든다.

② 안방 금궤 안에 엽전 지전 은돈 금돈 가득가득 뗴돈이 들었다 한들
   너 주자고 궤돈헐까.

③ 사랑을 사자 하니 사랑 팔 이 뉘 있으며, 이별을 팔자 하니 이별 살 이
   전혀 없다.

④ 돈 봐라 돈, 돈 봐라 돈, 이 돈을 눈에 대고 보면 삼강 오륜이 다 보이네.

⑤ 죽어 영이별은 문 앞마다 하건마는 살아 생이별은 차마 진정 못 하겠
   구나.

20. ㉠~㉤을 잘못 설명한 것은?

① ㉠은 김인복이 꾀를 내게 된 착안점이다.

② ㉡은 김인복이 시골 선비의 욕심을 부추긴 것이다.

③ ㉢은 김인복이 자신이 유명함을 과시한 것이다.

④ ㉣은 시골 선비가 상당히 안달이 났음을 보여준다.

⑤ ㉤은 김인복이 시골 선비를 홀대한 것이다.

21. ⓐ와 같은 표현을 가리키기에 가장 적절한 말은?

① 과대망상(誇大妄想)

② 기고만장(氣高萬丈)

③ 구우일모(九牛一毛)

④ 능소능대(能小能大)

⑤ 침소봉대(針小棒大)

22. 김인복의 인물을 평가한다고 할 때 적절한 것은? (2점)

① 입심 센 익살꾼이군!

② 눈치 빠른 장사꾼이군!

③ 인정 없는 깍쟁이군!

④ 뒷심 없는 허풍쟁이군!

⑤ 질이 나쁜 거짓말쟁이군!

23. 김인복과 시골 선비의 관계를 〈화자(話者) : 청자(聽者)〉의 관계로 볼
　때, 청자로서 시골 선비가 제대로 지키지 못한 것은?

① 이야기를 경청하기

② 이야기에 동의하기

③ 이야기를 통해 연상하기

④ 이야기에 비판적 거리 두기

⑤ 시선을 주어 관심을 표하기

4. 해설

18. ④

(가)는 결국은 상추쌈 싸 먹는 모습을 묘사하기 위한 것에 초점이 놓여 있는데 이를 상추의 파종에서부터 따서 씻는 것까지 그리고 밴댕이 굽는 것까지 연결시켜 그 미각적 자극을 극대화하고 있다. 따라서 ④에서 말하는 인과 관계는 (가)에 대한 설명으로 적절하지 않다. 상추는 시간적 순서에 의한 단순 나열이며 밴댕이는 병렬적으로 나열된 정도라고 보면 된다.

19. ②

(나)는 상대의 구미에 닿는 품목들을 나열하여 상대에게 한껏 기대를 품게 하다가 그 기대를 무산시킴으로써 상대를 골탕먹이는 수법이다. ②는 양식을 얻으러 온 흥부에게 놀부는 자신의 돈 자랑을 늘어놓은 다음 그 어느 것도 줄 수 없다며 흥부의 약을 올리는 대목으로 (나)와 같은 발상으로 된 표현이다.

20. ⑤

단위 사건간의 유기적 연관성을 묻고 있는 문제이다. 김인복과 시골 선비 간에 벌어지는 일련의 사건은 괜히 겉멋이나 부리고 다니는 시골 선비를 한 번 골탕먹이겠다는 김인복의 의도에서 비롯된 것이다. 이야기에 취하게 만들어 수정 갓끈을 끊어 놓으려는 것이 그의 계획이라면 ⓜ에서 채마밭 머리에 평상을 내놓은 것은 상추쌈 이야기를 자연스레 끌어내어 선비의 입을 벌리기 위한 예비 공작이라 할 수 있다.

21. ⑤

ⓐ는 소의 크기를 과장하여 표현한 것으로, 조그만 바늘을 커다란 봉으로 키운다는 ⑤가 이 경우에 알맞는 표현이다. ①은 본인 스스로가 대단한 존재라는 착각에 빠진 경우이고, ②는 신이 나서 자신을 뽐내 보인다는 뜻이며, ③은 아주 미미한 양을, ④는 자유로운 변신을 가리키는 표현이다.

22. ①

인물의 됨됨이를 고유어적 표현과 결부시킨 문제이다. 김인복이 보여주는 행동은 시골 선비를 골려주려는 것이다. 허풍도 악의가 없다면 익살이 될 수 있고, 그 익살이 상대의 갓끈을 끊어놓을 정도이니 이는 대단한 입심이 아닐 수 없다. 자신의 이익을 취하기 위해서인 것이 아닌 만큼 ②와 ③은 고려 대상이 되지 않으며, 또 쌀 이야기며 채마밭의 상추 이야기는 거짓말이라기보다는 과장의 수준으로 이해해야 하므로 ⑤도 적절하지 않다. 과장된 언행이란 측면에서만 보면 ④의 허풍장이란 속성이 없는 바 아니나 그러한 허풍이 상대의 갓끈을 끊어놓게 할 정도라면 상당한 힘이 있는 허풍이라 하겠기에 '뒷심 없는'이란 표현이 적절하지 않다.

23. ④

독해 지문을 말하기 제재와 연관 지은 문제이다. 시골 선비가 낭패를 당한 것은 김인복의 익살스럽고 과장된 말을 액면 그대로 받아들였기 때문이다. 상대가 왜 저런 이야기를 꺼내는 지 그 의도를 고려하지 않고 이야기 자체에 홀딱 빠져들다 보니 그런 낭패를 보게 된 것이다. 상대의 이야기 자체에 몰입하지 않고 그 이야기에 일정한 거리를 두고 비판적으로 듣는 것은 듣는 이가 지켜야 할 자세이다.

11 홍길동전_ 허 균

1. 핵심 정리

* 갈래 : 국문소설, 사회소설, 영웅소설
* 배경 : 조선시대 조선팔도와 율도국
* 성격 : 전기적, 현실적, 비판적
* 시점 : 3인칭 전지적 작가 시점
* 주제 : 불합리한 사회제도 개혁과 이상사회 추구

2. 등장 인물의 성격

홍길동 : 홍판서의 서자로 태어나 모순된 사회제도에 정면으로 항거하고 자신의 이상을 성취해 나가는 영웅적 인물

홍판서 : 명문 귀족의 후예로 길동의 아버지

춘섬 : 길동의 어머니, 홍판서의 시비로 고난과 눈물로 한 세월을 보낸다.

3. 작품 개관

국문학 사상 최초의 국문소설로 홍길동이 사회적 인습에 항거하는 영웅소설이다. 서자로 태어난 홍길동은 천대와 멸시를 받다가 가출을 하여 활빈당을 조직하여 탐관오리를 응징하고 빈민을 구제하며 율도국이란 이상국을 건설한다는 내용이다. 영웅적 소설구조와 전기성을 바탕으로 한 사건 전개 등에서는 전형적 고전 소설의 모습을 보여주나 적서차별의 문제와 임진왜란이후 문란했던 정치 사회상을 비판 고발하여 주제의 사실성을 높였다는 점은 고전 소설의 한계를 극복했다 할 수 있다.

승상이 길동의 모를 불러 가까이 앉으라 하여 손을 잡고 눈물을 흘려 왈,

(가) "내 너를 잊지 못함은 길동이 나간 후에 소식이 돈절하여 사생존망을 모르니 마음에 이같이 사념이 간절하거든 네 마음이야 더욱 측량하랴? 길동이 녹녹한 인물이 아니라, <u>만일 살아 있으면 너를 저버릴 바 없으리라.</u> 부디 몸을 가볍게 버리지 말고 안보하여 좋게 지내라. 내 황천에 돌아가도 눈을 감지 못하리로다."

하시고 인하여 별세하시니, 부인이 기절하시고, 좌우 다 망극하여 곡성이 진동하더라. 길현이 슬픈 마음을 억제치 못하여 눈물이 비오듯하며, 부인을 붙들어 위로하며 진정하신 후에 초상등절(初喪等節)을 예로써 극진히 차릴새, 길동의 모는 더욱 망극 애통하니 그 정상이 잔잉(殘仍)하여 차마 보지 못하더라. 인하여 졸곡(卒哭) 후에 ㉠명산지지(名山之地)를 구하여 안장하려 하고 각처에 사람을 놓아 여러 지관을 데리고 산지를 사방으로 구하되 마땅한 곳이 없어 근심하더니, 이 때에 ⓐ<u>길동이 서강에 다다라 배에서 내려 승상댁에 이르러 바로 승상 영위(靈位) 전에 들어가 복지통곡하더니,</u> 상인이 자세히 노니 이 곧 길동이라. ⓑ<u>대성통곡 후에 길동을 데리고 바로 내당에 들어가 부인께 고하니,</u> 부인이 대경대회하여 길동의 손을 잡고 눈물을 흘리며 왈,

"네 어려서 집을 떠나 이제야 돌아오니 석사(昔事)를 생각하면 도리어 참괴한지라. 그런하나 네 그 사이 삼사년은 종적을 아주 끊어 어디로 갔었더냐? 대감이 임종시 말씀이 이러이러 하시고 너를 잊지 못하고 돌아가시니 어찌 원통치 아니하리오?"

하시고, 그 어미를 부르시니, ⓒ<u>그 모 길동 온 줄 알고 급히 들어와 모자 서로 대하니 흐르는 눈물을 서로 금치 못하더라.</u>

길동이 부인과 모친을 위로한 후 그 형장(兄丈)을 대하여 왈,

"소제 그간은 산중에 은거하여 지리를 잠심(潛心)하여 대감의 ㉡말년

유택(末年幽宅)을 정한 곳이 있사옵니까?'

ⓓ그 형이 이 말을 듣고 더욱 반겨 아직 정하지 못한 말을 설화(說話)하고, 제인이 모여 밤이 새도록 정회를 베풀고, 이튿날 길동이 그 형을 모시고 한 곳에 이르러 가리켜 왈,

"이 곳이 소제의 정한 땅이로소이다."

길현이 사면을 살펴보니, 중중한 석각이 험악하고, ⓒ누누(壘壘)한 고총(古塚)이 수 없는지라. 심내에 불합(不合)하여 왈,

"소제의 높은 소견은 알지 못하되 내 마음은 이곳에 모실 생각이 없으니 다른 땅을 점복하라."

길동이 거짓 탄식 왈,

"이 땅이 비록 이러하오나 누대 장상지지(將相之地)어늘 형장의 소견이 불합하오니 개탄이로다!"

하고, 도끼를 들어 수 척을 파하니, 오색 기운이 일며 청학 한 쌍이 날아가는지라, 그 형이 이 거동을 보고 크게 뉘우쳐 길동의 손을 잡고 왈,

"우형의 소견 ⓔ절언대지(絶言大地)를 잃었으니 어찌 애닯지 아니 하리오?바라나니 다른 땅은 없느냐?"

길동이 가로되,

"이에서 한 곳이 있어도 길이 수천 리라 그것을 염려하나이다."

길현이 왈,

"이제 수만 리라도 부모의 ⓜ백골이 편안할 곳이 있으면 그 원근을 취사치 아니하리라."

한대, ⓔ길동이 함께 집에 돌아와 그 말씀을 설화하니, 부인이 못내 애달와 하시더라. 날을 가리어 대감 영위를 모시고 더중(島中)으로 향할새, 길동이 부인께 여쭈오되,

"소자 돌아와 모자지정을 다 펴지 못하옵고, 또 대감 영위에 조석공양이 난처하오니 어미와 함께 이번 길에 함께하오면 좋을가 하나이다."

부인이 허락하시거늘, 직일 발행하여 서강에 다다르니 제군이 대선 한 척을 대후하였는지라.

〈홍길동전, 완판본〉

52. 윗글의 내용과 일치하지 않는 것은?

① 길동은 생모를 모시고 섬으로 떠난다.

② 길동의 생모는 첩의 신분을 벗어나 있다.

③ 길동의 아버지는 길동을 그리워한다.

④ 길동은 부친이 별세한 후 집에 돌아온다.

⑤ 길동은 아버지의 영위를 모셔가기 위해 형을 속인다.

53. ㉠~㉤ 중 의미하는 바가 다른 하나는?

① ㉠명산지지(名山之地)　　　② ㉡말년유택(末年幽宅)

③ ㉢누누(壘壘)한 고총(古塚).　　④ ㉣절언대지(絶言大地)

⑤ ㉤백골이 평안할 곳

54. ⓐ~ⓔ 중 밑줄 친 ㉮부분이 암시하는 바가 실현된 것은?

① ㉠　　　② ㉡　　　③ ㉢　　　④ ㉣　　　⑤ ㉤

55. 윗글에 나타난 길동의 심정과 가장 유사한 정서를 담은 것은?

① 아바님 가노이다 어마님 됴히 겨오

　　나라히 부리시니 이 몸을 잇젓내다

　　내년의 이 시절 오나도 기다리지 마라쇼셔

② 어져 내 일이야 그릴 줄을 모로다냐

　　이시라 하더면 가랴마는 제 구태여

　　보내고 그리는 정은 나도 몰라 하노라

③ 뫼한 길고 길고 물은 멀고 멀고

　　어버이 그린 뜯은 만코 만코 하고 하고

　　어듸서 외기러기는울고 울고 가나니

④ 천만리 머나먼 길에 고은 님 여회옵고

　　내 마음 둘듸 업서 냇가에 안자이다

　　져 물도 내 안 갓도다 우러 밤길 녜놋다

⑤ 심산(深山)에 밤이 드니 북풍이 더욱 차다

옥루고처(玉樓高處)에도 이 바람 부난게오
긴 밤의 치우신가 북두(北斗) 비겨 바래로라

5. 해설

52. ②

이 글에 나타난 길동의 생모에 대한 신분의 위상을 보면 임종 직전의 대감이 "너"로 호칭하며 "내당에 들어가 고인께 고하고", "(부인이) 그 어미를 부르니", "길동이 지칭하는 것으로 보아 길동 모가 첩 신분을 벗어났다고 할 수 없다.

53. ③

'누누한 고층'은 많은 퇴락한 무덤들로, 묘지로 사용하기에는 부적절하고, ①, ②, ④, ⑤는 묘지로서 명당 자리를 의미한다.

54. ③

(가)의 밑줄친 부분은 길동의 면모로 보아 살아 있다면 반드시 자기 어미를 찾아와 모시려 할 것이라는 의미로, 길동이 뒷날 집에 다시 돌아와 생모와 상봉함을 암시하는 것으로 ⓐ~ⓔ 중 모자 상봉 장면은 ⓒ이다.

55. ③

길동은 아버지에 대한 그리움으로 슬퍼하고 있다. ① 나라에 충성, ② 임에 대한 그리움, ④ 임을 여읜 슬픔, ⑤ 임금에 대한 걱정과 그리움

1. 핵심 정리

* 갈래 : 한문소설, 단편소설, 풍자소설
* 배경 : 18세기 강원도 정선지방
* 성격 : 풍자적, 고발적, 비판적
* 시점 : 3인칭 전지적 작가 시점
* 주제 : 양반들의 공허한 허위의식 비생산적인 특권의식 비판

2. 등장 인물의 성격

* 양반 : 어질고 독서를 좋아하나 생활 능력이 없는 무능한 인물
* 부자 : 조선 후기 신흥세력의 전형적인 인물로 선량하고 가식이 없는 인물이다.
* 군수 : 양반의 이중성을 대표하는 인물로 부자를 칭찬하면서도 부자가 양반권을 획득하는 과정에서 양도증서를 써주는 척하며 양반신분의 취득을 은근히 방해하는 인물이다.

3. 작품 개관

연암 박지원의 한문소설로 조선시대 양반을 풍자하는 작품이다. 어질고 글 읽는 것만을 좋아하는 양반은 무위도식하는 삶을 살아간다. 관청에서 환곡을 꾸어다 먹고 갚을 길이 없어 울고만 있는 무능한 양반을 풍자한 소설이다. 이와 함께 신분상승을 노리는 평민계급을 풍자하고 있다.

신분질서가 크게 흔들린 조선 후기 사회상을 작가의 실학사상에 입각하여 잘 보여주고 있다.

4. 수능 기출 문제 (1994년도)

(가) 그리고 통인이 도장을 받아서 찍었다. ㉠그 뚜욱 뚜욱 하는 소리는 저 엄고(嚴鼓) 치는 소리와 같고, 그 찍어 놓 꼴은 마치 북두칠성이 세로 놓인 듯이 삼성(參星)이 가로질린 듯이 벌여 있다. 뒤를 이어서 호장(戶長)이 증서를 한 번 읽어 끝내었다. 부자는 한참 머엉하다가 말했다.

"양반이 겨우 요것 뿐이란 말씀이우? 내가 듣기엔 양반하면 신선이나 다름없다더니, 정말 이것뿐이라면 너무도 억울하게 곡식만 몰수당한 것이어유. 아무쪼록 좀 더 이롭게 고쳐 주시기유."

군수는 그제야 부자의 요청에 의하여 증서를 고쳐 만들기로 했다.

"㉡대체 하늘이 백성을 낳으실 제, 그 갈래를 넷으로 나누었다. 이 네 갈래의 백성들 중에서 가장 존귀한 이가 선비이고, 바로 선비를 불러 '양반' 이라 한다. 이 세상에선 양반보다 더 좋은 것은 없다. 그들은 제 손으로 농사도 장사도 할 것 없이 옛 글이나 역사를 대략만 알 정도이면 곧 과거를 치러 크게 되면 문과요, 작게 이루더라도 진사는 떼어 놓은 것이다. 문과의 홍패(紅牌)야말로 그 길이가 두 자도 못 되어 보잘것이 없지만 온갖 물건이 예서 갖추어 나게 되니 이는 곧 돈자루나 다름이 없다. 그리고 진사에 오른 선비는 나이 서른에 첫 벼슬을 하더라도 오히려 늦지 않아서 이름 높은 음관(蔭官)이 될 수 있다. 비록 그렇지 못해서 궁한 선비의 몸으로 시골살이를 하더라도 오히려 무단적인 행위를 감행할 수가 있다. ㉢이웃집 소를 몰아다가 내 밭을 먼저 갈고 동네 농민을 잡아 내어 내 김을 먼저 매게 하되 어느 놈이 감히 나를 괄시하랴. 잿물을 네 놈의 코에 바르고 상투를 잡아 매며 수염을 뽑더라도 원망조차 못하리라."

증서가 겨우 반쯤 이룩되었다. 부자는 어이가 없어서,

"아이구, 그만두시유 제발 그만두셔유. 참, 맹랑합니다그려. 당신네들이 나를 도둑놈이 되라 하시유."

하고, 머리를 흔들면서 달아나 버렸다.

(나) 천생만민(天生萬民) 필수지직(必受之職) 직업이 다 다르다. 사(士) 농(農) 공(工) 고(賈) 네가지에 우리의 배운 직업 배장사가 직업이라. 바다에 배를 타고 상고(商賈)로 가옵는데 인당수 용왕님은 인제수(人祭需)를 받는 고로 황주 땅 도화동에 십오세 심청 여자 인물이 일색이요 온몸에 흠이 없고 효행이 출천(出天)키로 중가(重價) 주고 그 몸 사서 목욕재계(沐浴齋戒) 단장시켜 제수로 바치오니 흠향(歆饗) 받자 하옵시고 대해 만리 가는 우리 밤이면 석을 잡고 낮이면 돛을 달아 배도 무쇠배가 되고 닻도 무쇠닻이 되어 억만금 퇴를 내어 춤추고 돌아오게 점지하여 주옵소서. 북을 둥둥 울리면서 심청아 시급하다 어서 급히 물에 들라. 심청이 거동보소. 뱃머리

에 나서 보니 새파란 물결이며 울울울 바람 소리 풍랑이 대작하여 뱃전을 탕탕 치니 심청이 깜짝 놀라 뒤로 퍽 주저앉으며, 애고 아버지 다시는 못 보겠네. 이 물에 빠지면 고기밥이 되겠구나. 무수히 통곡타가 다시금 일어나서 바람맞은 사람같이 이리 비틀 저리 비틀 치마폭을 무릅쓰고 앞니를 아드득 물고, 애고 나죽네, 소리하고 물에 풍 빠졌다 하되 ㉣ 그리하여서야 효녀 죽음 될 수 있나. 두 손을 합장하고 하느님 전 비는 말이, 도화동 심청이가 맹인 아비 해원(解寃)키로 생목숨이 죽사오니 명천(明天)이 하감(下感)하사 캄캄한 아비 눈을 불일내(不日內)에 밝게 떠서 세상 보게 하옵소서. 빌기를 다한 후에 선인들 돌아보며, 평안히 배질하여 억십만 금 퇴를 내어 고향으로 가올 적에 도화동 찾아 들어 우리 부친 눈 떴는가 부디 찾아보고 가오.

37. (가)의 '군수'와 (나)의 '심청'에 대한 서술자의 태도를 〈보기〉에서 바르게 찾은 것은?

〈보 기〉

ⓐ 인물에 대하여 거리를 둔다.
ⓑ 인물에 대하여 거리를 두지 않는다.
ⓒ 상황에 따라 거리를 두기도 하고, 두지 않기도 한다.

```
        군수     심청
①        ⓐ       ⓑ
②        ⓐ       ⓒ
③        ⓑ       ⓐ
④        ⓑ       ⓒ
⑤        ⓒ       ⓐ
```

38. (가), (나)에 공통적으로 들어 있는 사건 전개의 매개항은?
　① 품위(品位)　　　② 권력(權力)
　③ 체면(體面)　　　④ 금전(金錢)
　⑤ 명예(名譽)

39. ㉠에서 부자가 느낄 수 있는 느낌에 가장 가까운 것은?
　① 장쾌(壯快)하다　　② 침중(沈重)하다
　③ 냉혹(冷酷)하다　　④ 엄숙(嚴肅)하다
　⑤ 은은(隱隱)하다

40. ⓛ과 상반된 관점이 드러나는 것은?

① 이 아희 비록 영웅이오나 천생(賤生)이라 무엇에 쓰리오. 원통하다 부인의 고집이여.

② 남녀가 유별하니 비록 천인의 딸이라도 제 스스로 남자를 만남이 옳지 못하거늘 하물며 양반의 딸이야 말하여 무엇하리.

③ 옛사람이 이르기를 왕후장상(王侯將相)이 씨없다 하였는데, 세상 사람이 모두 부형(父兄)을 부형이라 부르되 나는 홀로 그러지 못하니 어인인생인가.

④ 이제 너희들이 양순한 백성과 충실한 일꾼으로 이렇듯 참혹한 지경에 이르렀거늘 벼슬한 이가 길을 트지 않는 것은 천리에 어그러짐이니.

⑤ 나는 공경대부(公卿大夫)의 지위를 차지하지 않았으면서, 농민의 곡식을 어찌앉아서 먹고 공인의 그릇을 어찌 앉아서 쓰고 상인의 재물을 어찌 앉아서 통용한단 말인가. 마땅히 선비의 내실을 구하며 학문에 정진하리라.

41. ⓒ에서 이야기 방식이 대화의 형태로 바뀐 이유를 바르게 설명한 것은?

① 독자에게 구체적인 장면을 제시하여 실감나게 하려고

② 부자에게 공포심을 불러일으켜 매매를 포기시키려고

③ 부자에게 증서의 내용을 의심하게 하려고

④ 부자에게 양반의 속마음을 깨닫게 하려고

⑤ 독자에게 백성의 궁핍상을 알게 하려고

42. ⓔ과 같은 목소리 형태가 나타나는 것은?[1.2점]

① 향단이가 내달으며 절하고 여짜오되, 대감 대부인님 기체 안녕하옵시며 서방님 천 리 행차 평안히 오시오니까. 어사또가 대답하되, 오, 모시고 잘 있더냐. 춘향이 자던 방문 춘향이 갇힌 후에 잠가둔 지 오래구나.

② 어사또가 구경하다 건너 두렁 바라보니 갓 쓰고 중치막에 긴 담뱃대

중동 쥐고 삼사 인이 앉았거늘 상민인 줄 짐작하고 그 옆으로 건너가서 혼잣말로 말을 붙여, 농사를 아니 잃고 백성들이 즐겨하니 본관이 명관일제.

③ 춘향이 하는 말이, 오늘 저녁 님 오시니 나는 아니 죽네. 좋을씨고 좋을씨고, 어사또 할 말없어 듣기만 하는 구나. 다른 가객 몽중가는 옥중에서 어사보고 수다를 떤다는데 이 사설 짓는 이는 신행길을 차렸으니 좌상 처분 어떠한지.

④ 장독 뒤에 은신하고 동정을 살펴보니 후원에서 사람소리 은은히 들리거들 가만히 엿보니 춘향어미 소리로다. 황토로 단을 묻고 정화수 한 동이를 소반위에 받쳐놓고 그 앞에 가 꿇엎디어 지성으로 비는 말이, 비나이다 비나이다

⑤ 논 가는 농부하나 한 쟁기에 두 소 매어 논을 한참 갈아 가다 논두렁에 쉬어 앉아 담뱃대를 쑥 잡아 빼 떨어서 헛김나는 아래통을 아드득 바싹 돌려 쌈지의 가루담배 한 줌 내어 맑은 침 흰 가래침 와락 툭탁 뱉어서 손 위에 도두 놓고

5. 해설

37. ②

(가)는 등장 인물에 대해 일정한 거리를 유지하며 3인칭의 객관적 태도로 서술하고 있고, (나)는 객관적인 묘사와 함께 심청에 대한 서술자의 애정을 보여주기도 하는 등, 3인칭 서술과 1인칭 서술이 혼합되어 있어 상황에 따라 거리를 두기도 하고 두지 않기도 한다.

38. ④

(가)는 부자가 돈으로 양반 증서를 사는 장면을, (나)는 심청이가 아버지의 눈을 뜨게 하려고 돈에 팔려가 인당수에 뛰어들기 직전의 상황을 그리고 있다.

39. ④

예로부터 별은 임금이나 신을 상징해 왔으며, 엄고 소리(궁궐의 북소리)는 임금의 명으로 비유되기도 했다. 따라서 '엄고 치는 소리', '북두성이 세로 놓인 듯', '삼성이 가로 질린 듯'이라는 표현은 부자가 양반이 되는 순간에 느끼는 엄숙함을 나타낸다.

40. ①

ⓛ은 신분 질서를 긍정적으로 바라보는 입장의 서술이고, ③은 '왕후장상에 씨 없다.' 는 구절에서 보듯이 만민 평등의 입장에서 바라보는 서술이다.

41. ①

ⓒ은 양반 문서의 내용을 설명적으로 기술하지 않고 구체적 상황과 장면을 동원하여 서술함으로써 독자와의 거리를 좁히고 있다.

42. ③

ⓔ은 서술자가 인물과 사건에 직접적으로 개입한 편집자적 논평에 해당된다. ③에서 '다른 가객' 이후의 부분도 이와 유사하다.

심청전_ 작자미상

1. 핵심 정리

* 갈래 : 설화소설, 판소리계 소설
* 배경 : 송나라말 황주 도화동
* 성격 : 교훈적, 비현실적
* 시점 : 3인칭 전지적 작가 시점
* 주제 : 부모에 대한 지극한 효성

2. 등장 인물의 성격

* 심청 : 어려서 어머니를 여의고 아버지 눈을 뜨게 하기 위해 남경장사
  에게 팔려간 효성이 지극한 여성
* 심봉사 : 딸을 죽음으로 몰아놓고도 돈으로 인해 마음이 헤퍼지는 인물

3. 작품 개관

"효녀 지은 설화"와 "거타지 설화" 등을 근원설화로 하여 판소리로 불리워지다가 소설로 정착된 효녀 심청의 이야기이다. 크게 전반부와 후반부로 나누어 볼 수 있는데 전반부에는 현실세계를 후반부에는 환상의 세계로 보여진다.

태어난 지 칠 일 만에 어머니를 여의고 앞을 못 보는 심봉사 밑에서 자란다. 어려서부터 효성이 지극한 심청은 눈먼 아버지에게 밝은 세상을 보여주기 위해 남경장사들에게 팔려간다. 인당수에 몸을 던졌다가 연꽃으로 다시 태어난 심청은 황후가 되고 아버지를 찾기 위해 맹인잔치를 벌인다. 심봉사는 딸을 만나 눈을 뜨게 되고 행복하게 산다는 줄거리로 효는 모든 것의 근원이 되고 복을 받는다는 민중의 소망이 잘 나타난 작품이다.

4. 수능 기출 문제 (1994년도)

양반전 참고

흥부전_ 작자 미상

1. 핵심 정리

* 갈래 : 판소리계 소설, 설화소설
* 배경 : 조선후기 경상전라도 경계
* 성격 : 풍자적, 해학적, 교훈적
* 시점 : 3인칭 전지적 작가 시점
* 주제 : 형제간의 우애와 권선징악

2. 등장 인물의 성격

* 흥부 : 선량하고 정직하며 우애와 신의가 있는 인물
* 흥부처 : 선량하며 현실인식이 빠르고 고난을 이겨내고자 하는 현실
   적인 인물
* 놀부 : 탐욕과 심술로 가득한 악인
* 놀부처 : 놀부와 같이 욕심 많고 인정 없는 인물

3. 작품 개관

보은설화가 바탕이 된 판소리계 소설이다. 형제간의 우애를 다룬 이 작품은 착한 동생 흥부와 악한 형 놀부의 대립구조를 보인다. 단순히 형제간의 우애뿐만 아니라 부익부 빈익빈 현상이 지배하는 사회적 부조리 속에서 소외된 서민층의 생활상을 잘 보여준다. 흥부네 식구들의 비참한 삶의 모습에서 슬픔을 주기도 하지만 판소리계 특유의 해학성을 살려 웃음과 함께 희망을 주는 소설이다.

4. 수능 기출 문제 (1994년도)

(가) "㉠마누라 말을 들으니 복받을 말이로세 ㉡내 말을 들어보소 내가 길가에서 얻은 돈도 아니오 누가 나를 그저 준 돈도 아니라 ㉢읍내에서 들어보니 이 고을 김부자를 ㉣어떤 놈이 얼거서 ㉤영문(營門)에 정하였는데 지금 김부자는 않고 누구던지 대신 가서 볼기 삼십개만 맞고 오면 돈 삼십냥에 닷냥을 노자로 주니 그 아니 횡재인가 감영에 가서 눈끔쩍하고 볼기 삼십개만 맞었으면 돈 삽십냥이 횡재 아닌가" 흥부 안해 이 말 듣고 깜짝 놀라 하는 말이 "여보시오 아이아버지 매품팔이 웬 말이오 남의 죄를 어찌 알고 대신이라니 웬말이오 살인죄에 범행했는지 강도죄에 범행했는지 기인취재(欺人取財) 범하얏는지 남의 죄를 어찌 알고 만일 영문에 올라갔다 여러날 굶은 몸에 영문 곤장 맞게 되면 몇 안맞어 죽을 터이니 어서 가서 그 일 파의하고 마오 마오 가지 마오 만일에 갈터이거든 나를 죽여 묻고 가오 나 곧 죽어 모르면 그는 응당 가려니와 살려두고는 못가리다 가지 마오 마오 제발 내말대로 가지마오 갔다가 매맞어 죽게 되면 뭇초상이 날 터이니 부대 내 말 괄시 마오"

(나) "잔소리 마라! 어린 게 무얼 안다고 주착없이 할 소리 못할 소리 무람없이……."

부친은 듣기에도 싫었지만 아비된 성검을 세우려는 것이다.

덕기는 잠자코 앉았을 수밖에 없었다. 그러나 말이 난김이니 하고 싶던 말은 다 하고야 말겠다고 단단히 결심하였다.

"어쨌든 그 애가 불쌍하지 않습니까? 그 애까지야 무슨 죄로 희생이 됩니까? 제가 감히 아버님의 잘잘못을 말씀하려는 게 아닙니다마는 뒷갈망을 하셔야 하지 않습니까?"

"나더러 무슨 뒷갈망을 하라는 말이냐? 그 자식은 내 자식이 아니야!"

하고 부친은 소리를 한층 더 버럭 지른다.

"그건 무슨 말씀입니까? 저도 그저께 저녁에 가보고 왔습니다만 어째

서 그런 말씀을 하십니까? 안할 말씀으로 아버니께서 책임을 <u>모피하시</u>
<u>려고</u> 허물을 저편에 <u>들씌우고</u> 발을 빼시려고 그렇게 모함을 잡으신 것
은 설마 아니시겠지요?"

(다) "당신은 고등 교육까지 받은 지식인입니다. 조국은 지금 당신을 요
구하고 있습니다. 당신은 위기에 처한 조국을 버리고 떠나 버리렵니까?"
　"중립국."
　ⓐ "나는 당신보다 나이를 약간 더 먹었다는 의미에서, 친구로서 충고
하고 싶습니다. 조국의 품으로 돌아와서, 조국을 재건하는 일꾼이 돼주
십시오. 낯설은 땅에 가서 고생하느니, 그쪽이 당신 개인으로서도 행복
이라는 걸 믿어 의심치 않습니다. 나는 당신을 처음 보았을 때, 대단히
인상이 마음에 들었습니다. 뭐 어떻게 생각지 마십시오. 나는 동생처럼
여겨졌다는 말입니다. 만일 남한에 오는 경우에, 개인적인 조력을 제공
할 용의가 있습니다. 어떻습니까?"
　명준은 고개를 쳐들고, 반듯하게 된 천막 천장을 올려다보았다. 한층
가락을 낮춘 목소리로 혼잣말 외듯 나직이 말했다.
　"중립국."
　설득자는, 손에 들었던 연필 꼭지로, 테이블을 툭 치면서, 곁에 앉은
미군을 돌아보았다. 미군은, 어깨를 추스르며, 눈을 찡긋하고 웃었다.
　나오는 문 앞에서, 서기의 책상 위에 놓인 명부에 이름을 적고 천막을
나서자, 그는 마치 재채기를 참았던 사람처럼 몸을 벌떡 뒤로 젖히면서,
ⓑ<u>마음껏 웃음을 터뜨렸다.</u> 눈물이 찔끔찔끔 번지고, 침이 걸려서 캑캑
거리면서도 그의 웃음은 멎지 않았다.
　중립국. 아무도 나를 아는 사람이 없는 땅. 하루 종일 거리를 싸다닌대
도 어깨 한 번 치는 사람이 없는 거리.

　*기인취재(欺人取財): 사람을 속이고 재물을 빼앗음

21. (가), (나), (다)에 공통적으로 나타나 있는 것은?

　① 주저하는 이유를 설명함.

　② 바꾸어 생각하기를 청함.

　③ 깨닫고 사죄하기를 바람.

　④ 현실에 대한 분개를 부추김.

　⑤ 가련한 처지를 한탄함.

22. (가)에서, 시간상으로 가장 먼저 일어난 행위는?

　① ㉠　　　② ㉡　　　③ ㉢　　　④ ㉣　　　⑤ ㉤

23. (나)에서, 대화가 전개되는 양상으로 가장 알맞은 것은?

　① 잠정적 화해　　　　　② 긍정의 반복

　③ 절충적 타협　　　　　④ 암묵적 동조

　⑤ 갈등의 고조

24. (나)의 밑줄 친 말들의 의미를 잘못 파악한 것은?

　① 무람없이-버릇없이

　② 성검을 세우려는-위험을 부리려는

　③ 뒷갈망을-사리 판단을

　④ 모피하시려고-일부러 피하시려고

　⑤ 들씌우고-억지로 떠넘기고

25. ㉻에 내포된 심리적 상황을 가장 잘 설명한 것은?

　① 심경과 행동의 괴리를 나타내고 있다.

　② 일이 다 끝난 것에 안도하고 있다.

　③ 사태의 전개에 당황하고 있다.

　④ 희망이 보이는 미래를 예상하고 있다.

　⑤ 사람들의 무관심에 서운해 하고 있다.

26. ⓐ에 나타난 '설득자'의 주장은?

① 나는 당신보다 나이를 약간 더 먹었다는 의미에서 친구로서 충고하고 싶습니다.

② 조국의 품으로 돌아와서 조국을 재건하는 일꾼이 돼 주십시오.

③ 낯설은 땅에 가서 고생하느니, 그쪽이 당신 개인으로서도 행복하리라는 걸믿어 의심치 않습니다.

④ 나는 당신을 처음 보았을 때, 대단히 인상이 마음에 들었습니다.

⑤ 만일 남한에 오는 경우에, 개인적인 조력을 제공할 용의가 있습니다.

5. 해설

21. ②

(가)는 흥부의 마누라가 흥부에게 '매품팔이'를 재고하기를, (나)는 덕기가 부친에게 아이의 처분을 재고하기를, (다)는 당국자가 주인공 명준에게 남한을 선택하기를 권유하고 있다.

22. ④

사건이 일어난 순서로 정리하면 ㉣-㉤-㉢-㉠-㉡ 이다.

23. ⑤

대화 속에서 '부친은 소리를 한층 더 버럭 지른다'로 보아 갈등이 점차 증폭되어 가고 있는 상황이다.

24. ②

'뒷갈망'은 '뒷감당'과 같은 말로 '일이 벌어진 뒤에 그 뒤끝을 처리하는 일'이란 뜻으로 단순한 '사리판단'의 뜻이 아니다.

25. ①

인물이 현재 처해 있는 상황은 결코 웃을 수 있는 상황이 아니다. 이것은 조국에 안기고 싶은 심정과 그럴 수 없는 현실과의 괴리를 표출한 자조적인 웃음이다.

사복불언_ 작자 미상*

1. 핵심 정리

* 갈래 : 설화 (불교설화)
* 성격 : 불교적, 추월적, 서사적
* 주제 : 생과 사의 이치

2. 작품 개관

『사복불언』은 원효와 관련된 불교설화로서 인간이 불교의 가르침으로 부터 얼마나 멀리 떨어져 있는가를 깨우치게 한다. 이는 곧 부처는 먼 곳에 있는 것이 아니라 자기 자신 속에 있다는 불교의 종교적 교의를 다루고 있는 것이다.

이 설화는 신분이 높은 원효보다 하층민인 사복이 먼저 극락왕생하는데 이는 득도나 도력에서 하층민의 우월성을 보여주는 것이다. 또한 이 설화에 삽입된 게와 찬은 모두 이 설화를 통해 속세의 중생들에게 궁극적으로 깨우쳐 주고자하는 바를 집약하여 제시하는 기능을 나타낸다고 할 수 있다.

3. 수능 기출 문제 (1994년도)

> (가) 경사(京師)*의 만선북리(萬善北里)에 사는 한 ㉠과부가 남편 없이 잉태하여 아이를 낳았는데, 나이 열두 살이 되도록 말을 하지 못하고 일어서지도 못하여 사복(蛇福)이라 불렀다.
>
> (나) 어느 날 그의 ㉡어머니가 죽었다. 그 때 원효(元曉)가 고선사(高仙寺)에 머물다가 사복을 보고는 맞이하여 예를 올리니, 사복은 답배(答拜)를 하지 않고 말하기를, "그대와 내가 옛날 불경을 싣고 다니던 ㉢암소가 지금 죽었으니 우리가 장사를 지내는 것이 어떻겠는가?" 하였다. 원효가 승낙하자 함께 집에 가서 사복은 원효로 하여금 포살수계(布薩授戒)*를 하도록 하였다. 원효가 시체 옆으로 가서 말하기를,

"태어나지 말지어다, 죽기가 괴롭다. 죽지말지어다, 태어나기가 괴롭다."
하니, 사복이
"말이 번거롭다."
라고 하고는 다시
"죽고 사는 것이 괴롭다."
라고 말하였다.

(다) 두 사람이 상여를 매고 활리산(活里山) 동쪽 기슭에 이르렀다. 원효가 말하기를,
"㉣지혜호(智惠虎)를 지혜림(智惠林) 가운데 장사지내는 것이 마땅하지 않은가?"
했다. 사복이 이에 게(偈)*를 지었다.

옛날 ㉤석가모니불이
사라수* 사이에서 ⓐ열반(涅槃)에 들었는데,
지금 역시 그 같은 자가 있어
연화장계관(蓮花藏界寬)에 들어가려 하네.

(라) 말을 마치고 띠풀을 뽑으니 아래에 시원하고 청허(淸虛)한 다른 세계가 있었는데, 칠보난간에 누각이 장엄하여 거의 인간 세상이 아니었다. 사복이 시체를 업고 그 땅 속으로 들어가니 곧 다시 합쳐지고, 원효는 돌아왔다.

(마) 그 후에 사람들이 금강산 동남쪽에 절을 지어 도량사(道場寺)라 부르고, 매년 삼월 열나흘날이면 법회를 열었다. 사복이 세상에 온 응험(應驗)이 이것뿐이어서 항간에서는 황당한 말로써 덧붙이고 있으니 우습다.

* 경사(京師) : 서울, 여기서는 경주를 가리킴
* 포살수계(布薩授戒) : 불교 의식의 하나

* 게(偈) : 부처를 찬미하는 시가

* 사라수 : 상록수의 일종

* 연화정계관(蓮花정界寬) : 부처님이 산다는 장엄한 세계

51. ㉠~㉤ 중, 동일 인물을 가리키는 말이 아닌 것은?
① ㉠　　② ㉡　　③ ㉢　　④ ㉣　　⑤ ㉤

52. ⓐ와 바꾸어도 의미가 같은 것은?　　(0.8점)
① 입적(入寂)하였는데　　　　② 출가(出家)하였는데
③ 환생(還生)하였는데　　　　④ 득도(得道)하였는데
⑤ 초탈(超脫)하였는데

53. (다)의 □ 속의 게(偈)와 표현의 방법이 유사한 것은?　　(1.2점)
① 어둔 방은 우주로 통하고
　　하늘에선가 소리처럼 바람이 불어온다
② 물결은 어데로 흘러가기에
　　아름다운 목숨 싣고 갔느냐
③ 하늘은 날더러 구름이 되라 하고
　　땅은 날더러 바람이 되라 하네
④ 그날이 오면, 그날이 오면은
　　삼각산이 일어나 더덩실 춤이라도 추고
⑤ 당신이 가신 뒤로 나는 당신을 잊을 수 없습니다
　　까닭은 당신을 위하느니보다 나를 위함이 많습니다

54. (가)~(마) 중, 글쓴이의 주관이 직접적으로 나타난 것은?
① (가)　　② (나)　　③ (다)　　④ (라)　　⑤ (마)

55. (가)~(마) 중, 초월 세계의 형상이 가장 잘 나타난 것은?

① (가) ② (나) ③ (다) ④ (라) ⑤ (마)

4. 해설

51.

⑤

㉠~㉣은 사복(蛇福)의 어머니를 가리키고, ㉤은 석가모니불을 가리킨다.

52.

①

'열반에 들었다'는 불교에서 죽음을 의미하는 말로 '입적'과 같은 말이다.

53.

③

대구법에 의한 표현 방법(석가모니불-그 같은 자, 들었는데-들어가려하네)을 찾으면 된다. ③에서는 '하늘-땅, 구름-바람, 되라 하고 - 되라 하네'와 같이 대구를 이루고 있다.

54.

⑤

(마)의 끝 문장 '사복이~우습다'에 글쓴이의 논평이 가해지고 (가)~(라)는 모두 사건 또는 사실의 객관적 진술이다.

55.

④ 초월 세계는 (라)의 첫 문장 '청허한 다른 세계'에 잘 나타나 있다.